colección andanzas

# PAULO LINS
# CIUDAD DE DIOS

Traducción de Mario Merlino

Título original: *Cidade de Deus*

1.ª edición: mayo 2003
2.ª edición: octubre 2003

© de la traducción: Mario Merlino, 2003
Diseño de la colección: Guillemot-Navares
Reservados todos los derechos de esta edición para
Tusquets Editores, S.A. - Cesare Cantù, 8 - 08023 Barcelona
www.tusquets-editores.es
ISBN: 84-8310-235-8
Depósito legal: B. 40.961-2003
Fotocomposición: Foinsa - Passatge Gaiolà, 13-15 - 08013 Barcelona
Impreso sobre papel Goxua de Papelera del Leizarán, S.A.
Liberdúplex, S.L. - Constitución, 19 - 08014 Barcelona
Encuadernación: Reinbook, S.L.
Impreso en España

# Índice

A Mariana, Frederico, Sônia, Célia, Toninho, Celestina,
Amélia *(in memoriam)*, António *(in memoriam)* y Paulina *(in memoriam)*

Mi agradecimiento especial a Maria de Lourdes da Silva (Lurdinha),
pues esta novela no se habría escrito sin su valiosa ayuda.
A ella dedico el poema de este libro.

Agradezco también a Alba Zaluar el incentivo constante
que me ha proporcionado a lo largo de nueve años.
De nuestras conversaciones surgió la idea de escribir este libro
y su apoyo me garantizó el poder llevarlo a cabo.

Vine por el camino difícil,
la línea que nunca termina,
la línea que golpea en la piedra,
la palabra que rompe una esquina,
mínima línea vacía,
la línea, toda una vida,
palabra, palabra mía.

Paulo Leminski

# 1
## La historia de Inferninho

Unos segundos después de salir del caserón embrujado, Barbantinho y Busca-Pé fumaban un porro a orillas del río, a la altura del bosque de Eucaliptos. En completo silencio, sólo se miraban cuando se pasaban el canuto. Barbantinho se imaginaba dando brazadas por detrás del rompeolas. Ahora se detendría y se quedaría flotando para sentir cómo el agua jugaba con su cuerpo. En su rostro se disolverían espumas y su mirada seguiría el vuelo de los pájaros, mientras se preparaba para volver. Evitaría los hondones para que no lo arrastrase la corriente; no se quedaría mucho rato en aquella agua helada, no fuera a darle un calambre. Se sentía un socorrista. Ayudaría a cuantos fuese necesario aquel día de playa repleta y, después de cumplir con su deber, volvería a casa corriendo; no sería como esos socorristas que no hacen ejercicio y acaban por dejar que el mar se lleve a las personas. Convenía entrenarse sin descanso, alimentarse bien, nadar todo lo posible.

Las nubes arrojaban gotas sobre las casas, sobre el bosque y sobre el campo, que se prolongaba hasta el horizonte. Busca-Pé oía el silbido del viento en las hojas de los eucaliptos. A la derecha, los edificios de Barra da Tijuca se veían gigantescos incluso desde aquella distancia. Las nubes bajas ocultaban los picos de las montañas. Desde donde se encontraba, los bloques de pisos donde vivía, situados a la izquierda, estaban mudos, pero le parecía oír las radios sintonizadas en programas destinados a las amas de casa, los ladridos de los perros y el corretear de los niños por las escaleras. Reposó la mirada en el lecho del río, que en toda su superficie se abría en circunferencias a las gotas de llovizna, y sus iris, en un *zoom* de color castaño, le trajeron a la mente imágenes evocadoras del pasado: el río limpio; el guayabal que, una vez cortado, había dado paso a los nuevos bloques de pisos; algunas plazas, ahora ocupadas por casas; los ciruelos de Java asesinados, así como la higuera embrujada y los papayos; el caserón abandonado que tenía piscina y los campos de Paúra y Baluarte, donde había jugado a la pelota defendiendo el diente de leche de Oberom; todos ellos habían desaparecido para dar lugar a las fábricas. Se acordó también de aquella vez en que fue a recoger bambú con su pandilla para la fiesta de junio de su edificio y tuvo que salir disparado porque el guardés de la finca les soltó a los perros. Recordó el veoveo, el escondite, las pajitas chinas, las carreras con los cochecitos de juguete que nunca había tenido y las horas muertas en que, encaramado a las ramas de los almendros, se deleitaba contemplando el paso de los bueyes. Se remontó a aquel día en que su hermano se magulló todo el cuerpo, cuando se cayó de la bicicleta en el Barro Rojo, y recordó qué hermosos eran los domingos en que iba a misa y, al acabar, se quedaba un rato más en la iglesia para participar en las actividades del grupo de los jóvenes, y también recordó el cine, el parque de atracciones... Rememoró, alegre, los ensayos del orfeón Santa Cecilia de sus tiempos de colegio, pero su alegría se desvaneció de súbito cuando las aguas del río le revelaron imágenes del tiempo en que vendía pan, polos, imágenes del tiempo en que trabajaba como mozo de cuerda en los mercadillos, en el mercado Leão y en Los Tres Poderes; cuando recogía botellas y pelaba alambres de cobre para vender al chatarrero y darle así algo de dinero a su madre. Le dolió pensar en los mosquitos que le chupaban la sangre y le dejaban ronchas que no paraba de rascarse, y en el suelo lleno de hoyos donde había arrastrado el culo durante la primera y la segunda infancia. Era infeliz y no lo sabía. Se resignaba en silencio al hecho de que los ricos se marchasen a Miami a hacer el paripé, mientras los pobres se quedaban en las zanjas, en el talego, en la mierda. Se percató de que las naranjadas aguadas y azucaradas que bebiera durante toda su infancia no eran tan buenas. Intentó acordarse de las alegrías pueriles que murieron, una a una, en cada cabezazo que se diera contra la realidad, en cada día de hambre que había quedado atrás. Evocó a doña Marília, a doña Sônia y a las otras profesoras de primaria diciendo que, si estudiase derecho, estaría bien considerado en el futuro; pero no albergaba ninguna esperanza de conseguir trabajo para poder llevar sus estudios adelante, comprarse su propia ropa, tener algún dinero para salir con su novia y pagarse un curso de fotografía. Aunque, bien mirado, las cosas podrían ser como decían las profesoras, pues si todo marchara bien, si consiguiese un trabajo, no tardaría en comprarse una cámara y un montón de lentes. Saldría a fotografiar todo lo que le pareciese interesante. Un día ganaría un premio. La voz de su madre lo sacudió como un latigazo:

—¡Eso de la fotografía es para gente que ya tiene dinero! Lo que has de hacer es entrar en las fuerzas aéreas..., o en la marina, o, si me apuras, en el ejército, para asegurarte el futuro. ¡Los militares sí que tienen dinero! ¡Ay, no sé qué tienes en la cabeza!

Los ojos de Busca-Pé se espabilaron y se posaron en la iglesia de Nossa Senhora da Pena, allá en lo alto del morro; tuvo ganas de ir a pedir al padre Júlio que le devolviese, en una bolsa del mercado, los pecados confesados para volver a cometerlos con el alma libre en cada esquina del mundo que lo rodeaba. Un día aceptaría alguna de las tantas invitaciones que tenía para asaltar autobuses, panaderías, taxis, cualquier chollo... Cogió el porro de la mano de su amigo. El ultimátum de su novia advirtiéndole que rompería con él si no dejaba de fumar marihuana resonó en sus oídos. «¡Que la zurzan! Lo peor del mundo debe de ser casarse con una pija. Fumar marihuana no es solamente cosa de maleantes; si fuese así, los cantantes de rock no lo harían. ¡Jimmy Hendrix era la hostia! ¿Y los hippies? Los hippies estaban todos flipados de tanto fumar marihuana.» Pensaba que Tim Maia, Caetano, Gil, Jorge Ben, Big-Boy, etc., eran todos porreros. «Y qué decir del loco de Raul Seixas: "Quien no tiene colirio usa gafas oscuras".» Fumar marihuana no significaba que iba a andar por ahí armando jaleo. No le gustaban los pijos, y lo peor es que estaban en todas partes comprobando si tenía los ojos rojos o si se reía por cualquier cosa. Cuando discutía con algún pijo sobre marihuana, para zanjar la discusión decía que la marihuana era la luz de la vida: ¡daba sed, hambre y sueño!

—¿Fumamos uno más?

—¡Venga, sí! —aceptó Barbantinho.

Busca-Pé insistió en liar el porro, le gustaba hacerlo, los amigos siempre lo elogiaban. El porro quedaba durito como un cigarrillo, y no necesitaba mucho papel. Él mismo encendió el canuto, le dio dos caladas y se lo pasó a su compañero.

En días de lluvia, el tiempo pasa más rápido cuando se está a gusto. Busca-Pé se fijó mecánicamente en la hora que era, y se dio cuenta de que iba a llegar tarde a la clase de mecanografía, pero que se jodiera, se dijo, ya había perdido un montón de clases, no pasaba nada por perderse una más. No tenía ánimos para darle a la máquina de escribir durante una hora, y decidió que tampoco iría al colegio. «La suma de los cuadrados de los catetos es igual al cuadrado de la hipotenusa.» ¡Al carajo! Estaba muy cabreado con la vida. Se sorbió las penas, se levantó y se estiró para aliviar el dolor de haber estado mucho rato en la misma postura. Iba a preguntarle a su amigo si le apetecía un canuto más cuando vio que el agua del río se había teñido de rojo. La rojez dio paso a un cadáver. El gris de aquel día se acentuó de manera preocupante. Rojez extendida en la corriente, un fiambre más. Las nubes borraron por completo las montañas. Rojez, otro muerto brotó en el recodo del río. La llovizna se convirtió en tormenta. Rojez seguida de nuevo por un muerto. Sangre que se diluye en agua podrida acompañada de otro cadáver, vestido con pantalones Lee, zapatillas Adidas y sanguijuelas que chupan el líquido encarnado y aún caliente.

Busca-Pé y Barbantinho se fueron a casa con paso aturdido.

Era la guerra, que navegaba en su primera premisa. Erigida en soberana de todas las horas, venía para llevarse a cualquiera que estuviese esperando, venía para disparar en cerebros infantiles, para obligar a una bala perdida a entrar en cuerpos inocentes y para hacer que Zé Bonito corriera, con su jodido corazón latiendo acelerado, por la calle de Enfrente, con un leño ardiendo en la mano, para incendiar la casa del asesino de su hermano.

Busca-Pé llegó a su casa con miedo al viento, a la calle, a la lluvia, a su patinete, al más simple objeto; todo le parecía peligroso. Se arrodilló junto a la cama, apoyó la frente en el colchón, las manos sobre la cabeza, y en una súplica inacabable pidió a Echú que avisara a Ochalá de que uno de sus hijos tenía la sensación de estar desesperado para siempre.

Antaño la vida era distinta aquí, en este lugar donde el río –dando arena, culebra de agua inocente–, en su camino hacia el mar dividía el campo que pisaron los hijos de portugueses y de la esclavitud.

Cuero que roza piel delicada, mangos que engordan, bambúes que crepitan con el viento, una laguna, un lago, un laguito, almendros, ciruelos de Java y el bosque de Eucaliptos. Todo eso del lado de allá. Del lado de acá, los cerritos, los caserones embrujados, las huertas de Portugal Pequeno y bueyes que iban y venían en la paz de quien no sabe de la muerte.

En diagonal, los brazos del río, separados por la zona de Tacuara, cortaban el campo: el brazo derecho, por en medio; el brazo izquierdo –que hoy separa Los Apês de las casas, y sobre el cual cruza el puente por donde circula el tráfico de la principal calle del barrio–, por la parte de abajo. Y, como el buen brazo al río vuelve, el río, totalmente abrazado, iba zigzagueando agua, ese forastero que viaja parado, acarreando iris sueltos en su lecho, dejando al corazón latir en piedras, donando mililitros a los cuerpos que osaron entrar en él, a las bocas que mordieron su dorso. Reía el río, pero Busca-Pé sabía bien que todo río nace para morir un día.

Un día esas tierras se cubrieron de verde y de carros de bueyes que desafiaban los caminos de tierra, gargantas de negros que cantaban sambas duras, excavaciones de pozos de agua salobre, legumbres y verduras que llenaban camiones, serpientes que alisaban el bosque, redes montadas en las aguas. Los domingos, partidos de fútbol en el campo del Paúra y curdas de vino bajo la luz de las noches plenas.

–¡Buenos días, Zé Lechugas! –había dicho Manoel Coles en un arrebato de ingenio. Pero Lechugas no había respondido; se había limitado a mirar los primeros vuelos de las garzas al son del canto de los gallos y del mugir de los bueyes.

Ambos, hijos de portugueses, cuidaban las huertas de Portugal Pequeno en las tierras heredadas. Sabían que en aquella zona iban a construir un barrio de casas, pero no que las obras comenzarían en tan poco tiempo. Trabajaron como todos los días, desde las cinco de la mañana hasta las tres de la tarde, no hablaron de nada, se rieron de todo, silbaron fados imposibles, amaron las formas del viento, almorzaron juntos y juntos oyeron cómo los hombres de aquel coche con la matrícula en blanco, que avanzaba en primera, decían:

—Edificaremos un nuevo lugar en las tierras de los señores.

«¡Ven, buen viento! ¡Inventa otra risa en mi rostro!», se diría más tarde Zé Lechugas. «Otro viento, sin patria ni compasión, se me llevó la risa que este suelo me dio, este suelo al que llegaron unos hombres con botas y herramientas a medirlo todo, a marcar la tierra... Después vinieron las máquinas, que arrasaron las huertas de Portugal Pequeno, espantaron a los espantajos, guillotinaron a los árboles, terraplenaron el pantano, secaron la fuente, y esto se convirtió en un desierto. Quedaron el bosque, los árboles del Otro Lado del Río, los caserones embrujados, los bueyes que nada saben de la muerte y la tristeza en los rastros de una era nueva.»


Ciudad de Dios prestó su voz a los fantasmas de los caserones abandonados, provocó que escasearan la fauna y la flora, dio un nuevo trazado a Portugal Pequeno y nuevos nombres al pantano: Allá Arriba, Allá Enfrente, Allá Abajo, el Otro Lado del Río y Los Apês.

Aún hoy, el cielo llena de azul y de estrellas al mundo, los árboles verdean la tierra, las nubes blanquean las vistas y el hombre aporta su granito de arena enrojeciendo el río. Surgió la favela, la neofavela de cemento, formada de vías-bocas y siniestros-silencios, con gritos-desesperos en el correr de las callejuelas y en la indecisión de las encrucijadas.

Los nuevos habitantes acarrearon consigo basura, botes, perros vagabundos, echús y pombagiras* como guías intocables, días para ir a batallar, antiguas cuentas que ajustar, vestigios rabiosos de tiros, noches para velar cadáveres, charcos dejados por las crecidas, tendejones, mercadillos de martes y domingos, lombrices viejas en intestinos infantiles, revólveres, orichas enroscados en cuellos, pollos ofrecidos a los

---

\* Pombagira es la compañera de Echú, divinidad afrobrasileña considerada como oricha (espíritu guía) o mensajero de los orichas, que los misioneros católicos identificaban con el diablo. *(N. del T.)*

20

dioses, samba de enredo* y sincopada, juego del bicho,** hambre, traición, muertes, Jesucristos en murgas agotadoras, baión febril para bailar, lamparilla de aceite para iluminar al santo, hornillos, pobreza para querer enriquecerse, ojos para nunca ver ni decir, y pecho para encarar la vida, despistar a la muerte, rejuvenecer la rabia, ensangrentar destinos, hacer la guerra y ser tatuado. Llevaron tirachinas, revistas *Séptimo Cielo*, trapos para fregar el suelo, vientres abiertos, dientes cariados, catacumbas incrustadas en los cerebros, cementerios clandestinos, pescaderos, panaderos, misa de difuntos, palo para matar a la serpiente y luego mostrarlo, la percepción del hecho antes del acto, gonorreas mal curadas, piernas para esperar el autobús, manos para el trabajo pesado, lápices para los colegios públicos, valor para doblar la esquina y suerte para los juegos de azar. Llevaron además cometas, lomos para las porras de los policías, monedas para jugar a los chinos y fuerza para intentar vivir. Y también el amor para dignificar la muerte y acallar las horas mudas.

Durante una semana, se produjeron diariamente entre treinta y cincuenta mudanzas de la gente que llevaba en el rostro y en los muebles las marcas de las crecidas. Estuvieron alojados en el estadio de fútbol Mario Filho y venían en camiones del Estado cantando:

> Ciudad maravillosa,
> llena de encantos mil...

Enseguida, los habitantes de distintas favelas y de la Baixada Fluminense se instalaban en el nuevo barrio, formado por casitas de color blanco, rosa y azul, dispuestas en hileras. Al otro lado del brazo izquierdo del río, construyeron Los Apês, conjunto de edificios de pisos de uno y dos dormitorios, algunos con veinte pisos y otros con cuarenta, pero todos de cinco plantas. Los tonos rojos del barro amasado contemplaban nuevos pies en el trajín de la vida, en la desbandada de un destino en marcha. El río, que era la alegría de los chavales, daba placer, arena, ranas y anguilas criollas, y no estaba del todo contaminado.

---

    * La samba de enredo, habitualmente de contenido histórico y patriótico, guarda relación con el tema o «enredo» elegido para el desfile de las escuelas; también se la llama «samba-enredo». *(N. del T.)*
    ** Lotería semiclandestina que se juega con los finales 0000 a 9999, cuyas decenas corresponden a 25 grupos, cada uno con el nombre de un animal, de ahí el nombre de «juego del bicho». *(N. del T.)*

—¡Mira la bolsa de ciruelas que he traído!

—¡Ya he cogido mangos y guapurúes! ¡Ahora voy a coger cañas al Otro Lado del Río!

Los niños descubrían y se descubrían jugando a las canicas:

—¡Tú el último, la mano soy yo!

—¡Todo!

—¡Encima de los cuatro!

—¡Alto!

—¡Ésa gana!

—¡No vale arrastrar!

—¡Quedé a un palmo del triángulo!

—¡Un golpe y llega!

—¡El juego es duro!

Y tratando de alzar la cometa:

—No va, no hay forma.

—Voy a intentar pegarla.

—¡Nada de eso! Sujétala de la cola y del hilo.

—No se puede, mi pegamento tiene grumos.

—Tienes que tomar impulso.

—Me va a llevar por los aires.

—Sí, te va a levantar.

—¡Ya!

Y también en el juego de la aceitera:

—¡Aceitera!

—¡Vinagrera!

—¡Amagar!

—¡Amagar y no dar!

—¡Dar sin duelo!

—Que se ha muerto mi abuelo.

—¡Dar sin reír!

—Que se ha muerto el alguacil.

—¡Dar sin hablar!

—Pellizquitos en el culo.

—¡Y echar a volar!

—¡Aceitera!

—¡Vinagrera!

Se encontraban en el centro de la cancha, donde jugaban a tirar y matar y se enzarzaban en una guerra arrojándose frutos de ricino por el Otro Lado del Río; se zambullían en el laguito, jugaban a ir en barco, a que viajaban al fondo del mar. Entraban en el campo, disputaban el suelo con las serpientes, los sapos y los apereás.

—¿Te apetece que vayamos al Barro Rojo? —propuso Busca-Pé.

—¿Dónde es? —preguntó Barbantinho, que acarreaba un cubo de agua.

—Pero si vienes de allí, está muy cerca de la fuente. Vamos hasta la cima del morro y bajamos corriendo como en las pelis de vaqueros.

—¡Vale!

Salieron por detrás de Los Apês. Invitaron a algunos de sus amigos. El hermano de Busca-Pé, al ver que los niños se organizaban para una nueva aventura, pensó en dejar la bicicleta y acompañarlos, pero, como sus compañeros insistían, decidió llevarla. Atravesaron un matorral, donde más tarde se construirían bloques de pisos, y se toparon con el brazo izquierdo del río.

—¡Voy a darme un chapuzón! —dijo Barbantinho.

—¡Vamos primero al Barro Rojo, después nadamos! —sugirió Busca-Pé.

—Es mejor bañarse ahora; así se nos seca la ropa y nuestra madre no se enterará de que nos hemos bañado en el río —argumentó Barbantinho.

—¿Le tienes miedo a tu mamita? —preguntó Busca-Pé.

Barbantinho no le hizo caso y se arrojó al agua, seguido de sus amigos. Iban hasta un determinado punto andando y volvían nadando a favor de la corriente. Barbantinho no salía del río, nadaba contra la corriente y a favor de ésta. Jugaban a ahogarse, al submarino americano y al capitán Tormenta. La mañana alcanzaba su última hora, invadía las ramas de los guayabos y traía en su vientre un viento terral que espantaba, una a una, las nubes de lluvia. Cantaban los jilgueros dorados.

Fue como si se hubiesen mudado a una gran hacienda. Además de comprar leche fresca, arrancar hortalizas en la huerta y coger frutas en el campo, aún podían ir a caballo por los cerritos de la autovía Gabinal. Detestaban la noche, porque aún no había iluminación eléctrica y sus madres les prohibían jugar en la calle una vez que oscurecía. Por la mañana la cosa cambiaba: pescaban lisas, cazaban apereás, jugaban a la pelota, mataban gorriones para comer con cuzcuz e invadían los caserones embrujados.

—¿Nos vamos entonces al Barro Rojo? —insistió el hermano de Busca-Pé, ya montado en la bicicleta.

No fueron por la Rua Moisés porque podían toparse con la madre de alguno de ellos que hubiera ido a por agua a la fuente; en lugar de eso, pasaron por detrás de las casas y subieron el monte con dificultad.

Las palas mecánicas y los tractores habían mutilado el Barro Rojo para construir las casas y los primeros bloques de pisos. Con el barro sacado del monte se terraplenó parte del pantano y se revocaron las primeras viviendas. Antes, el monte terminaba muy cerca del margen del río. Hoy finaliza en uno de los límites de Ciudad de Dios, donde están algunas de las casas de acogida, en la calle que une los bloques de pisos con la plaza principal del barrio. Desde lo alto del monte podía verse la laguna, el lago, el laguito, el río y sus dos brazos, la iglesia, el mercado Leão, el club, el Ocio, los dos colegios y la guardería. Desde allí se distinguía incluso el ambulatorio.

—¡Voy a bajar en bicicleta! —anunció el hermano de Busca-Pé.

—¿Estás loco? ¿No te das cuenta de que te vas a descalabrar? —le previno Barbantinho.

—¡Qué va, chaval, yo soy piloto!

Montó en la bicicleta, inclinó el tronco hacia el manillar y se lanzó cerrito abajo. A cierta distancia apretó el freno de atrás, puso uno de los pies en el suelo y derrapó con la bicicleta. Los amigos aplaudieron y gritaron:

—¡Fenomenal, fenomenal!

Repitió la hazaña varias veces para delirio de los espectadores. Le lagrimeaban los ojos debido a la velocidad, pero no desistió de su empeño de demostrar que era un gran piloto. Tan entusiasmado estaba que bajó de nuevo, aumentando la velocidad en diez pedaladas. No salió bien: se metió en un hoyo, perdió la dirección y acabó con las piernas hacia arriba, la nariz ensangrentada, el cuerpo magullado en el barro, los ojos llenos de polvo... Pero me estoy desviando del tema; yo he venido aquí a hablar del crimen...

Poesía, mi guía, ilumina las certezas de los hombres y los tonos de mis palabras. Y es que me arriesgo a la prosa incluso aunque las balas atraviesen los fonemas. El verbo, aquel que es mayor que su tamaño, es el que dice, hace y sucede. Y aquí el verbo se tambalea bajo las balas. Ese verbo lo pronuncian bocas desdentadas en el entramado de callejones, se dice en las decisiones de muerte. La arena se mueve en el fondo de los mares. La ausencia de sol oscurece incluso los bosques. El líquido color fresa del helado embadurna las manos. La palabra nace en el pensamiento, se desprende de los labios y adquiere alma en los oídos, y a veces esa magia sonora no salta a la boca porque hay que tragársela a palo seco. Triturada en el estómago con alubias y arroz, la casi palabra es defecada en lugar de hablada.

Falla el habla. Habla la bala.

Tutuca, Inferninho y Martelo pasaron corriendo por el Ocio, entraron en la Praça da Loura y salieron enfrente del bar de Batman, donde estaba parado el camión del gas.

—¡Todo el mundo quieto! ¡Si no, os pego un tiro! —ordenó Tutuca empuñando dos revólveres.

Inferninho se apostó en el lado izquierdo del camión. Tutuca en el lado opuesto. Martelo fue a la esquina a controlar una eventual llegada de la policía. Los transeúntes caminaban despacio; cuando se alejaban de allí, apretaban el paso. Solamente las dos viejas que en ese momento se disponían a comprar una bombona no se movieron. Parecían plantadas en el suelo, temblaban, rezaban el credo.

Los repartidores levantaron las manos y aclararon que el dinero lo tenía el conductor, cuyos intentos por esconderlo resultaron vanos. Inferninho lo observaba. Le ordenó que se tumbase en el suelo con los brazos extendidos, lo registró, cogió el dinero y le propinó una patada en el rostro para que no volviese a pasarse de listo.

Martelo anunció a todos que el gas corría por su cuenta, que no hacía falta que llevasen bombonas vacías para cambiarlas por las llenas. En pocos minutos dejaron limpio el camión.

—¡Eh!, vamos a subir por aquí —propuso Tutuca.

—No, vayamos por el Ocio, que es más abierto, ¿vale? Así vemos a todo el mundo y pegamos unos gritos para recoger a Cleide —dijo Martelo.

—¡De eso nada, tío! —se opuso Tutuca—. Un bandido de verdad tiene que andar armado, ¿te enteras? No voy a deambular por ahí enseñando el dinero, no sea que aparezca alguien y nos lo afane. ¡No sabemos quién es quién aquí, tío! ¿O te crees que somos los únicos bandidos del barrio? ¡Aquí sólo hay favelados! Hasta los de la Baixada están metidos acá. Además, ¿y si nos paran los maderos?, ¿qué les vas a decir, eh? ¡Seguro que sin armas no nos salva nadie! —concluyó Tutuca sin dejar de andar a buen ritmo.

Cleide, que estaba en el bar de Batman a la hora del asalto, decidió acompañarlos a distancia.


Inferninho no dijo nada. Algo le llevó a acordarse de su familia: su padre, aquel cabrón, vivía borracho en las laderas del morro de São Carlos; su madre era una puta de la zona, y su hermano, maricón. La madre, un pendón desorejado conocido por su fuerte personalidad, no traía líos a casa, tenía palabra, y en Estácio la respetaban. El padre tampoco era su mayor problema porque, cuando estaba sobrio, los chicos no le marcaban la cara con tiza ni le robaban los zapatos; además, sabía pelear y era batería de la escuela de samba. Pero el hermano... Cuánto vicio... Tener un hermano maricón fue una gran desgracia en su vida. Imaginaba a Ari chupándoles la polla a los albañiles en la Zona do Baixo Meretrício, dejando que los muchachos de São Carlos le diesen por culo, retozando con los marineros y los guiris en la Praça Mauá, lamiéndole el culo a algún ricachón en los cines cutres de Lapa. No soportaba que su hermano usase pintalabios, se pusiese ropa de mujer, pelucas y zapatos de tacón alto. Recordó también aquella putada del incendio, cuando aquellos hombres llegaron con bolsas de estopa empapada en queroseno y prendieron fuego a las chabolas, disparando tiros sin ton ni son. Aquel día, su abuela curandera, la vieja Benedita, murió abrasada. Ya no podía salir de la cama por culpa de aquella enfermedad que la obligaba a vivir tumbada. «Si entonces yo no hubiese sido un crío», pensaba Inferninho, «la habría sacado de ahí a tiempo y, ¿quién sabe?, tal vez ella estaría ahora conmigo; puede que en el fondo no sea más que un inútil y una mierda, pero ella ya no está, ¿vale? Estoy aquí para matar y morir.» Al día siguiente del incendio, a Inferninho lo llevaron a la casa en la que su tía servía. La tía Carmem trabajaba en la misma casa desde hacía años. Inferninho vivió con la hermana de su madre hasta que su padre construyó otra chabola en el morro. Se pasaba el día en aquella casa, sin dar golpe, y un día, por una puerta entreabierta, vio al hombre que salía en la televisión decir que el incendio había sido accidental. Le entraron ganas de matar a todos esos blancos que tenían teléfono, coche, nevera, que comían cosas buenas, que no vivían en chabolas sin agua corriente ni meadero. Además, a diferencia de su hermano Ari, ninguno de los hombres de aquella casa tenía cara de maricón. Pensó en arramblar con todo lo que tenían los blancos, hasta con el televisor mentiroso y la batidora de colores.

Cuando pasaron frente al mercado Leão, Inferninho vio a unos chicos que jugaban a la pelota en un terreno cubierto de escombros y les dijo a sus compañeros:

—Ésos pueden ser unos tíos cojonudos. Y hasta pueden ser iguales que yo, pero no más que yo, ¿os enteráis? A mí que no me vengan con consejos. Si un tío se pone chulo conmigo, le vuelo la cabeza. Me apuesto lo que sea a que ninguno de esos gilipollas se atreve a plantarme cara.

—¡Vamos a ver! —contestaron Tutuca y Martelo.

Se acercaron al ambulatorio. A la izquierda, los chicos jugaban a la pelota.

—Eh, para esa pelota y pásamela que ahora es mía. ¡Si no me la pasas, te doy! —amenazó Inferninho mientras le apuntaba con el arma.

Un chico asustado le llevó la pelota. Inferninho hizo varios toques sin que la pelota tocase el suelo, la controló con los dos pies, jugó con ella en el pecho, se la pasó del pecho al muslo izquierdo y después a la cabeza.

Por fin Inferninho, después de jugar con la pelota durante varios minutos, la chutó hacia arriba. La pelota habría vuelto a su pecho en un rebote perfecto, pero entonces Inferninho apretó el gatillo y la pelota cayó ya sin vida. Martelo y Tutuca se rieron a carcajadas, pero Inferninho, que se había quedado muy serio, dejó escapar una mirada airada que daba continuidad al sonido del tiro. Impuso silencio fijando sus ojos sin brillo en el rostro de cada uno en una rápida mirada de soslayo, como si los culpara a todos de la desgracia que era su vida. Segundos después, les dio la espalda. Los amigos lo acompañaron.


Allá abajo, a orillas del río, Passistinha, Pará y Pelé fumaban un porro.

—Los tíos dejaron que los del camión vendieran casi todo y después los atracaron en Allá Enfrente. Pillaron un montón de pasta, hubo bombonas de gas para todo el mundo y encima les dieron una lección a esos tíos que juegan a la pelota en el Sangre y Arena. ¡Anímate, colega! —dijo Pelé, entusiasmado con la posibilidad de asaltar también el camión del gas.

—¿Qué Sangre y Arena, tío? —preguntó Passistinha.

—Ese campito con escombros que está cerca del mercado.

—¿Quiénes son esos que van de rateros por la zona? —inquirió Pará, y le pasó el porro a Pelé.

—Son Tutuca, Inferninho y Martelo. A Inferninho lo conozco de

São Carlos, Tutuca es de Cachoeirinha, y Martelo, si es el que creo, es de Escondidinho —respondió Passistinha.

—Yo sólo sé que el próximo camión es mío, ¿vale? ¡Hay para todo el mundo, así que nadie tiene nada que envidiar! —advirtió Pelé.

—Cuidado con Inferninho, que es jodido. Si te encuentras con él, hay que ponerse duro, si no el menda se va a las manos, ¿sabes? Pero si le dices que vas de mi parte, seguro que acepta llegar a un acuerdo...

—¡Eso no va conmigo, tío! —interrumpió Pelé—. Yo no le tengo miedo a nadie. No quiero discutir, pero si el otro viene con ganas, no habrá acuerdo que valga. ¡Me lanzo yo también a darle de hostias!

—Hay que respetarse mutuamente. Ha de quedar claro que el verdadero enemigo es la policía, ¿me entiendes? No quiero que mis amigos se peleen —advirtió Passistinha.

—¡La bofia! —anunció una voz venida de un callejón entre los basureros de la *quadra* Trece.*

Passistinha salió a todo correr por el puente de la Cedae** y dio la vuelta por la orilla izquierda del lago; Pelé y Pará fueron tras él y llegaron a la parte del pantano que sobrevivió a los terraplenes. Una serpiente se asustó con la carrera, pero ninguno de los tres reparó en ella. Tomaron la dirección de la higuera embrujada para fumarse otro porro en sus ramas y observar a los policías que hacían un registro en los basureros de la *quadra* Trece.

Los lecheros ya habían pasado. Los chicos veían *Nacional Kid*. Los que no tenían televisor se iban hasta la ventana del vecino a admirar las aventuras del superhéroe japonés. El sol ya se había alejado de la sierra de Grajaú y un viento furioso sostenía las cometas que se cruzaban en el cielo. Pequeñas nieblas de polvo rojo ora nacían, ora morían, a lo largo de las calles de tierra batida, y los niños uniformados que salían del colegio llenaban las miradas de todos. Ya era mediodía.

En Allá Arriba, en la casa de Martelo, los asaltantes se repartieron el dinero mientras Cleide preparaba una sopa de verduras y decía:

—El conductor de blanco pasó a rojo. No sé cómo no se cagó... Me dio pena, ¿sabes?, aunque me pareció gracioso. Pero las viejas..., ésas sí que me dieron mucha lástima; las pobres temblaban como una hoja. No sé cómo no les dio un patatús.

---

\* Si bien la *quadra* equivale a una manzana de casas, en la novela alude a complejos de mayor extensión. *(N. del T.)*
\*\* Companhía Estadual de Águas e Esgotos, Compañía Estatal de Aguas y Desagües. *(N. del T.)*

–¡Pero si yo no les apunté! –dijo Tutuca.

–¿Y eso qué importa? Con sólo ver las armas, hubieran podido tener un infarto allí mismo.

–Pero a la hora de coger bombonas bien que les gustó –concluyó Tutuca.

–De eso nada: cuando comenzó a juntarse gente, ellas se las piraron –aclaró Cleide.

Tutuca se apartó de sus amigos; pensó en ir al cuarto de baño, pero prefirió salir de la casa. Una tristeza acompañaba sus pasos. Ya no escuchaba lo que decían sus amigos; sentía escalofríos. Se fue al fondo del patio, se sentó con la cabeza apoyada en la pared de la casa y dejó que las lágrimas le brotasen de los ojos. No habían sido las viejas las que lo habían puesto triste; ellas sólo le recordaron aquella vez en que fue a asaltar el camión del gas solo y no tardó en aparecer la policía; no había manera de salir corriendo sin disparar, y eso fue lo que hizo. Una de las balas de su revólver fue a parar a la cabeza de un niño. Vio al chiquillo balancearse en los brazos de su madre y cómo los dos cayeron al suelo debido al impacto. En un intento por aliviar su sentimiento de culpa, se repetía que aquel crimen había sido sin querer, pero, cada vez que se acordaba de eso, lo invadía la desesperación de haber matado a un crío. Sabía que podía arrepentirse de sus pecados y alcanzar el Reino de los Cielos, pero aquel pecado era muy grande; muchas veces había oído hablar a sus padres de los pecados mortales. No tenía remedio, se iría derecho al quinto infierno. Miró al cielo, después al suelo y concluyó que Dios estaba muy lejos. Los aviones volaban altísimo, y ni siquiera así se acercaban al paraíso. El *Apolo XI* sólo había ido hasta la Luna. Para llegar al cielo hay que pasar por todas las estrellas, y las estrellas están donde Cristo perdió los clavos. Si el infierno está bajo tierra, queda mucho más cerca. Temía la ira de Dios, pero tenía ganas de conocer al Diablo; haría un pacto con él para tenerlo todo en la Tierra. Cuando viese que se acercaba la muerte, se arrepentiría de todos sus pecados y así ganaría por los dos lados. Lo jodido sería que muriese de repente. Decidió dejar de pensar en tonterías. Regresó junto a sus amigos.


Tutuca se crió en el morro de Cachoeirinha. Quiso ser delincuente para que todos lo temiesen tanto como todos temían a los maleantes del lugar donde creció. Los tipos imponían tanto respeto que el miedica de su padre no se atrevía siquiera a mirarlos a los ojos. Le gustaba cómo hablaban, cómo vestían. Cuando salía a comprar algo, se desviaba hasta la taberna donde se reunían los tipos y se quedaba allí, oyéndolos cantar sambas de partido alto.* Hasta los quince años, lo obligaron a frecuentar la iglesia de la Asamblea de Dios. No se cansaba de repetir a sus padres que no le gustaba aquella vida de oraciones y más oraciones y tener que acompañarlos a los cultos. Odiaba que su casa se convirtiese en escenario de veladas y reuniones de la gente de la iglesia. Quería tener una vida igual a la de la mayoría de los chicos del morro. Tenía ganas de participar en las fiestas de junio, comer dulces de san Cosme y san Damián, recibir regalos en Navidad. Deseaba desfilar en el ala de la percusión de cualquier escuela de samba, pero la religión no permitía nada de eso. Decían que el Carnaval era la fiesta del Demonio. El Demonio, ése sí que sabía. Un día decidió abandonar la iglesia. Rasgó la Biblia, hizo lo mismo con las octavillas y desafió a sus padres, que insistían en que no lo dejase. Con el paso del tiempo, Tutuca comenzó a fumar marihuana en las quebradas del morro. Primero robó en su propia casa, después en el mercado, hasta que se dedicó a los asaltos. Los vecinos comentaban que Tutuca no era feo, que lo habían criado bien, pues tenía un padre que no bebía, su vida consistía en ir de casa al trabajo y del trabajo a casa, y, en cambio, el hijo se quedaba allí con aquella cara de perro rabioso. Por cualquier pequeñez quería pegarle un tiro a otro crío, atracaba a los vecinos y abusaba de las chicas del lugar. Era un auténtico hijo de puta.

—Mañana voy a atracar otra vez el camión del gas. No quiero estar pelado, porque da una jodida mala suerte y nos quedamos sin una moneda siquiera para untar a los policías, ¿entiendes? ¿Te mola ir otra vez? —le preguntó Inferninho.

—Me mola —respondió Tutuca.

Martelo dijo que no. Le parecía arriesgado cometer un atraco dos días seguidos.

—Toda la policía va a estar al acecho —explicó Martelo—, esperando el momento de meternos el zurre, ¿te das cuenta? Yo me voy a quedar encerrado.

—Si hoy fue el día de la compañía Gasbrás, mañana será el de Minasgás —recordó Tutuca, sin prestar oídos al consejo de su compañero.

* Tipo de samba que cultivaban en Río de Janeiro, desde finales del siglo XIX, las minorías negras ya urbanizadas (de ahí el nombre de «partido alto»). En el baile tienen especial importancia los movimientos del vientre, el ritmo se marca con palmadas y los instrumentos más usados son la guitarra, el machete y hasta platos rascados con un cuchillo. *(N. del T.)*

Llenaban la noche los cantos de los grillos y el viento, que traía el suficiente frío como para dejar las calles desiertas. Algunos borrachines bebían en las tabernas. Entre una tacada de billar y otra, oían por la radio el programa humorístico *A turma da maré mansa*. Los chicos se durmieron pensando en el asalto de la mañana siguiente. Y la mañana no tardó en llegar. Quienes asaltaron el camión del gas, y sin mucho esfuerzo, fueron Pelé y Pará. Cuando llegaron Tutuca e Inferninho, también llegó la policía, que abrió fuego contra ellos. Tutuca corrió por detrás del ambulatorio, pasó por el cine y subió por la Rua do Meio. Los policías lo persiguieron. Inferninho bajó por la orilla del brazo derecho del río. Por el camino, incluso se detuvo para quitarse la camiseta roja y quedarse sólo con la negra, que llevaba debajo, para despistar a la policía. Llegó a la calle de la escuela municipal Augusto Magne, dobló a la derecha, intentando demostrar que corría por otro motivo, y llegó a Allá Abajo, donde Pelé y Pará contaban el dinero agachados en una esquina.

—Oye, ¿dónde habéis conseguido toda esa pasta?

—¿Y a ti qué...?

—Dámela ya, que te vi escapando cuando llegó la pasma, y además, quienes íbamos a atracar éramos...

—¡Vete a tomar por culo, chaval! ¿Te crees que esto está chupado? —dijo Pelé sin vacilar.

—Ni chupado ni hostias. ¡O me la das toda o te sacudo!

—¿Qué pasa, Inferninho? ¿Qué pasa, Pelé? ¿Por qué discutís?

Inferninho bajó el arma; Pelé hizo lo mismo al oír a Passistinha.

—Menos mal que no os encontrasteis antes. Sabía que iba a haber bronca. Vamos allí a tomar un trago —invitó Passistinha.

En Allá Arriba, Tutuca seguía enzarzado a tiros con Cabeça de Nós Todo. El policía militar no desistía; quería agarrar o matar a Tutuca. Ya había cargado sus dos revólveres varias veces y blasfemaba cuando Tutuca le devolvía los tiros. Nadie acabó herido. Tutuca le quitó el coche a un hombre, bajó por la Rua Principal y tomó el camino de la Freguesia, donde abandonó el coche. Volvió atravesando el bosque y se reunió con Inferninho y los demás.

—¡Passistinha! ¡La puta que te parió! Hace la tira de tiempo que no nos veíamos.

—Así es, tronco... Es una etapa. Y ya está terminando, ¿eh, colega?

—¿Vas a decir que fuiste tú el que atracó el camión?

—No, fueron esos tíos, ¿vale?

—¡Coño! Casi me detienen por culpa vuestra, ¿te enteras, tronco?

—¿Por culpa nuestra? ¿Por qué?

—Si no hubieseis atracado a los tipos del gas, la pasma no habría aparecido. Tendríais que haber avisado...

—¿Vosotros avisasteis ayer?

—¡Claro que no! No sabíamos que erais vo...

—Entonces, tío..., estás hablando por hablar, ¿entiendes?

—¿Hablar por hablar? ¡Un carajo! Si llegas a decir algo más...

—Tranquilo —interrumpió Passistinha—, nadie es culpable de nada y basta de tanto reproche, ¿vale? Si seguís por ese camino, quien va a estar contenta va a ser la pasma. Aquí hay lugar para todos... No quiero que mis amigos se peleen. Lo importante es que seamos amigos. Si empezamos a pelearnos tanto, dentro de poco la poli tomará el barrio. Lo dicho: ¡no quiero que nadie se pele! —finalizó Passistinha, como quien da una orden seguro de que será aceptada.

Todos lo respetaban, jamás irían contra el primer bailarín de la escuela de samba Académicos de Salgueiro. Nunca levantarían la voz contra el delincuente más famoso de los morros cariocas. Hasta el Grande, el delincuente más peligroso de la ciudad de Río de Janeiro, le tenía consideración. Harían cualquier cosa que les pidiese Passistinha. Se quedaron allí bebiendo cerveza. A media tarde ya parecían viejos amigos: jugaron al billar, a los chinos, y cantaron una samba de partido alto:

> En el morro, sí,
> que es lugar de valentía.
> Bebiendo cerveza,
> fumando marihuana
> y jugando una partida.

Familias de otras favelas de Río llegaban al nuevo barrio. La ocasión de adquirir una casa propia y, en definitiva, de establecerse, funcionaba como un buen reclamo, pero la distancia y la precariedad de las condiciones ofrecidas llevaban a muchos a reconsiderar la decisión. Si los obreros, por una parte, tenían que despertarse de madrugada y caminar tres kilómetros para tomar el autobús en la plaza de la zona de la Freguesia, por otra, en cada niño que llegaba nacía una pasión previsible por el lugar: cuando no era el guayabal, eran los aguacates; cuando no era el bosque, eran los caserones embrujados; cuando no era el laguito, era el lago; cuando no era el río, era la laguna; cuando no era el pantano, era el mar de Barra da Tijuca.

Quien conociese bien Ciudad de Dios podía andar de un extremo al otro sin pasar por las calles principales. A Tutuca y a Inferninho les gustaba mostrar los revólveres a los policías que hacían la ronda y solían entrar por los callejones lanzando un tiro al aire. Los policías corrían tras ellos, pero siempre los perdían porque desconocían los recovecos del laberinto. A esas horas era muy frecuente el intercambio de tiros. Los delincuentes daban la vuelta y disparaban desde otro callejón, con lo que dejaban a los policías desconcertados. Eso lo hacían sólo cuando Cabeça de Nós Todo no estaba de servicio. Los demás días, era preferible no salir de casa, porque era astuto como el diablo y conocía bien el barrio.

En una zona del Otro Lado del Río se construyeron casas más pequeñas. Allí estaban los campos de Paúra y Baluarte, donde los equipos de fútbol organizaban campeonatos y torneos. En ese mismo lado, yendo por la derecha, quedaba el Nuevo Mundo, una zona antigua donde había una panadería que daba pan al fiado a los chicos para que lo vendiesen, de puerta en puerta, por el barrio. Eran esos chicos quienes despertaban a todos gritando: «¡Pan recién hecho, pan recién hecho!». Padê Lolo y Paulo Cachaça, los únicos adultos vendedores de pan, atravesaban las mañanas canturreando: «Yo soy el panadero de Copacabana, y he venido a vender pan a esta ciudad llena de lama». Ambos vendían pan hasta las once y se pasaban el resto del día borrachos.

Los lecheros también madrugaban, y pasaban golpeando el metal y anunciando leche fresca. Los vendedores de polos sólo aparecían bien avanzada la mañana. Las amas de casa regaban las plantas, tenían agua en abundancia. Se había acabado aquello de echarse la lata de agua en la cabeza. Cuidaban sus huertas, sus jardines, bañaban con mangueras a los niños y a los perros.

La mayoría de los maleantes raramente circulaban de día, preferían la noche para jugar a las cartas, fumarse un porro, jugar al billar, cantar samba sincopada acompañándose con el sonido de una caja de cerillas, e incluso para charlar con los amigos. Sólo Tutuca, Inferninho, Martelo, Pelé y Pará se atrevían a salir de día para asaltar los camiones del gas, fumar marihuana en las esquinas, alzar cometas con los chicos y jugar a la pelota con los chavales del barrio. Los otros delincuentes preferían actuar en la Zona Sur, «la zona rica», donde atracaban a turistas, comerciantes y transeúntes con pinta de pijos.

En Allá Arriba, la vieja Tê había montado un puesto de venta de droga para atender a los pocos porreros del barrio. Madalena ya vendía marihuana en Allá Enfrente, pero con dificultad, por no tener un buen camello. No le alcanzaba para satisfacer a la demanda, aunque ésta fuese pequeña. En la Rua do Meio, Paulo da Bahia abrió un cafetín: el Bonfim. Permanecía abierto todas las noches, de lunes a lunes. Los malandrines jugaban a las cartas, fumaban marihuana, bebían cachaza con vermú y, a veces, esnifaban cocaína. Comían pescado frito, mollejas de gallina, torreznos, chorizos, salchichas, huevos cocidos, jiló a la vinagreta y caldito de frijoles preparados por la esposa de Paulo. El sonido del aparato de música incitaba a las parejas, que, de vez en cuando, arriesgaban pasos de danza en la acera.

En Allá Enfrente, el bar de Batman fue el lugar de encuentro de los primeros porreros del barrio. Allí se reunían para triturar la marihuana, y fumaban en el Lote, muy cerca de Ciudad de Dios, o en el bosque, o hasta en las calles, si veían una oportunidad. A Laranjinha, Acerola, Jaquinha, Manguinha y Verdes Olhos les gustaba de veras fumar en el Lote. Les encantaba andar por los cerritos, con árboles dispersos por todos lados, quedarse en el bosque contando y oyendo historias graciosas, arrancando frutas de los árboles. La policía no patrullaba el Lote, había pocas casas y muchos rincones para fumarse un porro.

A base de peleas, partidos de fútbol, bailes, viajes diarios en autobús, de la asistencia a los cultos religiosos y al colegio, surgió, ferviente, una nueva comunidad. Los grupos venidos de otras favelas se integraron en una nueva red social. Al principio, algunos grupos intentaron aislarse, pero en poco tiempo el vigor de los hechos dio nuevo rumbo a la vida cotidiana: nacieron los equipos de fútbol, la escuela de samba del barrio, los bloques carnavalescos... Todo concurría para que los habitantes de Ciudad de Dios se integrasen en el barrio, lo que posibilitó que se trabaran amistades y surgieran discordias y romances entre esas personas que había reunido el destino. Los adolescentes se servían de la mala fama de la favela en la que habían vivido para intimidar a los otros cuando se peleaban, o incluso cuando jugaban, cuando hacían volar cometas, cuando disputaban por una novia. Cuanto mayor era la peligrosidad de la favela de origen, más fácil resultaba imponer respeto, pero muy pronto se supo quiénes eran los julais, los malandrines, los vagabundos, los trabajadores, los delincuentes, los viciosos y los dignos de estima. Los menos afectos a la nueva sociedad fueron los delincuentes. Sólo se acercaron los que estuvieron alojados en el estadio Mario Filho con ocasión de las crecidas. Fue el caso de Tutuca, Inferninho, Martelo y de los que pasaron juntos un tiempo en chirona.

Ninguna favela se trasladó en bloque al vecindario. La distribución aleatoria de la población entre Ciudad de Dios, Villa Kennedy y Santa Alianza, los otros dos barrios creados en la Zona Oeste para atender a las víctimas de las crecidas, acabó mutilando familias y rompiendo antiguos lazos de amistad. Muchas de ellas se negaron a trasladarse a Ciudad de Dios porque, en su opinión, quedaba muy lejos. Pero los favelados de Ilha das Dragas y del Parque Proletario de Gávea fueron en masa a poblar Los Apês, donde se adaptaron sin mayores problemas.

Los sábados había baile en el club, donde se reunían delincuentes y porreros, pilinguis y jóvenes del barrio. Los grupos musicales tocaban canciones de Jorge Ben, Lincoln Olivetti, Wilson Simonal y otros. La junta directiva del club promovía el mejor equipo de fútbol de Jacarepaguá, ofrecía polenta a la bahiana, feijoada los domingos para los socios y organizaba concursos, excursiones y torneos de fútbol-sala. Para el baile del sábado, la junta preparaba gran cantidad de botellas de cachaza con limón, con leche condensada o licor de cacao. Compraban cerveza y canapés para vender durante el baile, el acontecimiento social más importante de esa época, a pesar de que gran parte de los habitantes de Ciudad de Dios no iba, porque la mayoría consideraba que allí no pasaba nada bueno.

Un sábado, Inferninho llegó deprisa al baile en busca de Martelo. Tenía que darle una buena noticia. A Tutuca le había ido muy bien en un robo, allá por Anil. Había conseguido dos cadenas de oro, un par de alianzas, un revólver calibre 38, tres pantalones Lee y una chaqueta de cuero. Inferninho entró en el baile sin pagar: recorrió todo el salón, fue al bar, al cuarto de baño, y no encontró a su compañero. Le pareció extraño. Cleide lo había visto allí. Ya estaba saliendo cuando se encontró con Passistinha:

—¿Qué hay, Passistinha? ¿Has visto a Martelo por ahí?

—Se ha ido a casa, lo están buscando. Hay un detective, un tal Belzebu, que está preguntando a todo el mundo si os conoce, ¿entiendes, colega? Lo han buscado en Allá Enfrente, en Allá Arriba, en Allá Abajo, han estado aquí... Es por lo de los asaltos a los camiones en el barrio.

—¿Están de ronda o van en coche patrulla?

—En coche.

—¿Cuántos hay?

—Creo que tres.

Inferninho se rascó la cabeza; era evidente que le preocupaba la policía. Pensó en marcharse de allí, pero imaginó que los maderos no volverían al club. Decidió relajarse y le dijo a su amigo:

—¿Vamos a tomar una birra?

—¿Tomar una birra? ¡Un hombre no toma, un hombre bebe! —bromeó Passistinha.

Iban hacia el bar del club cuando entró el detective Belzebu, seguido de otros dos policías que arrastraban a Cleide llorando. Inferninho corrió hacia el centro del salón, tropezó con parejas que bailaban al son del Copa Sete y derribó sillas y mesas. Belzebu soltó a Cleide y salió en pos del delincuente. Passistinha caminó hacia el policía y le dio un empujón para frenarle; enseguida pidió disculpas diciendo que había sido sin querer, pero Belzebu intentó soltarle un mandoble. El malandrín esquivó el golpe sin mucho esfuerzo. Los otros policías entraron en la pelea, pero Passistinha, desde el suelo, le descargó una coz al detective Carlão con la pierna estirada, le puso la zancadilla al policía Careca y, con una mano, le golpeó en la pierna a Belzebu; después, sin apresurarse demasiado, salió, cruzó el puente del brazo derecho del río, entró en una callejuela y desapareció.

—Zumba, zumba, zumba, capoeira y tumba... ¿Te crees que esto es coser y cantar, hermano? —gritó riendo Lúcia Maracaná, lo que irritó aún más al detective Belzebu.

Inferninho entró en los lavabos de las mujeres, subió a uno de los inodoros, trepó por el tabique que los separaba, rompió el techo de amianto a puñetazos y salió del club. Desde el tejado divisó a Cleide, que iba hacia arriba a todo correr. Inferninho fue detrás de la mujer de Martelo. Pasaron frente a la iglesia, llegaron a la casa del cura, giraron a la izquierda, a la derecha, de nuevo a la derecha, y se arrojaron a las aguas del río a la altura de Laminha. La vieja Tê los vio pasar y empezó a apagar las luces, a cerrar la puerta y las ventanas, pues supuso que la policía vendría detrás. Cleide e Inferninho alcanzaron el Otro Lado del Río, cruzaron dos caseríos, salieron de Ciudad de Dios, llegaron al Nuevo Mundo y se pararon para descansar en un solar.

En el club, el detective Belzebu echaba chispas. Disparó al aire en un intento de amedrentar a Lúcia Maracaná, que seguía riéndose en el salón.

—¿Quién es ese pendón que se está riendo?

—Pues yo. ¿Acaso está prohibido reírse?

—¡A ver tus documentos, criolla atrevida!

—¡Aquí están! —respondió Maracaná con el carné de identidad en la mano.

—Quiero el permiso de trabajo; si no, te meto en el calabozo y te llevo ante el comisario para que te ponga una multa por vagabunda.

—¿Vas a multar a una mujer? ¿Por qué no vas detrás del hombre que te dio la paliza?

Belzebu se abalanzó sobre Lúcia, la agarró por el brazo izquierdo y la arrastró por el local. Lúcia lo insultó, le asestó unos mordiscos, se tiró al suelo, pataleó y preguntó por qué se la llevaba detenida. Belzebu, sin responderle, se limitó a propinarle unas hostias antes de encerrarla en el coche patrulla. La música había cesado y la mayoría de los bailarines se había ido. El presidente del club se acercó al detective, que registraba a unos muchachos en el vestíbulo de entrada.

—¿Puede escucharme un momento?

Belzebu no contestó.

—Soy el presidente del club —continuó—. Tal vez pueda ayudarlo en algo.

—Muy bien, el problema es que ha habido unos asaltos en esta jurisdicción y el comisario me ha ordenado que me ocupe de esto, ¿comprende? Ya están patrullando incluso en Anil. Aquí no puede parar un camión de reparto sin que ellos se le tiren encima para atracarlo. Son un tal Tutuca, un tal Inferninho y un tal Martelo. Me han encargado que me ocupe de ellos. ¡Voy a detenerlos o a matarlos a todos!

—Pero aquí, en el baile, podría darnos un respiro, ¿no? A fin de cuentas, esto es un club como cualquier otro...

—Nada de eso, aquí sólo hay putones, maleantes y porreros. La gente como Dios manda no viene aquí.

—Sí que vienen, yo soy una persona como Dios manda y aquí estoy —interrumpió Vanderley, acercándose al detective—. Soy militar, no soy un porrero ni un vagabundo, me estoy divirtiendo y aparece usted pegando tiros, detiene a una mujer y arma una gresca...

—¿A qué unidad perteneces? —preguntó Belzebu.

—Soy de la brigada de paracaidistas del ejército brasileño y uno de los directores del club.

—¡Muy bien, pero no se te ocurra obstaculizar mi trabajo, que doy parte a tu comandante y te jodo!

—¡Tráteme con respeto, sin decir tacos! Estoy hablando con usted con buenos modos; no pretendo obstaculizar el trabajo de nadie, pero si se me antoja, no dejo que entre aquí ningún policía: ¡me pongo en la puerta uniformado y a ver quién se atreve a ponerme la mano encima!

—Oye, tío, ¿te crees que vas a estar en el ejército para siempre? ¿Crees que me dan miedo los militares? —se exaltó Belzebu.

—¡Yo soy militar y tú un pelagatos, chaval! ¡Puedo llegar a presidente y elegir a tu gobernador! —afirmó Vanderley.

—¡Y yo te cago a hostias!

—¡Con el pie me basta para amansarte, madero maricón!

—¡Basta ya! ¡Basta! —cortó el presidente del club—. Estamos aquí para conversar y encontrar una solución al problema. Quiero que esto sea un local respetable y familiar. Tal vez sería mejor que fuéramos al despacho para conversar sin discutir —concluyó.

Charlaron durante una hora. El presidente explicó al detective que la mayoría de los que acudían eran buena gente, trabajadores, y que el baile era su única forma de entretenimiento. Él tenía muchas ganas de convertir aquel local en un club familiar; aseguró que tenía buenos directores, gente interesada en el fútbol de Jacarepaguá. Belzebu argumentó, todavía transmitiendo tensión, que no sabía quién era quién allí, y que por eso no podía entrar en el local con miramientos:

—Si me presento aquí como una cría de colegio de monjas, en una de ésas viene cualquier tipo y me la da, ¿entiende? Todo el mundo tiene aquí cara de criminal, casi no hay blancos, en esta zona sólo hay criollos con mala catadura. ¡No se lo voy a poner fácil!

No se resolvía nada. De vez en cuando, Belzebu miraba a su alrededor, intentando mantenerse apoyado en la pared, revólver en mano. Hasta que otro director lanzó el argumento final:

—Usted puede venir aquí a ver si todo está en orden cuando quiera, incluso a la hora del baile. Pero sin pedir documentos ni detener a nadie. Puede andar por el club, oír música, tomarse un refresco, no hay ningún problema. Pero deje que el baile siga. ¿De acuerdo?

—¡En fin, ya veremos! —respondió Belzebu un poco más sosegado.

Al salir, liberó a Lúcia Maracaná.


En el Nuevo Mundo, Inferninho escuchaba a Cleide, quien le decía que Belzebu había derribado la puerta, había disparado a diestro y siniestro y había registrado toda la casa. Mientras escuchaba a Cleide, Inferninho observaba su cuerpo, que el vestido, húmedo por el agua del río, dejaba traslucir. Pensaba en disfrutar de aquellos labios rojos y carnosos, tenía ganas de agarrarla y hacerla gozar allí mismo, entre la luna llena y el bosque. Se la metería despacito, mientras le chupaba aquellos senos abultados, después subiría hacia la boca, deslizando la lengua mansamente por el cuello, y le lamería la espalda, los muslos, el culete, el coñito. Le metería la lengua en la oreja al tiempo que menearía las caderas con sacudidas acompasadas mientras ella le decía: «Canalla, qué gusto, cabrón». Y le daría por detrás, por delante, de lado, ella arriba, ella abajo. No quería en absoluto que Dios lo ayudase. «Seguro que ella gozaría un montón de una sola vez», pensó Inferninho. Pero no, no debía pensar en esas cosas. Cleide era la mujer de su amigo y, a fin de cuentas, ella ni siquiera se le había insinuado. Era un tipo responsable, que estaba pendiente de todo el mundo, y Martelo, un chaval estupendo. Pero si ella bajase la guardia un momento, ay, ¡él no dejaría pasar la oportunidad!

Era domingo de sol y de fiesta en Allá Arriba, tiempo de cometas que dan color al cielo del barrio, tiempo de colocar cristales dentro de las latas de leche y agitarlas hasta que se vuelvan polvo, mezclarlos con cola blanca, obtener el pegamento y embadurnar con él la cuerda de la cometa para así cortar la cuerda de otras. Ya estaba avanzada la mañana cuando Inferninho, Tutuca, Cleide y Martelo se encontraron en el Bonfim. Entre un trago y otro de cerveza, Tutuca cuenta cómo fue el robo:

—Ya os había dicho que hacía tiempo que le había echado el ojo a la casa.

—Es verdad —convino Inferninho.

—Entonces... —Bebió un trago largo y se pasó la lengua por los labios—. Primero pasé en bicicleta, vi que la casa estaba vacía. No había nadie en la calle y era temprano para que llegasen los currantes. Así que paré allí...

—¿Ibas armado? —preguntó Inferninho.

—No, no llevaba revólver. Entonces me puse a gritar: «¡Light!».* Nadie apareció, así que rodeé la casa, forcé la ventana de la cocina y entré. Ésa sí que era una mansión, tío, había mogollón de cosas... Si hubiese estado con alguien más, le habríamos sacado partido a la cosa. Luego salí rapidito, cogí la bici y pedaleé con ganas hasta que salí de la Estrada de Jacarepaguá. ¿Y aquel follón en el baile?

—¡Joder! Si no hubiese sido por Passistinha, estaríamos en el talego recibiendo una paliza de la pasma... ¡Además iban de paisano, tío, ésos dan a lo bestia! —dijo Inferninho antes de contar lo que había sucedido en el baile.

Cuando dijo que había pasado la noche en el bosque con Cleide, le tembló la voz por haber pensado en aquellas tonterías, pero Martelo no reparó en nada. Cleide protestó por lo mal que lo había pasado, toda mojada, con aquellos mosquitos encima. Añadió que salieron de

* Nombre de la compañía eléctrica, de origen canadiense, instalada en Brasil desde 1899. *(N. del T.)*

allí cuando estuvieron seguros de que la policía había dejado de buscarle.

Decidieron ir al bar de Batman a beber cerveza. Tutuca pagaría todo, tenía dinero suficiente para afrontar el gasto. Martelo no estuvo de acuerdo en ir a beber a Allá Enfrente, porque la policía ya conocía a Cleide y el robo era muy reciente aún:

—¡Veinticuatro horas aún es flagrante! —les alertó.

Decidieron quedarse en el Bonfim, en medio de todo el mundo. Para Tutuca, aquél era un día de fiesta. Lo de después había quedado en un susto. Lo único que le preocupaba era que la policía ya sabía dónde vivían Cleide y Martelo. «Pero ¿cómo lo supieron los polis? ¿Quién se chivó? Martelo tiene que dejar cuanto antes esa casa; la solución está en buscar otra en Allá Abajo, y rapidito», pensó Tutuca. Miró a su amigo, notó su preocupación y decidió no comentar el asunto. Los compañeros se divertían oyendo a Martinho da Vila, y comían mollejitas de gallina y bebían cerveza.

Allí donde el mercadillo comenzaba, Lúcia Maracaná y Vanderléia se paraban en los puestos más llenos. Vanderléia abría el bolso y echaba dentro los alimentos sin que los vendedores la viesen. Se dedicaba a eso los domingos y los miércoles. Lúcia no hacía como su madre, que iba cuando se acababa el mercadillo a recoger verduras y hortalizas del suelo, o les imploraba a los tenderos un poquito de esto y un poquito de aquello. Llenaron el bolso y se fueron a beber cerveza al Bonfim.

—Yo sé quién se chivó —dijo Lúcia Maracaná en cuanto se reunió con sus amigos.

—¿Quién ha sido, quién ha sido? —preguntó Martelo.

—Fue aquel borracho que sólo habla con los demás cuando está pasado de cachaza. ¡Vive muy cerca de tu casa, chaval!

—¿Quién, tía? —preguntó de nuevo Martelo.

—Uno que siempre lleva una camiseta roja, se pone gomina en el pelo y sólo toma batido de melocotón. Está siempre por aquí.

—¡Ah, sí, ya sé!... ¡Qué hijo de puta! Lo voy a reventar, ¿entiendes, tío?

—Eso es, reviéntalo. Los chivatos merecen morir. ¡Si me lo encuentro, yo mismo lo acribillaré! —afirmó Tutuca.

Pasaron la mañana en el Bonfim, entre cervezas y cachaza con vermú. Martelo sólo pensaba en mudarse. Esa idea lo obsesionaba. Belzebu y sus compinches habían dejado su casa patas arriba. Destrozaron algunos muebles, derribaron la nevera y revolvieron en los cajones y el armario. Sólo había quedado intacta la imagen de san Jorge.

—¡Oh, mi padre Ogún! —dijo Martelo cuando vio cómo había quedado su casa después de que Belzebu volviera al club con Cleide, para que ésta le señalase a su marido.

Siendo todavía un niño, Martelo se había prometido a sí mismo que no pasaría las necesidades que padecía con sus padres. Era el benjamín de una familia de seis hermanos y sólo él se había arriesgado a buscar otros recursos para mejorar su vida. Había logrado ocultar a su familia sus actos criminales. Alguna que otra vez conseguía trabajo como peón de albañil en las obras de Barra da Tijuca. Tenía callos en las manos, así podía mostrárselos a la policía cuando ésta lo abordaba. Era titular del equipo de fútbol del club, respetaba a todo el mundo y, siempre que podía, evitaba que sus compañeros molestasen a los habitantes del barrio. Conoció a Cleide en la época en que era paracaidista del ejército.

—¡Fue amor a primera vista! —decía Cleide cuando hablaba de su marido con las amigas.

Martelo nunca había matado a nadie, y tampoco se le pasaba por la cabeza esa posibilidad. Mala suerte si lo metían preso, pero sólo le quitaría la vida a alguien en defensa propia, para no morir él, a pesar de que sabía tirar bien. Era valiente en las fugas, bueno en la pelea, discreto, hablaba bien, y sus conocidos decían que no parecía un delincuente.

El lunes ardía entre las callejuelas. Barbantinho y Busca-Pé salieron del colegio más temprano porque faltó un profesor. Se quedaron jugando a la pelota con sus amigos en el Rala Coco. Habían hecho la portería con dos piedras para meter lo que llamaban «gol pequeño». Se quitaron el delantal y jugaron a la pelota hasta las once y media, hora del *Speed Racer* en la televisión.

Tutuca, Cleide y Martelo se marcharon a Cachoeirinha a pasar unos días en casa del compadre de Tutuca. Pensaban quedarse allí hasta que el ambiente se calmase.

Inferninho se despertó tarde, con la idea de asaltar el camión del gas. Se fue a Allá Abajo a proponer su plan a Pará y Pelé. El asalto quedó fijado para el día siguiente, porque ni Cabeça de Nós Todo ni Belzebu estarían de servicio. Saldrían desde el Ocio. Se quedaron juntos hasta el atardecer, compraron marihuana a Madalena, jugaron al billar y bebieron cerveza.

El martes, el sol pegaba fuerte. Inferninho, Pelé y Pará se encontraron a eso de las ocho en el Ocio. Esperaron el camión del gas cuarenta minutos.

—¡Parece que esos hijos de puta lo han adivinado! —se lamentó Inferninho al despedirse de Pará y Pelé para tomar rumbo hacia el bar de Batman.

En el Batman, Manguinha y Acerola se repartían lo que les quedaba de marihuana. Empezaban a estar sin blanca. Esperaban a que apareciese Laranjinha o Jaquinha para completar el reparto. El lechero golpeaba el metal, los panaderos voceaban: «¡Pan recién hecho, pan recién hecho!...». Las amas de casa regaban las plantas. Acerola había salido temprano de casa; había tomado café con su hermano menor y se había vestido como para ir al colegio, pero allí estaba, haciendo novillos, dispuesto a fumarse un porro y reír a gusto con la mañana.

—¿Qué hay, Inferninho? ¿Cómo va todo?

—No muy bien, ¿sabes, Acerola? No apareció el camión del gas... La cosa está jodida, ¿sabes? En el momento menos pensado, le meto un navajazo al primer julay que se cruce en mi camino, ¿me entiendes?

Manguinha intentó convencer a Inferninho de que fumase con ellos, pero fue en vano. Aunque Inferninho tenía hierba, no quería fumar en ese momento; pensó en regalar un canuto a los porreros pero, como le quedaba poca marihuana, desechó la idea. Buscaría a alguien o alguna tienda y cometería un atraco. Después de despedirse, subió por la calle de la farmacia. Acerola y Manguinha se quedaron allí a la espera de un compañero.

Al cruzar el brazo derecho del río, Inferninho avistó un pequeño tumulto.

—Marica, marica, marica...

—¡Métele un palo de escoba en el culo! —decía un muchacho blanco que no tenía dientes e iba sin camiseta.

Al principio, a Inferninho le pareció gracioso; sin embargo, cuando se percató de quién era el motivo de la chacota, tuvo ganas de ocultar su rostro en un lugar donde no lo viese nadie, hacer oídos sordos y seguir adelante; pero no pudo. Lanzó un tiro al aire en un instante de lucidez, pues de lo contrario habría disparado sobre la gente. Era Ari, y llevaba botas marrones, minifalda de napa negra, blusa de seda amarilla, peluca color fuego, grandes pendientes, anillos de plata, bolso azul en bandolera y un lunar gigantesco dibujado en la mejilla izquierda. Sí, era Ari, la Marilyn Monroe del morro de São Carlos, ese hijo de su madre que quería ser mujer. Parecía una escuela de samba atravesada en la avenida. Los dos se quedaron solos. Hubo incluso quien se atrevió a mirar desde la esquina, y esa vez Inferninho disparó para acertar, lo que no ocurrió.

—¿No te he dicho que no quería verte por aquí?

—Es que papá no para de beber, no come nada, cada dos por tres se pone enfermo. Mamá está nerviosa, sin dinero. Aquella chabola es horrible, cuando llueve se moja todo lo que hay dentro. Sabemos que es mucho mejor vivir aquí que allá. Mamá está cansada del trajín de cargar agua. Nosotros queremos que se venga a vivir aquí. He venido a avisarte y para preguntarte si tienes a alguien para comprarle medicinas para papá, porque yo ya estoy sin blanca. —Se ajustó la peluca y continuó—: Voy a tu casa a limpiarla un poco, porque mamá está pensando en venir esta misma semana.

—Tú no vas a venir, ¿verdad?

—¡No, Dios me libre!

—Deja que yo consiga una mujer para limpiar la casa, ¿vale? No quiero un marica en casa. Si fueses un hombre, aún, pero tú eres un mariconazo, un sinvergüenza, un putón, invertido, un muerdealmohadas...

Ari no se atrevió a replicarle. Se acordó de la vez en que intentó contradecirle y recibió un balazo en el pie. Inferninho le ordenó que sólo apareciese de madrugada para charlar, que entrase sin que nadie lo viese. Dio la espalda a su hermano, quería alejarse lo más rápido posible; caminaba sin rumbo, llegó a la orilla del río y cruzó el puente de la Cedae. Anduvo por el bosque hasta llegar a la orilla de la laguna, donde se quedó sentado el resto de la tarde. Encendió un canuto con los ojos fijos en el agua y el pensamiento en Ari.

Se acordaba de cuando Ari nació; todo el mundo diciendo que era varón... Y el desgraciado va y se hace marica. Recordó que, cuando Ari era pequeño, él lo llevaba a horcajadas sobre los hombros por los caminos del morro cuando iba a buscarlo al colegio o a comprar algo a los tendejones. Intentó que el benjamín jugase a la pelota, volase cometas y subiese a los árboles; pero no hubo manera: Ari, siempre flojo, no se acercaba a las chicas, se magullaba a cada rato y todo le daba miedo. Entonces comenzó a sospechar que su hermano era marica. En cuanto Ari empezó a salir de noche, acabó confirmándolo: varias personas lo vieron vestido de mujer en la Zona do Baixo Meretrício. En una ocasión, los vecinos de la Rua Maria Lacerda intentaron lincharlo porque lo vieron coqueteando con un marinero en un cafetín. Ahora Ari volvía a estar allí, con aquella cara de pendón. Sería muy jodido si ese mariconazo decidiese vivir en el barrio.

Ya eran las tres de la tarde de aquel martes sin nubes. Pedra da Panela, Pedra da Gávea y la sierra de Grajaú se veían nítidas, pero no más grandes que el dolor de tener un hermano invertido. Dio la última calada al porro y tiró la colilla a la laguna, aquel gigante tumbado que se llevaba su mirada como si él formara parte de su cuerpo, ese cuerpo de agua.

Inferninho volvió al barrio al anochecer. Tenía que enviar dinero a su madre; no podía decir que lo mandaría más tarde, porque no quería que Ari volviese a Ciudad de Dios; además, su padre estaba enfermo. El chico entró en la primera taberna que vio, no podía perder tiempo buscando un buen objetivo para robar.

—¡Todo el mundo quieto! ¡Vamos, a sacar todo si no queréis que me enfade! —ordenó, empuñando el revólver amartillado.

Los tres hombres que bebían cerveza no obedecieron de inmediato. Intentaron conversar con el atracador. Como no le hicieron caso al instante, Inferninho propinó un fuerte sopapo en la cara del que estaba más cerca y ordenó que dejaran lo que llevaban sobre la barra. Una vieja se aferró a un niño pidiendo, por la sangre de Cristo, que no causase ninguna desgracia. Inferninho recogió el dinero de la caja de la taberna y el de los clientes, así como los relojes y la cadena de oro del niño, y se retiró sin prisas. Caminó por la Rua do Meio con el revólver en la mano derecha, observando cuanto se cruzaba a su paso: personas, tiendas y casas. En el camino, asaltó a la gente que le parecía acomodada y pegó un tiro a un muchacho que hizo ademán de reaccionar.

Era un atracador, y necesitaba dinero rápido; en esas circunstancias, asaltaría a cualquiera, a cualquier hora y en cualquier lugar, porque estaba dispuesto a enfrentarse a quien se pasase de listo, a enzarzarse a tiros con la policía y hasta con un batallón si fuera preciso. Todo lo que deseaba en la vida lo conseguiría un día con sus propias manos y siendo muy hombre, todo un macho. Contaba también con la fuerza de la pombagira, que le daba protección, pues ella habría de pasar por una gira* fuerte para que la buena racha le llegase en el momento oportuno. Con dinero a punta pala se puede hacer de todo, cualquier hora es buena para hacer lo que a uno se le antoje; para un hombre que tiene dinero, todas las mujeres son iguales y el día por venir siempre amanecerá mejor. La cuestión era llegar al barrio de Salgueiro o de São Carlos con ropa adecuada, zapatos bonitos, ordenar a los muchachos que le sirvieran cerveza, comprar después un montón de papelinas e invitar a los amigos, exigir que le trajeran un montón de hierba y repartirla entre los muchachos, mirar a la negra más guapa

* Baile, durante el rito afrobrasileño, en que los participantes forman corro y van dando vueltas. (N. del T.)

45

y llamarla para beber un güisqui, pedir una ración de patatas fritas, dejar un cigarrillo de filtro blanco en la mesa, quedarse jugando con la llave del coche para que la mulata comprenda que no se va a quedar al sereno esperando quién la lleve, comprar un piso en Copacabana, follar con la hija de algún pez gordo, tener teléfono, televisor y hacer un viajecito a Estados Unidos de vez en cuando, como el patrón de su tía. Un día llegaría la buena racha.

Encendió solamente la luz del cuarto de baño, donde contó el dinero, examinó los relojes, las cadenas y las pulseras, envolvió una parte en una bolsa de plástico y la dejó allí mismo para que el desgraciado de Ari se la llevase, y el resto lo guardó debajo de la cama. Tenía hambre, pero se cuidó mucho de facilitar las cosas a la policía; se imaginaba a la pasma deteniéndolo en el preciso momento en que estuviese manducando. Encendió un cigarrillo, se acordó de que tenía maría guardada en el fondo del patio, se lió un canuto y se puso a fumar con la felicidad de quien ha cumplido con su deber.


Desde su infancia, allí en São Carlos, Inferninho había convivido con los grupos de delincuentes, le gustaba escuchar sus historias de asaltos, robos y asesinatos. Aunque pasase lejos de ellos, no dejaba de saludarlos. Nunca les negaba favores y solía faltar a clase para ayudar a los muchachos ya iniciados: limpiaba las armas, envasaba la marihuana e, incluso, a veces, a fin de ganar puntos, compraba el queroseno para la limpieza de los revólveres con su propio dinero. Cuando creciese, conseguiría un arma para hacerse rico en la ciudad, pero mientras fuese un niño seguiría robando la calderilla de su padre; éste nunca se daba cuenta, siempre estaba borracho perdido. Su madre no se descuidaba con el dinero, ella sí que era lista. La felicidad y la seguridad que sintió cuando Charrão le pidió que guardase un revólver en su casa aumentaron después de que asesinaran a éste. Aquella bonita arma le vino de perlas. Se ocupaba del cacharro como quien se ocupa de la solución de todos los problemas. Extraña panacea cuidada con queroseno y con el afán de dar un buen golpe.

Después de morir su abuela, Inferninho decidió que nunca más andaría pelado. Trabajar como esclavo, jamás; basta ya de comer de tartera, recibir órdenes de los jodidos blancos, quedarse siempre con el curro pesado sin una oportunidad de ascender en la vida, despertarse temprano para ir al currele y ganar una mierda. En realidad, la muerte de la abuela le sirvió como justificación para seguir el camino por el que sus pies ya habían dado los primeros pasos, porque, aun cuando la abuela no hubiese muerto asesinada, Inferninho habría seguido el camino que, según él, no significaba esclavitud. No, no sería peón de albañil: dejaba esa actividad, y de buen grado, para los paraíbas que llegaban allí escapando de la sequía. En su tercer atraco tuvo que liarse a tiros con la policía, pero por suerte salió ileso; dudó en volver a trabajar en la construcción con los muertos de hambre, pero no, nada de eso, un buen atracador tiene suerte. Un día, sí, llegaría la buena racha.


Ninguna de las víctimas de los asaltos que perpetró aquel día se quejó de Inferninho; solamente el muchacho herido por un balazo tuvo que informar de lo sucedido por culpa del policía de guardia que estaba en el hospital donde lo atendieron. Otro de los asaltados, Aluísio, jugaba en el Unidos y conocía a Martelo, pues era de la panda de muchachos del barrio. Aluísio procedía del barrio de Irajá, tocaba el tamboril en la escuela de allí y estudiaba en el mismo colegio que algunos porreros de la panda de Laranjinha. Sintiéndose humillado, fue a ver a algunas personas del barrio, expuso su caso buscando adhesión o, por lo menos, que establecieran una red de solidaridad. De todos modos, y al margen de todo eso, Aluísio se dijo que debía tomar alguna medida. No podía dejar que cualquier raterillo de mala muerte lo vacilase; si no, ¿cómo sería su vida en el barrio? Podrían pensar que él no valía nada y esas bravatas se repetirían constantemente. En definitiva, eso no podía quedar así.

Ya eran más de las dos de la mañana cuando Inferninho, por una rendija de la ventana, vio a Ari en el patio. Abrió la puerta sin hacer ruido y, por gestos, le indicó a su hermano que entrase en silencio.

—Ahí tienes dinero, relojes y cadenas para trapichear en Estácio, ¿vale? Dile a mamá que si quiere venir aquí, puede hacerlo mañana mismo, que yo ya me las estoy pirando, ¿has entendido? Y dile también que no se preocupe por mí, que estoy bien.

Ari se mantuvo callado y con la mirada gacha mientras su hermano hablaba. Creía que todo aquello era por su culpa. Si él no fuese marica, su hermano Inferninho viviría con ellos. En cuanto comenzó su andadura de travestido, Inferninho empezó a andar de aquí para allá. Ari quería a Inferninho, y suponía que en el fondo, muy en el fondo, su hermano le tenía afecto, aunque no lo demostrase. En aquellos momentos, Ari odiaba el sexo, único causante de toda su desgracia. Un silencio a modo de abrazo o apretón de manos se impuso entre los dos, hasta que Inferninho lo despidió:

—¡Anda, vete, y cuidado con la policía!

Ari entró en la noche de Ciudad de Dios, en la que otros silencios se amontonaban en cada callejón. La madrugada se derramaba en los ojos agitados de Ari. No debía dar pie a que lo parase la policía. Cualquier acto que no fuese símbolo absoluto de la madrugada era sospechoso. Miraba hacia todos los lados. Ya había decidido quitarse los zapatos de tacón para echar a correr, cuando se percató de que había un hombre apostado en la esquina siguiente. Guardó bien el dinero y los objetos, subió por la acera opuesta a la de su posible enemigo, caminó más lentamente y pensó en su pombagira. El hombre se mantuvo inmóvil, lo que dejó a Ari más receloso. Continuaría con paso tranquilo hasta la esquina y después se lanzaría a la carrera. Fingiendo que buscaba algo en el bolso, que llevaba en bandolera, cruzado sobre el pecho, extrajo la navaja oculta en la braga, la abrió, la extendió en su mano derecha y se contoneó todo lo que pudo con la esperanza de parecer realmente una mujer a los ojos del hombre de la esquina. Pensó en volver y pedir ayuda a su hermano, pero tuvo miedo de que Inferninho dijese que andaba puteando. Faltaban menos de diez metros para pasar por delante de su posible agresor. Pensó en echar a correr. Su corazón era lo más ruidoso que podía oírse en aquel momento.

—No importa si el felpudo es pelado o si peludo es el culo: ¡lo importante es meter el piringulo! —dijo el hombre de la esquina, que estaba borracho perdido.

Ari dobló el último recodo, caminó hasta el final de la calle y entró en el Porta do Céu, donde Neide y Leite lo esperaban bebiendo cerveza. El hermano de Inferninho pagó la cuenta y apremió a los amigos de la Zona do Baixo Meretrício. Subieron al Volkswagen de Leite y se pusieron en marcha hacia Estácio.


Inferninho se despertó con el soniquete del lechero. Tardó un poco en recordar todo lo del día anterior, se mojó la cara poniéndola directamente bajo el grifo de la cocina y salió al patio, revólver en mano, sin comprobar si el arma estaba cargada. No la utilizaría, sólo quería amedrentar al lechero.

—¡Eh, tú! Acércate, que quiero hablar contigo.

—Tú dirás —respondió el lechero.

—¿Me puedes hacer un favor?

—¡Claro que sí! —dijo el muchacho, nervioso, evitando mirar tanto al revólver como a los ojos de Inferninho.

—Mira: tienes que llevar en tu trasto un colchón, una cocina, un sofá, un armario y una radio a la Trece. Yo voy a asaltar una casa y tú esperas, ¿vale?

—Vale.

—¿Cuántos viajes tendrás que hacer?

—Por las cosas que has dicho, calculo que dos.

—Entonces escucha: tú vas acomodando todo ahí, que yo me adelanto, ¿de acuerdo? Empiezo a limpiar la casa y te espero, ¿vale, colega?

—De acuerdo.

Inferninho trincó dos casas. Una sería para él y la otra para Martelo. El lechero hizo el traslado rápidamente. Inferninho decidió dejar el armario en la casa reservada para Martelo, y el resto de las cosas, en su nueva casa. Le dio un reloj al lechero y se puso a pasear por la sala con las manos cruzadas en la espalda, pensando en la enfermedad de su padre y en las piernas de su madre subiendo las laderas del morro... Sintió una punzada de tristeza, y abrió la ventana; un rayo de sol invadió la casucha y lo impulsó a salir a comer algo.

Antes de salir, vio a Carlinho Pretinho cruzar la Rua do Meio con dos botellas de cerveza en la mano. Llamó a su amigo y empezó a contarle mentiras. Le dijo que la policía había rodeado su casa de madrugada y que si estaba vivo era porque se había ido a tiempo. Jamás volvería a su casa, así no alertaría a la policía en un lugar que ya estaba fichado.

—¡Métete en una de esas casas que están vacías, tío!

—¿Crees que no lo he hecho ya? ¡Ja, ya me he mudado, colega!

Se fueron a la casa de Carlinho Pretinho. En el camino, Inferninho pidió a un niño que le hiciese un recado:

—Compra allí dos panes y medio kilo de mortadela y llévalo a aquella casa —dijo, señalando la casa de su amigo.

El niño no tardó en volver con lo que le habían pedido. Comieron, bebieron, fumaron marihuana y cigarrillos, y conversaron sobre vaguedades hasta que Pretinho, después de ver bostezar varias veces a su amigo, le aconsejó que se tumbase un rato.

—Puedes echarte un sueñecito ahí mismo, tronco. Yo me voy a dar una vuelta, ¿vale? Duerme hasta la hora que tú quieras. Tranquilo..., esta casa es segura.

Antes de salir, Carlinho Pretinho le dijo a su amigo que Lúcia Maracaná prepararía un almuerzo estupendo para los dos. Inferninho pensó en ducharse, incluso avanzó hacia el cuarto de baño, pero cambió de idea cuando sintió que la cabeza le daba vueltas: estaba cargado de cerveza y maría de la buena. Se acostó con camiseta, calzoncillos y bermudas.

A eso de las dos de la tarde lo despertó la charla de Lúcia Maracaná y Berenice. Se duchó. En cuanto salió del baño echó un vistazo a las piernas de aquella desconocida. Berenice, en un primer momento, se mosqueó al notar cómo la asediaban los ojos del malandrín. Al cabo de un rato, empezó a cruzar y descruzar las piernas sin cesar. Maracaná hablaba de sus fantasías mientras cocinaba:

—Voy a desfilar en el ala como primera bailarina, ¿sabes? No me apetece salir en el ala bailando con todo el conjunto, ¿entiendes? Hay que ir a ensayar todos los miércoles. Bueno, como primera bailarina, no: cada uno en su casa y Dios en la de todos. Además, basta con pintarse un poco, unas zapatillas, las medias y el sujetador. Eso de andar con mucha ropa lo único que hace es trabar los movimientos, ¿entiendes? Me gusta ir jugando con los pies, no me atrae eso de andar dando vueltas por la avenida como un pavo, no... Este año voy a ir a la escuela de São Carlos, a la de Salgueiro y a la de aquí. Voy a salir toda de blanco para poder entrar en las tres con el mismo disfraz —concluyó Maracaná.

Inferninho, callado, pensaba en la posibilidad de que se hubiesen presentado denuncias por los asaltos del día anterior. Sentía remordimientos por haber atracado en el barrio. Passistinha siempre decía que el jaleo había que armarlo en barrio ajeno. Pero la verdad es que aquello tenía sentido: ningún sitio sería bueno para atracar si el pendón de su hermano estaba en el barrio. Tenía poco tiempo. «Deben de haber hecho el retrato robot», pensaba. Aunque estaba preocupado, no por eso dejaba de observar, admirado, el cuerpo de Berenice: esos labios carnosos y pintados, esas bermudas ajustadas y cortas que perfilaban aquel culo pronunciado, esos senos puntiagudos..., se le hacía la boca agua al mirarlos, esas piernas rollizas, esos ojos grandes y aquella manera suave de hablar... Se empalmó.

Lúcia anunció que estaba listo el almuerzo, cogió los platos, los cubiertos, y puso en la mesa arroz, frijoles y un guiso de costillas de vaca con patatas. Berenice se ofreció para servir. Inferninho cerró cuatro dedos de la mano derecha y levantó el pulgar, pero sin apartar la mirada de la casa de enfrente. Por la ventana vecina se filtraba también el tintineo de platos y cubiertos. Inferninho observó a una vieja que cocinaba a leña, en la sala de su casa, para cuatro nietos; comían frijoles con cuzcuz y el humo les irritaba los ojos. La tristeza lo puso serio, pero el roce de la mano de Berenice en su hombro le hizo sonreír. La mulata le entregó el plato. Inferninho comió despacio, con la boca cerrada para no pasar vergüenza frente a la chica.

Berenice había nacido en la favela Praia do Pinto, donde se había criado; eran nueve hermanos. Había comenzado robando alimentos de los estantes de los mercados de Leblon e Ipanema siendo todavía una niña. Ahora sólo robaba a las mujeres ricas en las ferias de la Zona Sur. Y llamaba a Maracaná para que la ayudase en sus andanzas. En su opinión, eso de robar alimentos en las ferias era cosa de niños. Lo importante era hacerse con dinero, pulseras y cadenas de oro.

—¡Es fácil! —repetía siempre que hablaba de eso con Lúcia.

Al morir la madre, los hijos tomaron rumbos diferentes. Berenice se fue a vivir con Jerry Adriane a la favela del Esqueleto, y estuvo casada hasta que encontraron a su marido en São João de Meriri con cincuenta tiros en el cuerpo y un cartel, colgado al cuello, que rezaba: «Uno menos que asalta. Firmado: Mano Branca». Berenice se mudó con su padre a Ciudad de Dios, donde él murió con el hígado destrozado por la cachaza. Ahora estaba sola y quería rehacer su vida. Ya no aguantaba cocinar sólo para ella ni dormir sola. Quería tener hijos cuanto antes, porque ya se sentía vieja. Cuando vio a Inferninho, le pareció encantador y se dejó seducir por las palabras del malandrín.

—¡Dame una calada! —dijo Inferninho y continuó, después de recibir el cigarrillo de manos de Lúcia Maracaná—: ¡Pues sí, Lúcia siempre ha tenido unas amigas estupendas!

—¿Por qué no te has liado con ninguna? —preguntó Berenice.

—¡Aún no he encontrado una que me haga tilín!

Lúcia Maracaná percibió la intención de su amigo, dijo que se iba a comprarle a Madalena un saquito de maría y los dejó solos.

—Sí, tienes pinta de ser muy exigente. A las personas así no les va bien en la vida, ¿sabes?

—Para serte sincero, he de reconocer que tienes razón. Y ahora mismo te voy a decir una cosa: creo que mi corazón ya te ha elegido, ¿me entiendes? Quien elige es siempre el corazón y, en cuanto te vi, mi reloj despertó pensando que era una mañana de sol —poetizó Inferninho.

—Estás diciendo bobadas, chico... ¡El corazón de un bandido sólo late en la suela de sus pies y no se despierta, está siempre al acecho!

—Pues, chica, ¿alguna vez has oído hablar de amor a primera vista?

—Un bandido no ama, un bandido sólo desea —repuso Berenice y rió.

—Así no se puede hablar...

—¡Un bandido no habla, un bandido propone ideas!

—¡Vaya, hablo yo y tú pones pegas!

—¡Un bandido no habla, suelta un discurso!

—No tiene sentido que siga gastando saliva contigo.

—Un bandido no gasta, un bandido se toma su tiempo.

—Es imposible hablar de amor contigo.

—De amor nada, chico. Tú estás tarumba.

—Un bandido se vuelve tarumba cuando ama —insistió Inferninho.

—Vas a acabar convenciéndome...

Se quedaron conversando hasta que Berenice prometió que se lo pensaría. Lúcia Maracaná llegó con dos cervezas, un saquito de maría y tres papelinas de coca, para gran alegría de Inferninho. Charlaron durante un buen rato. Siempre que podía, Inferninho mandaba un mensaje a Berenice. Sabía que, a veces, hay que perseverar para conquistar a una mujer.


El sol abrasador era casi inaguantable, los niños arriaban las cometas, los trabajadores llegaban en autobuses repletos, los que estudiaban por la noche se movilizaban hacia la escuela, los pocos panaderos de la tarde se recogían y los obreros llenaban las tabernas para tomar el sagrado aperitivo. Aluísio se apeó del autobús en la plaza principal de Ciudad de Dios. Se había prometido saldar deudas pendientes. No sabía en qué andaba Inferninho ni por dónde, pero, por muy lejos que estuviese, tenía que pillarlo, porque si uno coge el toro por los cuernos las cosas acaban aclarándose, si hace falta a golpes, y un maleante que se precie tiene que pelear a cara descubierta, de lo contrario queda desprestigiado. Suponía que, si no estaba en el Bonfim, debía de estar en Allá Abajo. Cuando se dirigía al Bonfim se encontró con Laranjinha y Acerola fumándose un canuto:

—¿Cómo andan las cosas por Allá Arriba, colega?

—Más o menos.

—¿Quieres una calada, hermano? —preguntó Acerola con el porro en la mano.

—No, no fumo maría.

—Tío, me había olvidado.

Aluísio aprovechó para quejarse ante sus amigos. Acerola se indignó con lo ocurrido. Decía con tono de preocupación que un delincuente tiene que respetar a los muchachos de la jurisdicción. Afirmaba que, si le pasase a él, saldría enseguida a partirle la cara al que fuera para hacerse respetar. Aluísio le caía bien, a pesar de que lo conocía desde hacía poco. Estaba convencido de que se podía saber por la mirada si una persona era legal o no. Percibía sinceridad en la mirada de Aluísio, y siempre lo veía hablando con todo el mundo e invitando a cerveza a los muchachos del lugar. Era un tipo que no vacilaba a nadie, se lo disputaban siempre las mejores mujeres de la zona y se juntaba con los mejores. Era un buen colega, y decidió echarle una mano. Laranjinha apoyó la decisión de su compañero.

Se dirigieron hacia abajo, ya que Laranjinha había visto a Inferninho entrando en la casa de Carlinho Pretinho por la mañana. Antes de cruzar la plaza del bloque carnavalesco Los Garimpeiros de Ciudad de Dios, encontraron a Passistinha entretenido en una mesa de billar con dos trabajadores que, entre tacada y tacada, bebían cachaza con vermú para abrir el apetito. Acerola se encargó de contar lo que le había ocurrido a Aluísio. Al percibir su exaltación, Passistinha decidió intervenir.

—Dejadme que lo acompañe yo; si aparecemos todos juntos pensará que es una trampa. Esperadme aquí.

—Vale —respondieron.

Passistinha aconsejó a Aluísio que se lo tomase con calma. No por miedo, porque eso tampoco le gustaría a Inferninho, sino porque si llegaba muy arrogante podía ser peor.

—Ya lo sé —dijo Aluísio, que sabía por dónde iban los tiros.

Invocaba al *padre de santo* Joaquín de Aruanda de las Almas para que todo saliese bien. Su protector nunca le había fallado en los momentos en que lo necesitaba.

La cuestión se resolvió sin problemas. Aluísio se portó como Passistinha esperaba. Al decir que era amigo de Martelo, Laranjinha y Acerola, recibió el doble de lo que había perdido, además de las disculpas de Inferninho.


La noche se adueñó del barrio. Al encenderse las farolas de la calle, las mariposas se amontonaban más en unos postes que en otros. En Allá Arriba, un grupo de niños preguntaba al dueño del Bonfim por los delincuentes. Querían celebrar sus recientes hazañas en compañía de los maestros. Aquel día, viejos, embarazadas y borrachos del centro de la ciudad habían sentido su fragilidad frente a esas manos infantiles y ávidas. Los niños habían pedido también limosna y limpiado zapatos en la plaza de São Francisco.

Inho, el que conseguía más dinero, era el líder del grupo. Mentía a sus amigos, en su afán por ganarse el respeto de los demás, y les decía que ya había mandado a más de diez al infierno en los asaltos que había hecho solo. Admiraba a Inferninho, pero sentía adoración por Grande, el que mandaba en la favela Macedo Sobrinho. Si lograse ser como Inferninho, pronto se volvería como Grande: temido por todos y querido por las mujeres. Consideraba a Cabelinho Calmo y a Pardalzinho sus mejores amigos. Cuando Cabelinho estuvo preso en el Padre Severino, fueron raras las veces en que su madre no tuvo dinero gracias a Inho. Cuando Cabelinho salió de la prisión, Inho se deshacía en elogios de su amigo: lo consideraba el más astuto, el más pillo, el más «de puta madre».

Paulo da Bahia sólo había visto a Inferninho por la mañana. Hacía mucho que no sabía nada de Martelo ni de Tutuca.

—Hasta el tipo que los acusó está asomando de nuevo por el barrio —afirmó el dueño del Bonfim, apuntando con el dedo a Francisco, que bebía cachaza con zumo de melocotón en el otro extremo del bar.

Los niños fueron al puesto de doña Tê a comprar cuatro saquitos de marihuana con la esperanza de encontrar a algún traficante para poder exhibirse.

Después bajaron por las callejuelas. Madrugadão iba delante y asentía con la cabeza cuando no había pasma tras las esquinas. Si por casualidad apareciese la policía, seguiría caminando sin hacer ninguna seña. Inho era el único que llevaba un arma, y la tenía amartillada.

Inferninho jugaba al billar con Pelé y Pará en la taberna de Chupeta. Al ver a Madrugadão, gritó su nombre como quien ve a un gran amigo. Su alegría fue completa al ver al resto del grupo. Inferninho decidió estrecharles la mano a todos, uno por uno, y les dijo que era hora de que los niños estuviesen en la cama. Cuando le tocó el turno a Inho, Inferninho no sólo no se conformó con el apretón de manos, sino que también decidió abrazarlo y darle unas palmaditas en los hombros en señal de amistad y admiración. Después, Inho dijo que venía para contarle un plan estupendo. Se lo explicó; a Inferninho le encantó, y transmitió su entusiasmo a Pelé y Pará.

—Se puede hacer incluso hoy. Sólo necesitamos un coche.

—¡Que no, Inho! Es mejor el sábado, porque hay más gente allí. Y así sacaremos más pasta, ¿entiendes?

Quedó acordado que concretarían el plan el sábado, de madrugada. El viernes, Inho llevaría a Inferninho y a los demás a que observasen el lugar que asaltarían: comprobarían las salidas por si aparecía la pasma y elegirían el mejor lugar para aparcar el coche. El dinero se repartiría en cuatro partes iguales. Inho recibiría la suya sólo por haber informado del sitio. Del atraco se encargarían Inferninho, Pelé y Pará. Celebraron el triunfo del golpe por anticipado. Para que todo saliese bien, decía Inferninho, lo importante era pensar en positivo.

Sandro Cenoura, otro chaval del grupo, pidió un guaraná y tres fichas de billar. Por costumbre, llamó al tabernero Paulo da Bahia. Al oírle, Inho se acordó del chivato.

—Acabamos de ver al tipo que os entregó a la poli hace un segundo —dijo.

—¿Estás de guasa? —preguntó Inferninho.

—¡De eso nada, tío! Estaba en el Bonfim bebiendo cachaza.

Inferninho soltó el taco de billar, fue hasta la tronera donde había guardado su revólver, comprobó el arma y salió a la calle, donde lo envolvió la oscuridad de la noche sin luna. Entró en una callejuela, pasó frente a la guardería, cruzó el Rala Coco, enfiló la calle de la escuela Augusto Magne y siguió un buen tramo por la calle del brazo derecho del río; en cada esquina reducía el paso para no ser sorprendido. Ni rastro de policías. Iba a ocuparse de la muerte del chivato para que sirviese de ejemplo. Así evitaría que volviese a ocurrir; ésa era tal vez la lección más importante que había aprendido de niño, en las reuniones de delincuentes que tenían lugar en el morro de São Carlos. El odio guiaba a Inferninho a su paso por la calle del club. Bastó con atravesar el Ocio, cortar por la callejuela de la iglesia, doblar a la derecha, coger la Rua do Meio y llegar al Bonfim.

Francisco no estaba del todo borracho. Bebía su cóctel de cachaza y melocotón y escuchaba *A turma da maré mansa* en la radio de Paulo da Bahia. No advirtió la llegada de Inferninho.

El de Ceará había emigrado a la Ciudad Maravillosa llevando bajo el brazo un empleo. Trabajaba en la construcción del nudo de autovías Paulo de Frontin. Se quedó a vivir en el alojamiento que proporcionaba la obra durante su primer año en Río de Janeiro. Consiguió casa en Ciudad de Dios gracias al enchufe de uno de los ingenieros de la obra. Hacía poco que había enviado una carta a su mujer para informarle de que su hermano iría a buscarla. Su hermano había subido el día anterior a un autobús de línea. En la carta también le hablaba de una buena casa, con agua en abundancia y patio; el colegio para los niños quedaba cerca y, según los vecinos, era fácil conseguir plaza. Tenía reservado algún dinero para comprar los muebles. Lo único malo de Río de Janeiro era que había criollos por todas partes, pero le decía a su mujer que viniese lo más pronto posible porque echaba mucho de menos a sus hijos. A su llegada a Río, a Francisco lo habían asaltado en la estación de ferrocarril y, dos meses después, en la Zona do Baixo Meretrício. Las dos veces fueron negros. Cuando oyó que Tutuca decía que robaría en una casa por la zona de Anil, esperó a que éste se alejase y dijo, en un tono bastante alto, que si viese a algún policía entregaría a aquel ladrón hijo de puta en el acto. Sabía dónde vivían los otros, añadió, y señaló la casa de Martelo. Madalena, que bebía una cerveza en el otro extremo, tomó buena nota de sus palabras y, en la primera oportunidad que tuvo, se lo contó a Maracaná. Esa misma noche en que había prometido venganza contra aquella raza maldita, Francisco no tuvo ningún reparo en hacerles una seña a los policías de paisano que andaban de ronda para chivarse. Solía decir que ya no le gustaban los criollos, y que, desde su llegada a Río, había comenzado a detestarlos. Argumentaba con sus amigos que el rubio era hijo de Dios, al blanco Dios lo creó, el moreno era un bastardo y al negro el Diablo lo cagó. Señalarle a la policía la casa de Martelo fue su gran venganza contra esos negros de mierda.

Inferninho pidió cachaza con vermú a Paulo da Bahia y anunció que iba a cargarse al cearense. Tras echar un vistazo a la calle para ver si había policías, mandó servir un aguardiente con melocotón para el chivato, como hacen los muchachos de las películas del Oeste. Francisco advirtió la presencia del maleante cuando le servían la bebida, desconfió de su actitud, evitó mirarlo a la cara y se preparó por si tenía que salir corriendo. En una fracción de segundo, le asaltaron las dudas sobre si debía huir o no. Tal vez el tipo sólo quería comprobar si era cierto que se había chivado y todo se solucionaría con una conversación. Había oído a muchos cariocas decir que nadie escapa de una buena charla. Pero, pensándolo bien, aquella gente no se andaba con chiquitas, así que lo mejor era poner pies en polvorosa. Pensó el trayecto que seguiría, respiró hondo y salió disparado. Sin embargo, Inferninho fue más rápido. Acorraló a Francisco antes de que doblase la segunda esquina.

—¿Qué pasa, colega? ¿Estás despreciando el aperitivo que te pagué?

—No, es que ya me estaba yendo, yo..., es..., es...

—¿Por qué estás tan nervioso? Tranquilo, sólo quiero decirte una cosa...

—Yo..., yo..., yo...

—¿Yo? ¡Y una mierda, chaval! ¡Tú eres un jodido chivato!

—Pero..., pero..., pero...

—¡Pero los cojones! Vamos allí a charlar tranquilamente, no voy a hacerte nada, no tengas miedo —dijo Inferninho señalando con el arma la plaza de la *quadra* Quince.

Francisco, qué remedio, obedeció. Inferninho pensaba en Branco, en los compañeros que se habían visto obligados a pasar un tiempo fuera de la favela, en los muebles que Martelo y Cleide habían perdido. Francisco no oía el ladrido de los perros ni la música del Bonfim, que, a cada paso que daban, también iba desvaneciéndose de los oídos de Inferninho. En la plaza, un niño con un bebé en brazos esperaba a que su madre regresara del trabajo. A veces, los cobardes se llenan de osadía como consecuencia de un nerviosismo exacerbado. Francisco pensó en su mujer, en sus seis hijos, en la carta que había mandado, en la muerte que estaba a punto de brotar en él. La voz de Inferninho ordenando que rezase un avemaría lo volvió lo bastante macho como para arrojarse sobre Inferninho con el fin de quitarle el revólver. El asesino lo esquivó y disparó una bala en la frente del trabajador.

Descerrajó tres tiros más en aquel cuerpo que se sacudía convulso con el dolor de la muerte; se le reviraron los ojos, los brazos se agitaban. La sangre cayó por la frente. Inferninho sacó veinte cruzeiros del bolsillo del cadáver, cogió el reloj de pulsera, y bajó por un camino diferente de aquel por el que había subido. El niño que sostenía al bebé aprovechó para coger los zapatos de Francisco.

—¿Queréis ver un fiambre? Pues no tenéis más que daros una vuelta por Allá Arriba.

—¿En Allá Arriba? ¡Lo pintas como si fuera ir a ver a Jesús! —exclamó Inho.

—Hasta conseguí algo de dinero y un reloj: ¡no ha estado nada mal! Ahora es mejor que nos escondamos, dentro de poco se presentará la pasma —aconsejó Inferninho yendo hacia la barra con la intención de tomarse un buen trago; tal vez la bebida disminuyese el ritmo de su corazón, lo sacase de la sombra del arrepentimiento y lo dejase sólo con la gloria de haber mandado a un chivato al otro barrio.

Se bebió una copa de Cinzano con aguardiente, encendió un cigarrillo y se dispuso a pagar la cuenta. Los niños buscaban papel para liar un porro. Pelé y Pará disputaban la última ficha de billar. Carlinho Pretinho llegó diciendo que había un fiambre en Los Apês, fresquito. Había sido por el reparto de un botín. Uno de los ladrones quiso quedarse con la mayor parte por haber descubierto la casa y acabó muriendo a manos de su compañero.

—Tenemos que escondernos, tío. ¡Yo acabo de cargarme al chivato en Allá Arriba! —dijo Inferninho a Carlinho Pretinho.

Cada uno siguió su destino. Inferninho pensó en ir a casa de Berenice. Estaba seguro de que ella lo calmaría, pero sería muy inoportuno presentarse allí a aquella hora. Decidió dormir en la casa nueva.

Todas las tabernas del barrio cerraron sus puertas. En el puesto de policía, los soldados Jurandy y Marçal dormían en el segundo piso. En la parte de abajo del puesto, el cabo Coello leía un libro de bolsillo: *Texas Kid vuelve para matar*. En Los Apês, la madre del ladrón colocó siete velas alrededor del cuerpo de su hijo, le quitó la cadena de oro, de la que colgaba una imagen de san Jorge, rezó el padrenuestro, el avemaría, el credo, y cantó un himno a Ogún:

Padre, padre Ogún,
salve, Ogún de Umaitá.
Él venció las grandes guerras.
Salve, *saravá*, en esta tierra
al caballero de Ochalá.
Salve, Ogún Tonam,
salve, Ogún Meché,
Ogún Delocó Quitamoró,
Ogún eh...

Fuera de allí, un chivato merece una paliza, pero en la favela merece morir. Nadie encendió velas por Francisco, sólo un perro le lamió la sangre endurecida de su rostro.

Cuando amaneció esa lluviosa mañana, las personas que se dirigían al trabajo se acercaban a los cadáveres para ver si los conocían y seguían adelante. A eso de las nueve, Cabeça de Nós Todo, que había entrado de servicio a las siete y media, fue a ver el cadáver del ladrón. Al quitar la sábana que cubría el fiambre, concluyó: «Es un delincuente». El difunto tenía dos tatuajes; el del brazo izquierdo representaba una mujer con las piernas abiertas y los ojos cerrados; el de la derecha, san Jorge guerrero. Además, calzaba unas zapatillas de deporte con una cara de gato pintada, vestía pantalones ajustados y una camisa de hilo de colores, de esas que confeccionan los presidiarios. Sin embargo, cuando se dirigía hacia el extremo derecho de la plaza de la *quadra* Quince, a cada paso que le acercaba a la imagen del cuerpo de Francisco, en su corazón de policía fue creciendo un blando nerviosismo que se convirtió en una desesperación absoluta. Era el cadáver de un trabajador. El fuego del odio salió por todos sus poros bajo la forma de sudor helado. Sospechó que era paisano suyo. Y vio confirmada su sospecha, pues, al examinar el carné de identidad, comprobó que el fiambre era natural de Ceará. Se reavivó su rabia, se encendió la llama de la venganza.

Hizo varias preguntas a la gente de las inmediaciones. Nada. Enfiló la Rua do Meio, dobló por detrás de la iglesia y cruzó el Ocio; se paraba en las esquinas donde había alguien, unas veces para hacer una requisa, otras para propinar una bofetada. Con los que salían a la carrera, la cosa estaba clara: si corrían era porque estaban en deuda. Aparecía en las esquinas como un cable pelado de alta tensión. Era los truenos de aquella lluvia, estremecía las plazas, se extendía por los callejones, era Cabeça de Nós Todo injuriado, dispuesto a vengar la muerte de un paisano. Cualquier maleante que le dirigiese la palabra moriría sin piedad. Antes de llegar a la *quadra* Trece, se encontró con dos policías, que se unieron a él para acompañarlo.

Por la calle de Enfrente, Inho volaba encima de una bicicleta con el objetivo de llegar a la Trece antes que los policías. Al doblar la Rua das Triagens se topó con Passistinha, que iba hacia la parada del autobús.

—¡Eh, tío! Aquel madero maricón está bajando en busca de maleantes. He venido a avisar a los muchachos... ¿Dónde está Inferninho?

—Debe de estar en su casa. Sabes dónde es, ¿no?

—¡Ajá!

—Entonces dale un toque.

Minutos después, Inho e Inferninho estaban escondidos en el Campão, un terreno baldío situado a la salida del barrio que lleva a Barra da Tijuca, mientras que Cabeça de Nós Todo, en la *quadra* Trece, forzaba puertas y disparaba contra las ventanas. La vieja que vivía con sus nietos le tiró un plato de aluminio a la cabeza; el policía respondió con un tiro y acertó en la pierna del nieto más pequeño. Cabeça de Nós Todo despotricaba, volcaba cubos de basura. Había que ser muy hijo de puta para matar a un currante... El pobre tipo debió de llegar a esta mierda de ciudad por el mismo motivo que él, y esos criollos se lo habían cargado por las buenas. Forzó la puerta de Lúcia Maracaná y la vio acostada, completamente desnuda. Los ojos de Lúcia desprendían una tranquilidad falsa. La mujer, al verle, tiró de la sábana para cubrirse los senos. Por un momento, Cabeça de Nós Todo olvidó su odio mirando aquel cuerpo fuerte, pero se repuso con rapidez:

—¿Dónde están tus machos, criolla hija de puta?

—No tengo macho, pero, además, usted no puede invadir las casas ajenas así como así. Por eso no me gustan esos mierdas de la policía militar, a ver si se entera. ¡Para colmo, madero paraíba!

Cabeça de Nós Todo empezó a propinarle puñetazos y puntapiés. Maracaná respondió, le dio mordiscos, pero el hombre acabó por reducirla.

—¡Suélteme, paraíba descarado!

Fuera, mientras tanto, los policías disparaban una y otra vez contra Pelé y Pará, quienes, después de saltar por la ventana de la casa en la que dormían, doblaron por una callejuela, giraron a la derecha y cruzaron la plaza del bloque carnavalesco Los Garimpeiros con las balas rozándoles la espalda. Cortaron por la Rua Principal en un intento de llegar a Barro Rojo. Cabeça de Nós Todo se unió a la persecución, pero a cada paso que daban tanto él como los otros policías, perdían terreno. Cada tiro que sonaba en los oídos de los fugitivos volvía más rápidos sus pies. Les gustaba aquello: después contarían a sus amigos todos los detalles de la fuga. Se acordaban de Bonanza, de Búfalo Bill, del Zorro. De vez en cuando, zigzagueaban como los héroes de la televisión. Era una pena que la persecución no discurriese a caballo, como en las películas, y, si estuviesen armados, prepararían una bonita emboscada detrás de un árbol para liquidar a sus enemigos. Fueron buenos con las canicas y con el tirachinas; con el revólver no tenían nada que envidiar. Subieron por el Barro Rojo y se internaron en el bosque. Los policías se cansaron.

En la Trece, el alboroto se difundía de callejón en callejón. Algunos decían que iban a quejarse, otros que apedrearían al policía cuando éste apareciese por allá. Los niños, asustados, corrían hasta el Otro Lado del Río para tranquilizarse junto a los árboles, en el lago, en el laguito... Las amas de casa clamaban bajo la llovizna de aquella mañana siniestra que se estiraba de boca en boca en crímenes cometidos de madrugada.

Los del barrio fueron a ver los cadáveres. Un borracho se divertía retirando la sábana y mostrando el rostro del chivato a cada curioso que llegaba. Las profesoras del turno de la tarde se enteraron de lo ocurrido por los niños. El coche fúnebre llegó hacia las tres. Primero recogieron el cadáver del trabajador, después el del ladrón. Cabeça de Nós Todo pasaba por la Trece cada dos por tres.

—¡Ahí viene el hijo de puta! —alertaban.

Los vecinos salían a la calle. No decían nada, sólo miraban pasar al policía. Cabeça de Nós Todo registraba callejón por callejón. Al retirarse, recibía rechiflas acompañadas de insultos. El policía disparaba al aire y devolvía las palabrotas.

En el Campão, Inferninho comía un trozo de pan con mortadela que le había llevado Inho. Sabía que tenía que quedarse por allí hasta el día siguiente. Cabeça de Nós Todo no acabaría su servicio antes de las siete y media de la mañana y, además del policía militar, el detective Belzebu podría aparecer en cualquier momento.

—Voy a acercarme a la casa de Lúcia Maracaná para que me dé unas mantas, así duermes aquí mismo, ¿vale? —propuso Inho.

—¡Estupendo! De paso, vete a ver a Tê y pilla un porro para mí... Cómprame también un paquete de Continental sin filtro en el Bonfim y, si no hay peligro, coge mi revólver de encima del depósito de agua, ¿vale?

—Vale.

—¿Tienes dinero?

—Sí.

—¡Ve con Dios!

Inferninho sacudió las ramas del árbol para que el agua acumulada cayese de una sola vez. Con un pedazo de madera, cavó una pequeña zanja para desviar el agua del lugar donde extendería la estera. Pensó en Cleide, Martelo y Tutuca; seguro que se enterarían de lo del chivato por el periódico. Tardarían en aparecer. Una mezcla de felicidad y dolor le rasgaba el pecho. Matar siempre le traía a la mente los asesinatos que había presenciado a lo largo de su vida. Los delatores, los traidores, los que envidiaban las cosas y las mujeres de los demás, ésos eran los que siempre amanecían con la boca llena de hormigas. También estaban los desafortunados que morían a manos de la policía o durante un asalto. Muchas veces oyó, cuando se reunían las bandas, conversaciones sobre las víctimas que se resistían: ésas merecían un disparo en la cara; pero los que eran capaces de entregarlo todo sin mostrar una pizca de valentía... El atracador tenía que armarse de paciencia para no enviar al otro barrio a la víctima del atraco. «Sólo mueren los cretinos que joden a los demás... No, ya he visto a muchos tipos cojonudos morir por traición en el reparto del botín; algunos incluso mueren por intrigas de una mujer despechada o por riñas de taberna. Y otros matan a traición sólo por cobrar fama de valientes.» El hecho de haber vivido toda su vida presenciando asesinatos, fueran por el motivo que fuesen, aliviaba aquel dolor que no era dolor, pues imaginaba divulgándose la noticia de que había sido él el asesino del paraibano. Sería más temido por los otros maleantes, por los muchachos del barrio, por los chivatos. Le gustaba ver el temor en los rostros de la gente, se reía para sus adentros cuando alguien cambiaba de acera para evitarlo, o cuando pedía un favor a una persona y las otras se ofrecían a hacerlo para quedar bien. Un día sería el maleante más famoso del lugar. Pensó en ir a enfrentarse con Cabeça de Nós Todo de verdad. Pero no... Le crearía problemas para el resto de su vida. Cargarse a un madero era firmar una sentencia de muerte. El batallón en masa saldría a la calle para matar al culpable. Lo conveniente era quedarse calladito hasta el día siguiente, porque Belzebu no había aparecido por el barrio y probablemente llegaría cuando menos lo esperasen.

La lluvia pasó para siempre. En el cielo, por detrás de la sierra de Grajaú, brotó una luna menguante. El silencio de la noche lo tranquilizó, le ocurría así desde niño. Los grillos cantaban. Si no hubiese llovido, podría haberse quedado a la orilla del río, pero estaba crecido y sus márgenes rebosaban barro. Se acomodó para pasar la noche. Inho llegó con todo lo que le había pedido y se marchó alegando dolor de cabeza. Inferninho comió el cuzcuz con chorizo que le había preparado Lúcia Maracaná y se fumó un porro. La noche pasaría rápido. Al día siguiente iría a ver a Berenice y, claro está, le preguntaría qué había decidido sobre su propuesta de noviazgo. De todas maneras, amaría a aquella negra apetecible. Parecía una tía leal. Y él necesitaba una mujer para que le hiciese la comida, le lavase la ropa y se echara en sus brazos cuando a él se le antojase. Creía que ella aceptaría, lo había mirado con buenos ojos en la casa de Carlinho Pretinho; insistió en prepararle un plato y hasta le mostró las piernas. Tenía que salir bien, pues sólo así olvidaría a Cleide.

Pensó de nuevo en el chivato. La escena de su último suspiro le cruzó por la mente como un navajazo en los ojos. Quiso ser como Passistinha, que sólo robaba lejos de la zona, sin atraer a policías, delatores ni enemigos, pero la putada de tener que coger el autobús todos los días como los currantes desbarataba toda ilusión de pillar una buena oportunidad para atracar. Lo bueno sería robar un comercio grande, pasarse mucho tiempo sin preocuparse por el dinero... Robar a los gringos era algo muy incierto. Se acordó del plan de Inho. Si todo saliese bien, podría amueblar su casa y aún le sobraría una buena pasta. Quien va a un motel no puede ir pelado, mucho menos un sábado, día de gastar dinero.

La madrugada trajo un frío apacible. Inferninho se cubrió con el propósito de dormir, pero los mosquitos le impidieron conciliar el sueño. Su pensamiento vagaba por los callejones de Ciudad de Dios, que iba transformándose cada día. De las diversas favelas y barrios de Río de Janeiro seguían llegando familias que se instalaban en las casas construidas y en los terrenos baldíos. ¿Quiénes eran? ¿Acaso vendrían más descuideros? En Los Apês ya había un montón de rateros, del Otro Lado del Río también. Nadie sería más respetado que él. Quien viniese a hacerse el chulo la palmaría en el acto. El tal Mano Branca sólo actuaba en la Baixada, por ése no tenía que preocuparse. El peligro venía del mariconazo de Cabeça de Nós Todo y de Belzebu, pero bastaba con no andar distraído el día en que ellos estuviesen de servicio o llevar siempre algún dinero en el bolsillo, porque Pretinho ya había dicho que los dos aceptaban una mordida si no había nadie cerca.

Inho llegó a las nueve con pan, café en una botella de Coca-Cola y noticias de lo sucedido en las últimas horas. Mientras comía, Inferninho fue consciente de que todos sabían ya que él era el asesino del chivato. Cabeça de Nós Todo rondó toda la noche, sorprendió a Manguinha y a Laranjinha con marihuana y le dijo a la hermana de Laranjinha que consiguiese dos mil cruzeiros si no quería verlos en chirona. Pelé y Pará no aparecieron hasta el cambio de guardia. El detective Belzebu no había asomado por la zona; eso no era buena señal; tal vez había cambiado su horario de servicio, y podría aparecer en cualquier momento.

Inferninho se apresuró a volver a Ciudad de Dios. Quería ultimar los detalles del asalto al motel: quién iría delante, si atracarían sólo la oficina o si también desplumarían a los huéspedes, si era mejor conseguir un compañero más, cuándo irían a tantear el terreno, hacia dónde escaparían después de la operación...


Acerola y Verdes Olhos organizaron una colecta para que una de las madres de los porreros llevase el dinero al puesto de policía. Cabeça de Nós Todo había dicho que podían entregarle la pasta al sargento. Él soltaría a los drogatas. Ya habían reunido la mitad del dinero entre los amigos; les quedaba ir a la casa de Madalena a pedirle el resto, porque sus colegas le habían comprado a ella la grifa.

—Oye, ¿te acuerdas de aquellos tíos que ayer te compraron maría? Los pillaron. Cabeça de Nós Todo pide dos mil para liberarlos. Ya hemos conseguido mil, ¿comprendes? Si pudieses dejarnos lo que falta como adelanto...

—¿Qué tíos? Ayer vino mucha gente.

—Un blanco, llevaba unas bermudas azules y unas bambas. El otro...

—¡Ah, ya sé! Manguinha, el que vive en la Praça da Loura —recordó Madalena.

—¡Ese mismo!

—No irán a acusarme, ¿verdad?

—Si fuese cuestión de chivarse, ya lo habrían hecho, ¿entiendes? Les dieron leña desde la Praça dos Garimpeiros hasta la comisaría, y les siguieron dando hasta que llegó la madre de Manguinha —concluyó Acerola.

Madalena entregó el resto del dinero a los porreros después de advertirles de que, si estaban mintiendo, corrían el riesgo de amanecer con la boca llena de hormigas, porque a ella la protegían los delincuentes. Acerola y Laranjinha se rieron de buena gana. Jamás harían semejante cosa. Según sus normas, mentir en la zona donde vivían era una falta grave. Motivo de desprestigio y hasta de muerte, según los casos. Sabían que los delincuentes no los perdonarían; incluso Ercílio, hijo de la propia traficante, también andaba con pistola. No era miedo lo que sentían frente a los maleantes, pues si llevasen razón se enfrentarían a cualquiera de los de Ciudad de Dios. Esos muchachos sólo temían que les diesen la vara sin motivo, o perder prestigio, o amanecer enterrados en una zanja. Entregaron el dinero a la madre de Manguinha.


Inferninho se pasó el día entero en casa, al acecho. El ruido de un coche o un movimiento diferente del habitual lo llevaban a observar la calle por la rendija de la ventana con el arma amartillada. Pelé y Pará fueron al Otro Lado del Río a volar cometas con los chiquillos. Se quedaron por allí hasta el anochecer. Berenice salió temprano a conseguir dinero. Fue a robar a las señoras de los mercados ambulantes de la Zona Sur. Salió decidida a aceptar la propuesta de Inferninho. Quería tener hijos, formar una familia, ordenar su casa y tener un hombre a su lado. Sintió que él hablaba en serio, que quería realmente vivir con ella. Lo buscaría en cuanto regresase. Llegó a Leblon a eso de las ocho, y rezaba para que todo saliese bien; caminó por las calles llenas de animación sin fijarse en los que pasaban a su lado. Iba mucho más despacio que el viento cuando sintió el peso de una mano en su espalda.

—¿Qué hay? —dijo Berenice al volverse.

—¿Estás bien? —preguntó el amigo.

Berenice no perdió mucho tiempo con el taxista, un antiguo vecino en la favela del Esqueleto. Le explicó lo que iba a hacer. Él se ofreció para ayudarla en la escapada hasta Gávea.

Entró en el mercado con una navaja de afeitar escondida en la mano. Elegía los puestos más llenos para cortar los bolsos de las señoras y quitarles la cartera. Tuvo éxito en los tres hurtos. La primera víctima del robo sólo se dio cuenta de lo ocurrido cuando Berenice entraba en el taxi de su amigo para ir a almorzar a un barucho de Gávea.


—¡Todo el mundo quieto o disparo! —ordenó Inferninho a los dos ocupantes de un Opala aparcado en la plaza de Tacuara.

—¡Vayan saliendo despacio y con las manos en alto! —dijo Carlinho Pretinho, apuntando con la pistola a la pareja, que obedeció sin vacilar.

El viernes, Inho, Inferninho, Pelé y Pará habían ido a tantear el motel. Era un edificio de tres plantas, dos portones, garaje, parpadeantes luces de colores por todas partes, enanos de cerámica en la fuente del jardín y, en el ala derecha, la recepción, donde trabajaban la telefonista, el gerente, el recepcionista y dos guardias de seguridad. Fue lo único que alcanzaron a observar. Pero sabían que también habría cocineros, camareros, criadas, encargados de la limpieza y de la caja. Resolvieron que sería mejor llevar a un hombre más para el operativo.

Entrarían todos juntos en la recepción, inmovilizarían a los tipos sin mayor esfuerzo y después los encerrarían en un cuarto de baño o en una sala cualquiera. Recorrerían el edificio para reducir a los otros empleados y, finalmente, registrarían las habitaciones, suites y apartamentos. Si se presentaba la pasma, saldrían por detrás, donde se extendía un vasto matorral que limitaba con Ciudad de Dios. Tiros sólo para defenderse. Si todo salía bien, irían a Salgueiro, donde se quedarían veinticuatro horas para no dar la nota.

Se dieron varios apretones de manos, brindaron con varias rondas de cerveza y cachaza con vermú, compartieron un porro y esnifaron con un solo canutillo; en suma, celebraron la posibilidad de conseguir mucho dinero.

A Inho no le dejaron ir hasta el último momento: insistió tanto que sus amigos consintieron en que el chaval participase en una operación propia de hombres. Aun sabiendo que recibiría lo mismo que los demás sólo por haber contribuido al asalto, lo que de verdad le hacía feliz era poder acompañar a sus amigos. Carlinho Pretinho, por su parte, les agradeció que le invitaran al atraco.

—En momentos así, uno descubre quiénes son sus amigos. Hay algunos que, cuando intuyen que será un buen golpe, se la juegan solos... Pensaba echar un polvo con mi chica, pero iré con vosotros para que veáis que soy serio.


Inferninho se puso al volante del Opala. Advirtió a la pareja que, si los denunciaban, irían hasta el infierno a buscarlos. Añadió que dejarían el coche en Grajaú dentro de tres días. Pretendía así que la pareja, si acudía a la policía, dijera que los ladrones se habían ido a Grajaú. Cuando enfilaron la autovía Bandeirantes, Inferninho advirtió al grupo de que no matasen a nadie. Si alguien hacía amago de resistirse, bastaba con darle un culatazo en el tabique de la nariz para que el julay se durmiese en el acto.

Una noche de luna llena atravesaba el alba en la Bandeirantes; los demás iban agachados en el coche. Inferninho miraba todos los retrovisores del mundo. El elocuente silencio que se extendía más allá del ronquido del motor del coche lo impulsó a pedir a Carlinho Pretinho que comprobase las pipas, no le gustaba el silencio a esas horas. Se dirigió a Inho para insistirle en que su función consistía en quedarse fuera para controlar todos los movimientos; en caso de peligro, bastaba con que entrara en el motel, disparara al primer cristal que viese y saliera pitando.

Entraron por el portón de salida. En la recepción, solamente la telefonista dejaba que su cabeza fuese y viniese, balanceándose, por efecto de la somnolencia. La inmovilizaron sin mucho esfuerzo.

—¿Cuánta gente trabaja en esta mierda, hija de puta? —preguntó Inferninho a la telefonista, con el brazo izquierdo alrededor de su cuello y la mano apretando el revólver contra su cabeza.

—Doce —respondió con voz apagada.

—¿Cuántos tienen revólver?

—Los dos guardias de seguridad y el gerente.

—¿Hay más personal arriba?

—Tres criadas.

—¿En la cocina?

—Allí trabajan cuatro personas... Joven, por favor, no le quite la vida a nadie —suplicó la telefonista.

—¿Dónde están los guardias?

—Todo el mundo está en la cocina. Es la hora de la merienda.

—¡Si estás mintiendo, te volaré la cabeza de un tiro! Esas dos puertas, ¿qué son?

—El despacho y el aseo.

—Anda, enciérrala en el aseo —dijo Inferninho.

Después irrumpieron juntos en la cocina:

—¡Esto es un atraco!

Inferninho los tranquilizó advirtiendo que, si todos se portaban bien, no harían daño a nadie. Carlinho Pretinho quitó los revólveres a los guardias de seguridad y al gerente. Él, Pelé y Pará amarraron a todos los empleados con hilo de nailon. Entre bofetadas y puntapiés lograron que se desmayasen y los metieron a todos en el cuarto de baño, donde no había ventanas. «Nunca nos lo habían puesto tan fácil», pensó Inferninho, pues hasta ese momento le había preocupado el tiempo

66

que les llevaría dominarlos en caso de que estuviesen dispersos. Habían despejado la mitad del terreno de un plumazo.

Inferninho y Pretinho subieron a la segunda planta. Pelé y Pará se ocuparon de recoger en el despacho la recaudación del día y los objetos de valor, además de descolgar el teléfono, como había aconsejado Inferninho.

Fuera, a los ojos de Inho, la noche estaba inmóvil. Se sentía tranquilo, y además no solía dejarse vencer por los nervios. Incluso deseaba que se oyese un tiro en el interior del motel para aparecer como as de triunfo en la trama de aquel juego. Le gustaba atracar, alguna puñalada que la vida le había dado en su alma le había llenado de sed de venganza, quería matar sin demora a unos cuantos para hacerse famoso, para que lo respetasen como a Grande en la Macedo Sobrinho. Acariciaba el revólver como los labios acarician los términos de la más rigurosa premisa, aquélla capaz de reducir el silogismo a un enmudecimiento de los interlocutores. Era huraño, tenía un sexto sentido; disparaba con las dos manos. Cuando peleaba cuerpo a cuerpo, no tenía igual. Le gustaba aliviar penas ajenas mediante la risa, ya que su mente estaba libre de agobios. Era la desesperación de las tormentas condensadas en los iris de cada víctima, el dolor de la bala, el preludio de la muerte, el frío en la espalda, el hacedor del último suspiro, allí, en su humilde puesto de vigía, sintiéndose como un perro guardián.

Inferninho abrió la puerta de la 201 disfrazado de camarero. Había ordenado al gerente que le entregara los duplicados de las llaves, como planeara la noche anterior antes de dormirse. Decidía con rapidez y actuaba con calma, movido por el deseo de conseguir mucho dinero. Empezaba la buena racha. La pareja no advirtió que entraban los asaltantes. Inferninho propinó un culatazo al hombre y Carlinho Pretinho le tapó la boca a la mujer.

—No queremos hacer daño a nadie, pero si te haces la graciosa te enviamos al otro barrio, ¿te enteras? —dijo Pretinho con un temblor, debido no sólo a los nervios inevitables en un asalto, sino también a que era muy difícil contenerse frente a una mujer desnuda.

Amarraron a la pareja con sábanas y los metieron en el cuarto de baño; después los desvalijaron. Consiguieron doscientos cruzeiros, dos relojes y una cadena de oro, y hasta volvieron al cuarto de baño a por los pendientes de la mujer.

Entraron en la 202. La pareja estaba durmiendo. Una morena acostada con las piernas abiertas llenó los ojos de Carlinho Pretinho, que nunca había follado con una mujer tan apetecible. Inferninho no se permitía tales dispersiones. Quería ir lo más rápido posible. En el ángulo derecho de la cama vio una botella de güisqui medio vacía.

—¡Van a tardar en despertarse! —exclamó.

Ordenó a Pretinho que cerrase la puerta y empezara a moverse. De la billetera sacó doscientos dólares y algunos cruzeiros. Del bolso, sólo un talonario de cheques y cuarenta cruzeiros. Con toda facilidad sacó el anillo de oro del dedo de aquella mujer que no tenía ninguna marca en el cuerpo. Un tatuaje en el seno derecho realzaba su belleza. Carlinho Pretinho se mordió el labio inferior y suavemente dejó que una de sus manos se deslizase por la pierna. La mujer se mantuvo inmóvil. Inferninho lo regañó por señas. En el pasillo se encontraron con Pelé y Pará.

—¿Todo bien?

—Estupendo —respondieron Pelé y Pará.

—Ahora tenéis que hacer lo siguiente: dejadme lo que habéis trincado abajo, coged las llaves y subid al tercero a ver si queda algún empleado... Aquella hijaputa puede estar tramando algo contra nosotros... Después podéis ir a limpiar las habitaciones. ¡Disparad sólo para defenderos! —ordenó Inferninho con los ojos fijos en la puerta de la 203.

Entraron. La pareja oyó que la llave giraba en la puerta.

—Les traigo una bebida: invitación de la casa.

—¡Tendría que llamar antes! ¡No puede entrar así, sin avisar!

Inferninho, sin articular palabra, se colocó frente al hombre, quitó la toalla que cubría el revólver colocado sobre la bandeja y dijo en voz baja:

—¡Es un atraco, compadre!

La mujer lanzó un grito. Carlinho Pretinho le golpeó la nariz con la culata del revólver. El hombre intentó reaccionar, pero Inferninho le puso la zancadilla y con gestos rápidos le metió el cañón del revólver en la boca.

—¿Quieres morir, hijo de puta?

Luego le sacó el cañón de la boca y le dio dos culatazos para dejarlo sin sentido. Además de dinero y joyas, consiguieron un revólver calibre 32. Todo iba a las mil maravillas. Tenía que conservar la calma, ser más rápido y, para mantener la buena racha, pillar por sorpresa a las víctimas, incluso a las que estuviesen despiertas.

Pelé y Pará no encontraron a ningún empleado en la tercera planta. Nerviosos, miraban a todos lados con miedo a ser sorprendidos. Se paraban frente a una habitación, pero después juzgaban mejor irrumpir en otra. La indecisión consumía los segundos. Decidieron seguir el orden numérico. No sabían leer, pero contar sí, eso estaba chupado. Entraron en la 301. Pelé y Pará apuntaron a las narices y dieron varios culatazos. Mancharon de sangre la sábana sucia de esperma. Dos muertes desparramadas por la habitación.

Amarraron los cadáveres y los metieron en el cuarto de baño. Sacaron de la billetera del hombre el dinero destinado a pagar el taxi; en el bolso de la mujer no encontraron nada. Consideraron que era una buena pasta. Se olvidaron de quitarles las alianzas, el par de pendientes que llevaba ella y la cadena de oro del cuello del hombre. Cuando iban a entrar en la segunda habitación, recordaron que se habían dejado la puerta abierta y volvieron para cerrarla. No podían permitirse ningún descuido. Se metieron en la 302. Esta vez encontraron a la pareja durmiendo. Para mayor tranquilidad, decidieron romperles la nariz, pero no los mataron. Ataron a la pareja y, cuando se disponían a dejarlos limpios, oyeron un tiro y un cristal que se rompía. Saltaron por la ventana al mismo tiempo que Inferninho y Carlinho Pretinho. Y se alejaron juntos a mata caballo.


En Ciudad de Dios, un delincuente miraba a aquel ser que se movía con dificultad encima de la cama. Se levantó de la silla tambaleándose. Hacía tres días que no comía nada. Examinó los cuchillos que tenía en casa, apartó el más grande, lo afiló en el borde del fregadero y encendió un cigarrillo con la brasa del que estaba fumando. Le entraron ganas de beber más y se echó un vaso de cachaza en el gaznate sin dar el trago al santo. Fumaba compulsivamente, la ceniza se desparramaba en el suelo de cemento duro. Recorría con la mirada las sillas cojas, las telarañas del techo; el ruido del agua que goteaba del grifo defectuoso en el fregadero era tan familiar como la pantalla estropeada, la que había sobre la mesita de noche, que había sobrevivido a dos crecidas. La nevera, equilibrada con una piedra y dos tacos de madera, se estremeció y después se quedó en silencio. Lo que sentía era una caldera que se balanceaba de un lado al otro de su corazón. Por un segundo, pensó en echarse atrás, pero la determinación de hacer sufrir a su mujer tenía bases sólidas: desde el día en que vio a aquel ser asqueroso, se apoderó de su espíritu un deseo de venganza; ese deseo había crecido amargamente, se había multiplicado al azar y se había instalado irreversiblemente dentro de su pecho. Sabía que la idea de dejar pasar las cosas volvería a martillearle la cabeza, pero también sabía que ella se iría, como se había ido su paz. Las mujeres que joden con otro hombre merecen todas las plagas de la eternidad. Aquella hija de puta lo iba a pagar caro. Nunca se lo diría, pero la amaba como un perro, aunque el odio había adquirido la misma proporción. Ahora era un perro enfermo.

«¿Por qué? ¿Por qué?», se preguntaba.

Él la había recogido, rendida, una noche. Le había montado una casa, le había comprado ropa, la había mandado a la peluquería para que le arreglasen aquel pelo maltratado y la bruta fue a liarse con otro hombre. Pensó en el cariño que le había dado a aquella vagabunda que no conseguía que nadie le pusiese una casa, en las noches que tuvo que salir a descargarse en otro sitio para aplacar los deseos que le suscitaba su mujer embarazada, en las veces en que acercó el oído a su vientre en el afán de sentir al feto. Imaginaba a su mujer pasando la lengua por la punta de la polla de un blanco cualquiera, abriendo el coño para recibir un carajo blanco, y quizás incluso el de un paraíba. A ella siempre le gustaron los blancos, por eso no quitaba los ojos del televisor a la hora de las telenovelas, donde los negros brillaban por su ausencia. Cuando aparecía en la pantalla el tal Francisco Cuoco, ella casi se corría de gusto.

La angustia de imaginar a su mujer gozando con otro le llevó a buscar dentro de sí mismo la más cruel de las venganzas. Recorrió de nuevo la casa con la mirada, pero ya no veía nada. Su ira tenía las mismas dimensiones de la fiebre, sentía escalofríos y frío en medio de aquel calor de tres dimensiones. Sus pensamientos discurrían tan veloces que no recordaba lo que había pensado un minuto antes.

Varias veces, en sueños, se imaginó ejecutando minuciosamente la venganza. Pero estaba tan acostumbrado a las fatalidades que no se daba cuenta de que sólo lo había soñado. Al despertarse, tenía que mirar aquel bultito para comprobar si de verdad había ocurrido. Cuando percibía la realidad, aquel tumor, brotado durante el sueño, se recomponía y tornaba más homogéneo.

Bebió otro vaso de cachaza, muy despacio, con una cruel sonrisa esbozada en el rostro. El santo se quedó de nuevo defraudado. Cogió el cuchillo con la rapidez del demonio; siempre había tenido el convencimiento de que ciertos actos deben iniciarse a toda prisa, pues de lo contrario no cuajan, no surten efecto. Puso al recién nacido encima de la mesa. Éste, en un primer momento, se movió como si fuesen a tomarlo en brazos. El hombre sujetó el bracito derecho con la mano izquierda y comenzó a cortar el antebrazo. El bebé se retorcía. El hombre tuvo que colocar la rodilla izquierda sobre su pecho. Las lágrimas del niño salían como si quisiesen llevarse las retinas, en un llanto sobrehumano.

El espíritu del asesino se debatía, pero no admitía la posibilidad de deponer su actitud. Sentía el placer de la venganza, se reía sólo de pensar en la cara que pondría su mujer, no sabía si odiaba más al bebé o a la mujer. Actuaba de modo automático, como si lo absorbiese la fuerza de un engranaje, como si fuese la grasa absorbida por la fuerza de un engranaje.

La venganza determinaba aquel crimen, y el crimen, en su forma, por su propia naturaleza, llevaría la marca del orgullo herido de un macho.

Le costaba tajar el hueso; cogió el martillo que estaba bajo el fregadero y, con dos martillazos en el cuchillo, concluyó la primera escena de aquel acto. El brazo cercenado no saltó de la mesa, quedó ante los ojos del vengador. El niño pataleaba a rabiar, su llanto era una oración sin sujeto ni un Dios que la oyese. Después ya no pudo llorar con fuerza, su única actitud era aquella mueca, la rojez que quería saltar de los poros y aquella manera de sacudir las piernecitas. Despacio, empezó a cortar el otro brazo, aquel bultito blanco tenía que sentir mucho dolor. Se le ocurrió no valerse más del martillo, el niño sufriría más si cortase lentamente la parte más dura. El sonido del cuchillo al cortar el hueso era una melodía suave a sus oídos. El bebé se debatía con aquella muerte lenta. Le costó cercenar las dos piernas, y se ayudó del martillo. Aun sin sus cuatro miembros, el bebé se sacudía. Con el cuchillo en la mano, el asesino alzó el brazo por encima de su cabeza, luego lo bajó y clavó el cuchillo en aquel corazón indefenso. Sabía que, si lo metían en chirona, sus compañeros de celda intentarían darle por culo, porque, en general, a los delincuentes les repugnan los asesinos de niños. Pero no dejaría que nadie le diese por culo; estaba dispuesto a morir, pero volverse marica, jamás. Para la traidora, eso sería la redención y ella sólo merecía el suplicio eterno. No, no podía dejar que ocurriese, no tendría la mala suerte de que lo apresasen, se escondería en sitios apartados donde nadie pudiera encontrarlo.

Juntó las partes del cuerpo como quien monta un rompecabezas, lo metió todo en una caja de zapatos, y se encaminó hacia la casa de su suegra sin saber muy bien dónde pisaba. Con una mano se presionó el lado izquierdo del pecho a fin de calmar los redobles de aquella víscera furiosa. Al contrario de lo que solía hacer, dio unas palmadas frente al portón. Su cuñada más joven lo atendió e inmediatamente fue a avisar a su esposa. Ésta había ido a casa de su madre, a dos calles de su casa, a buscar anís estrellado para prepararle una infusión al bebé, que parecía comenzar a sentir cólicos. El asesino se sentía ya vengado, faltaban pocos minutos para ver a su mujer sufriendo como una vaca en el matadero: al fin y al cabo, no era otra cosa que una vaca. El hombre no aceptaba que su hijo fuese blanco, ya que él era negro y la desgraciada de su mujer también. La esposa, pensando precisamente en su hijo, pues era la hora de darle de mamar, se apresuró. Antes de acercarse preguntó por el niño. El asesino, en vez de responder, esperó que ella llegase hasta él, destapó la caja y dijo:

—Entrégaselo al padre de tu hijo. ¿Pensabas que nunca lo descubriría?

La mujer, en un gesto impulsivo, sacó uno de los brazos del niño del interior de la caja. Sólo un hilo de sangre lo unía al resto del cuerpo del bebé. La mujer se desmayó, el hombre se dio a la fuga. Días después lo detuvieron.


Un hombre se había emboscado detrás del club el Ocio. Alrededor de las diez de la noche, dijo a su esposa que iba a prestarle una almádena y un cuchillo a un amigo, pero en lugar de eso fue a tomarse unas copas y ahora estaba allí, solo, en la madrugada, dispuesto a lavar su honor.

Dos días antes, había seguido a su mujer cuando ésta salía del trabajo. Hacía mucho tiempo que desconfiaba de su compañera. Se quedó tranquilo al ver que había ido directa a la parada; aun así, cogió un taxi para ir detrás del autobús, como hacían los detectives en las películas de la tele. La mujer, en vez de apearse en la parada de costumbre, tocó el timbre a la altura de Los Apês. Al bajar del autobús, miró a todos lados, sin distinguir a su marido dentro del taxi, y abrazó a aquel individuo que pasaba siempre por enfrente de su casa en dirección al Otro Lado del Río. Le dio un beso en la boca y, cogidos de la mano, entraron en un bloque de pisos. «Seguro que van a la casa de algún amigo de él», pensó. El marido regresó a su casa a esperar a su mujer. Cuando llegó, quejándose de cansancio, ella comentó que no quería nada aquella noche, aduciendo que su patrona la había matado a trabajar e incluso la había obligado a quedarse hasta más tarde. El marido estuvo de acuerdo. Al día siguiente, él fue hasta la esquina a controlar la hora a la que el otro pasaba. El desgraciado pasó a las dos de la tarde y hasta lo saludó.

Ahora había llegado el momento de que Ricardo cruzase el puente del Ocio. El cabrón lloraba cuando vio a un hombre aparecer en la esquina del mercado Leão. Dejó que el individuo se acercase para asegurarse de que era el mismo que se cepillaba a su mujer. Sostuvo el cuchillo en la mano derecha, la almádena en la izquierda, se agachó y esperó que pasase. Entonces salió de puntillas y, por la espalda, con varios golpes, le cortó la cabeza. Se sacó una bolsa de plástico del bolsillo del pantalón, metió en la bolsa la cabeza ensangrentada y con los ojos desorbitados, volvió a su casa y arrojó la bolsa en el regazo de la adúltera.

En el motel, Inho andaba por el pasillo de la segunda planta en busca de víctimas. Quería robar, herir, matar a un fulano cualquiera. Los huéspedes, asustados por los tiros, comprobaban si las puertas estaban cerradas. Inho forzó la primera, la segunda, abrió la tercera después de disparar a la cerradura, como hacían los muchachos de las películas americanas. Una pareja se despertó y recibió unos tiros, aunque la herida no pasó de un arañazo. Los dejó limpios. Irrumpió en otra habitación. El hombre intentó reaccionar y acabó con una herida de bala en el brazo. Inho se disponía a entrar en otra habitación cuando oyó la sirena de la policía. Se tiró de cabeza por la ventana, dio una voltereta en el aire y cayó al suelo; echó a correr.

Cuando entró en el bosque, se sentía feliz: había participado activamente en el asalto. Para eso había tramado la llegada de la policía. No soportaba quedarse fuera, donde el tiempo no pasaba, mientras el mundo se agitaba allá dentro. Había deseado que alguna pareja entrase en el motel, así no haría falta simular ninguna situación para poder actuar, pero nada ocurría de verdad, ni la llegada de la policía ni la de nuevos huéspedes.

Inferninho, Carlinho Pretinho, Pelé y Pará se internaron en el matorral. Había que hacer el balance del robo, repartirlo incluso sin contar el dinero ni averiguar el valor de las joyas, porque, si los pillaba la pasma, quien llevase encima el botín estaba perdido.

—A Inho debe de haberle pasado algo. Habría preferido no venir con ese chico, ¿sabes? —dijo Inferninho mientras se enjugaba el sudor del rostro, y continuó—: Algo ha fallado, así que lo mejor es que nos piremos.

—¡Qué va, chaval! Vamos pitando para Salgueiro, nosotros pode...

—¿Vas a encontrar un coche ahora, con los polis detrás de nosotros? —interrumpió Inferninho con voz autoritaria.

Continuaron caminando en silencio por el bosque durante un buen rato. Después de pasar por el campo de Paúra, Inferninho dijo que tendrían que guardar la parte de Inho y, si por casualidad lo habían pillado, mandar el dinero a la cárcel. Se detuvieron junto a la higuera embrujada para, ahora sí, dividir el dinero en cinco partes iguales. Inferninho lamentó la llegada de la policía.

—¡Si no hubiesen aparecido, habríamos conseguido un botín cojonudo! ¡Habría sido realmente la hostia!

—¿Y si Inho se chiva? —preguntó Pretinho.

—Ese chaval es legal, tío. No se chivará.

Los mosquitos les impidieron quedarse allí mucho tiempo. Se dirigieron hacia la Trece con la intención de beber unas cervezas, fumarse un porro y jugar al billar. Dieron la vuelta por el lago y cruzaron el puente de la Cedae con cierta prisa. Al entrar en el primer callejón de la Trece, oyeron la voz del detective Belzebu:

—¡Si os lleváis la mano a la pistola o corréis, os frío!

Haciendo caso omiso a la amenaza, se lanzaron a toda pastilla por los callejones. Un porrero que venía con un canuto encendido trató de escapar al verlos cómo corrían, pero sus pasos no lo llevaron muy lejos. Una ráfaga de ametralladora de Belzebu le acribilló la cabeza. El porrero se retorció sobre el agua que borboteaba de una cloaca atascada. Belzebu, despreciando a los otros chicos, salió decidido detrás de Inferninho. Éste llegó a la orilla del río corriendo en zigzag. Antes de llegar al final de la primera calle, entró en un patio, saltó la cerca del fondo y alcanzó la Rua do Meio. Cabeça de Nós Todo, que montaba guardia en la esquina, se unió a la persecución. El policía militar, en medio de la agitación de la carrera, le dijo al detective que él se ocupaba de Inferninho. Belzebu, a regañadientes, retomó la búsqueda de Pretinho, Pelé y Pará. Inferninho, al oír solamente los tiros del 38, calculó correctamente que Belzebu ya no iba tras él y decidió devolver los disparos. Cuando doblaba una esquina, esperaba a que su perseguidor apareciese en el otro extremo de la calle y apretaba el gatillo. No haría eso si el enemigo llevase una ametralladora, pero, en igualdad de condiciones, gana el más listo. Cabeça de Nós Todo le insultaba, decía que aquella vez no tenía escapatoria. Cuando pasaron junto al bar de Batman, se intercambiaban tiros de manera espaciada.

Al oír el tiroteo, Manguinha y Verdes Olhos se deshicieron de una colilla y se dieron a la fuga. Cabeça de Nós Todo avistó a otros dos policías en la Rua Principal y disparó de inmediato para alertarlos. Se sumaron a la persecución. Desesperado, Inferninho irrumpió en una casa con la idea de tomar a un niño como rehén, pero no tuvo éxito: no había nadie en la casa. Su pensamiento, entrecortado, le recordó que debía saltar muros, cercas, subir a los tejados para localizar a sus perseguidores y saber qué dirección tomaban. Creyó que la mejor opción sería seguir hacia el Lote. Se dirigió hacia allá, pero las piernas, de pronto, no obedecían las órdenes del cerebro. Para recuperarse, decidió subir al primer árbol frondoso que vio.

En Allá Abajo, Carlinho Pretinho, Pelé y Pará se enzarzaban a tiros con Belzebu y el detective Careca. Belzebu vio que algo no funcionaba en su ametralladora y, furioso, no pensaba ya en detenerlos, sino en mandarlos al quinto infierno. Pelé y Pará seguían a Pretinho, lo que irritaba a éste. Decidió librarse de sus compañeros.

—¡Eh!, voy a dar la vuelta por atrás para dispararle en el culo.

Rodeó la calle, se apostó para pillar desprevenido al detective, al verlo disparó y no logró acertar. El tiro alcanzó de refilón al policía Careca. Entonces la ira de Belzebu se redobló. Salió sin temor a las balas y los chicos retrocedieron hacia Los Apês. Belzebu les pisaba los talones.

Ya hacía más de media hora que Inferninho estaba encima de un almendro. Cabeça de Nós Todo le había visto cruzar la calle y dirigirse hacia el Lote. Los policías concluyeron que el fugitivo no podría andar lejos de allí. Determinaron separarse, y acordaron que el primero que encontrase al chico avisaría. Al percatarse de que Cabeça de Nós Todo estaba cerca de su escondite, Inferninho se dispuso a saltar para salir corriendo de nuevo. Después decidió quedarse donde estaba. No, sería mejor saltar y rajarse. La duda le hizo perder tiempo. Ya no era posible huir y evitar que lo alcanzase. Sabía que Cabeça de Nós Todo era bizco. Se acomodó en la rama y dio tiempo al tiempo. Pensó en su pombagira. Ahora todo dependía solamente de ella.

Cabeça de Nós Todo escudriñaba con sus ojos de lechuza cada escondrijo del bosque. Al dar la última calada al cigarrillo, cayó en la cuenta de que se había olvidado la linterna. Se agachó para recoger el pitillo que había tirado y con la colilla de su Continental sin filtro encendió un porro. Imaginó que, a aquella hora, el chico estaría lejos de allí. La cuestión era relajarse, dado que todo había salido mal. Caminó sin prisas y decidió sentarse bajo el árbol en el que estaba Inferninho para fumar el porro.

Encendió otro cigarrillo, se quitó la gorra, se aflojó los cordones de las botas y dejó el revólver encima de una raíz del almendro. Inferninho, que intentaba cambiar de posición para apuntar al lomo del policía, maldijo a la avispa que zumbaba alrededor de su cabeza.

«Hija de puta, ¿ahora apareces, desgraciada?»

Pelé y Pará llegaron a Los Apês perseguidos por las balas de Belzebu. Para su sorpresa, vieron que Silva, Cosme y Biriba, rateros de Los Apês, también intercambiaban tiros con otros policías civiles. Los polis retrocedieron al verles aparecer. Belzebu, sin embargo, bramó:

—¡Vamos a matar a esos hijos de puta!

Luego se detuvo para recuperar el aliento; segundos después, puso los ojos en la nuca de Pelé y disparó un tiro. Uno de los rateros de Los Apês se cruzó en su trayectoria. Cayó entre convulsiones y se formó un charco de sangre bajo su cabeza. Un fino hilo de ese líquido se deslizó y llenó el gua donde, esa mañana, Barbantinho y Busca-Pé habían jugado a las canicas.

Cosme y Silva se unieron a Pará y Pelé, cruzaron la autovía Gabinal y se escondieron en uno de los caserones embrujados. El detective Belzebu examinó los documentos del muerto. Se rió al comprobar que el arma de éste era una de las tantas que había entregado, para que las vendiese, a su amigo Armando, un policía militar expulsado del cuerpo por haber matado a su mujer y al amante de ésta cuando se los encontró follando en su propia cama. Cogió los documentos; si no estaba fichado, tal vez sirviesen para hacer alguna falsificación.


Inferninho dejó que lo picase la avispa. Era difícil encontrar una buena posición para disparar desde la rama en que estaba. Cabeça de Nós Todo apoyó la cabeza en el tronco del árbol, se le cerraban los ojos por el sueño. Al notar que le vencían las ganas de dormir, decidió levantarse e ir al encuentro de los otros compañeros. Unos metros más adelante, se detuvo para anudarse la bota y oyó ruido de porrazos. Eran tres adolescentes, pillados fumando un porro y bebiendo vino acompañados por el rasgueo de una guitarra que tocaba uno de ellos.

—¿Cogieron al infeliz?

—No, pero hemos pillado a estos camellos.

—¿Tenéis dinero?

—¡Tenemos, sí, pueden llevárselo todo!

—¡Ahora, a correr y no miréis para atrás! —dijo Cabeça de Nós Todo.

En el árbol, Inferninho, que ya se había librado de la avispa, cambió de postura; le cabreaba no haber podido matar a Cabeça de Nós Todo. Observó cómo los policías, ya distantes, se repartían el dinero de los porreros. Bajó y se guardó bien el dinero y las joyas. Caminó a buen paso en la oscuridad, cruzó el río y se encerró en la casa de Jorge Nefasto.

En el mercado ambulante, los comentarios sobre el tiroteo de la noche anterior asustaron a las amas de casa, que trataron de retener a sus hijos en el patio de sus casas.

En Allá Enfrente, Manguinha y Jaquinha escuchaban a Acerola; éste les contaba que más de veinte policías civiles y militares rondaban el barrio desde la madrugada. Afirmaba que, además de los asesinatos, habían asaltado un motel en la autovía Bandeirantes y dos panaderías en la Freguesia, robado en la casa de un coronel del ejército, en la autovía Pau Ferro, y atracado dos droguerías en Tacuara. Por último, les aconsejó que no se dejaran ver por ningún rincón de la zona, porque los polis no darían sosiego mientras no cogiesen a alguno.

—¿Cómo te has enterado de todos esos follones? —preguntó Verdes Olhos.

—Lo he oído por la radio esta mañana...


Inferninho salió de la casa de Jorge Nefasto después de la una de la tarde. Encontró a Berenice en el mercado ambulante. Por la mirada de la muchacha, se dio cuenta de que estaba con él. Le dio un beso en la boca, la tomó de la mano y juntos bajaron por la Rua do Meio. Ya en casa, Inferninho pidió a Berenice que fuese a buscar a sus compañeros.

—A Inho seguramente lo han pillado, ¿sabes? No se le ha visto por el barrio desde entonces —dijo Pretinho.

—Seguro que ha sido él quien se ha chivado —opinó Berenice.

—¡Qué va, ese chico es legal! ¡Ya pueden matarlo, que no abre la boca! —repuso Inferninho.

Almorzaron, lamentaron no haber tenido el éxito que esperaban y llegaron a la conclusión de que debían largarse de allí por un tiempo, porque la policía no iba a dejar de incordiar hasta que no matase o detuviese a alguno.

—La verdad, la verdad, nadie sabe si Inho se chivó o no —dijo Carlinho Pretinho.

Fueron a Salgueiro al final de la noche.


El lunes, un periódico publicó los crímenes del sábado en primera plana. En el motel, habían asesinado a una pareja. En los demás asaltos no había habido víctimas mortales. Pretinho, después de leer, mal que bien, las noticias a sus amigos, protestó por la muerte de la pareja. Pelé y Pará se defendieron. Dijeron que sólo habían hecho lo que Inferninho había ordenado. Sin embargo, las noticias del asalto al motel, destacadas en primera plana junto a las de la muerte del niño y del hombre decapitado, les otorgaban fama de arrojados e intrépidos.

—¡Todo bandido tiene que ser famoso para que le respeten de verdad! —dijo Inferninho a Pretinho.

En realidad, todos se enorgullecían de ver el motel impreso en la primera página. Se sentían importantes, respetados por los demás delincuentes de Ciudad de Dios y de las otras favelas, pues a cualquier raterillo no le estampaban sus fechorías en la primera plana de un periódico; además, si por desgracia caían presos, en la cárcel los tratarían bien por haber cometido un asalto de ese calibre. Qué pena que no salieran los nombres en la crónica, pero, por lo menos, decían que sólo podía haber sido obra de los delincuentes de Ciudad de Dios. Todos sus conocidos sabrían que habían sido ellos.

—Es mejor así, ¿sabes? Porque si salen nuestros nombres, es un cargo más que se nos viene encima.


Los niños invadían las calles. Salían por la mañana para vender polos y por la tarde para jugar. Así era siempre durante las vacaciones escolares, que llegaban junto con el calor. Aquel martes, Barbantinho y Busca-Pé decidieron vender polos. Pidieron que les dieran en depósito la mercancía en la heladería del China en la Rua Edgar Werneck, cerca de Ciudad de Dios. Sus amigos preferían atar una cuerda en los extremos de un palo de escoba para jugar en el río y juntar las cosas que traía el agua. Era mucho más emocionante que pasearse bajo aquel sol gritando: «¡Polos, polos bien helados!». Reunir trozos de madera, latas de aceite, ramas de árbol y tantas otras cosas en el río, aquello sí que exigía talento y suerte.

Busca-Pé vendió su caja de polos en pocas horas y fue a entregarle el dinero recaudado a su madre. Además de por las calles de la favela, anduvo por la Freguesia, Anil y Gardenia Azul. Barbantinho no vendió ni siquiera la tercera parte de su caja. Con los que le habían quedado, se le ocurrió convidar a los amigos que jugaban en el río, así que consumió su mercancía mientras, de vez en cuando, les ayudaba a pescar cosas. Busca-Pé no se entretuvo mucho rato en su casa: se había ganado el derecho a jugar hasta la hora que se le antojase. Había aprobado el curso escolar y ahora, en vacaciones, trabajaba para ayudar en casa.

Era tiempo de ir de compras, de hacer algún arreglito en casa, en el cuerpo, de prometerse a uno mismo fumar sólo hasta que comenzase el nuevo año. Las fiestas de Año Viejo traen siempre la esperanza de que, en adelante, todo se arreglará. La chiquillada juntó dinero de la venta de lo que habían pescado en el río, de los polos y los panes. Algunos niños se ofrecían para limpiar de maleza los patios, pintar casas o pisos. Otros buscaban botellas, cables y hierros para venderlos en la chatarrería. Los trabajadores contaban con la paga extra, los delincuentes con los atracos y los robos, y Cabeça de Nós Todo, Belzebu y los demás policías se ocupaban de asaltar a los porreros cuando los pillaban con las manos en la masa, birlar a los ladrones lo robado y exigir una mordida a las mujeres que traficaban. Las ladronas vendían por las casas los objetos robados en los mercados de la Zona Sur.

En Allá Enfrente se montaban puestos con los productos más variopintos. Don Porcino vendía carne de cerdo de su propia crianza detrás del mercado Leão y los vendedores ambulantes ocupaban las principales calles de la favela.

Día 24 de diciembre. Los hombres comenzaban a beber desde temprano y colocaban el equipo de música en la ventana después de hacer las últimas compras. Las mujeres repartían el tiempo entre los quehaceres domésticos y las visitas a los salones de belleza del barrio. A medianoche, las familias se reunían para llorar la pérdida de los seres queridos y después iban de casa en casa para desear feliz Navidad a los vecinos.

La semana transcurrió en un ambiente festivo. Inferninho, Carlinho Pretinho, Pelé y Pará volvieron a Ciudad de Dios. Habían llegado a la conclusión de que después de Navidad los polis no molestarían.

Passistinha, Oriental y Carlinho Pretinho decidieron conseguir dinero en Copacabana en Nochevieja.

—La cuestión es limpiar sólo a los gringos, nos quedamos cerca del hotel y después nos dejamos caer por Leme, ¿vale? Pero no podemos estar todo el tiempo cerca del Copacabana Palace, aquello está lleno de polis, ¿sabéis? —argumentaba Passistinha.

Inferninho dio dinero a Berenice con la idea de que comprase las cosas que necesitaban para vivir juntos de una vez. La mujer se pasó la semana rogando a su marido que hiciese una pausa en esa vida de crímenes. Él aún no estaba fichado, podía conseguir un empleo. Quería seguridad y paz para poder criar a los hijos que tendría felizmente con él. Inferninho respondía que seguiría afanando hasta que se diese una buena ocasión para montar un comercio grande con un montón de empleados que trabajasen para él, y él se limitaría a contar el dinero y a dar órdenes. Después pensaría en los hijos.

Pelé y Pará no perdían tiempo haciendo planes, sólo pensaban en los cinco gramos de coca que iban a comprar para empezar el año. Decían todos los conocidos que el perico bueno estaba en Curral das Éguas, barrio situado encima de Campo Grande, en la Zona Oeste de Río, y que quien quisiera sólo tenía que darles el dinero y ellos se encargarían de comprarla el día 31, siempre que les dejasen un tirito. La de Año Nuevo era una fiesta con coca, lo mismo que el Carnaval. Había quien sólo consumía coca en esas dos ocasiones.

Tutuca, Martelo y Cleide aparecieron el último día de aquel año para festejar con sus compañeros la llegada del nuevo. Cleide no quiso ir a Allá Arriba a recoger los restos de los muebles de su antigua vivienda.

—Lo que hay que hacer es conseguir dinero a punta pala y, como Beré, comprarlo todo nuevo, ¿vale, mi cielo? —le dijo Cleide.

—Pero sólo después de enero. Ahora este menda ya se lo ha gastado todo, está pelado —advirtió Martelo, y añadió que se quedarían en la casa de Inferninho un tiempo, hasta que las cosas se arreglasen.

Llegó el primer minuto del Año Nuevo. Año de Changó, el vencedor de Demandas, oricha más poderoso, dios de los rayos y el fuego, rey de la justicia. Era año de luchar por un amor seguro, salud y mucho dinero. Quien fuese justo tendría éxito ese año.

Aún era de día cuando la gente se disputaba los asientos en los autobuses para ir a la playa para crear una primavera en pleno verano, de noche y en el mar: flores dispuestas a impulsar nuevas corrientes en la vida de todos los hijos del padre Changó. Cantaron himnos a todos los orichas y enviaron el saludo, *saravá*, frente a las aguas de Yemayá. Lanzaron fuegos artificiales para saludar también a Changó justiciero, millones de colores para imitar su brillo, y muchas oraciones para agradecer su protección.

En Ciudad de Dios, apretones de manos y palabras de felicidad en las bocas húmedas de vino. La policía no apareció, no hubo jaleo, tiroteos ni muertes. A quien le gustaba fumar, fumaba. A quien le gustaba esnifar, esnifaba. A quien le gustaba beber, bebía. Todo en la completa armonía del año que se iniciaba.

Enero transcurrió velozmente gracias a la preocupación por las reuniones de las alas de las escuelas de samba, a la elección de los disfraces y a los ensayos. Los rateros estaban dispuestos a todo. Conseguir dinero para el Carnaval era mucho más importante que para las fiestas de fin de año. Atracaban panaderías, taxis, farmacias, robaban en las casas de los alrededores y de la propia favela y hasta a transeúntes. Incluso Passistinha no elegía lugar ni hora para sacarse una pasta. Pelé y Pará asaltaban casi siempre en la favela.

Un viernes de calor intenso, ambos caminaban por la Rua do Meio cabreados por la pequeña cantidad recaudada en los asaltos al camión del gas y a las tabernas del Otro Lado del Río. Decidieron cometer un atraco más aquella madrugada. Cualquiera que estuviese de juerga a esas horas nadaría en dinero. Entraron en una callejuela y cruzaron la plaza del bloque carnavalesco Los Garimpeiros.

Los muchachos del bloque estaban agachados en una esquina jugando a las cartas. La idea de atracar a los muchachos se les ocurrió al mismo tiempo. Se miraron y menearon la cabeza en señal de que estaban pensando en lo mismo. Los jugadores, entretenidos en el juego, no oyeron sus pasos. El ensayo del bloque había terminado poco antes. Después de guardar los instrumentos, fumaron marihuana y allí estaban ahora, tentando la suerte con las cartas. Pelé y Pará ordenaron detener el juego. Dijeron que no querían juegos de azar en aquella zona para no alarmar a la pasma. Dado que anteriormente ya les habían avisado, se llevarían no sólo el dinero juntado en la mesa, sino también el que cada uno tenía guardado en el bolsillo. Luís Sacana, uno de los jugadores, se levantó, clavó los ojos en los atracadores y dijo:

—¿Qué pasa, colegas? ¿Pensáis que porque no tenemos armas somos idiotas? ¡Aquí nadie le va a dar el dinero a nadie! Estamos aquí en plan tranqui y vosotros venís en plan de matones a molestarnos. ¡Idos a tomar por culo! —concluyó.

Aquello sorprendió a Pelé y Pará, que por un momento se quedaron en silencio. Automáticamente, amartillaron sus revólveres pero, antes de apuntar a Luís Sacana, oyeron la voz de Tatalsão:

—Oídme bien: si os metéis con él, vais a tener que meteros con todos, ¿vale? Porque vamos a daros de hostias. ¡Con nosotros no hay atracos que valgan! ¡Y si nos matáis a todos, vais a tener a unos cuantos detrás para cobrarse esa deuda! ¿Os creéis que estamos solos? Basta con mencionar a los muchachos del Garimpeiro, todo el mundo sabe quiénes son. ¡Así que no os engañéis!

Los demás le hicieron coro, y a Pelé y Pará les entró el canguelo. No tenían la intención de matarlos a todos; sólo pretendían sacarles los cuartos. Pará se quedó inmóvil mientras Pelé intentaba dialogar:

—Oye, yo te he visto de palique con Passistinha. ¿Eres amigo suyo?
—¡Claro, colega! —exclamó Luís Sacana.
—Tendré eso en cuenta, ¿vale? —dijo Pelé.
—Pues parad con esta gilipollez, que os va a joder mogollón si tenemos alguna bronca, ¿está claro? —advirtió Acerola, que hasta entonces se había limitado a mirar muy serio a Pelé y Pará.

Recorrieron en silencio el camino que los llevaría a la Trece. Aquel episodio mancillaba violentamente su reputación de tipos duros: un maleante como Dios manda no puede dejarse impresionar, y menos aún si los adversarios están desarmados. Habían comprobado que ninguno de los que estaban allí había sentido miedo. La terrible certeza de la verdad, tanto en las palabras de Luís Sacana como en las de Tatalsão, hería, y no sólo menoscababa su condición de delincuentes, sino también su condición de hombres. De machos. La complexión atlética de Tatalsão y Sacana los había atemorizado. Sabían que si uno de estos dos hubiera querido pelear cuerpo a cuerpo, las habrían pasado putas. El tal Acerola podría haberse quedado calladito, hasta ese momento todo iba bien. La advertencia de Acerola les hizo darse cuenta del lío en el que podían haberse metido.

Pelé miraba de vez en cuando a Pará, que andaba cabizbajo, fijándose con atención en dónde pisaba. Pensó en consolar a su compañero, pero sin asumir el miedo. ¿Cómo haría eso sin admitir que habían tenido que quedarse callados con el revólver en la mano? La única alternativa fue mentirse a sí mismo diciendo que, si no los habían matado a todos, había sido gracias a Passistinha. Él mismo intentaba creer en sus palabras, y se decía que, si supiese que Passistinha no iba a cabrearse, todos aquellos pillastres habrían amanecido con la boca llena de hormigas. Pará coincidió con su amigo sin mirarlo a los ojos. Creía en aquella mentira del mismo modo que Pelé. Se despidieron tibiamente.


El sábado de Carnaval llegó con una lluvia tenue, aunque pertinaz, que no restó empuje a la fiesta del Diablo en las calles de la Ciudad Maravillosa. El domingo, sí, el domingo era el día en que la juerga aumentaba con el desfile de las escuelas de samba.

Lúcia Maracaná desfiló en la Portela, en la Vila Isabel y en la Unidos de São Carlos, e incluso participó en la Académicos de Ciudad de Dios, debutando en el quinto grupo. Passistinha intervino en la Salgueiro y en la Unidos de São Carlos. Jamás entraría en otras escuelas, su propio corazón se lo prohibía. Para él, el Carnaval significaba algo más que juerga; durante el año ensayaba en su casa, en las horas libres, los pasos de samba que deslumbrarían a alguno de los turistas que él mismo había asaltado la víspera del desfile.

El lunes, Passistinha desfilaba en el bloque carnavalesco Mal Aliento con pocos bríos pero sin dejar de encandilar a las multitudes. Le gustaba cuando el Mal Aliento se encontraba con el bloque Cacique de Ramos, su mayor rival, porque se armaba la de Dios es Cristo. En la pelea entre los componentes de los bloques, se destrozaban bares, se destruían los puestos de los vendedores ambulantes y algunos aprovechaban para robar a los espectadores, todo eso sin que la samba dejara de sonar. El bloque Jará se había comprometido a ayudar al Mal Aliento en caso de estar cerca en el momento de la pelea. Se autoproclamaban hermanos de sangre. El bloque Los Bohemios de Irajá, en cambio, no se metía en líos. Desfilaba por el centro de la ciudad, Madureira e Irajá.

Ciudad de Dios no contaba con el apoyo económico del ayuntamiento y por eso no tenía templete en la plaza. Corcovado, uno de los comerciantes del barrio, se encargó de preparar el templete y contratar a los músicos para actuar en el Carnaval. El último día de la fiesta, la escuela de samba desfiló por la Rua Principal, así como por los bloques Los Garimpeiros y Los Angelitos de Ciudad de Dios.

Y ganó Salgueiro. Antes incluso del escrutinio de los votos, la gente ya decía que se proclamaría campeón.

Passistinha volvió a ganar el premio al mejor *passista*, primer bailarín. Lloró y se rió, bebió, fumó abundante grifa de la buena y esnifó coca de la mejor calidad para celebrar la victoria de sus pasos, de la batería mejor del mundo, del maestresala y de la abanderada más sublime del Carnaval.


Barbantinho, Busca-Pé y sus amigos se despidieron de las vacaciones en el bosque de Eucaliptos. Se despertaron temprano aquel viernes. Busca-Pé se encargó de llevar una sartén. Barbantinho llevó el aceite, y los demás, harina, azúcar, cerillas, agua helada y zumo de frutas en polvo. Mientras uno trataba de encender la hoguera para preparar el zumo de frambuesa, el más sabroso, los demás salieron por el bosque armados de tirachinas para cazar pajaritos.

No creían que Inho —que de vez en cuando se dejaba ver por el barrio—, Madrugadão, Sandro Cenourinha, Cabelinho Calmo y los otros niños que andaban con ellos se dejaran caer por allí. Les gustaba provocar peleas a lo tonto, se llevaban el balón de otros críos, les quitaban los juguetes, fumaban porros en las esquinas e imponían lo que se les antojaba apuntando con el arma. Los consideraban adultos, del mismo modo que Inferninho, Tutuca y Martelo.

Después de comer se tumbaron en la grama. Los rayos de sol, al pasar entre el follaje, parecían focos. En el campo, los bueyes iban de acá para allá. En la Vía Once, pasaban los coches. El río corría manso. En el laguito, las culebras de agua nadaban libremente. El lago se mantenía indemne a las ráfagas de viento que azotaban la cara de los niños. La iglesia de Nossa Senhora da Pena y los caserones se veían más bonitos desde allí. Los pescadores tentaban la suerte en la laguna. El mar de Barra da Tijuca recibía al cielo para formar juntos la metáfora más azul del infinito.

Batman era un superhéroe terráqueo, había que apostar por él. Supermán era el más fuerte de todos los superhéroes, pero si National Kid quisiese, lo derribaría poco a poco, pues el rayo de su pistola tenía criptonita y la hostia de cosas. Aquel doctor Smith de *Perdidos en el espacio* era un maricón de cuidado. Si apareciese una tía buenorra, en pelotas, aquí en el bosque, ¿tú qué harías? Cada vez que yo diga algo, tú di guei. Coche guei, casa guei, calle guei, jaca guei. Si haces un hoyo y cavas, cavas, cavas, cavas, saldrás en la China. Cuando sea mayor, seré médico. Yo voy a ser policía: si alguien me toca los cojones, lo detengo enseguida. Mi amigo tiene un perro amaestrado idéntico a *Rin Tin Tin*. Doña Vera era la profesora más guapa del colegio, un día soñé que era mi novia. ¿Y si jugamos a ver quién tiene la picha más grande? Esa historia de la cigüeña es mentira, todos salimos del coño de nuestra madre. Cogí un avión a Santa Catarina, en medio del viaje se acabó la gasolina, salté en paracaídas, el paracaídas no se abrió, me cago en la puta madre del que lo fabricó. Mariazinha la coqueta, el coño blando y las tetas prietas. Piensa en un número, multiplícalo por dos, súmale cuatro, divídelo por dos, réstale el número en el que pensaste. Da dos.

Se quedaron allí hasta el anochecer. A la semana siguiente había que volver a clase.

Poco después del Carnaval, Martelo dio un buen golpe por la zona de la Freguesia. Una mañana de sol, se fue allí solo. Redujo a las criadas de una mansión, forzó la caja fuerte, cogió joyas, un arma calibre 38, dólares y algunos cruceiros que había en un estante. Volvió a Ciudad de Dios en taxi. Al llegar a casa, dijo a Cleide:

—Toma, compra los muebles de nuestra casa, y aprovecha para

comprarte un vestido bonito. Pasa por la peluquería para que te arreglen el pelo y te hagan las uñas, pero no tardes mucho, ¿eh?, ¡que luego he de ocuparme de ti! —concluyó, cerrando los ojos y mordiéndose los labios.

—¿Dónde cambio los dólares?

—Ve a ver a Paulo da Bahia, él te los cambia enseguida.

Los repartidores del gas ya no se preocupaban por los asaltos: sólo los atracaban Pelé y Pará, y hasta les hacía gracia verlos aparecer espectacularmente por un callejón cualquiera a la luz del día, como si estuviesen en el Lejano Oeste y asaltaran una diligencia o se emboscaran para atacar a un enemigo. Incluso contaban con ello. Ambos maleantes salían apuntando a las víctimas del asalto con los revólveres. Antes de doblar la esquina, lanzaban un tiro al aire para impresionar.

Inferninho y Tutuca consiguieron un buen botín en los cinco taxis que atracaron un viernes por la noche. Acordaron que el dinero se destinaría a la compra de armas y balas. Le habían dicho a Armando que el sábado por la mañana estarían en el cafetín Porta do Céu para hablar de los detalles del negocio. Belzebu se ocupó de entregar los encargos a Armando. Y avisó al intermediario de que, como siempre, si se enteraba de que había mencionado su nombre a los delincuentes, lo mataría. El ex policía militar se comunicaba por señas con el detective. El negocio se cerró a las diez de la mañana, en medio de los clientes del Porta do Céu.

Antes de despedirse, Inferninho agachó la cabeza como quien piensa en una fecha para cerrar un negocio serio. El ex policía y Tutuca aguardaban sus palabras. La tardanza de Inferninho en articular palabra causó cierto malestar. Éste, sin venir a cuento, se encaró con el intermediario:

—Tío, pasa una cosa: hace mucho tiempo que consigues pasta gansa a costa de los muchachos, ¿verdad? Pues resulta que un poli del Quinto Sector nos mandó una carga y nos dijo que nos enviaba una caja de balas a mitad de precio que las tuyas, ¿sabes? Eso quiere decir que tú te quedas con el doble de lo que te corresponde. Así que esta vez no pienso soltar los hierros. ¡Dame el tuyo también y devuélveme el dinero!

Armando obedeció en silencio. Tutuca se quedó sorprendido por la actitud de su compañero y concluyó que acababan de crearse un enemigo peligroso: un ex policía era mucho peor que un criminal, pues sus antiguos amigos de uniforme siempre le protegerían si se metía en follones. Cría cuervos, que te sacarán los ojos. Decidió eliminar al intermediario. Inferninho registró a Armando y le ordenó que saliese corriendo. Tutuca, sin consultar a su compañero, disparó sobre el intermediario, que zigzagueó en el terreno baldío junto al cafetín y se internó en el bosque ileso.

—¿Lo has matado? —preguntó Inferninho.

—Lógico, tú decides por tu cuenta, sin que nos pongamos antes de acuerdo. Ese tipo está compinchado con los polis, chaval. Es un enemigo peligroso. No podía dejarlo vivo...

—Está bien. Pero yo quiero saber quién le suministraba las armas... En fin, seguro que Belzebu y Cabeça de Nós Todo aparecen hoy por aquí, así que vámonos a casa, mañana ya veremos.


Cabeça de Nós Todo salió de casa cabreado porque no tenía dinero y la idea de recorrer tiendas, tabernas, panaderías y mercados para requisar alimentos, como hacían los otros polis, no le seducía lo más mínimo. Tenía muy pocas ganas de trabajar. Evitó la compañía de sus colegas en la primera ronda del día para no tener que compartir el dinero que pillara en alguna redada y se dedicó a deambular solo, con el arma amartillada, por la favela. En sus primeros intentos, tuvo la mala suerte de toparse únicamente con currantes. Cruzó al Otro Lado del Río. Quería pillar in fraganti a algún porrero para sacarle la pasta. Se percató de que un muchacho había acelerado el paso al notar su presencia. Cabeça de Nós Todo sacó dos bolsitas de marihuana del bolsillo y ordenó al muchacho que se detuviera, pero se llevó un chasco cuando comprobó su documentación: el chaval sólo era un desocupado. Podría sacarle algunos billetes con la amenaza de encarcelarlo si el sujeto ya hubiese sido detenido otras veces, pero eso daría trabajo: tendría que llamar al Quinto Sector para que lo averiguasen y seguro que el amigo que tenía en aquella sección le exigiría una pasta por hacerlo de tapadillo. Resolvió meterle la droga con el pretexto de un cacheo. Cada vez que el chico aseguraba que la marihuana no era suya, Cabeça de Nós Todo le daba un culatazo. El muchacho insistía en que sólo había acelerado el paso porque no tenía la cartilla de desempleo firmada. Cabeça de Nós Todo vociferaba, decía que no le gustaba que lo llamasen mentiroso. Cuando se enteró de que el detenido tenía padres, en lugar de llevárselo a comisaría, lo obligó a que le condujera a su casa con el propósito de extorsionar a la familia. Y eso fue lo que hizo.

El padre tuvo que recurrir a los vecinos para conseguir la cantidad que el uniformado le había exigido. Antes de regresar a comisaría, Cabeça de Nós Todo se detuvo en su casa para entregarle a su esposa la mitad del dinero que había obtenido, mucho más que su sueldo mensual de policía militar. Llegó a la comisaría con mejor cara y dijo a sus amigos que la zona estaba tranquila. Se quitó las botas, se tumbó y se pasó el resto del día leyendo un libro.

Aquel mismo sábado, Manguinha había estado esperando a Acerola, Laranjinha, Jaquinha y Verdes Olhos en la esquina del Batman para fumarse un porro, pero no tuvo suerte: todos estaban con sus novias. Le apetecía fumarse un par de petas antes de meterse en casa para ver una película arropado por un flipe agradable. El tiempo pasaba y no aparecía ninguno de sus amigos. Decidió ir a casa de Jaquinha. Sabía que él tenía grifa porque el día anterior había comprado mogollón de bolsitas en Curral das Éguas. Estaba lloviendo y soplaba viento, y, pese al paraguas, Manguinha no pudo evitar que se le mojaran sus pantalones Lee de rodillas para abajo. La luz se iba y volvía con cada trueno, y la tormenta asustaba a los perros, a los gatos vagabundos y a las gallinas en el fondo de los patios.

—¡Jaquinha! —gritó ansioso.

—No está aquí —respondió la voz de un niño.

Manguinha regresó por donde había venido: hizo un poco de tiempo en el Batman, deambuló por la Praça Principal y se quedó más de una hora observando los autobuses que llegaban, pero no apareció ningún amigo que le diese una china. El drogata se remangó los pantalones, volvió a abrir el paraguas y se precipitó hacia la casa de Tê. «Tendrá que fiarme una bolsita», pensó en voz alta.

Tê estaba sola en casa; sus hijas se habían ido al baile del club. La vieja estaba preparando las bolsitas de marihuana que había comprado en Curral das Éguas. Ahora ya no tenía a nadie que le llevase la hierba hasta su casa, como hacía Ercílio, que además de comprarle comida a su madre también le pasaba la droga. Terê había comenzado a traficar seis meses después de su llegada a la favela. Antes, sólo traficaba su marido, pero le daba demasiado a la bebida y se gastaba todo el dinero en juergas que se repetían día tras día. Como siempre perdía dinero y marihuana, solía quedarse sin mercancía para ofrecer a sus clientes, lo que obligaba a sus hijos y a su mujer a pasar necesidades. Acabó muerto porque, para mostrarse valiente, robaba a cualquiera, y así, en poco tiempo, acumuló varios enemigos. Un día atracó a un maleante que, inmediatamente después del asalto, le reventó la cabeza con seis balas calibre 38.

El único bien que le dejó a su familia fueron cinco kilos de grifa que Terê pensó en regalar a sus amigos, pero las amigas le aconsejaron que revendiese la hierba: muy tonta sería si se la regalaba a los drogatas; toda aquella grifa valía un dineral.

Así inició su vida en el delito. Su negocio, ahora bien administrado, le rindió buenos frutos. Logró ampliar la casa, sus hijas cambiaron sus vestidos raídos por ropa decente y se alimentaban mejor. Compró un sofá, un armario, una nevera y albergaba planes de adquirir también un televisor; en fin, que no tenía de qué quejarse: su vida había mejorado considerablemente.

Se preparaba para acostarse cuando oyó la voz cautelosa de Manguinha a través de una rendija de la ventana. Contestó que ya iba, después de verlo en el portón por la puerta entreabierta.

—¿Cuántas quieres, hijo?

—Sólo quería una bolsita, pero resulta que estoy medio pelado, ¿sabe? Si usted me la vende, mañana, antes del mediodía, le traigo la pasta.

—Yo no vendo al fiado, pero si quieres fumar uno conmigo, puedes entrar —dijo la vieja.

En cuestión de segundos decidió seducirlo. Hacía mucho tiempo que nadie le daba placer. Manguinha se sentó en el sofá cochambroso y observó la sala: san Cosme, Do Um y san Damián iluminados por la lamparilla de aceite; una vitrina antigua con algunos vasos de colores; un juego de té; la mesita de la sala llena de objetos domésticos y telarañas oscilantes al mínimo soplo de aire. Tê preparó con esmero un enorme cigarrillo de marihuana: cuanto más colocado estuviera Manguinha, más fácilmente lo seduciría. Encendieron el porro. La vieja afirmó que aquella grifa era especial. Ofreció un güisqui al drogata y le dijo que tenía unas rayas de coca para después de fumar. A Manguinha le encantó la idea. Fumaba rápido para poder consumir la cocaína, un lujo que escapaba a sus bolsillos y bastante difícil de encontrar. La vieja sugirió que fuesen a su habitación, alegando que podría llegar una de sus hijas y no quería que la viesen esnifando. Corrió las cortinas, puso la droga en un plato caliente y cogió una cuchilla de afeitar, que guardaba en la parte superior del armario, para picar la cocaína. Mientras transformaba en polvo las piedrecitas de la farlopa, camelaba a Manguinha diciéndole que no sabía por qué le tenía tanto afecto, que jamás había esnifado con ningún cliente, que él era el primero y el único, y que siempre que quisiese esnifar o fumar bastaba con que le diese un toque.

—¿Por qué no te quitas esos pantalones mojados? Ponlos detrás de la nevera. Se secan muy rápido.

–¡Estupendo! –asintió Manguinha.

Aprovechó también para quitarse la camisa. Daba cuerda al juego de la vieja. La luz de la lamparilla del santo, que atravesaba la leve tela de la cortina, iluminó la piel blanca de Manguinha. Tê cogió más maría.

–¿Nos fumamos otro? Así, cuando esnifemos, nos pillamos un buen colocón.

La vieja pidió a Manguinha que liase el porro y preparó diez rayas de coca en el plato. Mientras fumaba, deslizaba su mano por la pierna del drogata. Repitió la operación varias veces. Como Manguinha no se inmutó, Tê apoyó definitivamente la mano en su muslo derecho.

–¡Qué pierna tan peluuuuuda! –dijo con voz melosa.

Manguinha se mantuvo en silencio. La vieja cerró los dedos sobre el muslo, luego acercó la mano a la polla dura del porrero y dejó que reposase allí. El porro iba por la mitad. Con un gesto lento sujetó el pene por encima del gayumbo.

–Hum... ¡Está durita tu cola!, ¿eh?

Comenzó a hacerle una paja. Manguinha ni se inmutó, como si todo fuera de lo más normal. La vieja sabía que él tenía energías para hacerla gozar. «La vida es muy buena», pensó mientras sacaba del gayumbo la polla del muchacho. Comenzó a chuparla en el acto. Manguinha sintió asco al comienzo, pero la avidez de la vieja lo hizo correrse en poco tiempo. Al recuperarse, le pidió que lo hiciese de nuevo. Olvidaron la cocaína en el plato, el porro en el cenicero, la lluvia en el tejado. Entró a fondo en la vieja. Sin saber por qué, Manguinha se acordó de su madre, de su novia, de sus amigos... Intentó parar aquello, pero no pudo: sentía verdadero placer. Y acabó poco a poco por quedarse allí como si estuviese perdidamente enamorado.

Tê se revolcaba por las cuatro esquinas de la cama; ni sus hijas, que eran jóvenes, que no tenían varices ni el pecho caído, y que tenían todos los dientes, habían pescado a un joven tan guapo. Quizás un día podría pasear con él del brazo por la calle, presentárselo a sus amigas como su marido; pero no, era un sueño desmedido. Si siguiese así, sería demasiado bueno. Llegó al orgasmo varias veces. Cuando sentía que el drogata iba a correrse, aun consciente de que él se recuperaba con la rapidez de sus dieciocho años para volver a empezar, disminuía los movimientos para que él se quedase el mayor tiempo posible enci-. ma de ella. Cuando Manguinha se corría, Terê le chupaba la polla con avidez. Era feliz.

La mañana de los sábados era siempre de los jugadores de fútbol y de billar. La tarde, como la mañana, no arrojaba misterios: los hombres dormían o seguían en las tabernas; las mujeres, despiertas desde temprano para hacer las compras y la limpieza de la casa, llenaban los salones de belleza después del almuerzo. Las noches de los sábados, que son siempre diferentes, pocas cosas se repiten y abundan los imprevistos, pues la gente está predispuesta para ello. La novedad hay que buscarla a la hora y en el local adecuados. Las noches de los sábados prometen encantos, romances nuevos, consolidación de amores. La juventud hacía fiestas americanas* en los patios, los niños jugaban hasta más tarde, los novios se encontraban, los porreros sabían en qué puesto se encontraba la mejor grifa y cuáles eran los policías de servicio, y se protegían en caso de que fuese la brigada de Cabeça de Nós Todo.

El club era siempre la mejor opción al final de la madrugada, incluso para los muchachos que tenían novia formal. Iban al baile a tirarse a alguna tía, porque un hombre de verdad tiene que cambiar el aceite todas las semanas; sólo los gilipollas se conformaban magreándose con sus novias.

Lúcia Maracaná fue al baile sola, pues había roto con su ligue la semana anterior.

—No me voy a quedar en casa llorando por culpa de un hombre —se dijo, y resolvió ir al club.

El baile, animado por el grupo Los Devaneos, estaba en su mejor momento cuando Maracaná entró en el salón. Echó un vistazo alrededor en busca de amigos. El salón a media luz abrigaba penas de amor al son de ritmos lentos. En la hora de las sambas-canciones, no todo el mundo podía acercarse a una dama: sólo aquellos que tenían buen meneo y juego de piernas salían a exhibirse. Maracaná formó pareja con Passistinha y aprovechó para contarle el motivo de la ruptura. Su amigo, solidarizándose con ella, la abrazó, lo que provocó los celos de algunas mujeres.

—¡Si esas vacas me siguen mirando con cara de puta sin cliente, les daré un sopapo! —exclamó al oído de su amigo.

La música cesó y ocurrió lo que tenía que ocurrir: una tía que estaba colgada de Passistinha, fingiendo no ver a Maracaná, derramó sobre ésta una jarra de cerveza. La pelea comenzó en el pasillo y siguió en el zaguán con la colgada ya sin blusa, la cara arañada y la nariz san-

---

* Así se les llamó en los años ochenta a las fiestas organizadas por adolescentes en las que los chicos traían la bebida y las chicas la comida. (N. del T.)

grando. Lúcia peleaba como un hombre: le gustaba golpear hasta ver a su contrincante en el suelo. Nadie las separó porque la contemplación de la colgada sin ropa les complacía. Passistinha tuvo que intervenir para poner fin a la gresca y se llevó a la celosa a la secretaría del club.

Era una morena alta, de ojos verdes y pelo largo. Trabajaba en el mercado Leão, vivía en las Últimas Triagens y era la hija mayor de una familia de cinco vástagos. Vio a Passistinha por primera vez en su propio trabajo y desde entonces esperaba la oportunidad de acercarse a él. Ya repuesta, sin mirarlo a los ojos, dijo que había hecho eso porque estaba celosa. El maleante sonrió; sentía pena a la vez que orgullo. La invitó a beber algo en otro lugar. Iba a tirársela esa misma madrugada. Salieron a la noche en busca de una taberna abierta. Caminaron lentamente, contándose cosas de sus respectivas vidas, hasta que encontraron un barucho abierto y entraron para tomarse unas cervezas.

Ya eran más de las dos cuando Passistinha le confesó haber sentido una fuerte atracción por ella desde la primera vez que la vio; le dijo que había pensado incluso en invitarla a bailar, pero que se contuvo por temor a recibir una negativa. Mentía. La colgada fingía creerlo. Passistinha ya se imaginaba haciéndola gozar y a ella diciéndole: «¡Qué gusto, qué bueno!».

—Vamos a casa a comer algo. ¿Sabes cocinar?

—Claro.

Como siempre, la casa del delincuente estaba ordenada. La muchacha recorría con la mirada los muebles nuevos bien dispuestos en la sala. Observó los trofeos ganados en la samba y en el fútbol. Mientras Passistinha se duchaba, la morena elegía un plato rápido de hacer en aquella despensa bien surtida.

La crema de guisantes exhalaba un aroma delicioso en la madrugada de lluvia. Hacía frío.

Passistinha salió del cuarto de baño perfumado más de la cuenta y envuelto en un albornoz rojo y blanco.

—Date una ducha. El agua está calentita. Te hará bien —sugirió Passistinha.

Después de la ducha comieron, y el maleante comenzó el cortejo besándole las rodillas.

Cuando la lluvia se mezcló con la claridad de la mañana, Passistinha intentó comenzar de nuevo.

—Me duele la cabeza —repuso la chica.

—No es para menos, la loca aquella se ensañó contigo. Quédate ahí echadita mientras voy a la carrera a la farmacia. Enseguida vuelvo.

La morena repasó mentalmente la noche que había tenido; si no hubiese sido por la tal Lúcia Maracaná, habría resultado perfecta. «¡Qué hombre!», suspiraba. Además de guapo, cariñoso, educado y limpio, era bueno en la cama. Sin duda, su madre u otra mujer se ocupaba de su ropa. Resolvió preparar café, pero antes, movida por la curiosidad, se acercó al armario. Cuando el café estuvo listo, se tumbó. Passistinha tardaba, pero no se atrevió a esperarlo en la calle; hubiera resultado demasiada familiaridad para el primer día. Ya habían dado las ocho cuando un grito sostuvo en el aire una sola frase que iba repitiéndose:

—¡¡¡Passistinha ha muerto, Passistinha ha muerto, Passistinha ha muerto!!!

Se produjo un corte en la mañana, provocado por una frase con verbo intransitivo y sujeto muerto. Las esquinas de las calles se llenaron de llanto. Fallaban todas las hipótesis de que el final de la vida del maleante fuese mentira.

La morena acabó desmayada en brazos de una vieja. Agachado en un callejón, Inferninho, a quien nunca habían visto llorar, dejaba que las lágrimas le cayesen en las rodillas. Lúcia Maracaná no derramó lágrimas, no pronunció palabra alguna; se limitó a sufrir en silencio en la puerta de su casa. Tutuca, Carlinho Pretinho, Pelé y Pará se enteraron de la muerte de su amigo en el Bonfim. La noticia corrió como bala perdida por Ciudad de Dios.

En Allá Enfrente cubrieron el cuerpo con una sábana azul; todo el que llegaba encendía una vela para que la luz, mucha luz, iluminase los misterios del camino por los que comenzaba a transitar el alma de Passistinha. Era la única manera de ayudar a aquel maleante que nunca había hecho feos a nadie: llegaba a las tabernas e invitaba a rondas, respetaba a todo el mundo, daba dinero a los niños, estaba siempre de buen humor, frente a él nadie demostraba flaqueza.

—Passistinha ha muerto, ¡pero viva el rojo y blanco del Salgueiro, de la Unidos de São Carlos, y el bloque carnavalesco Mal Aliento! —se alzó una voz en la multitud.

En comisaría, el conductor que lo atropelló respondía a las preguntas del cabo:

—¿Cómo se le ocurre retroceder sin mirar atrás?

—¡Pero si yo miré!

—¿Y cómo es que no vio al muchacho? —preguntó de nuevo el cabo sin obtener respuesta.

Mientras, fuera, la multitud gritaba:

—¡A lincharlo! ¡A lincharlo! ¡A lincharlo!

La gente se agolpaba en las esquinas para comentar la vida y la muerte del maleante. En el ardor de los hechos, y haciendo caso de una información que procedía de una fuente segura, Lúcia Maracaná forzó la puerta de una mujer en la *quadra* Catorce. Una semana después de que Passistinha la abandonase, habían visto a esa mala bruja en el cementerio enterrando un sapo con la boca cosida y rezando la oración de la muerte. «Si él no es mío, no será de nadie más», decía a sus amigas. Cuando Maracaná penetró en la casa, la mujer ya había huido por la parte trasera para no volver a pisar jamás la favela. Por la tarde se suspendió el partido entre el Unidos y el Oberom del campeonato de Jacarepaguá. Dodival, un amigo del *passista*, fue a dar la noticia a la gente de las escuelas de samba dilectas del fallecido. La llovizna atravesó el velatorio.

—¡Más de dos mil personas en el entierro! Todas las mujeres de aquel hombre estaban allí, cada una más guapa que la otra —decía Torquato, en el Bonfim, a los bebedores que llenaban el establecimiento aquel lunes—. ¡Hasta el Cacique de Ramos mandó flores! —concluyó.


—¿De verdad? ¿Y por qué no me lo dijiste enseguida, chaval? —dijo Belzebu al escuchar el relato de Armando.

—Te he llamado un montón de veces, pero nunca te encuentro.

Belzebu dejó a Armando en la sala, fue al garaje para coger una cuerda y salió al patio para procurarse una piedra; acto seguido lo guardó todo en el maletero del coche y entró de nuevo en la casa; buscó un revólver, se lo entregó a Armando y le dijo:

—Vamos a Ciudad de Dios a recuperar esas armas ahora mismo.

Armando se puso el revólver en la cintura sin oponer reparos. Se dirigieron a Ciudad de Dios. Apenas hablaron durante el trayecto. A Armando le pareció extraño que el policía no entrase en la barriada.

—¿Adónde vas? —preguntó.

—Vamos a la Barra a buscar un compañero más para acabar con esos rufianes.

Antes incluso del primer puente de la Vía Once, el coche de Belzebu comenzó a fallar.

—¡Mierda! Voy a parar ahí para ver qué le ocurre.

Detuvo el coche a la orilla del río. Belzebu bajó del coche. En la otra margen del río, Torquato, que caminaba con un cercote rumbo a la laguna, reconoció al policía. Amparado por la oscuridad, se quedó a observar qué hacía. Armando bajó mientras Belzebu miraba lo que le ocurría al coche.

—Voy a echar una meada allí —dijo Armando.

Avanzó unos pasos y su corazón se aceleró al oír el ruido del martillo del arma de su compañero. Se resistió a volverse, se abrió la bragueta y una bala penetró en su nuca. El detective amarró con la cuerda el fiambre, colocó la piedra en el otro extremo de la cuerda y dejó que el cadáver se hundiese hasta el fondo del río. No sabía si Armando había dicho la verdad, pero, si hubiera aceptado su versión de los hechos, siempre habría desconfiado de él. Todo hombre en quien él no confiase debía morir. El asunto ahora era matar a Inferninho y a Tutuca. Abandonó el lugar del crimen sin reparar en Torquato.


Pelé y Pará cogieron el autobús en Barra da Tijuca una tarde de sol abrasador. Se quedaron en la parte de atrás, fingieron que no se conocían, y observaron los relojes, anillos, cadenas y pulseras de los pasajeros. En las inmediaciones de Gardenia Azul, limpiaron a los viajeros de la parte trasera, obligándolos a bajar del autobús. A la altura de Los Apês, hicieron lo mismo con los de delante. Más adelante, le quitaron el dinero al cobrador y se fueron a la Praça dos Garimpeiros a repartirse el botín.

Un sargento del ejército que estaba en el autobús observó el camino que habían tomado los dos delincuentes. Indignado por haber perdido toda su paga, se fue a su casa y cogió su revólver; la casualidad quiso que por el camino se topara con un coche patrulla de la policía civil. Belzebu, después de escucharlo, se apeó del coche y, a paso rápido, los dos se encaminaron en la dirección que el militar indicaba.

En la Praça dos Garimpeiros, Pelé y Pará discutían sobre la conveniencia de fumarse un porro allí mismo. Mientras Pelé sostenía que era mejor que fueran a un lugar cerrado, Pará afirmaba que la policía iría directa al Bonfim y después a la *quadra* Trece, y que la plaza era el lugar más seguro. Su compañero acabó cediendo.

Al doblar una esquina de la plaza, Belzebu avistó a la pareja. Retrocedió. Tramó un plan de captura con el sargento y se emboscó en la esquina. El sargento dio la vuelta a la manzana y llegó a una callejuela que llevaba a la plaza sin que los maleantes se dieran cuenta. Caminó lentamente con el arma amartillada.

La tarde soleada ya iba tocando a su fin. Pará liaba el porro mientras Pelé volvía a contar el dinero conseguido. Un niño, al percatarse de la presencia del sargento, retrocedió para alertar a los rufianes. El sargento disparó, pero falló. La pareja saltó el muro de una casa y tomó a dos niños como rehenes, con lo que impidió la persecución.

La voz y el llanto de la madre de los niños obligaron a Belzebu a iniciar una negociación. Aseguró que, si se entregaban, no les harían daño ni dispararían contra ellos.

—¡Joder! Te dije que no convenía quedarse aquí. Ahora tendremos que largarnos saltando los muros de atrás —sugirió Pelé.

—¡Nada de eso, hermano! Ahí debe de estar lleno de polis —repuso el compañero.

—¡Es mejor que salgáis por las buenas, si no será peor! —insistía el detective Belzebu.

En un impulso repentino, Pará liberó al niño, lanzó el revólver por encima del muro, abrió el portón y salió.

—Pon las manos en alto y arrímate a la pared. ¡Mi palabra vale oro! —dijo el detective.

En un primer momento, Pelé creyó que su compañero se había equivocado, pero, como no oyó señal de escapada, consideró que era mejor entregarse; el detective acababa de decir que, si devolvían todo, los dejarían en libertad. Pelé salió con las manos en alto. Belzebu estiró la mano. Pelé le entregó el arma. El sargento entró en el patio a recoger los objetos robados. La sonrisa del detective los trastornó a los dos.

—Ahora id andando uno al lado del otro con las manos en la cabeza —ordenó el policía.

—Pero...

—¿Pero? ¡Y una mierda, chaval!

Acataron la orden de Belzebu. El policía y el sargento intercambiaron una mirada; no tuvieron que recurrir a las palabras para ponerse de acuerdo. El primer tiro de la pistola calibre 45 del sargento atravesó la mano izquierda de Pelé y se alojó en su nuca. La ráfaga de ametralladora de Belzebu desgarró el cuerpo de Pará. Un grupito de personas intentó socorrerlos, pero Belzebu lo impidió con otra ráfaga de ametralladora, esta vez dirigida hacia el cielo. Se acercó a los cuerpos y los remató con el tiro de gracia.


Pará había nacido con ictericia en el agreste Pernambuco. Antes de los cinco años ya había padecido parotiditis, deshidratación, varicela, tuberculosis y otras enfermedades, lo que impulsó a sus familiares a encender velas y a colocarlas en su mano todas las veces que reviraba los ojos, sudaba frío y pasaba horas y horas temblando bajo el sol fuerte y aquellas mantas, conseguidas aprisa por los vecinos; querían que tuviese luz en caso de que muriese, ya que el chico no estaba bautizado.

La medicina lo desahució ya antes de nacer, pero el bicho se sobrepuso al riesgo de morir feto. Llegó a Río de Janeiro con doce años acompañado sólo de su madre, pues a su padre lo habían asesinado por orden del coronel para el que trabajaba con ocasión de unas elecciones para alcalde y concejales. La gente decía que había declarado públicamente su voto a favor del adversario del patrón. Junto con su madre, mendigó durante años en las calles del centro de la ciudad hasta que a ella la arrastró una crecida en la Praça da Bandeira, donde dormía con otros pordioseros. El niño nunca olvidó la escena: una cloaca se tragaba a su madre mientras él resistía al empuje de las aguas agarrado a un poste.

Para salir adelante, Pará limpió zapatos, descargó cajas en el mercadillo, vendió cacahuetes, vendió revistas porno en el tren, lavó coches de ricachos y dio por el culo a maricas en las calles de ligoteo para conseguir alguna pasta. Con el dinero conseguido en esta última actividad, logró alquilar una chabola en el morro de la Viúva. Se unió a los chiquillos del morro para comenzar a robar a las viejas que circulaban por la Praça Saens Peña. El primer revólver lo consiguió a través de un homosexual de la Zona do Baixo Meretrício con quien mantuvo relaciones dos años seguidos. En una taberna del morro se enteró de que quien fuese al estadio Mario Filho recibiría un plato de sopa a la hora de las comidas y además tendría derecho a una casa propia; así que no perdió tiempo y se unió a los afectados por las crecidas de 1966. Todo salió como había imaginado. En el estadio de fútbol trabó amistad con Pelé, su fiel compañero.

Pelé había nacido en el morro de Borel. Su padre, que decía ser nieto de esclavos, era un hombre fuerte y guapo que trabajaba como basurero y sólo bebía los fines de semana; los días de trabajo prefería fumarse un porrito en las laderas del morro, donde maleantes y macarrillas siempre lo habían respetado. *Passista* de la Unidos de Tijuca, extremo derecho del Everest, equipo de segunda división, Cibalena fue asediado siempre por las mujeres de la escuela de samba, por las mujeres de la hinchada del equipo en el que jugaba y por las del morro donde vivía. Se enorgullecía de ello, y solía decirles a sus amigos que tenía hijos que ni él mismo conocía, pero que eran las mujeres las culpables, pues con la ilusión de retenerlo para siempre, por pura picardía, se dejaban embarazar.

Pelé fue víctima de esa maldad de su padre. Sufría cuando su madre lo mandaba a buscar a su padre y éste ni siquiera lo saludaba, alegando no conocerlo. El niño fue criado únicamente por su madre; su abuelo materno había echado a su hija a la calle cuando se enteró de que estaba embarazada. La señora en cuya casa trabajaba la despidió. Desesperada, antes incluso de dar a luz, cayó en la prostitución. Tenía amigas prostitutas, así que le resultó fácil iniciarse en la carrera. Enseguida cayó en la vida delictiva, comenzando por los robos a las señoras que acudían a los mercadillos de Tijuca. Con el tiempo, comenzó a trajinar drogas y armas para los traficantes del morro y a esconder coca y marihuana en la vagina para venderla en las cárceles cariocas. Hablaba con los presos jefes para poder traficar en la prisión. Pelé nunca fue a la escuela. Siendo aún niño, robaba alimentos en el mercadillo y birlaba carteras en el centro de la ciudad. Cuando comprendió que su madre era prostituta, nunca más volvió a hablar con ella. Se prometió que, si se encontraba de nuevo con los hombres que le llevaban caramelos de mentira, le hacían caricias siniestras y bromas estúpidas para engatusarlo, esos hombres que de vez en cuando se encerraban con su madre en la habitación de la casa en la Zona do Baixo Meretrício, donde él pasaba los días, los mataría. Fue al estadio Maracaná a conseguir casa porque en el morro ya le tenían jurada la muerte. A los quince años era un consumado maleante. Sólo se regeneraría cuando diese un buen golpe.

Su madre no fue a su entierro; había contraído una enfermedad que los médicos no pudieron diagnosticar y murió una semana después de que lo hiciera su hijo.

Su abuelo materno, compadecido, acudió al entierro, pero en el velatorio afirmó que el chaval había caído en el delito por pura desvergüenza: conocía a varias personas que habían pasado por cosas peores y que eran decentes.


Le asestaron el primer golpe en la oreja izquierda, después siguieron dándole por todo el cuerpo. Un pedazo de madera que tenía un clavo en la punta le perforó la cabeza. Le saltó el ojo izquierdo. Le quebraron las extremidades por varios lugares. Sólo pararon cuando creyeron que aquel fugitivo arisco estaba definitivamente muerto. Una mujer incluso pidió clemencia. No le hicieron caso. Colocaron el cadáver dentro de una bolsa de plástico, cruzaron el puente de Los Apês, entraron en la Rua dos Milagres y doblaron por la primera callejuela.

—El bicho se está moviendo —advirtió el que lo cargaba.

Tiraron la bolsa al suelo y reanudaron los porrazos sin ninguna compasión. El golpe definitivo, que le rompió el cráneo, se lo asestaron con un adoquín. Siguieron caminando por las callejuelas hasta llegar al portón de una casa en la Rua do Meio.

–¡Zé Miau! ¡Zé Miau! –gritó Busca-Pé.

Zé Miau apareció deprisa con el dinero. Esperaba aquel encargo con ansiedad, pues aún tenía que arrancarle la cola y la cabeza para cortar la carne en trocitos, adobarla y preparar los pinchos. Además de vender carne asada de gato en la Zona do Baixo Meretrício, Zé Miau trapicheaba con caipiriña, vaselina, revistas porno y pomada japonesa. Con el dinero que habían recibido, los niños fueron al parque de atracciones instalado junto al mercado Leão.


Martelo conducía con pericia el Opala robado minutos antes de cometer un atraco en un establecimiento maderero en la Rua Geremário Dantas. Todo había salido bien, pero tuvieron la mala suerte de encontrarse con el coche patrulla de la policía cuando regresaban a Ciudad de Dios. Belzebu reconoció a Inferninho en el asiento de atrás. La policía disparaba al Opala, se le acercaba en las curvas y en las rectas perdía terreno. El Opala bajó la autovía Gabinal a ciento veinte por hora y llegó a la Vía Once. Tutuca le ordenó que tomase por la carretera que daba acceso a la autopista. Lograron mantener bastante distancia. Tras una discusión, optaron por dirigirse a la autovía Bandeirantes, haciendo caso omiso de la propuesta de Inferninho: abandonar el coche y embreñarse en el bosque. Llegaron a la barriada por el Nuevo Mundo y tuvieron el tiempo justo para cruzar el río.

Los detectives habían pedido ayuda por radio. Cuando llegaron al lugar donde los maleantes habían abandonado el coche, comenzaron a registrar las casas aledañas; después examinaron el automóvil. Cabeça de Nós Todo no estaba de servicio, pero cuando vio pasar a los policías se sumó a la persecución. Cambió su revólver por la ametralladora de un compañero de servicio. Vio que los tres golfos cruzaban la Rua do Meio y que Tutuca iba delante, con la bolsa del dinero amarrada en el brazo derecho. Cabeça de Nós Todo dio la vuelta a la calle para sorprenderlos. Cuando apenas había asomado la mitad de su rostro por el quino de la esquina, Tutuca lo vio, disparó contra él y saltó un muro. Martelo e Inferninho le imitaron. Cabeça de Nós Todo les siguió: le gustaba la situación. La carcajada de la ametralladora agujereaba muros, espantaba a los gorriones y a todos los seres humanos que presenciaban u oían el ruido de la persecución.

Inferninho y Martelo cruzaron la Rua Principal y se escondieron en el Lote. A Tutuca, que se aventuró por el interior, casi lo alcanzaron cuando cruzaba la Rua do Meio. Pasó por el Ocio, por detrás del mercado Leão, y atravesó la Praça do Jaquinha; entró en la calle de la escuela municipal Augusto Magne, se detuvo en la esquina y se agachó. Esperaba que su perseguidor viniese por allí; entonces lo mandaría al infierno. Le extrañó la tardanza del policía. Imaginó que estaría cansado.

Cabeça de Nós Todo, al contrario de lo que pensaba el maleante, le había seguido los pasos, y Tutuca no se percató de que el policía estaba a sus espaldas, con la ametralladora apuntándole. Podía dispararle: desde esa distancia no fallaría en un blanco inmóvil, pero lo quería vivo para que el rufián entregase todo el botín. Tutuca, que creyó que el policía había abandonado la persecución, decidió refugiarse en la casa de Lúcia Maracaná, pero antes de levantarse notó el cañón de la ametralladora que le enfriaba la nuca:

—¡Suelta el arma y túmbate en el suelo!

Tutuca arrojó su revólver al suelo y replicó:

—¡Una mierda me voy a tumbar! ¡Si quiere matarme, tendrá que ser de pie!

Con un rápido movimiento, Cabeça de Nós Todo se hizo con el arma de Tutuca, le asestó un culatazo, lo esposó y continuó golpeándolo.

—¡Máteme de una vez! ¡Máteme de una vez! —bramaba Tutuca.

—No voy a matarte, chaval. Tú eres mi amigo. Me he ganado un arma y toda esa pasta.

La ironía de Cabeça de Nós Todo le dolía a Tutuca tanto como las miradas que se concentraban en su cuerpo para observar la trayectoria de los golpes que Cabeça de Nós Todo le propinó hasta Allá Arriba. A la altura del Bonfim, Tutuca decidió fingir un desmayo. Cuando su cuerpo cayó al suelo, se percató de que las esposas no estaban bien cerradas. Si Cabeça de Nós Todo se distraía, podría liberarse. Cabeça de Nós Todo desconfió del desmayo y comenzó a pegarle patadas. Cuando llegaron los demás policías, también se dedicaron a zurrarle.

—Van a matar al muchacho. ¡Por grave que sea lo que ha hecho, es una persona! —gritó un viejo.

—¡Eh, tú, carroza, cierra el pico, que esto no es una persona, esto es una zanja abierta, un perro rabioso! —le espetó Cabeça de Nós Todo.

Los policías civiles no se quedaron en la barriada. Recibieron por radio el aviso de que un vehículo del Quinto Sector se había enzarzado en un tiroteo en Vila Sapê y se marcharon para allá.

Inferninho y Martelo seguían refugiados en el Lote. Madrugadão, Inho, Pardalzinho, Sandro Cenourinha y Cabelinho Calmo caminaban por la orilla del brazo derecho del río. Acababan de llegar del morro de São Carlos, de donde traían una carga de cocaína para Madalena. Desde lejos, Cabelinho advirtió que en la Rua do Meio ocurría algo anormal. Avisó a los demás y se volvieron por donde habían venido. Cabeça de Nós Todo ordenó a los demás policías que persiguiesen a los otros maleantes. Tutuca seguía fingiéndose desmayado. Cabeça de Nós Todo dejó de golpearle. El gentío que se agolpaba a su alrededor le dio miedo: alguien podría dispararle de repente en medio del tumulto.

—¡No quiero espectadores! —vociferó.

Nadie se movió. Algunos incluso se mofaron del policía. Cabeça de Nós Todo apuntó con la ametralladora al cielo y apretó el gatillo, pero las balas no salieron. Nervioso, observó el arma y comprobó que se había acabado la munición. En cuanto la gente se percató, empezaron a gritar:

—¡No hay balas! ¡No hay balas! ¡No hay balas!

Tutuca entreabrió el ojo izquierdo, notó la angustia del policía y esperó a que adoptase la posición adecuada para ponerle la zancadilla. Cabeça de Nós Todo se desplomó lentamente y, mientras caía, alcanzó a ver cómo Tutuca se escabullía por la primera callejuela.

La multitud abucheó al policía, que, para desahogarse, empezó a soltar mamporros a todo aquel que se le ponía a tiro, a meter pruebas falsas y a sobar a las mujeres so pretexto de cachearlas. Todos sabían que, pocos días antes, había destapado con el cañón del revólver la tartera de un trabajador con el propósito de encontrar marihuana. El ciudadano, indignado con la actitud policial, tiró la comida al suelo, lo que le acarreó una somanta de puñetazos y puntapiés por desacato a la autoridad.

El dolor que Tutuca sentía no le impidió cruzar el río ni magullarse las manos para librarse de las esposas; finalmente se sentó debajo de la higuera embrujada. El corazón le latía con fuerza; el sudor que le corría por el rostro y el agua del río le provocaban escozor en todas las heridas del cuerpo; temblaba y rezumaba odio por todos los poros de su piel. Se le nubló la vista, no podía respirar, el mundo comenzó a girar más rápido que de costumbre y se desmayó de verdad.

Cabeça de Nós Todo se encaminó a la comisaría. Pese al consuelo de haberse quedado con el botín, lo atenazaba una congoja: había recordado que llevaba el revólver de Tutuca en la cintura cuando éste ya estaba fuera de su alcance. Caminaba por la Rua do Meio sin más compañía que su ametralladora y espantó con unos tiros a la gente que lo observaba. Al doblar la calle del brazo derecho del río, una vieja se precipitó sobre él con el cadáver de su nieto en los brazos.

—¡Asesino, asesino!

Esa palabra, repetida una y otra vez, martilleó en sus oídos; era como una cuchillada. Una bala perdida del policía Jurandy, recién comenzada la persecución, había alcanzado al muchacho. Algunas personas salieron a la calle. En lugar de silbarle y abuchearle, optaron por el silencio. Todo silencio es una sentencia que ha de cumplirse, una oscuridad que ha de atravesarse. Cabeça de Nós Todo comenzó a decir a gritos que no había sido él. Disparó otro tiro para espantar a la multitud que se había congregado de nuevo. Nadie se movió. Volvió a reinar el silencio. Para Cabeça de Nós Todo, las miradas eran ecos de un horror que parecía ser el mayor de todos. Aquella abuela que seguía sus pasos cargada con el cadáver del niño de cinco años parecía decirle: «Tómalo, ahora es tuyo». El policía intentaba librarse de la vieja haciéndose a un lado. La sangre chorreaba de la nuca del niño, formaba arabescos en el suelo y goteaba en los pies de la vieja. Poco después, un coche patrulla que pasaba por la zona sacó al policía de aquel infierno. Cuando la portezuela del vehículo se cerró, la gente empezó a chiflar y a lanzar piedras.

La vieja comenzó a sentir que todo giraba; sus poros se abrieron lentamente. El suelo fue desapareciendo bajo sus pies; quería hablar, llorar, correr hacia el pasado y sacar a Bigolinha de la calle. Su sangre se aceleraba en las rectas de sus venas, se acumulaba en las curvas, a veces le saltaba de la boca o se escapaba por el ano. Ya no veía nada, todo se había transformado en aquella luz que había brillado sólo un instante. En cuanto la luz se apagó, cubrieron los cuerpos con sábanas blancas y encendieron velas.

La noche acababa de definirse cuando Inferninho y Martelo preguntaron a los clientes del Bonfim qué sabían de Tutuca. Se rieron a carcajadas al saber que su compañero se había librado espectacularmente de Cabeça de Nós Todo; les faltaba saber si Tutuca había logrado esconder el dinero y dónde se encontraba él en aquel momento. Recorrieron toda la favela en su busca, pero no tuvieron éxito.

En el Otro Lado del Río, Tutuca seguía durmiendo encima de las raíces visibles de la higuera embrujada. A medianoche, el mundo se detuvo, el silencio de las cosas se hizo hiperbólico, un humo rojo salía de las heridas que le había causado el policía, todo estaba muy oscuro; ahora, la higuera embrujada se balanceaba al viento que sólo ella recibía; desaparecieron todos los suplicios de su cuerpo, todas las cosas del universo. Sólo la higuera se inclinaba, iluminada por una luz que subía por el tronco. Entre el follaje apareció un hombre rubio que fijaba sus ojos azules en los de Tutuca. En completo silencio, mediante el pensamiento, transmitió a Tutuca todas las cosas que quería, y éste reía, lloraba, se encantaba y se comprometía.

Todos los drogatas de la favela y de los barrios adyacentes sabían que Silva había montado su puesto de venta de droga en Los Apês, precisamente porque la hierba se conseguía en la autovía Gabinal, lugar de mucho movimiento y de fácil acceso. Difícilmente la policía habría adivinado que alguien se atrevería a traficar allí. Pero los descubrieron porque Cabeça de Nós Todo pilló in fraganti a dos pijos de la Freguesia, que cantaron hasta los más mínimos detalles de los entresijos del negocio.

Cosme se ocupaba de traficar, junto con Silva, en aquella parte de Ciudad de Dios. Se alternaban en las ventas, pero cuando se trataba de ir a buscar la mercancía y de prepararla, siempre iban juntos. Los demás maleantes de Los Apês no se implicaron nunca en el tráfico; en raras ocasiones ayudaban en las ventas o en el envasado. Silva había convencido a Cosme de que cambiaran los atracos por el tráfico de drogas, aduciendo que los riesgos del negocio eran reducidos y el número de drogatas desmedido.

—¡Sale todos los días en los periódicos, sólo un ciego no lo vería! ¡Los que ganan dinero son los dueños de los burdeles, los cantantes de rock y los traficantes, tío!

Con el paso de los días, Cosme se convenció de que su amigo tenía razón. Compró muebles, alicató la cocina y el cuarto de baño, enlosó la sala de su piso y nunca le faltaba dinero. El movimiento del puesto de venta era asombroso; la clientela había crecido tanto cuanto era posible crecer. Ambos sabían que el día menos pensado la policía descubriría el lugar. Por eso los sábados, día de mayor movimiento, pedían a Chinelo Virado, que por aquel entonces tenía diez años, que hiciese volar una cometa y la inclinase hacia la izquierda si de repente aparecía la pasma.

Un sábado, Cabeça de Nós Todo se dirigió hacia Los Apês al frente de los otros policías; dirigía la operación, observaba hasta el menor detalle de cuanto sucedía a su alrededor. Esta vez el policía no pensaba en dinero. Si pillase a alguien in fraganti, le dispararía directo a la cabeza; si el maldito canalla dijese algo, le metería unos tiros en la cara. Invocó la ayuda de su pombagira cuando cruzó el pequeño puente del brazo izquierdo del río.

Chinelo Virado inclinó la cometa y, como la ocasión urgía, silbó para alertar a los compañeros. Silva y Cosme tuvieron tiempo de apagar el porro y ocultar las bolsitas debajo de las maderas que estaban junto a la pared del edificio donde ambos traficaban. Cabeça de Nós Todo vio el movimiento y retrocedió, y lo mismo hicieron sus compañeros. Los traficantes sopesaron sus posibilidades: huir hacia Gardenia Azul, o seguir por la Gabinal, saltar el muro de la finca y refugiarse en el bosque. Se decantaron por la última opción.

Acerola había comprado dos bolsitas de marihuana minutos antes de que Cabeça de Nós Todo apareciese en la zona. Vio a los policías a la carrera y decidió poner pies en polvorosa, pero ya no le daba tiempo. Su única alternativa fue tirar la droga al jardín del edificio. Consiguió pasar junto a los policías sin que éstos advirtieran el nerviosismo en su rostro.

En la finca, dos perros guardianes atacaron a los traficantes, que se vieron obligados a matar a los animales. Los dos minutos empleados en esa operación los pusieron en el punto de mira. Silva y Cosme zigzagueaban entre los árboles para recobrar el terreno que habían perdido. Aún los perseguían en el guayabal, así que tuvieron que atravesarlo y seguir el sendero hacia Quintanilla. Cabeça de Nós Todo corría con la lengua fuera. La resistencia de ese hombre de mediana edad no bastaba frente a los chicos de veintitantos años que huían de él. Los otros policías también desistieron.

Cuando Silva y Cosme regresaron a Los Apês, algunos maleantes los estaban esperando.

—¿Qué hay, colegas? ¿Todo despejado? —les preguntaron Silva y Cosme.

—Sí, pero los polis se llevaron toda la mercancía.

—¿Cómo? ¡Pero si salieron detrás de nosotros!

—¡Sí, todos menos el tal Iran! Cuando salisteis corriendo, él aprovechó para llevárselo todo —aseguró uno de los rufianes.

Ninguno de los dos creyó aquella versión. Con la mosca detrás de la oreja, se fueron a la casa de Silva a reponer la mercancía. Había tres kilos de marihuana y cien gramos de cocaína para picar, y llamaron a dos de los delincuentes para que los ayudasen en la tarea.

—Oye, vamos a mandar al chico a que nos traiga un güisqui —propuso Silva, ya dentro del piso.

—¡Guay! —convino Cosme.

Silva asomó su cabeza por la ventana e hizo una seña a Chinelo Virado. El chico respondió a la llamada con toda celeridad; nunca fallaba. Había otros recaderos, pero Chinelo Virado era el más veloz, el más listo, y estaba siempre dispuesto para cualquier encargo.

—Anda, cómpranos un Royal Label, rapidito.

En la sala, los delincuentes cortaban la marihuana con tijeras, la envolvían en un boleto de quiniela y colocaban los paquetitos en una bolsa de plástico. En la cocina, Cosme y Silva picaban la coca; decidieron reservar una parte para consumirla durante la operación.

Dos rufianes interceptaron a Chinelo Virado en la entrada del edificio:

—¿Qué hay, negrito? ¿Adónde vas con ese güisqui?

—¡Ya sabes que es para beber mientras envasan la droga, tío! —respondió groseramente Chinelo Virado.

—Si hay maría preparada, di que nos traigan diez saquitos.

Chinelo Virado subió hasta el quinto piso remontando los escalones de cuatro en cuatro. En cuanto Silva le abrió la puerta, dijo:

—Esos tíos quieren que les lleve diez saquitos de grifa.

—¿Quiénes? —preguntó Silva.

—Los de siempre —respondió el chico.

—¡Qué pesados! Esos tipos sólo viven de gorronear, y siempre nos vienen con tonterías cuando estamos envasando. ¿Crees que van a comprar diez saquitos de golpe? Es un camelo, ¿sabes? —concluyó Silva.

—Diles que suban sólo para ver qué buscan —dijo Cosme.

Los rufianes llegaron alborotados y estrecharon la mano de todos como si no los hubiesen visto desde hacía mucho tiempo. Uno se sentó en el suelo de la sala y el otro en el único lugar libre del sofá.

—¿Quién es el que quiere diez saquitos? —preguntó Silva.

El que estaba sentado en el sofá dijo que era él, pero que aún tenía que ir a buscar el dinero a su casa; sin embargo, no se movió del sofá. Cosme y Silva se miraron, no dijeron nada y siguieron ocupándose de la cocaína. Los intrusos comentaron que el operativo policial sólo podía ser por un chivatazo e insistieron en que el policía se había llevado toda la mercancía. Sólo ellos hablaban en medio de aquel clima tenso. De vez en cuando, los que preparaban la marihuana se liaban un canuto y lo compartían con los demás. Inesperadamente, el maleante que estaba sentado en el suelo se despidió de todos y se fue.

—Anda, prepárame un tirito —dijo el intruso en cuanto su compañero se hubo marchado y Cosme cerró la puerta.

Para hacer tiempo, Cosme contestó que después prepararía unas rayas para todos. El intruso se atrevió a pedir un trago de güisqui. Silva le dijo que se sirviese. El tipo se llenó el vaso hasta el borde y se lo bebió de dos tragos bajo la mirada reprobadora de los presentes. Siguieron como si nada ocurriese. Fumaron otro porro y acto seguido

Silva preparó cinco rayas; tras consumir la suya, pasó el plato al intruso, junto con el canutillo hecho con un billete de cinco cruzeiros. A esas alturas, el drogata ya llevaba un buen pedo y sus manos de borracho dejaron caer el plato al suelo. Tensión de muerte entre los presentes. Cosme ya se disponía a agredirlo, pero Silva se lo impidió.

—¿Qué pasa, colega? ¿Te vas a pelear con el chaval por la farlopa? Se ha caído, se ha caído, tío... Déjalo. Vamos abajo a tomar una cerveza para lavar el estómago.

Chinelo Virado bajó para comprobar que no hubiera pasma a la vista. Tanteó el terreno e hizo una seña a sus amigos. Los cinco bajaron rápidamente y se dirigieron a la taberna que había en el Bloque Nueve, situada a unos cien metros. En silencio, caminaron entre los niños que jugaban al escondite, los coches de la calle y las ventanas de los primeros pisos a la hora de la cena y de la telenovela. Al llegar a determinada esquina, Silva se adelantó para atisbar. Sus ojos sólo vieron la noche, que también avanzaba a lo largo de una callejuela mal iluminada. Silva se volvió hacia quienes lo seguían. El chico intruso llegó a ver la luna llena de Ogún, que se escondía detrás de una nube ligera, un segundo antes de que Silva le disparara un tiro en el pecho. Al recibir el impacto, dio varias vueltas sobre sí mismo y cayó lentamente en decúbito prono. Cosme le registró la ropa y sólo encontró calderilla. El cuerpo quedó estirado encima de la grama fría. A Silva le había puesto nervioso la manera en que se movió el cuerpo después del tiro. Quien cae boca abajo quiere venganza.

Mientras regresaban al piso del traficante, comentaron que quien deja caer la cocaína del plato está pidiendo morir. Esa idea aliviaba a Silva, pues le acongojaba haber matado a una persona, aunque, en el fondo, el motivo que lo había empujado a eliminar al intruso había sido muy distinto: estaba convencido de que él había afanado la carga de marihuana. Había empezado a desconfiar de él cuando pidió diez saquitos de una vez: de ese modo, podía andar por las esquinas con maría a todas horas sin despertar sospechas.

Silva fue hasta la cocina, cogió la coca, advirtió a su compañero que sacaría un poco más para esnifar y él mismo preparó las rayas. Volvió a hablar de la actitud del intruso. Un malhechor de verdad tiene que saber llegar y saber marcharse, tomar decisiones en el momento adecuado. Eso de andar echando a perder la farlopa de otros era cosa de gilipollas. Tal vez dejó caer la grifa al suelo sólo por darse tono y para poder ir después por ahí diciendo que estuvo en el piso y que bebió, fumó, esnifó y que hasta tiró al suelo la coca de aquellos pringados. Hacía mucho tiempo que Silva vigilaba a ese imbécil: siempre andaba gorroneando hierba o nieve. Silva hablaba de todo eso en tono didáctico y sin quitar los ojos de Chinelo Virado. El niño balanceaba la cabeza como quien comprende lo que le están enseñando. «Merecía morir», concluyó Silva.

Después de esnifar la farlopa, Silva se levantó y sirvió un poco más de güisqui a cada uno, dando a entender que era hora de que lo dejasen solo. Cosme fue el primero en despedirse, pero su compañero le pidió que se quedase para ayudarlo a ordenar el piso. Chinelo Virado comentó que sería mejor salir separados, porque la policía ya debía de estar en el lugar del crimen. Y así lo hicieron.

Silva tenía prisa: su mujer le había dicho que ese sábado llegaría temprano. Ella sabía que su marido no era trigo limpio, pero no quería maleantes dentro de su casa: no le gustaban las cosas de las que hablaban y temía que la policía apareciese de sopetón. Silva, a su vez, sólo aceptó las exigencias de su mujer después de hacerla jurar que nadie se enteraría jamás de que era prostituta y que no le daría detalles a él de sus andanzas nocturnas. Sin embargo, cuando su mujer llegaba con mucho dinero, él se alegraba, o, cuando le llevaba regalitos o parecía cansada, Silva se volvía loco: a veces quería hacer el amor demasiadas veces; otras, en cambio, ni la miraba o provocaba peleas por tonterías. Intentó que su mujer dejara el oficio, pero ella argumentaba que sólo lo dejaría si él abandonaba la vida del crimen y conseguía un trabajo decente. Si viviese tranquila, ella no tendría inconveniente en pasar necesidades. Pero Silva no daba su brazo a torcer. Y ella, mucho menos.

Cosme abrió una papelina de coca para hacer tiempo; quería ver a la mujer de su amigo. Deseaba a aquella negra que tenía aquel culazo, aquella negra de piernas gruesas, ojos almendrados, pies bien esculpidos, manos de dedos largos y finos y labios carnosos; un día reuniría el valor para hablarle de sus deseos. Rogaba por que la pareja riñese; así podría consolar a su amigo, desengañándolo de una vez por todas de las mujeres. Al fin y al cabo, ninguna mujer sirve. Él hizo bien en no engancharse con ninguna: había resuelto quedarse soltero el resto de su vida. Mientras la mujer de su amigo no fuera suya, se conformaba con mirarla, verla con sus bermudas ceñidas y la blusa sin sostén. Le encantaba su modo de hablar, de comer, de reír, de mirar, de tumbarse en el sofá... Fernanda no tardó en llegar, como había dicho. Pero parecía cansada, lo que irritó a su marido.

—¿Has trabajado mucho? —le preguntó Silva con cierto sarcasmo.

Fernanda no respondió; se limitó a saludar a Cosme antes de entrar en el cuarto de baño, donde contó el dinero, separó una parte, la escondió detrás del armario y se metió bajo el agua de la ducha.

Ya habían terminado de limpiar y ordenar el piso, cuando Cosme, estratégicamente, abrió una papelina más; de esa forma consiguió posponer su marcha y pudo ver salir del cuarto de baño a Fernanda, con sus bermudas ceñidas y cortas, pero con los senos tapados por la blusa y el sostén.

Fernanda se tumbó en el sofá. Cosme preparó seis rayas y pasó el plato a su amigo. Cuando Silva agachaba la cabeza para esnifar, Cosme contemplaba los pies de Fernanda y avanzaba con su mirada por el cuerpo hasta llegar a sus ojos, donde fijaba la vista como diciendo: «¡Te amo, te quiero!».

Fernanda no parecía captar lo que decían las miradas del amigo de su marido. Tras meterse la coca, bebieron un vaso de güisqui, se encendieron un cigarrillo y se despidieron. Silva no cruzó una palabra con su mujer y se acostó sin ducharse.

Cosme sintió un escalofrío al ver a la madre abrazada al cadáver de su hijo. Volvió la cabeza, aceleró el paso en dirección al brazo izquierdo del río y escondió las drogas y el revólver en la orilla del riacho. Sabía que iba a dar vueltas en la cama si intentaba dormir, así que decidió seguir caminando hasta que lo venciese el sueño. La imagen de la vieja agarrada al muerto no se le iba de la mente, pero que lo zurzan: un julay no se merecía otra cosa que amanecer con la boca llena de hormigas. Cruzó el puente, anduvo sin rumbo fijo. Rogó que se hiciese de día para comenzar cuanto antes con la venta en el puesto de droga. Pensó en Fernanda. Sería maravilloso que ella se enamorase de él y acabasen enrollados. Huirían a un lugar muy lejano, donde pudiese dejar esa vida de criminal, tener hijos y volverse un hombre normal para hacerla feliz. Caminó cabizbajo varias horas hasta que amaneció. De repente, se acordó de que no podía circular tan tranquilo a aquella hora de la mañana; ya había tenido un encontronazo con la pasma y aquel fiambre en plena calle atraería a la policía; él olía a marihuana. Tomó el camino del bosque de Eucaliptos. Allí estaría seguro. Algunos panaderos ofrecían su mercancía a gritos. Los currantes ya marchaban hacia el trabajo.

Un mes atrás, dos vecinas conversaban en la *quadra* Catorce:

—¿Así que tu marido no te lo chupa? Ay, hija mía... Entonces es que no conoces las cosas buenas de la vida. Antes de que el mío me la meta, tiene que darle con la lengua por lo menos media hora... ¿Y por el culo? ¿No dejas que te la meta por el culo?... Pues no sabes lo que es bueno. Las primeras veces duele, pero después entra y sale como la seda. Coges un plátano, lo calientas un poquito, te lo metes en el coño y le dices que él se ponga atrás. Es como si volases. ¿Has jugado alguna vez al tiovivo? ¿Al tirabuzón? ¿Al trencito? ¿Al embudo? ¿Con el dedito? ¿Al sesenta y nueve? ¿De tapadillo? ¿El tigre? ¿Atascado? ¿Chupachups?...

La de Ceará decidió que cuando llegase su marido le propondría practicar todas esas maravillas del amor. Pero no resultó: el marido, además de no querer hacer cosas tan perversas, le propinó una paliza para que dejase de pensar en puteríos. Seguro del origen de semejante descaro, le prohibió también conversar con las vecinas. Mientras la sacudía, la cearense sólo pensaba en conseguir un hombre que hiciese tales maravillas con ella. Se vengaría de su marido sintiendo placer de verdad, pero tenía que ser con un criollo, porque la vecina le había asegurado que todos los negros tenían la polla grande. Cuanto más la zurraba, más se obsesionaba con una imagen: un negro con el rabo bien dotado y ella diciéndole que le diera por el culo mientras ella se metía el plátano caliente por delante.

Al día siguiente no salió de casa. Se puso unas compresas con epazote sobre los hematomas, se pasó aguacate con yema de huevo por el pelo para darle forma y se puso en la cara un emplasto de miel con limón. Buen remedio para manchas, granos y espinillas. El día pasaba lento mientras tramaba la traición. Sí, le resultaría fácil ligarse al pescadero, porque el hombre es como el ratón: le muestras el queso y enseguida viene corriendo. Podría ponerse un camisón rojo y arrastrarlo hacia el interior de su casa cuando fuese a entregar el pescado, o podría seguirlo hasta un lugar seguro para poder abordarlo. ¿Y si enviaba a un chico de la calle con una misiva? Sería fácil si supiese la dirección; entonces ella se presentaría en su casa antes de que él saliese para el trabajo y lo cogería descansado. Y si nada de eso saliese bien, se arrimaría a él la próxima vez que lo viese y le diría: «¡Ven aquí, paquetazo, entra aquí y verás lo que es bueno!».

Dos días después, el pescadero, aunque con miedo, estaba dale que te pego con la de Ceará, por detrás, mientras ella se metía el plátano calentado por el lugar apropiado.

El marido, después del trabajo, se iba a la taberna de Chupeta a jugar al billar y a embriagarse por cada bola muerta en uno de los seis agujeros de esta vida. Dejaba pasar la hora de llegar a casa, porque un hombre que se precie no puede llegar a la hora prometida, sino a la que se le antoje, y con olor a cachaza mezclado con el del sudor del trabajo duro. Quería que su esposa fuese decente como lo había sido su madre. No le gustaba que se quedase de palique con las criollas de la calle y le prohibió usar blusas escotadas y minifalda. Podía llevar pantalones sólo si eran bien anchos y de tela gruesa, para que no se le marcara la braguita.

Su esposa no descuidó sus quehaceres domésticos, pero ya no sentía el menor interés por su marido y, cuando llegaba la hora de aquel sexo monótono, estaba de lo más fría. En un par de ocasiones, incluso fingió que no se encontraba bien cuando su marido quiso follarla. Unos días después decidió tratar a su marido con normalidad y, siguiendo el consejo de la vecina, le dijo que se arrepentía de haberle propuesto aquellas indecencias. El de Ceará se sintió victorioso: por fin su mujer había comprendido que él tenía razón. Comenzó a llegar a casa temprano. Al sábado siguiente, después de las compras, llevó a su esposa al parque de atracciones. Comieron manzanas acarameladas, palomitas dulces, jugaron al tiro al blanco, a las argollas e incluso subieron a la montaña rusa. Todo eso para complacer a su esposa, que, ahora sí, se parecía a su madre. El domingo, en lugar de comprar la maldita carne de cerdo que tanto le gustaba y que ella detestaba, optó por una gallina, plato predilecto de su esposa, quien siguió recibiendo al pescadero todos los días de la semana.

Un lunes, el cearense, como de costumbre, llegó al trabajo temprano, y ya se había cambiado para hacer su faena cuando recibió la noticia de que ese día quedaba suspendida la actividad. Se tomó un trago con los amigos antes de emprender el regreso a casa.

Mientras tanto, el pescadero, que ya había conseguido que la esposa del cearense se corriese tres veces, se estaba recuperando para comenzar de nuevo.

El trabajador se apeó del autobús en Allá Enfrente. Decidió comprar una docena de limones para pasarse el día bebiendo caipiriñas y comiendo sardinas fritas. A la loca de su mujer le había dado ahora por comer pescado. Si él quería comer unos torreznos o chorizo frito, tenía que ir a la taberna. Pero todo iba bien, porque después de dos hostias bien dadas ella se había convertido en una mujer respetable. Era feliz.

En la casa del cearense, el pescadero deslizaba la lengua por el coño de la mujer, entrando y saliendo, jugueteando con él. La primera vez que ella le pidió que se lo chupara, él se negó. Imaginaba que habría restos de esperma del marido o gotas aún frescas de la última meada. La segunda vez, la penetró con la lengua con tantas ganas que incluso llegó a lastimar a la mujer. La tercera vez, frotó la nariz y después restregó toda la cara. Desde entonces se quedaba allí ávido y afanoso.

El de Ceará pasó frente a la Panadería Verde y Rosa, y sus piernas hacían y deshacían sombras por el camino. En la plaza de la *quadra* Veintidós encendió un cigarrillo. Antes de cruzar la calle para ganar la Praça dos Garimpeiros, se detuvo a charlar un rato con unos amigos. Luego continuó caminando hasta avistar el muro de su casa. Pensó en llamar a su mujer para dar un paseo por la isla de Paquetá, pero decidió que sería mejor quedarse en casa y echar en su propia cama la cabezada que solía dar después del almuerzo, encima de una tabla, en la obra. Entró en su calle; le extrañó que la radio no estuviese encendida, pues desde aquella distancia podía oír a Cidinha Campos dando voces o a su mujer canturreando junto a la radio. Cuando le faltaban dos pasos para que su cuerpo fuese envuelto por la sombra que a aquella hora de la mañana daba el muro de su casa, vio a la desgraciada de la vecina mirando la calle por la rendija de la ventana. Revolvió en el bolsillo en busca de las llaves; sus dedos rozaron la caja de cerillas, las monedas, la navaja y las fichas de teléfono. Le costó girar la llave y, cuando lo consiguió, empujó el portón de hierro lentamente. La ventana frontal, la puerta y la corredera del baño estaban cerradas. La arena y las piedras que había comprado seguían en el ángulo izquierdo del patio. En la pocilga, *Margarita* dormía en la mañana que se extendía desde la cacerola sin asa hasta la palangana agujereada. Las gallinas estaban tranquilas en los aseladeros, señal de que ya habían sido alimentadas. En el jardincillo, un suave viento inclinaba los girasoles. Al de Ceará le preocupó tanto silencio: su mujer no solía dormir hasta tan tarde. Se dirigió hacia la parte izquierda del patio con la mirada clavada en el suelo. Encendió otro cigarrillo, caminó hacia la puerta de la casa, metió la llave en la cerradura y esa vez no tuvo ninguna dificultad en girarla. En la cocina no había platos sucios. En la sala, un haz de luz desafiaba a la ventana, y ante sus ojos se dibujó una línea recta de polvo flotando en el espacio. La imagen del padre Cícero, frente a la puerta, no farfullaba nada. El único ruido en el interior de la casa ordenada era el del agua que caía en el depósito; el olor a pescado desentonaba con la aparente limpieza del entorno. La alfombra de color sangre vieja no estaba en el lugar de costumbre y, mecánicamente, la colocó bien con los pies. Caminó hacia la habitación y, cuando entró, vio a su esposa tumbada encima de los pantalones de tergal, que le había pedido que cosiera, fingiendo un sueño profundo.

—¿Qué ha pasado? —preguntó la de Ceará después de que la despertara su marido.

—El encargado nos dio el día libre. El ingeniero ha pasado a mejor vida —respondió el marido, que, en vez de preparar la caipiriña, se puso unas bermudas y se fue al patio a cavar la tierra.

—En vez de descansar, ¿te vas a poner a trabajar, hombre de Dios?

—Voy a hacer una cisterna aquí al lado. Ese depósito de agua es demasiado pequeño para mi gusto. Si falta agua una semana, nos moriremos de sed.

A eso de la una de la tarde, ya había excavado catorce palmos de tierra. Decidió abandonar la faena, almorzar y echarse un sueñecito. La mujer aprovechó el día para remendar la ropa vieja. De vez en cuando le cruzaba por la mente la idea de que su marido se había vuelto un corderito desde que le ponía los cuernos. La noche llegó con rapidez.

A la mañana siguiente, una nueva mañana en que un sol enorme resplandecía en el cielo, la esposa, después de regar las plantas, fue al portón a conversar con la vecina.

—Faltó poco, ¿eh? —comentó la vecina.

—Ah... ¡Dios es grande, sí!

—Yo creo que él está mosca. ¿Cuántas veces ha venido así, sin avisar?

—Sólo una vez que tuvo dolor en el brazo y un amigo suyo lo trajo a casa —respondió la de Ceará.

—Dios te ha ayudado. Si yo no lo hubiera visto en el mercado, os habría montado una buena... Yo que tú, haría algo para que no te pille.

—¿Y qué puedo hacer yo?

—Vamos a ver a mi cuñada, al lugar de culto, que ella invocará a la pombagira para ti.

Salieron después del almuerzo. Tendría que resolver todo sin tardanza porque el cearense llegaba a veces antes de las cinco.

—¡Eh, moza hermosa! Ya sé todo lo que esta hija de la tierra quiere saber... Basta con que dejes un regalo para mí en el cruce, para que cuanto más estés con el otro, más crea él en ti —afirmó la pombagira y se rió a carcajadas—. Lo del plátano fue bueno, ¿eh, moza? —continuaba la pombagira—. La cosa va bien, ¿no? Aquí, en vuestra tierra, lo mejor de todo es joder hasta decir basta. Ya que el de casa no sabe hacer gozar, hubo que buscarse a otro en la calle, ¿eh, moza? —Se reía a carcajadas—. Compra todo lo que yo te diga y ponlo en la encrucijada a medianoche.

—Pero yo no puedo salir de no...

—Basta con que entregues el dinero al auxiliar del culto, que él lo compra todo y hace la ofrenda por ti —finalizó la pombagira mientras se carcajeaba y echaba cachaza encima de la cearense.

Al día siguiente, la esposa no esperó siquiera media hora después de que su marido se marchara para ir detrás del pescadero.

—Vamos a mi casa, venga. Ahora me siento segura. Ayer tuvimos mala suerte.

La primera reacción del pescadero fue oponerse, pero la mujer acabó por convencerle y, tras montarla en la bicicleta, partieron hacia la casa de la cearense. La calle estaba abarrotada de niños entregados a diversos juegos y de comadres enzarzadas en cotilleos matinales. La cearense no tuvo el menor pudor en entrar en el patio llevando al pescadero de la mano. Tras abrir la puerta de su casa, el pescadero la cogió por el brazo y le plantó un beso de tornillo. Empezó a acariciarle con fervor las partes íntimas de su cuerpo y ella le correspondió. Cuando el amante estaba desabrochando la blusa de la cearense, recibió un estacazo que lo dejó inconsciente en el suelo.

Antes de que la mujer alcanzase a lanzar el grito que su desesperación había ensayado, el cornudo la amordazó en un santiamén, la ató con una cuerda y la arrojó al hoyo que había cavado el día anterior. Ensartó después el cuchillo para el pescado en el pescadero, arrastró el cuerpo de éste encima de la mujer, que se retorcía en el fondo del hoyo, y comenzó a cubrirlos de tierra. La mordaza se desprendió y ella quiso gritar, pero la tierra que recibió en la cara se lo impidió. El de Ceará, después de enterrarlos, preparó una densa masa de cemento y tierra negra y la vertió sobre la catacumba improvisada. Finalizada la tarea, cogió la maleta, comprobó los datos del billete y se las piró a Ceará.


Cosme no llegó al bosque de Eucaliptos. Al ver un coche de los bomberos detenido en la *quadra* Catorce, se detuvo a cotillear, como los demás curiosos. Hizo ademán de correr cuando llegó un coche patrulla, alarmando a todos con la estridencia de la sirena, pero pasado el susto, se dispuso a acercarse; sin embargo, se lo pensó mejor y se limitó a preguntar sobre lo ocurrido a un niño que venía de las inmediaciones de la casa del de Ceará.

—Hay dos fiambres enterrados en aquella casa —respondió el chico sin detenerse.

Cosme juzgó conveniente irse a casa a dormir y olvidar la venta de nieve y hierba en aquella mañana siniestra. El traficante sacó las drogas y el arma del escondite y aceleró el paso hacia su casa.

—Tengo que decirte una cosa.

—Pero dila rápido porque ya voy con retraso.

—Pues que estoy encoñado contigo. ¿Sabes lo que es eso? He estado durmiendo hasta ahora y he soñado contigo mogollón. Hace tiempo que quería decírtelo, pero no he tenido oportu...

—¿Qué dices, chaval? ¿Qué rollo es ése? Habla, que no consigo enten...

—Que me tienes flipado desde hace un tiempo, ¿sabes? Si tú dejas a Silva, me voy contigo a donde sea.

—¡Hay que ver cómo son estos rufianes! ¡Un colega de mi marido tirándome los tejos!

—Yo no quiero fastidiarle. Me cae de puta madre, ¿sabes? Pero mi corazón está trastornado. Mira, para que tengas más fe en mí, te voy a decir una cosa que nunca le he dicho a ninguna tía.

—¿Qué?

—¡Te amo!

—Sólo pensaré en otro hombre cuando Silva se muera. Mientras siga vivo, él manda en mi cuerpo. ¡Hasta luego! —concluyó, e hizo una seña para detener el autobús.

Cosme cruzó la autovía Gabinal sin despegar los ojos de aquella negra sabrosa. La vio pasar el torniquete y observó cómo su escote fascinaba al cobrador. Con la mirada clavada en el suelo y la mente hecha un lío, caminó despacio por el arcén de la carretera, bajó la escalerilla y se internó por los bloques de pisos. Había cometido una tontería. Si ella le hubiese seguido el rollo, todo estaría bien, pero la muy perra no había dado pie. ¿Y si se lo dijese a Silva? Sin duda acabarían mal. Entrarle a la mujer de un amigo y no follártela es mucho peor, porque la amistad se va al carajo de todas formas y encima ni siquiera has disfrutado. Se sentía un mierda, pues, en su opinión, no existe mujer difícil sino falta de labia. Estaba tan ensimismado que se asustó al oír la voz de su compañero.

—¿Qué pasa, hermano? ¿Por qué no has currado hoy?

—¿Qué pasa? Pues que la mañana ha sido un desastre. La zona estaba plagada de polis. Había dos fiambres más en la Catorce. Me lo dijo un chaval, así que me retiré enseguida, ¿entiendes? Anda, vamos al Morrinho a fumarnos un porro. Después ponemos esto en marcha.

En el Morrinho, Silva sacó el papel mientras Cosme preparó la hierba. Silva se puso a escudriñar uno de los caserones embrujados. Iba a comentar con su compañero la posibilidad de cambiar el puesto de venta, pero no logró articular palabra, pues un tiro del revólver de Cosme le había perforado el pulmón izquierdo. El segundo tiro le reventó el corazón. El tercero entró en el antebrazo del cuerpo ya sin vida. El asesino le cogió las llaves y sacó el revólver de la cintura del cadáver de su compañero. Lamentó haber acabado así con su amigo, pero, si no lo hubiese hecho, habría muerto él. Echó un vistazo alrededor, bajó por el lado derecho del Morrinho, se zambulló en el río, se magulló a propósito y corrió hacia el lugar donde sabía que encontraría a algún amigo.

--¿Qué estás buscando? –preguntó Chinelo Virado cuando vio al asesino con la ropa hecha jirones.

–Estaba en el Morrinho fumando un porro con Silva; de repente apareció la pasma y... Había mogollón de polis... Tuve que escapar...

–¿Y Silva?

–Se fue para el otro lado. No sé si le ha ido bien, ¿sabes? Sólo oí un montón de tiros... –Imitaba el ruido de los tiros–. Oye, tío, voy a encerrarme que la cosa está fea. ¿Comprendes?

Mientras se duchaba, Cosme pensaba cómo se las apañaría para que sólo Fernanda supiese la verdad. Ya había decidido huir con ella de allí, tener muchos hijos y convertirse en un currante normal y corriente. No le pesaba el crimen que había cometido: tarde o temprano tenía que ocurrir. Ya no soportaba más ver a Fernanda pidiendo a Silva que abandonase aquella vida, mientras que él no le hacía ni puto caso. ¡Cuántas veces su compañero había dejado a su mujer en casa para irse a jugar a las cartas en las esquinas, fumar maría en las escaleras de los edificios y darse algún que otro revolcón con las rameras de la noche...! Cosme, de haber estado en el lugar de Silva, no habría cambiado a Fernanda por ninguna mujer. Había resuelto dejar atrás esa vida de criminal de una vez por todas. Sabía poner ladrillos, hacer cimientos y levantar tabiques: no sería difícil conseguir un trabajo. Se afeitó con esmero debajo de la ducha, se pasó gomina por el pelo y se dirigió al piso de la mujer que amaba. Cuando supiese que había matado a Silva sólo para estar con ella, caería rendida en sus brazos.

Puso patas arriba el piso en busca de drogas y municiones: se lo daría todo a Chinelo Virado y que él hiciera lo que se le antojase con el regalo. Explicaría a sus amigos que tenía que alejarse una temporada de la favela porque oyó a la pasma gritar su nombre cuando se armó la gorda. Colocó todo lo que encontró en una bolsa de plástico. Ordenó mal y descuidadamente el desbarajuste que había ocasionado, encendió un porro y se puso a esperar sentado en el suelo de la sala.

Fernanda llegó a las tres de la mañana. Dio secamente las buenas noches y recorrió las habitaciones del piso en busca de su marido.

—¿Qué hay? ¿Silva no está aquí?

—No, se ha ido un momento a Barro Rojo para ver si consigue un tipo que nos traiga un alijo. Dentro de poco estará de vuelta... ¿Y qué hay de lo que te dije? No estoy de coña. Si te lías conmigo, consigo un buen curre, nos vamos lejos de aquí y vivimos en paz; te juro que no te estoy vacilando. Quiero tener un montón de hijos contigo. ¡Venga, decídete! ¡Ogún nos protege! —dijo Cosme con lágrimas en los ojos.

Fernanda, percatándose de la sinceridad del maleante, se sentó en el sofá, puso el bolso a un lado y se quitó las sandalias. Por su silencio, no cabía duda de que reflexionaba detenidamente sobre la propuesta. Segundos después, dijo:

—Sé que estás hablando en serio. Hace mucho tiempo que veo que tus ojos me dicen todas esas cosas, pero resulta que Silva es mi hombre. No tiene que ver con que lo lleve a él aquí dentro —añadió, mientras se palmeaba con fuerza el pecho—. He tenido ganas de dejarlo un montón de veces, pero cuando llegaba el momento no me atrevía. Y eso sólo puede ser amor de verdad.

—Pero él no te hace caso. Se tira a todas las lumis de ahí abajo. Cuando está cabreado, te da un guantazo sin ningún motivo. Yo te ofrezco una vida donde no habrá que limpiar el revólver antes de dormir ni calentar municiones en el horno ni matar a los otros ni liarse a tiros con la pasma... Estoy dispuesto a ser una persona normal y a trabajar. No quiero pasar el tiempo rodeado de cartas, de saquitos de marihuana y de papelinas de coca... Te juro por esta luz que nos alumbra, por la fuerza de Ogún, que no te va a faltar nada. Te aseguro el arroz y las alubias con el sudor del trabajo. Un montón de veces rogué a Ochalá que borrase eso que siento por ti. —Las lágrimas le caían con fluidez—. ¡Dame una oportunidad en esta vida!

—Pero es que yo no siento nada por ti. A mí me gusta realmente Silva: su manera de andar, su voz..., la forma que tiene de cogerme, la manera en que me pide las cosas...

—Está bien, voy a contarte una cosa, pero no puedes decírsela a nadie, porque lo he hecho solamente por ti.

—¿Y qué es?

—He matado a Silva sólo para quedarme contigo. ¡Tú misma dijiste que sólo saldrías con otro si él moría! —le recordó Cosme.

Fernanda enmudeció. Bajó la cabeza, se tumbó después en el sofá y fijó su mirada en los ojos de Cosme.

—¡Vale! ¡Ahora creo en ti! Nos largaremos ahora mismo.

En menos de una hora prepararon la maleta y ambos se marcharon de allí para no volver jamás.

Sólo los amigos más íntimos y los miembros de la familia fueron al entierro de Silva, porque los demás ya se habían enterado del crimen que él había cometido el sábado y lo reprobaban.

Todos querían al muchacho que había muerto en sus manos. Amigo de los niños, les armaba cometas; respetaba a todo el mundo; desfilaba en el bloque carnavalesco Aprendices de Gávea desde muy pequeño. Todos los que quedaban del Parque Proletario lo consideraban un amigo. Almorzaba en la casa de cualquiera, estaba siempre dispuesto a hacer algún favor. Sin duda era medio lunático, metomentodo, un poco maleducado y de vez en cuando cometía algún atraco, pero habría sido incapaz de matar a una persona: solía decir que, si la víctima intentaba reaccionar, él saldría corriendo, que nada de matar a nadie. En el velatorio, los amigos consolaron a su madre. Le decían que el asesino también moriría en breve, porque su hijo había caído boca abajo.

Pocas horas antes de que Cosme lo asesinase, algunos muchachos de la barriada se habían encarado con Silva, asegurando que la había cagado, pues eso de matar a alguien por la farlopa eran cosas de rufián chapado a la antigua. Silva se había justificado alegando que el otro le había afanado la carga de marihuana.

«Nada de eso, tú lo mataste porque te dio la gana. ¡Yo mismo vi cómo el policía militar se llevaba la droga, chaval!», le contestó con acritud Japão, uno de los muchachos del barrio.

Silva se calló; sabía que Japão decía la verdad. Sus interlocutores lo miraron fijamente durante un buen rato. Aquel silencio denotaba su pérdida de prestigio, y era una prueba evidente de que la había cagado. Su alma consternada se revelaba en su cuerpo mediante escabrosos escalofríos. Y lo peor de todo era que aquel infeliz había caído boca abajo. Tenía que esconderse. Desanimado, se levantó del bordillo y se dirigió con paso cansino hacia su casa. En el camino se encontró con su compañero y acabó como tenía que acabar.


—Tutuca se cargó a tres en aquel atraco que hizo en Tacuara y después se largó a la carrera. Ya habíamos conseguido un botín estupendo y nos habíamos ido a toda pastilla y, entonces, cuando subíamos por una cuesta llena de baches, Tutuca ordenó parar el coche y nos

dijo: «Vosotros a lo vuestro». Fue solo, armó la bronca y le salió bien...
Ahora le ha dado por atracar solo y volver lleno de pasta en el bolsillo, diciendo que se ha cargado a dos o tres de una vez. Está muy raro.
Todos los lunes desaparece y nadie es capaz de encontrarlo. Por ahí
comentan que está loco... Se pasa la vida diciendo que nadie puede
con él; ha conseguido que Cabeça de Nós Todo salga pitando un montón de veces y además se enfrenta a los civiles sin correr. Tendrías que
haber visto la que se armó cuando Cabeça de Nós Todo e Iran pasaban por la Principal; ellos no le habían visto porque él estaba en el bar
de Tom Zé tomando una birra. Cuando descubrió a los polis, cruzó la
calle y, sin llevarse la mano al revólver, les dijo que se fueran a tomar
por culo. Entonces los policías se abalanzaron sobre él y no le encontraron ni una china. ¿Te das cuenta? Después él disparó contra ellos.
Cabeça de Nós Todo e Iran se fueron al carajo y él se quedó riendo
—le contó Martelo a Cleide cuando se acostaron, un mes después de
la muerte de Silva.

—No vayas más con él. Conseguirás que te den la vara y acabarás
jodido. La verdad es que podrías dejar esa vida de maleante. Siempre
que sales para algún atraco me muero de miedo... Vayámonos de aquí
antes de que te pillen. Tarde o temprano acabarás muerto...

—¡No seas gafe! ¡Toca madera tres veces! Sabes que nunca me meto
en asuntos peligrosos. ¡No dices más que tonterías! —replicó, tajante,
Martelo y se dio la vuelta enseguida para demostrarle a su esposa que
sus malos augurios le habían molestado.

Permanecieron en silencio. Martelo pensaba en las balas que ya le
habían pasado zumbando junto a sus oídos y en las veces en que casi
lo habían pillado durante las fugas. Le daba verdadero pánico amanecer con la boca llena de hormigas, pero jamás se convertiría en obre-
ro de la construcción. Ese coñazo de comer comida de tartera, subir
al autobús repleto para que el patrón te trate como a un perro... No,
eso no. Recordó su época de currante en las obras de Barra da Tijuca.
El ingeniero llegaba después de mediodía, siempre con una tía buenorra en el coche, y no daba ni los buenos días a los peones. Se pasaba el tiempo haciendo reproches a todo el mundo para darse tono
delante de la mujer, y el estúpido del encargado, sólo porque había
conseguido ganar una miseria más, se mataba por hacerle la pelota al
maldito. Sí, seguiría siendo un maleante. Nunca estaría a bien con la
pasma. Daría un buen golpe para poder comprar una finca en el interior del país y vivir el resto de su vida criando gallinas en paz. Para Tutuca, en cambio, la vida se reducía a la delincuencia, y sus actividades
delictivas se habían convertido en una obsesión. Esa historia de que se

cubría con la capa del Diablo eran patrañas. Y lo peor era que realmente parecía estar poseído por el Diablo... ¿Y sus ojos? Daban miedo. Ojos de loco... Cuando Martelo estaba a punto de quedarse dormido, Cleide pasó una pierna por encima de las suyas y se apretujó contra él.

–Por favor, no nos enfademos. Si te digo esas cosas es porque te quiero –le susurró Cleide al oído.

Y se devoraron hasta que la noche se internó dentro de la mañana.


Tutuca se despertó temprano aquel lunes. Quería cargarse a alguno y después disfrutar tranquilo de la playa. Se quedó escondido detrás de un contenedor de basura cerca del mercado Leão, a la espera de que pasase algún pijo para birlarle el reloj o cualquier mierda. Quería llegar a la playa antes de las diez para jugar a la pelota. Miraba hacia los lados, pero sólo pasaban currantes mal vestidos. Comenzó a impacientarse y decidió que se cargaría al primero que apareciese. No es que necesitara dinero, pero como tenía que matar a alguien, de paso se sacaría algo de pasta. Se acercó a un señor que caminaba deprisa, sin advertir que Inferninho corría hacia él.

–Pon en mi mano todo lo que tienes en el bolsillo y túmbate en el suelo –dijo, apuntando con el arma a la víctima.

Inferninho corrió para intentar impedir aquel crimen. Debían respetar la política de no quemar la zona para que los polis dejasen de incordiar. El barrio estaba infestado de policías a todas horas y hasta la Federal había hecho algunas redadas. Inferninho le pidió que soltara al hombre. Tutuca se volvió hacia su amigo un segundo, meneó la cabeza en señal de negación y acto seguido acribilló al hombre, que estaba tumbado en el suelo. El asesino retrocedió siete pasos al tiempo que rezaba una oración de la que Inferninho no entendió una sola palabra. Después se encajó el arma en la cintura y se fue por la Rua Principal sin dar mayores explicaciones. Compró un paquete de cigarrillos en el Batman, completó la colecta que hacían Acerola y Verdes Olhos y se marchó en taxi hacia la playa sin esperar a que Verdes Olhos regresase con la grifa.

No se atrevió a meterse en el agua helada. Después de jugar al fútbol se acercó hasta las rocas del rompeolas y dejó que su pensamiento vagase libremente. Divisó a una pareja que estaba haciendo el amor dentro del agua y pensó en el sexo. Decidió que esa misma noche iría a revolcarse con una paraibana estupenda a quien había echado el ojo hacía mucho tiempo. Abandonó las rocas dos horas después y se fue a almorzar a un bar del canal de la Barra. Tras jugar otro partido de fútbol, se fue a casa, se fumó un porro, se duchó y se acostó.

Se despertó sobre las diez de la noche, se vistió, cogió su arma y se fue a la casa de la mujer a la que se proponía tirarse esa noche. Entró en la casa sin ningún problema. El marido no intentó defenderse al ver el arma del maleante amartillada. Tutuca le ordenó que se marchase. El hombre intentó dialogar, y recibió un disparo en el pie. La mujer no ofreció resistencia ni gritó en el momento en que la penetró por el culo. Tutuca tenía el convencimiento de que ella disfrutaba de verdad. Salió de allí una hora después.

El paraibano, caminando con dificultad, fue a casa de un amigo, y éste lo llevó al hospital. Pero no pasó la noche descansando, como el médico le aconsejó. Quería abandonar aquel lugar con su mujer inmediatamente, pero no tenía adónde ir ni dinero para regresar a Paraíba. Lloraba durante el camino de vuelta a su casa.

Cuando llegó, encontró a su esposa echada en el sofá, llorando a lágrima viva. Si aquel canalla no hubiese llevado un arma, no habría pasado del portón del patio. Él era lo bastante hombre como para agarrar por el cuello a ese tipo y tumbarlo en el suelo. Reuniría el dinero suficiente para comprar un revólver y matar a ese infame, a ese maldito cabrón. La mujer insistía en volver enseguida a Paraíba: lo venderían todo y desaparecerían de allí. El marido no tuvo el valor de preguntarle qué le había hecho. Varias veces desvió bruscamente la mirada de la cama revuelta. Llenó un vaso con cachaza y se lo bebió de un trago. A cada instante prometía vengarse. Se sintió un mierda por no haberse encarado con el maleante a pesar del arma, pero un hombre no debe llorar. La hora de Tutuca llegaría. La mujer se deshacía en lágrimas; su dolor era aún mayor que el del marido. Nunca se hubiera imaginado que se las vería con un hombre de aquella manera y mucho menos que la penetrarían por el culo. La idea de fingir que le gustaba surgió para salvaguardar su vida y la de su marido. Esos marginales matan sin piedad. Ya amanecía cuando tomaron la decisión de volver a Paraíba lo antes posible. El marido trabajaría hasta final de mes y, mientras tanto, irían vendiendo las cosas.

Tutuca quería conseguir bastante dinero para ofrecerles a sus amigos la mejor feijoada de sus vidas el día de la final del campeonato carioca de fútbol. El Flamengo tendría que meter un montón de goles al Botafogo. Compraría diez gramos de farlopa y diez botellas de güisqui importado para celebrar la victoria del equipo rojinegro. Quería volver a acercarse a sus amigos, pues se había alejado de ellos desde que hiciera su pacto con el Diablo. No necesitaba compinches para asaltar, pero sabía que eran sus amigos de verdad, aunque la próxima vez que alguno de ellos intentase impedirle dar el pasaporte a un alma, sería duro y demostraría que podría haber gresca. Su obligación era mandar un alma cada lunes al quinto infierno. Se haría rico, las balas no le matarían, la policía no llegaría a verlo y liquidaría a cualquier falso amigo que se atreviera a enfrentarse a él.

Su prioridad ahora era cometer un buen atraco, dar el gran golpe de una vez. Se quedó toda la mañana en casa entrenándose con el arma: apretó y soltó el gatillo varias veces, disparó tumbado, corrió por el patio como si estuviese respondiendo a los tiros de un perseguidor, hizo tiro al blanco sólo con la mano izquierda —lo que volvió locos a los vecinos— y puso el resto de la munición a calentar detrás de la nevera. Repitió siete veces que era hijo del Diablo y se precipitó a la calle; su mente iba registrándolo todo, buscando un sitio donde hubiese bastante dinero para atracar. Frente al bar de Batman se encontró con Laranjinha, que corría a toda pastilla hacia la Praça Principal.

—¿Qué hay, Laranjinha? Dime algún lugar donde pueda conseguir mucha pasta.

—Lo siento, hermano, pero ando con prisa, ahora no puedo quedarme a charlar —respondió el porrero sin disminuir el ritmo de sus pasos.

Tutuca no replicó, sólo se dijo que lo mataría un lunes cualquiera. Laranjinha acababa de enterarse de que sus hermanos habían llevado a su madre a urgencias. Sin preocuparse por el maleante, llegó de una carrera al otro lado de la plaza, se metió en un taxi y siguió su destino.

Tutuca continuó caminando sin rumbo, sin tomar ningún tipo de precaución y sin mirar hacia atrás para comprobar si alguien lo seguía. Cruzó la plaza y se sentó en un banco para observar hasta los menores detalles de la tarde. Se acordó de la paraibana: se la tiraría cuando se le antojase. El viento le azotaba la cara y el sol calentaba su cuerpo apenas templado. Vio pasar un autobús donde sólo iban el conductor y el cobrador, y eso le dio la idea de lo que tenía que hacer para conseguir dinero a punta pala: atracaría la empresa de autobuses Redentor. Se levantó y se encaminó hacia la parada de taxis. Si no soltaba el coche por las buenas, el taxista tendría problemas. Sería incluso preferible matar a uno para despistar a la policía y así, mientras tanto, se ocuparía del atraco.

Cuando cruzaba la calle, oyó el ruido de un coche al chocar contra un poste. Algo lo impulsó a dirigirse hacia el lugar del accidente. Disparó dos tiros al aire para ahuyentar a los curiosos y, tras observar el coche, se entregó a la tarea de quitar la cadena de oro que el accidentado llevaba en el cuello; éste, que empezó a volver en sí, recibió un culatazo en la cabeza para que siguiese durmiendo. Tutuca encontró un revólver en la guantera, un talonario y un reloj de bolsillo. Ya se alejaba del coche cuando decidió regresar para registrar la parte inferior de los asientos, pues allí solían esconder los conductores los objetos más valiosos. No tardó mucho en descubrir dos fajos de billetes de dinero norteamericano. Su sonrisa se expandió con el viento y se esparció como el sol en los ojos de los que lo observaban en la distancia.

–¡El Diablo escribe torcido en renglones rectos! Menos mal que Laranjinha no se detuvo a conversar: tal vez me habría dado el coñazo y no hubiera conseguido esto –pensó en voz alta.

Caminó por la Rua Principal, entró en la calle del Batman y dobló por la Praça da Loura. Mientras tanto, unos policías militares auxiliaron al conductor accidentado en la plaza. Nadie se atrevió a hacer ningún comentario sobre lo ocurrido. El poste se balanceó pero no llegó a caer; tan sólo se fue la luz.

–¿Qué hay, Tutuca? ¡Hace tiempo que no se te ve el pelo! –gritó Lúcia Maracaná.

–¡Coño! Justamente estaba pensando en ti... Anda, guárdame esto.

–¡Carajo! –exclamó Maracaná al ver los dólares.

–Coge algunos para ti, y si ves a Inferninho o a Marte...

–Martelo está ahí, jugando a la pelota –le informó su amiga, y le señaló con el dedo el Ocio.

Cuando encontró a su compañero, ya había acabado el partido. Encendieron un porro. Minutos después estaban en el Batman echando una partida de billar a la mejor de tres. Tutuca vio a Laranjinha entrando en la farmacia. Aquello reavivó sus deseos de matar al porrero, pero tenía que ser un lunes. Nunca le gustaron los modales de aquel drogata de mierda. Se creía un maleante sólo porque fumaba grifa. ¿Quién era él para decir que no quería charlar? Ni siquiera los auténticos rufianes se atrevían a darle largas. Lo que iba a darle estaba guardado en el tambor de su revólver. Perdió la partida por falta de concentración.


La semana pasó muy rápida para los delincuentes. Inferninho recibió un buen soplo de un amigo que le comentó que el pago de los empleados de la obra donde trabajaba llegaba siempre a la hora del almuerzo, en un Opala amarillo, escoltado tan sólo por dos agentes. Sería de puta madre si pillara esa pasta.

El sábado, Inferninho se dirigió solo a la obra para cometer el atraco. Todo transcurrió como lo había planeado, e incluso se llevó las armas de los agentes. Por la tarde, mandó a un camello a recoger diez gramos de farlopa en Salgueiro. Pasó la noche esnifando con sus amigos hasta que el día los sorprendió. Tutuca envió a otro camello a buscar otros diez gramos de cocaína y así llegaron a la noche del domingo. A eso de las cuatro de la mañana, se les acabaron los cubatas y se fueron a buscar una taberna abierta.

—A esta hora, el único que está abierto es Noel —advirtió Inferninho.

Y se encaminaron para allá. Solamente la taberna de Noel madrugaba, junto con algunos bebedores, en aquella noche sin luna.

—Ponnos unos cubatas —pidió Martelo.

Noel llenó los tres vasos que había sobre la barra de cachaza con Coca-Cola. Martelo pidió dos cocas de litro y una botella de cachaza, y dijo, al salir, que devolvería los cascos al día siguiente.

Regresaron a casa de Inferninho por la orilla del río. Un maleante que se precie nunca vuelve por el mismo camino. Sólo pasa una vez por un sitio. Y siempre avanza. En el trayecto se toparon con un pelmazo que aspiraba a delincuente y que se estaba fumando un porro en una esquina. El tipo insistió en que se quedaran a dar unas caladitas al porro. Quería ser un golfo, pero le faltaba valor. Hablaba como los malhechores, se vestía como ellos, se arrimaba a ellos, les hacía favores y les servía de recadero. Quien no lo conociese habría creído que era un delincuente más. Los tres amigos se fumaron el canuto mientras el pelmazo les contaba que la policía había disparado contra Verdes Olhos en Allá Enfrente, pero que el drogata fue más listo y consiguió escabullirse entre las callejuelas. Tutuca, al oír el nombre de Verdes Olhos, se acordó de Laranjinha. Intentó contenerse, pero al final no pudo evitar exclamar:

—¡Cuando veas a ese tal Laranjinha, dile que me lo voy a cargar!

Los amigos le preguntaron por qué y Tutuca respondió que era asunto suyo. Acabaron el canuto y regresaron a casa para seguir esnifando.

El lunes comenzó con los ojos desorbitados. Los amigos seguían juntos, esnifando coca sin parar: tenían dinero de sobra para comprar más bolsitas.

Martelo no se había metido nada; había trabajado toda la semana anterior en la construcción de un garaje en el barrio Araújo y, aunque eso no le había dado mucha pasta, sí le llegaba para un tirito.

Berenice se despertó y se fue directa al cuarto de baño. Se aseó y salió de la casa diciendo que iba a Allá Enfrente a esperar a una amiga que venía a hacerle una visita.

A primera hora de la tarde, Tutuca se encontraba en un estado de total embriaguez y las veces en que intentó levantarse estuvo a punto de caer al suelo. Se había pasado la mañana atiborrándose de coca y cubatas, y ahora se dedicaba a exhibirse ante la amiga de Berenice, bebiendo güisqui de una botella que había encargado que le compraran y que ya estaba por la mitad: quien bebe güisqui tiene dinero. Su dolor de cabeza era mayor que la embriaguez. Pese a todo, no dudaba en aventurarse a cantar algunas sambas de enredo antiguas, al ritmo del pandero mal tocado por Martelo. De vez en cuando, lanzaba miradas malévolas a la amiga de Berenice, que correspondía con sonrisas maliciosas. Si Tutuca se había quedado, era por culpa de aquella chica, cuyo interés por el maleante era manifiesto; de hecho, estaba esperando a que Tutuca diera el primer paso.

Sobre las cinco, el delincuente le tiró los tejos y la mulata correspondió. Se fueron directos a un motel de la autovía Catonho. Hasta pasadas las ocho Tutuca no consiguió hacer el amor y, cuando terminó, comió algo para poder volver a entregarse a aquel cuerpo ambarino. Tan ensimismado estuvo que en ningún momento se acordó del trato que había hecho con el Diablo.


Tutuca abandonó el motel preocupado. Cuando se acordó del Demonio ya era la medianoche pasada. Era la primera vez que le fallaba, aunque suponía que no tendría problemas con el jefe del infierno, pues en varias ocasiones le había entregado almas de propina. La madrugada estaba desierta. Se bajó del taxi en Allá Enfrente y comenzó a caminar con prisa por la Rua Principal mientras comprobaba las armas. Laranjinha y Acerola estaban en el Batman tomándose unas cervezas. Tutuca se encontraba a escasos cien metros de ellos. Al pasar frente a la casa de Laranjinha, se le cruzó por la mente la idea de esperar a que ese porrero de mierda entrase y cargárselo en su propia cama; tras pensárselo dos veces, resolvió que sería mejor matar al paraibano y quedarse con su mujer para siempre. Viviría con ella y la trataría como a una esclava, porque la mujer es como un perro: con el paso del tiempo se acostumbra a los nuevos amos. Arreglaría la casa, poniendo lo mejor de lo mejor, y la mandaría al salón de belleza todos los fines de semana. A las mujeres, lo que de verdad les gusta es el dinero y una polla dura. Aquella tipa bien que se meneó en su rabo la otra vez; no le cabía duda de que había disfrutado; de lo contrario, no se habría corrido. Tutuca pasó por delante de unos porreros sin advertir su presencia. Parecía no pisar el suelo, de tan rápido que iba. El Diablo era un tipo estupendo: vería que se le había pasado la hora, pero que había llegado justo en el momento en que se había acordado del trato.

Entró en la Rua do Meio con el corazón más veloz que los pasos. Era macho hasta la médula, pues se había tirado a la mulata y sólo de pensar en la paraibana se empalmaba. Se quedaría con las dos. Cruzó el brazo derecho del río y no vio nada ni a nadie que distrajese su atención. Abrió el portón de madera sin hacer el menor ruido. Caminó lentamente hasta el reloj eléctrico de la alarma y lo desconectó. El frío de aquella noche no le ayudó a manipular el alambre que utilizó para abrir la ventana de la sala. Primero metió la cabeza, después el resto de su cuerpo delgado. Dentro de la casa reinaba el silencio. Tutuca se hallaba en su salsa. Cuando abrió la cortina del dormitorio de la pareja, comprobó que en la cama sólo estaba la mujer. Regresó a la sala y recorrió las otras habitaciones, pero no encontró a nadie. Entró de nuevo en el dormitorio. Primero acarició los muslos de la mujer y notó cómo su pene estallaba dentro del gayumbo; después se inclinó para darle unos mordisquitos en el cuello. La paraibana se revolvía en la cama farfullando sonidos sibilantes. Tutuca dejó el revólver encima de la mesilla de noche y comenzó a desnudarse. La mujer ni siquiera abrió los ojos, tan sólo se removió en la cama, lo que excitó aún más a Tutuca y, en ese momento preciso, el paraibano se precipitó desde las maderas que sostenían las tejas con un cuchillo en la mano. La primera cuchillada desgarró el pulmón izquierdo de Tutuca; la segunda, el derecho. La tercera, la cuarta y la quinta le destrozaron el corazón. Las otras no sirvieron ya de nada, salvo para descargar la ira de la venganza que se cumplía.

Solamente Maracaná se atrevió a ir al entierro para que Tutuca no fuera sepultado sin lágrimas. El resto de los amigos prefirió no presentarse por temor a que la policía hiciese una redada en el cementerio. En su velatorio no tuvo batucada ni se jugó a los chinos, no hubo bebida, marihuana, cocaína ni promesas de venganza. Los padres de Tutuca se enteraron de la muerte de su hijo ocho días después del sepelio. El paraibano se mudó a Paraíba con su esposa. Contaba que había pasado a cuchillo a un carioca hijo de puta.

Los días corrían, marcaban rastros, amontonaban recuerdos, dejaban morir esperanzas incumplidas a lo largo del camino. Mineiro, un amigo de Martelo e Inferninho, les había dicho que un colega suyo trabajaba como cajero en un asador de la plaza de Tacuara. Era un buen soplo.

Quedaron en que atracarían el asador el domingo siguiente. Inferninho tuvo que matar a un conductor para hacerse con el coche de éste. El atraco se llevó a cabo sin ningún contratiempo. Salieron despacio para no levantar sospechas, pero cuando llegaron a la Gabinal aumentaron la velocidad. Martelo consideró la posibilidad de apearse del coche y bajar por Quintanilla, pero se imaginó las recriminaciones que su amigo le lanzaría: que era un cagueta, que sólo sabía hablar e incluso que era gafe. Continuaron hasta el final de la carretera sin ningún sobresalto. La sensación de triunfo les arrancaba risas. Inferninho comentó que llevaría el coche a un amigo para que lo desmontase y así se sacarían un dinerillo extra. Siguieron por la orilla del río para no pasar por delante de la comisaría y doblaron por la calle del brazo derecho del río. La felicidad hay que vivirla intensamente, por eso se detendrían en casa de Tê y comprarían veinte saquitos de marihuana para celebrarlo. Todo iba a pedir de boca hasta que un coche patrulla de la brigada de robos y hurtos los vio. Al principio, Inferninho mantuvo el coche a baja velocidad para no despertar las sospechas de la policía, e incluso evitaron mirar a los agentes a fin de no dar el cante. Pero de nada les sirvió la estratagema.

Los policías comenzaron a perseguirlos. Inferninho metió segunda y aceleró cuanto pudo. Entraban y salían de las calles de la barriada mientras las ráfagas de la ametralladora acribillaba el maletero del Opala. Era imposible responder. Ganaron terreno en la Rua do Meio. En las Últimas Triagens, abandonaron el coche, pasaron por el Duplex y llegaron al matorral. Los policías se dividieron: dos se quedaron de guardia junto al coche abandonado; los otros tres se perdieron en la persecución. En el bosque, los atracadores se mantuvieron en silencio. Sólo pensaban en la protección de los echús. El tiempo transcurría lento y sus corazones latían con fuerza, pero al fin, viendo que no aparecía la pasma, remitió el nerviosismo que les consumía. Los pensamientos de Inferninho tomaban diversos derroteros mientras que los de Martelo seguían una línea recta:

—Voy a rajarme de esta vida de una vez por todas, ¿sabes? Si no, amaneceré con la boca llena de hormigas o pudriéndome en un calabozo. Esta vida es una locura.

Minutos más tarde, Inferninho salió del escondite y comenzó a alejarse. Martelo le insistió para que se quedase un rato más, pero su compañero no le hizo caso, así que se quedó allí solo hasta que amaneció; no estaba dispuesto a correr el riesgo de toparse con la policía. A eso de las nueve, bajó tranquilamente del árbol al que se había encaramado, se desperezó, orinó y comenzó a caminar en dirección a su casa. Quería ver a Cleide para contarle su decisión de marcharse de allí para siempre. Era un buen albañil y estaba seguro de que conseguiría trabajo en cualquier obra. Quería paz, tener un hijo y ser feliz con su mujer. No, no era miedo lo que sentía, nunca había sido cobarde, sólo precavido. Estaba hasta los cojones de esa vida de fugas y asesinatos. Martelo cruzó la mañana entre los callejones para tomar la Rua do Meio, por donde Cabeça de Nós Todo venía con su ametralladora en ristre, dispuesto a matar al primer maleante que se cruzase en su camino. El policía se había enterado de lo sucedido en cuanto comenzó su jornada. Su determinación de matar a cualquier malhechor no lo había suscitado el atraco, sino el conductor asesinado, que era amigo suyo. De nuevo se le acumulaban en el pecho, abrasándole, los deseos de venganza. Calculó, acertadamente, que los atracadores ya habrían abandonado el bosque, y para atraparlos sin llamar la atención caminaba solo por la acera.

A Martelo nunca se le hubiera ocurrido que pudiera encontrarse con el policía a aquella hora de la mañana; imaginaba que era el momento del cambio de turno tanto de los policías militares como de los civiles. El ajetreo matutino iba en aumento: algunos niños jugaban en la calle, otros se dirigían al colegio y la gente iba al trabajo. Martelo observó a un chico que caminaba delante de él. Su hijo sería tan guapo como ése, pero no dejaría que viviese en la calle, sin camisa y con los pantalones raídos, y le llevaría caramelos todos los días al volver del trabajo. La brisa fresca de la mañana le acariciaba el rostro y daba cuerda a sus pensamientos. Caminaba con la cabeza baja y la mirada clavada en la puntera de sus zapatos. No se fijaba en los nombres de los callejones ni se preocupaba por el peligro, porque ya no se consideraba un delincuente. Un perro ladró. Martelo chasqueó los dedos y el perro movió el rabo. Vio unas sensitivas en el suelo; pasó el pie por encima de ellas y las hojas de las plantas se cerraron. Todo lo que le ocurría era bueno y parecía apuntar a un destino feliz. Las garzas volaban bajo el viento leve y seco, el mismo viento que crepitaba y gemía en las ramas desnudas de los árboles y que le acariciaba el rostro, dándole la impresión de que todas las cosas malas hasta entonces presentes en su vida desaparecerían para siempre. Cabeça de Nós Todo venía caminando por la otra acera con paso ligero y mirada asesina, ambas cosas, por otro lado, muy comunes en él. Ya había cruzado el lado derecho del río. Quería agarrar a Inferninho y a Martelo juntos, esos dos desgraciados eran los que más trabajo le daban. También se cargaría a ese tal Luís Ferroada para quedarse tranquilo. Pero en aquellos momentos cualquier maleante le serviría para aplacar su ira. Había apostado con sus compañeros de comisaría que liquidaría a algún rufián antes del mediodía. Los transeúntes se desviaban para no cruzarse con él. Cabeça de Nós Todo se detuvo para atarse los cordones de las botas y reemprendió la marcha con rapidez, escudriñando en las esquinas antes de cruzar. A la altura del Bonfim disminuyó el paso para observar atentamente a los clientes: sólo vio a algunos borrachos. La voz de Luís Gonzaga en la radio le produjo cierta calma. El sol le quemaba la cara. Martelo silbaba una canción de Paulo Sérgio mientras pensaba de nuevo en Cleide: le prometería que, costara lo que costase, sería un tipo normal. Quería paz, mucha paz para el resto de su vida, y no permitiría que las imágenes de tarteras, trenes y autobuses repletos hicieran mella en su determinación. Le daba pena Inferninho, sabía que acabaría un día como Tutuca o se pudriría en una cárcel. Cabeça de Nós Todo se decía que pasaba por una racha de buena suerte, pues en su última jornada detuvo a dos porreros y mató a un macarra que disparó contra él al gritarle que se detuviera. Tenía la moral alta, y eso le llevaba a dar hostias por cualquier motivo. Apenas cincuenta metros lo separaban de Martelo.

Cleide ya había recorrido todos los lugares en los que podía estar su marido. Asomada a la cerca, contemplaba muy preocupada la calle mientras le esperaba, pero allí sólo habían coches desvencijados que pasaban, cordeles estirados de cometas para pasarles cola, mujeres cotilleando, maleantes en las esquinas y el camión del gas tocando la bocina.

Inferninho, tras despertarse y contar el dinero, se fumaba un porro mientras esperaba la llegada de su amigo para repartirse la pasta.

Martelo caminaba cabizbajo enredado en sus pensamientos, imaginándose a Cleide haciendo café y preparándole la tartera, y no vio al policía cuando se cruzó con él. Cabeça de Nós Todo tampoco se percató de la presencia del maleante, que caminaba por la otra acera. Tenía los ojos clavados en un chaval que distinguió al otro extremo de la calle. Pensó que era Inferninho y corrió hacia él para comprobarlo. El muchacho, cuando vio a Cabeça de Nós Todo que iba a su encuentro, sacó el revólver, apretó el gatillo y huyó. El tiro hirió al policía en el brazo, lo que no impidió a éste seguir corriendo; sin embargo, Cabeça de Nós Todo desistió al notar que perdía mucha sangre. Juró por el fuego del infierno que mataría a Inferninho en la primera oportunidad que se le presentase.

Martelo caminó tranquilamente hasta su casa.

–Entrega tu alma al Señor y tendrás la vida eterna. Sólo Cristo salva de todo sufrimiento y libera del fuego del infierno. ¡Arrepiéntete de tus pecados, que el paraíso te espera! ¡Aleluya!

Martelo escuchaba callado lo que decía aquel hombre con traje de tergal azul marino y una Biblia en las manos, pocos minutos después de llegar a casa y de revelarle sus planes a Cleide. Cuando el hombre acabó de hablar, todos sus acompañantes alzaron la voz con palabras similares a las pronunciadas por aquel hombre y con la elocuencia de quien repite lo mismo todos los días.

–¿Cómo hago para conseguir todo eso?

–¡Basta con que aceptes a Jesús en tu corazón!

–¿Cómo...?

–¿Nos permite entrar un momento?

–Desde luego.

El hombre del traje de tergal y los otros tres religiosos se sentaron en el sofá. Martelo y Cleide se quedaron de pie en la parte izquierda de la sala, atentos a la prédica de los miembros de la Iglesia bautista.

–Ahora escucharemos la palabra del Señor:

«La seguridad de aquel que se refugia en Dios.

»Aquel que habita en el refugio del Altísimo, a la sombra del Omnipotente descansará.

»Diré del Señor: Él es mi Dios, mi abrigo, mi fortaleza, y en Él confiaré.

»Porque Él te librará del lazo del pajarero y de la peste perniciosa.

»Él te cubrirá con sus plumas y bajo sus alas estarás seguro: su verdad es escudo y amparo. No temerás espectro nocturno ni saeta que vuele de día. Ni hombre malvado que ande en la oscuridad ni mortandad que asole al mediodía...».

Al escuchar estas palabras, Martelo se había transformado todo él en emoción ferviente y jubilosa. Miraba y, ante sus ojos, veía una sinceridad tan visible como las retinas del orador. Su médula se había abierto a las palabras de Cristo. De sus ojos alborozados brotaban lágrimas mudas que sonreían al viento, el viento que recorría todos los rincones de la sala. Cada versículo había atraído a su alma como un imán. En su rostro fue dibujándose una sonrisa. Sentía la llamada de la bondad divina. Las ramas del guayabo, el fluir del río, la brisa del mar, Cleide, el hijo que tendría con ella, las estrellas en el infinito, la cometa en el cielo, la luna, el canto triste de los grillos..., todo, absolutamente todo lo había creado Dios. Fuera, el sol resplandecía en las esquinas y todas las cosas se habían transformado. Aceptar a Jesús le permitía renacer en una misma vida. Su meta era ser feliz para poder cambiar el mundo mediante las enseñanzas del Señor. El milagro de la conversión modificó las metáforas de su semblante. La paz impregnaba ahora todas las cosas. El sentimiento de felicidad en Cleide también era de absoluta pureza. El futuro había llegado para guarecerse dentro de su pecho.

—Amor, Dios es amor... —balbució.

Sin despedirse de sus amigos, el converso se marchó de la favela un mes después de la visita de los religiosos. Abandonó los naipes, la navaja, el revólver, los vicios y su lucha contra la mala suerte para siempre. De vez en cuando comentaba con Cleide que esta vez sí le había sonreído la fortuna. Consiguió un trabajo en la empresa Sérgio Dourado; allí le explotaban, pero a Martelo no le importaba. La fe sofocaba el sentimiento de rebeldía suscitado por la segregación que sufría debido a que era negro, prácticamente analfabeto y apenas tenía dientes. Los prejuicios provenían de esa gente que no tiene a Jesús en el corazón. Tuvo dos hijos con Cleide y, siempre que podía, regresaba a Ciudad de Dios a predicar el Evangelio.


—¿Cómo es posible que el tío se haya pirado así, sin decirles ni adiós a sus amigos?... Siempre me pareció medio chalado, ¿sabes? Nada le gustaba, estaba siempre cortando el rollo, le tenía miedo a todo... ¡Vaya cagueta! —le dijo Inferninho a Lúcia Maracaná cuando supo que Martelo se había ido.

—Dicen que se ha vuelto muy religioso.

—Sí, me lo contó Madrugadão, pero no me cabe en la cabeza. Aceptar todo lo que el pastor dice, ser pobre para el resto de tu vida y que no te importe..., eso es de gilipollas. Pero él sabrá lo que hace, ¿no? Supongo que si el tío se ha convertido es porque realmente está dispuesto a ser un santo. Por eso se las piró.

Inferninho dejó a Maracaná con sus quehaceres domésticos y se fue a Allá Arriba, donde vivía Luís Ferroada, su nuevo compañero. Ferroada, de veinte años y con una treintena de crímenes a sus espaldas, era un joven de mala catadura, fuerte, mulato, esbelto y albino. Su fama de perverso corría ya por todas las favelas de Río de Janeiro. Sin motivo alguno, disparaba contra sus vecinos y los desvalijaba, o los amenazaba tan sólo para imponer respeto. Dado que había pasado cinco años en la cárcel, no conocía al Trío Ternura. A sus amigos les decía que huyó de la prisión la noche de Carnaval, después de reducir a dos celadores embriagados. Cuando Inferninho llegó, Ferroada estaba limpiando su arma.

—¿Qué pasa, chaval? Pasa —le dijo Ferroada y le abrió la puerta de su casa.

—He estado de palique con Maracaná.

—Pues yo he estado pensando en si de verdad te vas a cargar a ese poli. La gente dice que el tío va por ahí gritando que te va a hacer picadillo. Siempre que pilla a alguien, le pregunta si te conoce, si sabe dónde vives... Tienes que cargártelo de una vez, si no...

—Voy a dejarlo tieso. Si estuviese hoy de servicio, lo liquidaría ahora mismo, ¿sabes? Pero deja, que ya me ocuparé de él... ¡Anda, págate una cerveza! —finalizó Inferninho.

Se encaminaron hacia el Bonfim con paso tranquilo. En el trayecto, Inferninho le comentó que Inho había aparecido en la zona con mucho dinero, pero que se lo había fumado rapidito. Estaba más arisco, más agresivo. En su opinión, era el compañero ideal para unirse a ellos.

—Tengo que conocer a ese chaval.

—Dijo que volvería por aquí, tal vez nos lo encontremos.

—Ya... Esos tipos de ahí, ¿los ves?, consiguieron una pasta gansa en un solo día...

—¿Te acuerdas de aquel colega del que te hablé? —le interrumpió Inferninho.

—Sí.

—Se ha vuelto un meapilas, tronco... ¡Vaya cagueta! Ahora le ha dado por decir que sólo Jesús salva. Me dan ganas de meterle un tiro...

—¿De qué te estaba hablando?

—De los tipos que consiguieron una pas...

—Ah, sí... Pues eso, que los tipos consiguieron un dineral en un santiamén. Salen en coche y atracan tres o cuatro gasolineras de un tirón... El mejor día es el viernes. Basta con agenciarse un compañero que conduzca; dicen que eso es mucho mejor que robar en una tienda, una panadería o una casa.

El viernes siguiente salieron antes de medianoche para atracar dos gasolineras en la Estrada dos Bandeirantes y una en la plaza de Tacuara. Sandro Cenourinha tuvo que ganar a los chinos con Madrugadão para poder ser el conductor. Ferroada no perdonaba a ninguna de las víctimas. Aunque no ofreciesen resistencia, el atracador les tiroteaba en el culo y les daba culatazos y puñetazos en la cara. Al único que hizo amago de encararse le descerrajó un tiro en la cabeza. Ferroada detestaba a los blancos pijos. Pensaba que les quitaban todos los puestos a los negros. Cuando vivía en la Baixada Fluminense, atracaba o puteaba a todos los blancos pijos que se cruzaban en su camino: así vengaba al negro al que le habían robado su lugar en la sociedad. Ahora, en Ciudad de Dios, hacía lo mismo. No era de los que huían de la policía porque, en su opinión, eso sólo lo hacían los caguetas. «Ya me he cargado a un montón de polis que se cruzaron en mi camino», soltaba siempre que podía.

Durante una buena temporada, se dedicaron a atracar en varias gasolineras de Jacarepaguá y Barra da Tijuca. Inferninho sólo salía a la calle los días en que Cabeça de Nós Todo libraba. Tenía la esperanza de que, con el paso del tiempo, el policía se olvidaría de él. Una noche salió del local de Chupeta medio pedo con la intención de agenciarse una puta para follar. Dio una vuelta por la Trece, subió por la Rua do Meio, bebió cachaza con vermú, encendió un cigarrillo. Notó que caminaba con pasos vacilantes y decidió volver a casa. Regresó por el mismo camino. Cuando se acostó, todo le daba vueltas y tuvo ganas de devolver. Se metió los dedos en la garganta y vomitó la cachaza, el vermú, la cerveza y las mollejas de gallina. En pocos minutos había conciliado el sueño. Dormía plácidamente, pese a los mosquitos que zumbaban en sus oídos y al tremendo calor que hacía, cuando, de repente, se le apareció Tutuca, vestido de rojo y negro, caminando sobre el fuego con un tridente en la mano. Inferninho se revolvió en la cama. Se encontraban en un lugar parecido a la *quadra* Trece, a la Quince, al morro de São Carlos, un lugar que se le antojaba conocido y al mismo tiempo extraño. El fuego que Tutuca pisaba disminuía y, en cambio, crecía en dirección a Inferninho; después se transformó en sangre, de la que surgieron Haroldo, Passistinha, Pelé y Pará, ataviados igual que Tutuca.

—¿Qué queréis? —preguntó Inferninho.

—Hemos venido a decirte que van a echarte de la vida, como nos pasó a nosotros —respondió Tutuca.

—¿Dónde estáis?

—Eso ahora no importa, pero si no quieres estar en nuestra compañía, será mejor que mates a Cabeça de Nós Todo —finalizó Tutuca, que se transformó poco a poco en humo, al igual que sus compañeros. El humo, tras mantenerse unos segundos inmóvil, se convirtió en un nuevo charco de sangre, donde Inferninho vio su propio cuerpo retorciéndose.

El maleante se despertó gritando. Los vecinos se asustaron, pero nadie se atrevió a acercarse a la casa para averiguar qué sucedía. Podría tratarse de la policía o de algún enemigo de Inferninho. Se quedaron quietos bajo las mantas. Inferninho se percató de que había sido un sueño y buscó a Berenice. Recordó que su compañera se había ido a casa de una amiga para ayudar en un aborto. La frágil claridad de la madrugada atravesó la cortina de la ventana de la sala. La pesadilla le ofuscaba sus pensamientos. Buscó la cocaína en la parte inferior del armario y la esnifó sin cortarla: estaba tan alterado que no se molestó en calentar el plato ni en triturar la droga. Se lo metió todo de un tirón. Después se lió un porro para apaciguar su espíritu.

—Qué sueño más hijo de puta. ¿Será una advertencia? —pensó en voz alta.

Nunca había tenido un sueño de esa índole. Tal vez era una premonición de lo que iba a ocurrir. La cuestión era matar antes de morir. Cogió sus dos revólveres, que estaban calentándose en el motor de la nevera, para darles un baño de queroseno. Vio que le quedaban pocas balas y que los revólveres no estaban en buenas condiciones. «Maleante sin revólver es como puta sin cama», pensó, recordando la lección cavernosa y simple que su alma había aprendido de niño, cuando deambulaba con su madre por el barrio en busca de una habitación y su padre no tenía un revólver para atracar. Intentó controlar su cuerpo, que insistía en temblar. Pero ese policía cabrón tendría que encender muchas velas al Diablo para poder liquidarlo, porque él era valiente como pocos y lo demostraría, costara lo que costase.

Fuera, la mañana animaba las callejuelas invadidas por panaderos, carros lecheros y niños del primer turno del colegio. El ajetreo del día lo tranquilizó. La amenaza de muerte vuelve cualquier silencio sospechoso y todo ruido siniestro. Oyó girar el picaporte de la puerta de la cocina, se escondió detrás de la pared que separaba la sala de la cocina y se preparó para apretar el gatillo de los revólveres. Era Berenice.

Le contó el sueño antes incluso de que ella pudiese tomar conciencia de que estaba en casa. Berenice, al verlo tan tenso, intentó tranquilizarlo:

—Iremos al culto a hablar con la pombagira; estás preocupado y hace tiempo que no pasas por allí.

—¡Genial!

El lunes por la noche, Inferninho se presentó en el lugar de culto de Osvaldo para recibir energía.

—¿Tienes miedo de morir, muchacho? ¿Tienes miedo de volverte Echú? —le preguntó entre carcajadas—. ¿Cuánto tiempo hace que no vienes a hablar conmigo? —siguió sin dejar de carcajearse—. Yo no pido más de lo que doy. Doy protección a los mozos y los mozos no me hacen caso. Cuando todo mejora, los mozos se olvidan de lo que pido. Pero fui yo quien apareció en tu sueño —decía entre carcajadas—. ¡El de las botas negras tiene ganas de mandarte al otro barrio, pero no hagas caso, que lo tengo amarrado a mi pie! —dijo la pombagira.

Acto seguido pidió a su acólito que escribiese el nombre de Cabeça de Nós Todo en un pedazo de papel, atravesó el papel con un puñal y lo introdujo en un vaso con cachaza. Lanzó bocanadas de humo del puro en el vaso, se carcajeó una vez más y continuó:

—Tendrás que enterrar esto el lunes en Calunga Grande. El resto corre de mi cuenta. Pasados unos veinte días, al de las botas negras le va a ir mal en la séptima encrucijada que pase. Después vuelve aquí para hablar conmigo. Ahora bebe un poco de esto y pide mentalmente lo que quieres.

Inferninho pidió protección contra las balas, suerte con el dinero, muchas mujeres en su vida y salud para él y su esposa, quien, en el camino hacia el culto, le había anunciado que estaba embarazada.

El maleante tuvo la misma alucinación en repetidas ocasiones. Andaba alerta, incluso sabiendo que lo protegía la pombagira; no quería darle ninguna oportunidad al Kojak. En una semana sólo lo mismo siete veces seguidas y, para completar su desesperación, el sábado Ferroada le contó que Wilson Diablo había muerto: cuando jugaba a la pelota en el campito del Porta do Céu, Cabeça de Nós Todo, vestido de paisano, lo sorprendió y se lo cargó.

—Podría haberlo detenido, Wilson no tenía escapatoria. Pero, en lugar de eso, le ordenó que se tumbase en el suelo y apretó el gatillo.

—¿Estaba solo?

—Sí. Y con el pie sobre el fiambre afirmó que el próximo serías tú. Por la manera en que lo dijo, no parará hasta que lo consiga. Y tú pareces un papagayo en el trapecio: que sí, que no —bromeó Ferroada.

—¡Préstame ese fusil ametrallador! —suplicó Inferninho con tono preocupado.

—Ése no se lo presto a nadie. Pero te puedo dejar la 45. ¿Sabes tirar con ella? Es muy suave y mata todo lo que alcanza. Lleva balas dum-dum. Anda, vamos a la laguna a entrenar un poco. Pero primero pasamos por casa y nos fumamos un porro.

Mientras se fumaban un par de canutos, sólo hablaba Ferroada. Inferninho paseaba nervioso por la sala de la casa de su amigo pensando en su pesadilla. No entendía por qué Cabeça de Nós Todo estaba tan empeñado en matarlo. Su nerviosismo se reflejaba en cada uno de sus gestos: incluso para beber un vaso de agua había sido veloz como un ladrón. Se fueron hacia la laguna. Antes de comenzar las prácticas de tiro, Inferninho echó a los niños que jugaban allí.

—Esta arma no tiene tambor. Funciona con la base del peine. Basta con apretar esta palanca, que enseguida baja; para colocarla hay que encajarla aquí. Para apretar el gatillo, sujeta aquí abajo y tira de arriba hacia atrás. Si tiras sólo del martillo, el arma no dispara, ¿vale, chaval? Te lo voy a dejar porque confío en ti; si no, no te lo dejaba. Pero practica para que los polis no te liquiden, ¿vale, colega? Vamos a ver si has entendido lo que te he dicho.

Inferninho manoseó el arma sin prisa ni palabras. Se concentró en su pombagira, miró el cielo, donde había pocas nubes, a dos mariposas que iban y venían entre los almendros y a los niños que se alejaban hacia el bosque de Eucaliptos. Siempre habrá cosas para aprender, y para siempre, en el más breve espacio de tiempo. Estuvo tentado de pedir a su amigo que lo ayudara a preparar una emboscada a Cabeça de Nós Todo, pero se lo pensó mejor y optó por no decirle nada. Ferroada era un buen amigo, pero no tanto como para pedirle que se implicara en una operación en la que probablemente habría muerte de por medio y ningún botín como recompensa. Si fuese Tutuca, ni siquiera tendría que decirle nada, pero Tutuca ya no era más que un alma que atormentaba sus noches. Otra posibilidad era huir a toda prisa de la favela; a Berenice le encantaría, pero sabía que el dolor de saber que había sido un cobarde lo perseguiría hasta la eternidad y que incluso ella, en el fondo, lo consideraría un gallina. Sólo el viento se pronunciaba en aquel instante sobre las ramas de los almendros y los eucaliptos: tras balancear las matas a la orilla del río y dificultar el vuelo de las garzas, retornaba a la tez de Tutuca. La pombagira volvió a su mente. Tendría que hacer una gira fuerte para él. Ya había enterrado en el cementerio el nombre de Cabeça de Nós Todo escrito en un papel. La fe mueve montañas: movería la Piedra de Gávea para que aplastase el cráneo de Cabeça de Nós Todo. Ahora todo dependía de su fuerza, de su sangre fría. Sólo debía entrenarse en disparar con aquel chisme que tenía en sus manos. Sacó el peine, lo volvió a colocar, dispuso el martillo del arma según las indicaciones de Ferroada, apuntó al tronco del almendro más distante y disparó. Atinó en el blanco y Ferroada se sintió muy satisfecho. Erró solamente dos tiros de los diez que disparó. Como consideraba que ya había aprendido, dijo que no gastaría más balas en árboles y que guardaría el resto para incrustarlas en la espalda de Cabeça de Nós Todo.

—Por mí puedes seguir probando. En mi chabola tengo balas a punta pala —lo tranquilizó Ferroada.


Inferninho pasó el resto del sábado en casa, pero por la noche le entraron ganas de dar un paseo. Suponía que Cabeça de Nós Todo no estaría de ronda ese día, pues siempre que mataba desaparecía. Salió de casa con la 45 sin el seguro puesto. En el trayecto, todo despertaba sus sospechas. En la esquina del parvulario se encontró con los muchachos del barrio, que estaban fumándose un porro. Verdes Olhos se lamentaba de la muerte de Piru Sujo:

—Piru Sujo era un tío estupendo, no se metía con nadie...

—No sé quién era ese Piru Sujo. ¿Por qué salió corriendo?

—Tenía el canuto encendido y no le dio tiempo a deshacerse de él.

—¿Y por qué no levantó las manos e intentó soltar algún rollo? Con eso habría bastado —dijo Acerola.

—¡Qué va! ¡Cabeça de Nós Todo pasa de cualquier rollo, sólo sabe disparar a diestro y siniestro! —afirmó Manguinha.

Estuvieron un rato más de palique. Inferninho aconsejó a sus amigos que no fumasen en la calle cuando Cabeça de Nós Todo se encontrara de servicio. Si querían fumar tranquilos, las puertas de su casa siempre estaban abiertas. Pero, en su fuero interno, los porreros rechazaron la invitación: si los polis apareciesen de repente en casa de Inferninho, no tendrían miramientos y, para cuando lograsen averiguar quién era quién, los urubúes ya habrían sentido el olor a muerto. Inferninho se hizo la firme promesa de que al día siguiente se cargaría al policía; lo juró con tanta vehemencia que nadie se atrevió a chistar. El porro se acababa. De vez en cuando, Acerola oteaba el horizonte para evitar sorpresas desagradables. De pronto, Inferninho se quedó mirando a Verdes Olhos y rompió el silencio:

—¿Cómo es posible que seas negro y tengas los ojos verdes?

Todos se rieron. Inferninho dio la última calada, tiró la colilla al suelo y la aplastó con el pie. Se despidió diciendo que iba a casa de Tê a comprar unas papelinas de coca para estar despejado por la noche y poder sorprender a Cabeça de Nós Todo cuando saliese del trabajo. Los demás se quedaron por allí un rato más.

—Esta maría pega más, ¿no? —comentó Acerola.

—¿Crees que realmente Cabeça de Nós Todo caerá mañana? —preguntó Jaquinha.

—No seré yo quien se quede a verlo —contestó Acerola riendo más de la cuenta.

—Vaya colocón que llevas, amigo. Cuando entres en tu casa, te vas a comer hasta las piedras —bromeó Laranjinha.

Inferninho se acercó a las inmediaciones de la comisaría; la oscuridad de la medianoche ya pasada ocultó sus pasos.

Mientras Berenice dormía, él se había pasado la noche drogándose, mordiéndose los labios, revisando y limpiando el arma para que estuviera en condiciones y pensando en su pombagira. Fuera, el sábado se agitaba con el ajetreo de sambas de partido alto en las tabernas, flirteos en las esquinas y fiestas americanas en los patios. Inferninho, indiferente a la noche, esnifaba sin tregua mientras Berenice, inmóvil, permanecía ajena a los planes de su marido: matar a Cabeça de Nós Todo. Lo asustó un gato que andaba por el tejado, y decidió apagar la luz de la sala para no dar el cante. Antes de salir para cargarse a aquel poli cabrón, acabó de entonarse con un trago de coñac.

Buscó un lugar estratégico para apretar el gatillo en cuanto apareciese el policía. Desde donde estaba no podía fallar: sólo tenía que disparar y salir corriendo hacia Barro Rojo, bajar por el barrio Araújo, dar la vuelta por el Lote, pasar por el Porta do Céu, ganar la Rua Principal y esconderse en la casa de Ferroada. Si le perseguían, se internaría en el bosque, porque ningún policía se atrevería a liarse a tiros entre los árboles. Permaneció en aquel lugar más de tres horas a la espera de su enemigo.

Cabeça de Nós Todo tomó café en comisaría y se despidió de sus amigos con la sonrisa de quien ha hecho un buen trabajo. Hacía frío aquel día. Salió de comisaría con las manos en los bolsillos del pantalón para comprobar que no había olvidado nada. Después abrió la cartera para darle un último vistazo, escupió hacia un lado, se sacó un moco, lo amasó con los dedos y se lo comió.

Inferninho ya lo tenía en la mira; el poli sólo tenía que avanzar unos diez metros más y ¡pumba!: Inferninho mandaría a aquel cabrón al quinto carajo. Cuando ya había comenzado a apretar el gatillo, pasó un coche que le impidió ver su objetivo. Volvió a apuntar. Le temblaban las manos. Contuvo la respiración y disparó. Cabeça de Nós Todo se tiró al suelo y se arrastró hasta un poste. Al levantarse, oyó otro tiro y alcanzó a ver cómo el tirador salía corriendo:

—¡Inferninho, hijo de puta! ¿Crees que es fácil acabar conmigo? ¡Ven, veámonos las caras! ¡Ven, acércate y dispara, maricón!

Otros policías acudieron a socorrer a su compañero. Querían ir tras el maleante de inmediato, pero Cabeça de Nós Todo se opuso con firmeza: era un problema que lo atañía exclusivamente a él y lo zanjaría ese mismo día. Regresó a comisaría, cogió la ametralladora, tiró la cartera en un rincón y se lanzó a recorrer las callejuelas. No tenía miedo. Calculó correctamente el trayecto que Inferninho había hecho y se quedó al acecho en un callejón cercano al Porta do Céu.

Inferninho cruzaba una calle; al ver que nadie lo perseguía, se tranquilizó un poco; aun así, la infelicidad por no haber alcanzado a su enemigo hacía que su cuerpo se estremeciera: se hallaba en los lindes de un fracaso que podía costarle la vida. Había atrapado a la fiera con lazo flojo. Ahora, lo único importante era salir de allí lo antes posible. Se colocó la pistola en la cintura. Pensó en Martelo, que había conseguido abandonar esa vida de maleante antes de que fuese demasiado tarde, antes de que el monstruo lo devorase. Pasaría por su casa y se llevaría a Berenice a cualquier lugar lejos de allí; sería capaz incluso de irse al morro de São Carlos. Miró el cielo gris: una garza volaba nerviosa. El miedo real a la muerte sólo aparece cuando se está a punto de morir.

Cabeça de Nós Todo ya lo había visto. Se rascó los huevos. Esperaría a que su presa se acercase un poco más. Inferninho caminaba cabizbajo sumido en sus pensamientos: si hubiese matado a ese maldito, ahora el mundo sería diferente. Habría comprado diez papelinas, una caja de cerveza y un montón de bolsitas de marihuana para celebrarlo. Levantó la cabeza y divisó a una mujer que empezaba a correr arrastrando a un niño del brazo. Aquel gesto lo puso alerta. Colocó el dedo en el gatillo, se volvió y disparó. De nuevo el policía resultó ileso, pero esta vez respondió con prontitud a los tiros. Inferninho salió corriendo y se detuvo en la esquina. Sabía que el enemigo estaba solo y que se liarían a balazos, pese a la clara desventaja que su 45 representaba frente a la ametralladora de Cabeça de Nós Todo. Con la rapidez de una bala, se acordó de la pombagira. Cabeça de Nós Todo asomó el rostro por la esquina. Inferninho apretó el gatillo. El policía, sin temor a las balas, lanzó una ráfaga que agujereó el muro que protegía al rufián.

Inferninho se quedó petrificado por una fracción de segundo ante la actitud de Cabeça de Nós Todo, pero reaccionó enseguida y corrió hacia la otra esquina. El policía lo hostigó escupiendo balas sin parar con la ametralladora. Inferninho invadió un patio, saltó dos muros y se resguardó detrás de un poste. Un hombre sacudía la cabeza de un niño, forzándolo en vano a volver a la vida: una bala de la ametralladora le había herido el pecho y agujereado el pulmón. El hombre gritaba desesperado que alguien lo ayudase a socorrer a su hijo.

Cabeça de Nós Todo miró al niño agonizante. «¡Que lo zurzan!», pensó, «antes el niño que yo.» Estaba determinado a destrozar el cuerpo del maleante. En vez de perseguir a Inferninho, optó por dar la vuelta con una agilidad que hacía mucho que su viejo cuerpo no alcanzaba. Divisó al enemigo, que intentaba cambiar el peine del arma. Apuntó, contuvo la respiración, disparó y erró. Inferninho respondió y buscó la forma de salir de aquella batalla. Había llegado a la conclusión de que no podía enfrentarse a la ametralladora de Cabeça de Nós Todo. Se escurrió por las callejuelas, avanzó por la Rua do Meio y entró en su casa. Cabeça de Nós Todo trató de perseguirle, pero desistió antes incluso de llegar al Bonfim. Con el cese del fuego, la gente salió a la calle. Un amigo de la familia llevó el cadáver del niño al ambulatorio. Cabeça de Nós Todo entró en el Bonfim y preguntó si alguien sabía dónde vivía Inferninho. Su pregunta vagó entre aguardientes con vermú, cachazas y cervezas, pero nadie respondió. Bebió una copa de coñac, regresó a comisaría, cogió munición y se fue a casa.

Inferninho se despertó alrededor de las dos de la tarde y se dirigió a la cocina. Berenice estaba convencida de que su marido había pasado la noche con alguna furcia. Pese a los celos, le preparó algo de comer y se fue a la calle a conversar con sus amigas.

Cabeça de Nós Todo no estuvo mucho tiempo en su casa. Le dijo a su mujer que se preparara y la llevó a la estación para que cogiera un tren que la conduciría a Ceará, donde pasaría un mes. Sin esperar a que su mujer subiera al tren, regresó con prontitud a las callejuelas de la barriada armado con la ametralladora y un 38 de cañón largo. Rogaba a su Echú que le pusiese delante a Inferninho. Ciudad de Dios, con sus calles vacías, sin cometas ni sol, tenía un aspecto siniestro. El mercadillo acabó antes de la hora prevista. El día transcurría lentamente. Todas las esquinas acechaban. Finalmente, Cabeça de Nós Todo desistió de la búsqueda y regresó a su casa. En el camino, divisó a un muchacho que salía del ambulatorio con la pierna escayolada. Se la había fracturado al meter el pie en una alcantarilla sin tapa cuando huía del tiroteo de la noche anterior. Inferninho pasó el resto del domingo en casa.

El lunes nació enfermizo. Los días de lluvia parecen niños prematuros, cuando no abortos. El frío traía consigo los encantos de la pereza, y lo que más apetecía era quedarse en casa.

En cuanto Berenice se despertó, Inferninho le pidió que comprase comida, marihuana y cocaína suficientes como para pasar una semana sin salir de casa. No le facilitaría las cosas al Kojak, no señor. Se quedaría comiendo, bebiendo, esnifando y follando con su mujer durante toda la semana. Confiaba en que a Cabeça de Nós Todo se le enfriaría la mollera, o que llegaría a pensar que había abandonado la favela. Pero tenía miedo de que algún paraibano se chivase. Todo norestino, además de ser un pelota, es un soplón. Esa raza no vale nada. Son capaces de cagar lo que no han comido.

Durante la semana, Inferninho persistió en la idea de marcharse para asegurar su derecho a vivir, aunque sabía que no podría mudarse; si se trasladaba, llamaría la atención de la policía. Había tomado conciencia de que el único espacio físico que le pertenecía era su cuerpo. Tenía que protegerlo; pero, si se largaba, perdería su integridad, sería un cobarde por no presentar batalla, por no ser lo suficientemente macho como para liquidar a Cabeça de Nós Todo o morir en el intento.

Ya se imaginaba lo que diría su mujer si llegase a morir en un enfrentamiento con Cabeça de Nós Todo: «¡Mi marido murió plantándole cara!», afirmaría Beré con orgullo. Pero Inferninho se equivocaba.

Cabeça de Nós Todo rondaba por la barriada día y noche. Se enzarzó a tiros con Ferroada el miércoles y logró detener a dos rufianes en Los Apês. También mató a un maleante en la Quince. El viernes llegó a la conclusión de que Inferninho había abandonado la favela, como habían pronosticado sus policías amigos. Y se relajó.

—¿Tú de dónde eres?

—Soy de aquí, hija. Nadie me conoce porque casi nunca salgo de casa, aunque tengo que reconocer que hace poco que me he mudado.

—¿Y de dónde vienes?

—De São Carlos, pero quería cambiar de ambiente.

—¿A quién conoces de allí?

—Pues a Leite, a Cleide, a Neide...

—¡Conoces a Leite! ¡Fíjate! ¿Sigue vendiendo droga?

—No, los polis lo buscan... Tuvo que dejarlo por una temporada, ¿sabes?

—¿Cómo está Neide?

—Bien. Se quedó embarazada de un colega de Turano y ahora vive con él.

—Por eso no desfiló el año pasado.

—No, no fue por eso. Se enfadó con la presidenta del ala y acabó destrozando el disfraz y liándose a mamporros... Fue una pelea tremenda.

—¿Quién es la presiden...?

—Doña Carmem.

—¡Acabáramos! Esa mujer es una verdadera gilipollas, ¿lo sabías? Yo también he tenido mis más y mis menos con ella. ¿Cómo te llamas?

—Ari, pero puedes llamarme Ana Flamengo. ¿Y tú?

—Lúcia, pero todo el mundo me conoce como Lúcia Maracaná. Si alguien se acerca a ti con mala hostia, me lo dices y me ocupo de que todo se arregle, ¿de acuerdo? Voy a dar una vuelta por ahí. Antes de que acabe el baile charlamos otro ratito, ¿vale?

Aunque temeroso, Inferninho salió a dar un paseo con su esposa. Ya no soportaba más quedarse en casa mirando las musarañas. Se tomó una cerveza en la taberna de doña Idé muy deprisa, no le gustaba quedarse mucho tiempo en el mismo sitio. Decidió darse una vuelta por el baile, pese a la oposición de Berenice. Entró en el salón sólo después de comprobar que Cabeça de Nós Todo no estaba allí. Circuló por todas las salas del club callado, siempre callado frente a los saludos que recibía. No solía hablar cuando estaba angustiado. Se detuvo cerca de la barra. Uno de los directores le ofreció una cerveza. Bebió rápido, mientras sus ojos recorrían los rincones más oscuros del local. Su mirada se detuvo en el travesti. Nunca había visto a aquella mujer. Podría tratarse de algún chivato. Cuando iba a acercarse para comprobar quién era, Berenice, que había seguido su mirada, le dijo medio celosa:

—¡No vayas, que es un maricón!

Inferninho fijó nuevamente sus ojos en Ari y un sudor helado le cubrió la piel. Sí, era Ari, el hijo de su madre que quería ser mujer, allí, en medio de todo el mundo. Sin duda se burlarían de él, le tocarían el culo y después acabarían zurrándole. No se quedaría para verlo. Arrastró a Berenice con la excusa de que tenía el pálpito de que Cabeça de Nós Todo andaba cerca.

Salieron del baile a toda prisa y doblaron por el brazo derecho del río. Inferninho caminaba distraído, absorto en sus pensamientos y con la mirada clavada en el suelo. ¡Ojalá se lo tragase la tierra! Así no volvería a ver a Ari nunca más. Por el contrario, Berenice estaba al acecho y tomaba todo tipo de precauciones en los cruces y recodos. Al doblar la última calle de aquella caminata, desvió la mirada hacia su marido, de cuyos ojos enrojecidos escapaban algunas lágrimas.

Al otro lado de la calle, Cabeça de Nós Todo esbozó una sonrisa asesina y apuntó la ametralladora hacia aquel blanco fácil. Mataría también a la mujer: quien se mezcla con un maleante corre ese riesgo. Berenice volvió el rostro hacia el otro lado de la calle. Tuvo el tiempo justo de saltar sobre su marido y de rodar por el suelo antes de que las ráfagas pasaran zumbando junto a sus oídos. Inferninho devolvió los tiros como pudo, y logró cubrir a Berenice hasta que ésta se escabulló de la línea de fuego. Su primer disparo pasó lejos del policía; el segundo casi le arrancó la oreja. Cabeça de Nós Todo lanzó una ráfaga más y retrocedió. Inferninho, todavía en el suelo, disparó cinco tiros casi certeros. Acto seguido se levantó y apretó a correr: saltó un par de muros, cruzó dos calles, regresó por el lado contrario, recargó el arma y se colocó detrás de su enemigo. Agazapado en la esquina, observó a Cabeça de Nós Todo alejarse en dirección al club. Inferninho abandonó el lugar con parsimonia y entró en casa sumamente nervioso.

Berenice miró a su marido. Le hubiera gustado hablar con él, pero de su boca no salió palabra alguna. Sólo pudo llorar y abandonarse a los temblores de su cuerpo. Inferninho deambulaba por aquellas míseras cuatro paredes que constituían su hogar. Si el cabrón del policía descubría su guarida, podría sorprenderlo durmiendo. Para colmo, el marica de su hermano había regresado vestido de mujer. Ari era un cáncer que le corroía el estómago. ¿Qué hacía aquel hijo de puta en el baile? ¡Su lugar estaba en la zona del puterío! ¿Por qué la ráfaga de Cabeça de Nós Todo no le había arrancado la cabeza? Sólo así dejaría de toparse con su hermano.

Berenice entró en el cuarto de baño, se lavó la sangre del brazo, se echó agua en la cara y volvió al sofá. Su marido estaba sentado en el suelo, entre la sala y la cocina. Berenice pensó en proponerle que se fueran de allí en ese mismo instante, pero sabía que no serviría de nada. Inferninho era obstinado. Si quería irse, tendría que hacerlo sola. Aun sabiendo que su marido detestaba verla llorar, no pudo evitar que nuevas lágrimas surcaran su rostro.

Inferninho miraba fijamente una hormiga muerta. No podía recriminarle a Berenice que llorara. Ella le había salvado la vida; es más, casi había perdido la suya en el intento. Tal vez si él también se abandonase al llanto, algo de su ser se modificaría, pero los hombres no lloran y menos aún delante de una mujer. Un hombre que llora es un maricón, como Ari. La lamparilla del santo vacilaba con el viento. Oyó el ruido de un coche y preparó la pistola. Si era Cabeça de Nós Todo, se liaría a tiros con él hasta que uno de los dos muriese. El coche pasó. Su mente regresó a su hermano. Por un instante, un vago sentimiento de ternura recorrió su alma, pero segundos después el odio que sentía hacia él se reavivó. ¿Por qué había aparecido por el barrio aquel julandrón? Jamás le confesaría a nadie, ni siquiera a la pombagira, que aquel desgraciado tenía su misma sangre. Sólo la conversación de algunos que pasaban por la calle quebraba el silencio. Se acercó a su compañera y, aunque no pretendía abrazarla, ella abrió los brazos. Permaneció abrazado a Berenice, sufriendo en silencio.

El domingo amaneció lluvioso, aunque allá por Barra da Tijuca unos tímidos rayos de sol se elevaban un poco por encima del horizonte. Ferroada fue a casa de Inferninho para llevarle una caja de balas y el fusil automático. Le pareció una cabronada dejar a Inferninho sólo con la 45, cuando el enemigo contaba con una ametralladora. Mientras conversaba con su amigo sobre el fusil, dejó caer algunas advertencias y amenazas. Pasaron una media hora examinando el arma. Resultaba sencillo manejarla. Además de los tiros de repetición, también disparaba ráfagas. Inferninho, agradecido, decidió invitar a su amigo a una cerveza y a un porro. Caminaron fumando por las callejuelas, bajo chaparrones de una lluvia casi muerta. Ambos iban vestidos con pantalones y chaquetas Lee. Inferninho llevaba la 45 y un 38 de cañón largo, mientras que Ferroada llevaba solamente un 32. Subieron por la Rua do Meio. El porro se estaba acabando y decidieron apurarlo. Inferninho sacó un cigarrillo y le quitó algo de tabaco; metió la colilla del porro en el cigarrillo, le dio dos caladas y se lo pasó a Ferroada.

El domingo avanzaba, y seguía abierto el Bonfim para algunos rezagados de la noche. Las personas que se cruzaban con ellos se alejaban rápidamente por temor a que en cualquier momento hubiese un tiroteo. Beth Carvalho cantaba en el tocadiscos del bar de Paulo da Bahia. Torquato abrió una cerveza. Brindaron. Ferroada pidió a Inferninho que utilizase el fusil sólo una vez. Si Cabeça de Nós Todo veía el arma, Inferninho tenía que matarlo, y si al poli le acompañaban otros agentes, también tenía que cargárselos. Nadie debía enterarse de la existencia del fusil, y mucho menos la pasma; de otro modo, todo se arruinaría. Mirándole fijamente a los ojos, Ferroada advirtió a su amigo de que, en caso de que lograse matar a Cabeça de Nós Todo, tendría que rajar el fiambre y sacarle la bala para no dejar prueba del arma empleada en el tiroteo.

Lúcia Maracaná se acercó. Miró a Inferninho, se dirigió hacia la barra, pidió una cerveza y se la tomó lentamente. Inferninho le preguntó qué le ocurría. Maracaná le dijo que estaba muy preocupada por él: Cabeça de Nós Todo se había presentado en el club asegurando que muy pronto el Diablo tendría carne fresca y que sólo se iría a dormir después de matarlo. Inferninho vació su jarra de cerveza de un trago. Miró a Ferroada y le sonrió con gesto cómplice. Lúcia Maracaná continuó. Les habló del travesti que salió del club despavorido al oír los disparos. Inferninho sintió un escalofrío. Todos habían visto a Ari.

Aquella loca descarada había tenido el valor de aparecer por su barrio. En cuanto lo viese le dispararía a los pies. Desvió el tema de la conversación y enseguida se despidió. Se quedó en casa el resto del día.

El lunes amaneció con un sol radiante. Cabeça de Nós Todo llegó a comisaría antes de lo acostumbrado. Dio los buenos días con desgana, se cambió, cogió el chumino —así llamaba a su ametralladora—, lo examinó, lo cargó, cogió más munición del armario y se precipitó hacia la calle. Había pasado una mala noche; había tenido unas pesadillas horribles en las que aparecía Inferninho apuntándole al pecho con la pistola y ordenándole que se echase al suelo. Se despertó antes de las dos de la mañana y ya no pudo volver a conciliar el sueño. Aunque su determinación de liquidar al maleante era mucho más fuerte que en días anteriores, caminaba con despreocupación, dejando que sus ojos vagasen por callejuelas, calles y callejones. Estaba triste, aquella pesadilla no presagiaba nada bueno. Siempre que soñaba cosas malas, algo malo ocurría. Su tristeza no sólo se debía a la noche que había tenido, sino también a la carta que su mujer le había escrito y en la que aseguraba que jamás regresaría a Río de Janeiro. Le decía que estaba cansada de aquella vida llena de muertes y que había decidido que nunca volvería a dormir con un hombre para el que el arma era como un apéndice del cuerpo, un hombre sin paz de espíritu, un asesino. Añadía, además, que quería pasar las noches sin tener que levantarse sobresaltada y asustada por los ruidos del mundo. No poder estar nunca segura de la vuelta de su marido a casa al acabar cada día le había provocado aquella úlcera incurable. No poder andar por la calle despreocupada la condenó al aislamiento, sin un mínimo de tranquilidad. Ser mujer de un policía militar ahuyentaba a las amistades. Vivía recluida en casa y, si protestaba mucho, la maltrataba.

Cabeça de Nós Todo rezumaba odio; se sentía traicionado. Caminaba cabizbajo, pensando más en su mujer que en Inferninho. Manguinha y Verdes Olhos apagaron un porro y pasaron cerca de él sin que los viese. Entró en la Rua do Meio y cruzó por detrás del mercado. Ceará siempre había sido un lugar duro para él. Allí, en todas las etapas de su infancia, había pasado hambre. Siendo todavía un niño, se despertaba de madrugada para currar, lo que sólo le dejaba la tarde libre para estudiar en la única escuela de la región, a más de cuarenta y cuatro kilómetros de su casa. La muerte de su padre acabó de estropearle la vida, porque comenzó a ver a su madre haciendo cualquier clase de trabajo para dar de comer a sus hijos. Dobló por una plaza y entró en la calle del brazo derecho del río. Podría haber sido carpintero, como su hermano menor. Tomó el camino que seguía la orilla del río. Quien nace en la miseria se convierte, por nacimiento, en candidato a todo. Dobló a la izquierda y deambuló por aquella zona con paso cansino y lento. En el fondo, no le gustaba ser policía; lo cierto era que todos le temían, cuando no le odiaban. Así de simple. Encendió un cigarrillo. Pero ser policía era mucho mejor que aguantar a borrachos detrás de la barra de un bar; lo sabía por propia experiencia, adquirida en un céntrico bar de Río donde trabajó antes de ingresar en el cuerpo. Caminaba por en medio de la calle, cosa que nunca hacía. Recordó las veces en que, poco después de llegar a Río, se vio obligado a husmear en los cubos de la basura para encontrar algo que llevarse a la boca. Dobló por una callejuela donde algunos muchachos se estaban fumando un canuto en la esquina. Les dio el alto, pero su grito únicamente provocó una carrera. No tenía ánimos para perseguir a nadie. Sólo entraría en acción si se topaba con Inferninho. Su hijo había muerto de tuberculosis. Entró en un baruchо, pidió cachaza con vermú y se fue sin pagar. Aquel teniente que lo colocó en la policía militar siempre le pedía favores, o que matara a fulanito o a menganito; un día lo mandaría al quinto infierno. Cruzó otra plaza. Su mujer lo había traicionado. Entró en otro bar y se tomó otra cachaza con vermú. La mayor cicatriz de su cuerpo se la dejó su padrastro, que le quitó a su madre y lo sacó de la escuela para que se pasase todo el día currando. Volvió a entrar en otro bar, donde se tomó la tercera cachaza con vermú. La miseria en el sertón de Ceará acabó definitivamente con los deseos más profundos de su joven vida, le cortó las alas en pleno vuelo. Pasó por el Bonfim. Se casó por lo civil y por la Iglesia. De pronto, se le ocurrió que podría regresar a su tierra natal. Su madre murió por la picadura de una serpiente. Empezó a estornudar. Cargaba con más de treinta muertes, aunque la mayoría de las víctimas habían sido criollos. Los estornudos cesaron. Quería que su mujer volviese. Se sonó. Se tomó un trozo de chorizo. Su padre pegaba a su madre. Siguió por la Rua do Meio. Su padrastro también. Un día agarraría a algún rufián que hubiera robado más de diez millones, se quedaría con el botín y pediría la baja. Llegó a los Duplex. Si se hubiese mudado, su mujer no lo habría abandonado. Entró por las Últimas Triagens. Nunca pagaría un alquiler. Algunos maleantes salieron a la carrera. Tiró a matar. Conocía a una puta de la zona que se enorgullecía de haber mantenido a su familia trabajando con el pene. Fue hacia la calle de la orilla del río. Encendió otro cigarrillo. Su tío había sido policía en Ceará. Toda su familia era una casta de valientes. Agujerearía el cuerpo de Inferninho con más de cincuenta balazos. Hacía un calor sofocante. Al llegar a la esquina, dobló a la izquierda. Nunca tuvo miedo a nadie. Su padrino era un hombre influyente, un hacendado que poseía muchas reses y que vivía en el interior de Ceará. Si regresase a su tierra natal, tendría trabajo seguro, aunque, pensándolo mejor, tal vez podría conseguir otra mujer: aún tenía virilidad para engendrar hijos. Dobló a la derecha. El sol se escondió detrás de una nube. Su mujer lo había abandonado. Pensó en refugiarse en su casa para llorar a escondidas la pérdida de su esposa. Lloriquear era su único desahogo. Buscaba sosiego y encontró la muerte.

El asesino se acercó lentamente para darle el tiro de gracia. Acto seguido, ordenó a un carretero que se bajase del carro. Puso el cuerpo de Cabeça de Nós Todo en el carro sin delicadeza alguna. El asesino disparó un tiro para espantar al caballo, que salió a todo correr por las calles de la barriada; iba dejando un rastro de sangre por las rectas de la tarde, ahora de un rojo encendido. Las gentes seguían al carro y se amontonaban para ver el cadáver. El cuerpo de Cabeça de Nós Todo era un Bica Aberta para siempre. El caballo paraba de vez en cuando, pero siempre había alguien que lo fustigaba, dando continuidad al espectáculo. El cortejo cogió la Rua do Meio. Algunos maleantes dispararon al difunto y la sangre chorreó con fuerza, con lo que el crepúsculo de octubre se tornó aún más rojizo. La madre de un porrero asesinado por el policía aprovechó la ocasión para escupir sobre su cadáver. Aquel gesto le granjeó una ovación. El carro entró en la calle del brazo derecho del río. La multitud creció. Algunos pensaban que habían perdido a un buen policía. Ferroada interceptó el cortejo y registró el cadáver en busca de armas. Sólo encontró diez cruzeiros. El carro prosiguió su camino, dobló la esquina y llegó a la *quadra* Trece. La fiesta tomó otro cariz: la gente le tiraba piedras, le arrojaba bolsas de basura y le golpeaba con palos. Era una tarde sin viento.

El cortejo fúnebre lo siguió hasta la taberna de Chupeta, donde una patrulla puso fin al espectáculo.

El asesino de Cabeça de Nós Todo había matado a éste cuando se disponía a atracar una tienda de materiales de construcción. De pronto, había divisado al policía, que caminaba cabizbajo por la calle. Ante la oportunidad de liquidar al criminal que había asesinado a su hermano, se olvidó del atraco; se agachó detrás de un coche, apuntó y reventó la cabeza del policía militar. Regresó a Vila Sapê, donde vivía, muy satisfecho por la venganza cumplida; de propina, se llevó el chumino.

Inferninho se enteró del suceso a través de su esposa, pero no salió a contemplar el cadáver. En lugar de eso, se quedó en casa y lo celebró fumándose un porro y bebiendo cerveza.

Una semana después de la muerte de Cabeça de Nós Todo, Busca-Pé observaba con una mirada una pizca triste el movimiento de los tractores y de las palas mecánicas en una parcela deshabitada, detrás de los bloques de pisos. Aquel lugar había sido testigo de la mayoría de sus juegos. Se encontraba situado junto al caserón con piscina, un caserón embrujado, donde estaban el guayabal, las jaboticabas y los aguacates. La lluvia había vuelto y lloraba por Busca-Pé, quien, pese a la desolación que la destrucción de las huellas de su infancia le provocaba, miraba fascinado las maniobras de las máquinas que arrasaban plantas de boldo, sensitivas, bellas de las once, anises y girasoles. Era demasiado joven para apreciar hasta qué punto las palas mecánicas se llevaban su infancia. Así, se pasó el día ofreciendo agua fresca a los trabajadores y pidiéndoles que le dejaran dar una vuelta en el tractor.

Un lunes, Barbantinho y Busca-Pé conversaban apoyados en la pared de un edificio para evitar que el viento frío procedente de Barra da Tijuca les cortara los labios.

—Japão dice que el barón de Tacuara y su mujer aparecen todas las medianoches en el caserón de la Gabinal montados en un carruaje —comentó Barbantinho con los ojos desorbitados.

—Mentira, esas historias de aparecidos y almas del otro mundo son mentira. Japão lo ha dicho para tomaros el pelo.

—Pero no es el único. Todo el mundo lo dice. El barón, emperifollado y con una enorme barba azul, aparece en un carruaje, se dedica a pasear por la finca y, cuando está a punto de amanecer, se convierte en humo. ¡Seguro que es verdad! —concluyó Barbantinho.

—A mí no me interesan esas tonterías, ¿vale?

—¿Te atreves a ir hoy a medianoche? —le desafió Barbantinho.

—¿Crees que mi madre me va a dejar salir a esa hora?

—A mí tampoco me dejará, pero sé cómo escaparme. Lo que pasa es que tienes miedo. ¡Eres un cagueta!

—Vale, de acuerdo. A las doce menos cuarto estaré aquí abajo ¿Ya estás contento?

—No falles, ¿eh?

A las doce menos cuarto ya habían cruzado la autovía Gabinal y entrado en la finca. Subieron la pequeña cuesta adoquinada del caserón embrujado escudriñando los intersticios de la noche. Se sentaron bajo una luna llena que se imponía en el cielo estrellado de medianoche. Sólo rompían el silencio los grillos, los mosquitos y los coches que muy raramente pasaban por la Gabinal desierta. Recorrieron toda la finca. Busca-Pé, con voz trémula y ahogada, aseguraba que esas historias de fantasmas eran tonterías.

Ya se iban cuando la luna se transformó en sol de mediodía, las casas y los edificios de pisos se convirtieron en un inmenso campo, los otros caserones cobraron el aspecto de nuevos y el río se hizo más ancho, con agua pura y yacarés en las márgenes. Ambos muchachos profirieron un grito que, sin embargo, no llegó a salir de sus gargantas. Contemplaron a los negros trabajando en las plantaciones de azúcar y de café. El látigo resonaba en sus espaldas. El bosque de Eucaliptos, más frondoso, imponía. A la altura de la Praça Principal surgió una fuente donde muchas negras lavaban ropa. En el caserón de la Hacienda del Ingenio de Agua, observaron el trajinar en la cocina de doña Dolores, entregada a los preparativos de la fiesta de cumpleaños de la esposa del barón de Tacuara.

El barón se acercó en su alazán mientras dirigía personalmente a unos negros que transportaban un piano de cola que había encargado en París para obsequiárselo a su mujer. Cuarenta negros trabajaban en el transporte de aquella hermosura. Mientras veinte soportaban el peso del instrumento, los otros cortaban las ramas de los árboles más bajos para que el piano no sufriera el menor arañazo. Acudió gente de toda la vega para ver el piano de cola.

Nadie reparaba en la presencia de los niños. Y éstos descubrieron, atónitos y maravillados, que podían atravesar paredes, volar y ver a través de las cosas. Era un viaje al pasado en plena luna llena.

Alzando el vuelo, recorrieron por el aire toda la planicie de Jacarepaguá. Sobrevolaron la sierra de los Pretos Forros, la laguna, el lago, el laguito y el mar. Busca-Pé, que siempre había soñado con volar, era ahora el rompedor de nubes, National Kid, Supermán, Super Goofy. De vez en cuando agitaba las alas, bajaba hasta casi rozar el suelo y volvía a ascender hacia el infinito.

Regresaron nuevamente al caserón. Sin querer, llegaron a la sala de torturas, donde se procedía a amputarle la pierna a un negro fugitivo. Con los ojos fuera de las órbitas al ver aquello, Barbantinho y Busca-Pé soltaron por fin el grito tanto tiempo contenido en la garganta, con lo que llamaron la atención de uno de los capataces con poderes videntes y capaz de tocarlos. El hombre abandonó al esclavo y se precipitó sobre los chicos empuñando el látigo. Enfilaron por los laberintos del caserón y cruzaron varias salas a la carrera, olvidándose de que podían atravesar paredes y volar. Iban perdiendo terreno cuando alcanzaron la puerta principal de la hacienda y salieron a la autovía Gabinal ya crecidos, convertidos en estudiantes recién iniciados en la enseñanza secundaria, que fumaban marihuana mientras los cadáveres flotaban en el río.

Después de que la oración le atemperara el alma, Busca-Pé salió de la cama y abrió la ventana de su habitación. El mundo aún estaba gris, pero la lluvia había cesado. Miró a la izquierda y observó la multitud que se arremolinaba a orillas del río. Estaba deprimido, y no conseguía llevar sus pensamientos por otros derroteros. Regresó a su dormitorio. Todavía se sentía asustado. ¿Qué mierda de vida era aquélla? El tictac del reloj de pared le recordó el sonido de un tiroteo. Se dirigió a la sala; tal vez la música ahuyentase la desesperación. Hurgó en su pequeña discoteca en busca de Pepeu Gomes, con el brillo de la malacacheta.* De toda su panda de adolescentes, era el único al que le gustaba la música popular brasileña. Puso el disco en el plato, encendió un porrito que había guardado dentro del zapato y se relajó.

Pensó en los amigos del Colegio Central de Brasil, donde estudiaba. Deseaba que llegase el día en que iría de acampada con los compañeros del cole. Tomarían el tren hasta Santa Cruz; después, el *Macaquinho*, un tren de madera que los llevaría hasta Ibicuí, una playa de la Costa Verde de Río de Janeiro. El tren iba bordeando el mar y atravesaba aquella región paradisiaca. Entre los pasajeros siempre había guitarristas que tocaban música popular brasileña. Los jóvenes amantes de esta música, del teatro, del cine, eran diferentes de los chicos que disfrutaban del rock en los bailes. Para el campamento, como siempre, llevaría una tienda sólo para él y Silvana, su novia, y así dormirían agarraditos en aquellos días de buen rollo. Además, se llevaría latas de conserva y tres bolsitas de marihuana, y un carrete en blanco y negro para plasmar su aventura en fotos. Qué bueno era encender una hoguera a la orilla del mar y quedarse allí colocado, charlando, cantando canciones y achuchándose bajo el cielo de Ibicuí, que está repleto de estrellas, pues la falta de iluminación hace que el firmamento parezca que está muy cerca de los ojos. Siempre que se iba de acampada, Busca-Pé se acostaba boca arriba en la arena de la playa y pedía tres mil deseos a las mil estrellas fugaces que pasaban al alcance de su mirada...

Que se sintiera a gusto en compañía de los amigos del cole no qui-

---

* Pepeu Gomes: guitarrista bahiano, intérprete de música popular brasileña también ligado al mundo del rock y del pop. La malacacheta es un instrumento de percusión, parecido a un tambor. *(N. del T.)*

taba para que también se lo pasara en grande con los chicos de la favela; no paraba de reírse de las tonterías que decían y le gustaba refugiarse en el bosque para fumar maría con ellos. ¿Y el baile? El baile era divertido: todo el mundo con los pantalones caídos por debajo de la cintura y una camiseta sin mangas, bailando y mascando chicle. La gente del cole no entendía por qué Busca-Pé se tatuaba el cuerpo y se ponía gomina en el pelo.

Silvana no paraba de darle la lata para que cambiase su manera de vestir y dejase de hablar como los de la favela. Argumentaba que era bien parecido, tenía estudios y convivía con personas de Méier, el barrio donde estaba el colegio. Busca-Pé respondía cualquier cosa y cambiaba de tema, pero en el fondo coincidía con su novia, pues los chicos de la favela eran rudos y odiaban la música popular brasileña. La mayoría nunca había ido a un concierto y mucho menos a un teatro. Decían que Caetano y Gil eran maricones, Chico Buarque comunista y Gal y Bethânia tortilleras. Comentarios estúpidos, producto de su falta de sensibilidad para entender las metáforas de las canciones. ¡Pero si ni siquiera sabían qué era una metáfora! Una vez le dijeron que Caetano besaba a los hombres en la boca. Busca-Pé respondió al instante que eso era romper tabúes. Uno de los chicos respondió, con la más pura picardía: «¿Tabú? Pon el culo tú».

Barbantinho no llegó a entrar en su piso. Informó a cuantos pudo de lo que ocurría en los alrededores y regresó a la orilla del río, donde numerosos mirones se agolpaban para contemplar los cadáveres. Algunos afirmaban que todos eran traficantes, pero la mayoría guardó silencio, que es lo mejor que se puede hacer en situaciones como ésa. Los parientes de las víctimas llegaban desesperados e intentaban retirar los cuerpos del río, cuyo caudal había crecido bastante en los últimos días debido al tiempo lluvioso que se mantenía desde hacía más de una semana. Barbantinho permaneció inmóvil un rato más, observando aquella desgracia. De repente miró al cielo y dedujo que la lluvia no volvería. Sacó la billetera del bolsillo, contó el dinero que llevaba y comprobó que tenía suficiente para coger un autobús hacia la playa. Y eso hizo. Nada mejor que dar unas brazadas para ahuyentar los malos rollos.

En diez minutos, las huellas de sus pies decoraron la arena mojada del mar de Barra da Tijuca. Se acercó al agua, cavó un hoyo en la arena, envolvió la billetera en la camisa, la colocó en el hoyo y lo tapó de nuevo. Hizo treinta flexiones de brazos, sesenta abdominales y algunos estiramientos. Acto seguido se zambulló en el mar, sobrepasó el rompeolas, descansó un momento, miró hacia donde avanzaba y decidió nadar cien metros contra la corriente. Respiró hondo para dar la primera brazada en el más puro azul de sus deseos.

La mejor estrategia para no cansarse es dejar que la mente se explaye en algo que no sea el mar, la respiración o la distancia. Por más que lo intentó, no pudo lograrlo, pues su mente volvía una y otra vez a las pruebas para socorristas que tendrían lugar dentro de poco. Ejercitarse, ejercitarse, había que ejercitarse todos los días. Su padre había sido socorrista, su hermano también, y ahora le tocaba a él. Nadaba con destreza en las aguas de Yemayá. Nadó más de lo que había previsto sin llegar a cansarse. Regresó a la arena, se fue directo al lugar donde había enterrado la billetera y se sentó. Su pensamiento regresó a las aguas del río. Nunca moriría así, morir asesinado debía de ser la peor de las muertes; él moriría en el mar... ¡No, en el mar no! Moriría durmiendo, de muy viejo. Conocía a todos los muertos, la mayoría eran traficantes de droga, y el resto eran colegas suyos. Suponía que los había matado la policía en una redada por la zona. ¡Menos mal que no estaba comprando nada en ese momento! Clavó su mirada en el único trozo azul del cielo, muy próximo al mar; lo demás estaba cubierto de nubes, aunque un viento procedente del interior empezaba a llevárselas, lo que indicaba que la lluvia amainaría de una vez por todas; sin duda, los muchachos harían entonces campeonatos de surf. Se entrenaría divirtiéndose con ellos; siempre los ganaba, pues era el que mejor nadaba de todos. Tenía que superar las pruebas para ser socorrista. Si lo consiguiese, tendría motivos de sobra para dejar de estudiar; ya no aguantaba más tantas letras y números en la cabeza, pese a que su madre insistía en que debía seguir yendo al colegio. Tenía ganas de quedarse todo el día en la playa; no le importaba que eso implicara estar solo o pasar frío. El mar se le había revelado como un sufijo de su existencia. Desde niño tenía esa pasión, no sólo por el mar, sino también por los ríos, lagunas y cascadas. No por casualidad le apodaban el Indio; además de su amor por las aguas, era un mulato de pelo lacio. Ocupaba la mayor parte de su tiempo en pescar y en cazar y, para conseguir dinero, se iba a la playa a la hora de la resaca y se quedaba en la orilla cogiendo cadenas, relojes y pulseras que los bañistas perdían en el agua y el mar devolvía en sus reflujos.

Pensó de nuevo en los chicos de la favela y llegó a la conclusión de que lo único que tenían en común era el surf. Por lo demás, no se parecía en nada a ellos: ni vestía como ellos, ni le gustaban los bailes, ni le interesaba la música. Sólo compartía la adoración que los colegas sentían por el mar.

Se quedó allí intentando borrar de su mente lo que había visto por la mañana. Necesitaba estar solo, le gustaba estar solo. Su naturaleza le incitaba al aislamiento. Las olas cubrían la arena con su espuma. El viento azotaba las nubes. Al día siguiente luciría el sol.


Todavía era temprano. Rodriguinho, Thiago, Daniel, Leonardo, Paype, Marisol, Gabriel, Busca-Pé, Álvaro Katanazaka, Paulo Carneiro, Lourival, Vicente y los demás muchachos se encontraron al principio de la Vía Once para hacer autoestop hasta la playa. No paraban de comentar lo de los cadáveres flotando en el río. Marisol afirmaba que había sido obra de Miúdo, Madrugadão, Camundongo Russo, Biscoitinho, Tuba y Marcelinho Baião.

Ahora la favela tenía un capo: Miúdo. Sólo él podía traficar en la barriada. Dejó a Sandro Cenourinha a cargo de uno de los puestos de venta, pero el resto eran de él y de Pardalzinho. Terê seguiría vendiendo, pero sólo se quedaría con el diez por ciento de las ventas, lo mismo que cualquier camello.

Marisol estaba encantado con la maría que había comprado a Miúdo en persona y comentó que nunca había conseguido una bolsita tan llena. Sacó el papel del paquete de cigarrillos y lió un porro gigantesco allí mismo, en el arcén de la carretera. Cuando pasaba algún coche conducido por jóvenes, mostraba el porro con una mano y, con la otra, hacía dedo.

Su estrategia funcionó: los muchachos, agradecidos y contentos, montaron en la trasera de una camioneta. El conductor circulaba a gran velocidad, mientras ellos se acababan el porro y cantaban canciones rockeras. Blancos, melenudos y sonrientes, algunos estudiaban, ninguno trabajaba y la mayoría pensaba enrolarse en el ejército. Iban a pasar el día en la playa, deslizándose sobre las olas y fumando grifa en la arena. Por eso, antes de salir de casa, se llenaban el estómago: el dinero de la comida se reservaba para las bolsitas de marihuana.

Antes de zambullirse, se fumaron otro porro, imitaron burlonamente a los negros, hablaron de las tiendas y de las marcas de ropa de moda y de cuánto les gustaría usarlas. Las marcas deportivas, las mejores, eran muy caras; tal vez por eso eran las más bonitas. Soñaban con ser ricos, y la riqueza consistía en vivir a orillas de la playa, tener un helecho en la sala, vestir ropa de marca y tener un coche con cristales Ray-ban y neumáticos bien anchos —sin olvidar ese tubo de escape que hace un ruido chachi–, tener un perro de raza para sacarlo por las mañanas y por las tardes a pasear por la playa, y comprar de una vez tres kilos de grifa para no tener que ir a cada momento a buscar al camello de turno. Si fuesen ricos, sólo se comprarían *skates* importados, bicicletas Caloi 10 y relojes sumergibles, bailarían en las mejores discotecas y follarían exclusivamente con tías buenas.

En cuanto Barbantinho llegó, comenzaron las competiciones de surf. No valía usar aletas. De vez en cuando, Barbantinho perdía deliberadamente una ola. No tendría gracia si ganase todas las competiciones.

La tarde pasó rápidamente y la playa se fue quedando desierta. Los muchachos se sentaron en la arena para fumarse el último porro. Marisol se quedó de pie. Comenzó a decir que el siguiente domingo tendrían que llegar más temprano al baile para sorprender a sus rivales. Lo mejor sería instalarse en los alrededores del club y esperar a que llegasen los tíos de Gardenia Azul. Les darían un tiempo y, cuando ellos creyesen que todo estaba tranquilo, los pillarían por sorpresa. Tenían que echarles una buena bronca a esos tipos de Gardenia Azul, así aprenderían a no tocarles el culo a las chicas de Ciudad de Dios, y mucho menos a las chicas que salían con ellos.

Marisol hablaba y todos pensaban en Adriana: morena, de cuerpo perfecto, pelo largo, rostro esculpido y aquellos muslos capaces de dejar a cualquiera meándose de gusto. En aquella época salía con Thiago, que escuchaba los planes de Marisol medio mosqueado. Estaba convencido de que la arenga de Marisol iba destinada a impresionar a Adriana. No se puede confiar en los amigos cuando se tiene una novia guapa y apetecible. «Al contrario, hay que mantenerlos lo más alejados posible», pensaba. En cuanto Marisol hizo una pausa más larga, Thiago replicó con aspereza al discurso de su amigo, afirmando que ése era un asunto exclusivamente suyo: puesto que la chica era su novia, él mismo se encargaría de dejar las cosas claras a aquel cabronazo.

Después se calló y al cabo de un rato se levantó y se zambulló en el mar. En un principio, Marisol se quedó cortado, pero reaccionó enseguida y le dio la razón a su amigo, aunque dejó claro que sería mejor que todos estuviesen juntos cuando Thiago fuese a zurrar al cabronazo en cuestión. En caso de que los colegas del aporreado quisiesen ir a por él, ellos estarían preparados para impedirlo. En realidad, Marisol había montado aquel numerito porque había echado el ojo a la novia de su amigo. Si Thiago cortaba con ella, no esperaría ni un segundo para conquistar a esa preciosidad.

Estuvieron un rato recordando peleas pasadas. La del Cascadura Tenis Club les dejó con la moral bien alta, porque dejaron hechos polvo a los tipos de Pombal y ganaron la pelea en territorio enemigo. La trifulca comenzó en el momento en que uno de ellos dio un pisotón a Vicente. Incluso después de las disculpas, el tipo de Pombal recibió un puñetazo por la izquierda, lo que alertó a los amigos del agredido, que acudieron en su ayuda. Buen motivo para que los muchachos de Ciudad de Dios acabasen repartiendo mamporros y puntapiés indiscriminadamente entre los asistentes al baile. Hasta los vigilantes recibieron una paliza.

Inho nació en la favela Macedo Sobrinho en 1955. Era el segundo de una familia de tres hijos. Se quedó huérfano de padre a los cuatro años. Su progenitor murió ahogado mientras pescaba en la playa de Botafogo y dejó a la familia en apuros porque nunca había tenido un trabajo estable. Su madre, obligada a trabajar fuera de casa, dejó a sus hijos al cuidado de parientes. Al maleante lo crió la madrina, y creció en la casa en la que ésta trabajaba, en el barrio del Jardín Botánico. La comadre, sin embargo, no insistió lo bastante en que siguiese yendo al colegio. Faltó a casi todas las clases de primaria: vestido con el uniforme del cole, se iba a la favela Macedo Sobrinho, donde se pasaba el día jugando en la calle. Los vecinos se lo contaban a su madre, que, a su vez, hablaba con la madrina sobre el niño, pero nada de eso surtía efecto. La madrina alegaba que ya había pedido a la señora de la casa en que trabajaba que fuese a buscarlo y lo llevase al colegio, pero ésta se negaba, echándole en cara que ya había sido muy generosa al dejarlo vivir en su casa, que más no podía hacer. La madrina no tenía tiempo para ir detrás de él durante el día, cuando jugaba en la favela y se dedicaba a hacer recados para los maleantes. La madre se lamentaba: «¡Los ricos siempre ayudan a medias!».

A Inho le gustaba llevar las armas a los maleantes hasta el lugar donde éstos iban a atracar. Sin embargo, su mentalidad de niño de seis años no llegaba a comprender el alcance de sus acciones. Sabía que no estaba bien, pero tener siempre unas monedas en el bolsillo para las golosinas, para los cromos de los álbumes de los equipos de fútbol, las cometas, el hilo, las canicas y la peonza valía la pena.

«Estoy de acuerdo, un niño no debe delinquir, pero mucho peor es que ese chaval no tenga quien le dé algún dinero para saciar sus deseos infantiles», dijo el comisario de Gávea cuando prohibió a los detectives que le pegasen la primera vez que le sorprendieron con una pistola en una bolsa de papel.

El niño aún vivía en casa de la patrona de su madrina cuando comenzó a robar por las calles de la Zona Sur: ya que se aventuraba a llevarles las armas a los maleantes para un atraco, mejor sería arriesgarse del todo y tomar la iniciativa. Comenzó a desvalijar a las viejas de cabellos teñidos de azul en Leblon, Gávea y el Jardín Botánico fingiéndose armado. Con el dinero de los primeros atracos le compró un revólver calibre 22 a un amigo de la favela. Una vez armado, las mujeres jóvenes también se convirtieron en víctimas, del mismo modo que los hombres; incluso las tiendas comerciales sufrían los estragos de aquel malandrín, que no dejaba escapar cualquier ocasión que se le presentase.

En el tercer asalto con revólver, se cargó a la víctima, no porque ésta hubiese intentado defenderse, sino para experimentar esa emoción tan intensa. Y se rió, y esta vez su risa taimada, estridente y entrecortada se prolongó mucho más tiempo que en ocasiones anteriores.

Su vida delictiva aumentó conforme iba creciendo. Se entregaba a los atracos mañana, tarde y noche, pero, en ocasiones, los rufianes más veteranos del morro le quitaban lo robado. Incluso armado, Inho no se atrevía a defenderse de aquellos maleantes que tenían un puñado de crímenes a sus espaldas y ya eran lo bastante famosos como para amedrentar a cualquier novato. No obstante, él juraba venganza, una promesa de *vendetta* que se guardaba en el rincón más profundo de su alma. Mientras trabajaba duro para afirmarse en medio del círculo de malhechores, su madre conseguía una casa en Ciudad de Dios a los pocos días de su fundación, después de ir al estadio Mario Filho, en la época de las grandes inundaciones, haciéndose pasar por una de las afectadas por la catástrofe.

La madre de Inho se había propuesto ir a Ciudad de Dios a cualquier precio. Tener electricidad en casa y agua corriente para poder cocinar y ducharse le facilitaría las cosas, aun teniendo que levantarse de madrugada para trabajar: dejaría la comida lista para los niños y que Nuestra Señora del Sagrado Corazón de Jesús se encargase de ellos. Sí, abandonaría la Macedo Sobrinho, lugar que había arruinado su vida, nido de criminales desalmados que entregan armas a los niños para que salgan por ahí a hacer barrabasadas. Confiaba en Dios, en que Inho se apaciguaría lejos de allí, lejos de aquel infierno.

Se mudó a una casa en Allá Arriba y se llevó consigo la esperanza de bienestar que nunca abandonaría sus sueños, los ánimos para salir adelante sola con sus tres hijos y la determinación de hacer de ellos personas de bien, aunque para eso tuviese que matarse a trabajar y dejar de dormir y comer. La vida era dura, pero Dios se compadece de los pobres por ser misericordioso y justo, por eso le había dado salud y el don de lavar, planchar y cocinar muy bien. Con esa fe, absolvía de culpa a los hombres y todo corría por cuenta de Dios, de Nuestra Señora y de su fuerza de voluntad. Logró que Inho tirase el arma que tenía después de hablar, hablar y hablar, con los ojos llenos de lágrimas y voz sollozante en sus oídos, y él, de tanto escuchar, escuchar y escuchar, acabó pronunciando las palabras de la redención: «Vale, vale... Voy a trabajar de limpiabotas porque da dinero, pero eso de volver a aprender a leer, ¡eso sí que no!».

La madre apartó una pequeña suma de su salario y no paró hasta encontrar una silla de limpiabotas; pero todas tenían un precio muy por encima de la cantidad que había reservado. No importaba, ahorraría hasta juntar lo suficiente, pues si todo salía como deseaban, el mundo se dividiría en varios munditos, y cada uno escogería un mundito del color que más le apeteciese. Si no podía comprar la silla ese mes, sería al siguiente, porque ésa era la voluntad de Dios, y no había lamentos que valieran, pues Dios era sumamente bondadoso. Por eso mismo, antes de recibir el salario siguiente, le llegó la feliz información de que en la *quadra* Veintidós había un carpintero barato. Partió en pos de la suerte en cuanto supo que quedaba muy cerca de su casa.


—¡Barato! —respondió el carpintero cuando la madre de Inho le preguntó el precio.

Prometió la silla para esa misma semana por la mitad de la cantidad que ella había ahorrado. El carpintero, al que le gustaba charlar, afirmó que ya había hecho sillas de limpiabotas para niños que en aquel momento eran hombres bien situados, y se explayó sobre otras historias referentes a sillas de limpiabotas. La madre de Inho sonreía y acabó desahogando sus penas con el carpintero. Le contó las tribulaciones que pasaba con su hijo y estuvo a punto de echarse a llorar, pero se contuvo. El carpintero, que se llamaba Luís Cândido, se mantuvo serio, porque era serio y siempre lo había sido, porque seria era la vida del pobre, seria era la desigualdad social, seria era la corrupción, el racismo, la invasión estadounidense, la propaganda fría del capitalismo... Hombre serio, mujer seria, hijo serio, disparos serios, miseria seria, la muerte cierta. Todo era muy serio para el carpintero Luís Cândido, que habló con suma seriedad:

—Señora, puede venir a recoger la silla mañana mismo, y no hace falta que me pague nada.

—Pero, señor, si ya es muy barato... Yo..., yo..., yo...

155

—Puede venir a recogerla mañana y, si no le da miedo andar tarde por la calle, puede venir hoy mismo, hacia la medianoche, que la herramienta de trabajo de su hijo estará lista.

—¡Es usted un hombre muy bueno! Que Dios ilumine su bon...

—Señora, quiero que sepa que yo no soy un hombre bueno, y que no creo en Dios en absoluto. Yo soy marxista leninista. Creo en la fuerza del pueblo, en los movimientos de base, en la organización del proletariado, y voy más lejos, ¡creo en la lucha armada! Creo en una ideología y no en el Dios de la Iglesia católica, al que utilizan para calmar al pueblo, para convertir a los trabajadores en corderos. Seguro que la señora para la que trabaja su cuñada es católica, pero ¿por qué no dejaba que su cuñada llevase al niño al colegio? ¿Por qué no lo ayuda de verdad, como usted misma ha dicho? Usted tiene que ser marxista leninista, tiene que concienciar a la gente para que lleguemos a tomar el poder... ¿No se da cuenta de lo que han hecho con nosotros? Nos han metido en este culo del mundo, en estas casitas de perro, con esas cloacas tan mal hechas que ya están atascadas. No hay autobuses, no hay siquiera un hospital, no hay nada, nada, excepto serpientes que se meten por los desagües, y alacranes y ratas que andan por los tejados. ¡Tenemos que organizarnos!

El carpintero Luís Cândido gesticulaba, se ponía y se quitaba el sombrero negro, con sus ojos vivos puestos en el rostro de la madre de Inho, que ignoraba lo que quería decir «marxista leninista» y «proletariado». Sólo sabía que el carpintero conocía muchas cosas, que tenía buen corazón e iba a hacer la silla de limpiabotas de Inho. Se quedó un rato más contemplando a aquel hombre delgado, viejo, vestido con un traje negro, que de vez en cuando enseñaba a sus alumnos de carpintería, a través de gestos, sin perder el hilo de la charla, un nuevo secreto de la profesión.

No se puede negar que, en sus primeras horas como limpiabotas, en la plaza de São Francisco, Inho intentó enderezarse. Un lunes soleado fue con Pardalzinho y Cabelinho Calmo, unos amigos que había hecho el día en que llegó a la favela, a ganarse la vida lustrando los zapatos de los blancos encorbatados del centro de la ciudad. Los tres se turnaban en la tarea. Inho miró duramente al primer cliente que le tocó durante el tiempo en que estuvo en la silla. El odio a la pobreza, las marcas de la pobreza, el silencio de la pobreza y sus hipérboles se reflejaban visiblemente en el semblante del cliente. Inho lo intentó: abrillantó con esmero los tres primeros pares de zapatos que tuvo ocasión de cepillar. Al cuarto, de repente echó al cliente de la silla, le dio un mamporro en la nuca y le robó los zapatos, el dinero, la cadena, la pulsera y el reloj. Antes de irse, dijo al tipo, que estaba tirado en el suelo, vomitando y completamente aturdido:

—¡Puede quedarse con la silla! —Y riéndose con su risa taimada, estridente y entrecortada, se alejó corriendo por las calles del centro.

Horas más tarde, Pardalzinho regresó a recoger la silla, los trapos y el betún, y se lo llevó todo a otro punto de la ciudad para repetir la operación. Durante casi dos meses, atracaron a los clientes que se sentaban en la silla para que les limpiaran los zapatos.


El mejor lugar del mundo era Estácio, donde quedaba la Zona do Baixo Meretrício y el morro de São Carlos. Cuando salían del centro de la ciudad, el trío se internaba en las profundidades de la Zona do Baixo Meretrício para vender allí los objetos robados, fumar marihuana y beber cerveza. En esa zona se iniciaron los tres en la vida sexual. Después se iban al morro de São Carlos, donde Cabelinho pasó su primera infancia y tenía muchos amigos, lo que le proporcionaba un lugar para dormir a cualquier hora que llegase. Ciudad de Dios se les antojaba demasiado tranquila, con mucho bosque, muy oscura, todo acababa temprano. São Carlos era estupendo, siempre había batucada y palmas en la calle de la escuela de samba Unidos de São Carlos y samba de partido alto en las laderas del morro. Cuando no había animación en el morro, se iban a la Zona do Baixo Meretrício. Nada de hacerse pajas en el cuarto de baño: follaban con tres mujeres diferentes en una sola noche. Allí valía la pena vivir y gastarse el dinero.

Inho logró engañar a su madre durante bastante tiempo, aduciendo que desde la casa de su amigo era más rápido llegar hasta el centro de la ciudad, y que, si fuese a casa todos los días con aquella silla, acabaría muy cansado. Al principio su madre le creyó, pero comenzó a sospechar al reparar en el nerviosismo que Inho presentaba las veces en que se dejaba caer por casa. Sus modales, la manera de hablar, aquella risa taimada, estridente y entrecortada, el montón de dinero en el bolsillo, todo eso no indicaba nada bueno. Además, los amigos que iban a buscarlo tenían cara de rufianes. Su intuición de madre fue certera y las evidencias lo corroboraron. Cuando por fin encontró un revólver calibre 32 escondido en el patio, decidió dejar todo en manos de Dios. Antes, no obstante, despertó a Inho a cachetazos y, con el revólver en la mano, le preguntó llorando:

—¿Para qué es esto? ¿Para qué es esto?

—¡Para atracar, matar y ser respetado!

Desde aquel día, Inho jamás volvió a pisar a la casa de su madre; optó por quedarse en São Carlos o en casa de su madrina, que también había conseguido una vivienda en la favela. En una de sus idas a Ciudad de Dios, trabó amistad con Madrugadão, Sandro Cenourinha, Inferninho, Tutuca, Martelo y los demás maleantes de la barriada, que escuchaban divertidos sus aventuras en el centro de la ciudad, en el morro de São Carlos y en la Zona do Baixo Meretrício.

El día del atraco al motel, Inho corrió hacia Tacuara, apuntó con el revólver a la cara de un taxista y lo obligó a llevarlo hasta el morro de São Carlos, donde intentó establecerse de manera definitiva.

Después de que la silla de limpiabotas sirviera durante dos meses como cebo para atracar, la policía se enteró de esa historia. Entonces comenzaron a desvalijar a los peatones. Desde Estácio les resultaba fácil trasladarse al centro, a Tijuca, a Lapa, a Flamengo y a Botafogo para dar los golpes. Inho salía todos los días a ganarse la vida porque no le gustaba estar sin blanca: quien anda pelado es un pringado, un currante, un limpiabotas. Derrochaba el dinero entre los amigos que había hecho en São Carlos y casi todos los días compraba varias papelinas de coca, invitaba a cerveza a las prostitutas y comía en los restaurantes que consideraba más caros.

Pardalzinho, Cabelinho Calmo y Madrugadão (quien se había unido al trío) llevaban la misma vida. Ari del Rafa, traficante del morro y bastante envidioso, comenzó a incordiar a los nuevos rufianes. Siempre que uno de los chicos iba a por droga, el traficante le quitaba algo o le pedía dinero y nunca se lo devolvía. También comenzó a sacudirles sin motivo alguno y les impuso un peaje para subir al morro. Pero un día Inho se negó a vender una cadena de oro por el precio irrisorio que le ofrecía Ari del Rafa y, por ello, recibió una paliza y se incautaron de todo lo que poseía, antes de ser expulsado del morro junto con Cabelinho, Pardalzinho y Madrugadão. El cuarteto regresó a Ciudad de Dios sin dinero y sin armas. Entonces pensaron asaltar durante el trayecto el autobús que los llevaba de vuelta, pero Inho, deprimido, consideró que era mejor no arriesgarse, el día estaba gafado.


—¿Estás sin blanca? ¿Por qué no lo dijiste antes, hermano? Hace mucho tiempo que guardo un dinero para ti, pero tú aparecías por aquí muy de tanto en tanto y ni siquiera te parabas a charlar un rato. Sólo querías saber de São Carlos, São Carlos... ¿Te acuerdas del chivatazo que nos diste del motel? —dijo Inferninho después de escuchar a Inho.

—Sí.

—Pues reservé una pequeña cantidad para ti, aunque ahora no lo tengo todo.

—Ya te habías olvidado de eso, ¿no?

—No pongas esa cara, chaval, cualquier día de éstos podrás cargarte al tal Ari del Rafa. ¿Conoces a Ferroada? Es un tipo estupendo, ¿sabes? Sólo se mete en asuntos que valgan la pena y siempre está dispuesto a salir a dar el palo. Si estuviera aquí ahora y le propusieras dar un buen golpe, te quedarías con él enseguida.

Inho contempló con seriedad a Inferninho, dio una vuelta por aquel pequeño callejón de la *quadra* Trece, miró hacia todos lados para comprobar que no venía nadie, fue hasta la pared, se abrió la bragueta y se puso a mear. Inferninho lo imitó.

—¡Cuando un brasileño mea, todos mean! —le explicó Inferninho con una sonrisa.

Inho, haciendo caso omiso de la broma de su amigo, le dijo:

—Olvídate de ese dinero que me debes y dame un arma, una pistola de cañón largo, y llévame a ver a ese tal Ferroada. Quiero tener una charla con él ahora.

Caminaron por la Rua do Meio a toda prisa, pues Inho andaba, comía, hablaba, robaba y mataba a toda prisa. Únicamente reducía el ritmo de todo lo que hacía cuando andaba con dinero. El silencio de aquella caminata que los llevó hasta Allá Arriba se interrumpió de repente. Inferninho, que había encontrado a Inho más fuerte, más serio y más áspero en el trato, soltó un silbido al llegar frente a la casa del compañero. Eran las doce en punto de un miércoles soleado. Ferroada no tardó en abrirles la puerta. Antes incluso de que tuvieran tiempo de pronunciar palabra alguna, Ferroada les comunicó que iba a dar un golpe.

—¿Pueden ir dos?

—Sí, pero con una condición: si la cosa se pone fea, hay que disparar. ¡Antes matar que caer preso! El sitio tiene vigilancia, ¿sabéis? No me vendría mal un poco de ayuda... ¿Tú de dónde eres?

—Éste es el famoso Inho del que tanto te he hablado, un tío de puta madre que se las había pirado de aquí, pero los tipos de São Carlos le hicieron una trastada. Ahora está dispuesto a trabajar con nosotros de nuevo.

—¿Tú eres Inho? Todo el mundo habla de ti. Me alegro de conocerte. Voy un segundo a cambiar el agua a las aceitunas y luego hacemos planes.

El semblante deprimido de Inho mejoró considerablemente.

—El sitio está en la Barra —seguía Ferroada desde el interior del cuarto de baño—, es una gasolinera a la que van muchos coches a llenar el depósito, ¿sabéis? Ya he tanteado el terreno: tienen una caja donde los currantes meten a cada rato el dinero. A eso de las seis, llegan dos coches, uno con dos ocupantes y el otro con cuatro. Los dos primeros van sin armas, pero los cuatro restantes llevan pistola. Entonces cogen el dinero y lo sacan de la caja. En ese momento hay que reducir a los cuatro que van armados, quitarles las pistolas, coger el dinero, subir al coche y salir pitando.

—¿Y pensabas ir solo? —preguntó Inferninho.

—¡Si no hubiera encontrado un socio, no lo hubiese dudado un segundo! No me gusta estar pelado.

—¡Tú estás loco! ¡Arriesgarte solo a un atraco como ése! —exclamó Inferninho.

—A mí tampoco me gusta estar sin blanca, así que nos llevaremos bien... —dijo Inho.

—¿No quieres ir, Inferninho? —invitó Ferroada.

—No voy, no. Me voy a quedar tranqui. Hoy no estoy por la labor. Que os vaya bien.


Inho y Ferroada llegaron bastante antes de las seis y se quedaron en las inmediaciones de la gasolinera disfrazados de mendigos. Los coches aparecieron exactamente a las seis y cuarto y los atracadores redujeron sin mucho esfuerzo a los cuatro vigilantes que iban armados. Para su sorpresa, el dueño de la gasolinera sacó un revólver y ese gesto le valió un tiro en el pecho que Ferroada no dudó en asestarle.

—¡Abre esa mierda ahora mismo, tío! —le gritó Ferroada al gerente después de quitarles las armas a los vigilantes.

Inho vio que uno de los hombres intentaba escabullirse y le disparó un tiro en la cabeza. Tenía que matar a alguien. Cabreado como estaba con Ari del Rafa, sin dinero, sin poder ir a la Zona a follar con las putas, y aquel imbécil del vigilante arriesgaba la vida por un dinero que no le pertenecía. El gerente abrió la caja, Ferroada llenó una bolsa, la colocó en el asiento de atrás del coche y rompió el cristal trasero antes de salir a toda pastilla.

—¡Si aparecen los polis, dispara! —advirtió Ferroada, conduciendo a gran velocidad.

Dejaron el coche en una callejuela y cruzaron la Edgar Werneck con el dinero metido en la bolsa. En la Praça dos Garimpeiros consiguieron una bolsa de plástico para llevar las armas con más comodidad. Inho, que iba delante, se detenía en las esquinas para otear el horizonte. Pasaron por el callejón para avisar a los colegas de que había un coche aparcado listo para el desguace y llegaron a la casa de Ferroada sin problemas.

Rieron al acordarse de los dos muertos. Ferroada dijo que un buen compinche era así: sin miedo y dispuesto a matar. Lo fetén era salir todos los días para reunir el dinero suficiente para comprar una casa en el interior. Si consiguiesen de una vez el dinero de dos premios de la quiniela serían ricos para el resto de sus vidas.


El sol irrumpió en el cielo despejado de aquel jueves. Inho se despertó mucho después del mediodía en la casa de su compañero; la noche anterior, se había acomodado en el sofá después de beberse una botella de güisqui, esnifar veinte rayas de coca y fumarse cinco porros en compañía de Ferroada e Inferninho.

Miró dentro del dormitorio y vio a Ferroada durmiendo con un revólver en la mano derecha y otro en la izquierda. Sonrió. Un buen colega; ése no dejaba un resquicio a la mala suerte, con él no se hablaba en vano. Se levantó, notó que estaba sudado y se metió bajo la ducha. Le estallaba la cabeza y resolvió que sería mejor dormir un poco más. Lo intentó sin éxito. Decidió despertar a Ferroada. Éste se incorporó con los dos revólveres apuntando a Inho.

—¡Joder, tío, tú no paras! —exclamó Inho.

—Claro, hermano, nunca hay que distraerse.

Al cabo de un rato, Inferninho entró con pan, leche, café y el periódico con la foto de los muertos en el atraco.

—¿Ya ha salido en el periódico? —se asombró Ferroada.

—Lo normal es que la noticia tarde dos días en aparecer, pero esta vez se han dado prisa —comentó Inferninho.

—¿Sabes leer, sabes leer? —le preguntó Inho a Ferroada, pues sabía que Inferninho leía mal.

—No —respondió, enfatizando la negación con la cabeza.

—Pues voy a llamar a Pardalzinho para que nos lea lo que dice.

Inho se comió un trozo de pan sin untarlo con margarina y no esperó a que Ferroada sirviese el café. Corrió hasta la esquina, miró a todos lados y le extrañó que no hubiese ningún maleante por la zona a aquella hora. Pensó en volver, porque el ambiente le resultó sombrío, pero quería saber qué decía la crónica. Corrió hasta la casa de su amigo y tuvo la suerte de encontrarlo cuando éste abría el portón del patio para salir.

Una vez en casa de Ferroada, Pardalzinho comenzó a leer el artículo, derrapando en la entonación de las oraciones más largas. Pese a todo, Inho le escuchaba con la misma atención que un niño escucharía un cuento de hadas, sentado en el suelo y con la cabeza apoyada en el sofá. Lo que más le preocupó fue la información de que la policía sospechaba que los criminales que habían perpetrado aquel atraco con dos víctimas mortales eran de Ciudad de Dios. Sin embargo, la preocupación no duró mucho tiempo, pues, en cuanto Pardalzinho acabó de leer la crónica, Ferroada, sin hacer ningún comentario sobre el contenido de la noticia, les comunicó que en la autovía Gabinal había una imprenta que pagaba a sus empleados todos los viernes al mediodía, así que había que actuar rápido para no perder la oportunidad.

—Nosotros también vamos, ¿no?

—Pero hay que conseguir un buga, tío. El colega que me dio el soplo dijo que había una alarma que, si suena, en unos segundos llega la poli. Hay que plantarse ahí, reducir a ese compañero, incluso le podemos pegar un par de tiros del 22 en la pierna para que nadie sospeche nada, y decir que sabemos lo de la alarma, ¿entiendes, tío? Se le ordena que la desconecte y manos a la obra.

—Pero no podemos dejar el buga aquí, ¿de acuerdo? Los muchachos no han tenido tiempo de desguazar el coche de ayer porque la pasma llegó muy rápido. Si lo dejamos aquí, damos mucho el cante —afirmó Pardalzinho.

—Entonces iremos a pie: salimos por el Beco do Saci, entramos en el bosque de Gardenia Azul y pasamos el día y la noche allí... ¿Te acuerdas de cuando te cargaste al chivato? —preguntó Inho mirando a Inferninho.


En la Comisaría Decimosexta, Belzebu reunía todo tipo de información sobre Ferroada. Además del retrato robot, una llamada anónima le había proporcionado datos de una de las viviendas del maleante. Algunos vecinos no querían a Ferroada en la favela: cuando estaba muy cabreado, por la razón que fuese, se liaba a tiros apuntando a cualquier parte y molestaba a la gente sin motivo alguno, incluso llegó a matar a un chico después de acusarlo injustamente de hacer trampa en los naipes; también atracaba, robaba a taberneros, violaba... Mientras, los cuatro amigos acordaron que el viernes siguiente, al mediodía, emprenderían una caminata hacia el lugar de su próximo golpe.

Los atracadores pasaron el día dentro de casa. Pardalzinho se encargó de la comida y envió a un recadero a comprarla; tras el almuerzo, se fumaron el porro de la sobremesa y examinaron las armas obtenidas en el atraco anterior: de las cinco que consiguieron, destacaba una que pertenecía al ejército.

–¡Basta con que enseñes ésta para que nos lo entreguen todo de inmediato! –comentó Ferroada.

La noche siempre cae inusitada para quien se despierta tarde. Se quedaron allí dándole vueltas y más vueltas al golpe del día siguiente. Nadie quería esnifar coca; lo fetén era fumar marihuana para que les diese hambre, después comer bien y dormir como un tronco para levantarse temprano, dar un paseo para ver cómo iba ese día la venta y averiguar si los policías Portuguesinho, Lincoln y Monstruinho estaban de servicio. Bastaría con preguntar a los porreros, éstos siempre se enteraban de todo, incluso sabían si la policía civil había patrullado la zona. Se fueron a dormir después de ver lucha libre en el programa *Ron Montila* y dos películas en el televisor nuevo de Ferroada. El maricón de Ted Boy Marino venció de nuevo a Rasputín Barbarroja, así como Caballero Negro vencía siempre a sus adversarios. Y ese cabrito de *Rin Tin Tin* se pasaba la vida husmeando a los ladrones, pero qué importaba: con la 45 en el hocico, un buitre se vuelve canario, la serpiente lombriz y el gallo pone huevos. Llegarían a la imprenta con el Diablo en el cuerpo.

Se despertaron temprano y sólo bebieron un trago de café para fumarse un cigarrillo. Nada de colocarse antes de un atraco. Rondaron por toda la barriada con paso nervioso. Laranjinha dijo que no había visto policías en la calle la noche anterior ni tampoco esa mañana. Encontraron a Madrugadão, Sandro Cenourinha y Cabelinho Calmo jugando al billar en la taberna de Chupeta con una despreocupación que irritó a Inho, pues un maleante que se precie no puede descuidarse.

–Con que pasándolo bien, ¿eh? ¡Si queréis pasarlo bien de verdad, tenéis que poner espejos en cada rincón y llevar la pistola preparada en la cintura, colegas! –dijo Inho con guasa.

No obstante, esperaba la aprobación de Ferroada o de Inferninho. Acto seguido, se comió tres lonchas de mortadela que estaban en un plato sobre la barra y pidió a Ferroada que mostrase la 45 a los amigos. Los tres se maravillaron, y les encantó conocer a Ferroada, de quien tanto les hablaba Inferninho. Inho incluso se arriesgó a desafiar a Cabelinho Calmo a una partida de billar, pero, cuando vio que iba a perder, colocó las bolas en la tronera, lo que provocó risas entre los compañeros.

Ya eran más de las once cuando, como habían acordado, se encaminaron por separado hacia las inmediaciones de la imprenta. Todo salió mejor de lo planeado y ni siquiera hizo falta disparar al pie del compañero que les había dado el soplo, pues ni siquiera lo vieron. Bajaron corriendo por la Gabinal, entraron en el Beco do Saci y se internaron en el bosque hasta llegar a Campão sin que nadie los persiguiese. Una vez allí, oyeron las sirenas de la policía, desaforadas mientras corrían por las calles de la favela.


Belzebu se dio cuenta de su error al irrumpir en la casa de Ferroada a la misma hora en que se producía el atraco a la imprenta. Algún recadero le advertiría de su visita, y entonces no volvería a casa. Tuvo ganas de romper la radio del coche.

—¡Hay que joderse! Venir aquí y no pillarlo es darle la ocasión de que se refugie en otro sitio, ¿no te das cuenta? —se lamentó el detective Belzebu, pidió informaciones más detalladas sobre el robo.

Lo único que sacó en claro fue que los atracadores se habían llevado mucho dinero. Su codicia aumentó y su obsesión por cazar a los maleantes sobrepasó el ámbito profesional. Si los pillase, les quitaría todo el dinero y después les daría el pasaporte. Permaneció en aquel lugar un rato más con la esperanza de que Ferroada volviese a casa; su intuición le decía que él era uno de los participantes en los dos atracos. Una hora después, registró cada callejón y cada esquina de la barriada, pero no encontró ninguna anormalidad. Los otros detectives le calentaron tanto la cabeza con que sería muy difícil encontrar al rufián aquel día, que acabó ordenando al chófer que lo llevase a comisaría para recoger el retrato robot de Ferroada, que ya estaba listo.

—Es él, ¿no te lo había dicho?... ¡Es él, es el mismo tipo que viene haciendo de las suyas en Jacarepaguá y, por lo que dice el de la llamada telefónica, no puede ser otro que Ferroada! Está de compinche con Inferninho...

—Vamos a esperar un tiempo para que crea que todo está tranquilo, y después hacemos otra redada. Quédate quietecito y no pierdas la cabeza —le aconsejó el comisario de la Decimosexta.

Belzebu no respondió; dejó en la mesa el fajo de papeles que tenía en sus manos y se retiró del despacho del comisario. Fue a la cocina, llenó medio vaso de café bien caliente, le puso azúcar de más y se lo bebió a sorbos haciendo un ruido desagradable. Sacó el arma de la pistolera y se sentó en una silla desvencijada. Pensaba con brutalidad en todo lo que le ocurría, porque él era un bruto, y también lo era su modo de hablar y sus ideas. Siempre había destacado por querer ser un mandamás. Encendió un cigarrillo; miró de reojo a un detective que también había ido a servirse café del termo. Siguió pensando en el modo de ascender en la policía sin tener que pasar por la Facultad de Derecho. Tal vez si comprase un título de abogado... La solución era la eficacia, demostrar que, para ser policía, hay que detener a malhechores y no ir a la facultad. Detener a Ferroada, eso era lo que tenía que hacer, porque Ferroada era el maleante más buscado del Gran Río, los periódicos mencionaban su nombre casi todos los días en artículos con titulares como: «PATRULLANDO EN LA CIUDAD», «LA CIUDAD CONTRA EL CRIMEN»... En todos los programas de radio pedían a la policía medidas contra la delincuencia.

El viento de Barra da Tijuca siempre es más frío que el de cualquier otro lugar de Río de Janeiro. Se subió la cremallera de la chaqueta de cuero y se dirigió al despacho del comisario. Le dijo que se iba a casa, donde se quedaría el resto de la tarde a ver si se le pasaba el dolor de cabeza. Cogió todos los retratos robot de Ferroada sin consultar al comisario y se fue a casa conduciendo tranquilamente.

Una vez en casa, escudriñó las ollas: quería comer algo suculento y allí no había nada que le gustase. El cargo de jefe de policía era muy apetitoso. Pensó de nuevo en comprar un título para ascender a comisario y después a jefe de policía. Sabía que había un abogado, el doctor Violeta, y un profesor, Lauro, que vendían títulos. En cuanto tuviese un rato libre iría a verlos. Decidió descansar para salir solo por la noche en su coche particular, detener a Ferroada y llegar a la comisaría con el cargo de jefe de policía.


En Campão, los maleantes comían el pan con mortadela que Pardalzinho había ido a comprar. Habían repartido el botín en partes iguales y ya estaban planeando más atracos. Inferninho opinaba que no hacía falta dormir en el bosque, pues a esas alturas la policía ya habría detenido a algún pringado a quien atribuir los dos delitos, y aseguró que más tarde iría a casa a echar un polvete con la negra vieja. Inho replicaba que era mejor quedarse allí un par de días más para no ponérselo fácil a la pasma, pues dos atracos importantes y tan seguidos eran suficientes para tener a la policía patrullando día y noche. Les entraron ganas de fumar maría. Pardalzinho lamentó no haberse pasado por Los Apês para comprar grifa cuando fue a la panadería.

—¿Quién va a Allá Arriba a comprar?

—Nadie —respondió Inho a Ferroada.

Inho comentó que la solución era dormir para que el tiempo pasase más rápido; así se les irían las ganas de colocarse. Pardalzinho recogía ramas secas por los alrededores para hacer una hoguera; de esa forma ahuyentaría a los mosquitos y calentaría los cuerpos. Inho insistió en que el fuego llamaría la atención.

—¡Una hoguerita! —dijo Pardalzinho entre risas.

Hizo la hoguera, alimentando el fuego con las ramas secas que se había colocado entre las piernas, y cantó varias sambas-enredo. Pasado un tiempo, Ferroada se durmió, igual que Pardalzinho. Inho no dormía, intentaba conversar con Inferninho, que no se estaba quieto, pero ni siquiera le respondía, sólo quería marcharse. Miró el reloj de Pardalzinho. Las cuatro y media. Calculó, por lo avanzado de la hora, que si insistiese dormiría. Buscó un lugar donde echarse y se sumió en un sueño leve hasta las siete.


Belzebu, arma en mano, recorrió a pie toda Ciudad de Dios y pasó varias veces frente a la casa de Luís Ferroada, pero siempre la encontró cerrada a cal y canto.

Alrededor de las seis de la mañana, regresó a casa y se tomó las yemas mejidas que le había preparado la mujer que vivía con él. Tenía intención de volver a la comisaría, pero desistió cuando su compañera le dijo que el comisario había llamado ordenando que se presentase allí lo más rápido posible. No cumpliría las órdenes. Pensó en echarse a dormir, pero la posibilidad de decirle al comisario lo que se le antojase en el caso de que detuviese o matase a Ferroada lo hizo reaccionar. Se armó y volvió a Ciudad de Dios. Dejó el coche aparcado fuera de la favela y se adentró en las callejuelas llenas de niños que jugaban a la peonza y de mujeres que cotilleaban o barrían la acera.

—Los pobres son como las ratas. ¡Hay que ver la cantidad de niños que crían en esta mierda de lugar! —pensó en voz alta.

Se dirigía de nuevo hacia las inmediaciones de la casa de Ferroada como si él fuese su sino. Los ojos cansados contrastaban con el resto del cuerpo, y también con sus pensamientos, pues se estremecía cuando recordaba al comisario y la áspera charla que mantuvieron, días atrás, por culpa de la costumbre de Belzebu de golpear a los detenidos. La intensa luz del día lo obligó a ponerse las gafas de sol, que le ocultaban más de la mitad de la cara. Cuando llegaba a una esquina, se asomaba subrepticiamente.

Cabelinho Calmo lo distinguió de lejos, se fue disimuladamente hacia el lado opuesto y se detuvo en una esquina para espiarle. Pensó en los amigos que no había logrado encontrar: ya había ido dos veces a la casa de Inferninho el día anterior. Optó por retirarse.

Desde las primeras callejas hasta la Rua do Meio, la presencia de Belzebu no había causado al parecer el menor sobresalto o asombro perceptible en los transeúntes. Aquella tranquilidad lo irritaba, pues se había acostumbrado a las miradas temerosas y al nerviosismo que acarreaban sus apariciones. Decidió caminar más rápido, trastornar la paz de aquella mañana, reinstaurar el miedo. Sería jefe de policía si se comprase un título de abogado.

—Me las piro, ¿vale? Voy a pasar por la casa de Tê, a pillar tres bolsitas de grifa y a echarme un sueño tranqui...

—¿Qué dices, Inferninho? ¡Espera un rato más, tío, las cosas todavía no se han enfriado! ¡Debe de haber polis por la zona! —insistió Inho.

—¡Si quiere irse, deja que se vaya! —intervino Ferroada.

—¡Joder! Eres cabezota, ¿eh? ¿No te das cuenta de que han sido dos golpes sonados, colega? Seguro que en el periódico de hoy han publicado lo del atraco en la Gabinal. No te enteras, chaval. Cada vez que sale una noticia como ésa, los polis se ponen nerviosos y quieren detener a alguien a toda costa. ¡Es mejor no arriesgarse!

—Tú tienes miedo de que me chive si me pillan. ¡No te preocupes, hombre, que no me voy a chivar, que no! —se obstinó Inferninho con una risa insulsa.

Se levantó, se pasó la mano por las bermudas, se sacudió la tierra del culo, introdujo el dinero dentro del gayumbo, se despidió de sus amigos y salió con el arma en la cintura.

—¡Anda, quédate, tío! —insistió Inho en un último ruego.


Inferninho cruzó la calle; pensó en seguir por la Vía Once, pero prefirió bajar por la Gabinal, entrar en Los Apês y pasar por el Barro Rojo. Un viento leve y frío lo hizo estremecerse; aquella paz de las calles le causó temor, a él le gustaba el ajetreo, porque todo lo que está muy en calma de repente se agita. El hombre es así, como el mar, como el cielo, como la propia Tierra y todo lo que en ella habita. Tenía miedo de que algo se agitase y arremetiese contra él. Las palabras de Inho resonaron en sus oídos. Muy tranquila, la mañana producía poco ruido. Inferninho no oía nada, era el personaje de una película muda. Los girasoles dispuestos en los jardines, la peonza en las manos de los niños, los coches que pasaban por la Edgar Werneck, los carros lecheros, el sol de finales de mayo y el brazo derecho del río eran tan familiares... Entonces, ¿por qué esa congoja? ¿Por qué esas ganas de regresar junto a los amigos? Aquella sensación de vacío le sobresaltaba, le producía escalofríos en la espalda. Comprobó el arma y acomodó el dinero con manos temblorosas. Ya había tenido esa sensación varias veces, pero sólo en tiroteos, fugas y robos. También en la Rua do Meio reinaba una paz superlativa que aumentaba aquel temor, el temor a la nada. ¿Y qué es la nada? La nada eran los gorriones que iban en vuelos cortos de los cables a los tejados, de los tejados a las ramas y de las ramas a los muros, de los muros al suelo y del suelo hacia la lejanía de los pasos de los hombres que transitaban, sin reparar en él, por la callejuela por la que dobló, camino de la casa de Tê. Podría haber desistido de fumar grifa, pero una fuerza invisible lo arrastraba a hacerlo. De vez en cuando tenía la sensación de que recibía varios mamporros, puntapiés por todo el cuerpo; pensó en sacar el arma y matar aquella inocencia que el sol derramaba en la plaza del Bloque Quince, toda la calma que ella le ofrecía. No sabía por qué, pero le vinieron a la cabeza, repentina y sucesivamente, pequeños fragmentos de su vida. Los colores más vivos del día se tornaron significantes de significados mucho más intensos, confundiendo su visión. El viento más nervioso, el sol más caliente, el paso más fuerte, los gorriones tan lejos de los hombres, el silencio inoperante, las peonzas que giraban, los girasoles que se inclinaban, los coches más rápidos y la voz de Belzebu, que todo lo agitó:

—¡Échate al suelo, cabrón!

Inferninho no intentó resistirse. Al contrario de lo que Belzebu esperaba, una tranquilidad insensata se instaló en su conciencia, una sonrisa casi abstracta que expresaba la paz que nunca había sentido, una paz que siempre buscó en aquello que el dinero puede ofrecer; pero, en realidad, nunca había reparado en las cosas más normales de la vida. ¿Y qué es lo normal en esta vida? ¿La paz, que para unos es esto y para otros aquello? ¿La paz que todos buscan, aunque no sepan descifrarla en toda su plenitud? ¿Qué es la paz? ¿Qué es realmente bueno en esta vida? Siempre albergó dudas sobre esas cosas. Pero nadie puede decir que no hubo paz en una cerveza en el Bonfim, en el pandero tocado en los ensayos de la escuela, en la risa de Berenice, en el porro con los amigos y en los partidos de fútbol de los sábados por la tarde. Tal vez había ido muy lejos para buscar algo que siempre había estado a su lado, en la luz de las mañanas. Pero ¿puede realmente gozar de una paz plena alguien para quien la vida siempre había consistido en revolverse en el pozo de la miseria? ¡Había buscado algo que estaba tan cerca, que estaba tan cerca y era tan bueno...! Pero el miedo a que el rocío se convirtiese de golpe en tormenta lo había hecho así: ciego para la bonanza, que ahora llegaba, definitiva. Tal vez la paz estuviese en el vuelo de los pájaros, en la contemplación de la sutileza de los girasoles inclinándose en los jardines, en las peonzas rodando en el suelo, en el brazo del río siempre yéndose y siempre volviendo, en el frío benigno del otoño y en el viento que cobra la forma de brisa. No obstante, todo podría siempre agitarse, apuntar hacia su persona y convertirse en el objetivo de un revólver. Pero ¿puede alguien vislumbrar lo bello con ojos confusos por carecer de casi todo de lo que lo humano necesita? Tal vez nunca buscó nada ni nunca pensó en buscar; sólo tenía que vivir aquella vida que vivió sin ningún motivo que lo llevase a una actitud parnasiana en aquel universo escrito con líneas tan malditas. Se tumbó muy despacio, sin percatarse de sus movimientos; tenía la absoluta certeza de que no sentiría el dolor de las balas; era una fotografía a la que el tiempo ya había amarilleado, con aquella sonrisa inmutable, aquella esperanza de que la muerte fuese realmente un descanso para quien se ha visto obligado a hacer de la paz un sistemático anuncio de guerra. Un mutismo frente a las preguntas de Belzebu, y una expresión de alegría melancólica, que se mantuvo dentro del ataúd.

2

La historia de Pardalzinho

Después de la muerte de Silva y de la huida de Cosme a los Bloques Viejos, Miguelão traficó durante más de seis años sin muchos sobresaltos porque los rufianes no se disputaban el control del tráfico, y también porque Los Apês era una zona bastante tranquila, había escasos delincuentes y pocos se aventuraban a dar un golpe por allí. Miguelão presenció el comienzo de la construcción de los nuevos bloques de pisos, la llegada de la población de la favela Macedo Sobrinho y la ruda institución de la convivencia social. Dado el origen común de los nuevos habitantes, ya existía una red de amistad constituida desde antes, cosa que propiciaba actitudes que segregaban y molestaban a los moradores antiguos.

Se iniciaron las riñas de los jóvenes de los pisos contra los jóvenes de las casas. Reñían por cometas, canicas, fútbol, novias... Pero la relación de los habitantes de los Bloques Nuevos con los de los Bloques Viejos, tal vez por su cercanía, no era hostil, y solía decirse que Bloques Nuevos y Bloques Viejos eran una sola cosa. Los maleantes recién llegados no robaban allí. Pero el mismo día de su llegada comenzaron a vender droga en el Bloque Siete de los pisos nuevos.

Controlaba la zona Sérgio Dezenove, también conocido como Grande, hampón famoso en todo Río de Janeiro por su peligrosidad y arrojo, y por el placer que le procuraba matar policías. Grande también había sido habitante de la favela Macedo Sobrinho, ya desaparecida, pero no se fue a vivir a Ciudad de Dios, pensaba que allí la policía lo encontraría sin dificultad. Le gustaba el morro, desde donde se podía observar todo en su esplendor. Se había escondido en casi todo Río de Janeiro, de los morros de la Zona Sur hasta los de la Zona Norte, pero la policía ya lo había encontrado en todos ellos. Por ese motivo, había llegado al morro del Juramento, en el suburbio de Leopoldina, dando tiros a cuantos malhechores encontraba, derribando chabolas a puntapiés, gritando que quien mandaba allí ahora era Grande: el que llegó a controlar la mayoría de los centros de venta de droga de los morros de la Zona Sur; el hombre de casi dos metros de altura, con capacidad para enfrentarse solo a cinco o seis hombres en una lucha cuerpo a cuerpo; el que tenía una ametralladora obtenida por la fuerza de un fusilero naval en servicio en la Praça Mauá; el que tuvo la sangre fría de cortar su propio dedo meñique y colgarlo de una cadena; el que mataba policías por considerarlos la especie más hija de puta de todas las especies, esa especie que sirve a los blancos, esa especie de pobre que defiende los derechos de los ricos. Sentía placer en matar blancos, porque el blanco había secuestrado a sus antepasados de África para obligarlos a trabajar gratis; el blanco creó la favela e hizo que el negro la habitase; el blanco creó a la policía para castigar, detener y matar al negro. Todo, todo lo que era bueno pertenecía a los blancos. El presidente de la República era blanco, el médico era blanco, los patrones eran blancos, el «vecino va a por uvas» del libro de lectura del colegio era blanco, los ricos eran blancos, las tías buenas eran blancas; y lo mejor que podían hacer esos criollos de mierda que entraban en la policía o en el ejército era morirse, igual que todos los blancos del mundo.

Grande dejó el centro de venta del Bloque Siete bajo la responsabilidad de su compadre Napoleão, que mantuvo buenas relaciones de amistad con Miguelão. Cada uno traficaba con su mercancía sin sentir ninguna envidia por lo que movía o dejaba de mover el otro. La prueba de su actitud respetuosa llegó cuando detuvieron a Miguelão. Napoleão podría haberse quedado con su sector, pero dejó al frente a Chinelo Virado, justamente porque éste había sido camello de Silva, Cosme y Miguelão. Se había criado allí, luchó por el derecho a ser su dueño y no sería él quien se lo prohibiese. Chinelo Virado estaba lo bastante preparado como para ocuparse de la venta y, a pesar de haber crecido junto a maleantes, era discreto y bien educado. No tenía la necesidad de hacer maldades, como le ocurría a la mayoría de los delincuentes; raras veces se dejaba ver armado y trataba bien a los clientes de cualquier rincón de la favela. Los dulces de san Cosme y san Damián que distribuía eran de excelente calidad. Además de dulces, regalaba ropa, libros infantiles, juguetes y material escolar; solía comprar zapatillas de fútbol, calcetines largos y camisas para el Oberom Fútbol Club, equipo de los Bloques Viejos. Con eso, se ganó la simpatía de los habitantes. Su centro de venta era discreto: pocos malandrines en el envasado de la droga para no dar el cante, nada de compinches para que no hubiese traición. Vivía sin enemigos. Cada tanto, enviaba unas bolsitas de marihuana a los rufianes de la zona y a los muchachos de la barriada. Todo el mundo lo apreciaba y lo respetaba.

Inho, desde el primer día de su traslado de la favela Macedo Sobrinho a Ciudad de Dios, salió de la casa de su madrina y se instaló en Los Apês, tras ocupar ilegalmente un piso poco después de que los representantes del gobierno inauguraran los Bloques Nuevos. Se quedaba en la plaza, donde recibía a amigos de su infancia. Insistía en estrechar las manos a los currantes, en dar palmadas en la espalda a los rufianes de la vieja guardia, en tocarles el culo a las putas. ¡Cuánto tiempo sin ver a aquellos que lo habían conocido tratando de hacer girar la peonza, jugando a las canicas, elevando cometas en el cielo! Preguntaba por éste o por aquél, liaba porros para los muchachos de la barriada e iba presentando a Pardalzinho, Madrugadão y Sandro Cenourinha a los nuevos habitantes. Y eso le hacía sentirse bien.

Días después de la inauguración de los Bloques Nuevos, Inho insistió en celebrar sus dieciocho años en el Bloque Siete de los Bloques Nuevos ofreciendo carne a la parrilla y cerveza a sus amigos.

Su hermano mayor, Israel, que también ocupó un piso que no era suyo, se ocupó de llevar a los integrantes del grupo de samba del que formaba parte para animar la fiesta de la mayoría de edad de Inho, quien, ya embriagado, mandó abrir el centro de venta para los amigos y para cualquiera que fuese a comprar droga aquel día: él lo pagaría todo. Llegaba a la mayoría de edad con diez asesinatos, cincuenta asaltos, treinta revólveres de los más variados calibres y respeto de todos los maleantes del lugar. Su liderazgo no provenía solamente de su peligrosidad, sino de sus entrañas, de su voluntad de ser el mejor, así como Ari del Rafa lo era en São Carlos y Grande lo fuera en la Macedo Sobrinho. Ese día regaló revólveres a Biscoitinho, Camundongo Russo y Tuba, amigos de la infancia, y les dijo que conocía un lugar estupendo donde irían juntos a dar un golpe.

La noche superó todos sus límites, la fiesta continuó al llegar el día, más carne, más grifa, más coca y cerveza por la mañana, que había nacido a ritmo de samba sincopada y de partido alto. Como todo maleante que se precie ha de tener dinero para gastarlo hasta que se acabe y, cuando se acabe, ha de comprar lo que quiera pagando en oro, cambió carne por cadenas y cocaína por relojes y pulseras de oro.

Antes de que acabase la fiesta, Inho salió en compañía de Pardalzinho a hurtadillas y entraron en un piso donde todo estaba dispuesto para su llegada. Velas encendidas a Ochalá y Changó, porque Ochalá es padre mayor y Changó es *padre de padre* Joaquín de Aruanda de las Almas, que bajó para iniciar la gira. Pero no sería con él con quien Inho hablaría.

Padre Joaquín subió enseguida, sólo había descendido para iniciar aquella gira y dar abrazos a los hijos de la tierra, enviar recado al caballo y dar órdenes al auxiliar, al *cambone*. No le correspondía trabajar con quien no sirve. Con quien no sirve trabaja Bellaca Calle de Aruanda de las Almas, que descendió después de reñir con otros echús para poder descender. Llegó riendo a mandíbula batiente, descendió ya rompiendo disputa, antes de saludar a los hijos de la tierra sentó sus reales, echó cachaza al suelo y comió fuego de vela, ordenó al auxiliar que doblase los bajos de los pantalones y se abrazó con él, porque Echú tiene que saludar primero al auxiliar, pues éste es quien cuida de él, quien deposita regalos en encrucijadas, quien compra cachaza y velas para poder iniciar la gira, quien deja ofrendas en Colunga Grande, quien mata.

Después dio un abrazo a todos los hijos de la tierra que se hallaban presentes.

Con Echú no se bromea,
en Echú no hay bromas,

cantaba Bellaca Calle de Aruanda de las Almas, saltando a la pata coja.

Inho, en silencio, escuchó el canto que iniciaba el propio Echú y que los fieles acompañaban.

Echú primero dio consulta al auxiliar, pidió matanza y regalos en una encrucijada, anunció que su caminador estaba hermoso, también envió recados para el caballo. Inmediatamente después llamó a Inho para dar consulta.

—¡Yo soy el Diablo, chaval! ¡Yo soy el Diablo! Si quieres yo te saco de ese pozo, eso, te llevo a un lugar más hermoso, eso, pero si tú llegas a caerme mal, pues ya sabes. Yo te doy protección de baleador de tirador, eso, te saco de las garras de las botas negras, eso, te pongo una alarma en el bolsillo y te señalo a los adversarios, eso. ¿No has venido aquí a pedirme eso? ¿Entonces...? Y si intentas ser más listo que yo, te machaco, te meto un tronco de higuera en el culo, eso... ¡Te meto en un traje de madera, eso! Sólo quiero una botella de cachaza y una vela, eso...

Inho intentó hablar.

Pero Bellaca Calle de Aruanda de las Almas no se lo permitió y continuó:

176

—No hace falta hablador, eso no, piensa en lo que quieres.

Inho cerró los ojos y bajó la cabeza. Sentía la fuerza de Echú, que no bromea porque en él no hay broma, apoderándose de toda la razón que le era permitida. Pardalzinho miraba asombrado a su amigo con una calma descomunal. Inho, allí inmóvil, caminaba por la luz y por las tinieblas, por el centro y por los rincones, por arriba y por abajo, por dentro y por fuera, recto y sinuoso, por la mentira y la verdad de las cosas. Podría optar por el mundo en el que desearía estar, bastaba con elegir por qué vía quería transitar, a qué juego quería jugar, saldría de aquel pozo o se hundiría cada vez más; de cualquier juego saldría vencedor con la protección de Echú, que no bromea porque en él no hay broma. Era allí donde se forjaba verdaderamente un destino elegido, un destino en el que no habría dudas; en realidad, un destino que la vida había trazado para Inho y ahora vislumbraba entre arreos, con los ojos cerrados y la fe encendida, como la llama de la vela, a la que agitaba el viento que entraba en la sala del piso, encendida como la brasa del cigarro de Echú, del que manaba la luz que rodeaba a Inho.

En el momento en que Echú reinició su discurso, relatando hechos de su vida que sólo Inho sabía, éste abrió los ojos, bebió después la cachaza que Echú le ofrecía y aprendió la oración que Echú le enseñó. Los demás no entendieron una sola palabra. Inho abrazó a Echú y se retiró en silencio. Pardalzinho se fue con él.

Los atracos en la Barra y en Jacarepaguá rendían a Inho dinero suficiente para llevar una vida disipada, a la cual se había acostumbrado. Pero Napoleão y Chinelo Virado derrochaban mucho más dinero que él; las fiestas que celebraban, los dulces que ofrecían con ocasión de la fiesta de san Cosme y san Damián y el dinero para que el bloque Coroado desfilase por primera vez en el quinto grupo apesadumbraban a Inho. Veía que en Allá Arriba los traficantes vendían drogas como si vendiesen caramelos a los niños, daban fiestas que duraban dos o tres días para todo el que quisiera participar y apenas pegaban sello, no salían de la barriada ni se quedaban en el centro de venta, ya que tenían recaderos para traer la droga y camellos para venderla. Y ahí estaba él, el cerebro de los grandes golpes, el que investigaba el lugar para saber la hora exacta del atraco y que por ello se llevaba más dinero en los repartos, el que salía solo para volver con objetos de valor de las casas que robaba, y sin embargo no tenía lo suficiente para ser, además de temido, el más rico. Había notado que el número de porreros se multiplicaba cada día. ¿Qué esperaba para hacerse cargo de los puestos de Napoleão y Chinelo Virado? ¿Qué esperaba para ocuparse de Los Apês, su zona? Concluyó que, si lo planeaba meticulosamente, lo apoyarían de inmediato los compañeros que atracaban con él.

La idea de quedarse con el puesto de Napoleão se le ocurrió cuando se enteró de que Grande había muerto en un tiroteo con la policía en el morro del Juramento, pero tuvo la feliz intuición de postergarlo hasta encontrar el momento oportuno para convencer a sus amigos. La gente quería a Napoleão desde la época de la Macedo Sobrinho; pero, poco después de la muerte de Grande, los policías del Quinto Sector secuestraron a Napoleão, lo mataron e hicieron desaparecer el cadáver.

En realidad, habían hecho el trabajo por él. Bé se hizo cargo del puesto por ser hermano de Grande, pero a partir de ese momento el centro de venta del Bloque Siete no funcionó bien. Bé se gastaba todo el dinero y nunca reponía la mercancía, por lo que se veía obligado a robar para poder comprar la droga. Inho decía que el puesto del Siete estaba descuidado y que, si lo dirigiese él, los drogatas de la zona no tendrían de qué quejarse. Y empezó a hablar con los de la barriada sobre su pretensión de liquidar a Bé.

Su plan consistió en comprar a Bé grandes cantidades de droga al fiado, que nunca pagaba, y en pedirle dinero prestado, que nunca devolvía, con la intención de armar un buen follón y poder matarlo sin quedar mal con los muchachos de la barriada. Sin embargo, Bé no protestaba; por el contrario, lo trataba con respeto y le hacía creer que le tenía miedo.


—Bé me pidió prestada la pistola y después dijo que ya no la tenía —dijo Camundongo Russo a Inho.

Inho esperó a que estuvieran todos sus amigos para decir que Camundongo Russo era un tío estupendo, y que Bé se estaba aprovechando de él sólo porque Russo era muy joven. Camundongo Russo le caía demasiado bien como para dejarlo en la estacada y, si Bé no devolvía el arma a su amigo, tendría que vérselas con él.

Un miércoles por la mañana esperó a que el traficante se despertase y lo llamó para que lo acompañara al Morrinho; le dijo que había guardado allí un kilo de cocaína y que se lo pasaría para que pudiese dar un impulso a su puesto de venta. Israel, que era colega de Bé, vio la muerte en la mirada de su hermano; lo conocía bien y sospechó que

Inho pretendía liquidar a Bé en el Morrinho. Israel sacó su pistola y redujo a su hermano como quien reduce a un enemigo. Inho soltó su risa taimada, estridente y entrecortada antes de parapetarse detrás de un poste. Israel ordenó a Bé que se marchase y apuntó el arma contra su hermano. Inho hizo lo mismo. Se batirían en un duelo a muerte. Pero la sangre impuso su voz e Israel desvió la mano en el momento de apretar el gatillo. Inho se reía e insultaba a su hermano, que corrió después de ver a Bé doblar la esquina.

Israel no podía dejar que su hermano matase a un amigo; sabía que, si le pidiera que abandonase esa idea, no le haría caso. Corrió hacia unos chiringuitos y disparó cuando oyó que Inho le ordenaba acabar con esa payasada. Conversaron ásperamente sobre lo que ocurría. Israel lo acusaba de querer resolverlo todo matando, para él todo se reducía a tiros. ¿Cómo iba a matar a Bé así, sin más ni más? Bé era amigo suyo y, además, todo el mundo tenía buen concepto de él. Inho hizo caso omiso de las palabras de su hermano y le previno para que nunca más se metiese con él: la próxima vez, le importaría poco el hecho de que fuesen hermanos, lo mandaría al quinto infierno.

Antes de que Inho diese la espalda a Israel, vio a Vida Boa, su hermano menor, que también se había mudado allí, corriendo hacia ellos, porque le habían dicho que los dos se habían liado a tiros. Vida Boa, receloso, los interrogó. Después de aclararlo todo, alertó a Israel sobre el peligro que había corrido. Inho era capaz de matarlo.

Inho sabía que Bé no volvería, que se las daba de valiente sólo por ser hermano de Grande; no era tan cruel como quería demostrar y sólo alardeaba con quien sabía que no corría riesgos. Llegó al Bloque Siete aún con el revólver en la mano. Pidió a Otávio, un chico de siete años, que llamase a Pardalzinho y, antes de que el niño dejase la peonza en manos de sus amigos, le extendió un billete de diez cruzeiros. El chico cogió el billete, sonrió y salió a toda pastilla.

—¡El puesto ya es nuestro! —dijo Inho a su amigo con alegría.

Pardalzinho sacudió la cabeza.

—Tú no te rindes, ¿eh? —comentó Pardalzinho.

En ese mismo momento, pidió al compañero que cogiese la carga de Bé. Durante todo el día, con la alegría de los vencedores en el semblante, vendió droga. Con un porro encendido en la boca y el revólver en la cintura, Inho atendía a los clientes. Cuando llegaba un conocido, insistía en darle una bolsita de más de cortesía; decía que aquello era como la Macedo Sobrinho, que había pertenecido a un tipo grande y ahora a un tipo menudo pero que, aun siendo menudo, era tan listo o más que Grande.

—¡Este puesto, el de la nueva Macedo Sobrinho, es de un tipo menudo! —decía Inho.

Sí, ahora se llamaría Miúdo, Zé Miúdo, y así despistaría a la policía que conocía la existencia de un tal Inho que no ahorraba víctimas en los atracos y que era considerado peligroso desde la época de Inferninho. «Cambiar de nombre: ¡qué idea tan cojonuda!», pensó. Y comenzó a decir que Inho había muerto, que el puesto de droga de los Bloques Nuevos ahora pertenecía a un tal Miúdo. Los demás delincuentes lo observaban con miedo y admiración. Algunos se sentaban en el bordillo, otros se apoyaban en la pared del Bloque Siete. Ninguno de ellos podría haber adoptado tal actitud, y por eso comenzaron a respetarlo, igual que todos los maleantes de la Macedo Sobrinho respetaron a Grande. Ganaría mucho dinero: los drogatas pululaban en todas partes y había numerosos camellos que venderían la droga.


—Lo que pasa es que tenemos problemas con un tal Chinelo Virado, ¿lo conocéis? Ya he recibido un montón de quejas de él, que bebe cachaza como una esponja y se pone violento con los clientes, que sus bolsitas de grifa vienen muy cortadas, que coge a las mujeres por la fuerza, ¿me entendéis? —Miraba a todos, pero al final de las frases fijaba la vista en Pardalzinho con el propósito de reforzar su argumentación—. Los muchachos siempre andan con ganas de esnifar farlopa y él nunca tiene. Cuando a mí se me acaba, van a buscarla a su puesto, pero nunca encuentran, y lo peor es que anda machacando y robando a la gente de los Bloques Nuevos, ¿sabéis? Así que vamos a tener que quitarlo de en medio; si no, los currantes se quejan y quienes nos jodemos somos nosotros... Vamos a quitarlo de en medio, vamos a quitarlo de en medio...

Pardalzinho captó el mensaje y coincidió con su amigo, a pesar de saber que todo su relato era mentira: hacía mucho tiempo que Miúdo quería pillar el puesto del Bloque Viejo para ostentar el control absoluto de aquella parte de la favela. Miúdo no mencionó que quería hacerse con el puesto de Chinelo Virado por el dinero, porque no quería repartir los beneficios con nadie, salvo con Pardalzinho, que era su amigo del alma, su amigo hasta el punto de decidir ser compadres antes incluso de tener hijos y estaba seguro de que el primero que fuese padre pediría al otro que apadrinase a su hijo; un amigo al que no abandonaría nunca en una fuga, un amigo que mataría a cualquiera que se hiciese el chulo con el otro. No habían acordado nada, porque un compañero que se precie de serlo tiene que saberlo todo sobre el otro. De todos ellos, sólo Pardalzinho y Miúdo eran así desde la niñez, desde la época de limpiabotas en el centro de la ciudad, desde el primer robo, desde sus correrías por el morro de São Carlos. Guiñar un ojo, o soltar una carcajada, o el gesto de rascarse la cabeza, valían más que una frase con todos sus componentes. Por eso se había dado cuenta, cuando lo miraba de reojo, de que Miúdo le estaba pidiendo que confirmase la necesidad de cargarse a Chinelo Virado. De cualquier manera, aun sin ayuda, Miúdo induciría a sus compañeros a hacer lo que quería, porque siempre mandaba en todo: dirigía los atracos, los robos, el reparto de las ganancias, y hasta en las horas de ocio era él quien marcaba el ritmo. Las palabras de Pardalzinho no fueron tan enfáticas como las de Miúdo, pero bastaron para que se tomara la decisión de matar a Chinelo Virado aquella misma noche. Después, Pardalzinho llamó aparte a su amigo para intentar convencerlo de que dejara vivo a Chinelo Virado; en su opinión, bastaba con expulsarlo. Miúdo respondió breve e incisivamente:

—¡Hay que matarlo! ¡Cría cuervos, que te sacarán los ojos!

—¡Joder! ¡Sólo piensas en matar, matar, matar, nunca se te ocurre otra solución!

—¿Tienes una solución mejor?

No eran todavía las ocho de la noche cuando Miúdo y sus amigos se dirigieron a buen paso hacia los Bloques Viejos en busca de Chinelo Virado, que había comenzado a vender temprano y había entregado a su camello cincuenta bolsitas de marihuana preparadas por él mismo mucho antes de ir a la playa, donde, como siempre, se quedó hasta la hora del almuerzo. Antes de comer jugó a la pelota en el Campão y, después del almuerzo, se fue a echar la siesta.

Se despertó a la hora del trapicheo nocturno y bajó, sin asearse, saltando de dos en dos los pequeños peldaños de la escalera del edificio donde vivía. Pasó por el puesto, recogió el setenta por ciento del dinero recaudado y le preguntó al camello si merecía la pena colocar más bolsitas a la venta. El camello le hizo un gesto negativo con la cabeza y dijo que la policía había hecho dos redadas y que ya le había costado un buen sofocón vender aquella carga de cincuenta bolsitas. Chinelo Virado echó un vistazo a su alrededor y se aseguró de que la policía no merodeaba por allí. Puso el dinero en una bolsa de plástico, volvió a casa a toda prisa, contó el dinero, apartó una pequeña cantidad para unas cervezas y se fue a jugar a los naipes.

El tabernero abrió la décima cerveza mientras Chinelo Virado barajaba las cartas. Cuando el tabernero le advirtió que la cerveza se calentaba, el traficante ofreció cerveza a las tres personas que estaban con él.

En la esquina, los amigos de Miúdo prepararon sus revólveres. Biscoitinho lanzó un silbido. Chinelo Virado miró. En un primer momento pensó que era la policía, pero después se percató de que era Miúdo, que le estaba haciendo una seña. Eso le hirió en lo más hondo, y pensó en su revólver, que se había dejado en casa. Soltó las cartas, apuró la cerveza de un trago y caminó vacilante por el centro de la calle. Nunca había imaginado que moriría a manos de Miúdo, pues él siempre lo había tratado con deferencia y hasta le enviaba de vez en cuando una bolsita de marihuana para sus muchachos. No sólo respetaba a Miúdo, sino que además nunca había tenido desavenencias con la gente de los Bloques Nuevos, incluso solía comprarle la mercancía de algunos de sus robos; por eso nunca pensó en una posible traición o ataque por parte de los rufianes de los Bloques Nuevos.

Pardalzinho era el único que no empuñaba un revólver. Por el silencio y la seriedad de todos, Chinelo Virado supo que era el blanco de los maleantes. De repente estiró el brazo hacia la izquierda, dio un grito y salió a la carrera hacia la derecha. Chinelo Virado pretendía asustarles, y su estratagema engañó a todos menos a Miúdo, que, incluso de lejos, con una pistola calibre 6,30 le acertó a la altura del pulmón derecho. Chinelo Virado siguió corriendo entre los edificios; subió al Bloque Cuatro y se sentó en el segundo tramo de la escalera. Los amigos de Miúdo ya se habían alejado cuando éste gritó que era una artimaña de Chinelo Virado. Regresaron para obedecer la orden de perseguir al fugitivo, una orden que Miúdo repetía con una risa llena de desesperación. En la autovía Gabinal, una *patamo*\* iba en dirección a la Freguesia. El cabo advirtió el movimiento y ordenó al conductor que diese media vuelta. Los maleantes, cambiando de dirección, corrieron hacia el Morrinho para esconderse.

—Joder, que el tío os ha engañado, eso de gritar y salir corriendo era una trampa: ¡fingió que venía la policía y la lió para confundiros! Yo he sido el único que no se lo ha tragado...

—Pero los polis aparecieron...

—¡Los polis aparecieron después, chaval! Si todo el mundo hubiese apretado el gatillo en su momento, Chinelo ya estaría muerto. Pero yo le he dado, yo le he dado, le he dado...

---

\* Palabra compuesta por las primeras sílabas del nombre de una compañía o unidad de la policía militar brasileña: *pa*trullaje *tác*tico *mo*torizado. *(N. del T.)*

Permanecieron poco tiempo en el Morrinho pues, desde donde estaban, pudieron ver que la *patamo* volvía a la autovía Gabinal. Miúdo, que suponía que Chinelo Virado estaba vivo, pensó en registrar los Bloques Viejos para darle el tiro de gracia. Estuvo en un tris de dirigirse allí, pero se detuvo de repente, miró a Marcelinho Baião y dijo:

—¡Eh, Baião, tú que nunca has matado a nadie, ve y remátalo! Toma la 6,30, búscalo y, aunque creas que está muerto, dispara igual. Nunca has enviado a nadie al otro barrio. Ve y ya verás lo que se siente, ¿vale?

Marcelinho Baião titubeó, y ya iba a replicar cuando Miúdo insistió con un grito tajante:

—¡Ve y mata al tipo, chaval! ¿No eres de los nuestros? ¡Pues ve y mata al tipo!

Marcelinho Baião sujetó la pistola con manos temblorosas y el corazón desbocado. No le quedaba más remedio que acatar la orden. Miúdo siempre le daba dinero para comprar un kilo de esto o de aquello, también le había dado ánimos en su primer atraco, y tenía que reconocer que su vida había mejorado considerablemente desde que se juntó con él. Amartilló la pistola y salió, y dobló las esquinas de cada edificio llevando su miedo, su nerviosismo y la sagacidad de sus diez años junto con el arma, que apenas le cabía en las manos; la voz de Miúdo acompañaba sus pasos: «¡Ve y mata al tipo, chaval!».

Las calles estaban desiertas; algunos curiosos seguían desde detrás de las cortinas lo que ocurría. Baião cruzó la plaza de la barriada; sus ojos recorrían en toda su extensión las rectas que iba atravesando. Chinelo Virado se había escondido, no había duda. Menos mal, qué suerte, el traficante no moriría en sus manos. Comenzaba a torcer el torso para dar media vuelta cuando notó cierto movimiento en la entrada de un edificio. Se acercó a la carrera. En el vestíbulo del edificio había varias personas con la desesperación pintada en el rostro. Tenía que averiguar qué pasaba. Si no mataba a Chinelo Virado, quedaría mal con Miúdo, y si lo hacía, ganaría consideración, sería respetado. Tendría que matar, porque Miúdo ya había matado, Camundongo Russo ya había matado, Bocina ya había matado, todos ya habían matado, sólo faltaba él. Tendría fama de mal bicho. Matar, matar, matar... Verbo transitivo que exige objeto directo ensangrentado. Una víctima que se defendía tenía que morir, un chivato tenía que morir, un hijoputa tenía que morir. Matar. Miúdo había dicho: «¡Ve y mata al tipo, chaval!».

Subió los escalones y, al llegar al cuarto tramo de la escalera, vio a Chinelo Virado; una mujer estaba dándole agua. La mujer se percató de que alguien se acercaba; tal vez se tratase de algún pariente que venía a auxiliar al traficante. Sin volverse, dijo que el chico estaba perdiendo mucha sangre. Baião no oyó sus palabras, no oía nada, no pensaba en nada. De nuevo oyó la voz fina y estridente de Miúdo: «¡Ve y mata al tipo, chaval!».

Respiró hondo y, veloz como el rayo, pasó su cuerpo delgado por debajo de las piernas de la mujer y disparó seis veces en el pecho de Chinelo Virado.


Dos días después de la muerte de Chinelo Virado, Miúdo decidió que se dedicaría a vender la mejor grifa de todo Río de Janeiro, y para ello pidió en depósito veinte kilos de maría a un traficante que apareció en la zona y que le aseguró que podía suministrarle toda la grifa que quisiese. Miúdo le comentó a Pardalzinho que, cuanto más rápido vendiese aquella droga, más rápido se enriquecería. El truco consistía en asegurarse una buena clientela y después ir disminuyendo la cantidad de maría en cada bolsita.

En pocos días, su camello se ventilaba una carga de cincuenta bolsitas cada media hora, y había recibido la orden de trocar la marihuana por objetos robados, revólveres y todo lo que tuviese algún valor. Al cabo de unas semanas, ya tenía farlopa buena y abundante para ofrecer a sus clientes, que daban a cambio cadenas de oro robadas y armas de los más variados calibres.

El movimiento en el puesto de droga fue en aumento. Los Apês era de fácil acceso para los clientes de fuera, que incluso hacían cola para comprar buena grifa. Todo iba sobre ruedas. Los ladrones solían llevar revólveres para cambiar por cocaína y marihuana, y el camello de Miúdo trabajaba armado, porque eso de que un camello trabaje sin arma es una cutrez. Pardalzinho era el único socio de Miúdo, y el único en quien éste confiaba. Los demás amigos tenían que robar para conseguir la guita. Les entraba el dinero a raudales, y Miúdo contempló la posibilidad de contratar una persona que supiese leer y escribir para administrar las finanzas. Esa persona no podía ser un maleante: en la primera oportunidad, metería la mano en la caja. Tenía que ser un trabajador y un amigo, uno que lo estimase desde niño, que nunca hubiese robado, pero que también tuviese una actitud enérgica, un verdadero hombre, que no dudase en actuar con mano de hierro si fuese necesario. Mientras meditaba sobre este asunto, se dedicó a deambular por Los Apês mirando a la cara de todos aquellos con quienes se cruzaba.

184

En su rostro se dibujó una sonrisa cuando divisó a lo lejos a Carlos Roberto, que siempre estaba dispuesto a darle ideas estimulantes y siempre le aconsejaba que se alejase de los maleantes que le rodeaban, pues todos los delincuentes, decía, son como serpientes. Desde que lo conoció, Miúdo nunca había visto a Carlos Roberto de cháchara con los amigos; todo lo contrario, era un individuo serio, respetado tanto por los veteranos como por los muchachos de la favela. Así pues, corrió al encuentro de Carlos Roberto, le hizo una propuesta de trabajo y Carlos Roberto la rechazó. Pero Miúdo insistió, argumentando que no tendría que empuñar un arma, sino tan sólo administrar el dinero y destinar una partida para la compra de hierba y nieve. También tendría que ocuparse de los camellos, pero eso no le ocuparía mucho tiempo ni entrañaría peligro alguno. Se limitaría a manejar el dinero y a negociar con los traficantes; nada de envasar la droga ni de ir a comprarla. A Carlos Roberto le costó aceptar, pero al final decidió que el asunto no le vendría mal para redondear su sueldo...

—Os explico: Carlos Roberto estará al frente conmigo, ¿vale? Y todo lo que él diga está bien. Todos tenéis que rendirle cuentas a él, ¿entendido? No tenéis que hablar de pasta conmigo —dijo Miúdo a los camellos en una reunión convocada un día después de coordinar la administración de los puestos de venta con Carlos Roberto.

Los días en Los Apês transcurrían como Miúdo pretendía: los puestos vendían, el oro se acumulaba dentro de una bolsa que guardaba en un lugar secreto, y las armas que los ladrones obtenían de las casas que desvalijaban en Barra da Tijuca y en Jacarepaguá acababan siempre en sus manos. Prohibió los atracos en Los Apês: quien desvalijase a algún habitante de la zona en que se hallaban sus puestos de venta de droga moriría. Para dar ejemplo, mató a un ladrón sin el menor motivo y aseguró a todos que lo había liquidado porque el sinvergüenza había atracado a un vecino de Los Apês que no quería darse a conocer. En realidad, el muerto era hermano de un rufián, ya fallecido, que había dado una paliza a Miúdo después de robarle el botín que había conseguido en un atraco realizado en Botafogo en la época de sus andanzas en la Macedo Sobrinho. Miúdo, antes de matar al hermano de su agresor, recordó que había jurado vengarse de éste a la primera oportunidad. Así, no sólo se había vengado, sino que de paso había amedrentado a los ladrones de la zona. A eso se le llamaba matar dos pájaros de un tiro.

—Esa costumbre de atracar a los vecinos nos acaba jodiendo, porque enseguida van a quejarse a la poli, y la poli viene y hace redadas.

Miúdo necesitaba contar con el aprecio de los vecinos de la zona;

de ese modo, si se veía obligado a fugarse o a pedir ayuda, no le faltaría quien le echase un cable.

El amo de Los Apês se paseaba de vez en cuando por Allá Arriba, siempre acompañado de su cuadrilla. Quería averiguar todos los detalles: quién traficaba con droga, qué puesto —si es que había alguno— vendía mucho, y quién abastecía los puestos de la zona. Las mayores informaciones las obtenía de Tê, cuyo afecto mutuo se remontaba a épocas muy tempranas. Le gustaba Allá Arriba: había sido su primera residencia en Ciudad de Dios, y ahí conoció a Pardalzinho, Cabelinho Calmo, Luís Ferroada, Tutuca, Inferninho y Martelo. Siempre que andaba por aquellas laderas, se acordaba de Carlinho Pretinho y Cabelinho Calmo, que cumplían condena en la cárcel Lemos de Brito. Un día de éstos les mandaría dinero. En las tabernas pagaba las copas de los muchachos del barrio y, mientras les daba palmaditas en la espalda, les invitaba a que visitaran Los Apês para compartir unas cervezas. Recorría toda la zona evitando pasar por delante de la casa de su madre. Hacía mucho tiempo que no cruzaba una palabra con ella.

Un viernes por la mañana, Miúdo y sus compañeros recorrieron en bicicleta la barriada en busca de Cenourinha. Después de husmear por la *quadra* Trece, fueron a Allá Arriba. Miúdo quería encontrar al amigo que se había apartado de él desde que había comenzado con su manía de dar órdenes y mamporros a todo el mundo. No sabía cuál era el verdadero motivo del alejamiento; imaginaba que era la envidia, porque a él siempre se le habían dado mejor los atracos y los robos. A decir verdad, Miúdo siempre consideró a Cenourinha un poco raro y huraño. Cuando estaba con los amigos, Miúdo lo veía hablar animadamente, pero en cuanto percibía su presencia, enmudecía.

Cenourinha, mucho antes de que Miúdo se convirtiese en el dueño de los puestos de venta de droga de Los Apês, montó uno en la *quadra* Trece con Ferroada y, desde que encarcelaron a su socio, se quedó solo al frente del curro. Precisamente en la Trece había un grupo de muchachos que cometían toda clase de delitos tanto dentro como fuera de Ciudad de Dios. Algunos de esos muchachos trabajaban como camellos para Cenourinha, cuyo puesto no vendía mucho, porque a los clientes de fuera les daba miedo andar por la barriada.

—¿Has visto a Cenourinha por ahí? —gritaba por los callejones de Allá Arriba, y en voz tal alta que parecía dirigirse a todos los que se hallaban en las tabernas, en las esquinas y en los portones de las casas.

—Está sobando en la casa de Isquindim —le respondió un adolescente.

—Ve a despertarlo, rapidito.

—No puedo, tengo que quedarme aquí...

—¡Y una mierda no puedes, chaval! —gritó Miúdo, y se acercó al chico, dispuesto a darle un bofetón—. ¿Vas o no vas? —le preguntó.

—¡Ya voy, ya voy, ya voy!

El chico salió a todo correr por los callejones mientras Miúdo bebía cerveza con su cuadrilla en la taberna de Noé, empuñando el arma y con la mirada atenta a cuanto le rodeaba. Sandro apareció en la esquina caminando tranquilamente, con el torso al aire y unas bermudas. Miúdo le hizo un gesto cordial sin dejar de beberse la cerveza a sorbos pausados. Pardalzinho comentó que Cenourinha estaba cada día más gordo. Cenourinha estrechó la mano de cada uno de los del grupo y no dudó en abrazar a Pardalzinho.

—¿Sabes que estamos enfrente, en Los Apês?

Sandro sacudió la cabeza, asintiendo.

—Entonces no dejes que los pendejos esos de la Trece se metan allí, ¿vale? Ordénales que se vayan a otro lugar, ¿entendido? Si siguen metiéndose en la zona, alertarán a la pasma y perjudicarán tu puesto y el mío, ¿está claro? Yo creo que...

—Hermano, yo me ocupo de mis asuntos y no quiero saber nada de los asuntos de los demás. No me gusta andar dando órdenes ni tampoco alertar a la policía, ¿te enteras? Ve tú mismo a hablar con ellos, ¿vale?

—He venido a hablar contigo porque sé que esos tíos son tus compinches en el puesto —le soltó Miúdo con aspereza—. Cuando aparecen en grupo por allí, nadie viene a hacer pedidos.

Antes de que Cenourinha replicase, intervino Pardalzinho:

—Sí, ya sabía yo que tú no ibas a querer meterte. Siempre has ido a tu bola, pero escucha: explícales a esos pendejos que te gustan Los Apês, así les das un poco de tiempo y les evitarás un conflicto con nosotros, ¿vale? Hemos venido en plan pacífico, ¿me entiendes? Para llegar a un acuerdo por las buenas, sin jaleo, sin que haga falta matar a nadie. Habla con los chavales, ¿vale, amigo? —Segundos después, Pardalzinho montó en la bicicleta con gran agilidad y dijo a sus compañeros—: Nos vamos, venga, nos vamos, nos vamos.

Por el camino, Miúdo sopesaba la posibilidad de dar pasaporte a Cenourinha. Además, opinaba que había sido muy grosero con ellos, cuando lo único que pretendían era mantener una charla tranqui para evitar un conflicto con él por ser un viejo amigo.

—¡El tío no se ha andado con tapujos, chaval! A él no le interesa meterse en líos y punto. Ya le has advertido, ¿no? ¡Pues venga ya! Deja que yo me ocupe de los pendejos de la Trece, que a mí me escucharán —le tranquilizó Pardalzinho, y más adelante, cuando pasaban por delante del Batman, comentó—: Me voy a dar una vuelta por casa, ¿vale? Pillo algo de ropa y dentro de un rato aparezco por Los Apês. ¡Toma, guárdame el revólver!

Regresó por el mismo camino por el que había venido y se metió en la calle del brazo derecho del río; acto seguido cruzó por una callejuela y dobló a la izquierda para salir en la Edgar Werneck, donde vivía; sin embargo, frenó la bicicleta cuando pasó frente a un pequeño local donde algunas personas hacían batucada.

Pidió una cerveza, se sentó cerca del hombre que tocaba el machete y se acomodó lo mejor que pudo para observar la forma en que el hombre doblaba los dedos al rasgar el instrumento. Se sentía a gusto. Al cabo de un rato, él mismo arrancaba con las sambas, cantaba en voz alta, bebía cerveza compulsivamente e insistía en pagar las bebidas que pedían los muchachos del batuque. Su expresión de alegría por estar en aquel ambiente se multiplicaba a cada instante. Todo iba bien hasta que llegaron dos tipejos que sabían que Pardalzinho se encontraba en el local y le hicieron una seña para que se acercara. Estuvieron conversando airadamente durante poco más de diez minutos, hasta que uno de ellos le dio un empujón. Pardalzinho se tambaleó, pero pronto recuperó el equilibrio y se abalanzó con violencia sobre su agresor. La batucada se detuvo cuando comenzó la pelea. Pardalzinho, aunque levemente embriagado, no había perdido reflejos y esquivaba los golpes y puntapiés que los tipejos le daban. Pese a ser bajito y rechoncho, no tenía miedo a enfrentarse con un hombre más corpulento que él. Podía correr hasta su casa y llamar a uno de sus diez hermanos para que lo ayudasen, pero optó por apañárselas solito.

—¡Dos contra uno es de cobardes! —se oyó entre el gentío.

La gente comenzó a arremolinarse; querían ver cómo Pardalzinho tumbaba a dos hombres más corpulentos que él. La pelea ya había terminado cuando uno de ellos saltó la barra, cogió un cuchillo de matar cerdos y se precipitó sobre Pardalzinho para asestarle dos cuchilladas en el abdomen.

Pardalzinho intentó correr hacia su casa, mientras los enemigos se alejaban entre silbidos e insultos, pero apenas pudo desplazarse cien metros antes de caer al suelo. Con cierta dificultad pidió que alguien llamase a un taxi. Acerola y Laranjinha pararon un coche en la Edgar Werneck y obligaron al conductor a llevarlo al hospital.

En Los Apês, hubo gran agitación cuando se enteraron de lo ocurrido por el propio hermano de Pardalzinho. Tras darles la noticia, pidió a Miúdo que le diera un revólver.

—Tú no necesitas revólver, que no eres del gremio. Lo que necesitas es dinero. —Luego se volvió y gritó—: ¡Camundongo Russo, pídele dinero a Carlos Roberto para pagar la clínica y las medicinas de Pardalzinho!

En cuanto el hermano de Pardalzinho se marchó, Miúdo, un poco desconcertado, se puso a hablar de otros asuntos; se embarullaba, saltaba de un tema a otro, no dejaba hablar a los demás ni mencionaba el nombre de Pardalzinho en su monólogo nervioso. A veces se quedaba un buen rato con la mirada perdida en un punto cualquiera y volvía expresando su sentimiento truncado por los hechos acaecidos. Disparó hacia arriba mordiéndose los labios, amartilló la pistola, se rió con su risa astuta, estridente y entrecortada sin el menor motivo, recorrió de cabo a rabo todos los bloques de pisos, ordenó a un tipo cualquiera que liara un porro, propinó sopapos a los que consideraba que tenían cara de imbéciles y recitó varias veces una oración de la que nadie entendió una palabra. Al atardecer, ordenó a Biscoitinho que comprase diez kilos de carne de primera y preparó un asado en las inmediaciones del Bloque Siete. Nadie se atrevía a preguntarle nada, él era el único que abría la boca en medio de aquel clima tenso; muchas veces hablaba solo y se reía después de un silencio prolongado. Ordenó a los maleantes que comiesen, afirmando que sólo los de su calaña podían apreciar el gusto de esa carne casi cruda, cuya sangre se escurría por las comisuras de los labios. La gente de la barriada quedó excluida de aquel asado que se prolongó hasta la noche.

A las doce en punto, sin dar explicaciones, Miúdo montó en la bicicleta y pedaleó velozmente hacia Allá Arriba. Iba al azar en medio de la oscuridad de aquella noche sin luna y se informó, en fuente segura, de todo lo ocurrido. Fue a casa de Tê y, sin explicar los motivos, le ordenó que dejara de vender droga; pasó por la Trece, donde groseramente y con el arma amartillada dio la misma orden a Sandro Cenourinha, y volvió a Los Apês con la misma prisa con la que se había marchado.

—¡Vamos a esnifar coca, vamos a esnifar coca!... Un bandido tiene que esnifar coca para ligar bien las ideas... ¡Para no hacer el tonto en su trabajo! Un bandido tiene que esnifar, un bandido tiene que esnifar... —decía y soltaba su risa astuta, estridente y entrecortada.


La mañana siguiente amaneció gris; todo parecía abotargado bajo el aire sombrío que envolvía a la gente que caminaba seria en medio de la inercia de los callejones y las callejuelas que, desiertas, acentuaban la tristeza del día.

En Los Apês, Zé Miúdo aún esnifaba cocaína con sus compañeros, más agitado que cuando supo lo del incidente con Pardalzinho.

A las doce en punto, ordenó que todos lo siguiesen. Unos iban en bicicleta, otros a pie, y todos avanzaban con los ojos desorbitados, los dientes cariados, mirando los lugares imaginados y posibles, dejando aterrada la mirada de quien Miúdo quisiese. Pues era él quien mandaba, era él quien iba al frente, armado con tres pistolas, y señalaba el camino. Iba a mostrar a sus enemigos los cuatro ángulos de la muerte.

Entraron en el callejón donde César Veneno tenía un puesto de venta de droga. Miúdo preguntó por su paradero a un grupillo que se hallaba apostado en la esquina. Una mujer señaló la taberna. Miúdo siguió la dirección de su dedo con la mirada y vio a Veneno comiendo chorizo frito, bebiendo cerveza y contando chistes.

—¿Qué hay, César Veneno? ¡Ven aquí, que tenemos que hablar!

César, cuando vio quince hombres armados, trató de escabullirse, pero un tiro de Miúdo lo alcanzó desde lejos. Aun baleado, Veneno desapareció por una callejuela, saltó dos muros y se ocultó debajo de un coche. La cuadrilla de Miúdo registró las inmediaciones sin ningún resultado. Cuando ya se iban, pasaron cerca del coche donde Veneno se escondía. El traficante, pensando que había sido descubierto, pidió a gritos que no lo matasen y entregó enseguida su revólver a uno de los malhechores. Miúdo se rió con su risa astuta, estridente y entrecortada y descerrajó tres tiros en la cabeza del infeliz.

La familia de Valtinho, asaltante de Allá Arriba, celebró la muerte de Veneno, pues éste, dos días atrás, había asesinado a Valtinho y después, en un acto de absoluta maldad, había encendido velas alrededor del cuerpo.

Salieron de aquel lugar, nuevamente a la carrera, hacia las Últimas Triagens y, una vez allí, se dedicaron a descerrajar a tiros las cerraduras y a registrar todas las viviendas. En su razia, detuvieron a dos traficantes al más puro estilo policial y los obligaron a ir hasta la *quadra* Quince a punta de revólver. Miúdo, acompañado de Biscoitinho, irrumpió en la casa del hombre que había acuchillado a Pardalzinho. Lo sacaron de la cama a culatazos y lo llevaron con los otros dos hacia la orilla del río.

—Túmbate ahí, túmbate ahí...

—¿Qué pasa, Miúdo?... No lo hagas... ¿Qué hemos hecho? ¡Por el amor de Dios! —dijo uno de los traficantes cagándose encima, sintiendo que todo el cuerpo se retorcía con la desesperación de quien camina hacia la muerte.

Los otros dos, que caminaban rodeados por los integrantes de la cuadrilla, se deshacían en sofocados sollozos y tampoco entendían bien la situación. Sabían que alguien había acuchillado a Pardalzinho, pero pensaron que sólo se vengarían en el autor de las cuchilladas. Algunos querían irse de allí, pero ninguno tenía valor para hacer algo que no le gustara a Miúdo. Biscoitinho y Camundongo Russo, la mar de felices, daban culatazos a los prisioneros cuando alguno alzaba la voz pidiendo clemencia. Lloviznaba, el río corría un poco más veloz. Miúdo se reía con una risa aún más taimada, más estridente y más entrecortada; sin pestañear, sus ojos barrían hasta el menor rincón de la zona.

El primero de los tres murió a golpes y lo remataron con varios tiros que le reventaron la cabeza. Miúdo empujó con los pies el cuerpo, que aún se sacudió cuando cayó en el río. El primer asesinato dejó mudos a los otros dos prisioneros de la cuadrilla de Miúdo. El hombre que acuchilló a Pardalzinho se desvaneció antes de ser acribillado. Lo arrojaron al río también entre convulsiones. De repente, el último se lanzó al río y permaneció bajo el agua intentando agarrarse a alguna cosa. Cuando emergió en busca de aire, Miúdo le metió un balazo en la parte izquierda del cráneo. Aún no había guardado el arma cuando aparecieron por un callejón dos amigos de los traficantes ejecutados, que venían a pedir clemencia para los prisioneros. Al ver los cuerpos flotando, preguntaron a Miúdo qué estaba ocurriendo.

—¿Habéis venido a pedir? ¿Habéis venido a pedir? ¡Y una mierda! Y una mierda, ¿vale? ¿Tenéis armas ahí? ¿Tenéis armas? —preguntó Miúdo.

—Sí, pero hemos venido en son de paz.

—¡De paz, nada, chaval! ¡Dame las armas! ¡Dame las armas!

Ambos se miraron y se llevaron la mano derecha a la parte de atrás de la cintura con la mirada clavada en los ojos de Miúdo. Éste, de pronto, al oír que manipulaban el martillo de una de sus armas, les disparó y gritó a Camundongo Russo:

—¡Tíralos al río! ¡Tíralos al río!

Recorrieron Allá Arriba de cabo a rabo lanzando tiros al aire, lo que obligó a los taberneros a cerrar sus locales. Miúdo, como siempre, iba repartiendo sopapos en la cara de quien no le caía bien, al tiempo que advertía que él era el dueño de la zona y que reventaría a cualquiera que montase un puesto de droga allí. Fue a hablar con Tê para aclararle que podía vender toda la marihuana y la farlopa que tuviese, pero que después sólo se la vendería a él. Merodeó un rato más por la zona y finalmente se dirigió hacia la Trece en busca de Sandro Cenourinha.

—Ven aquí, Sandro, ven aquí... Para que te enteres, he matado a todos los de Allá Arriba, ¿vale? Y otra cosa: tú te vas a quedar ahí al frente, ¿de acuerdo?, pero sólo si mandas un dinero a la cárcel, ¿entendido? Tienes que enviar dinero para Cabelinho y Ferroada, ¿está claro? ¡Si no, vas a caer! ¡Vas a caer! ¡Vas a caer!

Arreció la lluvia, las gotas chisporroteaban en los tejados como ráfaga de ametralladora. El agua lavó las manchas de sangre a la orilla del río y apagó las velas en torno al cuerpo de César Veneno.

—¡No importa, puesto que todo lo que viene del cielo es sagrado! —dijo la madre de éste después de rezar un rosario y desistir de mantener las velas encendidas.

Y, sobre todo, las aguas cayeron para llorar por Busca-Pé y Barbantinho ese día en que salían del caserón embrujado y fumaban un porro a orillas del río, a la altura del bosque de Eucaliptos.


Pocas horas después de volver de la playa, donde siguieron planificando la paliza que darían a los chicos de Gardenia Azul, los muchachos de Ciudad de Dios se dieron un baño y se pusieron su ropa de marca. Juntos y vestidos de aquella guisa, parecían defender el mismo enredo. Antes de llegar a la Praça Principal, compraron chicles y caramelos Halls. Mascaban unos, chupaban los otros y se reservaban algunos para ofrecérselos a las pibas en el baile. Cosas de chicos.

El domingo por la noche, los muchachos ocupaban la Praça Principal con sus entretenimientos pueriles. Marisol fue uno de los primeros en asomar por allí. A medida que llegaban sus amigos, él repetía su plan, que consistía en hacer que Thiago fuese solo a hablar con la panda de Gardenia Azul. En caso de que se armase gresca, saldrían a hostiazos con la pandilla enemiga.

Subieron al autobús cantando rock. La juventud blanca de Ciudad de Dios iba a estremecer el baile del Olímpico de la Freguesia. Thiago, serio, iba abrazado a Adriana en el asiento delantero. Marisol estaba detrás. Aunque preocupado por memorizar los mínimos detalles del plan de combate, cantaba alto y no perdía ocasión de llamar la atención de Adriana con todo tipo de ocurrencias, pero cada vez que la pareja se hacía arrumacos, se veía obligado a volver el rostro para aplacar sus celos.

Cuando llegaron a la Freguesia, se dispersaron en grupos reducidos. Adriana hizo lo que se le había indicado, pero entró en el club sin que nadie la molestase. Los chicos de Ciudad de Dios irrumpieron en el baile discretamente y permanecieron separados incluso en la sala. Así confundían a la panda de Gardenia Azul, que, por el contrario, se quedó agrupada en el ángulo izquierdo del salón, ensimismada en aquel ambiente con música de Led Zeppelin a todo volumen, porros encendidos y luces estroboscópicas por todas partes.

Marisol, mientras bailaba, recorrió todo el salón en busca del tío que había tenido el descaro de tocar a Adriana, aquella guapetona que un día sería su chica, a la que trataría con todo el cariño que una muchacha bonita como ella se merece. Distinguió al individuo en cuestión entre sus amigos, que en aquellos momentos se encontraban en mitad de la sala. Se acercó con cautela para que no reparasen en él. «Le doy un mamporro en la cara y después salgo corriendo para que esa gentuza se cabree», pensó mientras recorría los escasos pasos que lo separaban del otro.

El golpe tumbó al chico y sus amigos no sabían si auxiliarlo o salir detrás de Marisol, que, a gritos, llamó a sus amigos para que lo ayudasen. En pocos segundos, quien no era de Ciudad de Dios recibía una paliza. A veces eran cuatro encima de uno en aquel teatro de guerra con sonidos de risas confundidos con otros de desesperación.

Daniel y Rodriguinho sujetaban a los adversarios para que Marisol les diese puntapiés. La mejor táctica era tirarlos a la piscina para después golpear a quien estuviese mojado. Hubo quienes saquearon el bar, robaron las pertenencias de los que se habían quedado inconscientes y agarraron a alguna muchacha apetecible para darle un achuchón mientras la gresca continuaba; pero otros, como Busca-Pé, trataron de escabullirse para evitar complicaciones.

Los guardias se preocupaban por salvaguardar el dinero de la taquilla y el equipo de música, pues sabían que no estaban en condiciones de interponerse en una pelea en la que, para entonces, se habían enzarzado más de cien personas. La trifulca, que parecía haber terminado en el salón, se reanudó en la calle. En esa etapa de la lucha, ya no había distinciones y todo el que se ponía a tiro recibía un puñetazo. Así, las personas de los bares próximos, de la parada del autobús y los taxistas no pudieron evitar recibir algún que otro mamporro, aunque en ningún momento se utilizaron armas. Los autobuses que pasaban a esa hora eran saqueados. El resultado fue la rotura de narices, brazos, piernas y cabezas, y un montón de ojos hinchados en un lapso de tiempo sorprendentemente corto para tanta violencia.

Después de la pelea, subieron al primer autobús que apareció y obligaron al conductor a llevarlos hasta Ciudad de Dios, aunque para ello tuviese que desviarse de su ruta.

Dentro del autobús, Marisol se quejó de que lo habían agredido cobardemente, pues había recibido un mamporro en el cuello que no sabía de dónde había venido; la próxima vez tenían que llegar repartiendo hostias, para que nunca más se les ocurriese meterse con alguien de Ciudad de Dios. Thiago miró de reojo a aquel chaval de ojos rasgados y negro pelo revuelto. Intuía maldad cuando la mirada de Marisol se posaba en él y deseo cuando se posaba en Adriana. Había resuelto mantenerse siempre cerca de su novia, pues sabía que la deseaban, no sólo Marisol, sino todos los que contemplaban su cabellera ondulada, su boca carnosa, sus senos pequeñitos, sus muslos torneados. Marisol continuó hablando sin parar, repetía las mismas cosas, gesticulaba, reía y planeaba un nuevo enfrentamiento.

Se apearon del autobús en cuanto cruzó el puente, y tomaron la precaución de no pasar por delante de la comisaría. Daniel pensó incluso en comprar una bolsita en el Bloque Siete, pero muy pronto desistió cuando Marisol le recordó que sería arriesgado. La policía debía de estar en Los Apês buscando a Miúdo por lo de los seis asesinatos en el río. Marisol miró a su alrededor y se dio cuenta de que todo estaba desierto: ellos eran los únicos transeúntes en aquella madrugada. El temor se apoderó de todos.

—Miúdo mató a los tipos ayer, y hoy mismo, por la mañana, estaba de camello en el puesto del Siete, contentísimo... Cada vez que mata, camellea y distribuye marihuana gratis a todos los que conoce. A mí ya me tocó esa suerte, ¿sabéis? Me vio, se quedó mirándome un buen rato y después dijo: «¡A ver! Si compras una, te llevas dos; si compras dos, te llevas cuatro; si compras cuatro, te llevas ocho»... ¿Es posible que los puestos de Allá Arriba también sean suyos? Eso dijo él.

—¡Joder! De repente, ese tipo se ha hecho dueño de todo. ¿Cómo lo hace para dominar de esa forma? No es más que un retaco rechoncho y más feo que Picio. Peor que Pardalzinho...

—¿Quién es ese Pardalzinho?

—El tipo al que agujerearon a cuchilladas. Si los comparas, se parecen mucho; los dos son bajitos y gorditos, aunque Pardalzinho tiene mejor pinta, la verdad.

Así conversaron Daniel y Marisol después de despedirse de los demás compañeros.


El lunes, Thiago se despertó temprano y se preparó para su gimnasia diaria; como de costumbre, iría a la playa, donde daría unas brazadas y haría estiramientos y abdominales. Inició su recorrido a la hora que se había propuesto antes de conciliar el sueño, sueño que también había estado precedido de sentimientos de celos, rabia, inseguridad y planes para no perder a Adriana. Antes de llegar al primer puente de la Vía Once, decidió volver y seguir a su novia hasta la parada del autobús.

Ella iba por las calles contoneándose tanto, debido a la prisa por coger el autobús, que los hombres que se cruzaban en su camino le soltaban piropos y se daban la vuelta para observar sus nalgas, lo que irritaba a Thiago, que sintió la necesidad de apoderarse de aquel cuerpo tan admirado por todos. Muy cerca de la Praça Principal, la asustó al abrazarla por detrás. Sin demostrar celos, dijo que acababa de verla. La acompañó hasta la parada del autobús y, después de conversar sobre vaguedades, dijo que iría a recogerla al colegio, cosa que nunca había hecho. Ella, sin advertir los celos de Thiago, aceptó de buena gana, halagada por los miramientos que le prodigaba su novio. Le dio un beso cariñoso antes de subir al autobús.

El muchacho pensó en dar unas vueltas más por el Lote para cumplir con el tiempo que solía dedicar a correr, ya que sus celos le habían impedido ir hasta la playa. Pero ahora estaba más tranquilo; ella había aceptado sin pestañear; si tuviese un novio en el cole se habría puesto nerviosa y lo más seguro es que hubiese rechazado su propuesta. Corría afanoso por las calles del Lote, ahora pavimentado y con casas de clase media baja, pero que aún conservaba un gran número de árboles y terrenos baldíos para fumar un porro tranquilo. Se sentó en la rama más alta de un almendro y se lió un porro sin mucha prisa, pensando en los hombres que se volvían cuando pasaba su novia, en las miradas cargadas de deseo que Marisol había dirigido a Adriana dentro del autobús y en las posibles miradas que los profesores deslizaban hasta sus piernas. Seguramente era la chica más guapa del colegio; se planteó incluso la posibilidad de volver a estudiar y matricularse en el mismo colegio para no perderla de vista. Se fumó el porro entero y consiguió que su pensamiento se ralentizara y su mirada se volviera más contemplativa. Distinguió un nido en la rama de al lado y tuvo curiosidad por ver qué había dentro, pero, al incorporarse, se percató de que estaba a gran altura y decidió regresar a la posición anterior. Se sujetó con más firmeza al tronco del árbol y le dio miedo bajar. Ya había oído casos de amigos que tuvieron que quedarse en el árbol hasta que se les pasó el colocón del porro. Al cabo de un rato se relajó al sentir que se le habían pasado un poco los efectos de la maría, y se entregó a la contemplación de los rayos del sol que se colaban entre las hojas y de los pájaros que jugaban en las ramas. Todo se volvió más sosegado y bonito; las cosas siempre se vuelven más visibles cuando se fuma un canuto. ¡Cuánto tiempo hacía que no se fijaba en la felicidad de los gorriones ni en la belleza de la vida! La imagen del sol flotando en las ramas permanecería para siempre en su memoria. Canturreó una canción de Raul Seixas, miró de nuevo hacia abajo y se agarró al tronco con la misma firmeza de antes; sería mejor bajar para acabar de una vez con aquella paranoia. Cuando comenzó el descenso, el miedo se apoderó de él nuevamente, pero enseguida se percató de que era fácil y de que el miedo no era más que una consecuencia del colocón. Caminó hasta su casa deseando que llegase pronto la hora de ir a buscar a Adriana al colegio.

Quiso salir de casa lo más guapo posible, así que se puso su mejor ropa, después de afeitarse los cuatro pelos de la barba, bañarse en perfume y embadurnarse la cara con la crema hidratante que usaba su madre. Llegó mucho antes de la hora a las proximidades del colegio de su novia. Entró en un bar, compró dos bombones y mató la espera tomándose un refresco sin despegar los ojos de la entrada del colegio. Salió del bar, dio la vuelta a la manzana y calculó el tiempo del recorrido. Tres vueltas más, y sería la hora de la salida. En su caminata, pateó las piedrecillas que encontraba a su paso, silbó varias canciones, pensó nuevamente en volver a estudiar, reparó en que las zapatillas estaban medio raídas y se metió las manos en los bolsillos. La próxima vez llegaría a la hora exacta.

Adriana, al verlo, caminó risueña en su dirección, le estampó un sonoro beso y le preguntó a qué hora había llegado. Thiago vaciló.

—Acabo de llegar —mintió.

—Mentira, te he visto andando de aquí para allá desde la clase. ¿Estás preocupado por algo?

—Llegué hace un rato, pero no estoy preocupado. ¡Te echaba *musho* de menos!

—¡«Musho» no, Thiago, «mucho»!

Thiago rodeó con el brazo a su novia antes de cruzar la calle y se detuvo en un bar a comprar cigarrillos. Pensó en caminar con ella sin agarrarla para ver si a algún gracioso se le ocurría entrar en ese juego de soltar besitos, cogerla del brazo y susurrarle cosas. Salió del bar con el cigarrillo ya encendido. Ahora caminaban separados y los hombres se volvían para lanzar miradas provocativas a su novia. Adriana se sentía incómoda si la asediaban de ese modo cuando iba con su novio, quien ya había fruncido el ceño, y lo agarró del brazo. Thiago no pudo contenerse y le dijo con cierta malicia:

—A ti te gusta que los hombres te miren, ¿no?

—Ah, vamos, no seas tonto...

—¡Si un hombre te mira, tú te contoneas más todavía!

—Basta ya de tonterías. ¿Has venido a buscarme para eso? Sabes que todos los hombres son así... ¿Me vas a decir que tú no miras a las chicas por la calle?

—Pues no, sólo tengo ojos para ti. No miro, no pienso, yo sólo te quiero a ti, sólo te quiero a ti... —dijo en tono cariñoso.

Pararon en una heladería antes de subir al autobús que los llevaría de vuelta a Ciudad de Dios. Adriana le había dicho que tenía un poco de prisa porque debía ir a casa de una amiga para hacer un trabajo de equipo para el colegio. Thiago la escuchó en silencio, pero por su pensamiento desfilaban sólo desconfianzas: se rascaba la nariz y se apoyaba ora en una pierna, ora en la otra, nervioso, sin que su novia viera en ello nada extraño. ¿No sería aquello una mentira para encontrarse con algún ligue, o incluso con Marisol? ¡Las mujeres mienten más que hablan!

—¿Dónde vive tu amiga? —preguntó sin mirarla a la cara.

—En la Freguesia —respondió ella de la misma forma.

Ya que sus planes de pasar la tarde con ella se habían ido al traste, Thiago se despidió de Adriana asegurándole que al día siguiente iría a recogerla al colegio. Pero en lugar de marcharse, se quedó apostado en la esquina rumiando la manera de encontrarse con ella en el momento en que saliese por la puerta. La abordaría y se ofrecería para acompañarla a casa de su amiga, o le propondría que quedaran para ir al cine después de la tarea escolar; de esa forma comprobaría si su novia le estaba diciendo la verdad. Mientras seguía con atención los movimientos de la pelota con la que algunos niños jugaban en la pista deportiva del Ocio, Thiago no podía evitar sentirse traicionado y engañado, pese a que no tenía motivo alguno para ello. Además de querer a Adriana, ahora también la odiaba, y ese odio se extendía a los piropos de los hombres en la calle, a las miradas de deseo de Marisol, a un posible noviete rico de la Freguesia, al profesor, al conductor del autobús, a un salido cualquiera que viajase con ella todas las mañanas. ¡Ojalá pudiese ser un tipo normal al que no le importase que ella estuviera con otro, en lugar de verse devorado por los celos! En una ocasión, Busca-Pé le dijo en la playa que era mejor compartir un solomillo que comerse un bofe solo. ¡Qué estupidez! Ningún hombre acepta eso. Tal vez si la dejase embarazada, disminuirían las posibilidades de perderla; si encontrase una manera de estar con ella todo el tiempo, se quedaría más tranquilo.

El sol caldeaba aún más el ambiente, ya bastante tenso por la muerte de los seis traficantes de Allá Arriba. Thiago divisó a Gabriel y a Tonho en el otro extremo del Ocio y pensó en marcharse; quería quedarse solo para idear alguna estratagema que le permitiese acompañar a Adriana por la tarde, pero se percató de que sus amigos ya lo habían visto; tal vez se quitaría aquella historia de la cabeza si charlase un rato con ellos. Se sentó, apoyó la espalda en un pilar, hizo un esfuerzo para cambiar la expresión de la cara y extendió la mano a sus amigos con los ojos entreabiertos a la luz del sol.

—Queríamos comentarte algo. ¿Sabías que va a haber un festival de rock, en una finca en Magé? —preguntó Gabriel.

—No —respondió Thiago.

—¡Joder! ¿Cómo es que no lo sabes, chaval? Más de treinta grupos de rock puro... Lo están anunciando a todas horas por la radio Mundial. ¡Es increíble! Todo el mundo está entusiasmado con la idea de ir allí el viernes y no volver hasta el domingo. Hemos venido para pedirte que, si tú no vas a ir, nos dejes la tienda de campaña, ¿qué me dices, eh? ¡Joder, van a ir unas pibas estupendas! ¿No te apuntas? Voy a llevar diez bolsitas de maría para flipar tres días seguidos... —lo animó Gabriel, exaltado.

—¿Sabes lo que mola un montón en ese festival? —intervino Thiago—. Infusión de hongos. ¡Te bebes una taza, te fumas un porrito, después unas cinco pastillas y te pones como una moto, tío! Yo voy a ir, ¿sabes? Pero en mi tienda sólo caben dos, tengo que conse...

—¡Qué va, chaval, si en tu tienda caben diez! Basta con agenciarnos dos más, conseguir dos faroles de gas, comprar conservas, pan de molde... Primero hay que ver quién va, y luego prepararemos las cosas. Venga, vamos a ver esa tienda enseguida. ¿Está entera? Vamos, vamos a ver cómo es la tienda, ¿vale? —Gabriel hablaba frotándose las palmas de las manos.

Gabriel, siempre con una sonrisa en los labios, tenía una espesa cabellera negra y rizada que le llegaba hasta los hombros, y su cuerpo delgado y nervioso se estremecía cada vez que hacía planes. Tendió la mano a Thiago para ayudarlo a levantarse.

Mientras caminaban hacia la casa de Thiago, los tres empezaron a planear la excursión y a calcular cuánto gastarían en esos tres días. Tenían que avisar a Katanazaka, Busca-Pé, Marisol, Daniel, Bruno, Leonardo, Breno, Paulo Carneiro, Rodriguinho, Chevete y a todas las chicas.

Montaron la tienda en el patio de la casa de Thiago, que se olvidó completamente de su novia. Bastaba con darle una puntada en el lado izquierdo, nada más. Liaron un porro y después fueron hasta la casa de Álvaro Katanazaka a contarle lo del festival, aún más alegres debido al porro que se habían fumado. Siguieron con sus planes mientras saboreaban los ñoquis que doña Tereza Katanazaka había cocinado. Al anochecer, informaron al resto del grupo sobre la excursión y sobre los preparativos pendientes. Nada de cargar mucho peso. Las chicas llevarían la droga. Busca-Pé tenía una tienda y conseguiría dos más de unos amigos del colegio; Daniel tenía un hornillo de gas y todos llevarían bastantes mantas, porque la zona era fría. Todo arreglado: si todas las cosas se resolviesen tan fácilmente, no habría problemas en el mundo. Salieron de la casa de Katanazaka para fumar marihuana en una calle relativamente alejada, se echaron unas gotas de colirio para no dar el cante y volvieron para comer más ñoquis.

Marisol llegó a casa de Katanazaka poco después de que regresaran Thiago, Gabriel y Tonho. Thiago pensó en Adriana, pero la presencia de Marisol le aliviaba un poco: ahora tenía la certeza de que Adriana no estaba con él. No obstante, apenas habló con Marisol; de vez en cuando lo miraba fríamente de pies a cabeza, pero sin fijar mucho tiempo los ojos en su rival, que no se daba cuenta de nada. La madrugada los sorprendió absortos en los videojuegos.

Thiago, a pesar de haberse acostado tarde, se despertó temprano y, como de costumbre, se arregló para salir a correr. Hizo el mismo trayecto del día anterior, pero, en lugar de seguir a su novia, esperó a que ella llegase a la Praça Principal. Caminaron juntos hasta la parada del autobús, donde fijaron un nuevo encuentro en la puerta del colegio. Esta vez, el chico llegó minutos antes de la hora de la salida, vestido con su segunda mejor ropa, debidamente perfumado, y llevando bombones y chicles. Mientras intentaba convencer a su novia para que fuese al festival de rock, deliberadamente evitó agarrarla por la cintura.

Aunque hablaba mucho, observaba a los hombres que pasaban y, cuando alguno la miraba con más insistencia, Thiago primero titubeaba, pero luego disimulaba y seguía adelante. Se detuvo en el mismo bar a comprar cigarrillos; pidió también dos refrescos, puso dos pajitas en cada botella y salió a la puerta del bar, donde su novia estaba esperándolo. Se bebió el refresco a cierta distancia de ella y, para apartarse aún más, se acercó a la persona que se encontraba más alejada en el interior del bar para pedirle fuego y preguntarle algo mientras observaba de reojo a su novia; ésta sonrió a un compañero del colegio que pasaba por allí y que se detuvo para decirle algo, al tiempo que deslizaba la mano por el cuello de Adriana y le acariciaba el pelo. Al ver eso, Thiago se precipitó fuera del bar con la botella de refresco alzada para descargarla con toda su fuerza en la cabeza del gracioso, que se tambaleó y cayó aturdido al suelo. Antes incluso de que el muchacho se levantase, Thiago le propinó un puntapié en la cara y otros tantos en el cuerpo desmayado y ensangrentado. Todo había sido tan rápido que Adriana se quedó petrificada, con los ojos desorbitados; a su cerebro le costaba entender lo que había ocurrido. Rápidamente, un grupo de curiosos se arremolinó alrededor del estudiante; dos hombres intentaron agarrar a Thiago, que tiraba de su novia tratando de salir de allí con ella, pero cada vez había más gentío y le fue imposible llegar hasta Adriana. Entonces, soltó un puñetazo con la izquierda en la oreja del más próximo, meneó el cuerpo para golpear a los demás y amenazó con la botella a los que intentaban seguirlo. Mientras Adriana intentaba ayudar a su amigo, Thiago subió al primer autobús que pasó.

Después de tres paradas de autobús, Thiago bajó por la puerta de atrás, se libró de la botella y se quedó sin saber qué dirección tomar. Pensó en volver a recoger a Adriana, pero no, era mejor esperarla en casa o quedarse en la plaza; otra posibilidad era subir a un autobús que pasase por delante del bar para ver en qué había acabado todo. ¿Habría muerto el tío? Poco a poco comprendió que la había cagado; el sudor se le enfriaba en el cuerpo, y notaba en la espalda un vacío que iba y venía acompasadamente. Una estupidez, lo que había hecho era una estupidez. ¡Cuántas veces había acariciado el pelo de sus amigas, cuántas veces había dado besos a otras chicas que, por añadidura, también eran amigas de Adriana! Se arrepintió. Se quedó deambulando por la zona hasta que decidió subir a un autobús que lo llevase a Ciudad de Dios.

—¿Estás loco? ¿Has visto lo que has hecho? ¡Casi matas al chico! ¡Nunca más, nunca más se te ocurra mirarme!

—¡Pensé que era aquel tío del baile que te estaba tirando los tejos, no me fijé en que llevaba el uniforme del colegio! Si hubiese sabido que era amigo tuyo, no habría hecho nada...

—Y después, cuando se cayó al suelo, ¿no te diste cuenta de que era del colegio?

—Me puse nervioso, no vi nada, yo..., yo...

—¡Basta ya de mentiras, Thiago! Estás con esa manía de los celos desde ayer, no me había dado cuenta hasta ahora...

—¿Qué celos? ¿Qué celos? Me metí en ese lío para ayudarte y ahora te enfadas conmigo. ¡Vale! Pero no importa. Ya me marcho...

Thiago torció por la callejuela con el ánimo aún más derrotado; la mentira no había surtido efecto. Caminaba cabizbajo con pasos cortos, las manos en los bolsillos y los ojos arrasados en lágrimas. Había querido hacer de perro guardián y acabó perdiendo a Adriana. ¡Qué gilipollez, qué celos idiotas! Pero si hablase con Patricinha Katanazaka, la mejor amiga de Adriana, insistiendo en la mentira y mostrándose arrepentido, tal vez la convencería para que intercediera por él ante Adriana. Tenía que hacer las paces antes del festival; era muy arriesgado dejar a aquella belleza sola en medio de un mogollón de hombres, sobre todo ahora que a ella le había dado por fumar marihuana. Algún gracioso le pasaría un porro y después quién sabe qué. Sí, se quedaría un rato en casa y luego llamaría a Patricinha Katanazaka para charlar; incluso estaba dispuesto a hacer el ridículo llorando delante de Patricinha si con ello recuperaba a Adriana. Fue hasta el puesto de Tê, compró una bolsita de marihuana y apretó el paso hasta su casa.

Cerró todas las puertas por dentro, se lió un porro enorme y se acordó amargamente de todos los detalles de la agresión. Si pudiese retroceder en el tiempo, no iría siquiera a recogerla al colegio.

—Dios del cielo, Dios Todopoderoso, por favor, que Adriana vuelva a ser mía... Pero ¿qué hombre no babea por una mujer? Únicamente esos paraibanos o criollos, que sólo pillan mujeres feas. Cualquiera que estuviese con ella tendría celos. ¡Y qué celoso estaba! Ya me gustaría ver si encuentra un novio que la quiera más que yo... No lo encontrará. ¿Y sabes una cosa, Dios mío? No la quiero sólo porque sea guapa y esté como un tren, no, es su sensualidad, esa manera de gozar que tiene, esas manos suaves, su manera de hablar, de bailar, de pedirme las cosas. ¡Por favor, Dios mío, tráemela de nuevo!

Ocho meses, ocho meses de noviazgo habían bastado para que

Thiago se enamorase como un perrito y se convirtiese en un animal celoso. Lloraba con la cabeza apoyada en la pared.

—Ay, lloraba tanto... Había momentos en que no podía ni hablar. ¡Nunca he visto a Thiago así, chica! Tuve miedo incluso de que le diese algo. No paró de hablar. Dijo que tú no creíste lo que te dijo y que él sólo estaba intentando protegerte. Dijo que su madre podía morirse en ese momento si no era verdad lo que estaba diciendo...

—Pero él podía haberse dado cuenta de que el chico era del colegio: ¡estaba tan cerca, caramba! Le arreó un botellazo y después le pegó una patada en la cara. Ni siquiera me atrevo a volver al colegio; he dicho a todo el mundo que no lo conocía. ¡Menos mal que nadie me ha visto del brazo con él!... Pero, cuéntame, ¿lloró delante de ti?

—¿Que si lloró? Tendrías que haberlo visto. Yo, en tu lugar, iría a hablar con él.

La reconciliación fue fácil: Thiago lloró en los hombros de su novia, pero Adriana le puso como condición que nunca más fuera a recogerla al colegio, cosa que él aceptó de inmediato. También le dijo que no le gustaba esa manía de resolverlo todo a base de peleas y que tampoco quería jaleos como el que organizaron en el baile: un día acabarían matando a alguien. Incluso era posible que se hubiera cargado al compañero del colegio. Thiago asentía con la cabeza al final de cada frase, con un cinismo que lo engañaba incluso a él.

El miércoles, en casa de Katanazaka, ya estaba todo prácticamente listo para la excursión a Magé. Saldrían el viernes por la noche. Sólo faltaba recolectar el dinero para comprar los víveres, cambiar la bombona de gas, conseguir treinta bolsitas de marihuana, tres cajas de pastillas y discutir la compra de la cocaína, que Marisol insistía en que llevaran. Decía que en Estados Unidos todos los jóvenes fumaban y esnifaban, y Estados Unidos mandaba en todo.

—Fíjate, es el mayor país del mundo y el que tiene más gente enganchada en la droga. Joder, cualquier cosa americana es mejor que las nuestras: pantalones, patines, *skates,* relojes y lo que se te ocurra. Y allí uno se siente el rey del mambo... ¡Allí sí que hay buena onda!, ¿me entiendes? ¿Y qué me dices de Woodstock? Un montón de tías inyectándose, esnifando mogollón, fumando marihuana. ¡Fue la tira de días de rock puro, colega! En Estados Unidos no persiguen a los que fuman porros, no. Puedes fumar hasta en la cola del banco. Y si con hierba disfrutas del rock que te cagas, imagínate colocado con nieve. Yo creo que es mejor hablar con los muchachos y que se olviden de comprar esa mierda de conservas y que gasten todo en coca, ¿no te parece? —concluyó sonriendo, como todos los que lo escuchaban.

—A mí también me molaría meterme unas rayitas, pero tiene que ser de la buena, ¿entiendes? Tiene que pegar bien. Ya lo ha dicho Gilberto Gil: cuanto más ambarina, mejor.

—Gil es un porrero de los grandes, ¿no, tío? Lo pillaron en el sur con un montón de marihuana...

—¡No fue el único! También a Caetano, Bethânia y Gal... Esas tías también le dan al porro...

—¿Has visto la película?

—¿*Doces bárbaros?**

—Sí.

—No.

—Busca-Pé la vio y dijo que Gil dejó hecho polvo al comisario.

—¿En la película sale entrando en chirona?

—Sí.

—Ah... Entonces lo han hecho sólo para promocionarse.

—¡Qué dices, chaval! ¿Me vas a decir que Gil, Gal y todo ese grupo de bahianos no fuman? Gil es el porrero mayor. Pero yo qué sé... A mí no me gusta mucho su música, no me dice mucho...

—A Busca-Pé, en cambio, le emociona.

—¿Consiguió la tienda de campaña?

—¡Pues claro! Busca-Pé dijo que en su colegio hay un montón de tíos ricos que fuman marihuana en el teatro y en los conciertos; en cualquier concierto de esos tipos se fuma mogollón.

—Janis Joplin murió de sobredosis, ¿no?

—Jimi Hendrix también... Acuérdate de cuando las profesoras repartieron aquel papelito con la foto de los dos y en la parte de atrás decía que habían muerto por ingerir sustancias tósicas.

—¡Tósicas, no! ¡«Tó-xi-cas», tronco!

—Entonces quisimos saber qué era y nos gustó.

—¡Salió hasta en *Fantástico*, tío!

—Es fantástico: coño de plástico, pija con elástico, ¡el show de la vida es fantáaaaastico!

Siempre habían oído decir que el rock, mucho más que un género

---

* *Doces bárbaros* («Dulces bárbaros») es un documental de 1976 titulado como el nombre del grupo que, a mediados de la década de los setenta, reunió a los cuatro músicos mencionados. *(N. del T.)*

musical, era una manera de vivir, y por eso mismo se drogaron con
maría, cocaína, chute e infusión de grifa durante las setenta y dos horas de rock que duró el festival, haciendo el amor día y noche en Magé.
Vieron animales enormes y coloridos, perdieron la noción del tiempo,
no se alimentaron, anduvieron sólo con bermudas las tres madrugadas
de frío intenso, hicieron el pino, dieron saltos mortales en la cascada,
algunos follaron hasta que les salió sangre de los genitales, aplaudían
al comienzo de las canciones y se olvidaban de aplaudir al final de los
espectáculos, pasaron horas y horas sin pronunciar una sola palabra,
bailaron desnudos, cagaron en el río del que bebían agua, tuvieron la
constante impresión de que eran las personas más felices del mundo,
perdieron tiendas, ropa, hornillos, ollas... En fin, perdieron todo lo
que llevaron.

Rodriguinho se despertó tres días después en la plaza de una ciudad que nunca había visto, al lado de dos chicas que no conocía y que
tampoco lo conocían a él. Marisol apareció dos días después de que
acabara el festival, lleno de arañazos y con algunos dientes rotos. Gabriel y Tonho se despertaron encerrados en la comisaría de Leblon sin
tener la menor idea de cómo habían ido a parar allí. En los días siguientes, los recuerdos del festival surgían como flases en la mente del
grupo. El próximo festival de rock sería en Miguel Pereira y todos lo
esperaban con ansia. Iban a pillar un colocón fenomenal.


Después de eliminar a los seis de Allá Arriba y de dar algunas órdenes a Sandro Cenourinha, Miúdo celebró, también con una salva
de tiros, el buen resultado del asalto frente al Bloque Siete, donde se
quedó de camello hasta mediodía. Acto seguido obligó a la cuadrilla
a dispersarse y se metió en el piso de su hermano menor, que estaba
de viaje con su mujer. Permaneció encerrado toda la tarde intentando
dormir, pero su pensamiento corría veloz y le impedía descansar, pues
cualquier asunto en el que reflexionase lo llevaba a Pardalzinho. ¿Cómo
estaría? ¿Volvería con aquella sonrisa permanente, cantando, siempre
cantando aquellas canciones graciosas, aquellas sambas-enredo antiguas, andando deprisa a su lado e infundiéndole aquella confianza que
sólo él sabía dar? Sí, Pardalzinho era el único amigo que tenía, el único que merecía su confianza, aunque Miúdo no se explicaba el porqué
de tanta amistad, de tanto cariño por él. Pero si Pardalzinho no viviese, su muerte ya estaría vengada y, si estaba vivo, se encontraría con la
sorpresa de haber conseguido dos puestos más en Allá Arriba. O tal
vez tres. En realidad, no había matado a los seis traficantes por ven-

ganza, sino que había aprovechado el episodio con Pardalzinho para llevar a cabo lo que había planeado hacía mucho. Había sacado partido de la situación para no tener que convencer a sus compañeros de la necesidad de aquella acción. Le pareció mejor así, pues no se veía obligado a dar participación a nadie en ninguno de los puestos, que ahora eran suyos y de Pardalzinho. Por eso había decidido no contarle a nadie que pensaba liquidar a los traficantes de Allá Arriba, y no había dejado que nadie los ejecutase salvo él. Estaba seguro de que los compañeros suponían que había actuado únicamente movido por la venganza, pues un colega que se precie tiene que vengar a su compañero.

Su anhelo de convertirse en el amo de Ciudad de Dios estaba allí, vivo, completamente vivo, realizado, rebosando salud junto a él en el sofá. Sabía que sus propios compañeros le tenían miedo, y era bueno que no dejasen de tenerlo, para que nunca se hiciesen los listillos y siempre le obedeciesen. Ahora el negocio consistía en vender drogas buenas y baratas en sus puestos y tener siempre farlopa para quien quisiese, porque, a pesar de no vender mucho, la cocaína era cara y daba pasta. Pensó en Ari del Rafa, que con sólo dos puestos en São Carlos había logrado reunir una pasta gansa en poco tiempo.

Traficar era lo fetén, era lo que daba dinero. Recordó las palabras de Géleia, gerente del juego del bicho de São Carlos, cuando decía que el tráfico era lo que sostenía a los bicheros. Pero la cosa se les había puesto jodida desde que la policía militar se había dedicado a controlarles estrechamente —vigilancia de la que antes se encargaba la policía civil—, porque la mayoría de los integrantes de la policía militar querían propina de los bicheros, que, aun entregando una cantidad considerable a los coroneles, ya no tuvieron sosiego. Además de sobornar a la policía militar, tenían que pagar a los detectives y comisarios de la policía civil. Géleia recordaba con nostalgia el tiempo en que la cosa estaba organizada, los bicheros sólo tenían que sobornar a una comisaría y todo iba como una seda; nada de mandar cafetitos a los integrantes de la patrulla, nada de cervecitas para las parejas de polis de cada barrio. Éstos, a su vez, decían que sólo los coroneles ganaban dinero. Los detectives decían lo mismo con respecto a los comisarios. La cosa ya estaba jodida para los bicheros, y se puso mucho peor cuando surgió la quiniela, que se llevó más del ochenta por ciento de las apuestas y obligó a los bicheros a entrar en el sector de las drogas, que parecía prometer, para que no disminuyese su recaudación. Miúdo pensó en mandar una advertencia al bichero de la zona, pero se dio cuenta de que no haría falta, pues sabía que allí no había ningún puesto de bichero y, en realidad, no tenía la certeza de que los bicheros aún estuviesen metidos en asuntos de droga. Sí, tenía que hablar claro con los camellos para que le trajesen hierba y nieve de buena calidad cuando él quisiese y prohibir atracos en los alrededores para no llamar la atención de la policía. Y listo.

Su pensamiento regresó a las calles de la favela; se veía adentrándose, imponente, en los callejones, deteniéndose en las esquinas, haciendo alarde porque eran suyas; era sin duda el dueño de la calle, el rey de la calle, allí, vivo en la baraja de aquel juego, el juego de las balas, del riesgo, de la rabia. En los límites de la violencia. Para él era tan natural, tan fácil... Intentaba conciliar el sueño, como si cargarse a seis personas de golpe fuese lo más normal del mundo. Tenía que admitir que se puso nervioso, pero su inquietud se debía a la posible muerte de Pardalzinho, su compañero, que iba a ser, junto con él, el amo de las calles del barrio... «¿Qué digo, barrio? ¡Favela! Sí, esto es una favela, una favela en estado salvaje. Sólo han cambiado las chabolas, que no tenían luz ni agua ni tuberías, y aquí todo son casas y *apés,* pero las personas, las personas son como las de la favela Macedo Sobrinho, como las de São Carlos. Si en las favelas hay venta de droga, maleantes a punta pala, criollos a tutiplén, negritos pobres a mogollón, entonces esto también es una favela, la favela de Zé Miúdo.»

Se levantó del sofá, caminó lentamente hacia el espejo colgado de la pared izquierda de la sala y reparó en que no llevaba la pistola al cinto. Volvió deprisa hacia el estante, donde había jarras de festivales de cerveza, una imagen de san Jorge, algunos vasos de cristal y diversos tebeos. Se colocó la pistola en el lugar de costumbre, se situó de nuevo frente al espejo y musitó algunas palabras. Unas veces se ponía serio, como si disparara a algún pelanas, y otras sonreía con una risa lerda y oscura.

Regresó al sofá, puso la pistola en el suelo y buscó una posición cómoda, pero a cada minuto se revolvía en aquel espacio minúsculo; decidió entonces arrastrar un taburete, colocó un cojín encima, apoyó los pies y se recostó en el sofá. Se levantó de nuevo, esta vez para encender un cigarrillo; le vino a la boca el sabor de la cocaína y rechinó con los dientes. Pensó de nuevo en Pardalzinho; no mandó a Cenourinha al otro barrio por respeto a su amigo, porque sabía que no le gustaría; pero si el puesto de Cenourinha diese buena pasta, prepararía una encerrona para ese tipo y lo liquidaría. Se acordó del puesto del Otro Lado del Río y se avergonzó por temer a su dueño, pues sabía que Bica Aberta era un delincuente respetado en toda la ciudad y más áspero que un cardo; tenía suficiente peso y autoridad para formar una cuadrilla cuando se le antojase y entrar a saco en Los Apês. Además, si al matar a Bica Aberta tuviese la mala suerte de que lo pillaran, seguro que le darían el paseíllo en cualquier prisión que le tocase.

En realidad, el puesto de Bica Aberta no era gran cosa, pues sólo vendía a los porreros de la favela. El puesto de Los Apês era el mejor de todos, hasta tal punto que iban allí a comprar drogas incluso los pijos de la Zona Sur, por estar casi al borde de la carretera y al comienzo de la Vía Once, que conectaba la favela con Barra da Tijuca. Tal vez su puesto fuese el mejor situado de toda la ciudad porque atendía no sólo a la Zona Sur sino también a la Zona Oeste, la Zona Norte y los suburbios de la Central. Estaba seguro de que se enriquecería en poco tiempo y esa certeza era, sin duda, la mejor de cuantas había tenido hasta el momento. Se compraría un coche en el acto, un montón de casas, zapatillas de moda, ropa de marca, una lancha, televisor en color, teléfono, aire acondicionado y oro, mucho oro para asegurar su bienestar durante el resto de su vida.

Cambió de postura y le entraron ganas de ir al cuarto de baño. Se levantó con la pierna dormida, se dirigió al aseo cojeando, orinó y se pasó un buen rato bajo la ducha. Después entró en la habitación: la cama estaba deshecha, el armario no tenía puertas y corría ropa sucia por todas partes. Antes de acostarse, echó un vistazo por la ventana y advirtió la presencia de cinco policías militares que se dirigían hacia su edificio. Volvió a la sala, amartilló el arma, hizo rápidamente una cuerda con las sábanas de su hermano, la amarró a la pata de la cama y volvió a la ventana: tres de los policías cacheaban a un muchacho en la plaza de Los Apês, mientras que los otros seguían avanzando en su dirección. Chivatazo. Algún hijo de puta había cantado. No lo cogerían, antes apretaría el gatillo contra el pecho del Portuguesinho y del Paraibinha, esos policías cabronazos a los que todo el mundo temía. Se quedó observando los movimientos de los agentes, concentrándose en Bellaca Calle del Crucero de las Almas para que sus pulsaciones recuperasen su ritmo normal. Cuando vio a los policías cruzar el pequeño puente del brazo izquierdo del río y desaparecer en el Barro Rojo, encendió otro cigarrillo y puso el arma debajo de la almohada antes de acostarse y dormir hasta el día siguiente.


—Ve, ve a casa de Pardal, ve a ver cómo está de las cuchilladas que le dieron. Lleva este dinero para su hermano. Y rápido, ¿vale? —dijo Miúdo a Otávio, alrededor de las ocho de la mañana siguiente.

El niño fue y volvió con la rapidez propia de sus ocho años.

—Está durmiendo. Su madre no dejó que lo despertase y dijo que no quería dinero.

—¿Él está bien? ¡Carajo! Estupendo... ¡Pardalzinho está bien! Lo sabía, lo sabía. Venga, tíos, a conseguir un coche —decía a todos los compañeros que aquel día estaban con él, detrás del Bloque Siete—. Hay que conseguir un coche para traer a Pardalzinho a casa, no podemos dejarlo allí. Como los polis se enteren de que está durmiendo en su casa, irán a buscarlo. ¡Tenemos que protegerlo! ¡No podemos dejarlo tan expuesto!

Rodeó el edificio, vio un coche que iba en su dirección y se plantó frente a él. El conductor frenó bruscamente. Apretando el martillo del revólver y soltándolo, dijo:

—Déjame el coche, anda, que te doy pasta, déjamelo enseguida, vete, vete, sal del coche, sal del coche, anda, anda... —Después miró a Buizininha y dijo—: ¡A ver, Buizininha! Anda, ve, muévete... Primero avisa a su hermano y dile que Pardalzinho no puede quedarse allí. Dile también que lo despierte y que venga enseguida. Anda, muévete...

Buizininha apretó el acelerador a fondo. Zigzagueando por la calle principal de Los Apês, avanzó con el semáforo en rojo en los tres primeros cambios de marcha; avanzó también con el semáforo en rojo en el cuarto, algo absolutamente innecesario, ya que iba a tener que frenar para entrar en el puente, donde había un cruce. El dueño del coche en que iba Buizininha, al ver aquello, se llevó las manos a la cara, bajó la cabeza y sólo volvió a mirar cuando oyó el frenazo. Observó que el coche bajaba el puente y se quedó más aliviado. Miúdo siguió todos sus gestos con una risa bondadosa, le dio el equivalente a dos tanques de gasolina y le aseguró que, si Buizininha chocaba, le conseguiría otro coche en menos de una semana.

Pardalzinho llegó tumbado en el asiento de atrás con el arma amartillada y la sonrisa en el rostro; en el asiento delantero iba Mosca, su novia. Miúdo dio gracias a Dios por permitir que llegaran vivos a Los Apês. El dueño del coche también se santiguó y Buizininha comentó ingenuamente:

—¡Joder! ¡Tu coche tiene el motor estupendo!

Pardalzinho salió del coche y caminó con dificultad hasta la portería del bloque donde Miúdo había pasado la noche. Hubo que subirlo en brazos hasta el cuarto piso; una vez instalado, tuvo que escuchar todo lo que su amigo le contó en un rapto de locuacidad. Miúdo se quedó sentado en el borde de la cama durante un buen rato hablando de sus planes y después le dijo que tenía que recibir a un camello. Antes de salir, entregó dinero a Mosca para que comprase comida y, si era preciso, medicinas.

—¡Alguien con mucha pluma comprando un animal con plumas! —exclamó Ana Flamengo, cerrando así su charla con el vendedor del puesto de pollos en el mercadillo del domingo. Después siguió comprando los ingredientes para el almuerzo con una sonrisa abierta y permanente, tirando besos a los hombres, mirando a las mujeres con desdén y hablando a voz en grito en los puestos en los que paraba, mientras la perseguía un grupo de chicos que se burlaban de ella, le tocaban el culo e intentaban quitarle la peluca. Ana Flamengo a veces se ponía seria, corría tras ellos, soltaba palabrotas y enseñaba una navaja automática, pero en cuanto volvía a desfilar por el mercadillo con sus bermudas muy cortas, sus tetas de silicona, sus sandalias hawaianas con suela de cuero, sus cadenas de oro al cuello, sus piernas gruesas y torneadas como si fuesen realmente de mujer, su lunar en el rostro blanco, sus grandes pendientes y sus uñas pintadas de rojo chillón, entonces Ana Flamengo volvía a esbozar su arrogante sonrisa abierta.

Días después de que el detective Belzebu matase a su hermano, Ari, que respondía al nombre de Ana Flamengo, se quedó en la favela de forma permanente. Cuando su hermano vivía, sólo iba allí para dormir de vez en cuando, pero ahora no. Ya no iba a la Zona do Baixo Meretrício ni a la plaza de la zona de Lapa; en lugar de eso, se apostaba en la cuesta de la sierra de Grajaú junto con otros travestis y prostitutas. Cuando las cosas iban mal, salía con una cuadrilla de ladronas que se dedicaban a robar en las tiendas y mercados y que se reunían en el Callejón para planear sus golpes y vender lo robado.

Ana Flamengo no se entregaba a cualquiera: le gustaban los preadolescentes, y éstos hacían cola en la sala de su casa para pasar unos minutos con ella en la habitación y poseerla. Pero, cuando se enamoró de verdad, Ana Flamengo fue de un solo hombre, Pouca Sombra: lo cuidaba, se desvivía por él y le hacía regalos caros para mantenerlo a su lado, además de ser cariñosa, comprensiva y buena ama de casa. Las pocas amigas de Ana Flamengo que supieron de su relación con Pouca Sombra decían que, si fuese una de esas chicas más jóvenes, no trataría al marido con tanto celo ni tanto afecto. Es verdad que vivieron bien durante un año y nueve meses, pero Pouca Sombra, convertido en blanco de las burlas de sus amigos, que acabaron descubriendo su amor secreto, decidió separarse de Ana Flamengo, que no admitía el fin de la relación. El travesti intentó cariñosamente y de varias maneras conservar a su pareja: comenzó a llevarle regalos todos los días en vez de uno por semana; se esmeraba en la comida; se volvió más afectuosa; con respecto al sexo, sólo practicaba la felación, que a Pouca Sombra tanto le gustaba, sin exigirle que la penetrase, acto que en los últimos tiempos él rehuía. Pero no hubo forma de llevar adelante aquella relación que al principio había sido tan secreta y que poco a poco estuvo en boca de todos. Se hizo difícil mantener el secreto con tantas personas que los miraban de reojo, se daban codazos al verlos y hacían chistes; hasta los amigos a quienes él se lo había confiado comenzaron a gastarle bromas que lo herían en lo más hondo. Aquello no tenía arreglo.

Un lunes lluvioso Pouca Sombra esperó a que Ana Flamengo saliese de la casa y entonces él entró a recoger sus cosas, se llevó todo el dinero escondido bajo el colchón y escribió en un trozo de papel de envolver pan: «Nuestra historia ha terminado, disculpa el mal rollo. Firmado, Pouca Sombra». Ana Flamengo, al leerlo, sintió frío, frío por tener que dormir sola en las noches del invierno en ciernes; frío por no tener ya marido que matara a las cucarachas, que le daban tanto miedo y asco; frío por tener que cocinar para ella sola y comer también sola; frío por no tener ya a nadie a quien ofrecer regalos. Era el frío por la soledad. Anduvo cabizbaja por todas las habitaciones de la casa, fue a ver el lugar del armario donde Pouca Sombra guardaba su ropa: vacío. Las lágrimas mojaban el polvo de arroz de aquel rostro de payaso triste; se arrojó en la cama sollozando en silencio, ese silencio que acompañaba de modo inevitable su vida, llena de desprecio y discriminación: se pasaba el día ocultándose, llegaba cuando ya se había acabado todo, recibía miradas de asco, la maltrataba la policía. Los pensamientos se agolpaban en su mente.

Se levantó, se quitó la peluca lentamente frente al espejo y se pasó la mano por la cara, mezclando mucosidades, polvo de arroz, carmín y lágrimas. Comenzó a desvestirse y a acariciar sus partes más íntimas. Un acto erótico; tal vez sintiese placer en representar aquella escena, pues todas las actrices lo hacían en el cine y en la televisión. Era una actriz: ¡Glória Menezes sintiendo la ausencia de Tarcísio Meira! Más aún, era Marilyn Monroe mirando el cuerpo perfecto del que Pouca Sombra había prescindido. Ora se detenía, ora tensaba los músculos, era hombre, era mujer, pero triste, muy triste se había sentido la mayor parte de su vida. ¿Por qué su deseo tenía que ser tratado como una cosa sucia, ocultada y vergonzosa? Su rostro serio, mirándose a sí mismo, se preguntaba: «¿Quién eres tú? ¿Qué más querías aparte de la soledad? Vamos, échate en la cama y sufre allí en silencio, que mañana te volverás a habituar a todo. ¡Nada nuevo ocurrirá, maricón descocado!».

Tomó la decisión de conciliar el sueño deprisa, nada de pasarse la noche revolviéndose en la cama y pensando en Pouca Sombra; para dormirse, tenía que fumar marihuana, tomarse cuatro cervezas y dos coñacs, y así caería rendida de sueño. Miró debajo del colchón y descubrió que Pouca Sombra le había robado. Dudaba entre ir a buscarlo para darle una lección o esperar a que regresara, pues estaba convencida de que el infeliz volvería para pedirle dinero, puesto que no trabajaba ni estaba dispuesto a robar. Durante un rato, sentada en la cama mirando al vacío, dudó. Y se decantó por la primera opción. Fue a la sala, hurgó en su bolso, cogió dos billetes de diez cruzeiros, se lavó la cara, se puso lo primero que encontró en el armario y caminó sin prisa hasta Allá Arriba. Compró dos bolsitas de marihuana y se la fumó toda mientras recorría las callejuelas de la favela. Cedió a la depresión, que esta vez atacaba con fuerza, y por su mente cruzó la idea de regresar a casa y acabar con todo de una vez pegándose un tiro en la cabeza. Sin embargo, entró en la primera taberna que encontró, pidió una cerveza y se la bebió despacio sin fijarse en las miradas de desprecio que le lanzaban los hombres que jugaban al billar. Encendió un Continental sin filtro. La ceniza caliente caía en su pierna y la quemaba levemente. Pero no cambió la posición del cigarrillo; aquel dolorcito no era nada comparado con el calvario que hería su alma y estremecía su cuerpo. Pensaba en los regalos, en el dinero que le había dado a Pouca Sombra durante el tiempo que vivieron bajo el mismo techo, en las comiditas, las gachas, los pasteles que con tanto cariño le había preparado. Y el cabrón todavía tuvo la desfachatez de robarle. Comenzó a hervirle la sangre en las venas y una especie de odio invadió su espíritu; se levantó y salió precipitadamente. El dueño de la taberna tuvo que reclamarle a gritos el dinero de la cerveza consumida. Siguió caminando por la favela en dirección a la casa de la madre de Pouca Sombra.

Quien corría con sed de venganza no era Ana Flamengo, era Ari, hombre de un metro noventa, acostumbrado a enfrentarse a policías cuerpo a cuerpo en las madrugadas de Lapa y del Bajo Meretricio. No, no era la Marilyn Monroe de Estácio, era el maleante del morro de São Carlos, que luchaba como nadie navaja en mano, que pegaba unas patadas certeras, capaces de tumbar a cualquiera que se interpusiese en su camino, que golpeaba a diestro y siniestro cuando lo molestaban; quería recuperar su dinero, y no porque lo necesitara, sino para vengar la traición, la cabronada.

Frente a la casa de su ex amante, Ana Flamengo, la primera vez, golpeó enérgicamente el portón con las manos; la segunda vez, además de golpearlo con más fuerza, gritó el nombre del traidor con las manos en la boca a modo de bocina. Nadie atendió, pero la luz de la sala estaba encendida y percibió movimiento cuando volvió a la carga por tercera vez. Su odio aumentó cuando distinguió a Pouca Sombra mirando por detrás de la cortina. Le advirtió a voz en cuello que entraría si él no aparecía con su dinero en el acto. Pouca Sombra se arrepintió de habérselo gastado todo en drogas; guardó el plato donde machacaba la cocaína, intentó responder con la mentira más convincente que su mente pudiese improvisar en unos segundos y paseó nervioso por la sala mientras oía el chirrido del portón y la voz de Ana Flamengo diciendo que ya estaba entrando. Fue hacia la habitación y, tras abrir la ventana, se precipitó al exterior. Cayó encima de un haz de leña, y con tal estrépito que no sólo llamó la atención de Ana Flamengo, sino que también despertó a sus padres. Ana Flamengo rodeó la casa hasta llegar al patio y, sin atender a explicaciones, le golpeó con extrema violencia. Pouca Sombra intentaba librarse de Ana Flamengo, que no paraba de llamarlo ladrón y traidor a gritos y despertó a los vecinos, que salieron de sus casas para ver la discusión. Ana Flamengo, consciente de que a Pouca Sombra le daba vergüenza que la vieran con ella, lo arrastró hacia la calle. Mientras lo golpeaba, gritaba:

—¡Me diste por culo diciendo que me querías y después me robaste el dinero descaradamente! ¡Hijo de puta! ¡Me dejaste porque no te follé cuando me lo pedías, maricón! ¡Eres tan maricón como yo!...

La madre de Pouca Sombra intentó intervenir varias veces. Ana Flamengo la atajaba diciendo que aquél era un conflicto entre marido y mujer, donde nadie debía meter la cuchara. Sólo paró de golpear al infeliz cuando se percató de que se había desmayado.

Después de aquel día, Ana Flamengo pasó bastante tiempo sin pasearse por la favela. Se encerró en casa, arrepentida de haber perdido los estribos con Pouca Sombra, lo cual la atormentaba. No debería haberlo hecho, lo más probable es que hubiera malogrado la oportunidad de una reconciliación; volver a vivir sola era lo que menos deseaba en la vida, y no por el sexo: eso ya lo obtenía cuando hacía la calle, y siempre habría chicos que desvirgar. Lo único que quería era un compañero, pero tenía que acostumbrarse a la idea de que siempre estaría sola; ya era la segunda relación que acababa violentamente; los dos la habían explotado y humillado, y ella no había podido rechistar, pues la amenazaban con abandonarla.

Resignación, soledad, odio, miedo. Unió todos esos sentimientos con los que se había encerrado en su habitación y los tiró por la ventana; se vistió de modo provocativo, se pintó y se fue al mercadillo a comprar una gallina.

Después de librarse de los mocosos, pasó por la casa de algunas de sus amigas ladronas para invitarlas a almorzar.

—Os digo una cosa, chicas: ya no estoy dispuesta a trabajar en casa de señoras ricas para hacer el caldo gordo a esos cabrones. Ellos se entienden bien con nosotras, que si palmaditas en el trasero, pellizquitos y esas cosas, y después las señoras hacen nuestro retrato robot a los polis... El negocio ahora es el mercado, ¿sabéis? Hay que afanar en un puesto importante y conseguir cosas caras que se vendan rapidito —dijo Nostálgica a sus amigas mientras picaba cebolla en casa de Ana Flamengo.

—Ese rollo de vender luego en el mercadillo tampoco sirve, las blancas van con el dinero contado. Te mueves como una loca para vender algo y sólo te queda una mierda, y para colmo te arriesgas a que te pillen —se lamentó Juana.

—¡Estoy diciendo que el negocio es el mercado! Hay una tía que cose unas braguitas con el fondo bien ceñido a las piernas, ¿entiendes?

—¿Cómo?

—Son como calzoncillos, pero sólo se pueden ceñir al muslo y el fondo es ancho. Basta con conseguir una falda bien amplia, arreglarse bien, comprar algo para disimular, llevarse a un niño de pantalla y listo. Puedes meter hasta botellas de güisqui y pasarlas sin problemas...

—Vosotras tenéis que hacer como yo: cuando no consigo un todoterreno para darle por culo, me llevo la mano a la navaja y me transformo en un visto y no visto...

—¡Pero tú eres diferente, Ana Flamengo! Cuando se te antoja te conviertes en hombre —repuso Nostálgica, provocando las risas de las demás.

—¿Sabes a quién vi toda empingorotada haciéndose la señora en la cola del ambulatorio? A Lúcia Maracaná —dijo Juana.

—¡Quién la ha visto y quién la ve! Vaya cambiazo que ha dado la tía. Pasa por delante de ti y apenas te dice hola... Ya no se para a charlar un rato. Vive sólo para su casa y para su marido.

—Un día yo también dejaré esta clase de vida, ¿sabéis? —dijo Nostálgica, y sus palabras provocaron un tenso silencio.

Retomaron la discusión sobre las nuevas modalidades de robo y acabaron concluyendo que Nostálgica tenía razón: el mercadillo era el lugar más propicio para robar, puesto que la mayoría de la gente acudía a él para comprar las cosas que necesitaba. Y en lo que respecta a la mercancía robada, ya encontrarían la manera de darle salida.

Ese mismo día fueron a la casa de la costurera a tomarse las medidas y en menos de una semana ya estaban trabajando en los mercadillos de Barra da Tijuca, Jacarepaguá y Zona Sur. Acordaron no hablar de la nueva actividad con nadie más, para que no se pusiese de moda y, por consiguiente, la policía se enterara. Incluso tuvieron la precaución de turnarse en los mercados y robar sólo los días de mucho movimiento. Cosa fácil, dinero dulce. Ya no eran ladronas de tiendas; ahora tenían pasta suficiente para llevar una vida menos miserable, y no se veían en la obligación de trabajar en empleos que no hacen sino dañar el cuerpo y el espíritu.

Odiaban la vida de una asistenta porque, en el fondo, no era más que una vida de desprecio, trabajo duro y escaso dinero. Nostálgica siempre decía que ella no iba a convertirse en el azote del mundo por no haber tenido todas las cosas que un ser humano necesita para afirmarse en la vida: ella no había inventado el racismo, la marginación ni ningún otro tipo de injusticia social; no tenía la culpa de haber dejado los estudios para que el suelo de la casa de cualquier señora distinguida quedase reluciente. Quería dinero para darles una vida digna a sus hijos, cosa que trabajando no conseguiría, y por eso, cada final de mes, como las demás, realizaba de treinta a cuarenta hurtos en los mercados y las cosas le iban bien. Tuvo dinero para el médico, el dentista, la comida y el material escolar de sus hijos. Esas mujeres sólo aspiraban a una vida digna y, en cuanto el dinero se lo permitió, ampliaron las minúsculas casas en las que vivían y repusieron los muebles que la inundación se había llevado. Comenzaron a vestirse decentemente y a alimentarse bien y a usar los tan soñados cosméticos... Cambiaron su apariencia, lo que facilitó aún más su actividad, y ésta, por lo tanto, perduró largo tiempo.

«Nada mejor que una fiesta para ahuyentar la depresión», concluyó Ana Flamengo, sentada en el sofá, una vez que se quedó sola. El almuerzo con las amigas le había infundido nuevas fuerzas para vivir y resolvió volver al trabajo, que había dejado desde que Pouca Sombra la abandonó. Durante mucho tiempo no tuvo ánimo para nada ni ganas de hablar sobre el asunto con nadie, y sabía que las compañeras del trabajo le preguntarían, como siempre, sobre el desgraciado de Pouca Sombra.

Todo indicaba que la mala racha se estaba alejando. Se levantó del sofá para ir a la cama con el objetivo de despertarse recuperada y lograr que todos vieran de lejos —con carmín chillón, pantaloncitos ajustados, un perfume discreto, un maquillaje exagerado y una peluca larga— su vieja sonrisa arrogante y enérgica como frontispicio de la noche.

—¡Vaya! ¡Estás estupenda! Desapareciste para volver en todo tu esplendor, ¿eh?

—¡Si Sandra Breá me ve, querida, no va a llegar siquiera a la altura de mis talones! Y además he subido la tarifa: ya no hago mamadas, no entro en moteles baratos y sólo bebo güisqui importado. ¡He vuelto para arrasar, para arrasar! —dijo Ana Flamengo a sus compañeras de trabajo.

—Bonita, tenemos muchas cosas nuevas que contarte. ¿Te acuerdas de Magalhães?

—Claro.

—Él ya ha estado con todas, ¿no? Y, si no me falla la memoria, ya tuvo algunos rollos contigo... Pues bien, durante todo ese tiempo en que tú desapareciste del mapa, anduvo follando como un loco con la Gorete, y la cuestión es que no le pedía ni un céntimo. Una noche muy fría, Magalhães le preguntó a ella en voz muy baja si le gustaría metérsela y...

—Basta hablar del Diablo para que muestre el rabo.

—Seguro que estáis hablando de mí —dijo Magalhães, que acababa de llegar.

—Y voy a seguir hablando... ¿Por dónde iba?

—¡Cuando Magalhães le preguntó a la Gorete si le gustaría metérsela! —respondió Ana Flamengo haciendo gestos obscenos.

—Entonces te lo cuento yo mismo: ella cogió y empezó a meterme su rabo muy despacito; creí que me reventaba el culo; sentía un dolor en los bordes... y después esa cosa agradable que entraba y salía... ¡Joder, tía! ¡Ya no quiero saber nada de coños, quiero que me follen, que me follen! —finalizó Magalhães, riendo a carcajadas y provocando las risas de los demás.

Permanecieron un rato más contándose las últimas novedades entre largas risotadas, hasta que decidieron concentrarse en el trabajo y se separaron después de desearse suerte. A Ana Flamengo, por haber estado ausente tanto tiempo, le concedieron el privilegio de quedarse en el mejor lugar de la zona. Se bajó los pantaloncitos y hacía muecas eróticas a los conductores que pasaban lentamente pero sin detenerse. Algunos la insultaban; otros le soltaban chistes envenenados. Cuando Ana Flamengo empezaba a desesperarse y a pensar que tendría que salir a robar al día siguiente si no conseguía pronto un cliente, un hombre paró el coche muy cerca de ella y, sin hablar, abrió la portezuela y le hizo señas para que subiese.

—¡Pensé que no volverías nunca más! —le dijo el hombre y arrancó el coche muy deprisa.

—¿Me conoces? —preguntó Ana Flamengo.

—Te conozco mejor de lo que te imaginas... Sólo de vista, claro. Hace mucho tiempo que te había echado el ojo y quería conocerte mejor, saber de tu vida... ¿Hay algún sitio donde podamos estar a gusto?

Ana Flamengo lo llevó a un motel en la Estrada do Catonho, por ser el lugar más cercano y escondido de Jacarepaguá, sin despegar los ojos del hombre de voz serena, pausada e intensa, que hablaba sobre discreción, acuerdos, búsqueda y deseo. No quería que nadie supiese su nombre. Le daría una cantidad fija al mes. Hacía mucho tiempo que la observaba y estaba fascinado por su boca. Quería disfrutar de su cuerpo de todas las formas posibles.

Ana Flamengo se quedó boquiabierta al oírle.

Se abrazaron en el ascensor, entraron abrazados en la habitación y gozaron en la cama, en el suelo, debajo de la ducha, encima de la mesa, en la silla. Ana Flamengo permitía con sumo placer que aquel hombre guapo la follara embistiéndola con ganas, y le encantaba verlo y oírlo gritar cada vez que se corría.

En el camino de vuelta, reafirmó todo lo que había dicho a la ida e insistió en que la desaparición de ella lo había sumido en la desesperación y que, al volver a verla, no quiso perder la oportunidad del encuentro.

Durante las dos semanas siguientes, el desconocido regresó para colmarla de placer como jamás un hombre antes lo había hecho, pero, por encima de todo, le dio cariño. Era la primera vez que recibía cariño de un hombre: el cariño de dormir abrazados, el de tomarse un cafetito en la cama, el de los besos ardientes y prolongados, el de recibir regalos y promesas de amor eterno...

Pero esa felicidad sólo duró dos semanas. Después, su mirada sólo buscaba a su príncipe encantado en cada coche parecido al suyo que se acercaba. Rezaba a cualquier hora del día para que él volviese, y lloraba sin cesar. Nunca se había sentido tan angustiada. Jamás pensó que podría enamorarse de un hombre como aquél: guapo, rico y bien educado, que se mostró loco de deseo todas las veces que se amaron. No, aquella felicidad no fue más que un sueño. Nunca daría con una persona parecida a ella: una persona con tantos pecados cometidos y por cometer, una persona que quería cambiar la naturaleza de las cosas y que lo único que consiguió fue avergonzar a su familia. Su padre siempre decía que era mejor, mucho mejor, tener un hijo maleante que maricón. Un maricón del que todos se burlaban, al que todos golpeaban sin el menor motivo. Lo más probable es que aquel loco sólo quisiera probar algo diferente o incluso puede que actuara movido por la venganza. ¡Cuántas veces había tenido que escuchar por boca de un hombre que sólo se la estaba follando para vengarse de su mujer! Sí, algunos hombres tienen la manía de vengarse en silencio, aunque, en realidad, no es más que una venganza a medias, pues ninguno tendrá el valor de hablar de ello con su propia esposa, novia, ligue o lo que diantre fuese. Ser mujer, lo que más había deseado en esta vida era ser mujer. ¿Y por qué no nació mujer, si tanto le gustaban los machos? La culpable era la naturaleza, imbécil, muy imbécil y para colmo irreductible. No protegería a la naturaleza porque, mientras un solo elemento sintiese un dolor permanente e incurable, nada puede protegerse. Amar y ser amada. Sólo eso.

El doctor Guimarães ya no era el mismo. Le había dado por pasarse las horas callado, tanto en casa como en el trabajo, y con la mirada extraviada. A veces, su rutina como gerente de un banco lo obligaba a dejar de pensar en Ana Flamengo, pero la mayor parte del tiempo su mente se dirigía a los momentos que habían pasado juntos.

Los viernes, en el trayecto de vuelta a casa, pensaba que las personas con las que se cruzaba se movían en busca de encuentros amorosos. Si pasara con Ana Flamengo sólo los viernes, tal vez el sentimiento de culpa por la traición y la homosexualidad disminuyese. «¡No, nunca más volveré a tener nada con un travesti! Que folle con ella sólo una vez por semana no cambia nada, sigue siendo una relación. Sería mi ruina: nunca más volveré a verla. Si Fabiana se entera, me pide el divorcio en el acto. ¡Dios mío! ¡Quítame este deseo! A los niños no les cabría en la cabeza la imagen de su padre besando en la boca a un travesti... Tendría que haberme armado de valor antes de engendrar hijos. ¿Por qué me vienen estas ganas? ¿Por qué me pasa a mí esta mierda? Por otro lado, ¿qué hay de malo en que me guste un hombre? Si pudiese contárselo a Fabiana... Si me entendiese... Voy a follar con ella todos los días, eso es... Voy a echar gasolina... Ana Flamengo... ¡Qué buena polla! ¿Por qué el culo de un hombre es mejor que el de una mujer? Si mamá supiese cuántas veces me enrollé con Gilberto, le daría un patatús. Tengo que asumir que me gustan los maricones... No, no y no. ¡Qué coñazo de atasco!... Debería darle a Ana alguna explicación... Pero si voy allá, acabaré jodiendo con ella de nuevo. Hace casi un mes que no follo con Fabiana... Si Fabiana se echase un amante... Sí, eso es, llamaré a Fabiana y le diré que esta noche salimos a cenar fuera... Esto de llevarse trabajo a casa es realmente una mierda.»

Guimarães, como siempre, encontró a su esposa monosilábica y ceñuda. Aunque la invitó a cenar fuera de casa, no alteró su comportamiento y sólo aceptó la invitación por los niños. Le dijo que le gustaría mucho conversar seriamente con él. Guimarães estuvo de acuerdo, imponiendo la condición de que charlasen sin reñir. Mientras cenaban, Guimarães trató de aparentar normalidad e hizo todo lo posible para que su esposa se relajase. Le daba vergüenza pensar en Ana Flamengo cuando estaba cerca de ella y de sus hijos. Él buscaría la forma de darle más cariño: de eso hablaron durante la cena.

—Adriana, yo te quiero, siempre te he querido, no dejo de pensar en ti ni un segundo de mi vida. Tú eres la rosa de mi jardín, el sol de mis días, la luz al final del túnel, por eso te dedico la próxima canción con todo el cariño que un hombre puede dar a una mujer. Un beso de Marisol —dijo el locutor del parque de atracciones instalado en un terreno baldío próximo a la Praça Principal, con voz romántica y música lenta de fondo.

Adriana se rió sin ganas ante sus amigas, que aplaudieron y le gastaron bromas en aquel anochecer de un domingo lluvioso. Marisol observaba escondido la reacción de Adriana, que lo buscaba con la mirada en los límites del parque de atracciones.

Poco después de que Adriana cortara su relación con Thiago, comenzaron a intercambiar miradas y delicadezas sin que viniera a cuento. En las conversaciones, uno siempre fingía estar de acuerdo con el otro en su afán de demostrarse afines. Tanto en la playa como en el baile, Marisol se las arreglaba para quedarse a su lado y volver a casa con ella, que, a su vez, daba todas las facilidades para que eso ocurriese. Las muestras de cariño valían más que las palabras, y la chica advirtió el interés de Marisol, pero no esperaba que él hiciese público su sentimiento, sobre todo porque Thiago todavía intentaba que se reconciliaran. No obstante, Adriana tuvo que admitir ante sus amigas que su modo de declararse había sido de lo más original.

Como si no bastase con eso, Marisol le envió una manzana acaramelada por mediación de un niño. Dejó que la saborease un poco para después echar a andar lentamente hacia ella con los ojos húmedos y los brazos extendidos. Al abrazo le siguió un beso. Patricinha Katanazaka y Dóris se inventaron una excusa para dejarlos solos, y ambos decidieron, por insistencia de la chica, ir al Lote. Adriana le comentó a Marisol que le había parecido innecesario recurrir a los altavoces para declarársele, que bastaba con decírselo, que todo saldría bien y que era mucho mejor mantener el secreto para evitar que Thiago sufriese.

—Ya viste que intentó besarme el miércoles —insistió Adriana mientras caminaban por las calles del Lote.

Marisol le dijo que no se había declarado mucho antes no por amistad, sino porque era un hombre, y un hombre tiene que respetar a la mujer del otro. Ahora era Thiago quien debía respetarlo y, si sabía que los dos estaban saliendo juntos, no debería intentar besarla. Le dijo que era tímido, y que por eso se valió de la ayuda del locutor del parque; que no pensó en Thiago, que sólo quiso declararse. Sin embargo, si llegase a saberlo, sería mucho mejor para él que entendiera que ahora ella pertenecía a otro hombre.

Al cabo de un rato se detuvieron en un rincón oscuro para besarse y abrazarse. Marisol intentó por todos los medios hacer el amor con la chica, quien, aunque estaba excitada, se negó.


Thiago caminaba cabizbajo con las manos en los bolsillos por la Rua Principal mientras meditaba sobre lo que le diría a Adriana en el baile. Se sentía el más imbécil de los hombres por no controlar sus celos, celos que lo habían empujado a liarse a golpes con otros dos amigos de Adriana en el festival de rock. Ni siquiera pudo alegar que les había zurrado porque estaba colocado, pues no se había fumado ni un canuto para no despistarse. «¿Voy a colocarme para que alguien venga a hacerle gracias a mi chica y yo no me dé cuenta?», había pensado antes del viaje.

Fue el único que mantuvo la cara larga durante todo el festival, actuando como un perro guardián, mirando de reojo a todos los hombres que la admiraban y abrazándola casi todo el tiempo para dejar bien claro que la chica le pertenecía. Siempre que ella se alejaba de la tienda, le venía aquel malhumor, aquella grosería sin límites y aquellas amenazas de que zurraría a alguien. Y estalló cuando Adriana se quedó charlando con dos amigos de la playa que encontró casi al término del festival. Thiago, sin mediar palabra, les sacudió violentamente y provocó una terrible pelea, ya que los dos muchachos estaban con otros amigos que fueron a ayudarlos, razón suficiente para que los chavales de la favela dejasen a tres inconscientes en el suelo y les rompiesen el brazo a otros dos en una trifulca que, en opinión de Adriana, no tenía ningún sentido. La muchacha ni se molestó en decirle que ya no lo quería: su silencio sería lo suficientemente elocuente para que Thiago la dejase en paz. Regresaron del festival por separado. Al principio, Thiago aceptó la ruptura sin rechistar, pero al cabo de un tiempo le dio por abordarla cada vez que tenía una oportunidad. Sin embargo, Adriana lo evitaba e, incluso estando entre amigos, lo dejaba con la palabra en la boca.

Thiago encontró a Patricinha Katanazaka y a Dóris en la parada del autobús: les preguntó por unos amigos, comentó algo sobre la lluvia, dijo algunas vaguedades más y se quedó en silencio. Desde que había perdido a Adriana hablaba poco y apenas salía con los amigos; sólo pensaba en acicalarse más y vestirse mejor. Se sentía guapo y, si tuviese un Volskwagen, con neumáticos anchos, pintura metalizada, cristales Ray-ban y maletero, no habría chica que se le resistiese; la propia Adriana caería rendida en sus brazos cuando lo viese pasar en su buga con el codo apoyado en la ventanilla y gafas de sol.

Llegó al baile de malhumor, estrechó la mano de los treinta y dos amigos que ocupaban el centro del salón y notó cómo los latidos de su corazón se aceleraban al percatarse de que ni Adriana ni Marisol estaban en el baile. Aquel hijo de puta que se las daba de gran amigo sólo estaba aguardando el momento oportuno para echar la zarpa sobre Adriana. Le entraron ganas de preguntar por el paradero de Marisol, pero se contuvo porque intuía que todo el mundo sabía que estaba con ella y seguro que se burlarían de él. Se puso a bailar como todo el mundo y poco a poco se fue apartando hasta que consiguió salir discretamente del club. No se quedaría allí para ver llegar a Marisol, lleno de arrogancia y abrazado a su Adriana. Corrió a toda pastilla para alcanzar el 690, que pasaba repleto. Se iría directo a casa y se dormiría, pues era la única solución que se le ocurría para apartar a Adriana de su pensamiento.

Adriana, tras muchos esfuerzos, convenció a su nuevo novio de ir a otro sitio porque llovía y él quería sexo a toda costa. Volvieron al parque de atracciones. Marisol, al notar que la lluvia había amainado, la invitó a subir a la montaña rusa con el propósito de retenerla a su lado más tiempo. En ese preciso momento vio que Thiago se apeaba del autobús a cien metros de allí.

La plaza estaba desierta y el parque de atracciones medio vacío. Thiago mantenía su determinación de ir a casa, pero, al mirar el parque, cambió de idea: podría beber algo y jugar a la ruleta para despejarse. Se encaminó hacia allá con las manos en los bolsillos y la cabeza gacha.

Las luces mortecinas del parque iluminaban las gotas de lluvia, una canción de amor abrazaba la noche, y el frío que traía el viento le quemaba la cara. Observaba a la gente, ataviada con ropas que, comparadas con su indumentaria a la última moda, parecían pingajos. Era guapo, tal vez incluso más que Marisol; Adriana no se atrevería a dejarlo por el otro. Cruzó la plaza lanzando miradas fugaces a la Panadería del Rey y a la fachada de la farmacia de don Paulo, lugares que frecuentaba Marisol.

Entró en el parque, caminó hasta la taquilla y compró una copa de Fogo Paulista* y dos fichas para jugar a la ruleta. En la montaña rusa, Marisol seguía morreando a Adriana. Thiago los avistó en la mitad de su recorrido hacia el puesto de los juegos. Todo comenzó a dar vueltas a tal velocidad que los colores de la noche lluviosa se confundían: el mundo comenzó a girar ante sus ojos, el cuerpo se le encogió, le temblaban las manos, y el cielo iba y venía a la velocidad de los rayos que ahora lo iluminaban y trazaban arabescos en el horizonte. El beso de tornillo, las manos de Marisol acariciando la espalda de su princesa, el Fogo Paulista abrasándole el estómago, la música del parque, el creciente odio, el cuerpo aguijoneado por la fiebre, la montaña que se detenía y Thiago que corría sin que la pareja lo viese.

Thiago rodeó la gasolinera, dobló por la calle del brazo derecho del río y siguió caminando después de comprobar que la pareja no lo había visto. No pensaba, solamente tenía en la mente la imagen de aquel beso cariñoso en la montaña rusa y las manos de Marisol acariciando la espalda de Adriana. Deambuló por toda la favela sin protegerse de la lluvia, con la impresión de que la vida sería siempre un desatino.

Marisol se despertó pasadas las doce y, sin comer nada, se fumó un porro en la terraza de su casa. Tenía la manía de mirar al cielo y agradecer a Dios las cosas buenas que ocurrían en su vida. No veía la hora de acostarse con Adriana y verla gozar en sus brazos. Pensaba en la

---

\* Fogo Paulista: especie de ajenjo de 48 grados. *(N. del T.)*

muchacha mientras examinaba la pistola de dos cañones que le había robado a su padre, un policía. Tenía que ponerla a punto para poder llevarla al próximo baile del Cascadura Tenis Club: en la última pelea, se habían juntado más muchachos de Cascadura y acabaron echando a los de la favela, que se llevaron la peor parte. Eso nunca había ocurrido. Dispararía unos tiros para amedrentarlos. La engrasó y, después de sumergir el arma en queroseno, se lavó las manos, sacó un poco de marihuana de la bolsita, la envolvió en un papel junto con algunas balas de la pistola, se colocó el arma en la cintura, fue al cuarto de baño, se echó agua de rosas en los dedos y colirio en los ojos y se dirigió a la casa de los Katanazaka para enseñarles el arma a los muchachos.

Doña Tereza Katanazaka abrió el portón y dijo que estaba sola. Conversaron sobre vaguedades. Marisol bebió agua y se despidió.

Al salir de la casa de su amigo, encontró a Thiago con un palo en las manos:

—¿Qué pasa, tío? ¡Si me estabas buscando, ya me has encontrado! —dijo Thiago con los ojos desorbitados, una seriedad hierática, medieval, y determinación para liarse a hostias hasta la muerte.


—¿Qué hay, Verdes Olhos? ¡Quédate un rato más! ¡Vamos a fumar otro! —dijo Acerola en la Praça da Loura una mañana de mucho sol.

—Hermano, hoy es viernes, estoy pelado y no puedo pasarme el día fumando. ¡Tío, que tengo que trabajar! ¡No soy un vago como tú, chaval! —bromeó Verdes Olhos y siguió hacia el Otro Lado del Río, cargado con una caja de herramientas para colocar un portón de hierro en la casa de Bigodinho.

Caminaba feliz, con la felicidad de quien se ha colocado con un buen porro. De vez en cuando se cambiaba de mano la caja de herramientas. Encendió un cigarrillo antes de cruzar el puente, y después cargó él con el portón que su compañero acarreaba sobre la espalda hasta la casa de Bigodinho.

Verdes Olhos y su socio se habían embarcado en aquel negocio desde hacía un mes, tiempo suficiente para descubrir las triquiñuelas y secretos de la profesión. El principal truco que habían aprendido consistía en colocar el mínimo de cemento en el marco, arrancar el portón de madrugada, pintarlo de otro color y revendérselo a otra persona.

—Oye, Verdes Olhos, no me apetece mucho hacerle esa faena a Bigodinho.

—No te preocupes, chaval. Bigodinho es un golfo, pero no se va a meter con nosotros. Él no es de ésos... Además, ¿cómo se va a enterar? Volvemos de madrugada y arrancamos el portón. ¡Nadie ha desconfiado de nada hasta hoy!

—Bueno, tú sabrás.

Bigodinho aún dormía cuando Verdes Olhos golpeó la puerta de su casa. El delincuente se despertó asustado: pensó que era Miúdo, que le reclamaba de nuevo su revólver. Se lo había pedido prestado para un atraco porque el suyo no le funcionaba bien, pero, después de reducir, robar y matar al dueño de una farmacia en Madureira, fue perseguido y capturado por dos policías militares que le quitaron el botín y el revólver de Miúdo.

Miúdo fue muy duro cuando Bigodinho le contó lo ocurrido. «¡Dentro de una semana quiero mi revólver o, si no, cinco millones, o medio kilo de oro! De lo contrario, te reviento los sesos, ¿está claro?»

Aunque se dedicase a atracar todos los días, Bigodinho sabía que era imposible conseguir lo que Miúdo quería en una semana. El maleante miró por la ventana y respiró aliviado al ver a Verdes Olhos y a su socio. Aun así, amartilló su revólver estropeado y salió de casa.

Se aseguró de que Miúdo no andaba cerca, guardó el revólver, sacó veinte cruzeiros del bolsillo y se los dio a Verdes Olhos para saldar el pago del portón y de su instalación. Se sentía bien complaciendo a su mujer, que tanto le había insistido en que cambiara el portón. Ahora los niños ya no se escaparían de casa.

A Verdes Olhos le extrañó ver a Bigodinho con el revólver en la mano, pero colocó el portón, tal como lo había planeado. Ahora sólo quedaba esperar a la madrugada, quitarlo y vendérselo a otro incauto.

Verdes Olhos se fue a comprar marihuana. Había oído decir que la buena estaba en Los Apês, así que se encaminó hacia allí reconfortado por el calor del sol y un viento leve que soplaba a favor de su alegría en el apogeo de sus diecisiete años. También compraría tres bolsitas para regalárselas a sus amigos y pasar un buen rato. Con el colocón, el cielo se veía más aterciopelado, la luz más brillante, y todo lo que dijese u oyese sería más gracioso. Entre amigos, siempre disfrutaba de lo lindo. No debía haber problemas con la engañifa del portón, pero si Bigodinho llegase a tener la más mínima sospecha, le devolvería el dinero y le invitaría a un porro. Todo saldría bien.

Media hora más tarde, se fumaba un porro en compañía de Laranjinha, Acerola, Jaquinha y Manguinha. Verdes Olhos contaba con entusiasmo el golpe X-Escorpión-1, como él mismo lo había bautizado; gesticulaba ilustrando cómo preparaba la mezcla para encajar el portón y cómo lo robaba en las madrugadas de los lunes, cuando las calles estaban siempre vacías. Se había cansado de vender el mismo portón a la misma persona y, para no dar el cante, después de la segunda venta, él y su ayudante, el fiel Valentín, pintaban el portón para volver a timar a otro incauto. Se vanagloriaba de ser el único que vendía el mismo producto a varios clientes y aseguraba que era un hombre de negocios de mucho éxito. Los amigos se reían.

—¡Si Bigodinho se entera de que has sido tú, se va a cabrear mucho! —afirmó Laranjinha.

—¡Pues si se entera, querrá entrar en el negocio! —contestó Manguinha, mientras se liaban el segundo porro.

Continuaron charlando hasta la hora del almuerzo. Laranjinha y Acerola eran los únicos que seguían yendo al colegio. Manguinha lo había abandonado, pese a la insistencia de Laranjinha, Acerola y Jaquinha para que regresase; últimamente le había dado por la cocaína. En opinión de su madre, esos amigos eran una mala compañía y le recomendaba que saliese con los niñatos de la Freguesia, que eran blancos y guapos como él. El padre de Manguinha, oficial de la policía militar, ya lo había desheredado por esnifar cocaína y hurtar dinero en casa, además de varios objetos valiosos que luego vendía para poder comprar la droga. Sin embargo, en lugar de echar a Manguinha de casa, optó por mudarse él.

Manguinha invitó a Jaquinha y a Verdes Olhos a esnifar cocaína en su casa una vez que Laranjinha y Acerola se fueron.

Al volver del colegio, Acerola se enteró de que en el puesto de Bica Aberta había entrado maría de la buena, así que se bajó del autobús en la Praça Principal con la intención de comprar una bolsita para después de la cena. Según le habían dicho, Vítor, el camello de ese puesto, estaría sobre las cinco en las inmediaciones del Batman distribuyendo el producto. Cuando llegó, no sólo compró la marihuana, sino que incluso se quedó un rato charlando con el camello mientras compartían un porro. Después se despidió. Dudó entre volver por el puente de la Cedae o por el puente grande; al final se decidió por el primero. Precisamente de allí venían Miúdo, Marcelinho Baião y Biscoitinho flanqueando a Bigodinho, que lloraba y suplicaba que le dieran más tiempo para conseguir el dinero. Acerola le preguntó a Miúdo qué ocurría. Miúdo le contó la historia y afirmó que iba a matar a Bigodinho en la Vaquería. Los ojos de Bigodinho miraban a Acerola pidiendo toda la piedad del mundo. La piedad de la vida, la piedad suplicada por todos los que saben que en breve tendrán el cuerpo acribillado de balas. Acerola intercedió ante un interlocutor irreductible al comienzo de la conversación pero que, poco a poco, se fue suavizando hasta que concedió una semana más a Bigodinho para que consiguiese diez millones en vez de cinco, por no haber cumplido el plazo.

Aquel mismo día, Bigodinho atracó dos establecimientos comerciales y un par de autobuses, y desvalijó a cinco transeúntes. También robó un coche que él mismo se encargó de desguazar para venderlo por piezas, pero en total sólo consiguió ciento cincuenta mil cruzeiros. Aunque cada vez estaba más agobiado, todavía tenía la esperanza de pillar un buen chollo y eso sólo ocurriría si salía todos los días con la disposición del primer día; en realidad, pensaba, si consiguiese reunir un millón de cruzeiros, se iría de la favela para siempre. Así que se entregó a la faena.

La segunda vez que salió con ánimo de dar un buen golpe, sólo consiguió la tercera parte del monto del día anterior. Se pasó el resto del día en su habitación, encerrado en el más absoluto mutismo, esnifando cocaína con desesperación y muy deprimido, algo que nunca le había sucedido. Sólo salía de la casa para ir a comprar más cocaína, siempre con el revólver amartillado y sobresaltándose ante el menor ruido.

La tercera vez, tuvo que salir a toda pastilla porque los vigilantes de la gasolinera que había elegido como blanco le dispararon sin remilgos y a punto estuvieron de reventarlo a balazos. Llegó a la favela sin zapatos, arañado y cojeando.

Era noche cerrada y, a pesar del caos que reinaba en su mente, alcanzó a ver a Verdes Olhos en el momento exacto en que arrancaba su portón. Se escondió en una calleja y se mantuvo al acecho. Lo que hacía Verdes Olhos lo irritó profundamente: seguro que le estaba robando porque se había enterado por Acerola de que tenía los días contados, de que su vida no valía una mierda. ¡Valiente hijo de puta! Se parapetaba en Miúdo para poder llevar a cabo su felonía. Esperó a que Verdes Olhos estuviese lo más cerca posible para apuntarle.

—¡Me lo estoy llevando para arreglarlo, colega! Incluso le he dejado un aviso a tu mujer —dijo Verdes Olhos, colocando el portón en el suelo y preparándose para atacar a Bigodinho. Éste bajó el arma e intentó controlarse.

Valentin, el fiel escudero de Verdes Olhos, temblaba como un junco verde al viento y hacía todo lo posible para no cagarse de miedo ante la visión del revólver de Bigodinho, y éste se asustó cuando vio a su mujer que corría, acompañada de sus hijos, asegurando que esos dos habían robado el portón. Sin pestañear, disparó contra Verdes Olhos. Lo intentó de nuevo, pero el segundo proyectil no llegó a salir. Tampoco hacía falta: el corazón de Verdes Olhos estaba destrozado y el fiel escudero ya había puesto pies en polvorosa, antes incluso del primer y único disparo.

La noticia de la muerte de Verdes Olhos se difundió rápidamente. Acerola fue con sus amigos a avisar a la madre de Verdes Olhos y ocuparse de su entierro. En el velatorio, mientras fumaba un porro, comentó a sus amigos que había salvado la vida de Bigodinho pocos días antes. Tras el entierro, se dirigió hacia su casa pensando en la ironía del destino; se detuvo en una tienda para comprar un cigarrillo suelto y lo encendió. Cuando se volvió, vio a Miúdo inmóvil sobre la bicicleta, con un pie en el suelo, el otro en el pedal y cara de disgusto. Acerola lo miró fijamente, después bajó la cabeza y se dispuso a recibir la reprimenda de Miúdo.

—¿Te das cuenta? ¡No me dejaste matar al tipo, y él va y se carga a tu amigo! Pero no te preocupes, ¡ya me he encargado yo de liquidarlo! —dijo Miúdo y se alejó sin aguardar la réplica de Acerola.

El día en que cumplía dieciocho años, Cabelinho Calmo fue detenido mientras atracaba a una pareja en el centro de la ciudad. Le acompañaba Sandro Cenourinha, que se las piró al advertir que la policía se acercaba, sin preocuparse en comprobar si Cabelinho lo seguía: sabía que su compañero no querría largarse sin el botín.

Cabelinho Calmo permaneció unos días encerrado en una comisaría del centro. Le juzgaron y le condenaron a cinco años de cárcel por los crímenes que había cometido y por otros que se vio obligado a reconocer como propios tras sufrir todo tipo de torturas en comisaría.

Le enviaron a la penitenciaría Lemos de Brito, adonde se dejó conducir sin perder la calma —haciendo honor a su nombre— y con escasas palabras. Una vez dentro, se las apañó para lograr dormir en la celda, y no salió de allí en una semana.

En la medianoche de su décimo día entre rejas, un preso lo despertó diciéndole que el jefe quería hablar con él de inmediato. Se levantó tranquilamente, abrió la puerta de la celda y comprobó que al fondo del pasillo había cinco hombres jugando a las cartas. Miró al interno que le había dado el recado. El tipo le indicó con la cabeza la dirección que debía seguir. Cabelinho se acercó a los hombres, que siguieron jugando a las cartas sin mirarle. Cabelinho Calmo esperó inmóvil unos minutos. Cuando se disponía a hablar, lo cortaron de repente.

—¿De dónde eres?

—De Ciudad de Dios.

—¿Qué delito has cometido?

—Atraco a mano armada.

—¿A qué rufianes conoces?

—Oye, compadre, déjame dormir...

—¿Qué es eso de «compadre», chaval? ¿Acaso he apadrinado a algún hijo tuyo?

Por la forma airada en que el jefe pronunció esa última frase, Cabelinho se percató de que se avecinaba gresca y se preparó para la pelea.

—¿Tienes dinero? —continuó el hombre con camiseta del Club de Regatas de Flamengo, mientras los demás seguían jugando como si tal cosa.

—No.

—¿Cómo es que vienes a la trena y te permites el lujo de no presentarte al jefe? No hablas con nadie ni intentas relacionarte. Y si estás sin blanca, ¿cómo es que tienes cigarrillos? ¡Tú estás de coña! Para que te enteres: una vez me la jugaron unos tipos de Ciudad de Dios, ¿sabes? —mentía el jefe—. Y tú pagarás por eso, ¿queda claro? —Permaneció un rato callado y después continuó—: ¡A partir de ahora te llamas Bernardete y estás casada conmigo! —concluyó el de la camiseta del Flamengo lo suficientemente alto para despertar al resto de los presos del pabellón.

Cabelinho Calmo arremetió con violencia contra el jefe, pero éste esquivó el golpe y le hizo la zancadilla, de modo que Cabelinho tropezó y se dio con la cabeza contra las rejas de una celda. El impacto lo dejó grogui y los demás aprovecharon para propinarle puntapiés y mamporros durante un buen rato. Ensangrentado y sin fuerzas para levantarse, lo arrastraron hasta su cubículo, donde permaneció sin moverse una semana. Durante el tiempo que duró su recuperación, recibió cigarrillos, pasta de dientes y comida de fuera del presidio; imaginaba que algún amigo lo había reconocido y le ayudaba para que se recuperase. Pero al séptimo día recibió también un ramo de flores, y se levantó de la cama hecho una furia. Tiró las rosas al suelo y preguntó quién era el hijo de puta que estaba jugando con él.

—¿Aceptas todo y cuando llegan flores te pones de los nervios? —respondió el jefe desde el fondo del pasillo.

Cabelinho, con el cuerpo levemente dolorido, se dirigió al centro del pasillo. Le hizo señas al jefe para que se acercase a pelear, y recibió otra paliza. Después, el jefe ordenó a los otros presos que lo llevasen a su camastro.

—¡Quitadle la ropa!

Mientras tres lo sujetaban, otro preso le bajaba los pantalones, pese a los intentos infructuosos de Cabelinho por impedirlo. El jefe observó que los calzoncillos tenían palominos y ordenó que lo soltasen. Con un cuchillo al cuello, Cabelinho se duchó y, todavía mojado, lo obligaron a tumbarse boca abajo en la cama. De nuevo intentó oponer resistencia, pero un pequeño corte en el cuello bastó para que se quedara quieto. Los presos se encargaron de mantenerle inmovilizado mientras el jefe le afeitaba los pelos de piernas y nalgas para, acto seguido, meterle el rabo en el ojete.

A partir de ese día, Cabelinho Calmo tuvo que follar con el jefe regularmente y actuaba como si fuera su mujer: le lavaba los calzoncillos, le doblaba las sábanas todas las mañanas y le servía la comida que les traían de un bar cercano a la cárcel. Cuando decía o hacía algo que al jefe no le gustaba, recibía una paliza. Con el paso del tiempo, se percató de que otros se encontraban en la misma situación; había más presos que estaban casados con los amigos del jefe, amos y señores de todo el pabellón. Saber que no era el único le ayudaba a soportar el sufrimiento, y su odio se atenuaba un poco, pero se dijo que un día se vengaría. La vida de mujer del jefe le proporcionaba buena comida, cocaína, sábanas, almohadas, mantas, bebidas, marihuana y agua fría. Los días de visita, tenía derecho a vestirse como un hombre para recibir a sus familiares. Pero, en la rutina de la cárcel, su atuendo eran unas braguitas rojas, color predilecto del jefe, que además lo obligaba a ponerse carmín y a usar pendientes. Cuando tuvo su primera diarrea, el jefe le exigió que usase una compresa.

—¡La diarrea de marica es menstruación! —le decían.

Cuando lo soltaron, se había convertido en una persona más dura, más sublevada con la vida. Recordaba las numerosas ocasiones en que lo despertaron arrojándole agua de sumidero en la cara, de la porra de los guardianes penitenciarios que le golpeaban la espalda sin motivo alguno. Cuando su marido no tenía dinero para procurarse comida del exterior, Bernardete se veía obligada a ingerir aquellas alubias escasas, aquel arroz en mal estado, aquella carne sin sabor e insalubre. Cuando el jefe se cansó de follar con Cabelinho, los privilegios de ser la mujer del jefe desaparecieron y su situación empeoró considerablemente. No le quedó más remedio que alimentarse con la comida del Desipé* y beber aquella agua sucia, y sólo probaba la droga cuando algún visitante se la traía de extranjis, escondida en el culo o en el coño. Pilló un resfriado del que no pudo curarse en todo el tiempo que pasó en la cárcel, y poco a poco fue notando cómo su cuerpo era cada vez más ajeno a las órdenes del cerebro.

Pero se alegraba de estar vivo y cuerdo y de no haber sufrido la suerte de Camarão, su compañero de celda, que nunca había hecho nada malo en la vida hasta que un día, agobiado al ver impotente cómo el hambre minaba a su familia, decidió robar un queso en el mercado; los vigilantes lo pillaron in fraganti y lo entregaron a la policía que, también mediante tortura, le obligó a confesar la autoría de diversos crímenes. Juzgado y sentenciado, Camarão cumplió condena en aquella prisión donde, por haberse resistido a una violación, perdió la visión del ojo izquierdo como consecuencia del golpe que le dieron. Su cuerpo fue pergamino de varias cicatrices, pasto de la tuberculosis. Al cabo de un tiempo de zurras y enfermedades, Camarão dejó de tener conciencia de las cosas y su locura provocó que primero lo abandonase el sistema judicial y después su familia. En cuanto le soltaron, se dedicó a deambular por el centro de la ciudad, como tantos otros pordioseros. Seis meses después, murió en pleno día, sin recibir socorro ni compasión.

Cabelinho temió volverse loco al ver a tantos presos víctima de la demencia, la lepra y las enfermedades venéreas. La muerte violenta y la natural lo angustiaban incluso en sueños. Odiaba a aquellos guardianes que entregaban drogas a algunos presos para que traficasen con ellas porque, además de cobrar un precio desorbitado, exigían comisión sobre las ventas. Se sorprendía cuando los jefes aseguraban que aquel lugar era su casa y que, cuando los soltaran, tan sólo se irían de vacaciones, porque su verdadero hogar estaba allí dentro, porque allí se sentían a gusto. Y los presos que no recibían visitas, y en consecuencia no tenían dinero para comprar siquiera pasta de dientes o un tenedor para comer, se veían obligados a trabajar para los presos que les prestaban esas menudencias: les echaban agua para que pudiesen bañarse a gusto, les limpiaban la celda y, cuando tenían las piernas li-

* Departamento General del Sistema Penitenciario. *(N. del T.)*

sas y el culo respingón como él, les forzaban a hacer sexo oral y anal. Cabelinho Calmo recibía visitas que le llevaban dinero y tenía sus objetos de uso personal, pero el hecho de no haberse presentado al jefe el primer día de su ingreso en prisión lo convirtió en mujer de maleante.

En una ocasión, uno de los presos entregó una buena mordida a un guardia para sellar el acuerdo que facilitaría su fuga. Todo estaba preparado para que se escapase una Nochebuena, pues, por regla general, esa noche los guardias se ponían como cubas. El preso se despidió de los más allegados y prometió que, en cuanto consiguiese dinero, les mandaría una parte. La primera fase del plan salió bien, pero, en el último instante, el preso recibió cinco tiros del propio guardia con quien había hecho el acuerdo. Cabelinho se juró a sí mismo que jamás regresaría a la trena. Moriría si fuese necesario, se liaría a tiros con la policía para morir y no volver a la prisión.

Al atravesar el último portón del presidio, agradeció a su pombagira que no le hubieran pillado consumiendo drogas o traficando por orden del jefe, pues sabía que sobornar a los guardias para trapichear tranquilo no era del todo seguro: el guardia que recibía el dinero se chivaba o mandaba a otro para recuperar la droga y vendérsela a otro preso. Conoció a algunos reclusos a los que les habían aumentado el número de años de condena por caer en esa trampa.

Calmo llegó a la favela receloso ante la posibilidad de que alguien se hubiese enterado de lo ocurrido en la cárcel. Antes de reencontrarse con los amigos, quiso asegurarse de que nadie sabía una palabra y para ello envió a Valter Negão, su hermano mediano, a averiguar qué decían de él. Para su satisfacción, sus amigos sólo hablaron de lo mucho que le echaban de menos y nadie hizo la más mínima referencia a su vida sexual durante el encierro. Pardalzinho entregó bastante dinero a Valter Negão para que se lo enviase a su hermano, creyendo que el maleante aún estaba encarcelado. Y Miúdo le ordenó que pasase por el puesto de Cenourinha para recoger trescientos cruzeiros y llevárselos a Cabelinho; dado que éste había caído en el atraco que ambos habían perpetrado, lo justo era que Cenourinha lo ayudase. Miúdo sabía que Cenourinha enviaba regularmente dinero a Luís Ferroada, así que no le costaría nada enviárselo también a Cabelinho. Cenourinha sólo le entregó la mitad de lo exigido por Miúdo y aseguró que le enviaría el resto más adelante. Cabelinho Calmo decidió quedarse recluido en su casa un día más.

Apareció en Los Apês de madrugada y escuchó por boca del propio Miúdo lo que éste había hecho en la favela; Miúdo le confirmó y le dio detalles de todo lo que ya sabía. Respondió secamente con un «no» cuando Miúdo le preguntó si lo habían maltratado en la trena. Pardalzinho envió a Otávio a comprar varias pizzas en un restaurante de la Freguesia y mucha cerveza en la taberna más cercana; tenían que celebrar que habían soltado a Cabelinho Calmo.

–¡Cabelinho está en la calle! ¡Cabelinho está en la calle! –gritaba Pardalzinho al abrazarlo.

Miúdo decidió que Cabelinho Calmo tuviera su propio puesto de droga y añadió que hablaría con Cenourinha, asegurando que éste no tendría el más mínimo inconveniente en darle una participación. Cabelinho se pasó toda la noche hablando de atracos, a lo que Miúdo replicaba que era mucho mejor dedicarse al tráfico.

Miúdo aprovechó las ocasiones en que Pardalzinho no le oía para inventar algunas mentiras sobre Cenourinha y sugerir a Cabelinho Calmo que se hiciese con el puesto de su colega; añadió que, si fuera necesario, ordenaría a tres camellos que le acompañaran para acabar con su rival. Nada de criar cuervos.

Cabelinho aceptó la sugerencia, pero antes comunicó sus intenciones a Pardalzinho, y éste le rogó que no matase a Cenourinha. Miúdo accedió a regañadientes. El pacto se zanjó antes del amanecer de aquel día soleado en el que Cenourinha, creyendo que Cabelinho Calmo todavía se hallaba en la cárcel, le daba vueltas a la idea de que sólo se quedaría tranquilo cuando hiciese llegar a su amigo el resto del dinero que había prometido.

En lugar de enviar a tres camellos, Miúdo en persona apareció como por ensalmo frente a Cenourinha, seguido de Cabelinho. Le reprochó haber esperado tanto para mandar dinero al amigo que había caído en una movida en la que ambos habían estado implicados y que sólo hubiese accedido a hacerlo cuando él se lo ordenó. A Sandro no le pasó inadvertida esa mirada huraña de Miúdo que tantas veces había contemplado. Sin pronunciar palabra, le entregó todo el dinero a Cabelinho Calmo, quien, tras contarlo, le pidió muy educadamente que le entregase toda la carga de marihuana y le sugirió que se agenciase otro lugar lo más alejado posible de la favela para vender drogas, porque allí ya no era bien recibido.

Miúdo estaba deseando que Cenourinha pusiese alguna pega; así tendría una excusa para quitárselo de en medio. Pero Cenourinha, muy astuto, se mostraba tan tranquilo como Cabelinho. Esbozó una risa irónica y, sin mirar a Miúdo, aseguró que siempre había pensado en dejar el puesto a Cabelinho Calmo, que para eso estaban los amigos. Pese a que nadie levantaba la voz, la gente que pasaba cerca de los traficantes aceleraba el paso por temor a que se liasen a tiros de un momento a otro.

Entre los presos de la cárcel de isla Grande regía un código. En aquella ocasión, los *sangras*, los que matan, y el *angra*, el chivo expiatorio que asumía la autoría de los crímenes en la comisaría de Angra dos Reis, ya habían sido seleccionados y avisados, y estaban listos. Tanto los *sangras* como los *angras* eran elegidos, por motivos diferentes, por los jefes de la organización que dominaba en la cárcel. En algunos casos, la elección obedecía exclusivamente a la duración de la condena; si era muy larga, un crimen más no la alteraría demasiado, pues todo el mundo sabía que, en Brasil, nadie cumple una pena superior a treinta años. Y luego estaban los que mataban o asumían la autoría de asesinatos para librarse de una muerte segura por haber violado, por haberse liado con mujeres cuyos maridos estaban encarcelados o por haber atracado a sus conciudadanos: eran muy conscientes de que, si llegaban a esa cárcel tras infringir el código ético de la organización, sólo les quedarían tres opciones: matar, morir o asumir la responsabilidad de los crímenes. El plan se ejecutaría cuando comenzase la samba, lo habían elaborado los jefes de la organización, y su lema era «Paz, justicia y libertad».

En aquella cárcel, los presos que violaban o se habían ido de la lengua cuando los detuvieron, o robaban a sus compañeros, u obligaban a los presos más débiles a echarles agua mientras se bañaban, es decir, todos aquellos que infringían a sus compañeros algún tipo de humillación, morirían.

Ferroada encabezaba la lista de los condenados a muerte, pues había llegado allí imponiendo el mismo terror que había sembrado en la favela, donde había violado, atracado a currantes, abusado en los repartos de los botines e incluso asesinado y arrojado al río a algunas personas por el simple hecho de que le caían mal.

Lo detuvieron los policías del Galpão una mañana, completamente borracho, al día siguiente de haber cometido dos atracos y haber vaciado el cargador sobre las víctimas. Esa misma mañana, Miúdo se plantó en casa de Ferroada, cogió el fusil que guardaba detrás de la nevera y lo escondió en un lugar que ni siquiera Pardalzinho conocía.

Ferroada se vanagloriaba de haber metido el Cruel, apodo de su pene, en los culos de varios reclusos. Les quitaba el dinero, los cigarrillos, la comida que les mandaba su familia y las mantas en época de frío; solía decir que era el amo de aquella mierda. Ferroada se tumbó sobre una manta junto a la pared izquierda del patio. Ordenó al primer preso que pasó que le hiciese una paja y éste cumplió la orden sin pestañear. En pocos minutos, todo el patio entonaba a una sola voz:

En esta colorida avenida
Portela hace su carnaval.
¡Leyendas y misterios de la Amazonia
cantamos en esta samba original!
Dicen que los astros se amaron
y no se pudieron casar.
La luna enamorada lloró tanto
que de su llanto nació el río..., el mar.

Cuando acabó la samba, había trece cadáveres ensangrentados en el patio. El hombre que estaba haciéndole la paja a Ferroada, al primer verso de la samba, sacó un cuchillo de la cintura con la mano izquierda y, de un tajo, le segó el escroto y parte del pene; siguió dándole cuchilladas en el abdomen, en los ojos y en los brazos de aquel cuerpo que se debatía en una postura egocéntrica, mientras los demás presos percutían donde podían al ritmo de la samba y cantaban cada vez más alto.

Por unos segundos reinó el silencio, inmediatamente roto por el tintineo de un cuchillo contra las rejas. Un interno, sólo uno, lo deslizaba por los hierros mientras gritaba que había matado a trece hijos de puta. Al asumir la autoría de los trece asesinatos, ese preso se había librado de una muerte segura. Era el *angra*.

Pardalzinho ya había abandonado el Bloque Siete cuando Miúdo y Cabelinho Calmo llegaron para festejar la toma del puesto de venta de droga de Cenourinha. Había pedido prestada la bicicleta a Camundongo Russo y había salido pedaleando sin rumbo fijo. En aquellos momentos seguía a Daniel a una distancia prudencial para que éste no advirtiera su presencia, admirando su aspecto y contemplando su belleza realzada por el sol. Pardalzinho se moría de envidia cuando veía al joven detenerse a dar besitos a las chicas más guapas de la favela. Quería ser guapo, vestirse como los pijos, ligar con aquellas chicas que salían con ellos y tener su aspecto de ricos: bronceados por el sol, con brillantina en el pelo y tatuajes en el cuerpo. Siguió a Daniel por la Rua Principal, haciendo un gran esfuerzo por distinguir la marca de las zapatillas, la camiseta y las bermudas. El único que poseía una bicicleta Caloi 10 como la del pijo era Camundongo Russo.

Doblaron, uno tras otro, la Rua do Meio y recorrieron algunos metros. Pardalzinho se puso a la altura del joven y, sin preámbulo alguno, lo desafió a una carrera. El punto de partida sería el segundo puente del brazo derecho del río: irían hasta las Últimas Triagens y volverían al punto de partida. Aunque Pardalzinho sabía que perdería porque aún arrastraba las secuelas de la operación, pedaleó con fuerza y, para su sorpresa, fue delante toda la carrera. Estaba tan en forma como Daniel, que no salía de la playa y se pasaba el día haciendo gimnasia. Lo esperó con una amplia sonrisa dibujada en su rostro.

—¿Creías que iba a ser fácil?

—¡La verdad es que eres tremendo!

—¿Dónde has comprado esas zapatillas?

—Las compré en Madureira, pero las venden en cualquier zapatería...

—¿Y la camisa?

—En la Sul.

—¿Las bermudas?

—También en la Sul. Es todo ropa de marca. Las zapatillas son Adidas, las bermudas Pier y la camiseta Hang Ten.

—Si te doy el dinero, ¿tú me comprarías todo eso?

—Claro.

—Vamos a casa, deprisa.

Pardalzinho sacó un fajo de billetes del interior de una bolsa de plástico repleta de dinero y se lo entregó al joven sin contarlo. A Daniel le pareció que era demasiado. Pardalzinho le dijo que le comprase varias zapatillas del número 40, así como bermudas y camisetas, e incluso le dio más dinero para que fuese y volviese en taxi, recomendándole que lo llevase todo al Bloque Siete.

El joven se despidió sorprendido por la amabilidad del maleante y cayó en la cuenta de que no hubiera hecho falta dejarle ganar la carrera para que lo tratase bien. Pardalzinho contempló al joven mientras se alejaba; éste lo saludó con la mano, dobló la esquina y enfiló hacia la casa de Patricinha Katanazaka a toda velocidad. Pararía sólo un momento para recuperar un disco de Raul Seixas que había prestado a la chica y luego se iría a comprar lo que Pardalzinho le había encargado.

Ya era bien entrada la madrugada cuando Pardalzinho terminó de probarse todas las bermudas, camisetas y pares de zapatillas que Daniel le había entregado al comienzo de la noche en las inmediaciones del Bloque Siete. Ya sólo le faltaban los pantalones Saint-Tropez. Los tres paquetes abultaban tanto que tuvo que llevarlos hasta la casa de su madre en el mismo taxi que había traído a Daniel. El propio Pardalzinho comentó lo absurdo de aquellas compras, pero la vida de rico es así: la cuestión era gastar, ponerse guapo y disfrutar de la vida. Obsequió a Daniel con hierba y dinero, y Daniel alucinó con la cantidad que le había dado; incluso alcanzaba para comprarse una plancha de surf o un *skate* importado.

—¡Soy un play-boy! —decía Pardalzinho a todos los que le hacían algún comentario sobre su nueva indumentaria.

Se tatuó en el brazo un enorme dragón que lanzaba llamas amarillas y rojas por el hocico y Mosca le rizó el pelo, ya de por sí ligeramente crespo. Vestido como los ricos, se sentía como ellos. Además, pidió a Mosca que comprase una bicicleta Caloi 10 para poder ir a la playa todas las mañanas. Los ricos también van en bicicleta. Frecuentaría la playa del Pepino en cuanto aprendiese bien la manera de hablar de los pijos. En rigor, en rigor, en la vida todo es una cuestión de lenguaje. Algunos maleantes comenzaron a tomarse en plan de coña su nuevo *look*, pero Pardalzinho los atajó diciendo, mientras empuñaba el revólver, que no tenía cara de payaso. Hasta a Miúdo le dio la risa cuando lo vio vestido con aquella ropa de guaperas de la Zona Sur.

Un globo es un artefacto de papel fino, confeccionado de tal modo que puede adquirir variadas formas, y por lo general de fabricación casera, que se lanza al aire durante las fiestas de junio y que sube por causa del aire caliente que desprenden los paños de estopa que, amarrados a una o más bocas de alambre, se introducen en su interior y se prenden.

Existen muchas variedades de globo: el japonés, que es el más pequeño de todos y cuyo ascenso y descenso son instantáneos; el globo-caja, llamado así por su forma; el globo-beso, puro rumor para abreviar el tiempo de las insinuaciones amorosas; el globo-mandarina; el martillo, etc. Estos globos sólo se mantienen en el aire mientras la estopa está encendida.

Por extensión, también se llama globo al currante que se desloma toda la semana en el trabajo y, el día de la paga, con la excusa de ir a saldar la cuenta del mes en la taberna, se pule media paga empinando el codo, convencido de que lleva mucho dinero en el bolsillo. La bebida es la estopa que lo va inflando, inflando, inflando, y le hace subir, subir, subir, para después bajar, bajar, bajar, ya completamente apagado. Y en ese momento llegan los chicos para robarle sus pertenencias y el dinero que le queda.

Esta actividad, tan disputada no sólo por los delincuentes sino también por la gente del Callejón, se denomina «apagar el globo». Miúdo lo prohibió a fin de evitar las repetidas denuncias que se presentaban en comisaría (con lo que disminuyeron las redadas policiales), para dar la impresión de que Ciudad de Dios se había convertido en un lugar tranquilo y también para ganarse el reconocimiento de los alcohólicos de la favela. Sin embargo, por motivos miserables, los chicos de la Trece se despertaron temprano aquel viernes precedido de luna llena. Armados con piedras y palos, atacaron todos los quioscos de periódicos que encontraron en el camino; más tarde, desvalijaron todos los comercios de la plaza de la Freguesia a punta de navaja y con un revólver del 22; y, por la noche, apagaron el globo a todos los borrachos a los que no conocían.

A Zé Maria, que vivía en el Bloque Ocho, le gustaba beber en la Praça Principal de la favela. Allí, masticando molleja de gallina y delante de su bebida, observaba a las mujeres y dictaminaba cuál estaba buena y cuál no. Ese día bebía con mayor avidez que de costumbre: acababa de recibir una indemnización por la rescisión de su contrato de trabajo, que tenía una duración de seis años. Los chicos, apostados en la parte izquierda de la barra del bar de Tom Zé, bebían guaraná mientras observaban cómo Zé Maria le daba a la cachaza, comía molleja y se lavaba el estómago con cerveza. Tom Zé les pidió que no robasen cerca del bar y, para que le hiciesen caso, les regaló un litro de gaseosa.

Zé Maria salió tambaleante a la noche ya cerrada; los chicos lo siguieron, a la espera de que pasase por un lugar desierto para abordarlo. El atraco se produjo antes de llegar a los centros de desintoxicación de Barro Rojo. Zé Maria trató de librarse de los chicos de la *quadra* Trece, pero sus intentos resultaron infructuosos.

A la mañana siguiente le dolía el estómago y le pesaba la cabeza; aun así, decidió levantarse, lavarse la cara y cepillarse los dientes. Salió de casa sin contestar a su mujer, que le había preguntado si no iba a tomar café, y fue a buscar a Miúdo. No lo encontró en el puesto de droga y tuvo que quejarse ante Biscoitinho y Camundongo Russo, que le prometieron recuperar el dinero lo más pronto posible.

—Ayer vi a esos chicos de la Trece saliendo del bar en pandilla. Cuando me vieron, trataron de darme esquinazo, ¿entiendes? Sólo pueden haber sido ellos —dijo Camundongo Russo.

—¡Vamos allá, vamos allá! —propuso Biscoitinho.

—Es mejor hablar primero con Cabelinho, ¿vale, hermano? Él es el que manda en la Trece —objetó Camundongo Russo.

—¡Que no, chaval! ¡Nosotros sabemos lo que hay que hacer! Y ellos ya deberían saber que no pueden apagar globos en la favela, ¿o no? —argumentó Biscoitinho.

—Pues sí, tienes razón.

—Entonces vamos para allá.

Salieron en bicicleta por los callejones del Barro Rojo, cruzaron la Rua Edgar Werneck y entraron en la Rua dos Milagres la mar de tranquilos, como si dieran un paseo matutino. Los chicos estaban en la primera travesía, trajinando para elevar cometas, con la alegría de quien tiene dinero.

—¿De dónde habéis sacado el dinero para comprar ese hilo? —preguntó Biscoitinho.

—¿Y a ti qué te importa, tío? —respondió Monark, mirando con ojos extraviados, sin dejar de unir cintas de papel fino al hilo.

—¡Oye, mocoso! ¿Te crees que un chico crecido es un hombre? ¡Todo el mundo apoyado en la pared! ¡Regístralos! —dijo Biscoitinho a su compañero con una pistola 9 milímetros en la mano.

Camundongo Russo los registró en busca de armas y dinero y tuvo que empujar a Monark y a Palitinho, que se negaron a arrimarse a la pared. Debido a su resistencia, no los registraron con mucha minucia, por lo que Camundongo Russo no encontró parte del dinero en el bolsillo de Palitinho.

Biscoitinho les preguntó varias veces si habían sido ellos los que habían apagado el globo de Zé Maria. Ninguno respondió. Entre tanto, Monark fue acercándose poco a poco al hoyo donde tenía escondido su revólver. Arrastrando los pies, con la nariz moqueando, flaquísimo y sin camisa, miraba serio a los traficantes que los amenazaban con llevarlos a conversar con Miúdo. Permanecieron unos minutos más charlando hasta que Camundongo Russo convenció a Biscoitinho para que se fueran, no sin antes amenazarlos de muerte si llegaban a enterarse de que habían apagado otro globo en la favela.

Cuando Biscoitinho y Camundongo Russo volvieron a Los Apês, se encontraron a Miúdo aún somnoliento y, sin saludarlo siquiera, comenzaron a relatar lo ocurrido a su jefe, que no tenía muchas ganas de conversar. Los escuchó sin interrumpirlos y al final dijo de manera tajante:

—Sólo se le apaga el globo a quien está bolinga. Nadie le obligó a beber. ¡Dejad a los chicos tranquilos! ¿Cuánto le sacaron?

—Seiscientos.

—Dadle el dinero y decidle que si vuelve a emborracharse nos lo quitaremos de en medio.


Marisol se alejó e intentó convencer a Thiago para que charlaran tranquilamente; quería explicarle que se había declarado a Adriana cuando estuvo seguro de que ellos dos ya no salían juntos. Thiago, sin hacerle caso, iba de aquí para allá con los puños cerrados, se balanceaba, hacía ademán de irse y no se iba, insultaba a Marisol, hasta que éste sacó la pistola y, tras amartillarla, apuntó a Thiago y dijo que lo mataría. Tras correr unos cincuenta metros, Thiago se parapetó detrás de un poste y desafió a Marisol a que disparase. Incluso con el arma en la mano, Marisol intentaba convencerlo de que charlaran. Le aseguró que guardaría la pistola si el otro accedía a hablar con calma. Thiago replicó, le aseguró que conseguiría un revólver y lo mataría sin piedad. Ante esa afirmación, Marisol disparó. Un humo ligero le envolvió el rostro. Las balas, que perdieron fuerza antes de alcanzar los veinte metros, cayeron al suelo.

Resultó que, mientras Marisol cargaba la pistola, Thiago tenía tiempo para acercarse a él y agredirlo. Así pues, Marisol corría a la vez que cargaba el arma y, con la lengua asomando por la comisura izquierda de los labios, disparaba dos veces sobre Thiago. Éste se detenía a veinte metros, esperaba los dos tiros y se precipitaba sobre Marisol. Pasaron toda la tarde en ese tira y afloja. Se formó un corrillo de gente que se reía y los azuzaba. Cuando Marisol disparaba, todo el mundo corría; después, Thiago atacaba y los curiosos aplaudían. Recorrieron toda la favela entregados a ese jueguecito hasta que a Marisol se le acabaron las balas. Finalmente se enfrentaron cuerpo a cuerpo. Todos los que presenciaron la pelea opinaron que había habido empate.

Las peleas entre Thiago y Marisol se prolongaron durante dos semanas, y se enfrentaban en los sitios más dispares. Los amigos convencieron a Marisol de que no usase el arma contra Thiago porque éste, alegaban, era de la panda. De la misma forma, intentaban persuadir a Thiago de que acabase con ese rollo de macho herido, diciendo que quien tenía que elegir era Adriana y ella ya había elegido.

Thiago no los escuchaba, aseguraba que el mundo era demasiado pequeño para los dos y afirmaba que Adriana sólo salía con el otro para darle celos.

Un viernes por la noche, Pardalzinho se vio obligado a disparar dos veces al aire en el Ocio para separarlos. Con el arma en la mano, les dijo que si volvían a pelearse los mataría, y los obligó a darse un apretón de manos.

En realidad, se trataba de una estratagema que los amigos de Marisol y Thiago habían urdido con Pardalzinho. Éste se había introducido en el grupo a través de Daniel y, para granjearse la amistad de los chicos, comenzó a enviarles marihuana mañana, tarde y noche, todos los días de la semana, y también a pagar helados, bollos y refrescos en la Panadería del Rey, donde solía encontrar a la panda reunida.

Para celebrar el fin de la enemistad entre los dos chavales, Pardalzinho se llevó a todo el grupo a una churrasquería y les dijo que podían comer y beber hasta hartarse, que él pagaría todo. Y así lo hizo, siempre con una sonrisa sincera en el rostro.

Además, ahora era guapo: le besaban las muchachas más bonitas de la favela, iba a los bailes armando jaleo en el autobús y había aprendido a hacer surf de plancha como nadie. Le gustaba su nueva vida.

Al día siguiente, Amendoim, un camello de su zona, se burló de él afirmando, delante de todos los maleantes, que los pijos se cagaban encima. Todos, incluido Miúdo, se rieron. En un primer momento, a Pardalzinho le pareció gracioso, pero después se sintió ridículo; de repente sacó el revólver y ordenó a todo el mundo que se largase. Al principio nadie se movió, pero cuando oyeron el primer tiro todos salieron despavoridos entre los edificios. Pardalzinho los persiguió sin dejar de disparar. Mientras corrían, la mayoría se partían de risa; Pardalzinho, serio, descargaba y cargaba el arma, soltaba palabrotas y los retaba para que se liasen a tiros con él. Pese a la rabia que sentía y al cabreo que llevaba, no disparaba a dar. Los persiguió un rato más y después optó por irse a los chiringuitos, donde se tomó un refresco y se comió un bollo.

Al cabo de unos minutos ya estaba contando chistes a los parroquianos del bar, haciendo payasadas y cantando rock. Sus compañeros comenzaron a llegar muy sigilosos. Pardalzinho los saludó como si nada hubiese ocurrido. Ordenó a Amendoim que liase un porro; fumó abrazado a Miúdo, que le mostraba la pierna con el rasguño que se había hecho al caer mientras corría. Pardalzinho compró tiritas y puso una en la herida de su amigo. Todo se había reducido a un juego de policías y ladrones, sólo que un poco más elaborado.

Por la noche, Pardalzinho aprovechó un momento en que se hallaban solos para comunicar a Miúdo su intención de casarse. Hacía mucho tiempo que estaba saliendo con Mosca y ya se había convencido de que era la mujer ideal para ser la madre de sus hijos. Era cariñosa, comprensiva, había dejado de robar y de fumar marihuana en las esquinas como un hombre, preparaba comidas sabrosas, limpiaba la casa como nadie, a su familia le caía bien, y un largo etcétera. Rogó encarecidamente a Miúdo que no se lo dijese a nadie, porque su intención era continuar tirándose a las putitas y a las pijas, que ahora también le estaban echando el ojo.

—¿Cuándo te casas?

—¡Hoy mismo!

—Pagarás por lo menos una cerveza a los...

—¿Dónde has visto que un maleante celebre un banquete de bodas, chaval?

Pardalzinho se había quedado con la casa de un traficante asesinado por Miúdo. Aquella misma noche pidió a Buizininha que comprase la cena en la churrasquería y se la acercase a su casa alrededor de la medianoche. El día anterior se había llevado a dos camellos para que pintasen y limpiaran la casa, y Madrugadão se había quedado a cargo de los retoques de albañilería y fontanería, además de responsabilizarse del montaje del armario. Quedó todo listo para la luna de miel.

En cuanto terminó de hablar con Miúdo, Pardalzinho se despidió de sus amigos, montó en la bicicleta y se dirigió al lugar en el que había quedado con Mosca.

La noche se quedó vacía después de irse Pardalzinho. Miúdo tenía ganas de esnifar, pero optó por volver a fumar maría para dormirse. Él mismo se lió el porro, que fumó solo en el portal de un edificio. A la mañana siguiente la cuadrilla estaba reunida en las inmediaciones del Bloque Siete cuando, por la calle del brazo izquierdo del río, apareció Biscoitinho con dos chicos amarrados con una cuerda. De vez en cuando les asestaba culatazos en sus cabezas ya ensangrentadas. Los chicos habían atracado un autobús de la línea 690 repleto de habitantes de los pisos.

—¡No se debe robar en los autobuses de la favela! ¡Ya os lo habíamos dicho! ¡Vais a tener que pasar por el pasillo polaco!

Los integrantes de la cuadrilla formaron una doble fila y obligaron a los ladrones a pasar tres veces entre ellos, mientras les asestaban culatazos sin piedad alguna. Bigolinha, que tenía nueve años, perdió el sentido. Miúdo, creyendo que no era más que un truco para que dejaran de golpearle, comenzó a darle puntapiés y más culatazos. Acto seguido y entre carcajadas, descargó su 9 milímetros en el cuerpo del niño. Después pidió a Camundongo Russo que disparase al otro ladrón en el pie; luego cogió otro revólver, él mismo apuntó al crío y le ordenó que se marchase sin mirar hacia atrás, pues de lo contrario moriría.

El niño salió cojeando y avanzó apoyándose en la pared del edifico. Tenía la impresión de que el mundo se había detenido y el silencio de aquellos minutos se le antojó el más grande que sus oídos habían percibido hasta entonces. Miúdo dispararía en cualquier momento; si se distanciase un poco del edificio, el tirador no podría apuntar guiándose por la pared. Intentó alejarse, pero no lograba andar sin apoyo, así que volvió junto a la pared. Si supiese rezar, rezaría; si supiese volar, volaría; si saliese vivo de aquélla, nunca más robaría dentro de la favela. Volvió a oír los gritos de su madre cuando ésta lo mandaba a conseguir dinero. Desgracia, mucha desgracia había en su vida, moriría por la espalda. Faltaban tres metros para llegar al extremo del edificio. Aceleró el paso, dobló la esquina aliviado y se detuvo para respirar y mirarse la herida. Cuando apoyó el rostro en el lateral del edificio para comprobar que nadie lo perseguía, recibió un tiro en mitad de la frente. Con el arma apuntada, Miúdo se había mantenido inmóvil durante todo el tiempo que el chaval tardó en llegar hasta la esquina e incluso después de doblarla.

—Anda, Marcelinho Baião, coge un coche y tira a esos gilipollas en el Callejón del Sací.

Y, como si nada hubiese ocurrido, siguió haciendo planes, sin mirar a Pardalzinho, que lo llamaba loco con los ojos humedecidos.

Dos días después, un periódico reproducía la foto de los niños asesinados diciendo que había sido un crimen bárbaro. Miúdo, que escuchaba a Pardalzinho mientras leía la crónica, le preguntó qué significaba «bárbaro». Pardalzinho no supo responder, pero Daniel, que había ido allí para recibir cinco bolsitas de marihuana, regalo de Pardalzinho, explicó a todos el significado de la palabra.

En las calles, los niños que estudiaban por la mañana se divertían con las peonzas cerca de sus casas, y las niñas jugaban a las comiditas en los patios y en las escaleras de los pisos. Se veía tranquilidad en los rostros de la gente. El río y sus dos brazos corrían lentos a causa del verano, que se prolongaba desde hacía más de un mes. En el Ocio, los muchachos comentaban la última pelea en el baile; en las tabernas, los bebedores de cachaza se gastaban bromas trilladas, discutían sobre fútbol y contaban viejos chistes.

El lunes transcurría con normalidad: las vecinas intercambiaban cotilleos vespertinos y había gente que buscaba botellas para venderlas en los depósitos de bebidas o juntaba hierros y pelaba cables para vender el cobre a algún chatarrero. Algunos no habían probado bocado en todo el día. Los ladrones ya habían cumplido con sus tareas, los atracadores ya habían asaltado y matado a alguien fuera de allí y los mendigos que vivían en la zona llegaban en uno u otro autobús.

En la *quadra* Trece, una mujer comprobó la temperatura del agua que había puesto a hervir después de haber ido a la taberna un par de veces para buscar a su marido, que estaba emborrachándose con los amigos. Varias veces a lo largo del día pensó en desistir de sus propósitos, pero al verlo ebrio, decidió seguir adelante con su proyecto de ser feliz para siempre. La semana anterior había convencido a su marido para que se hiciese un seguro de vida y ahora lo mataría sin piedad.

En Los Apês, un grupo de niños, cuya media rondaba los siete años, se reunió en la escalera del Bloque Ocho. Se los conocía como los «Ángeles», porque todos habían nacido en Ciudad de Dios, y también como los «Caixa Baixa», porque nunca tenían dinero, al contrario que los rufianes de la cuadrilla de Miúdo, cuyos robos y asaltos les reportaban grandes sumas. Hambrientos, en ese instante devoraban tres pollos conseguidos en un atraco a una cantina situada en la plaza de Tacuara, adonde llegaron armados de hambre hasta los dientes.

Lampião decía, con la boca llena, que nunca más robaría para comer; juraba que abriría un gran negocio para no tener que arriesgarse a que lo pillasen todos los días y, para ello, haría lo mismo que Biscoitinho y Marcelinho Baião, que sólo afanaban casas y traían oro, dólares y armas. Un día, ese rollo de meter la mano en la cintura fingiéndose armado podía fallar, así que era hora de conseguir armas para apuntar a la cara de los pringados y ordenarles que pusieran todo en el suelo. Era humillante seguir haciendo favores a los maleantes a cambio de una miseria, restos de comida y bolsitas de marihuana.

A Otávio le gustaba ese currito de recadero. Siempre había dicho que de mayor quería ser traficante, pero lleva mucho tiempo conseguir que a uno lo respeten para ser camello y después vigilante hasta llegar a jefe. Para estar al frente de un puesto de venta tendría que esperar a que los antiguos dueños muriesen o los encerrasen o, si no, matar a todo el mundo, como había hecho Miúdo. No, robaría cosas grandes para llenarse los bolsillos de dinero.

De eso hablaban unos niños que se peleaban por llevarse a casa los restos de los pollos que habían robado.

Lampião llegó a su casa sin hacer ruido para no despertar a su madre ni a su padrastro. Éste, sin embargo, no dormía, por si el muchacho traía algún dinero. El niño sólo le ofreció un muslo de pollo y recibió un sopapo a cambio, porque su padrastro no era ningún gilipollas como para mantener a los hijos de otros ni vivía para proteger a vagabundos. Su madre intervino, y ésta también recibió lo suyo.

El padrastro no lo decía, pero estaba convencido de que ella defendía a aquel hijo de puta porque veía en él el rostro de su padre; el mucho afecto que le daba era una manera de amar al otro. Un día lo mataría a hostias para no vivir con el recuerdo del primer marido de su esposa. Lampião, después de la zurra, se fue a dormir sin derramar una sola lágrima, porque todo el mundo sabe, y nunca está de más repetirlo, que los hombres, si lo son de verdad, nunca lloran.


—Cuando una mujer empieza a incordiar así, la solución es tirarse pedos delante de ella, pedos y más pedos sin parar.

—¿Cómo? —preguntó el marido.

—Compra dos kilos de rabadilla, dos de patatas, berros, ordena a la parienta que lo cocine y tú vete al bar a ponerte a tono. Después vuelve a casa; si a toda esa mierda le echas guindilla, te tirarás pedos sentado, de pie, en cuclillas, de rodillas, despierto y dormido. Tú tírate pedos sonoros, troceados, calefas, volcánicos, con burbujas, silbantes, dudosos, huérfanos y con rabo.

—Hoy estuve a punto de tirarme un pedo en la cara de la hija de puta. ¿Por qué las mujeres son así? ¡Coño! Me deslomo todo el día, no me compro nada para que haya de todo en casa, no me pongo agresivo, ni se me ocurre pegarle, tampoco a los niños, no molesto a nadie... ¿Qué tiene de malo que quiera tomarme una cervecita? Beberse un trago antes de la cena... Que se vaya a tomar por culo, ¿no? ¡Échame un buen trago con esa cachaza de Minas, anda!

—¿Por qué no empiezas hoy a tirarte pedos? Si te comes unos torreznos, tendrás suficiente munición.

—Ponme unos torreznos, bajito.

—¡Bajito lo será tu padre, tío! —respondió el dueño de la taberna antes de servir al marido protestón.

El hombre se comió cinco torreznos, se bebió tres copas más de cachaza con vermú, además de una cerveza para lavar el estómago, y se dirigió tambaleándose a su casa. Abrió el portón con cierta dificultad; tenía verdaderas ganas de mear y aceleró el paso hacia el cuarto de baño, pero la orina se escurrió pantalones abajo y mojó la alfombra de la sala. Se dio una ducha sin quitarse la ropa, sorprendido por el silencio de su esposa en la cocina. Pensó en decir algo, pero prefirió evitar toda conversación para no acabar peleándose; se quitó y amontonó la ropa sucia y empapada bajo el lavabo del cuarto de baño y se acostó, no sin antes ponerse unos calzoncillos. En pocos minutos roncaba de lo lindo. La mujer lo arrastró hasta la cocina y le echó el agua hirviendo en la cabeza.

La detuvieron por homicidio con premeditación y se quedó sin el dinero del seguro.


—Hermano, yo sólo quiero vender pizzas, refrescos y zumos, ¿está claro?

—¡Tienes que vender también cerveza, chaval! Todo el mundo bebe cerveza...

—No, no... No estoy dispuesto a aguantar a borrachos. Ya tengo una cocina industrial, dos batidoras, una máquina para hacer zumo de naranja, vasos y un montón de cosas. Lo único que falta es un local apropiado para empezar. Entonces, ¿te mola? Yo me quedo con el cincuenta por ciento y el resto os lo repartís entre el cocinero y tú. Pero sólo veremos dinero cuando yo termine de pagar lo que debo. ¿De acuerdo?

—¡De acuerdo! —dijo Busca-Pé con una amplia sonrisa y la mano estirada para recibir un apretón de manos de Álvaro Katanazaka, con quien ya había intentado abrir una tienda de utensilios de cocina.

De hecho, aquella primera tienda jamás existió, pues decidieron comenzar vendiendo de puerta en puerta. Después sí, después abrirían un pequeño comercio en la favela y, con dedicación y pensamientos positivos, pronto, muy pronto abrirían sucursales y contratarían empleados. Sin embargo, incluso con aquel folleto confeccionado por Katanazaka, que informaba de que los beneficios se donarían a un orfanato, obtuvieron poco más de un salario mínimo durante el primer mes, periodo en el cual, además, descuidaron el colegio, anduvieron todo el día dentro y fuera de la favela e invirtieron dinero en la compra de mercancías en el mercado de Madureira. Y todo para conseguir sólo aquella miseria, de la que aún tuvieron que reservar la mitad para reponer la mercancía vendida.

–Nadie tiene que saberlo, ¿está claro? Si no, pasa lo de siempre con los envidiosos y el negocio no funciona –le previno Katanazaka.

–Hay que comprar un amuleto y ponerlo en el local desde el primer día.

Estuvieron charlando un rato más y, entre calada y calada del porro que se estaban fumando, y de forma barroca, surgían algunas ideas para la nueva empresa. En cuanto acabaron de fumar, Busca-Pé se despidió y salió de casa de Katanazaka, que en esos momentos echaba ambientador por la sala para que no se notara el olor a marihuana, pues sus padres no tardarían en llegar. Busca-Pé cogió su Caloi 10, bicicleta que todo joven moderno deseaba tener, avanzó quinientos metros y, de repente, dio media vuelta y pedaleó con más fuerza de vuelta a la casa de su socio.

–¿Te acuerdas de aquella tiendecita que está al comienzo del barrio Araújo?

–Sí.

–¡Pues el tío alquila el local! Cuando pasaba por delante, se me ocurrió la idea.

–¿Estarán esos tíos hoy allí?

–Puede ser...

–¿Vamos allá?

–¡Vamos!

Katanazaka cogió su bicicleta y siguieron por la calle del brazo izquierdo del río.

–Hay que tener aval o dejar un depósito, y tanto el inquilino como el avalista tienen que ganar tres veces más que el valor del alquiler. ¿Dónde vivís? –quiso saber el dueño.

–En Ciudad de Dios –contestó Busca-Pé.

–¿Y vosotros queréis alquilar el local? –preguntó el dueño ásperamente al oír esa respuesta.

–No. Es mi padre –respondió Katanazaka.

Salieron de allí entusiasmados con la posibilidad de alquilar la tienda. El alquiler era alto pero, con la experiencia que tenían y la publicidad que planeaban hacer, conseguirían aquella cantidad todos los meses, claro que sí. Sólo tenían que falsificar la nómina de don Braga, padre de Katanazaka, y de eso se encargaría Busca-Pé, que, además de fotógrafo, se había revelado como un gran artista plástico. El dinero del depósito ya estaba garantizado: vendría de la indemnización y el finiquito que Álvaro Katanazaka recibiría el lunes, pues lo habían despedido del trabajo.

Don Braga no puso pegas; hacía todo lo que su hijo le pedía, y no por ser un padre condescendiente, no, sino porque veía en su hijo al prototipo de un empresario de éxito y, siendo así, tendría mucho dinero, dinero que él nunca había sabido cómo conseguir. Este hecho no le impedía ser sensible y amar con toda sus fuerzas a su hijo Álvaro, que sería lo que él no había sido y, para eso, lo ayudaría siempre que pudiese.

Busca-Pé aceptó la invitación de almorzar en la casa de Katanazaka. Era algo necesario y agradable. Necesario porque así se pondría enseguida a la tarea de la falsificación; agradable porque la comida de doña Tereza Katanazaka era la mejor que había probado en toda su vida.

—Tienes que preparar las tres últimas nóminas —le recordó Katanazaka.

—Hay cosas peores. ¿Hay gillette, pegamento y máquina de escribir? Va a haber que sacar unas copias chapuceadas, ¿entiendes?

—Ya nos las arreglaremos.


Todo resultó como Busca-Pé había planeado: para alquilar el local, bastaba con presentar el carné de identidad de don Braga y las tres nóminas falsificadas.

Antes de las tres de la tarde, don Braga se esmeró en el afeitado, se arregló el pelo, se cortó las uñas, se puso el viejo traje de su boda, se encasquetó las gafas de doña Tereza y se fue, junto con Busca-Pé y Katanazaka, a alquilar el local, lo que consiguieron sin problemas.

—¡Tienes que ponerte ropa de camarero, chaval!

—Oye, tío, yo no quiero ponerme ropa de camarero, ¿vale? ¿Qué pasa? ¿Tengo pinta de guarro?

—Entonces, ponte una camisa blanca para dar impresión de limpieza, ¿sabes lo que te digo? ¡En cualquier bar es así!

—Bar, no. Pizzería —corrigió Busca-Pé.

—Mañana hay que venir temprano para dar los últimos retoques, ¿de acuerdo? Avisa a todo el mundo que habrá una promoción por ser el día de apertura. Pero ojo: sólo mañana.

—¿Cuál es la promoción?

—Quien elija el menú, tiene derecho a dos gaseosas —contestó Katanazaka.

Había pasado un mes desde que alquilaran el local y los dos muchachos ultimaban los detalles antes de la inauguración.

—Trae unos discos de Milton Nascimento, Caetano Veloso, Gal... —continuó Katanazaka.

—¿Crees que a los clientes les gustará esa música?

—¡Y yo qué sé! También podemos traer algunos discos de rock. Según los clientes, cambiamos la música.

—Buena idea —dijo Busca-Pé.

La inauguración fue un éxito. Pardalzinho llegó muy temprano e insistió en pagar la cuenta de todas las mesas. Busca-Pé aceptó. La pizza estaba buena, la gaseosa bien fría.

—¡Tienes que traer cerveza! —dijo Pardalzinho con la boca llena.

—Ya traeré. Lo que ocurre es que me están faltando cascos —dijo Katanazaka con un boli en la oreja izquierda, lo que le daba apariencia de comerciante.

Fuera, la lluvia caía en aquella noche estival. Busca-Pé insistía en poner a Caetano Veloso en el tocadiscos para los jóvenes pijos, que se reían por chorradas y hablaban con aquella jerga tan particular.


Era viernes, día en que los puestos de Miúdo y Pardalzinho vendían mucho más que los otros. Vida Boa ayudaba ahora en la contabilidad e Israel tocaba samba en las salas de fiesta, pero había comenzado a salir armado y a golpear a los vagabundos que robaban dentro de la favela. Israel tenía casi el mismo poder que Miúdo y Pardalzinho. De vez en cuando cogía dinero del puesto y decía a las mujeres que no le hacía falta traficar con drogas para vivir. Era un artista.

Alrededor de la medianoche, Pardalzinho se presentó con casi todos los muchachos de la panda de Busca-Pé en los chiringuitos donde estaban Miúdo y el resto de la cuadrilla.

—¡Todos son amigos míos, todos son buena gente! No quiero que nadie se meta con ellos, ¿vale? Nadie. A quien se meta con ellos, le pegaré un tiro en el culo, ¿está claro? Venga, venga, coge veinte bolsitas de maría, anda, coge —animó a uno de los chavales.

Miúdo observó bien la cara de cada uno de los muchachos para no olvidarlos nunca más: si eran amigos de Pardalzinho, serían amigos suyos también. A algunos ya los conocía de vista, a otros desde niños, y ése era el caso de Leonardo, que vivía en Los Apês, así como el de Pedroca y Busca-Pé. Miúdo los miraba serio. De repente, ordenó al dueño de la taberna que abriese una caja de Coca-Colas y se retiró.

—Sólo queda una bolsita, ¿sabes, colega?

—¡Vaya, se acabó el costo!... ¿Quién va a envasar, quién va a envasar? —preguntó Pardalzinho y, tras unos minutos de silencio, continuó—: Ve a la casa de Carlos Roberto, cógele un kilo y llévalo a casa.

—Y dirigiéndose a los muchachos de la cuadrilla de Miúdo, añadió—:

Voy a envasar con mis amigos. No quiero rufianes detrás de mí, ¿está claro? ¿Vamos a envasar? ¿Vamos a envasar? —incitó Pardalzinho a los chavales.

En la casa de Pardalzinho, todos los muchachos se encendieron un porro y se entregaron a la tarea de envasar la marihuana en boletos de las quinielas. Gabriel se acercó a la panadería para comprar unos bollos y gaseosas; Paulo Carneiro fue al puesto de Allá Arriba a pillar cocaína, pero volvió a los pocos minutos diciendo que Terê no había querido darle las treinta papelinas.

—Toma esto, anda, toma esto y vuelve. ¡Enséñaselo y ya verás como te las da! —dijo Pardalzinho, entregando su gruesa cadena de oro con la imagen de san Jorge guerrero, también de oro, a Paulo Carneiro, que esta vez logró la coca.

Busca-Pé puso un disco de Raul Seixas en el tocadiscos y sugirió que sería mejor comer antes de esnifar. Se quedaron oyendo música, esnifando cocaína, fumando y envasando maría hasta que Mosca llegó con su hermana:

—¿Qué hacen todos estos niñatos en casa, Pardalzinho? Esa gente no tiene casa, ¿verdad que no? Vienen aquí a colocarse, se acaban mi comida... ¡Fuera! ¡Fuera! ¡Joder con estos tíos! ¡Joder!

Pardalzinho, riéndose, hizo señas a los muchachos para que se fuesen. La mañana surgía detrás de la Pedra da Gávea. La cocaína esnifada les había ahuyentado el sueño. Enmudecidos, esperaron a que Pardalzinho saliese en bañador, con una toalla al cuello y gafas oscuras.

—Todo el mundo a la playa. Nos encontraremos en Los Apês. Yo voy a llevar la carga y salimos desde allí. No tardaré.

Mientras Pardalzinho cerraba el portón, Mosca vociferaba por la ventana:

—¡Tú no vas a entrar hoy en esta casa, hijo de puta! Mi madre está enferma y a ti lo único que te interesa es el puterío, lo único que quieres es andar arriba y abajo con esos niñatos. ¡Maricón! ¡Hijo de puta!

Pardalzinho rió y caminó con los muchachos bajo un cielo azul celeste totalmente despejado. Sólo resplandecía el sol de un verano estupendo.

Sábado de playa repleta, olas altas, surfistas que cortaban olas, avionetas que ondeaban su propaganda en el aire, vendedores de mate, zumo de maracuyá, polos y bronceadores; algunos jugaban al voleibol, otros a la pelota, y los chicos de la favela competían en el surf acompañados por Barbantinho, que bajaba siempre con elegante destreza todas las olas.

Si uno se ha pasado la noche consumiendo cocaína, lo mejor que puede hacer al día siguiente es fumar bastante marihuana para sentir hambre y sueño, que la coca ha quitado, y tomar mucha agua de coco para proteger el estómago. Pardalzinho ya había aprendido esa lección hacía tiempo y por eso se llevó un puñado de maría a la playa y bastante dinero para comprar agua de coco y bocadillos para la panda, incluso para Adriana, Patricinha Katanazaka y las demás chicas, que ya estaban allí cuando él llegó con sus amigos. Era rico.

Al volver de la playa, Pardalzinho dejó a la mayoría de los muchachos subidos en el autobús y él se bajó, junto con los que vivían en Los Apês, en la parada de Gabinal. Entraron en Los Apês cantando rock. En lugar de ir a dormir, Pardalzinho les propuso ir a pillar más papelinas de coca para colocarse, pero antes pasarían por el edificio de doña Vicentina, donde, todos los sábados, ésta preparaba una buena comida acompañada siempre de batucada y sambas de partido alto. Se pondrían ciegos de comer y después meterían las napias en la nieve para pillar un buen colocón.

—¡Vamos! —invitó Pardalzinho.

—¡Vamos! —respondieron Leonardo y Busca-Pé casi al unísono.

Miúdo, Cabelinho, Biscoitinho y Camundongo Russo almorzaban; llevaban la pistola en la cintura y hablaban con la boca llena, dejando escapar trocitos de comida ensalivados. Conversaban sobre el escarmiento que darían a Espada Incerta, pues ya era la tercera queja de violación que recibían contra él desde que saliera de la cárcel. Aunque era uno de los maleantes más antiguos de la favela, eso no le daba derecho a quemar la zona y a aterrorizar a los habitantes. Debían tomar una determinación pronto si no querían perder el respeto de currantes y drogatas.

—¡Deja que yo le dé un escarmiento! ¡Vamos tú y yo y, si se hace el gracioso, lo liquidamos! —le dijo Pardalzinho a Miúdo nada más llegar.

Acto seguido estrechó las manos de todos sus compañeros y abrazó a Miúdo.

Pardalzinho se tomó dos platos de *mocotó** y se metió cinco rayas de coca. Miúdo lo imitó y después salieron. Busca-Pé y Leonardo los acompañaron hasta el puente del brazo derecho del río y se despidieron, pero antes Pardalzinho les prometió que se pasaría por el bar de

---

* Plato de consistencia gelatinosa que se prepara con manos de vaca o ternera, muy apreciado en la alimentación de los niños. *(N. del T.)*

Katanazaka al anochecer. Miúdo y Pardalzinho se internaron por las callejuelas con las armas en la mano; caminaban con paso ligero y con la seriedad propia del maleante en plena actividad. Cruzaban rápidamente las calles principales y disminuían el paso en las callejuelas. En una de ellas, una mujer, al verlos empuñando las armas, apretó el paso y se cayó. Miúdo se rió con su risa astuta, estridente y entrecortada, y aquello alertó a Pardalzinho, que conocía bien aquella risa.

—Dije que lo mataría si se hacía el gracioso, pero lo dije en broma, ¿está claro? —se apresuró a decir Pardalzinho.

Miúdo no le respondió y, al ver a un conocido, preguntó con arrogancia:

—¿Has visto a Espada Incerta por ahí?

—Está en la Quince, tomando cerveza.

Cuando Espada Incerta vio a los dos rufianes, arma en mano, acercarse por la plaza de la *quadra* Quince, intentó escabullirse; sabía que habían venido por el asunto de las violaciones.

En la más reciente, antes incluso de agarrar a la chica de apenas quince años cerca del antiguo cine, taparle la boca, llevarla detrás del edificio de la Coba, quitarle la braguita sin sacarle la falda y meterle brutalmente su pene empalmado en el ano, ya se imaginó que Miúdo intervendría, pero pensó también que, si asustaba a la chica, ésta no lo denunciaría. La amenazó de muerte si llegaba a abrir el pico. No obstante la chica, en cuanto el violador se alejó, comenzó a gritar:

—¡Degenerado! ¡Degenerado!

La noticia corrió como la pólvora, pese a que era de madrugada.

—¡Espera! ¡Espera! —gritó Miúdo al notar los pasos de Espada Incerta, que nunca había mantenido relaciones sexuales con una mujer por libre voluntad de ella.

Durante el tiempo que pasó en prisión, follaba con dos homosexuales y, en una ocasión, violó a un compañero de celda.

—¿Es verdad que te has cepillado a una piba? —preguntó Pardalzinho con firmeza.

—Me la follé bien follada, sí. Pero ella estaba con un vestido muy corto tonteando de madrugada, y se dejó, no hubo problemas, aunque al principio dijo que no se dejaría, ¿entiendes, compadre?

—¡De compadre, nada, chaval! ¿Acaso he apadrinado a algún hijo tuyo? Y no me vengas ahora con esa historia de que si se dejó o no se dejó. ¡No digas tonterías, tío! ¿Cómo se va a dejar follar por ti ninguna mujer, con esa cara de mono que tienes? Pon la cara, que te voy a dar unos trompazos para que te acuerdes de mí cuando se te ocurra forzar a una mujer.

250

—Porque vais armados, que, si no, cuerpo a cuerpo os reviento a los dos.

Pardalzinho entregó entonces su arma a Miúdo y se dispuso a pelear; Espada Incerta lo imitó. Pardalzinho golpeó sin tregua al degenerado; cuando le dolieron las manos de tanto pegarle, cogió un taco de billar y se lo partió a Espada Incerta en la cabeza, que salió a la carrera taponándose la herida con la mano.

—¿Qué hay, hermano? ¡Muy guapo te veo! ¿Adónde vas con esa pinta de pijo de la Sur? —preguntó Daniel.

—La mierda del bar no funcionó. Mi madre dice que no está dispuesta a mantener a un vago y a mí no me gusta andar pelado, ¿entiendes, colega? Me voy al Macro a ver si consigo algo. Me he dejado los riñones en aquella mierda de bar...

—¿Vas a trabajar en el supermercado, loco? ¡Joder! ¡Hay que tener ganas! Pero como no te cambies de ropa, no conseguirás nada. Vas demasiado pijo.

—Pues tienes razón —respondió Busca-Pé.

—¿Por qué fracasó el bar?

—Por fiar, colega, por fiar a los clientes, ¿entiendes? Ya le decía yo: «Chaval, estás fiando mucho». Y él me contestaba: «¡Déjame! ¡Déjame!». Y ahí están los resultados. Katanazaka es un tremendo cabezota, ¿sabes? Siempre quiere tener razón... Me voy a casa a cambiarme de ropa para ver si pillo algo por ahí, ¿vale?

—¡Que te vaya bien!

Un martes por la noche, Manguinha se despidió de sus amigos afirmando que iba a desvalijar un par de casas con dos compañeros, Tiãozinho y Coca-Cola, a quienes había conocido cuando pasó cinco días encerrado en la comisaría de estupefacientes por llevar dos bolsitas de marihuana en los calzoncillos. Los policías decidieron meterlo en chirona para ver si sentaba la cabeza. Así solía actuar la policía con los drogatas blancos. Incluso en la favela, los blancos, siempre que no fuesen del norte, tenían ciertos privilegios si los pillaban fumando marihuana. La mayoría de las veces, los policías ni siquiera los detenían; se limitaban a soltarles el sermón y los dejaban libres enseguida. Gracias a ese salvoconducto, Manguinha decía que porreros eran los negros, que él sólo era un vicioso.

Su vida de crímenes comenzó exactamente después de conocer a esos dos rufianes en el calabozo. Antes de que lo soltaran, los maleantes le pidieron un favor: tenía que recoger los cuatrocientos mil cruzeiros que habían conseguido en un atraco y llevarles ese dinero en pequeñas cantidades cada vez que fuera a visitarlos al pabellón B de la cárcel de la Frei Caneca, donde ellos cumplirían su condena. Un mes después, Manguinha ya había trabado amistad con otros rufianes que formaban parte de la organización criminal que dominaba algunas cárceles cariocas. Ni siquiera él sabía el porqué de su apego por aquellos granujas, pero lo cierto era que le fascinaban sus historias de valentía, asesinatos, robos y atracos. Su pasión por el crimen se incrementó aún más si cabe cuando uno de los presos del pabellón B le pidió que se hiciese cargo de uno de los puestos de venta de droga de la barriada de Quitungo, oficio que le proporcionó poder.

Comenzó a hacer transacciones de compra y venta con la gente de la cuadrilla de Miúdo en su propia favela: negociaba con objetos robados, llevaba kilos de marihuana, cocaína, revólveres y municiones.

En una ocasión, antes de hacerse cargo del puesto de Quitungo y de traficar con armas y drogas, tuvo un serio altercado con Miúdo, a quien le vendió una motocicleta robada con documentación falsa según la cual la motocicleta era de Manguinha. Miúdo se la regaló al hijo de un amigo de los muchachos del barrio, pero, dos días después, el traficante juró que mataría a Manguinha en la primera ocasión: la policía había detenido al hijo de su amigo por robo y estelionato en la Barra da Tijuca. De no haber sido porque Laranjinha, Jaquinha y Acerola intercedieron, Miúdo ya lo habría matado.

Tras convertirse en un maleante dispuesto a todo, abastecedor de drogas, revólveres y municiones, recuperó el respeto de Miúdo, que ya había oído hablar de la organización y alguna que otra vez le preguntaba cómo funcionaba la cosa.

En una de sus visitas a la cárcel, Tiãozinho y Cola-Cola anunciaron a Manguinha que los iban a soltar. Tiãozinho pidió a Manguinha que les consiguiese un buen refugio y que vendiese todos los revólveres, reservando algunas pistolas; con ellas desvalijarían algunas casas en cuanto saliesen y, así, levantarían un poco el puesto de droga, que andaba mal por falta de mercancía.

Era martes y a Manguinha sólo le quedaba un revólver por vender. Se dedicó a divulgar por todas partes que tenía un revólver en oferta, a ver si así le daba salida, pues desde que a Miúdo le había dado por comprar sólo pistolas, la demanda de revólveres había caído considerablemente.

En las proximidades del Batman, se le acercó un chorizo que se ganaba la vida atracando autobuses y desvalijando a transeúntes.

—Déjame ver esa arma —le pidió el tipo.

Manguinha se la entregó. Por la mirada del ladrón, Manguinha adivinó sus intenciones de agenciarse el revólver por la cara, y pronto vio confirmadas sus sospechas.

—¡Oye, guapito, esta arma no es buena! —dijo el ladrón sin comprobarla siquiera.

—¿Que no es buena? —replicó Manguinha, exagerando una tranquilidad irónica.

—¡Tú eres un pijo, chaval! ¡Tu padre tiene dinero! Tienes buena facha, podrías conseguir empleo en cualquier sitio, no necesitas la pasta... ¡No es buena! ¡El arma no es buena! —sentenció, sin saber que Manguinha, a esas alturas, era un maleante mucho más peligroso que él.

—Pues vale, lo que tú digas. Pero escúchame bien —continuó Manguinha—: ¡te vas con ésta al infierno, hijo de puta! —dijo, sacando una pistola 765 de detrás de la cintura.

Sólo en ese momento el ladrón se percató de que el revólver que el otro le vendía no estaba cargado. Así pues, de repente, se arrodilló y suplicó a Manguinha que no disparase.

—¡Túmbate en el suelo!

Acerola y Laranjinha, que estaban en el Batman, al oír los gritos de Manguinha se acercaron a ver qué pasaba. Incluso después de escuchar el relato de su amigo, intentaron convencerle para que perdonara la vida del chorizo, y sólo a fuerza de insistir mucho lo consiguieron.

—¡Pero desaparece hoy mismo de la favela si no quieres que te mate! —le amenazó Manguinha antes de irse.

Los tres amigos se dirigieron a la casa de Manguinha y pasaron la noche esnifando cocaína y bebiendo güisqui. Al principio, Acerola se negó a esnifar, pero cuando Mauricio le dijo que por una sola vez no le pasaría nada, decidió acompañar a sus amigos.

Conversaron sobre crímenes, fútbol y mujeres. Por la mañana, Manguinha les anunció que esa tarde iría con sus compañeros a robar unos negocios de Barra da Tijuca. Como Tiãozinho y Coca-Cola también eran blancos y altos como él, habían planeado disfrazarse de médicos para pasar inadvertidos. Ya había conseguido la ropa, un maletín estilo 007, unas gafas de sol y otras graduadas, relojes y zapatos.

—Oye, hermano, no insistas con eso, tu padre es teniente... Lo que tienes que hacer es buscarlo y volver a estudiar, ¿entiendes? —le aconsejó Acerola.

Manguinha meneaba la cabeza y aseguraba que ya no tenía cerebro para estudiar; además, con los estudios no se convertiría en un hombre rico, que era lo que pretendía. Afirmaba que no sería maleante toda la vida, sólo el tiempo suficiente para conseguir un poco más de pasta y, con la que ya tenía, comprar una hacienda en lo más remoto del interior del país. Sería capaz incluso de irse a Paraguay y dedicarse a la apicultura, un sueño amasado desde que oyera a la profesora de ciencias naturales hablar de las abejas.

Acerola y Laranjinha se despidieron y cada uno siguió su camino pensando en qué excusa darían en casa por pasar la noche fuera. Manguinha se duchó; mientras bebía un poco más de güisqui, oyó que alguien daba palmadas en el exterior. Con la pistola en la mano, se acercó a mirar por el agujero que había hecho en la pared y que le permitía observar el patio sin ser descubierto. Al comprobar que eran Tiãozinho y Coca-Cola, les gritó que el portón estaba abierto.

Tras repasar el plan, todos se fueron a dormir, pues Tiãozinho y Coca-Cola tampoco habían pegado ojo en toda la noche. Después del almuerzo, se arreglaron y salieron.

La cuadrilla de Miúdo apareció en la calle alrededor del mediodía, momento en que se despiertan los maleantes, siguiendo así las enseñanzas de Zeca Compositor, músico de la escuela local, que en su samba de *quadra* decía:

Mientras haya pringados en el mundo,
los golfos despiertan a mediodía.

Y fueron todos a la casa de Almeidinha, uno de los muchachos del barrio, que había prometido preparar un buen almuerzo para Miúdo y su panda.

—¡Quiquiriquí, quiquiriquí! —soltó el gallo de Almeidinha mientras miraba desconfiado a Miúdo, que ordenó a Otávio que fuera a comprar diez kilos de patatas y cinco gallinas para completar el almuerzo.

Otávio salió a la carrera. No veía la hora de que llegase el almuerzo, valga la expresión, tan cacareado durante la semana.

El gallo, de tanto oír comentarios a propósito de su existencia, antes incluso de que el sol naciese se puso a picotear, arteramente, la cuerda que lo sujetaba a un pedazo de bambú clavado en el suelo, hasta que la dejó lo suficientemente floja para que se cortase al menor tirón. No se escaparía, sin embargo, mientras Almeidinha no le echase los granos de maíz que tanto le gustaban, cosa que aún no había ocurrido.

Es cierto que el gallo de Almeidinha no podía entender bien lo que sucedía por tener raciocinio de gallo, pero al mirar a aquel montón de criollos con las bocas llenas de dientes, bebiendo cerveza, mirándolo de reojo, fumando marihuana y diciendo que no esnifarían para no perder el apetito, no cantó, como acostumbraba, y se quedó allí, a su bola, esperando la comida.

Otávio llegó en taxi con las cinco gallinas envueltas en periódicos y con las patas atadas. Marcelinho Baião ayudó al chico a llevar las aves a la cocina. Miúdo mandó que soltasen a las gallinas en el patio para que el gallo pudiese echarles un quiqui y muriese feliz; de esa forma, su carne quedaría más tierna y sabrosa. La mujer de Almeidinha decía que el gallo debía ser el primero en entrar en la olla, porque su cocción era más lenta. El gallo, olvidándose de todo, saltó encima de una gallina y enseguida buscó otra, y todos aplaudieron, mientras Almeidinha aguardaba con un enorme cuchillo en la mano. El gallo no daba respiro a las gallinas. Aunque todo le decía que iría a parar a la olla, no creía que fuera a morir. Cosas de gallo. Pero al ver de reojo cómo sostenía el cuchillo aquel que durante toda su vida había considerado su amigo, no le cupo la menor duda de que todo apuntaba a su defunción. En el primer intento, se libró de la cuerda, que se había ido aflojando mientras se cepillaba a las gallinas, se balanceó entre los invitados y salió huyendo por las callejuelas.

—¡Atrapadlo! —gritó Miúdo.

La cuadrilla salió detrás del gallo, pero el gallo de favela es arisco como el perro: entraba y salía de las callejuelas, ágil como un jaguar; fingía que se iba y no se iba, fingía que se iba y se iba, corría agachado para no ser visto desde lejos; en las esquinas sólo sacaba la mitad de la cabeza para ver si el camino estaba despejado; alguna que otra vez alzaba el vuelo por unos quince o veinte metros, y después seguía corriendo desesperadamente hacia los Bloques Nuevos, lo que dificultaba su captura. La cuadrilla reía a carcajadas mientras perseguía su almuerzo. Miúdo, al doblar por una callejuela, se tropezó con un vendedor de ollas y ambos fueron a parar al suelo. Se levantó de golpe y mandó al tipo a tomar por culo.

—¡Disparad al gallo! —ordenó a gritos.

Y comenzó el tiroteo.

El gallo voló sobre el brazo izquierdo del río, mientras en sus oídos zumbaban tiros que agujereaban el suelo, y pasó entre los Bloques Siete y Ocho. Podría subir el Morrinho en pequeños vuelos o doblar hacia la plaza de Los Apês: se optó por lo primero. Nunca se oyeron tantos tiros en Los Apês. Incluso los curiosos que solían asomarse a la ventana para ver qué pasaba, decidieron alejarse al máximo de los cristales por miedo a que los alcanzase una bala perdida.

La cuadrilla estaba decidida a recuperar al gallo. El que lo matase vería aumentar su prestigio ante Miúdo, quien, todavía en el callejón, daba culatazos al ollero para que nunca más tropezase con él ni respondiese a sus insultos.

Cabelinho Calmo se dirigía a Los Apês en aquel momento pero, al oír los tiros, creyendo que era la policía dio media vuelta e intentó esconderse.

El gallo se escurrió en medio de un guayabal, donde ni siquiera la luz del sol lograba entrar; pensaba que había encontrado un buen escondrijo, pero comprobó lo erróneo de sus suposiciones cuando la cuadrilla de Miúdo se apostó allí dentro lanzando tiros al aire. El animal, sin poder volar, fue presa del pánico, y se lanzó a la carrera por aquel terreno accidentado, magullándose en la huida, pero sin tiempo para sentir dolor. Al cabo de unos minutos, cesaron los tiros. Se escondió debajo de unas hojas secas y esperó a que sus perseguidores desistiesen de capturarlo.

Una hora después, el gallo salió de su escondite y se encaminó hacia un caserón abandonado para corretear alegremente; luego salió por la Edgar Werneck y se fue de allí para siempre.


De nuevo en casa de Almeidinha, todos comentaban la astucia del gallo entre risas, porros y cervezas.

—Mejor así, porque la carne de gallo es muy dura —dijo la mujer de Almeidinha.

Media hora después, se oyó el grito de Otávio:

—¡Pan recién hecho! ¡Pan recién hecho!

Cinco policías se acercaban empuñando sus armas. «Pan recién hecho» era la contraseña que habían previsto en caso de que apareciese la pasma por la zona. La cuadrilla estaba a punto de salir en desbandada de la casa cuando Miúdo exclamó:

—¡Que nadie corra! Todo el mundo con el arma atrás. Si yo disparo, todo el mundo dispara, pero a matar, a matar...

La cuadrilla de maleantes se quedó de pie: eran más de treinta hombres armados con 38,9 mm y 765. Cuando el sargento Linivaldo vio aquel desafío, cerró los ojos. Comprendió de inmediato que cualquier intento por detener a los rufianes significaría su sentencia de muerte y la de sus compañeros. Así que disimularon y se escabulleron como si no hubiesen visto nada.

En el camino de vuelta a la comisaría, el sargento Linivaldo dijo a sus subordinados que tendrían que seguir con su trabajo como lo habían estado haciendo hasta ahora: sin salir de ronda. Carecía de hombres y armas para intentar detener a los maleantes y, como no había denuncia de atraco, robo o violación, no tenían motivo para preocuparse.

Tres de la tarde, cielo sumamente azul y calor riguroso en la ciudad de Río de Janeiro. Los tres amigos entraron en el edificio vestidos de médicos, con gafas de sol en los ojos y graduadas colgadas del cuello, reloj fino en la muñeca y ropa bien planchada. Dieron las buenas tardes al portero, repitieron el saludo con el ascensorista y subieron hasta el último piso, el decimotercero, porque tanto el negocio de compra-venta de oro como la agencia de cambio estaban allí.

El negocio de compra-venta de oro tenía una puerta de cristal, a prueba de balas, a través de la cual se podía ver todo el pasillo. Uno de los vigilantes divisó a los tres médicos que se acercaban despacio y, antes de que los maleantes llamaran, les abrió la puerta.

—Buenas tardes, señores —saludó el vigilante.

En el interior de la sala, sólo estaban otro vigilante, un empleado y el dueño del establecimiento. Coca-Cola preguntó a cuánto pagaban el gramo. Al recibir la respuesta, comentó que le parecía muy barato. Fingió que meditaba sobre el precio y tosió tres veces. Inmediatamente, Manguinha y Tiãozinho sacaron las armas y redujeron a todo el mundo.

Tras obligar al propietario a abrir la caja, amarraron a las víctimas con el cable del teléfono y asestaron tres culatazos a cada uno en la cabeza.

En la agencia de cambio, tampoco tuvieron problemas.

—¡Vámonos! —dijo Manguinha en el pasillo.

—De eso, nada. Ya que estamos aquí, vamos a robar el resto.

Fueron desvalijando oficinas y pisos hasta el sexto piso, donde, desde una de sus ventanas, Manguinha divisó varios coches de la policía apostados frente al edificio y a una multitud en la calzada.

El recadero de la agencia de cambio, que llegó justo después del atraco, había avisado a la policía.

Nerviosos, estudiaron la posibilidad de saltar a los edificios vecinos, pero optaron por actuar conforme habían acordado. Bajaron corriendo hasta el segundo piso y cogieron el ascensor, donde se adecentaron, se secaron el sudor con la toalla de mano que habían robado del cuarto de baño del último piso desvalijado y salieron. Coca-Cola incluso preguntó a un soldado qué estaba ocurriendo.

—¡Están robando en el edificio, señor! ¿De dónde viene usted?

—Del segundo piso, pero no he visto nada extraño.


Tres meses después, Manguinha volvía a la favela bien trajeado, con un coche nuevo de su propiedad, licencia de autónomo, una gruesa cadena de oro al cuello y dos pistolas. Se había convertido en el chófer oficial de uno de los líderes de la organización y también en uno de los responsables de la distribución de cocaína en las favelas de la zona de Leopoldina.

—¿Os acordáis de aquellos atracos a los bancos, esos que eran todos a la misma hora?

—Sí.

—¡Hice tres, colegas! Operación Puntual, como la llamábamos —se pavoneaba Manguinha frente a Jaquinha, Laranjinha y Acerola—. Si queréis esnifar o fumar, id al Fogueteiro que ahí os pondré a tono —añadió.

Continuaron charlando tranquilamente hasta que, alrededor de mediodía, Manguinha se despidió y se fue a casa de Aristóteles, al que conocía desde niño, pero con quien trabó amistad ya de adolescente. Tan fuerte era esa amistad que Manguinha acabó granjeándose el cariño de toda la familia; y le querían hasta tal punto que, desde que su padre lo desheredó, comía todos los días en casa de Aristóteles; también dormía allí, le cogía su coche prestado y le permitían muchas otras cosas que sólo se conceden a los mejores amigos. Aristóteles lo recibió con la sonrisa de siempre, se ocupó de comprar cervezas y pidió a su esposa que sirviese el almuerzo.

Por la noche, los dos amigos se fueron a esnifar coca en compañía de otros colegas a las laderas de la favela. Cuando se quedaron a solas, ya muy colocados, Aristóteles miró a Manguinha fijamente a los ojos y dijo:

—Hermano, quiero hablarte de algo serio, ¿vale? No tengo trabajo y mi mujer tiene que operarse de un quiste que le ha salido en el abdomen, ¿entiendes? Ella no quiere operarse en un hospital público, tú ya sabes cómo son, ¿no?

—¿Quieres pasta?

—¡No! Quiero que me consigas un kilo de maría para pasarla escondida en mis zapatos, ¿sabes? No estoy dispuesto a vender mi coche, quiero hacer algunos arreglos en casa y necesito conseguir un buen dinero. Conozco a unos tipos de mi confianza en Sapê, ¿sabes? Tú me das el kilo, que yo lo vendo enseguida.

—Está bien, puedo intentar que la organización llegue a un acuerdo contigo, pero nadie debe enterarse, ¿vale?

—¿Qué día?

—La semana que viene te doy una respuesta.


Coca-Cola hizo todo lo posible para convencer a Manguinha de que no entregase los dos kilos de marihuana a su amigo, pero, ante la insistencia de Manguinha, Coca-Cola acabó soltando un kilo, no sin antes recalcarle las numerosas exigencias del trato.

Aristóteles lo vendió todo, así que se ganó la confianza de la organización y recibió tres kilos más, que también liquidó sin tardanza.

Algunos meses después, recibía cinco kilos de maría por semana. Incluso sin haber liquidado la carga anterior, siempre tenía dinero para sus trajines, dinero que conseguía vendiendo marihuana a sus amigos y en los puestos pequeños de los barrios vecinos. A su mujer la operaron en una clínica privada, amplió la casa, se compró un coche nuevo, adquirió una motocicleta para su hijo e invitaba a cerveza a los muchachos del vecindario. Al cabo de un tiempo, comenzó a gastarse la pasta en tonterías y, un mal día, recibió una marihuana que estaba pasada y que, por tanto, era muy floja. Consiguió revender la droga, pero los muchachos fumaban y no sentían el efecto.

«Esta condenada maría sólo da hambre, sed y sueño. No te llega el colocón, que es lo bueno, ni aunque fumases toda la hierba del mundo», decían.

Aristóteles encontró a Manguinha en las proximidades del bar de Batman y se quejó de la calidad de la droga. Su amigo replicó afirmando que la que se recoge entre una cosecha y otra era así y que había que seguir vendiendo, sobre todo porque a Tiãozinho lo habían metido en el trullo.

—Hermano, los polis están pidiendo un pastón por soltarlo, ¿sabes? Hoy mismo voy a tener que mandar algo para que su mujer lo entregue en la comisaría y que él no firme nada, ¿entiendes? Y, dentro de una semana, tengo que enviar otro pastón para que los polis lo suelten; de lo contrario lo interrogarán y no lo soltarán. Hoy no pensaba venir por aquí, pero tengo que resolver un montón de problemas y necesito dinero, ¿comprendes? Te lo devolveré el día 10.

—¿Cuánto?

—Cincuenta mil.

—¡Coño! Yo tengo que pagar un mogollón de cosas, no sé si voy a poder...

—¡Anda ya! Cuando tú estabas hecho polvo, te eché una mano; y ahora que yo ando con problemas, te rajas.

—¡Vale, vale! Te lo daré.

Ese mismo día, el dueño del puesto de venta de droga de Sapê envió a un recadero en busca de Aristóteles.

—Hermano, la última hierba que trajiste era francamente una mierda, ¿sabes? Ahí tengo un mogollón de bolsitas de maría que no me sirven para nada. Acabaré teniendo que deshacerme de las bolsitas para no correr inútilmente el riesgo de que me pillen con ellas encima. ¿Entiendes? En fin, ¿puedes conseguirme buena hierba para levantar un poco el negocio?

—¡Claro que sí!

—No me lo tomes en cuenta, ¿vale, colega? Y no comentes con tus compañeros que estoy descontento. Sólo te pido que me hagas ese adelanto, porque estoy en un momento jodido, ¿de acuerdo? —finalizó el dueño del puesto de la Vila Sapê, creyendo que Aristóteles era un camello vinculado con los grandes traficantes.

Dos semanas después, Tiãozinho ya estaba en la calle. Era hora de sanear las finanzas, aunque sólo tuviese para vender marihuana pasada.

Aristóteles suponía que bastaba con tener una actitud positiva para que la marihuana que recibiría el jueves por la tarde fuese de buena calidad. Sólo así la venta sería segura. Era lo único que podía hacer para salir de aquella situación. Debería haber seguido el consejo de su mujer: comprar el coche y las demás cosas en efectivo y parar con aquel mal rollo de vender marihuana. Había sido un tarugo, un verdadero tarugo; su afán por llevar los bolsillos llenos, y poder así fardar delante de todo el mundo, le había llevado a comprar todas las cosas a plazos en lugar de en efectivo, como le había aconsejado su mujer. No paró de lamentarse por las tonterías que había cometido.

Tanto Coca-Cola como Tiãozinho y Manguinha estaban convencidos de que Aristóteles tenía dinero escondido y de que sus quejas sólo obedecían a su codicia, a sus deseos de ganar más. Pese a la desconfianza que les inspiraba y a su insistencia en que estaba sin blanca, no titubearon en entregarle en depósito la maría de mala calidad.

Sin embargo, el dueño del puesto de Vila Sapê, al oler la hierba, comenzó diciendo que esa droga no tenía buena pinta; después se lió un porro y, al dar la primera calada, confirmó que no la compraría.

Entre tantas dificultades, Aristóteles ideó una forma de devolver el dinero a su amigo y, antes de pagar las cuentas pendientes, se pilló un colocón importante y compró y consumió coca en exceso en la convicción de que su problema estaba resuelto. Le había sobrado dinero para pagar las deudas pasadas y esperaba que su suerte lo ayudase a conseguir pasta para saldar las venideras. Además, estaba convencido de que podría liquidar la deuda de la marihuana que le habían fiado.

Pero Manguinha fue tajante.

—Hermano, los tipos quieren el dinero el sábado porque han de colaborar en una fuga, ¿entiendes? Y, además, tenemos que comprar hierba, así que a ver qué haces.


El sábado, alrededor de las once, Manguinha se presentó en casa de Aristóteles y golpeó el portón con las manos. Aristóteles se escondió y envió a su mujer para que le diera largas con la excusa de que había salido temprano. El cuento de la mujer no convenció a Manguinha, que se marchó muy mosqueado; se fue al Batman y se dedicó a preguntar a todo el que pasaba si había visto a su amigo. Después se fue a casa de su novia, almorzó y se echó una siestecita hasta las seis, hora en que decidió salir de nuevo a buscar a Aristóteles.

—Has estado ahí, ¿no? —le preguntó Manguinha.

—Sí... Fui a Vila Sapê, a ver si conseguía algún dinero, pero el tipo no tenía.

—Pero cumplirás con el trato, ¿verdad?

—¡Joder, tío! Estoy en ello...

Manguinha permaneció callado unos minutos; luego se pasó la mano por la cabeza y dijo:

—Está bien, veré lo que puedo hacer, pero intenta resolver el asunto lo antes posible.

—¿Vas a la Mangueira?

—No, voy al Fogueteiro para recoger un dinero, ¿vale? Pero me parece que los tipos estarán allí.

—¡Joder, colega! ¡Diles que me estoy ocupando!

—Se lo diré, quédate tranquilo.


Cuando Manguinha llegó al morro del Fogueteiro, un recadero le llevó el mensaje de que Tiãozinho y Coca-Cola estaban en el morro del Alemán en una reunión convocada a toda prisa por los jefes de la organización. Manguinha dio media vuelta y se fue para allá; quería enterarse de lo que ocurría, le gustaba estar cerca de los jefazos, contribuiría con ideas y aumentaría su prestigio.

—¿Dónde está el dinero? —preguntó Coca-Cola receloso en cuanto Manguinha llegó.

—El tipo está pelado, ¿sabes? No ha logrado vender... —contemporizó Manguinha.

—¡Mátalo, mátalo! —le ordenó uno de los jefes.


Manguinha no tuvo necesidad de ir a la casa de su amigo, pues lo encontró en la Praça Principal.

—Oye, que los tipos están dispuestos a charlar contigo, ¿vale?

—Perfecto, mañana aparezco por el Fogueteiro y hablo con...

—Hermano, tiene que ser ahora. Trae tu coche, yo te espero aquí.

Manguinha se sentó al volante del vehículo; conducía en silencio al lado de su amigo, que intentó trabar conversación, aunque desistió al cabo de un rato. Manguinha pensaba en la familia de su amigo: no sería capaz de mirar a la cara de ninguno de sus parientes después de matarlo. Evocó las tardes que habían pasado juntos oyendo rock, bebiendo vino y fumando marihuana, y las mañanas en la playa, los bailes y las carreras de coches en el Alto da Boa Vista. Recordó cuando Aristóteles sacaba el culo por la ventanilla del coche y le decía a Manguinha que tocase la bocina, o cuando imitaba a Raul Seixas, convencido de que el Diablo era el padre del rock. Iba a matar a su amigo, pero lejos de allí y sin que nadie se enterase.

Era una noche calurosa. Manguinha conducía a gran velocidad. Cuando pasaron por el Mato Alto, un lugar bastante solitario, pensó en detener el coche, decirle a su amigo que se bajase y dispararle por la espalda; pero la esperanza de que una conversación con los jefes podría salvar a su amigo de una muerte segura le impulsó a llevarlo hasta el morro del Alemán. Hizo un tímido intento por dialogar con su amigo, sugiriéndole que tal vez, si vendía el coche, podría saldar la deuda.

Manguinha pidió a Aristóteles que lo esperase en una ladera del morro y él subió los quinientos metros que lo separaban de la chabola donde los jefes aún estaban reunidos.


—Hermano, ese pringao está diciendo que cogió cincuenta mil y pagó en la fecha fijada. Cuando la hierba estaba buena, vendió a punta pala, o sea que pudo ahorrar algo, ¿me entiendes? Así que cárgatelo, cárgatelo... Nadie te mandó que lo trajeses. Desaparece con él lejos de aquí y cárgatelo... Hay que mandar dinero para la fuga del colega, ¿vale? Ese gilipollas coge la hierba y ahora dice que está pelado: ¡cárgatelo, cárgatelo!

Manguinha quiso interceder un poco más en favor de su amigo, pero le entró miedo: al fin y al cabo, se hallaba ante uno de los jefazos de la organización. Tenía que ser cruel, no podía negarse. Salió de allí con el arma en la parte de atrás de la cintura y el sabor de la muerte en la boca.

—Tenemos que ir hasta el Fogueteiro, los tipos se fueron hacia allá.

Mientras conducía, Manguinha iba pensando dónde mataría a su amigo y se arrepintió de no haberlo liquidado en el Mato Alto. De pronto, le entró el impulso de cargárselo allí mismo y acabar de una vez por todas con el sufrimiento. Detuvo el coche antes de llegar a Irajá.

—¡Baja! —le dijo apuntándolo con el arma.

—¿Qué pasa, tío? ¡Somos amigos! ¿Te has vuelto loco?

Sin apearse del coche, Manguinha disparó dos veces al pecho de un Aristóteles atónito, arrancó y salió a toda pastilla. Al cabo de unos minutos, dio media vuelta y regresó al lugar donde había dejado el cuerpo sangrante de su amigo. Lo metió en el maletero. Sudaba, sentía frío, pensó que si lo auxiliase a tiempo lo salvaría; detuvo el coche y abrió el maletero para ver si su amigo todavía estaba vivo; sin embargo, fue incapaz de comprobarlo y decidió dejar el cuerpo allí mismo; comenzó a sacarlo del maletero, pero desistió en mitad de la operación; entró en el coche, no tenía noción de dónde estaba, el aturdimiento le paralizaba el alma, su corazón se aceleró mientras conducía en el calor de la noche.

En la calle, la gente estaba sentada en los portones de las casas, algunos niños jugaban a la pelota, unos adolescentes preparaban una fiesta americana y los bares estaban repletos. Manguinha sólo veía la carretera, no reparaba en los semáforos; por su mente cruzó la idea de parar frente a un ambulatorio para dejar el cuerpo y marcharse; temblando, apretó el acelerador del Opala. Evocó la imagen de Aristóteles en el caserón abandonado, esforzándose por salvar a una niña que se ahogaba en la piscina. Su amigo tenía buen corazón, no merecía morir de aquella manera. Oyó la sirena de un coche patrulla detrás de él y aceleró aún más. Se metía contra dirección, se subía a las aceras; se arrepintió de no haberse librado antes del cuerpo. Cruzó el viaducto de Madureira, pegó un frenazo al final de la bajada y tomó la dirección de Cascadura; miró por el espejo retrovisor y, al comprobar que ya no lo perseguía nadie, disminuyó la velocidad, pero continuó saltándose los semáforos durante diez minutos más. Subió la sierra de Grajaú y, a mitad del camino, detuvo el coche, arrojó el cuerpo al bosque y regresó a la favela trastornado.

—¿Qué hay, Nego Velho? ¿Has visto a Laranjinha? —preguntó Manguinha en las proximidades del Batman.

—Hace un buen rato que estoy por aquí y no lo he visto.

Manguinha decidió ir a la casa de su amigo.

—¿Qué hay, Laranjinha?...

En cuanto Laranjinha respondió que estaba a punto de irse, Manguinha abrió el portón, hizo lo mismo con la puerta y, sin decir nada, lo abrazó llorando, con el cuerpo aún tembloroso.

—¿Qué te pasa, chaval?

Manguinha no lograba articular palabra, sólo sollozaba. Laranjinha lo sentó en el sofá y le ofreció un vaso de agua con azúcar, que Manguinha bebió lentamente.

—¡Tote, Tote, he matado a Tote! —confesó.

Una mezcla de odio y pena cobró cuerpo en los ojos de Laranjinha.

—Él me dijo que te debía dinero.

—A mí no..., tenía una deuda con la organización, ya los conoces, ¿no? Tuve que liquidarlo porque yo lo metí en tratos con los tipos, pero no quería matarlo...

Laranjinha dio la espalda a su amigo y el silencio invadió la sala de la casa. Miraba hacia la calle intentando entender lo absurdo de la situación. Su madre entró por el portón.

—¡Mi madre!

Manguinha se limpió los ojos, empujó el mango de la pistola un poco más hacia dentro de la bermuda y saludó a la madre de su amigo. Doña Rita lo miró desconfiada y aguzó el olfato, husmeando para saber si ambos estaban fumando marihuana.

Acto seguido, Manguinha se despidió de su amigo y se dirigió hacia el morro del Fogueteiro, donde fumó cinco porros, se bebió una botella de güisqui y vomitó; de nuevo en su casa, se lavó la boca e intentó dormir un poco, pero soñó cosas horribles, se despertó gritando, con lo que asustó a los vecinos. Cuando se dio cuenta de que había sido una pesadilla, se sentó en la cama y el letargo del alma lo obligó a quedarse en esa posición hasta el amanecer.

—Mira, monta un puesto ahí, en Allá Arriba, ¿vale? Puedes vender hierba y nieve porque el que manda soy yo, ¿entiendes? Ni Miúdo ni Cabelinho tenían por qué coger tu puesto de Allá Abajo. ¡Monta tu negocio ahí, móntalo ahí! Si alguien quiere pasarse de listo, dímelo que lo borro del mapa —dijo Pardalzinho a Sandro Cenourinha; había transcurrido un año desde que envasaran por primera vez la droga juntos y se lo había encontrado cabizbajo en el Ocio pidiendo un cigarrillo a un bebedor de cachaza—. ¿Quieres dinero? —continuó Pardalzinho—. ¡Toma estos billetes, anda! Y cuando estés mejor me los devuelves, ¿vale, tío? ¡El que manda aquí soy yo!

Con sonrisa lacónica, Pardalzinho se quedó contemplando a Cenourinha mientras se alejaba. Comentó con Breno lo majo que era ese tío y cómo Miúdo y Cabelinho lo habían puteado. Cuando Cenourinha dobló la esquina, Pardalzinho continuó su camino. Se dirigía a casa de los Katanazaka a comer ñoquis, cuyos ingredientes había comprado él.

Al llegar, preguntó a Álvaro Katanazaka por el resto de la panda; en los últimos meses no se había separado de ellos. Juntos, solían desaparecer durante varios días para atiborrarse de cocaína o deambular por las ciudades de la Costa Verde hasta hartarse: iban a la playa, a las discotecas y a los cines y, de vez en cuando, paseaban por la Zona Sur. Cuando Pardalzinho estaba drogado, los muchachos se cercioraban de que su arma llevara el seguro puesto e incluso algunos comenzaron a ejercer de camellos para los puestos de Los Apês y de Allá Arriba. Pardalzinho les pedía que se ocupasen del camelleo como un favor. Los camelaba argumentando que, por ser blancos, la policía jamás los detendría. Los más audaces pronto se familiarizaron con los entresijos del negocio y hasta disparaban a los pies de los que les parecían sospechosos o delatores, caminando con ese bamboleo tan característico de los maleantes. Paulo Carneiro, el acompañante más asiduo de Pardalzinho en sus correrías, también se había convertido en su compañero en las partidas de naipes y se enorgullecía de haber aprendido todas las artimañas del juego en tan sólo una clase impartida por Camundongo Russo; este último, junto con Biscoitinho y Tim, también habían comenzado a salir con los jóvenes blancos, a vestirse como ellos, a imitar sus gustos. Hasta Miúdo se animó a ir a los bailes con ellos. En resumidas cuentas: Pardalzinho había propiciado un acercamiento de los muchachos blancos a los rufianes de Los Apês.

El movimiento en los puestos de venta de droga crecía a pasos agigantados; el consumo de cocaína aumentaba cada día. Tanto los drogatas de la favela como los de fuera, impulsados por el mono que los atenazaba, aparecían en el puesto con cadenas, alianzas, pulseras, televisores, relojes, revólveres, licuadoras, batidoras y todo tipo de electrodomésticos para cambiarlos por cocaína. Mundos cruzados que permitían intercambiarlo todo. Miúdo se había convertido en el único receptor de los botines de los ladrones de la zona y almacenaba en un baúl todas las piezas de oro que llegaban a sus manos a precio irrisorio. Cada día se integraba un nuevo rufián en su cuadrilla, y no por dinero, dado que los únicos que obtenían beneficios eran, además del propio Miúdo, Pardalzinho, Carlos Roberto y sus tres camellos, sino porque le tenían miedo, al igual que al resto de sus secuaces, y también por aumentar su prestigio y poder dominar a los pringados. Hasta los jóvenes blancos se dedicaron a tiranizar a quien se les antojaba. Eran amigos de Pardalzinho y, por consiguiente, de Miúdo. Se sentían respaldados. En Allá Arriba, los abusos se daban con más frecuencia porque Miúdo comenzó a despreciar a los que no procedían de la Macedo Sobrinho; estaba convencido de que los pobladores de la antigua favela eran los únicos dignos de consideración.

Hacía seis meses que Cabelinho Calmo estaba en la cárcel. Pese a la paliza que cinco policías de la Comisaría Trigésimo Segunda le propinaron, se resistió a firmar la autoría de los crímenes que querían achacarle. Mientras lo golpeaban, decía que sólo firmaría en presencia de un abogado, sabedor de que su hermano contrataría a uno que se encargara de su defensa en cuanto se enterase de que lo habían detenido. Y así fue. El abogado impidió que los policías cometiesen la barbaridad de obligar al maleante a comerse delitos que no había cometido y consiguió que sólo fuera procesado por tenencia de armas, la única prueba en su contra. Juzgado y condenado, cumpliría su pena en el presidio Milton Dias Moreira.

Pardalzinho devoró los ñoquis para ir a comprar ropa con el resto de la panda: había decidido que todos debían vestirse igual. En realidad, todo su afán se centraba en intentar parecerse cada vez más a los muchachos blancos. Irían a Botafogo porque sólo los pobres van de compras al centro de la ciudad. Después, entrarían en algún cine de Copacabana y cenarían en un restaurante de Gávea, donde planearían entre risas alguna acampada o una noche de baileteo en el Dancin' Days; ahora lo que se llevaba era la música disco, y el rock había sido relegado casi al olvido; los medios de comunicación se habían entregado con denuedo a la difusión de esa nueva moda y todos tenían que seguirla; de lo contrario, se quedarían desfasados, serían horteras, paletos, carcas o cualquier otro adjetivo de ese campo semántico.

Tras el almuerzo todos tomaron de postre un helado Kibon diluido en Fanta de naranja, que era la última moda. Únicamente tomaban esa marca de helados. De Raul Seixas sólo había quedado el concepto de sociedad alternativa, una utopía alentada por el propio cantante en medio de tantos absurdos. El sueño de Pardalzinho era comprar un terreno donde hubiese agua corriente, tierra buena para el cultivo y pequeñas casas de madera para cada uno de los chicos de la pandilla. Y debía conseguirlo si quería vivir entre personas de rostros apacibles y dejar de convivir con la muerte. Porque sus amigos, por más que les gustase la marihuana tanto como a él, nunca pensaban en matar. Ése era su sueño: conseguir una chica guapa, vivir entre gente guapa y bailar en la discoteca hasta el final de su vida, pasándolo bien. No quería saber nada de esos criollos desdentados de rictus nervioso.

Miró a Camundongo Russo con cierto desdén cuando le comentó que los acompañaría a Botafogo. Consideró la posibilidad de decirle que no, pero se lo pensó dos veces: también era blanco, de pelo claro; sólo le faltaba el porte físico, pero lo conseguiría si fuese al gimnasio y practicase surf. No hablaba con mucha elegancia —soltaba demasiados vulgarismos y muchos tacos—, pero eso no tenía demasiada importancia: él también era malhablado. Se fueron de la casa de Katanazaka para ir a fumar marihuana en alguna ladera, fuera de la vigilancia policial, con el semblante una pizca serio y, cuando terminaron, se dirigieron a Botafogo con una alegría que no hubieran sabido explicar.


Miúdo quería hacer una fiesta mucho más sonada que las que celebraba el bichero China Cabeça Branca en su zona de juego, que abarcaba el morro de São Carlos y el de Tijuca. Encargó muchos regalos, dulces caros y centenares de cajas de refrescos para animar a los muchachos. Es cierto que los bicheros fueron los pioneros en realizar todo tipo de inversión en las zonas aledañas, pero ahora que el negocio de la droga se encontraba plenamente establecido en las favelas y en los morros del Gran Río y la Baixada Fluminense, los traficantes llegaron a la conclusión de que también era necesario invertir en su propia zona. Si complacían a los niños, no sólo quedaban bien con san Cosme, Do Um y san Damián, sino también con los vecinos, que les advertían sobre la presencia policial y les hacían favores.

Todos los dulces serían de primera: la cocada, por ejemplo, la haría doña Lúcia, una vieja negra que cocinaba como nadie. Pardalzinho estuvo de acuerdo en que financiaran la fiesta, con la condición de que ningún grandullón se colase entre los chicos. El que intentara colarse recibiría un tiro en el culo.

La fiesta tuvo lugar el 27 de septiembre en la plaza de Los Apês y con ella Miúdo y Pardalzinho se granjearon la admiración de los vecinos de los pisos que, envanecidos por el recuerdo de los festejos y por el cariño demostrado a sus hijos, los compensaron con creces.

En los días sucesivos, Miúdo y Pardalzinho tuvieron la impresión de que todos los vecinos los miraban con gratitud por los muchos beneficios que la pareja había reportado a la zona: no sólo habían erradicado de la favela los robos, los atracos y las violaciones, sino que ahora, además, hacían las delicias de los niños ofreciéndoles dulces. Aún permitían que apagaran globos y, en esos casos, el castigo recaía sobre el borracho. Muchos asiduos de las tabernas comenzaron a beber menos, para regocijo de sus mujeres.

El cantante Voz Poderosa quería conocer a Miúdo y a Pardalzinho. Zeca Compositor le había hablado de ellos. Estaba convencido de que, si los invitaba, mucha gente de la favela votaría por su samba en Portela y eso era lo que necesitaba para alzarse campeón.

Aquel año, Compositor no presentaría ninguna samba-enredo: lo apostaba todo a la samba de Voz Poderosa y Passarinho en Portela. Si ésta ganase, lo más seguro es que el disco que Voz Poderosa iba a lanzar a mediados de año fuera un éxito, y ya le había prometido dos temas a Compositor. Éste envió un chico a Los Apês para que comunicara a Pardalzinho y a Miúdo que un amigo suyo quería conocerlos.

Sabía lo que se hacía cuando comentó a Voz Poderosa la existencia de Pardalzinho y Miúdo. Los maleantes tarareaban sus canciones a todas horas y tenían todos sus discos. Tomó la precaución de advertir al recadero que no hablase del cantante: quería darles una sorpresa.

Un sábado por la mañana Miúdo llamó a Pardalzinho para que lo acompañara a la casa de Compositor, donde seguramente comerían rabo de buey, especialidad de doña Penha, la mujer de su amigo. Miúdo sentía gran respeto por Compositor, quien, además de componer, pintaba, dibujaba y participaba en los desfiles de carnaval. Él le había dado refugio en São Carlos cuando aún era un niño y le había presentado a sus amigos; incluso todavía le permitía entrar en los ensayos de la escuela de samba sin pagar. Lo único que no le gustaba del sambista era que no paraba de darle consejos, pero, al margen de eso, Compositor era un tipo agradable, siempre pedía a su mujer que preparase una buena comida para sus amigos y llevaba a Miúdo a los ensayos de las otras escuelas de samba y a los bares con música en vivo donde actuaba.

—¡Voz Poderooosa! ¡Joder, qué alegría! —exclamó Miúdo cuando vio al artista.

Voz Poderosa rió ante el entusiasmo del rufián y lo abrazó como quien abraza a un viejo amigo.

—Compositor habla muy bien de ti. He venido porque quería conocerte —dijo.

—¿Quieres probar algo bueno?

—¡Claro que sí, tío!

—Hierba, nieve... ¿Te gusta todo? Eh, Compositor, manda a un recadero para que traiga unas cuantas bolsitas de maría y papel para el colega. ¡Éste es Pardalzinho, un buen amigo! Es mi compañero en el trabajo... ¡Dale la mano, Pardalzinho! ¿No es increíble? ¡Es Voz Poderosa, compadre! —dijo.

—Mirad: Compositor me dijo que aquí os quiere todo el mundo. Y nosotros tenemos una samba en Portela. La samba es buena, estamos Passarinho y yo... Y me gustaría saber si podríais conseguir un grupo entusiasta que apoye a nuestra samba, ¿comprendéis lo que quiero decir?

—¡Eso está hecho, hermano! Tranquilo, que no te fallaremos.

—Ya he hablado con Compositor. Voy a mandar tres autobuses, ¿vale? Hay entradas para todo el mundo...

—Canta la samba, anda, cántala.

Se quedaron conversando mientras doña Penha preparaba unos callos, su otra especialidad. Miúdo pidió a un chico que llamase a unos músicos para que tocasen mientras Voz Poderosa cantaba sus éxitos. La voz ronca del cantante alegró aquel día: entonó muchas sambas de amor, acompañado por los presentes, que se las sabían de memoria.

Los autobuses llegaron a Allá Arriba alrededor de las diez de un sábado de calor sofocante y se detuvieron cerca de la casa de Compositor. Miúdo, temiendo decepcionar a Voz Poderosa, ordenó desde temprano a la cuadrilla que anunciase en todos los rincones de la favela que había que ir a Portela en los autobuses y que quien no fuese tendría que vérselas con él. Además, invitaba a todo el mundo que se cruzaba en su camino. Su campaña superó todos las expectativas. Hubo un momento en que Miúdo tuvo que bajar del primer autobús, donde iban los maleantes, los chicos y la gente del vecindario, para impedir que destrozasen los otros dos autobuses. Se dedicó a repartir sopapos, tiros a los pies y puntapiés en el culo, sobre todo a los que venían de Allá Arriba.

Los autobuses no salieron hasta las doce, con batucada febril, porros encendidos y rayas de coca preparadas sobre billeteras. En Portela, Miúdo sólo pagaba por lo que pedía; ya había regalado maría y coca y no quería perder más dinero. Camundongo Russo y Biscoitinho, que habían dado un buen golpe en la Praça Seca, se encargaron de distribuir cerveza y güisqui entre los amigos y los muchachos del barrio.

Que la samba de Voz Poderosa no resultase vencedora no se debió a la falta de apoyo porque, además de la ayuda de la favela, el compositor contó con otras adhesiones, que no faltaron a ninguna de las eliminatorias y votaron por los versos de Portela.

—En fin, me han ganado, pero valió la pena el esfuerzo —dijo Voz Poderosa al maleante cuando se conoció el resultado final.


—¿Vas a salir a vender?

—Sí.

—Hazme el favor de llevar esa carga a Tê, que esos vagos están todos durmiendo. Y si ves a Pardalzinho, dile que se pase por aquí —concluyó Miúdo.

Lourival, a regañadientes, cogió la bolsa de supermercado llena de saquitos de marihuana, la colgó del manillar de la bicicleta y comenzó a pedalear. Miúdo se quedó mirando al chico mientras se alejaba y, a gritos, le dijo que se quedase con cinco saquitos. Lourival hizo una seña de asentimiento con la mano y siguió por las calles principales con la leve certeza de que la policía no lo pararía, pues sabía que ese peligro sólo existía en las inmediaciones del puesto de venta. Rezaba para que todo saliese bien; así ganaría puntos ante Miúdo y Pardalzinho.

Pedaleaba despacio, fingiéndose tranquilo, por la Edgar Werneck. Entró en una de las calles principales sin ningún problema. Pero, al coger la Rua do Meio, casi se muere del susto al encontrarse con los policías Lincoln y Monstruinho. Su mente ideó un plan a marchas forzadas. Estaba demasiado arriba para dar media vuelta; la solución era seguir como si nada ocurriese, e incluso pasar lo más cerca posible de ellos para demostrar indiferencia. Pedaleó con más fuerza cuando tuvo la certeza de que los policías estaban ya distantes, dobló la primera callejuela después del Bonfim, cruzó la plaza de la *quadra* Quince completamente aliviado, aminoró la marcha al entrar en otro callejón y llegó a Laminha.

—¿Qué hay, Tê?

La vieja se acercó a atisbar por un agujero secreto y se volvió hacia Pardalzinho, que en esos momentos se encontraba contando dinero en una de las habitaciones.

—Es uno de esos pijitos que andan contigo —le dijo.

—Dile que pase, dile que pase.

Lourival les contó con orgullo que había conseguido pasar inadvertido delante de los policías. Pardalzinho le dio una palmadita en la espalda y le dijo que siempre lo había considerado muy listo.

—¿Vamos a fumar un porro? Miúdo me dijo que me quedase con cinco saquitos.

—Saca diez y lleva cinco a Katanazaka. No puedo fumar, tengo que entregar este dinero a Miúdo.

—Los polis andan de ronda.

—¿Dónde los viste?

—Cerca de la Administración.

—¿Cuántos había?

—Solamente Lincoln y Monstruinho.

—Si se ponen pesados, les pego un par de tiros. Voy a salir. Luego pasaré por casa de Katanazaka.

Pardalzinho alcanzó la calle del río en su Caloi 10. Llevaba el dinero envuelto en una bolsa de plástico dentro del calzoncillo. Iba a toda velocidad, guiando la bicicleta con la mano izquierda y empuñando su 38 con la otra. A la altura de la Cedae, oyó la voz de Lincoln que le ordenaba detenerse. Aceleró. Al oír los tiros de los policías, decidió ponerse el arma en la cintura para controlar mejor la dirección, pero acabó de bruces en el suelo, golpeándose la cabeza contra el pavimento. Al intentar levantarse, comprobó que le dolía mucho la pierna; su única alternativa fue dejar el dinero a la orilla del río y, mediante gestos y amenazas, ordenar a un chico que pasaba por allí que lo llevase al puesto de venta en cuanto los policías se marchasen. Se libró también del arma y, cojeando, entró en el primer portón que encontró; sangraba por la cabeza, las piernas y los brazos. Todo comenzó a girar, se desvaneció y se despertó en una celda de la comisaría.

—¿Tú eres Miúdo o Pardalzinho?

—¡Ninguno de los dos!

—¡Vamos, chaval, tú eres Miúdo! ¿Quién es el que nos manda dinero?

—No lo sé.

—¿Trabajas?

—Sí.

—¿Dónde?

—Hago chapuzas.

—Hermano, si eres Miúdo, puedes incluso tener una escapatoria. Sabes que tienes dos órdenes de búsqueda y captura... Si sueltas algo de pasta, sales a la calle —negociaba Lincoln.

—Coge el retrato robot —dijo Monstruinho a otro policía.

—Está dentro del cajón y Linivaldo se ha llevado la llave.

—¿O sea que no eres ni Miúdo ni Pardalzinho?

—No.

—Entonces, ¿quién eres?

—Marcos Alves da Silva.

—¡Bonito nombre! —ironizó Lincoln.

—¿Por qué ibas armado con un revólver?

—No llevaba revólver.

—¿Crees que soy tonto, chaval? —dijo Monstruinho, propinándole un puntapié en la espalda.

—Métalo en la celda. Por lo que recuerdo del retrato, éste es Pardalzinho.

Pardalzinho entró en la celda vacía, se sentó en el suelo y dio un puñetazo en la pared.

—Es Pardalzinho, tío. ¿Has visto el tatuaje que lleva en el brazo? Pues en el retrato robot aparece el tatuaje.

—¿Hay alguna orden de captura contra él?

—Sí. ¿Recuerdas que Belzebu trajo a su hermano la semana pasada?

—¿Sabías que a Belzebu lo han relevado?

—No tenía ni idea.

—Lo han dicho hoy por radio.

—¿Y por qué?

—Se cargó a un currante, lo ahorcó dentro de la celda.

—Ese tío está loco de atar, ¿no?

—Creo que la ha cagado...

El sargento Linivaldo entró de servicio al día siguiente. Reconoció a Pardalzinho de inmediato, pese a que lo encontró muy cambiado desde la última vez que lo vio, siendo niño todavía, cuando lo detuvieron acusado de haber robado dinero de la caja de la panadería, donde trabajaba antes de dedicarse al oficio de limpiabotas. En aquella ocasión, Pardalzinho había jurado por todos los santos que él no era el ladrón. No le creyeron y tuvo que soportar las palizas que le propinaron durante los tres días que permaneció detenido.

Fue entonces cuando se prometió a sí mismo que de mayor sería maleante; así, la policía tendría verdaderos motivos para golpearle.

Por la tarde, lo trasladaron a la Comisaría Trigésimo Segunda, acusado de varios asesinatos.

El primer día lo pasó solo en una celda. El dolor físico se había atenuado, pero la conciencia le dolía intensamente. Si fuese pintor, como su hermano Benite, no estaría encerrado; si admitiese los crímenes que había cometido con Miúdo, se pasaría en la trena el resto de su vida. Sentado con los brazos alrededor de las piernas, dejó que las lágrimas aflorasen.

La celda estaba oscura y no se oía el menor ruido. Desde muy pequeño temía el silencio y la oscuridad; estaba convencido de que, cuando se daban esas dos circunstancias, aparecía de inmediato algún espectro. Lo más probable es que no tardara en llegar alguna alma en pena para llevárselo al infierno. Se acurrucó aún más, bajó la cabeza, pensó en Dios e intentó rezar un padrenuestro. Sin embargo, al equivocarse dos veces seguidas, desistió. Pensó en los amigos del colegio que había dejado atrás, en Vila Kennedy, su lugar de nacimiento, y en su primera maestra, y en su padre, que murió cuando él aún era un niño. Los recuerdos le llegaban desordenadamente, sin atenerse a la cronología exacta de su vida.

Su pensamiento se desvió entonces hacia los chavales, que se irían de acampada en carnaval. Tenía que salir cuanto antes si quería pasar una semana con Patricinha Katanazaka. Un día se armaría de valor para hablarle de sus sentimientos. Si ella quisiese, compraría una casa en Saquarema, Cabo Frio o incluso en la Barra para que viese todo el día el mar que tanto le gustaba. Compraría lo que hiciera falta para ver su hermosa sonrisa.

Había descubierto que estaba enamorado de Patricinha cuando se enteró de su noviazgo con un pijo de la Freguesia. Se lo contó Álvaro Katanazaka, y la noticia le afectó más de lo que imaginaba. Tuvo que alejarse de sus amigos para que éstos no vieran lo trastornado que se sentía. Hasta aquel momento, creía que lo suyo sólo era deseo. Cuando saliese de allí, le hablaría de lo que sentía por ella y, si Patricinha aceptara ser su novia, mandaría a Mosca a la puta mierda. Evocó la imagen de su madre en la época de sus inicios como delincuente; la pobre se desesperaba, salía de madrugada para llevarlo a casa, hacía promesas a la Virgen, tenía los nervios de punta, lloraba por los rincones. Estaba convencida de que, si su marido no hubiese muerto, todo habría sido diferente. Se arrepintió amargamente de ser un malhechor. Estaba decidido a cambiar.

—Hermanos, dentro de diez años nadie podrá con nosotros. Aunque saquen al ejército a la calle y a todos los policías juntos, nosotros nos mantendremos firmes, ¿entiendes, colega? Primero tomaremos todas las cárceles. Si alguien intenta impedirlo, tendrá que vérselas con nosotros y, si no le gusta, pues ya sabe a qué se expone —dijo Manguinha a Jaquinha, Laranjinha y Acerola en la esquina del Batman, a eso de las siete de la mañana de un lunes.

—¿Dónde estás ahora? —preguntó Jaquinha.

—Estoy de encargado en Santa Cruz. Allí estamos vendiendo de puta madre, pero las cosas funcionan de distinta forma que aquí, ¿sabéis? Toda la cuadrilla consigue dinero, cada uno recibe una carga de hierba y nieve y el encargado se queda con la mitad, ¿entendéis? Los soldados también reciben algo. Tendríais que haberme visto la semana pasada: yo estaba en la plaza medio dormido dentro del coche, el Passat, porque había pasado la noche en el motel con la mujer de un poli —dijo en voz baja y continuó—. De repente, aparecieron dos coches patrulla por el otro lado de la plaza. Tío, yo tenía una pistola, una 38, y un montón de coca, y seguramente ellos venían a darme la tabarra. Hermano, salí volando; los polis dispararon y rompieron el cristal trasero... El buga se sacudía con la mierda de los tiros. Reventaron las cuatro ruedas, pero conseguí escabullirme; la tía que me acompañaba en el coche lloraba a mares; pero reaccioné a tiempo, me metí en una callejuela y les di esquinazo; abandoné el buga, arrastré a la tía del brazo, entré en una casa, salí por detrás de un salto y me marché. Pero se me cayó la 38 al suelo, y tuve que volver para recogerla. ¡Joder, fue tremendo!

—¿Cómo se te ocurrió regresar, colega?

—¿Iba a dejar mi pipa allí? Nunca he visto una 38 como la mía, tío. Esas balas frías que en otras pistolas ni siquiera suenan, en la mía estallan. Mi 38 nunca ha fallado. ¿Se la voy a servir en bandeja? Mira, voy a dejaros farlopa de la buena y me marcho, ¿vale? Me gustaría llevaros allá, pero a vosotros no os va esa movida, ¿no? A mí no me importa, ¿sabéis? Allí sólo hay maleantes, y sé que vosotros estáis en otra onda, pero, si os hace falta, os pasáis por allí, que allí no hay miseria, ¿vale?

Manguinha sacó del bolsillo una pequeña bolsa llena de cocaína,

274

se la entregó a Laranjinha, estrechó las manos de los muchachos y subió al coche. Antes de llegar a la Praça Principal, tocó la bocina para saludar a un amigo y llamar la atención de algunas mujeres. Conducía tranquilo, sabía que a aquella hora era difícil que la policía parase a alguien. Con traje, gafas de sol, pelo corto, barba afeitada, reloj de pulsera, maletín estilo 007 y licencia de autónomo, no lo molestarían. Enfiló derecho hacia Santa Cruz.

En la plaza central de Santa Cruz, la gente se entregaba al trajín de los lunes y pululaban niños con uniforme de colegiales. Manguinha había quedado en la plaza para recibir tres kilos de cocaína. Detuvo el coche frente a un cafetín, entregó las armas al dueño para que se las guardase y se encaminó con las manos en los bolsillos hasta una esquina. Un niño con uniforme de colegio se acercó a él y, tras preguntarle la hora, se alejó tres pasos; luego sacó un 38 de la mochila y disparó tres veces sobre la espalda de Manguinha.

En una casa un poco alejada de allí, el dueño del puesto de venta de droga de Santa Cruz, al oír los tres disparos, dijo irónicamente a su esposa:

—¡Tu amante ha muerto!

El niño se alejó del lugar tranquilamente, entró en la casa del dueño del puesto y recibió cincuenta mil cruzeiros por el trabajo.


Espada Incerta llegó a Ciudad de Dios una madrugada, descalzo, sin camisa, arañado, sucio y hambriento. Fue derecho a la casa de sus primos, donde al fin pudo relajarse. Junto con otros cinco presos, había conseguido escaparse de la comisaría, donde lo mantenían encerrado a la espera del juicio. Su tía no quiso que se quedase allí; sólo le permitió darse una ducha, comer algo y cambiarse de ropa. Cuando ya se iba, su primo le dijo que la situación de Sandro Cenoura había mejorado. El fugitivo, convencido de que su amigo le ayudaría, salió en su busca.

—Si voy a Realengo, puedo conseguir droga barata para que tú la vendas —dijo Espada Incerta después de recibir treinta cruzeiros de manos de Sandro Cenoura, y añadió—: Gracias por el refuerzo que me enviaste a la cárcel.

—Colega, yo no mandé nada. El dinero era tuyo, ¿entiendes?

—Pero hay cabrones que no mandan nada, ¿sabes? Y tú has sido legal conmigo.

Permanecieron un rato apostados en una de las esquinas de la plaza de la *quadra* Quince, conversando sobre la cuadrilla de Miúdo.

Cuando Espada Incerta se enteró de que habían detenido a Pardalzinho, le entró la risa y juró que un día acabaría con él.

—Si lo matas, te cargarás al maleante más cojonudo de toda la favela —le dijo Sandro muy serio, mirándole a los ojos.

Espada Incerta no contestó. Sacó papel de un paquete de cigarrillos y lo cortó; Sandro echó un puñado de marihuana, Espada Incerta lió el porro y se lo fumaron mientras charlaban de trivialidades.

Se anunciaba un nuevo día y soplaba un viento del noroeste que traía fresco. Espada Incerta, que se había mantenido la mayor parte del tiempo callado, contó el dinero, cogió su parte, entregó el resto a Cenourinha junto con lo que quedaba de droga y se dispuso a marcharse.

—¿Te apetece un tirito? —preguntó Cenourinha.

—Bueno, no me importaría colocarme un poco antes de ir a Realengo.

—Tu madre vive allí, ¿no?

—Sí. Pero no voy a su casa, quiero encontrar a un compañero que estuvo encerrado conmigo una temporada. Ya hace tiempo que lo soltaron y siempre me mandó dinero al talego. También me enviaba hierba y nieve. Me dijo que fuese a verle cuando saliese, que me echaría una mano.

Esnifaron la cocaína en un instante.

—Bueno, volveré más tarde con droga de la buena para que la vendas en el puesto —dijo Espada Incerta.


Espada Incerta tardó menos de dos horas en llegar a Realengo. Sabía que andar por allí era más arriesgado que hacerlo en Ciudad de Dios por su condición de delincuente, pero confiaba en el rufián con el que había trabado amistad en la cárcel y, como éste conocía a un buen traficante, seguramente le pasaría un kilo de marihuana en depósito, como le había prometido en el talego. Cogería la droga y se pondría en marcha cuanto antes.

La transacción con el amigo fue más rápida de lo que Espada Incerta se imaginaba, pero sólo tendría un día para pagar el kilo de marihuana que le había dado en depósito. Todavía le quedaba dinero para tomar un taxi hasta Cascadura. Después le pareció mejor tomar un autobús. Ir en taxi es cosa de blancos. Estaba convencido de que un negro que sube a un taxi o es un malhechor o está al borde de la muerte.

Entregó la hierba al amigo, recibió el dinero y se tomó unas birras y unas copas de coñac para celebrarlo, acompañadas de chorizo frito.

Hablaba alto, pavoneándose ante sus primos: se vanaglorió de haberse follado a más de un pringado en chirona, recordó viejas historias y cantó sambas de partido alto. Cuando estaba ya como una cuba, Espada Incerta vio pasar a la hermana de Pardalzinho y, fingiendo no estar enterado de su encierro, le dijo:

—Dile a Pardalzinho que esta misma noche voy a entrar en su casa y que caerá cualquiera que esté allí: mujeres, niños, la hostia...

La hermana de Pardalzinho llegó a casa llorando y tuvo que beber agua con azúcar para poder contarles lo ocurrido a sus hermanos. Edgar, el hermano mayor de Pardalzinho, también maleante, decidió mandar al resto de la familia a casa de su tía y él se preparó para recibir a Espada Incerta. Éste, que siguió bebiendo hasta muy entrada la noche, salió del bar ayudado por sus primos y durmió en casa de su tía. Cuando despertó, apenas recordaba lo que había ocurrido.

Edgar, irritado, salió a buscarlo en cuanto amaneció el nuevo día. Por el camino, se encontró con algunos de la cuadrilla de Miúdo, que le preguntaron qué pasaba cuando lo vieron con el arma en la mano. Pese a que no tenía amistad con ellos, les contó lo que ocurría. Poco después, toda la cuadrilla de Miúdo andaba en busca de Espada Incerta, que, por suerte, logró salir de la favela sin que lo molestasen.

Una vez en el autobús, Espada Incerta se sintió desesperado al comprobar que le faltaba dinero: o lo había perdido o se lo había gastado. Incluso llegó a pensar en la posibilidad de que sus propios primos le hubiesen robado. Y lo peor era que no tenía revólver; debía conseguir uno de inmediato para cometer un atraco y saldar su deuda.

Tres días después, Espada Incerta consiguió un revólver a través de Sandro Cenourinha en una escapada que hizo hasta la favela. Atracó una gasolinera y se encaminó a la casa de su madre, doña Margarita, cuya vista se había deteriorado con el paso de los años y además padecía de asma. Ninguna de las palabras de la vieja hicieron mella en el maleante, que se había despertado en mitad de la noche y en esos momentos se encontraba en la cocina friendo un huevo para comer con fariña. Saldría después para saldar la deuda. Oyó ruidos en el exterior de la casa, pensó inmediatamente en la policía, corrió hacia la habitación, abrió la ventana y se precipitó al patio.

Lloviznaba; la calle estaba desierta y las luces mortecinas de los postes, distantes entre sí, iluminaban la noche. Sigiloso, saltó la cerca del vecino, llegó al fondo del patio y de nuevo salvó la empalizada con sus piernas largas y ágiles. Oyó que los hombres le llamaban.

—Antonio, te están llamando —dijo la madre al oír la voz de los desconocidos.

No obtuvo respuesta. Mientras avanzaba casi a tientas hacia la puerta, la madre de Espada Incerta iba explicando que su hijo estaba allí hacía un momento, pero que ya se había ido. El hombre que le había vendido la droga, desconfiando de la inocencia de doña Margarita, abrió fuego contra la fina puerta de madera y varias balas se incrustaron en el cuerpo de la vieja.

Al oír los tiros, Espada Incerta trató de acelerar el paso, pero no reparó en una patrulla de la policía militar que se encontraba en una calle adyacente. Los policías, sin mediar palabra, comenzaron a disparar. Espada Incerta respondió a los tiros, pero cuando se percató de que le quedaban pocas balas, optó por rendirse.

—¡Vamos a matar a ese hijo de puta enseguida! —dijo el cabo.

—No, vamos a llevárnoslo a comisaría —dijo el sargento, con la esperanza de que Espada Incerta cantara hasta el más mínimo detalle de los entresijos del tráfico de la zona.


Un sábado, a finales de mes, Busca-Pé se dirigía a pasos cansinos a su trabajo en el Macro. Ya no aguantaba más aquella vida de dependiente. Lo que quería realmente era dedicarse a la fotografía. Trabajaría un tiempo más y haría todo lo posible para que lo echasen y, con el dinero de la indemnización, compraría la tan soñada cámara fotográfica, se apuntaría a un curso y listo.

Los sábados de final de mes son los mejores días para atracar en los comercios, porque suelen estar muy llenos de clientes. El encargado del supermercado, que tenía ya en el punto de mira a dos ladrones de Los Apês, observó la seña que éstos hicieron a Busca-Pé cuando pasaron junto a él con un televisor y se disponían a salir aprovechando la confusión de los cajeros. Busca-Pé no tenía más remedio que dejarlos pasar si no quería verse obligado a cambiar de favela para preservar su vida. Cuando se percató de que el encargado había observado toda la jugada, se asustó y fingió no haber visto nada.

Los guardias de seguridad apresaron a los ladrones y les dieron una paliza; no querían denunciarlos para que el nombre del comercio no apareciera en la página de sucesos de los periódicos. Busca-Pé trabajó el resto del día preocupado por la posibilidad de que los ladrones pensasen que él los había delatado. Pero no ocurrió nada.

Cuando Busca-Pé llegó al trabajo el lunes de la semana siguiente, se le ordenó que se presentase en la oficina de la dirección. El muchacho confirmó todo lo que había dicho el encargado. Sin dejar de mirar a los ojos de su interrogador, Busca-Pé explicó con mucha vehemencia lo que podría ocurrirle si delatase a los dos ladrones, pero no le hicieron caso y acabó despedido.

Con el dinero de la indemnización tenía suficiente para pagar la entrada de una cámara fotográfica Canon, pero después tendría que hacer frente a las mensualidades, además de entregar dinero en casa... Buscó en los periódicos con la intención de encontrar una cámara de segunda mano: bastaría para aprender; pero comprobó que le hacía falta más de la mitad de lo que tenía para poder comprar la más barata. Enojado, hizo trizas el periódico y se fue al puesto de droga de Los Apês para comprar marihuana. Se dirigía al bosque de los Eucaliptos para fumarse un porrito a solas cuando divisó a Barbantinho, de quien se había alejado desde que éste había comenzado con su rollo religioso. Evitó al viejo amigo, cruzó el puente y, mientras caminaba por la orilla del río, oyó que alguien lo llamaba.

—¿Qué hay, Ricardinho? —saludó Busca-Pé.

—¡Joder! Tengo una depre tremenda...

—Dímelo a mí, que me echaron del trabajo, no me alcanza el dinero para hacer lo que quiero y estoy jodido, ¿entiendes?

—Nos vendría bien un porro.

—¡Yo tengo hierba, vamos a fumar juntos!

—Ya me imaginaba que tendrías algo.

A medida que avanzaban por el puente de la Cedae, la depresión de Busca-Pé comenzó a perder cuerpo, no por la presencia del amigo ni por la marihuana que iba a fumar, sino por la belleza del lugar: aquel campo inmenso, el lago, los almendros y el bosque.

Mientras fumaban, no pararon de hablar de los temas más variopintos. Con la mirada perdida, se terminaron el tercer porro.

—¿Te apetece que nos busquemos la vida? —propuso Ricardinho.

—¡Qué remedio!

—Tenemos que levantar el ánimo, ¿no? —enfatizó Ricardinho.

—¡Claro que sí! —exclamó Busca-Pé.


Dos días después, a eso de las diez, los dos amigos esperaban en la última parada de la favela al autobús que hacía el recorrido Ciudad de Dios-Carioca. Subieron al autobús y se acomodaron en el asiento de atrás. El objetivo era esperar a que el autobús estuviese lleno, y después desvalijar a la cobradora y a los pasajeros. Tenían que acabar la faena antes de que el vehículo iniciase la subida de la sierra del Grajaú, lugar donde vivía Ricardinho, que había robado una pistola de dos cañones a su abuela. Había intentado que su primo le prestase un revólver, pero se negó. Tendrían que arreglárselas con la vieja pistola.

En la parada siguiente, sólo subió una mujer con dos niños que comentó que el autobús había tardado mucho. La cobradora contestó que la culpa no era suya, sino de los dueños de la empresa, que racaneaban los coches para cubrir la línea, y continuó hablando, dirigiéndose a los muchachos. Busca-Pé respondió y la charla se prolongó durante buena parte del trayecto. En la plaza de Anil, Ricardinho dijo a Busca-Pé que había llegado el momento, sacó la pistola de la cintura y dijo en voz baja:

—¡Ahora!

La cobradora, que no había visto la pistola, creyó que se levantaban para pasar al otro lado del torniquete y les dijo:

—Uno de vosotros puede pasar por debajo, así pagáis un solo billete.

Ambos se miraron y resolvieron que era más conveniente hacer lo que ella había sugerido.

—Menos mal que éste es el último viaje —dijo la cobradora.

—¿Cuántos haces? —preguntó Busca-Pé, mientras se sentaban de nuevo.

—Cuatro.

—Es mucho tiempo, ¿no?

—Sí, ya estoy harta de este trabajo.

El autobús se detuvo en otra parada y subió una pareja. Busca-Pé dejó que el conductor arrancase y dijo:

—¡Ahora!

Los dos se levantaron y miraron a la cobradora, que les preguntó:

—¿Ya os vais? —y añadió—: Que Dios os acompañe.

—No, no nos vamos. Queríamos fumar un cigarrillo.

Se sentaron una vez más y decidieron no asaltar aquel autobús porque la cobradora era una tía tope legal.

Bajaron en Grajaú, anduvieron al azar por las calles arboladas del barrio y concluyeron que era mejor entrar a robar en la única panadería abierta de las inmediaciones. Una vez dentro de la panadería, pidieron una Coca-Cola y esperaron a que el autobús asomase por el principio de la calle. Cometerían el atraco, cogerían el autobús, se bajarían en la segunda o tercera parada y entrarían en una calle más sinuosa.

—Coge la ficha en la caja, por favor —dijo el dependiente.

La cajera atendió a Busca-Pé con una sonrisa. Busca-Pé la miró fijamente con expresión de donjuán. Ella se rió de nuevo. Como era habitual en él, el muchacho inició un diálogo. La cajera era amable. «No es nada del otro mundo, pero justifica el gasto», pensó Busca-Pé. Bebieron la Coca-Cola a sorbos cortos para dar tiempo a que llegase el autobús. Cuando entró otro cliente, se apartaron y decidieron que no atracarían la panadería porque la cajera era una tía tope legal.

—Anda, vamos a coger un autobús que no pase por la favela para no toparnos con nadie conocido, ¿vale? Pero que nos deje cerca, así nos podremos salir como si no ocurriese nada —argumentó Ricardinho.

—Está bien —asintió Busca-Pé.

El 241 llegó vacío. Subieron como si no se conociesen y cada uno pagó su billete. Ricardinho avanzó hacia la parte delantera del vehículo, mientras que Busca-Pé atravesó el torniquete y se quedó en la parte trasera. El autobús inició la subida de la sierra. A medida que avanzaban, fue desplegándose ante sus ojos la panorámica de la zona norte de Río de Janeiro: se podía ver el Engenho Novo, el Engenho de Dentro, Riachuelo, Méier, las inmediaciones de la Penha, la isla de Fundão y del Governador; en el extremo izquierdo quedaban Bangu, Realengo y Padre Miguel. En el cielo no había luna ni nubes.

De repente, Busca-Pé se quedó mirando al cobrador. Era mulato y debajo de la camisa del uniforme llevaba una camiseta del Botafogo, equipo que había vencido al Flamengo el domingo anterior; ése era el destino del Botafogo: ganar a los pringados del Flamengo. Estaba convencido de que, cada vez que ganaba el Flamengo, era por trampa o confabulación de los directivos del equipo. Su mirada encuadró al cobrador, enfocó y clic, listo: pondría aquella foto al lado del póster de su equipo. Pensó en Ricardinho. Cuando su amigo gritase «¡Ahora!», tendría que meter la mano dentro de la camisa y comenzar el atraco.

El autobús paró en el Hospital Cardoso Fontes, donde subieron dos jóvenes que ayudaban a una mujer con aspecto enfermizo; dentro de cinco paradas llegarían a la Freguesia y listo: conseguiría el dinero para comprar su cámara.

Busca-Pé metió discretamente la mano dentro de la camisa. Bastaba con que su amigo gritase «¡Ahora!» para reducir al hincha del Botafogo. Esperó, esperó y nada. Miró por encima de algunos pasajeros y comprobó que su amigo charlaba alegremente con el conductor. Estaba claro que nunca gritaría «¡Ahora!». Decidió pasar hacia la zona delantera.

—¡El conductor es un tío tope legal! —le informó su amigo.

Bajaron en la plaza de la Freguesia. Al comprobar que sólo había un bar abierto, resolvieron atracarlo. Cuando cruzaban la calle un coche se detuvo a su altura:

—Eh, amigo, ¿cómo hago para ir a la Barra? —preguntó el conductor.
Con la habilidad del ratero rápido que creía ser, el muchacho contestó que justamente iban hacia allá y que, si los llevase, matarían dos pájaros de un tiro.

—Subid —dijo el conductor.

Al entrar, Busca-Pé guiñó el ojo a su compañero, como diciendo: «Esta vez lo tenemos fácil». El conductor arrancó y subió el volumen de la radio:

> ... *O sol não adivinha*
> *Baby é magrelinha...*

—¡Bonita canción! —exclamó Busca-Pé.

—¿Te gusta? —preguntó el conductor.

—¡Muchísimo!

—Entonces te gustarán Caetano, Gil, Gonzaguinha, Vinicius...

—¡Me encanta la música popular brasileña!

—Y seguro que le das al porro.

—No voy a decir que no...

—Se os nota en la cara... ¡Un porrero reconoce enseguida a otro, chaval!

Al llegar a la favela, Busca-Pé fue al puesto de venta de droga a comprar tres bolsitas para compartirlas con su nuevo amigo, que se había quedado con Ricardinho al borde de la Gabinal, bebiendo cerveza. Busca-Pé consiguió además una bolsita de regalo y, antes de despedirse, se intercambiaron las direcciones para quedar un día para oír una música guay y fumarse unos canutos. ¿Por qué no?

—Tal vez nos veamos algún día y entonces armaremos una buena.

—¡Genial!

—Quedaos con mi bolsita, que a mí no me apetece fumar ahora.

—Vale.

—¡Me voy!

—¡Que te vaya bien!


—¡Chupa, hija de puta! —gritó Butucatu, y propinó un nuevo sopapo en la cara, ya ensangrentada, de la mujer encinta.

Ella ya se la había mamado a Pança; ahora lo hacía con el compañero, mientras aquél aprovechaba para darle por culo. Ella gritaba, sangraba y recibía golpes en la barriga cada vez que decía que estaba embarazada. Siguieron así un buen rato, turnándose.

—¿Se la vas a meter por el coño? —preguntó Butucatu.

—No, sólo quiero su ojete.

Habían secuestrado a la mujer en el velatorio de su padre, víctima de un infarto. Se había pasado los dos últimos días recorriendo la ciudad para resolver y ultimar los detalles del entierro. Su madre, preocupada porque su hija estaba embarazada, había insistido en que no fuese al velatorio y, cuando vio que secuestraban a su hija en la capilla, se desmayó. Butucatu disparó al aire desde dentro del coche en el preciso momento en que Pança arrancaba velozmente.

La maltrataron sin piedad y, finalmente, se limpiaron con hojas de almendro. La mujer se levantó, se vistió en silencio, reprimiendo el llanto, y dijo:

—¿Estáis satisfechos ahora?

Entonces Butucatu, sin mediar palabra, golpeó repetidas veces con un palo la cabeza de quien fuera un día su novia. Se había sorprendido cuando ella decidió, sin previo aviso, acabar con el noviazgo, pero no se alarmó demasiado: las mujeres suelen tener esos prontos. Tarde o temprano volvería arrepentida, afirmando que había necesitado un tiempo para saber si lo amaba de verdad. Pero el maleante se había equivocado.

Pança la había visto abrazada con Angu y no tardó en contárselo a su compañero. Butucatu, al principio, no lo creyó; suponía que ella no tendría el valor de salir con un enemigo suyo. Nunca se habían peleado ni se habían liado a tiros, pero sólo por falta de oportunidad, porque Butucatu lo había amenazado de muerte con ocasión de un asalto en el que tuvo la sospecha de que Angu se había quedado con más dinero a la hora del reparto. No lanzó su amenaza delante de él, sino en presencia de sus amigos íntimos y de su compañera, que ahora lo sustituía por su rival. Si ella había sido capaz de hacer algo semejante, lo más natural es que en algún momento le contara su intención de eliminarlo.

Esperó la mejor oportunidad para matar a su ex mujer. Pudo haberlo hecho disparándola desde lejos, pero prefirió esperar la ocasión de acabar con ella poco a poco, porque las traidoras tienen que morir así: tras una tortura lenta, sufriendo como una vaca, pataleando como una gallina. Sentía dolor en su pecho, sentía como una pasión al revés, sentía la desconfianza de que su polla no fuese lo bastante grande para hacerla gozar dos, tres veces seguidas, y que le dijese, en el grado máximo del placer, que él lo era todo, que él era el único que la hacía gozar.

Dejó de golpearla; comprobó su respiración: seguía viva, lo que le alegró infinitamente, y no porque quisiese evitar su muerte, sino porque así podía continuar con su venganza. La visión de la vagina de la mujer acentuaba aún más el dolor que sentía por la traición, y resolvió que ella debía sufrir un tormento mayor. Se colgó de la mejor rama que podía arrancar y tiró de la rama varias veces de arriba abajo, con los ojos devastados por su deseo de venganza. En circunstancias normales, su fuerza no habría sido suficiente para romper esa rama, pero, redoblada por la furia, le resultó fácil hacerlo. Acto seguido la introdujo en la vagina de la mujer embarazada. Aquel crimen corrió de boca en boca hasta llegar a oídos de Miúdo, quien consideró que el episodio trastornaría el movimiento de los puestos de venta, porque la policía no daría tregua.

Miúdo estaba triste, hablaba poco y hostigaba a los rufianes de Allá Arriba cada vez con más frecuencia. Casi siempre se apropiaba de las cadenas de oro que los ladrones iban a venderle. Su humor sólo mejoró cuando se adueñó del perro de un habitante de Ciudad de Dios, porque, decía, le encontraba cierto parecido a Pardalzinho. Un lunes por la mañana, Pardalzinho apareció frente a Miúdo con los brazos abiertos y muy sonriente.

Pardalzinho, después de salir del calabozo, fue a parar a una celda donde había unos cuantos presos que, aunque no lo conocían personalmente, habían oído hablar de él.

En la primera visita, Benite llevó bastante dinero a su hermano: una parte se la quedó el comisario y la otra Pardalzinho se la gastó en bebida, marihuana y cocaína que consiguió uno de los detectives de la comisaría. Y lo mismo ocurrió en las visitas posteriores. Mientras estuvo encerrado cantó rock duro y sambas sincopadas y de enredo al compás de la batucada. Cuando salió de allí, prometió que todos los meses mandaría una cantidad fija al comisario.

Ese domingo lucía un sol esplendoroso en el cielo de la Ciudad Maravillosa. Coroado iría a exhibirse a Ipanema. Habría desfile de carnaval en la playa, con música estupenda, bailarines ya entrenados y sambas en abundancia. Butucatu, algo desconfiado, decidió atravesar la favela y subir a uno de los autobuses que se dirigían a Ipanema. Mientras caminaba, a veces pensaba que Miúdo lo enviaría al otro barrio y, otras, que el traficante no le haría nada, ya que su crimen había sido pasional, crimen de hombre.

Miúdo y Pardalzinho estaban con los músicos aguardando la hora de la salida, y mataban la espera con batucada para acompañar las sambas que cantaban los presentes. Miúdo se sorprendió al ver allí a Butucatu, pero disimuló para no espantar a la presa y continuó acompañando la música con sus manos.

—¡Voy a cargarme a Butucatu! —dijo al oído de Pardalzinho.

—Sí, ya me enteré de lo que pasó, pero no te lo cargues, dale sólo una paliza, ¿vale? Lo que hizo tenía que ver con su vida privada, ¿entiendes?

—Sí, pero debería haberlo hecho fuera de aquí... ¡Cogió a la tipa en Tanque y la trajo a la favela, colega!

—Estaba desesperado. ¡Dale solamente una paliza, una paliza!

—¡Joder! Desde que sales con esa panda de pijitos, estás cada vez más blando. —Se alejó de Pardalzinho, sacó el revólver de la cintura y gritó—: ¡Butucatu, ven aquí, que tenemos que hablar!

Butucatu, cuando lo vio empuñando el revólver, sintió un escalofrío en la espalda y caminó en su dirección con las manos a la vista para que Miúdo no pensase que iba a sacar un arma. Sabía que podía morir, aunque su crimen estuviese justificado; pero, por otro lado, no creía que le pasara nada, porque nunca había robado en la favela, nunca había traficado y mantenía una relación amistosa con Pardalzinho.

El diálogo comenzó moderado. Butucatu insistía en afirmar que el suyo había sido el crimen de un hombre:

—¡Para limpiar mi honor, tío! Y ahora lo tengo difícil, porque su familia me ha denunciado. Este asunto no te va a afectar... —mentía.

Miúdo no lo escuchaba y solamente repetía una frase:

—¡Tendrías que habértela cargado fuera de la favela, hijo de puta!

Hablaba en voz alta con toda idea, para llamar la atención de los demás integrantes de la cuadrilla. Lo ayudarían a castigar a Butucatu. Cuando Biscoitinho, Camundongo Russo y Marcelinho Baião se acercaron, Miúdo le propinó un puñetazo en el rostro y Butucatu se tambaleó asegurando que respondería y que, si tenía que morir, lo haría peleando, moriría como un hombre. Los compañeros de Miúdo intervinieron. Biscoitinho sacó el arma, pero no disparó porque Pardalzinho se lo impidió:

—¡No dispares, no dispares!

Dentro del autobús, camino de Ipanema, Miúdo no dejaba de repetir que tenía que haberse cargado a Butucatu, porque adivinaba en sus ojos su alma de traidor.

—¡De eso nada, chaval, es un pobre diablo! —decía Pardalzinho, como de costumbre.

Butucatu se quedó inconsciente en el suelo. Cuando recobró el sentido, los autobuses ya habían salido y la noche estaba muy avanzada. Se levantó despacio, con su cuerpo dolorido y sangrante. Intentó andar, pero las piernas no le respondieron y volvió a caer. Hasta que no se hizo de día, no pudo levantarse y caminar hasta su casa.

—¡Estoy embarazada!

—¿Te estás quedando conmigo?

—Es verdad. Hace dos meses que no me viene la regla.

—¡Carajo, voy a ser padre! ¡Vamos a tomarnos una cerveza!

—Nada de cerveza, Pardalzinho. ¡Soy muy joven para ser madre y no estoy dispuesta a perder mi juventud por culpa de un hijo! Un hijo quita mucho tiempo. Voy a abortar —afirmó Mosca en el momento en que Pardalzinho se acostaba a su lado después del desfile de carnaval en la playa.

—Pero ¿qué dices, mujer? ¡Joder! Ya hace mucho tiempo que vivimos juntos. ¿Acaso te falta algo?

—¡Me faltas tú, Pardalzinho! Lo único que te importa es salir con los pijos de tus amigos, irte a los bailes, a veces desapareces una semana en esas acampadas de chiflados... ¿Crees que no sé que te follas a esas blanquitas que andan por ahí? No quiero tenerlo y se acabó. Ya he hablado con mi comadre, he comenzado a tomar infusión de hojas de café y mañana mismo abortaré.

—¡No te dejaré!

—Demasiado tarde. Ya he tomado muchas infusiones y, si lo tengo, lo más seguro es que nazca deforme.

Pardalzinho no dijo nada; se levantó, se vistió y salió a la noche hacia el piso de Miúdo para contarle lo sucedido.

—No te preocupes, hermano —le consoló Miúdo—. Cuando una mujer tiene un hijo queda muy abatida... Tírate a una blanca, una jovencita, y déjala embarazada.

Sí, era mejor que Mosca abortase. De esa forma podría echarla de casa y ella no podría protestar. Decidió liarse un porro y se lo fumó con su amigo para festejar que había tomado la decisión más acertada.

—¿Quieres un güisqui?

—Vale.

Miúdo bebió a morro y pasó la botella a Pardalzinho. Se sentaron en el sofá, fumaron un canuto, charlaron y rieron mientras bebían el güisqui. Pardalzinho fue el primero en dormirse en el sofá. Miúdo, tambaleándose, consiguió llegar a la habitación y se arrojó en la cama.

Alrededor del mediodía, golpearon la puerta violentamente. Miúdo abrió con el arma en la mano. Benite, con expresión triste, dijo que tenía una mala noticia:

—¡Habla ya, chaval, habla ya! —le espetó Pardalzinho.

—Tu mujer...

—¿Ha muerto? —preguntó Pardalzinho.

El hermano de Pardalzinho bajó la cabeza y se fue a la cocina. Miúdo abrazó a su amigo, que enmudeció durante unos minutos, con los ojos desorbitados y una gran tristeza en su rostro.

—¿Dónde está?

—En casa de Xinu. Dicen que fue por el aborto.

—¿Quién está allí?

—Nadie, todo el mundo ha desaparecido.

—No iré, ¿sabes? No volveré a mi casa... ¿Puedo quedarme aquí, tío?

—¡Claro! —respondió Miúdo.

—Dale dinero a mi hermano para que se ocupe del entierro.

Tras soltar la pasta a Benite para que se la entregara a la familia de Mosca, Miúdo se marchó acompañado del hermano de Pardalzinho y se dedicó a recorrer todos los rincones de Los Apês con la intención de localizar a una chica que bebía los vientos por él. Era guapa y diligente, estudiaba y no vivía vagabundeando por la calle. Nunca había tenido una mujer así. Aquel mismo día se enrolló con ella. Luego se encerró en casa de su amigo durante tres días, sin comer, sin ducharse ni cepillarse los dientes. Cuando llegaba algún amigo, el traficante intercambiaba con él algunas palabras y regresaba a la habitación.


—¡Anímate, chaval! Tienes que romper la mala racha. Te acuchillaron, te encerraron, tu mujer se fue al otro barrio... ¡Has de ponerte fuerte para poder vivir en paz, chaval! —aconsejaba Miúdo a Pardalzinho, un mes y medio después de la paliza a Butucatu.

—¡Vale! ¡Vale!

Miúdo llamó a la tía Vincentina. Ella conocía al traficante desde niño y le había hablado de una macumba buena en Vigário Geral. Después del almuerzo, se encaminaron hacia allá en un taxi. Era el último día del año. El *padre de santo* hizo su trabajo con rapidez porque tenía que ir con los fieles a Copacabana, donde celebrarían un rito.

Regresaron a casa de la tía Vincentina, también en taxi, convencidos de que todo les iría «divinamente» en el nuevo año. No les faltaría ni dinero ni mujeres. Tía Vincentina opinaba que el trabajo estaba mal hecho e insistía para que los muchachos fuesen a la playa a hacer otro.

—No, tía, no puedo ir, ¿sabe? —respondió Pardalzinho—. He montado una fiesta con los amigos en casa de Katanazaka y quiero divertirme para dejar de pensar en Mosca... ¿Vamos, Miúdo?

—Voy a pasar por tu casa y después me acercaré a Los Apês.

Y así lo hicieron. Aunque Miúdo no pertenecía a la familia de Pardalzinho, lo trataban como si lo fuese. Pasada la medianoche, cada uno siguió su destino. Antes de separarse, quedaron en ir a almorzar al día siguiente a casa de Compositor. Añoraban la comida de doña Penha.

Ya había amanecido cuando Pardalzinho salió de la casa de los Katanazaka y se fue caminando hacia Los Apês. Se daría una ducha, se cambiaría de ropa, dormiría y se iría con Miúdo a disfrutar de la comida de doña Penha. Encontró a Miúdo en casa de Tim y, tras tomar un vaso de vino, se pusieron en camino.

A eso de las tres de la tarde, los amos de las calles de Ciudad de Dios cruzaron la favela, discretamente armados. Miúdo caminaba muy serio, saludando sólo con un movimiento de cabeza a los muchachos del vecindario. Pardalzinho reía y deseaba feliz año nuevo incluso a quienes no conocía de nada. El sol ardía y en las calles reinaba ese ajetreo tan característico de los días de fiesta.

La hermana de Butucatu vio a Pardalzinho y a Miúdo cruzar la Edgar Werneck a la altura de la iglesia amarilla y pedaleó a toda velocidad para avisar a su hermano de que el temible Miúdo se dirigía hacia arriba acompañado solamente por Pardalzinho. El maleante sacó el revólver del ropero, cogió las balas escondidas junto al motor de la nevera y se quedó al acecho en el patio de una casa.

Miúdo se irritaba cada vez que Pardalzinho se detenía para saludar a alguien. Decía que se parecía a Papá Noel, le metía prisa y aseguraba que no le gustaba tardar mucho en llegar a ningún sitio.

—¡Me alegro de que hayáis venido! —exclamó doña Penha.

—¿Qué ha pasado? —preguntó Pardalzinho.

—Esta semana tuve una pesadilla... ¡Soñé que te habían disparado un montón de tiros, hijo!

—Eso quiere decir que me quedan muchos años de vida, con más razón ahora que he recuperado mi fortaleza. ¡No se coma el coco, doña Penha, que todavía tengo para largo!

Almorzaron acompañados con la música del disco de las escuelas de samba a todo volumen. Tras el almuerzo, se quedaron conversando durante más de una hora y después se despidieron. Doña Penha recomendó a Pardalzinho que se cuidase.

—Oye, ¿te acuerdas de esas gallinas que había en casa? —preguntó Pardalzinho a Compositor.

—Sí —contestó Compositor.

—Puedes quedártelas. Después de la muerte de Mosca, no he vuelto por allí a darles maíz; mi hermano tampoco va... Quédatelas. ¡Hay dos que ponen huevos enormes! Bueno, ya me voy. Adiós.

—¡Adiós! —respondió Compositor.

—Vamos a pasar por el Duplex —sugirió Miúdo.

Butucatu se preparó cuando los vio venir por la calle. Amartilló el arma y se quedó a la espera de que Miúdo se alejase apenas unos veinte metros más para vaciarle el cargador en la espalda.

Pardalzinho iba cantando una de las sambas que había escuchado en casa de Compositor, ajeno a las intenciones de su amigo, cuya propuesta de pasar por el Duplex obedecía a su afán de propinar una paliza a Pança, que se la merecía tanto como Butucatu.

Butucatu, completamente alterado, aún sentía el dolor de las patadas, puñetazos, culatazos y puntapiés que había recibido de la cuadrilla de aquel cabrón. Sólo se cargaría a Miúdo; no tocaría a Pardalzinho, que ni lo había golpeado ni había dejado que lo matasen y que, incluso días después, le envió recado de que se largase por un tiempo de la favela, porque si algún integrante de la pandilla llegaba a verlo, y él no estaba cerca para evitarlo, cabía la posibilidad de que alguien le diera un balazo simplemente por complacer a Miúdo.

A Butucatu le temblaba todo el cuerpo. Cuando Miúdo entró en la mira de su revólver, contuvo la respiración y entrecerró los ojos. Pero Pardalzinho, que seguía cantando, adelantó en ese momento a Miúdo, con lo que éste quedó fuera del objetivo de Butucatu. Cambió el arma de posición, respiró hondo, la colocó de nuevo apuntando a Miúdo, afirmó el brazo, disparó dos veces seguidas y salió por la parte de atrás de la casa.

Pardalzinho cayó entre convulsiones.

Miúdo corrió ensangrentado; incluso baleado, aún le quedaban fuerzas para responder a los tiros, pero temió que Butucatu estuviese acompañado de otros maleantes y optó por regresar a la casa de Zeca Compositor. Antes de desaparecer, alcanzó a ver a Butucatu por los huecos de los ladrillos de la parte superior del muro, desde donde el asesino, tras afianzar el cañón del revólver, había disparado.

—Ve a ver cómo está Pardalzinho, que ha caído, ha caído, ve, ve, por favor...

—¿Quién ha sido? —preguntó Compositor.

—Butucatu, ha sido Butucatu, tendría que haberlo matado, tendría que haberlo matado... ¡¡¡Se lo dije a Pardalzinho, se lo dije, se lo dije!!! ¡Le han dado a Pardalzinho también! ¡Pardalzinho ha caído! Ve a verlo... ¡Me voy a morir, me voy a morir!

—¡Calma, tío, que no te vas a morir!

—¡Ayuda a Pardalzinho, que es como mi hermano! Ayúdale, ayúdale...

Compositor titubeó; no sabía a quién ayudar. Al final optó por Miúdo, que sangraba mucho. La madre de Miúdo vivía a pocos metros.

—Llévate mi arma... —dijo Miúdo a Compositor en cuanto comenzaron a caminar.

Finalmente vería a su madre; ella le ayudaría.

—Estás en esa situación porque quieres, en mi casa no entran asesinos —dijo su madre con tanto rencor que el maleante agachó la cabeza y no la levantó ni siquiera después de que la madre cerrase el portón del muro con violencia.

—¡Vamos a la casa de mi madre verdadera!

—¡Vamos al ambulatorio! —propuso Compositor.

—¡Médicos no, médicos no! Llévame a casa de mi otra madre, que ahora es enfermera.


Frente a la capilla, tan sólo unos cuantos jóvenes se encontraban sentados en la acera, fumando porros y cantando:

> ¡Viva, viva,
> viva la sociedad alternativa!

Antes de salir de la favela, los maleantes habían acordado que no se quedarían mucho tiempo en el velatorio; pero la noche se fue poniendo interesante: llegaban sin cesar mujeres y amigos con botellas de güisqui, vino y cachaza con limón. Camundongo Russo se animó; envió a un muchacho a comprar cinco cajas de cerveza; mientras tanto, los familiares recibían apretones de manos, palmaditas en la espalda y hombros donde apoyar la cabeza, oraciones, bendiciones y palabras en verso y prosa, recitadas y cantadas. Surgieron panderos, tamboriles, agogós y machetes. Circulaba la cocaína y los porros iban de boca en boca.

Solamente el cuerpo de Pardalzinho en el centro de la capilla imponía un obstáculo al culto. Decidieron empujar el ataúd hacia el rincón y, de vez en cuando, homenajeaban al difunto cantando su samba preferida:

> Vivo donde no vive nadie,
> donde no habita nadie,
> donde no pasa nadie.
> Allí donde yo vivo,
> allí me siento bien...

Como en todo buen bailongo, no faltaron los ligues, pues había un montón de mujeres guapas que hechizaban a los hombres. Y quien consiguió compañera hizo el amor en el cuarto de baño, en la capilla vacía contigua, en las calles cercanas, y hubo quien afirmó que a Pardalzinho le habría gustado todo eso, pues siempre vivió en medio de la golfería.

Y una luna redonda, clarísima, embrujó aún más el eterno misterio que siempre trae la noche, y el entierro fue el más concurrido de cuantos hubo jamás. El termómetro marcaba cuarenta y tres grados.

# 3
## La historia de Zé Miúdo

—Busca-Pé va a su bola.

—Sí, eso parece.

—Ha desaparecido del mapa, ¿no?

—¡Pues sí!

—Sólo lo veo de paso.

—Se reúne mucho con la gente del Consejo de Vecinos.

—¡Está hecho todo un fotógrafo!

—¡Pues sí!

—Toda la gente que sale con él es de la facultad. Y se ha metido en política.

—Yo los conozco, chaval. Son los que cierran la calle todos los primeros de mayo para hacer una manifestación de currantes; se pasan la vida en reuniones.

—Consejo de Vecinos, ¿no?

—Eso es.

Permanecieron un rato en silencio.

—Busca-Pé siempre estaba colocado.

—¡Y de qué forma! —Risas—. Le encantaba ese rollo, ¿no?

—¡Y cómo! —Risas.

—¿Seguirá fumando todavía?

—¡Seguro! Un día me lo encontré en la escalera de su bloque, con un colocón tremendo.

—Pero sólo le daba a la hierba, ¿no?

—Creo que sí.

—¡Todo el mundo se ha largado!

—¿Qué dices? ¡Si todo el mundo está ahí, tío!

—¡De eso nada, colega! ¿Quieres que haga un recuento? Mira: Paulo Carneiro se fue de la favela, creo que está viviendo en Tacuara. Vicente se ha esfumado, y Katanazaka y Thiago; Tonho se piró a Estados Unidos...

—¿Sí? ¿Quién te lo ha dicho?

–Marisol, Bruno y Breno no se han ido, pero van un poco a la suya. Paype se casó...

–¿Y Adriana?

–También se casó con un pijo de su colegio.

–El último de la favela que se enrolló con ella fue Aluísio.

–Estaba muy buena, ¿verdad?

–¡Desde luego! ¿Quieres que continúe con la lista? ¡Sí, sí, se han ido casi todos! Sólo quedamos nosotros, los únicos que todavía salimos juntos.

–Todo el mundo se las ha pirado.

–¿Y Miúdo?

–Joder, colega, ese tío está jodido. Fue él quien mató ayer a aquellos tíos de Allá Arriba, él y Biscoitinho... Están matando sin parar. Ayer mismo estuve con él.

–¡Deberíamos cargárnoslo, tío!

–¡No, él no se mete con nosotros! Vamos a cargarnos a Boi, ¿está claro? No debió pegar dos puñetazos a Marisol en el Cascadura Tenis Club...

–¿Podemos meternos otro tirito?

–¿Cuántas papelinas quedan?

–¡Diez más, colega! Alcanzan para seguir la juerga toda la noche.

–Entonces, anda, prepara unas rayitas.

–¡Hay una casa cerca del canal, tío! Una casa de ricos. ¡De ricos, hermano! La descubrimos Xinu y yo cuando paseábamos por ahí, a nuestra bola, ¿sabes? Toda la familia se las piró a la playa. Me dieron ganas de entrar solo. Si tuviese un compañero...

–¡Cacau atracó un día tres casas en Barra y en Recreio, y le fue bien, colega! Trajo oro, dos cámaras fotográficas estupendas, relojes, cámaras de vídeo y mogollón de cosas.

–También atracó la casa de aquel jugador del Flamengo, en el barrio Araújo.

–Sí, él y Nego Velho.

–¿Cómo se llamaba el tipo?

–No lo sé, sólo sé que había jugado en el Flamengo. Consiguieron dos revólveres, una recortada y un montón de trofeos. Los trofeos se los dieron a los chicos del Ocio para sus torneos de fútbol.

–Estuvieron a punto de cagarla con Miúdo porque robaron cerca de la favela, ¿lo sabías?

–¿De verdad?

–Miúdo les llamó y les dio la vara. Camundongo Russo quería machacarlos.

—Ese tío está un poco pirado, ¿no?

—Sí, pero sólo por dárselas ante Miúdo.

—¡Hay que cargárselo a él también!

—¡Oye, colega, pica bien esa coca!

—Estoy en ello... Ya está casi a punto.

—La muerte de Cacau fue horrible. El día que murió, había ido a la playa con Leonardo; después, regresaron juntos y almorzó en casa de Leonardo; dijo que iría más tarde al baile y desapareció.

—¿Crees que realmente fue Rogério el que ordenó que lo liquidaran?

—Dicen que atracó la casa de Rogério en busca de oro pero sólo se llevó un televisor. ¡Rogério se enteró de que había sido él y decidió vengarse!

—Quién hubiera dicho que Cacau se volvería maleante, ¿no? Un tipo guapo, que nunca vivió en la favela...

—¿Quién lo trajo aquí?

—Patricinha Katanazaka. A él y a Ricardinho.

—Viven en la Freguesia, ¿no?

—Ajá.

—¿Era rico?

—No lo creo. Pero se vestía bien.

—¡Se convirtió en el mayor atracador de casas!

—Pues sí.

—¡El plato está frío, hermano!

—Caliéntalo.

—Alcánzame una cerilla.

—El mechero está ahí, sobre la mesita.

—El golpe aquel sigue en pie, ¿verdad?

—¡Depende de Tutuca, colega! Dijo que iba a inspeccionar la casa.

—¿Hoy?

—Eso dijo, que se acercaría y volvería directo para acá.

—Confío en que lo haga bien.

—¿Vamos a ir los cinco?

—¡Claro! Entran tres y dos se quedan fuera vigilando.

—¡Esa pistola está estupenda, tronco!

—Sí, ¿le pasaste queroseno?

—No, le pasé aceite de máquina: ¡el queroseno es una mierda!

Daniel aspiró su raya de cocaína y pasó el plato a Rodriguinho, que se metió la suya con avidez. Llenaron dos pequeños vasos de güisqui, encendieron dos cigarrillos y continuaron con la charla.

—Después de morir Pardalzinho, Miúdo se puso más duro que nunca. ¿Te enteraste de lo que hizo en la Vía Once el mes pasado?

—Algo me dijo Marisol; yo no estaba en la favela. ¿Qué pasó realmente?

—Vieron a Butucatu en Gávea, subiendo a una camioneta de esas que llevan gente para la favela.

—¿Y?

—Pues que Miúdo se plantó en la Vía Once con unos cuantos esbirros y, cuando aparecía alguna camioneta, la obligaba a parar y la registraba.

—¡Es terrible!

—¿Pero no habían detenido a Butucatu por aquel asunto de la tipa que se cargó?

—¡Se escapó, colega! Él y Pança se fugaron juntos de la trena.

—¿Sabes lo que he oído?

—¿Qué?

—Que vuelve a estar en chirona. Los polis lo cogieron en la Serrinha.

—¿Y Pança?

—Pança... Estuve un día con su hermana. Ella me dijo que ahora no fuma ni esnifa. Está en el interior de Minas, trabajando con unos tíos suyos. Lleva una vida tranquila, ¿sabes?

—¡Increíble!

—¿Y Cabelinho?

—Cabelinho está en la calle. Él y Madrugadão llevan la Trece.

—¡Los muchachos de la Trece son terribles, roban mogollón! Allí hay un tal Terremoto que es un verdadero Judas. También deberíamos cargárnoslo.

—Vamos a cargarnos a quienes nos molesten de verdad, ¿vale?

—De acuerdo.

—Está bueno el güisqui, ¿eh?

—Me lo dio Marisol.

—¿Y tú sigues con aquella tía?

—¡Ayer follé de lo lindo! Me hizo una mamada y después le di por culo.

—¿De verdad, chaval? Cuando se le da por culo a una mujer que no lo ha hecho nunca, sólo te olvidará cuando otro se la folle por detrás. Y, si nadie más se lo hace, siempre te recordará.

—¿Has oído el silbido?

—Sí. Debe de ser Tutuca. Espera a que silbe de nuevo.

Tutuca volvió a silbar; era la contraseña.

—¿Qué hay, colega? ¿Todo tranquilo?

—No demasiado, ¿sabes? Boi volvió a atacar a Marisol en la playa —les dijo.

—Se lió a puñetazos con él porque no quiso prestarle la bicicleta. ¡Jodido cabrón!

—No lo sabía. Cuando cruzaba la plaza escuché lo que decía.

—¿Y qué dijo?

—«Los pijos menean el culo en el baile pero después se cagan encima.» Y añadió: «Ataqué a Marisol en la playa, le di un buen puñetazo. Le pedí la bicicleta y no me la quiso prestar».

—¡Él será el próximo en caer!

—¡Otro tío jodido es ese tal Israel! Mató a un blanco ayer, en los chiringuitos, sin mediar palabra.

—Sí, me enteré de eso. Prepárame una raya que acabo de llegar, ¿vale, tío? —pidió Tutuca.

—Pícala tú.

—Dame una hojilla. Debería liarme un porro para tranquilizarme un poco. ¿De dónde habéis sacado la coca?

—Es de Bica Aberta.

—¡Su puesto está vendiendo mogollón! Lía un porro, colega.

—Espera un poco, que ya nos hemos fumado uno.

—Pero ¿cómo fue realmente esa historia de Israel?

—Un chico, chaval, un pijito. Creo que era de Pau Ferro. Llegó a Los Apês preguntando dónde estaba el puesto de droga, ¿sabes? Biscoitinho le dijo que estaba envasando. Entonces el chico fue a un chiringuito, pidió una Coca-Cola y un paquete de cigarrillos. Israel lo miraba. ¡Estaba pedo, tronco, llevaba encima un pedo tremendo!

—Cuando bebe, le da por armar bulla.

—Un chico con muy buena pinta, ¿sabes? Rubio, con un tatuaje muy grande en el brazo... Encendió el cigarrillo, dejó el encendedor encima de la barra y se quedó allí, a su bola, bebiendo Coca-Cola. ¡Tío! Cuando fue a coger el mechero, Israel le propinó un sopapo tremendo.

—Le cabrean los tipos que tienen buena pinta, ¿no?

—Mientras cogía el encendedor, pegó un salto y, dándole un guantazo en la cara, le dijo: «¿Quieres robarme el mechero? Es mío». El chico contestó que no, que era suyo. Entonces Israel le disparó con una 9 milímetros en la frente. ¡Lo dejó desfigurado!

—De los tres hermanos, el único legal es Vida Boa: no se mete con nadie, ¿sabes? Trata bien a todo el mundo.

—¡Vaya!

—¡Así es!

—Otro que debería morir es Biscoitinho.

—¿Qué, hacemos una lista negra? Mira a ver si encuentras un boli ahí dentro.

—Primero los de Los Apês: Boi, Biscoitinho, Camundongo Russo, Buizininha y Marcelinho Baião.
—Pero no hay que dejar pruebas ni testigos.


Ana Flamengo iba caminando por la Rua do Meio, más maravillosa que nunca, aunque discreta, pues el doctor Guimarães le había prohibido que usase ropas extravagantes o psicodélicas, como él decía. Obedeció las exigencias de su marido con la mayor felicidad del mundo. ¿Marido? Sí, marido, que compró una casa en un lugar tranquilo y la decoró con muy buen gusto. Había prohibido a Ana Flamengo que se prostituyese; ahora era mujer de un solo hombre y, para dar más encanto a su vida, dejó que adoptase el bebé de una amiga que estaba en la cárcel.

Se dirigía al mercadillo; sólo iba a Ciudad de Dios los días de mercadillo, empujando un cochecito de bebé de diseño ultramoderno. Finísima. Mirando con cara seria a los pocos que insistían en hacerle chistes, protestaba por el precio y la calidad de los productos y se detenía a conversar sólo con aquellos a quienes estimaba de verdad, pues ahora le había dado por detestar a los pobres porque eran ruidosos, desdentados y no comprendían para nada lo que significa la homosexualidad. Porque ya no era maricón, no, ahora era homosexual y se enorgullecía de serlo.

Ana Flamengo las había pasado moradas. Las cosas en la zona del puterío se pusieron muy feas; el acoso de la policía era constante y no la dejaban trabajar; recibió varias palizas y dos policías militares la violaron brutalmente; después de maltratarla, le dispararon tres tiros.

«¡No me quedé muerta allí mismo de milagro!», decía.

Como no podía trabajar en paz, Ana Flamengo atracaba, robaba y llevaba droga escondida en el culo a las cárceles en los días de visita. La pillaron in fraganti robando en un supermercado de Barra da Tijuca y la encerraron por un año; en la cárcel no le faltó sexo, incluso uno del pabellón B murió por disputar sus favores. Sin embargo, la zurraban cuando se negaba a vender drogas, así que no le quedó más remedio que arriesgarse a que aumentaran su condena por un delito que cometía contra su voluntad. ¡Cuántos habían corrido esa suerte por dedicarse a esa actividad!

Desde aquella cena con su mujer, en la que escuchó todo lo que ya esperaba oír, el doctor Guimarães se esforzaba por llevar una vida normal con su esposa. Durante aquella cena, le entraron ganas de revelar su deseo, de hablar de su amor por Ana Flamengo, pero se limitó a decir que tenía algunos problemas personales que prefería no compartir con ella. Fabiana intentó sonsacarle, pero él la atajó afirmando que no toleraba que se invadiese su privacidad y prometió que intentaría por todos los medios salvar su matrimonio.

Le costó un gran esfuerzo abandonar su costumbre de salir en busca de Ana Flamengo; varias fueron las ocasiones en que detuvo el coche cerca de la zona de puterío para observar a la que amaba de verdad, pero acababa regresando a su casa para ofuscarse con el sexo que se había obligado a mantener con su esposa. Por un tiempo, la armonía reinó en su hogar y daba la impresión de que su problema se había solucionado; pero, con el paso de los días, retornaba la rutina: tener que entrar en aquella vagina marchita, con la vulva llena de pelos, le causaba asco. La vulva de su mujer era fea y deforme; le costaba cada vez más empalmarse ante aquella abertura roja, con aquellos labios que parecían trozos de carne echada a perder. Pero lo peor era cuando Fabiana le pedía que se lo chupara, pues poner la boca en aquella raja viscosa le producía arcadas; poco a poco, su deseo del coito anal fue incrementándose, pero su mujer siempre se negaba, lo que provocó un paulatino aumento de su depresión y de su añoranza de Ana Flamengo. ¡Aquellas grandes nalgas afeitadas, ese culito juguetón, todo ese morbo le daba placer, mucho placer!...

Un buen día, Guimarãesão, como lo llamaba Ana Flamengo, fue a buscarla a las tantas de la noche completamente embriagado. Surgió de la nada frente a ella, la abrazó y le plantó un beso ardoroso en los labios; no tuvo necesidad de decirle que viviría con ella para siempre. Ese mismo día se plantó en su casa, despertó a Fabiana y, sin ningún pudor, le contó toda la verdad.


Después de muchas peleas, insultos y amenazas, Miúdo perdió a su novia. Los padres de la muchacha acabaron ganando. Se las arreglaron para alquilar una casa en un barrio alejado para salvaguardar el destino de la mujer por la que Miúdo había sentido la mayor pasión de su vida. Había sido la única chica honesta que se había acercado a él por propia voluntad; las demás no eran más que busconas que sólo salían con malhechores. Miúdo miraba a las mujeres con desprecio y pasó mucho tiempo sin tener relaciones con prostitutas.

A Miúdo le atraían las mujeres de buena familia que trabajaban y estudiaban, y detestaba a las que salían de noche, robaban y pasaban el fin de semana metidas en el bar. Pero el problema de Miúdo radicaba en que, además de maleante, era feo: bajo, rechoncho, cuellicorto y cabezón. Ni el coche nuevo que había comprado, ni las cadenas de oro que llevaba puestas, ni la ropa de marca que se ponía le sirvieron de mucho: las mujeres ni lo miraban. Miúdo roía en silencio su sufrimiento y se desahogaba timando a los delincuentes inexpertos y violando a las mujeres que le apetecía.

Pardalzinho había muerto hacía más de un año. Siempre que podía, Miúdo liquidaba a alguien de Allá Arriba para vengar la muerte de su amigo. Si ya por aquel entonces no le gustaba demasiado la gente de Allá Arriba, comenzó a detestarla profundamente cuando Pardalzinho murió. Estaba convencido de que todos eran compañeros de Butucatu. Cuando se enteraba de que alguno de esa zona robaba en la favela, lo cogía y lo obligaba a lavar platos o ropa, y a limpiar su casa o la de algún amigo suyo; a veces los mataba o los golpeaba con cadenas. Decía a los cuatro vientos que era un justiciero.

Intentó averiguar quién tenía teléfono en el vecindario para dar de hostias al desgraciado que había llamado a la pasma cuando su cuadrilla rodeó la casa de Ferrete, un policía militar, en la que se había escondido Butucatu después de matar a Pardalzinho. Cuando estaban a punto de irrumpir en la casa del polimili para matar a Butucatu, llegaron tres coches patrulla y tuvieron que salir por piernas.

A instancias de la familia de Pardalzinho, Miúdo consintió en que Ferrete siguiese viviendo en Allá Arriba, aunque se juró a sí mismo que lo mandaría al quinto infierno en cuanto se cruzase con él.

Un domingo, salió a dar una vuelta por Allá Arriba con Camundongo Russo, Biscoitinho y Buizininha. Les engañó diciéndoles que el parroquiano de un bar había asegurado haber visto a Pança en la favela durante dos días seguidos. Su verdadero objetivo era encontrar a una mujer que lo tenía fascinado. Aquella rubia de ojos verdes, nalgas torneadas, senos pequeños, pelo largo y cara bonita, nunca lo había mirado, ni siquiera el día en que, con disimulo, Miúdo la siguió a través de las callejuelas mientras se deleitaba contemplando su cuerpo e imaginándose agarrado a ella y exhibiéndose.

Deambuló por Allá Arriba con sus amigos: ni rastro de la rubia. Decidió tomarse unas cervezas en la taberna de Noel, donde se quedó hasta las diez. Fumó marihuana, bebió cerveza y güisqui y comió torreznos con cuzcuz como tentempié. Hacía rato que Camundongo Russo y Buizininha se habían ido al baile y sólo se había quedado con él Biscoitinho.

Éste le propuso a Miúdo volver por la calle de Enfrente, asegurándole que a aquella hora no había policías; así acortarían. Miúdo se negó, quería encontrar a la rubia. ¿Quién sabe? Tal vez si ella lo viera, se enamoraría. No le costaba nada soñar con esa posibilidad. Tenía la certeza de que quien no arriesga no gana.

La Rua do Meio estaba desierta, con la excepción de un joven alto que se hallaba apostado en la esquina del Bonfim. No tenía aspecto de maleante, así que Miúdo se colocó el arma en la cintura y ordenó a Biscoitinho que hiciera lo mismo. Si por casualidad se topaba con la rubia, así daría la impresión de ser una persona normal.

Pasó cerca del muchacho: era un negro alto, de porte atlético, pelo rizado y ojos azules. La belleza del joven, que acentuaba más su propia fealdad, lo enfureció, pero no lo manifestó delante de su amigo y continuó avanzando cabizbajo unos metros más. Entonces levantó la cabeza y divisó a la rubia, toda vestida de negro, que avanzaba hacia él.

—¡Guapa! —le soltó con voz suave.

—¡Que te zurzan!

La rubia, sin mirar atrás, fue al encuentro del joven de la esquina, lo abrazó y lo besó. Biscoitinho se asustó cuando vio la expresión de su compañero: éste, inmóvil y sin pestañear, observaba cómo la rubia se alejaba con el muchacho. Miúdo salió disparado detrás de la pareja; Biscoitinho, sin entender bien lo que ocurría, acompañó a su amigo. Miúdo saltó sobre la pareja, redujo a los dos y los llevó a un lugar solitario. Biscoitinho golpeó al hombre en el cuello, mientras Miúdo rasgaba la ropa de la mujer.

El muchacho intentó defenderse. Miúdo le disparó en el pie, apenas un rasguño, y le aseguró que, si tenía que disparar de nuevo, le daría en plena cabeza.

Luego, mientras su compañero se desnudaba, Biscoitinho colocó el cañón de su 765 en la cabeza del muchacho. Miúdo ordenó a la mujer que se tumbase, le abrió las piernas e intentó penetrarla. En ese momento, la mujer le soltó un guantazo en la cara. Su gesto le acarreó varias bofetadas. Miúdo se levantó y se escupió en el capullo del pene: no había manera de que la vagina de la rubia se lubricara. La arrastró por el brazo, le ordenó que se arrimase al muro y se colocara de espaldas a él; levantó su pierna izquierda y ahora sí, con dificultad, la penetró en el coño por detrás, despacito. El muchacho intentó defenderse nuevamente y recibió un culatazo. La mujer, desesperada, le rogó a su novio que se quedase quieto.

—Muévete, muévete... Menéate bien...

Llorando, la chica movió las caderas. El novio cerró los ojos. Cansado de aquella posición, el violador obligó a la rubia a tumbarse en el suelo, se echó encima de ella y la penetró salvajemente. De vez en cuando dejaba de embestirla para no correrse; le chupó con violencia los senos, los labios, la lengua, y le ordenó que se pusiese a cuatro patas. Se colocó delante de ella y le ordenó:

—¡Chupa, chupa!

Inmediatamente después volvió a colocarse detrás de la rubia y le dio por culo.

Miúdo suspiró de felicidad. Se sentía satisfecho, no sólo por haber poseído a la rubia, sino también por haber hecho sufrir al muchacho. Era su venganza por ser feo, bajito y rechoncho. Después de correrse, contempló al novio de la rubia; por un momento pensó matarlo, pero, si lo hacía, acabaría con el sufrimiento del muchacho y eso era una estupidez. Movido por un impulso, se volvió hacia la rubia, le plantó un beso, se vistió y se marchó.


La pareja golpeó en el portón de la primera vivienda que encontraron. Por suerte, la casa resultó ser de un conocido del muchacho, aunque hasta ese momento ignoraba que viviera allí. Avergonzado, el novio le contó lo sucedido a su amigo, que buscó ropa para la rubia y medicinas para curar las heridas, y les ofreció una taza de café caliente.

Después de dejar a su novia en casa, el muchacho se dedicó a deambular por las calles con los ojos fijos en el suelo, haciendo tiempo para que sus familiares se durmiesen.

José trabajaba como cobrador de autobús, daba clases de kárate en el Decimoctavo Batallón de la policía militar, estaba a punto de terminar la secundaria en un colegio estatal de la Praça Seca y jugaba al fútbol todos los sábados por la tarde, el único rato de la semana en que estaba con gente de su edad, pues no era de los que andan de parranda con los amigos. Prefería la soledad, no le gustaban los líos. En la favela lo consideraban un chaval muy guapo, vivía rodeado de chicas y hasta le llamaban Zé Bonito.

Giró la llave de la puerta muy despacio y cruzó la sala de puntillas para no despertar a sus hermanos menores, que dormían allí. Tenía sed. Fue hasta el grifo del cuarto de baño, acercó la boca al extremo del grifo y lo abrió.

—¿Eres tú, cariño? —preguntó su madre para cerciorarse de que su hijo había vuelto y poder, así, dormir tranquila.

—Sí, mamá.

El intenso dolor que sentía en la nuca le impidió acostarse boca arriba, como era su costumbre, y quedarse mirando al techo. Fue incapaz de cerrar los ojos. Notaba reavivarse el odio y la vergüenza que había sentido mientras deambulaba por las calles. No podía apartar de su mente la imagen del pene de Miúdo entrando y saliendo en la vagina de su amada, la mujer elegida para ser su esposa, a la que tanto deseaba; por ella había postergado hasta que estuvieran casados el momento de hacer el amor. Aquel infame había desflorado a su novia como una retroexcavadora. Las imágenes de lo sucedido se agolpaban en su mente: su chica debatiéndose para librarse del violador, los bofetones que éste le propinaba en la cara, los golpes en la espalda para hacerla callar, el hilillo de sangre que salía de la vagina...

Cambió de lado; estaba temblando. ¿Cómo es posible que un hombre haga semejante cosa? Y para colmo, hacérselo a él, que era incapaz de la menor crueldad, que nunca buscaba camorra y nunca había hecho daño a nadie. Creyó que la cabeza le iba a estallar. Se arrepentía de haberle contado a su amigo lo de la violación y confiaba en que no se lo dijera a nadie. Quería mantener el secreto hasta que pudiera vengarse de aquel gusano. Si tuviese dinero, se iría de allí al día siguiente. Cada vez que la escena regresaba a su mente, lo acometían unas ganas terribles de llorar; sin embargo, conseguía controlarse y únicamente se limitaba a contraer los músculos. Le hervía la sangre. Sintió la necesidad de levantarse para ir a buscar una pistola y liquidar a Zé Miúdo.


Maldecía cuando se ponía el zapato en el pie equivocado, porque eso significa que la madre morirá. Tomó hierba de la fortuna con leche para curarse la gripe, se pasó Vick Vaporub en el pecho para aliviar la tos; a su padre le gustaba Marlene y a la madre Emilinha Borba; vio *Bonanza* en el televisor del vecino, escuchó *Jerónimo, el héroe del sertón* en la radio; jugó a la pídola, fue correveidile en los juegos de niños mayores, perteneció al grupo juvenil de la parroquia, hizo volar cometas, jugó a las canicas, trabajó como mozo de carga en el mercado, escuchó historias de aparecidos; cada vez que se le caía una muela, elegía un tejado y lanzaba el diente diciendo: «Ana Peana, llévate esta muela mala y dame una sana». Tomó Calcigenol y Biotônico Fontôura, coleccionó cochecitos, tuvo álbumes de cromos de equipos de fútbol, su madre le compró una enciclopedia de tres al cuarto a un vendedor callejero, le gustaban las historias de Nacional Kid, vio *Roberto Carlos en ritmo de aventura* y, todos los Viernes Santos, la vida de Jesucristo. Jugó en el equipo de fútbol infantil de Alfredo, fue a la farmacia y a la panadería cuando se lo pedían los vecinos sin aceptar propinas, como siempre le había recomendado su padre. Para ayudar en casa, sacó arena del río, vendió pan y polos. Fue el mejor alumno en la escuela primaria y en la secundaria; siempre fue el más guapo en cualquier lugar en el que estuviese y todas las mujeres que conoció deseaban sus ojos azules, su pelo rizado y su piel negra. Cuando comía mango no bebía leche, porque eso sentaba mal; en su casa no se tapaba con la manta puesta al revés para evitar pesadillas; puso los zapatos en la ventana esperando a Papá Noel; bailó en las fiestas de junio; corrió detrás de la pelota; cogió dulces de san Cosme y san Damián; jugó a las visitas: ¿me puedo sentar?, permiso...

Se despertó temprano, todavía dolorido, y se marchó a trabajar sin tomar café. Al percatarse de que pasaría cerca del lugar de la violación, se desvió por una callejuela.

Comenzó su trabajo callado, pero a nadie le extrañó su silencio, porque él ya era así. Tampoco les extrañó la venda que llevaba en la nuca, porque de vez en cuando aparecía con alguna herida como consecuencia de sus sesiones de kárate.

Quería quedarse allí, en aquella silla de cobrador, para siempre, quería que la vida se redujese a ese entrar y salir de la gente, a aquel vaivén del autobús, a los niños que armaban jaleo, a las mujeres que fijaban la mirada en su rostro, a los embotellamientos. Cada rubia que subía al vehículo le recordaba a su novia. No quería volver a verla. ¿Cómo podría volver a mirarla a la cara? ¿Qué clase de hombre era él que no había sido capaz de librarla de aquel bárbaro? Si por casualidad se la encontrase, ¿qué le diría? Sentía vergüenza, mucha vergüenza.

Fue directo al colegio al terminar su jornada de trabajo. Asistió a las cinco clases sin tomar apuntes, no bajó al patio a la hora del recreo y fue el último en salir del colegio. ¡Ojalá pudiese quedarse a dormir allí!

Cogió el autobús de vuelta a casa. Si tuviese dinero, se largaría... Cuando se bajó en la Praça Principal, todo lo que le rodeaba le daba asco. Huraño, se dirigió hacia su casa por los lugares más apartados para no encontrarse con nadie. A cada paso que daba, iba meditando la manera de irse de allí con su familia. Tal vez si los echaban del trabajo, a él, a su hermano y a su hermana, con el dinero de las indemnizaciones podrían dar una entrada para una casa, aunque fuera en la Baixada Fluminense. Se lo propondría a su familia, valiéndose de una excusa cualquiera para convencerlos. Sus pasos ahora eran más firmes. ¿Cómo no se le había ocurrido antes? Tenía tres años de antigüedad en la empresa, y sus hermanos más o menos lo mismo. Cruzó casi al final de la Rua do Meio, entró en una callejuela y, al doblar por el callejón de su casa, vio a un puñado de personas alrededor de un cadáver. Corrió. Era su abuelo, acribillado a balazos.

—¡Fue Zé Miúdo, fue Zé Miúdo! —gritaba Antunes, su hermano mediano.

—¿Cómo...?

—Vino a buscarte, decía que te iba a matar. Cuando intentó entrar en casa, papá le dio una cuchillada y él respondió así —explicó su madre.

El nieto se aferró al cuerpo de su abuelo, le besó la cara y susurró algo en su oído. Lo sacudió con cuidado, con la esperanza de que don Manuel resucitara o de que no estuviera muerto; le tomó el pulso, se levantó, miró a su madre, apoyada en el regazo de su hermana, gruñó un monosílabo incomprensible y entró en la casa.

En el interior de la vivienda, un grupo de parroquianos de la Asamblea de Dios recitaba oraciones. Los ojos se le salían de las órbitas; no sabía si salir o quedarse en casa. El cuerpo ensangrentado de su abuelo estaba en el portón, sus hermanos menores recostados contra el muro. Fuera, cada vez se agolpaba más gente; una vieja colocó velas encendidas alrededor del cadáver y lo cubrió con una sábana blanca que enseguida se tiñó de sangre. La sangre del abuelo Nel. Su abuela decía a los familiares que Dios sabe lo que hace. El perro se había tumbado cerca del cadáver. En el interior de la casa, todavía había algunos platos encima de la mesa, con la comida sin acabar; el vaso de agua del abuelo estaba por la mitad. Deambuló por la casa, salió al patio, volvió dentro y fue hasta el portón. Repetía el trayecto con las manos en la cabeza; al principio, sus pasos eran lentos, después comenzó a acelerar el ritmo; aceleró y aceleró, hasta que corría ya por ese pequeño espacio; alguien intentó abrazarlo y él respondió con un empujón. Con las manos apretadas contra el pecho, corrió hacia el difunto y lanzó un prolongado grito, en realidad una mezcla de grito y aullido. Después se desvaneció.


Si las malas noticias corren como la pólvora, en la favela alcanzan la velocidad del rayo. Y no sólo corren, también se amplifican. Alrededor del mediodía, la violación ya estaba en boca de todos, pues siempre hay alguien, nunca se sabe quién, que ve y difunde. Las malas lenguas añadían por lo bajo que Miúdo también había violado a Bonito. Una persona que no conocía a Bonito, y que quería granjearse la amistad de Miúdo, fue a contarle al maleante que Bonito andaba diciendo a voz en grito que lo mataría. Todos respetaban a los amigos de Miúdo, pero lo más importante es que Miúdo los protegía. Por eso le prestaba ahora ese falso favor.

Miúdo, al oír el relato, se rió con su risa astuta, estridente y entrecortada. Mataría a Zé Bonito para que no le ocurriese lo mismo que a Pardalzinho. A las ocho en punto, golpeó con las manos el portón de Bonito. La madre salió y respondió que su hijo no estaba en casa.

—¡Dile que salga o entraré yo y lo mataré! —gritó con el arma amartillada.

El abuelo, al oír la amenaza, deslizó su mano hacia el cuchillo que estaba sobre la mesa y, con la boca llena y el cuchillo escondido, corrió hacia el portón e intentó dialogar con Miúdo.

—Si no sale, entraré yo y lo mataré —se limitó a repetir Miúdo.

El abuelo se consideraba el jefe de aquella familia, y por nada del mundo permitiría que nadie entrase en su casa por las buenas. Se alejó unos pasos y dijo a Miúdo que entrase. Cuando el maleante se acercó, el abuelo intentó asestarle una única cuchillada en el abdomen. Por reflejo, Miúdo se protegió con el brazo, donde el cuchillo penetró hasta la mitad. Casi en ese mismo instante, Miúdo le vació el cargador de su 9 milímetros en el pecho.


La auxiliar de enfermería a la que habían obligado a curar a Miúdo le dijo que sólo un médico podía decirle si volvería o no a mover la mano izquierda; la auxiliar lamentó el hecho de que no hubiese ido enseguida a consultar a un médico, pues tal vez, si se sometía a una operación, en poco tiempo podría articular el brazo normalmente.

El maleante afirmaba que prefería quedarse lisiado a correr el riesgo de que lo detuviesen en el hospital.

—Ve a una clínica particular —le decían.

—¡Todo es la misma mierda! ¡No, no iré!


En el velatorio, los pocos amigos que se acercaron a Zé Bonito le aconsejaron que, dada la peligrosidad de Miúdo, se marchara de la favela lo antes posible. Bonito respondió que no tenía adónde ir. Alguien le sugirió que se construyese de inmediato una chabola en el morro de Salgueiro, donde había nacido, porque su plan de hacer que lo despidiesen del trabajo tardaría demasiado y Miúdo tendría tiempo suficiente para hacer otra de las suyas. Tras el entierro, podría irse directo al morro, conseguir unas maderas, comprar planchas de zinc, levantar una pequeña chabola e instalar a la familia; después, ya buscaría la forma de comprar una casa. Y así quedó decidido: llevaría a la familia al morro de Salgueiro y la repartiría entre las casas de sus parientes, donde se quedarían hasta que él pudiese construir una chabola decente.

La familia aceptó la idea de ir a Salgueiro. Antes pasarían por casa para recoger los objetos de uso personal. Fueron en autoestop hasta la Praça Principal; intentaban ir siempre por las calles principales y evitar los callejones, lugares por donde anda la gente de mal vivir. Bonito fue el primero en entrar en el callejón de su casa y, por segunda vez, vio a algunas personas agolpadas frente a su portón. En esta ocasión, no había ningún cadáver y, aunque lo hubiese habido, no sería nadie de la familia; habían ido todos juntos al velatorio. Apretó el paso y, al acercarse, descubrió que toda la casa había sido agujereada por balas de los más variados calibres, los cristales de las ventanas estaban hechos añicos y habían acribillado a su perro.


—¿Me prestas tu pistola?

—¿Qué dices, chaval? ¡Olvídalo! Tú eres un buen muchacho, un tío simpático... Dentro de muy poco ese Miúdo morirá o lo encerrarán. Pasa un tiempo lejos de la favela...

—¿Me la prestas o no?

—Hermano, tú te llevas bien con los policías militares del batallón. Habla con ellos y verás como se ocupan de detener a ese male...

—¡Puede presentarse en mi casa en cualquier momento! ¡Ese tipo está loco! ¡No deja de perseguirme!... ¡Si salgo, intentará pillarme! No he hecho nada y está dispuesto a matarme. Tengo que defenderme... Si no quieres prestármela, dímelo, no tengo un segundo que perder. ¡Mi familia ya no sabe qué hacer!

—Pero escucha, chaval...

—No me la vas a prestar, ¿verdad? No te preocupes. Ya me buscaré la vida —dijo Bonito.

—Espera, espera... ¡Eres terrible! Está bien, te prestaré ese chisme, pero sólo para que te defiendas. Ten cuidado con lo que haces, ¿vale?

Bonito manipuló la pistola 45 con la habilidad que había adquirido mientras sirvió en la brigada de paracaidistas del ejército. La cargó, se metió dos cargadores en el bolsillo de la chaqueta y, dando las gracias a su amigo, se marchó. Las imágenes de la violación, del abuelo ensangrentado y de la casa acribillada a balazos se sucedieron en su mente mientras caminaba por la Rua do Meio.

Al ver el arma, sus amigos se preocuparon:

—¿Adónde vas?

—¡Voy a matar a ese cabrón!

—¡Hermano, no puedes ir allí solo! ¡Ese tío es un asesino! ¡Olvídalo! Tú no eres como ellos. Tienes buena facha, no te falta de nada, no te compliques la vida con esos canallas...

Bonito no les hizo caso. Su madre, a quien habían advertido que su hijo iba a cometer una locura, corrió tras él e intentó impedirle que siguiese adelante. Zé Bonito, obstinado, se libró de ella y continuó su camino. Recorrió toda la Rua do Meio, torció por la *quadra* Trece, siguió por la Rua dos Milagres, cruzó la Edgar Werneck, entró por dos callejuelas con paso apresurado y en la tercera disminuyó la marcha para sacarse el arma de la cintura; con la pistola en la mano, entró en el callejón que daba al Bloque Siete, donde solía estar Miúdo. Divisó a su enemigo, que estaba con tres de sus secuaces, apuntó el arma y disparó varias veces seguidas.

Miúdo se rió con su risa astuta, estridente y entrecortada, devolvió los tiros y buscó un lugar donde guarecerse. Dos de sus secuaces también respondieron a los disparos y corrieron detrás de Miúdo. El tercero intentó enfrentarse a tiros con el vengador y recibió un balazo en la frente.

Bonito se acercó al cadáver y le descerrajó tres tiros más en el pecho; acto seguido, apoyó el pie izquierdo sobre la cabeza, el derecho sobre el vientre y gritó:

—¡Éste es el primero! ¡Quien siga a ese hijoputa acabará igual!

Al oír a Bonito, Miúdo se quedó inmóvil durante unos segundos, dejó de reír y se deslizó sigilosamente entre los edificios. Bonito recargó el arma. Comenzó a correr. Descubrió a un maleante escondido detrás de un poste, fue hacia él y, sin piedad alguna, le disparó a la cabeza. Biscoitinho, Buizininha, Miúdo, Cabelinho Calmo e Israel aparecieron en la esquina de un edificio. Los maleantes, al verlo, retrocedieron y buscaron refugio. Bonito recorrió todos los rincones de la zona, hasta que desistió de su empeño.

Era la primera vez que alguien de la favela se atrevía a disparar a Miúdo, osaba matar a dos de sus secuaces y lo obligaba a esconderse. El resto del día, reinó el silencio en Los Apês.


—¡Escucha! Miúdo pasó por aquí hace un minuto acompañado de más de veinte maleantes... Todos llevaban el revólver en la mano. Le preguntó a tu camello cuánto estaba vendiendo tu puesto por día y juró que lo tomaría de nuevo... —mintió Nanana a su marido, Sandro Cenoura, y a dos amigos más.

La mentira de Nanana obedecía a un sexto sentido, pues estaba convencida de que, tarde o temprano, Miúdo intentaría quedarse con el puesto de su marido e inventó aquel cuento para que Cenoura estuviese alerta.

—¡Como venga a dárselas de listo, le volaré la tapa de los sesos! —afirmó Cenourinha.

—Zé Bonito les armó una buena, ¿no? —comentó Nanana.


La cuadrilla de Miúdo se dedicó a patrullar las callejuelas de Allá Arriba; disparaban al aire y Miúdo iba a la cabeza gritando —enfurecido y con sudor frío en la piel— que él mandaba allí. Zé Bonito, apostado en un tejado, sorprendió a la cuadrilla. Acertó a Buizininha de refilón, mató a otro compinche de Miúdo y se esfumó, ante la mirada atónita de los delincuentes, que rodearon la zona.

—¡Estás jodido, pijo! ¡Vas a morir! —gritaba Miúdo.

Zé Bonito surgió de nuevo de la nada frente a algunos de los maleantes, que se batieron en retirada cuando Bonito, sin el menor temor, comenzó a dispararles y a perseguirles. Al llegar a Los Apês, nuevamente se vieron sorprendidos por la presencia de Bonito en las inmediaciones del Bloque Siete. Sin mediar palabra, Bonito les disparó; atinó en la cabeza de otro de los secuaces de Miúdo y, una vez más, obligó a los demás a huir a la carrera.


Durante dos días no se produjo ningún tiroteo. Miúdo no daba crédito a lo que ocurría: aquel tipo tenía muchas más agallas de lo que se imaginaba. Se arrepintió amargamente de no haberlo liquidado el día de la violación y permaneció encerrado en su piso con Cabelinho Calmo y Madrugadão, consumiendo cocaína. El único tema de conversación era el nuevo enemigo.


Bonito se pasó esos dos días sin dormir, deambulando por los callejones de Allá Arriba. Mucha gente lo saludaba; las mujeres que no lo conocían, al oír hablar de su belleza y arrojo, se apostaban en las esquinas con la esperanza de verlo. Hacia las once de la mañana, Cenourinha se acercó al vengador; éste, en una esquina, explicaba con detalle los motivos de su indignación a un pequeño grupo.

—Quiero hablar contigo —le dijo Cenourinha.

Bonito asintió con la cabeza y Sandro Cenourinha continuó:

—Me llamo Sandro. Me he enterado de tu problema con ese ca-brón, ¿vale? Ese tío no me gusta, ya hemos tenido varios encontrona-zos; así que, si necesitas munición, puedo darte; si necesitas armas, también tengo, y si quieres que te acompañe para matar a ese cabrón, voy sin dudarlo, ¿entiendes? ¡Con él es imposible dialogar! Hay que liquidarlo, a él y a toda su cuadrilla. Pero tenemos que andarnos con cuidado.

Aunque las palabras de Cenourinha sonaron extrañas a los oídos de Bonito, éste respondió:

—Acepto lo de las armas y las balas, pero prefiero ir solo.

—Hermano, sé que estás dispuesto a todo, pero él nunca da un paso solo, siempre le acompaña un montón de secuaces... Si quieres, nos metemos con uno de sus puestos de venta de droga... El de Tê, por ejemplo, que en realidad es de él, ¿me entiendes?

—No quiero saber nada de drogas. No soy un delincuente. Yo sólo quiero ajustarle las cuentas a él...

—¡Vale, vale, pero si insistes en enfrentarte a Miúdo tú solo, aca-barás mal!

El pequeño grupo que rodeaba a Bonito, formado por maleantes perseguidos por Zé Miúdo y parientes de rufianes asesinados por él, seguía el diálogo sin perder ripio. Todos sabían que, antes o después, Cenourinha se aliaría con Bonito. Tal vez pudiesen ayudarlo a liqui-dar a Miúdo, pues motivos no les faltaban. Poco a poco comenzaron a intervenir en la conversación:

—Colega, un día desvalijé una casa enorme y conseguí un buen bo-tín, ¿sabes? Pero tuve la mala suerte de toparme con él. Me lo quitó todo... Él y Cabelinho Calmo —dijo Gaivota.

—Él mató a mi hermano —se lamentó Ratoeira.

—Pues a mí me pilló un día, me llevó a Los Apês y me obligó a la-var los calzoncillos de toda la pandilla... Les ordenaba que se los qui-tasen para que yo los lavase —contó Jorge Piranha.

Bonito guardaba silencio.

—¡Vamos a por ellos, chaval! ¡Vamos a por ellos! —insistía Sandro.

—Un día estábamos jugando a las cartas en una esquina, ¿sabes? Miúdo interrumpió el juego, se llevó todo el dinero, nos pegó a todos y se fue riendo —dijo Ratoeira.

—Si lo piensas bien, ninguno de esos canallas vale un pimiento. Sólo obedecen las órdenes de Miúdo para evitarse problemas. Son to-dos unos pringaos... ¡Yo tengo diez armas! —afirmó Cenourinha.

—¿Tienes pistolas? —preguntó Bonito.

—No, pero puedo conseguirlas.

—Podemos robar una armería...

—¡Yo no soy un delincuente! ¡No quiero robar nada! —atajó Bonito.

—Hermano, no eras un delincuente, pero ahora sí lo eres, y tu enemigo no se quedará tranquilo hasta que no te mate. Violó a tu novia, mató a tu abuelo, destrozó tu casa y tú ya te has cargado a cuatro, ¿no? Si no eres un delincuente, píratelas y llévate a tu familia lejos de aquí; de lo contrario, él matará a todo el mundo —dijo Sandro con voz alterada, y después hizo amago de marcharse.

—Espera, espera. Estoy dispuesto a matarlo, pero no quiero acompañar a nadie a robar, ni a atracar, ni a tomar ningún puesto de droga.

—De acuerdo; si así lo quieres, no se hable más; pero el puesto es mío y mío seguirá siéndolo, ¿estamos? —afirmó Cenourinha y miró a todos los demás.

—¡Tú mismo! —dijo Bonito.

—¡Si me das armas, formo un grupo para liquidarlo! —dijo Filé com Fritas, una de las víctimas de Miúdo, que sólo tenía ocho años.

—¡No vas a formar nada! ¡Ni se te ocurra! Lo mejor que puedes hacer es dejar de robar y buscar un colegio... ¡No eres más que un crío, chaval! —lo abroncó Bonito.

—Hermano, yo fumo, esnifo y desde muy pequeño pido limosna. He limpiado cristales de coches, he trabajado de limpiabotas, he matado, he robado... No soy un crío, no. ¡Soy un hombre!

Miúdo no dejaba de pensar en Bonito. Por primera vez supo lo que era el miedo. Ese sujeto disparaba sin arredrarse, tenía buena puntería y, lo peor de todo, no tenía miedo de él. «Hay que acabar de inmediato con Bonito», les decía a Biscoitinho y a Cabelinho Calmo, mientras bebían cerveza en un chiringuito, en el mismo momento en que Zé Bonito estaba reunido con Cenoura y los demás integrantes de su banda en Allá Arriba.

Miúdo pensó en Cenoura: éste podría matar a Bonito por sorpresa; Bonito, suponía Miúdo, conocía a todos los de su cuadrilla; pero, en cambio, no desconfiaría de Sandro, pues éste vivía en Allá Arriba.

—¡Acércate, Sidney! —dijo en cuanto concluyó que aquélla era la mejor táctica para matar a su enemigo.

Sin duda Cenoura le haría ese favor para congraciarse con él. Estaba convencido de que su amigo de la infancia le tenía miedo.

Sidney se acercó.

—Ve a ver a Cenoura y dile que mate a Bonito, que es una orden; si no, enviaré a un grupo para quitarle el puesto de droga. Ve, ve de una vez. Si te pone pegas, dile que venga a verme.

—¡Así se habla! —exclamó Biscoitinho.

Sidney salió pedaleando a toda velocidad, dobló por la orilla del río, siguió hasta la primera calle después del puente grande, cruzó tres callejuelas más y llegó a la plaza de la *quadra* Quince, donde Sandro ordenaba a su camello que cogiese el resto de las armas para repartirlas entre sus nuevos compañeros. Oyó el silbido de Sidney. Cenourinha miró al recadero y le hizo señas con la mano. Caminó hasta Sidney y escuchó el recado de Miúdo.

—¡Lo haré ahora! Ya había decidido liquidarlo. Está allí; ven conmigo para que no sospeche nada —le dijo.

Sidney avanzó montado en la bicicleta. Cenourinha caminaba a su lado.

—¿Vas armado? —preguntó.

—Sí.

—Vale, pero quédate tranquilo, deja que me ocupe yo. Sácala sólo si ves que la cosa se complica, ¿de acuerdo? Tú disimula.

Caminaron lentamente.

—¡Tú eres uno de los que me dispararon! —exclamó Bonito cuando fijó su mirada en Sidney.

De repente, Sandro colocó el cañón del revólver en la cabeza de Sidney.

—Di, a ver, di: ¿qué fue lo que te pidió tu jefe que me dijeses?

—¿Qué..., qué..., qué...?

—Quequequé... ¡y una mierda, chaval! ¡Habla, si no quieres que te mate! —dijo Cenoura y palpó la cintura del recadero hasta que encontró el revólver.

—Dijo que matases a Bonito, que si no ocuparía tu puesto de droga.

Bonito meneó la cabeza.

—No te metas en esto, chaval. Eres muy joven y le estás haciendo el juego a ese neurótico. ¡No sé qué tenéis en la cabeza! —dijo Bonito.

—¡Yo sé lo que tiene: es un pringao! —dijo Cenoura, que, tras disparar y hacerle un rasguño a Sidney en el culo, continuó—: ¡Vete y dile a tu jefe que aquí arriba ahora mandamos Cenoura y Zé Bonito! Hijo de puta...

Gris, todo gris desde la sierra del Recreio hasta la Pedra da Gávea, de Barra da Tijuca hasta la sierra de Grajaú. Gris oscuro, nubes plomizas e inmóviles en el cielo de la favela. Iba a llover a mares. Naturalmente, crecería el río e inundaría las casas situadas en sus orillas. La gente que se mudó allí tras las crecidas de 1966 preveía la desgracia: las aguas lo destruirían todo y arrastrarían consigo víboras y yacarés con bocas llenas de dientes. Miúdo, tumbado en el sofá junto a la ventana de la sala de su piso, lamía el cañón del revólver mientras miraba las gotas de lluvia que se estrellaban en el cristal. Ahora la lluvia caía compacta, como si alguien vaciase un enorme cubo de agua en su ventana.

Solitario, veía los ojos azules de Bonito fijos en los suyos cada vez que salía una bala de la pistola de éste, a cada paso que daba sin miedo a ser alcanzado. Peligroso. Le había tocado en suerte un enemigo peligroso, y para colmo el tipo era guapo; nunca había visto un rufián guapo ni en las calles ni en las películas. Y, ahora, con ese montón de muchachos que se juntaban en Allá Arriba, era mejor fortalecer los lazos que lo unían a los amigos. Resolvió que, para reforzar el compañerismo, ya no se quedaría con más dinero del puesto de Cabelinho y que daría un puesto a Biscoitinho y otro a Camundongo Russo.

Cabelinho volvió de nuevo a su mente; su amigo había vuelto de la cárcel más sombrío, apenas abría la boca, andaba siempre solo; cuando conversaba, siempre miraba de reojo. ¿Y ese maricón de Cenoura? ¡Ya debería estar muerto! La culpa de todo la había tenido Pardalzinho, con su manía de restarle importancia a las cosas, de no dejar que lo matase... Y por eso acabó muriendo él. ¡Imbécil! Pensó en la rubia, se excitó y se abrió la bragueta; al mover el brazo, sintió dolor; fijó sus pensamientos en la vulva de la rubia y comenzó a hacerse una paja. Tras correrse, se limpió con la manta y se echó una siestecita.

Media hora después se levantó, fue hasta el dormitorio, se subió a la cama y sacó un montón de objetos que había encima de una caja negra, en el armario; después, cogió la caja, la abrió, extrajo el fusil de Ferroada y simuló disparar en todas direcciones. Dejaría a Zé Bonito como un colador. Miró por la ventana, vio a Biscoitinho liando un porro y bajó.

—¿Qué hay, hermano? ¿Dispuesto a mojarte con esta lluvia? En una de ésas, quién sabe, pillamos distraído a ese pringado. Y mira lo que tenemos para él —dijo Miúdo mostrándole el arma—. ¿Tú crees que se atreverá a contestar?

—¡Carajo! —exclamó Biscoitinho.

Decidieron que era mejor ir a pie. Filozinho, que no se pavoneaba de no haber cumplido todavía los diez años, iba delante, explorando el camino. Decidieron pasar por la Trece. Aun sin poder mover demasiado el brazo izquierdo, Miúdo llevaba el fusil en bandolera. Los maleantes de la Trece, acostumbrados al Miúdo siempre hostil y despectivo, se extrañaron de los apretones de manos, de las palmaditas en la espalda, de las risas sin ton ni son. Miúdo y Biscoitinho se quedaron un rato con ellos, compartiendo el porro que había liado Borboletão, el contable de Cabelinho. Luego continuaron su camino. Miúdo afirmó que no tardaría en matar a Zé Bonito y que pagaría unas cervezas para celebrarlo.

En Allá Arriba, Zé Bonito examinaba una pistola. Sandro se lamentaba diciendo que no había podido conseguir otra. Bonito, en silencio, llenó un peine y cargó la 45 con pericia, mientras pensaba dónde podría probarla. Pidió a su compañero que le sugiriese un lugar.

—En la laguna —contestó Cenoura al instante.

Bonito, seguido por Sandro, caminó sin dejar de mirar la pistola.

Miúdo, Biscoitinho y Filozinho atravesaron el Ocio y enfilaron la calle de la iglesia, desde donde vieron a sus enemigos pasando por una calle adyacente. Se escondieron. Tenían dos opciones: avanzar un poco y sorprenderlos por la retaguardia, o seguir por la calle paralela para pillarlos de frente. Miúdo dudó. Se arrepintió de no haber probado el fusil; en realidad, no sabía disparar con él y se sentía un tremendo idiota por llevar aquel chisme tan pesado y no poder usarlo. Biscoitinho lo miraba en espera de que diera una orden. Miúdo desistió de usar el fusil, empuñó su pistola y salió corriendo por la calle perpendicular.

Bonito dejó de examinar el arma, se la puso en la cintura y aceleró el ritmo de sus pasos. Su mirada escrutó todos los rincones para cerciorarse de que no había ningún enemigo cerca. Aún no había adquirido el hábito de temer la presencia policial, por lo que no estaba tan atento como Cenoura, que vio un coche patrulla que circulaba despacio por la calle de la orilla del río.

—¡Daremos media vuelta y nos meteremos por otra calle para dejar pasar a los polis! —dijo Cenourinha.

Entraron por la calle en la que los había visto Miúdo, que ya había avanzado hasta el final de la paralela siguiente. Al llegar allí, se emboscó en la esquina y esperó. Los enemigos no pasaban y se arriesgó a echar un vistazo. Sorprendido, imaginó que lo habían descubierto, miró hacia atrás y vio a Bonito y a Sandro.

Miúdo comenzó a correr; creyó que estaba rodeado y supuso que la única manera de escapar de la muerte sería correr hasta el río y cruzarlo. Desde la orilla, vio que Bonito y Cenourinha cruzaban el puente y doblaban a la izquierda. Miúdo llegó a una conclusión:

—¡Se han compinchado con Bica Aberta!


—Qué, Bica Aberta, ¿todo tranquilo por aquí?

—Muy tranquilo, tío. ¿Estás dando una vuelta?

—Sí, un paseíto —dijo Miúdo, que iba acompañado de veinte hombres armados.

La tranquilidad de Bica Aberta suscitó dudas en Miúdo. Si estuviese compinchado con Bonito, no se lo vería tan sereno frente a la cuadrilla; aun así, le preguntó:

—¿Has estado con Bonito?

—No lo conozco.

—Lo vi ayer aquí, en tu zona...

—Ah, ¿entonces era él quien andaba pegando tiros? Sólo oí los disparos... Llegué a pensar que era la policía... Pero después me dijeron que llegó un tipo y les ordenó a los chicos que se marchasen de allí, que tenía que probar un arma. Pero no lo vi... Por cierto, hay por ahí un traficante con una farlopa estupenda. Le dije que hablase contigo, ¿sabes? Yo no me dedico a la coca... Aseguró que iría a verte.

Conversaron sobre trivialidades hasta que Bica Aberta concluyó:

—Me voy, ¿vale? He planeado un atraco por ahí. Puede que en una de éstas consiga más de diez millones.

—¡Buena suerte! —se despidió Miúdo, seguro de que Bica Aberta no había hecho ningún trato con Bonito.


Con la intención de atacar Los Apês, a esas horas Cenoura y Bonito reunían a sus aliados en la *quadra* Quince. Precisamente allí se había dirigido la cuadrilla de Miúdo después de que Bica Aberta se despidiera. En las proximidades de la zona del enemigo, Miúdo y sus secuaces se separaron y avanzaron cautelosos y en silencio, eligiendo con cuidado las calles por las que pasaban.

Miúdo iba al frente de la cuadrilla. Los mayores eran Cabelinho Calmo y Madrugadão, ambos de veinte años. Miúdo sólo tenía diecinueve, igual que Biscoitinho, Camundongo Russo y Tim. El resto de la cuadrilla no superaba los quince años; algunos tenían doce, como Mocotozinho, Toco Preto y Marcelinho Baião; otros rondaban los nueve y diez años. Eran los protagonistas de una película de guerra.

Ellos eran los americanos; los enemigos, los alemanes. Todos eran hijos de padres desconocidos o muertos; algunos mantenían a su familia, ninguno había terminado la primaria y todos se proponían matar a Zé Bonito.

Mirando sólo con el ojo izquierdo, Miúdo, situado junto a la esquina de un muro, identificó a los enemigos: nueve a lo sumo. Pensó en la posibilidad de rodearlos para matarlos a todos de una vez. Él se ocuparía de Bonito, le metería una bala de fusil en mitad de la frente. Ahora dominaba todos los secretos del arma. Bajo los efectos de la marihuana que había fumado, se veía como un general y, casi susurrando, organizó el cerco.

—El objetivo es el siguiente: primero hay que tratar de matar a Miúdo, a Cabelinho Calmo, a Biscoitinho y a Camundongo Russo, ¿está claro? Son los más peligrosos, pero no conviene que se den cuenta los demás, porque todos están ansiosos por quedar bien con Miúdo, ¿entendéis? Tenemos que entrar por la Gabinal, porque seguro que ellos creen que vamos a atacar por Barro Rojo, ¿de acuerdo, tíos? —decía Sandro Cenoura sin percatarse del cerco que estaban tendiéndoles en ese momento.

Nerviosos y en sus puestos, los soldados esperaban la señal de Miúdo para atacar a sus enemigos. Bonito, mientras probaba una pistola que le había regalado el padre de una de las víctimas de Miúdo, lanzó un disparo al aire. Así comenzó el tiroteo. Bonito vio cómo caían dos de sus aliados entre convulsiones. Cenoura, con astucia, alcanzó a un enemigo y saltó el muro más próximo, tras el que se parapetó para proseguir el combate. Bonito se dirigió hacia el centro de la plaza disparando con dos armas, una en cada mano; Miúdo apuntó el fusil, colocó la cabeza de Bonito en el punto de mira, contuvo la respiración, disparó y erró el tiro. Por suerte para sus enemigos, el automático del fusil no funcionaba. El disparo de Miúdo sobresaltó y amedrentó a los compañeros de Bonito, que se batieron en retirada en dirección al Duplex, donde se toparon con Mocotozinho, Cabelinho y Madrugadão. Dos de los de Bonito resultaron heridos y uno cayó muerto tras recibir un balazo en la cabeza disparado por Cabelinho.

Bonito apuntó a Miúdo con el revólver y la pistola. Caminó hacia él con la lengua asomando por la comisura derecha de la boca y los ojos fijos en Miúdo, lo que aumentó el desconcierto del maleante.

A ese tipo ni siquiera le atemorizaban las balas de un fusil. Cuando un tiro de Bonito zumbó en su oído izquierdo, Miúdo dio media vuelta y corrió. Bonito se volvió hacia los secuaces del enemigo, que todavía andaban por allí, confusos, e hizo lo mismo que con Miúdo, con lo que les obligó a huir en desbandada.

Biscoitinho, Camundongo Russo y Buizininha lograron acorralar a Filé com Fritas, le quitaron el arma y, a sopapos, llevaron al niño lejos del campo de batalla.

—¡Mátalo ya! —ordenó Camundongo Russo.

—No. Si nos dices por dónde anda Bonito, te dejaremos marchar.

—Vete a tomar por culo, hijo de puta... No te diré una mierda —contestó Filé com Fritas.

Miúdo se acercó, seguido de Toco Preto. Biscoitinho, furioso por la respuesta de Filé com Fritas, le ordenó que se echase en el suelo. El niño respondió que moriría de pie, porque un hombre sólo muere de pie. Apenas una lágrima se deslizó por su rostro terso. Así es como lloran los hombres de corta edad: tan sólo una lágrima muda a la hora de la muerte.

—Si no te echas por las buenas, lo harás por las malas —le dijo Toco Preto, propinándole un culatazo.

Filé com Fritas cayó al suelo inconsciente. Biscoitinho pidió el fusil a Miúdo, metió el cañón en la boca del niño y disparó ocho veces, moviendo en círculo el arma para que el mocoso no volviese a insultar nunca más a su madre. Después, Toco Preto lo acuchilló, para que nunca más volviese a desobedecer una orden suya. El cuerpo del niño quedó reducido a un charco de sangre.


Bonito ordenó comprar velas. Él mismo las encendió y las colocó alrededor de los cadáveres de sus compañeros. La crisis de nervios que sufrió la madre de Filé com Fritas, en su intento de reunir los pedazos de la cabeza de su hijo esparcidos por el suelo, se asemejaba a un ataque de epilepsia. Bonito se sentía responsable de aquella desgracia: un trozo de cabeza en un lateral del callejón, un ojo suelto, intacto, que parecía mirarle, pequeños restos ensangrentados y dispersos... Sólo la parte inferior de la cara permanecía unida al cuello. Las calles, antes desiertas, se poblaron en un instante y los llantos de las madres junto a los cadáveres de sus hijos cortaban el silencio.

En Los Apês, reinaba un clima de fiesta: sólo había habido una baja. Biscoitinho contaba con orgullo cómo se fue haciendo pedazos la cabeza de Filé com Fritas. Miúdo, con la intención de incentivar a sus secuaces, lo elogiaba, lo invitaba a cerveza, lo abrazaba y decía que era el tío más cojonudo de la cuadrilla.

En los días siguientes, nadie vio a Bonito en las calles. Escondido en la casa de Cenoura, veía su nombre escrito en todos los periódicos; hasta en la televisión lo mencionaban, junto a Miúdo, Madrugadão, Cabelinho Calmo y Sandro Cenoura. Decían que el motivo de la guerra era la disputa por los puestos de venta de droga. Miúdo, al saber que su nombre salía en los periódicos, se entusiasmó tanto que, a partir de entonces, todas las mañanas pedía a Camundongo Russo, el único de la cuadrilla que había recibido cierta educación, que se los leyese. Camundongo Russo decía que bastaba con leer la sección de sucesos, pero Miúdo, con la ilusión de encontrar su nombre, le exigía que leyese todas las secciones y suplementos de todos los periódicos de la ciudad, incluso los anuncios clasificados. Durante toda la semana, la policía patrulló día y noche por Allá Arriba y por los bloques de pisos.

Al contrario de lo que pensaba Bonito, la gente de Allá Arriba se volcó para apoyarle. Tras la muerte de algunos de sus muchachos, aparecieron nuevos aliados, y personas que él no conocía se ofrecían para prestar ayuda o para avisarle de que habían visto a alguno del bando enemigo en determinado lugar. Los rufianes del Duplex y de las Últimas Triagens también se incorporaron a la cuadrilla de Bonito. Pero carecían de revólveres y de munición. Ratoeira habló de una armería en Madureira muy fácil de atracar: sólo necesitaba tres compañeros, y conseguiría un montón de armas. Cenourinha se comprometió a ayudar; Bicho Cabeludo y Tartaruguinha se ofrecieron a acompañarle.

El asalto sólo proporcionó armas a la mitad de los veintiséis hombres que componían la cuadrilla de Bonito. Sandro Cenoura se encargó de conseguir la munición. Resolvieron quedarse con el puesto que Miúdo tenía en Allá Arriba con el propósito de obtener dinero para comprar más armas. De paso, Sandro propuso que también se hicieran con el puesto que Cabelinho Calmo tenía en la *quadra* Trece: si conseguían dominar toda la zona de las casas, sería más fácil tomar Los Apês, ya que la Trece se hallaba situada en un lugar estratégico para llegar a los dominios de Miúdo.

Bajo la llovizna de un viernes a las dos de la mañana, Bonito y Cenoura acaudillaban por las calles desiertas a dieciocho hombres dispuestos a atacar la Trece. Esperaban encontrar a Cabelo Calmo al frente de la venta de droga.

Bajaron por la calle del brazo derecho del río, cruzaron el puente, entraron en la calle de la escuela municipal Augusto Magne y llegaron al Rala Coco, donde organizaron el ataque. Se dividieron: una parte entró por la calle de la guardería y la otra cruzó la Rua do Meio. Se adentraron en una plaza paralela a las casuchas y caravanas de la *quadra* Trece. A las dos y cuarto, tal como habían acordado, tomaron al asalto las caravanas de la Trece. Todo desierto. Avanzaron, avanzaron y nada. De repente, comenzó un tiroteo. Desde el tejado, Cabelo Calmo, acompañado de Borboletão y Meu Cumpádi, se cargó a dos de los aliados de Bonito; acto seguido, el resto de su cuadrilla, también dispersa por los tejados, comenzó a disparar a los invasores, que corrieron asustados al oír tiros de ametralladora.

Cabelo Calmo, previendo que Cenoura podría tomar la Trece, armó a su camello y colocó dos vigías que día y noche controlaban las inmediaciones del Ocio. Uno de ellos había divisado a Bonito bajando con sus soldados y salió a la carrera para avisar a Cabelo.

Ahora, Cenoura y Bonito tenían como enemigos a dos cuadrillas.

Borboletão, Meu Cumpádi, Borboletinha –hermano de Borboletão–, Monark, Ensopadinho y Terremoto eran los principales aliados de Cabelo. Maleantes desde niños, tenían arrojo y se dedicaban a desvalijar autobuses, viviendas y simples paseantes. Junto con Cabelo Calmo, dirigían a una veintena de chicos con antecedentes parecidos a los suyos. La verdad es que no les gustaba mucho la cuadrilla de Miúdo, pero preferían unirse a ellos para salvaguardar el puesto de venta de droga pues, pese a no tener participación alguna en los beneficios, éste era, a fin de cuentas, el puesto de su zona. La cuadrilla estaba compuesta por hermanos, cuñados, compadres, primos y amigos de la infancia. Dos de los integrantes eran hijos de Passistinha, y otro, el único hijo de Inferninho. Bonito tendría que combatir contra un clan.

Furioso por haber perdido el puesto de Allá Arriba, Miúdo, respaldado por la cuadrilla de la Trece, se mostró superior en armas y hombres en otros dos ataques posteriores. Liquidaron a dos enemigos y obligaron al resto de la panda de Bonito a salir por piernas. En los chiringuitos, Miúdo hablaba a gritos y echaba pestes de Bonito mientras esnifaba cocaína compulsivamente.

–Llama al tipo de las armas, llámalo, llámalo ya... Dile que venga ahora mismo –ordenó a Cabelo de repente.

En menos de una hora, el traficante de armas se presentó en el chiringuito.

–Quiero diez armas, las más modernas que tengas, ¿vale? –le exigió Miúdo sin saludarlo siquiera–. Y envíame diez de las que están usando en la guerra de las Malvinas para reventarlo todo. Quiero de esas que, cuando disparas la bala, atraviesa de parte a parte a la víctima y lo deja agujereado. ¡Tráelas, tráelas!

–¿De qué armas de las Malvinas me hablas, chaval?

–Un tipo lo dijo en el periódico, Musgaño me lo leyó... ¿No era así, Camundongo Russo?

–Sí. ¡Es una especie de fusil tope potente!

–No son fáciles de conseguir.

–¡Me da igual! Quiero fusiles de ésos, ¿vale? Pagaré el precio que pidas.

–De ésos no tengo.

Después de una semana, lo único que el traficante consiguió fue una ametralladora y cinco recortadas, que le proporcionó un policía civil.

La cuadrilla de Bonito también crecía, pero los nuevos integrantes eran apenas unos niños y nunca habían manipulado armas. Incluso sin ellas, no dudaban en ir delante, como exploradores, o en reunirse para amedrentar a los enemigos de la Trece llevando palos en la cintura y revólveres de juguete. Llegaban a las proximidades de la zona enemiga para insultarlos y tirarles piedras, y se volvían corriendo cuando comenzaban a dispararles.


Olvidó por completo su decisión de marcharse de la favela después del primer ataque contra Miúdo. Había aprendido a matar, y hasta le parecía fácil. Además, cargarse a los maleantes no era pecado; todo lo contrario, estaba haciendo un favor a la población al mandar al quinto infierno a esa patulea. Y no huiría de allí como un perro, él no había provocado la guerra: vengaría a su abuelo, vengaría a su ex novia violada y vengaría a los amigos muertos en combate. Su madre le pidió que dejase todo en manos de Dios, insistió en que abandonase aquellas necias ideas de venganza, porque solamente el Señor puede juzgarnos, decía, y le imploró resignación ante la prueba a la que Dios lo sometía. La mujer, al ver que nada conseguía, se dedicó, junto con su marido y otros hermanos en la fe, a cantar las oraciones de la Asamblea de Dios. Bonito, ante la posibilidad de que Miúdo atacase su casa, entregó una pistola a su hermano Antunes y apostó en las proximidades a dos de sus aliados, que vigilaban día y noche.

Antunes también había dejado el trabajo; dormía poco, no salía de casa y estaba alerta, siempre alerta como un boy-scout. Se había impuesto la tarea de ayudar a Bonito en todo lo que le hiciese falta, pues creía en la justicia que su hermano perseguía y lo apoyaría hasta el final. Sin trabajo, Bonito se vio obligado a cometer su primer atraco, eso sí, advirtiendo previamente a sus compañeros que bajo ningún concepto disparasen a las víctimas; sin embargo, en el tercer atraco, no tuvo más remedio que matar a uno de los guardias de seguridad que lo rodearon para poder escapar.

A Sandro no le gustaban los atracos, los consideraba peligrosos, y volvió a ofrecerle la mitad de los beneficios que obtenía con la venta de la droga. Bonito aceptó, el riesgo de matar a inocentes en el transcurso de un atraco era demasiado grande. De todas las opciones que tenía ante sí, vender drogas era la más segura. Además, sólo compraba drogas quien quería.

Un sábado, toda la cuadrilla de Miúdo salió para atacar Allá Arriba excepto Otávio, que se quedó a cargo de la venta de droga en los chiringuitos de los pisos. Demasiado flaco y bajito, apenas podía cargar con la pistola. Hacía poco que le habían ascendido de recadero a camello, y estaba encantado con su nuevo cometido. Se reía por tonterías y disfrutaba enseñando la pistola y la bolsa de plástico en la que guardaba los saquitos de marihuana y las papelinas de coca. Se sentó en una de las sillas de un bar y pidió una cerveza. Había escondido las drogas debajo de una piedra. Encendió un cigarrillo, se bebió la cerveza a grandes sorbos; luego pidió otra más fría y se la bebió de la misma forma. Exultante, daba los buenos días a todos los que pasaban por allí, se insinuaba a las mujeres y compraba golosinas a los niños que corrían bajo aquel sol despiadado.

El tráfico era intenso en la Gabinal en dirección a la playa de Barra da Tijuca. Centenares de coches circulaban por allí en las mañanas de sol intenso. Como sólo tenían dos revólveres, Lampião y sus compañeros habían apilado gran cantidad de adoquines al borde de la carretera. Sabían que se arriesgaban a que Miúdo montase en cólera si se enteraba de que iban a asaltar allí, pero, considerando la falta de alternativas, los nueve aliados, los llamados «Caixa Baixa», que para variar estaban sin blanca, arrojaron simultáneamente los adoquines a nueve coches y esperaron a que los conductores perdiesen el control de los vehículos para desvalijarlos. Un hombre y dos mujeres acabaron con la cabeza abierta en el primer y único ataque; se llevaron todo lo que pudieron en cuestión de minutos. El plan lo había tramado Lampião; éste, al día siguiente de que su padrastro le propinara aquella paliza por llegar a casa sin dinero, se había levantado temprano y había salido de casa para no volver nunca más. Comenzó a dormir en casa de amigos e incluso en la calle. No se integró en la cuadrilla de Miúdo porque no le gustaba recibir órdenes; de los cinco revólveres conseguidos en una casa que había desvalijado, Miúdo se había quedado con tres. El plan era atracar los coches, entrar por los Bloques, llegar al bosque y salir por la Quintanilla, donde Conduíte, otro miembro de la panda, había alquilado una chabola. Otávio alcanzó a verlos cuando emprendían la fuga. Apuntándolos con la pistola, les ordenó que se detuviesen, los llevó detrás del Bloque Siete, reunió los objetos, el dinero conseguido y las dos armas, y les dio unos sopapos, sin reparar en que aquellos chicos tenían la misma edad que él. Orgulloso por la tarea realizada, esbozó una sonrisa de satisfacción y ordenó a los chiquillos que apoyasen la nariz contra la pared y levantaran las manos hasta que llegase Miúdo.

Dos horas de tiroteo en las callejuelas de Allá Arriba. Miúdo mató a otro aliado de Bonito. Ahora cincuenta hombres disparaban contra treinta y cinco, que se habían refugiado en el bosque. La superioridad armamentística de la banda de Miúdo aumentó aún más al unírseles la cuadrilla de la Trece. Cada uno de sus hombres combatía con dos revólveres, Cabelo con una ametralladora, Miúdo con el fusil, y cinco recortadas en manos de sus principales soldados. En el bosque, algunos de los integrantes de la cuadrilla de Bonito se turnaban con un solo revólver. Hasta el propio Bonito se batió en retirada. El único muerto recibió casi cien tiros en uno de esos ataques soviéticos que tanto gustaban a Miúdo: toda la cuadrilla se colocaba alrededor del cuerpo y tiraba dos veces simultáneamente.

La noticia del trágico crimen de la Gabinal se difundió por la favela como un reguero de pólvora. Miúdo decidió quedarse en la Trece porque la policía asediaba Los Apês. Otávio soltó a los chicos y se refugió en su casa.

Vítor, recadero de Bica Aberta, anunció a voz en grito que el traficante vendía una recortada y que se la vendería al que llegase primero. Un vecino de Bonito, que estaba tomándose una cerveza, escuchó la conversación que Vítor sostuvo con uno de los malhechores de la Trece. Éste le dijo que tenía que esperar a que Cabelo o Miúdo se despertasen para hablar con ellos, porque ninguno de los dos toleraba que les interrumpiesen el sueño. El vecino, un hombre trabajador y padre de familia, nunca había querido saber nada de delincuentes ni de drogas; sin embargo, consciente del daño que Miúdo había infringido a Bonito, se solidarizaba con éste y deseaba que venciera. Pero aquella información era muy valiosa, y consideró oportuno transmitírsela a Bonito sin tardanza. Apuró la última jarra de cerveza de un trago, pagó la cuenta y comunicó al primer compañero de Bonito que encontró lo que acababa de oír. Bonito no perdió tiempo y se encaminó con Cenoura al Otro Lado del Río. Y compraron el arma.

Aquel mismo día, Bonito bajó por Allá Enfrente, acompañado de Cenoura y Ratoeira. Había madurado la idea de tomar la Trece. Convencido de la importancia de esa zona para conseguir sus propósitos, iba armado con dos pistolas en la cintura y una recortada en la mano.

En la Trece, Buzunga acababa de vender dos papelinas a Nego Velho, que acababa de cometer un atraco y ahora caminaba por la Rua do Meio.

—¿Quién está vendiendo la droga? —le preguntó Cenoura.

—¡Oye, tío, no me hagas esas preguntas! No es asunto mío, ¿vale? ¡No quiero irme de la lengua!

—Tranquilo —dijo Bonito.

Entraron en una plaza paralela a la Trece y se dedicaron a observar durante unos minutos el territorio enemigo. Bonito quería atacar sin pérdida de tiempo, pero como Sandro insistía en esperar, decidieron esperar un poco e invadieron la Trece a las dos de la mañana, hora en que estaba desierta: algunos maleantes de la zona dormían y otros estaban en Los Apês. Sólo Buzunga se afanaba para vender cuanto antes las cinco papelinas y los diez saquitos de maría que le quedaban e irse directo al motel con su negrita, donde gastaría todo el dinero, porque allí gastar dinero daba gusto, mucho gusto: bastaba con coger el teléfono y el tarugo del camarero te subía patatas fritas y cerveza helada. En realidad, más que camareros parecían criadas de un burdel, y había decidido que jamás sería camarero.

La cocaína que había esnifado le había puesto nervioso, miraba a

325

todos lados y se mordía los labios. Pensando en la mujer, decidió guardarse un saquito de hierba para fumárselo en el motel y contrarrestar así los efectos de la farlopa, del todo inadecuados para las noches de amor. Con un porro, en cambio, todo cambia: cualquier ilusión cobra cuerpo y, además, la negra era más sabrosa que una feijoada completa. Si por él fuera, se correría rapidito, pero su condición de maleante lo obligaba a mantener el tipo. De sus conversaciones con los colegas aprendió que el mejor truco para retrasar la eyaculación era pensar en otra cosa justo cuando estuviese a punto de correrse. Ya no aguantaba más. Pese a haber esnifado, su pene reaccionó en el calzoncillo ante la idea de penetrar de nuevo en el culito de la negra. Abrió otra papelina de coca. ¿Qué importaba? Estaba seguro de que no fallaría en el momento del quiqui: era un hombre hasta la médula.

Sandro Cenoura apuntó la pistola e hizo una seña a su compañero para advertirle de que él se encargaba de aquel rufián. Contuvo la respiración y oprimió el gatillo. Buzunga se sobresaltó y salió corriendo. Dobló por la Rua dos Milagres y se metió en la tercera callejuela, pero al instante se arrepintió de su decisión al ver que un muro imponente bloqueaba el paso. No podía dar media vuelta. Si tuviese la certeza de que sólo eran tres los que le atacaban, se liaría a tiros sin miedo. Soltó todo lo que tenía en sus manos y se arriesgó a saltar el muro; lo intentó, pero fue en vano. No importaba, lo intentaría de nuevo y esta vez lo conseguiría; sólo tenía que encontrar un apoyo para los pies, pues ya había logrado afirmarse con las dos manos. Bonito apuntó con la recortada y esperó a que el tipo tomase impulso para destrozarle la espalda. Buzunga se quedó con la cabeza colgando a un lado del muro y los pies al otro.

—¡Buen tiro! —se felicitó Bonito muy serio.

—Vámonos, vámonos... —le apuró Cenoura.

—Calma —repuso Bonito.

Y recogió la cocaína, la marihuana y la pistola.


La foto del cuerpo de Buzunga salió publicada en todos los periódicos del Gran Río. Ciudad de Dios, según la prensa, se había convertido en el lugar más violento de Río de Janeiro. Calificaban el conflicto entre Miúdo y Bonito de guerra entre bandas de traficantes. La rutina atroz de los combates comenzó a poblar las páginas de sucesos y a amedrentar a los foráneos, que se enteraban por los noticiarios. Las ediciones se agotaban desde muy temprano. En la favela, cada vez más personas seguían los telediarios y los programas monográficos sobre el tema. Aparte de alimentar la vanidad de los maleantes, cuyo prestigio aumentaba al mismo ritmo que su fama y el terror que suscitaban, toda esa propaganda también resultó ser una rica fuente de información. Gracias a los medios de comunicación, los maleantes estaban al tanto de los avances de las investigaciones policiales, lo que les permitía idear nuevas formas de enfrentamiento. Constituían el mejor termómetro para calibrar el alcance de las pesquisas policiales y periodísticas.

Miúdo había levantado la prohibición de atracar, violar, robar y exigir peaje en zona enemiga. En contrapartida, pese a que Bonito no estaba muy de acuerdo, sus aliados hicieron lo mismo. La favela quedó dividida en dos zonas perfectamente delimitadas. Aunque uno no se hubiera visto implicado en asuntos criminales, en cualquier momento podía convertirse en víctima sin saberlo, y sólo por vivir en una zona u otra. Cualquiera podía tener lazos de parentesco o de amistad con el enemigo, por lo que la libre circulación de los habitantes entre una zona y otra levantaba sospechas. Ahora más que nunca, la vigilancia armada a la luz del día y a cielo abierto se reveló tan necesaria como la nocturna. El armamento pesado empezó a formar parte del paisaje cotidiano de los lugareños. Los amigos ya no se reunían, nadie podía visitar a sus parientes. La frase más repetida era: «Cada uno en su casa y Dios en la de todos».


—Vamos a ver —dijo Miúdo a Camundongo Russo—. Hace ya un tiempo que me acompañas y siempre has sido un tío legal, ¿entiendes lo que te quiero decir? Nunca me has fallado; al revés, siempre me has apoyado. Y he estado pensando... Cabelo Calmo tiene un puesto de droga y yo tengo dos en Los Apês. Lo que intento decirte es que tú también puedes montar un puesto, ¿vale, tío? La maría que llega es buena; dentro de poco mataremos a Bonito y entonces podré hacerme de nuevo con el puesto de Allá Arriba.

—Sí, bueno, montarlo..., pero ¿dónde? —preguntó Camundongo Russo.

—Pues por ahí, donde te apetezca.

Al día siguiente, se abría el puesto de Camundongo Russo en los Bloques Viejos y el de Biscoitinho en Barro Rojo.


—¿Por qué has hecho eso, tío? ¿No te das cuenta de que si vendes en Barro Rojo se va a venir abajo la venta en mi puesto? ¿No te das cuenta de que...?

—Miúdo dijo que podía montarlo donde quisiese, ¿lo entiendes? A mí me pareció que tenía que ser allí, y allí se va a quedar —contestó Biscoitinho a Cabelo Calmo por la noche.

—Te lo digo por las buenas, porque no me interesa que tengamos un mal rollo, ¿entiendes?

—Vale, pero si hay mal rollo será entre nosotros. De todas formas, no pienso mover el puesto de sitio.

Cabelo Calmo enmudeció, como de costumbre; miró a su compañero de reojo y se marchó sin estrecharle la mano. Se internó por una callejuela y acto seguido empuñó su arma. Caminaba hacia atrás, como los cangrejos, temeroso de que Biscoitinho le disparase por la espalda. En la mitad de la callejuela se volvió: ese desgraciado podía dar la vuelta y sorprenderlo por delante.

Biscoitinho lo observaba desde una azotea.


—¡Acaba con él, tío! ¡Si lo que pretende es estropearnos el negocio, acaba ya con él! Si quieres, yo mismo me lo cargo —dijo Borboletão convencido de sus palabras, aunque nunca había matado a nadie.

—A él le va la guerra. Si lo perdemos ahora, es uno menos para matar a Bonito.

—¡De eso, nada, chaval! Bonito va a reventar dentro de poco. Biscoitinho no es tan importante como dices.

—Déjalo... Cuando crea que está ganando, lo liquidamos. Voy a acercarme a casa. Tú recoge el dinero, deja el puesto a cargo de Monark y ve a ver a Miúdo para que te entregue la coca; ya se la pagaré yo después.

—Monark se ha ido a controlar a los que están vigilando en el Ocio.

—Pues ordena que vayan a buscarlo y ponlo al frente del puesto —concluyó Cabelo Calmo con su seriedad acostumbrada.

Borboletão, mientras contemplaba a Cabelo Calmo alejarse por la Rua do Meio en dirección a su casa, pensó en la posibilidad de que Monark lo sustituyera a él como encargado del puesto. En los últimos meses había comprobado que la amistad entre Cabelo y Monark se había reforzado, y había tomado buena nota de su disposición para robar y su sagacidad en los combates. No era la primera vez que Cabelo Calmo ponía a Monark a cargo del puesto y a él lo relegaba a meras funciones de camello, lo que implicaba un verdadero riesgo. ¿No estaría Cabelo Calmo conspirando para que lo encerrasen en el trullo? Consciente de que, si Cabelo Calmo y Miúdo muriesen, él se convertiría en el dueño del puesto de la Trece, Borboletão no estaba dispuesto a permitir que Monark ocupase su lugar. Acató las órdenes de Cabelo de mala gana y sin apresurarse, y se irritó al advertir el entusiasmo de Monark cuando lo relevó en el puesto. El mayor ladrón de bicicletas de la favela se colocó la ametralladora en bandolera y comenzó a repartir órdenes: indicó a Terremoto y a Onça que se apostasen en la esquina del bar de Chupeta, le dijo al camello que se fuese a trapichear cerca de una plaza situada detrás de la Trece, llamó a otros tres vigías para que informasen a los clientes de dónde estaba el camello y ordenó que toda la cuadrilla permaneciese reunida en el puesto de venta.

—¿Por qué hay que quedarse aquí?

—¿Te has fijado en que los alemanes sólo vienen por este lado y por aquél? —dijo, y continuó—: Lo lógico es que cambien de estrategia la próxima vez que vengan.


Cuando Borboletão regresó de Los Apês, guardó la cocaína en su casa y, tras cenar, fue a hablar con Monark para decirle que en su plan había un error. El compañero intentó justificar los motivos que le habían impulsado a dar aquellas órdenes, pero Borboletão no le escuchó y se dedicó a modificar lo ya dispuesto. Lanzó dos tiros al aire para llamar la atención de los vigías apostados en la esquina del Chupeta y, cuando le miraron, les hizo señas para que se acercasen. Monark, irritado y sin entender bien la actitud de Borboletão, se lió un porro y, por el mero placer de provocarlo, sólo le entregó la mitad del dinero obtenido ese día, mirándolo con una sonrisa mordaz.


La madrugada transcurría lenta, y la lluvia fina caía a rachas, azotada por un fuerte viento. Bonito ya había visto al vigía del Ocio. Estaba solo. Se apostó en una esquina, y acechó una oportunidad para pasar sin que le descubrieran. Retrocedió, se colgó de un camión y ordenó al conductor que acelerase; pensó en saltar cuando se alejara del peligro, pero decidió avanzar un poco más, resguardado por el camión. Saltó cerca de la plaza donde Monark había apostado a los vigías y caminó con paso apresurado hasta las inmediaciones de la Trece. Disparó dos veces con la recortada y dio de lleno en la cabeza de un soldado de Cabelo Calmo. Sacó la pistola y se quedó a la espera de que apareciese alguien. Borboletão comenzó a disparar; Bonito se agachó, devolvió los tiros y acertó de refilón en la pierna de su enemigo, que retrocedió sin que nadie lo persiguiese.

Cuando Monark vio a su amigo casi sin cabeza, ordenó a Terremoto que cogiese la ametralladora y salió a toda velocidad por la orilla del río. Sin detenerse en las esquinas, corrió como alma que lleva el diablo hasta la *quadra* Quince: nadie; se dirigió entonces hacia Laminha: desierta. Decidió ir al Duplex y, al doblar la primera esquina del local, se topó con la cuadrilla de Bonito y comenzó a descargar la ametralladora. Regresó a la Trece, dejando a sus enemigos sin capacidad para reaccionar tras su incursión, que había ocasionado dos muertos —un rufián y un viandante inocente— y dos heridos.

Llegó sudando a la Trece y reorganizó la cuadrilla para que todos los accesos estuviesen vigilados. Borboletão, sin poder decir nada, lo odió en secreto.


—¿Por qué no has asignado un puesto de venta a Madrugadão? —preguntó Cabelo Calmo la primera vez que se quedó a solas con Miúdo.

—Madrugadão empina demasiado el codo, ya sabes. Sería un desastre, pero de vez en cuando le daré una pequeña propina... Has discutido con Biscoitinho, ¿no?

—¡Pues claro, tío! Con la cantidad de sitios que hay para instalar un puesto, y tuvo que elegir precisamente ése, para joderme a mí... ¡Podía haberse alejado un poco!

—Quédate tranquilo, que dentro de poco nos cargamos a esos tipos de Allá Arriba y montamos ahí tres puestos... Anda, vamos a ver si hay noticias de la trena; los muchachos ya están de vuelta —dijo Miúdo, cambiando de tema.

Se dirigieron a los chiringuitos, donde algunos parroquianos bebían cerveza. Sólo había un recado para Cabelo Calmo: Peninha, un amigo que había hecho en su primera condena, estaba a punto de salir y pedía que le consiguiese un lugar para quedarse. No podía volver a casa porque lo habían amenazado de muerte los enemigos de su antiguo vecindario, donde se había cargado a dos miembros de la misma familia.

—Dile a ese tío que venga, que ya le conseguiremos algo —dijo Miúdo antes de que Cabelo Calmo dijese una palabra.

—¡Vaya, gracias! Además, el tipo es muy legal —le dijo Cabelo Calmo.

Después de cumplir cinco años de condena, Peninha llegó a la favela para engrosar las filas de la cuadrilla de Miúdo, quien estrechó la mano del recién llegado mientras lo miraba fijamente a los ojos. Por su cara, Miúdo dedujo que se trataba de un tipo con iniciativa y, para atenuar las desavenencias entre Cabelo Calmo y Biscoitinho, se le ocurrió proponer a Cabelo Calmo y a Peninha que montaran un nuevo puesto en Los Apês. Peninha insistió en esnifar la raya de cocaína que había preparado Miúdo para celebrar su libertad. Permanecieron charlando un rato más hasta que se vieron obligados a llevar a Peninha, totalmente ebrio de cerveza y coñac, a casa de Miúdo, donde durmió pese al tremendo dolor de cabeza que tenía.

El transeúnte asesinado era tío de Gabriel, un chaval amigo de Pardalzinho. Gabriel, a quien la visión del hermano de su madre tirado en el suelo le causó un profundo estupor, juró venganza, pero aquello no fue más que un arrebato, porque, al finalizar el entierro, ya había olvidado la promesa. Sin embargo, su hermano Fabiano, soldado raso, fue a buscar a Sandro Cenoura para pedirle un revólver.

—No tengo revólver, tío, pero considérate uno de los nuestros, ¿vale? Esos tíos están haciendo mucho daño, colega, pero los vamos a reventar, ¿de acuerdo? ¿Conoces a Bonito?

—Lo conozco de vista...

—Pues te lo voy a presentar.

—Estupendo.

La noticia de que Fabiano se había unido al grupo de Bonito se difundió rápidamente entre la gente que no tenía relación con ninguna de las cuadrillas. Algunos amigos intentaron convencer al soldado de que olvidase todo el asunto, pero no hubo caso. Dé, que se había peleado con Fabiano por una novia, se asustó al saber que su antiguo rival se había convertido en maleante y pensó que tal vez ahora querría matarlo. En aquella ocasión, Fabiano se había llevado la peor parte: un diente roto, el ojo izquierdo hinchado y el brazo derecho dislocado. Y todo por culpa de Bete Coragem, que salía con los dos. Como mucho, había participado en alguna que otra pelea callejera. ¿Qué haría ahora?

—¡Tío, tienes que irte de la favela! El tipo dijo que te liquidaría —le mintió uno de sus amigos, con el único propósito de echar leña al fuego.

Se sentía en un atolladero y decidió cambiar sus hábitos: abandonó los estudios, pasó de su novia y no salía de casa por nada del mundo: no se atrevía. Pidió a su padre que fuese al Ministerio de Marina para informarse sobre los exámenes para recibir instrucción como marinero. Si los aprobase, viviría encerrado en el cuartel Espírito Santo durante dos años, tiempo suficiente para que Fabiano muriese o lo pillasen y entrase en chirona. Hacía planes.

—Ya se ha cerrado el plazo de inscripción, hijo.

Un viernes, alrededor de mediodía se inició un tiroteo en la Trece: Bonito y veinte hombres más invadieron las caravanas. Dé subió a la azotea de su casa y divisó a Fabiano, armado con un 38, avanzando con brío. Llegó a la conclusión de que si su amigo de adolescencia lo veía, no le perdonaría; no le quedaba más remedio que conseguir un revólver cuanto antes.

Después de escuchar la historia de Dé, Cabelo Calmo consintió en prestarle un revólver y le dijo que no hacía falta que fuese a Allá Arriba a atacar: su misión consistiría en defender a los compañeros cuando los enemigos tomasen la iniciativa. Si seguía sus instrucciones, todo iría bien.

Parazinho, hijo del chivato asesinado por Inferninho, rehusó la invitación a entrar en la banda de Bonito: Miúdo nunca le había hecho nada y no tenía el menor interés en granjearse su enemistad. Pero cuando se enteró por Cenoura de que el hijo del asesino de su padre estaba en la cuadrilla de la Trece, cambió de opinión y decidió aceptar. Se convirtió en un delincuente cruel; desarrolló el gusto por matar a las víctimas que no tenían dinero; violaba a las mujeres de la zona enemiga y atracaba en la favela a cualquier hora del día. En su primer ataque a Los Apês, mató a un maleante con un revólver calibre 32, y en el segundo, hirió a Madrugadão en la pierna. Muchas veces su osadía le llevó a atacar solo; se consideraba el mejor en el arte de pillar por sorpresa a los enemigos.

Por su parte, el hijo de Inferninho se sentía obligado a ser tan peligroso como lo había sido su padre. Cuando no había nada para comer en su casa, Berenice, su madre, totalmente alcoholizada, lo azuzaba diciendo que su progenitor nunca se había comportado mal en casa ni la había hecho pasar hambre. Fuera de casa, tanto Miúdo como Cabelo Calmo exageraban las hazañas de Inferninho en el mundo del crimen con el objetivo de convertir a su hijo en un soldado perfecto.

Corría el rumor de que el empresario Luís Prateado había enviado un montón de armas a la cuadrilla de Bonito, incluidas recortadas y ametralladoras. La gente decía que el objetivo del empresario era promover la guerra para, en connivencia con el gobierno, trasladar a la población de la favela a otro lugar. Una vez conseguido su propósito, construiría viviendas de clase media, pues la favela se hallaba situada entre Barra da Tijuca y Jacarepaguá, una zona que en los últimos años se había revalorizado enormemente. Sin embargo, nadie tenía la certeza de que esa historia fuera veraz.

Hasta Luís Cândido, el carpintero que un día fabricara una silla de limpiabotas para Miúdo por encargo de su madre, un socialista de primera, en nombre de sus principios marxistas-leninistas, opinaba que aquello no era más que una conspiración de la clase dominante y del capitalismo salvaje contra los pobres y oprimidos. En su lucha al frente del Consejo de Vecinos de Ciudad de Dios para derribar a esas fuerzas opresoras, a diario les mostraba que el pueblo unido jamás sería vencido.

La historia del empresario llegó a oídos de Miúdo, pero no le dio mucho crédito. Hacia las ocho de un sábado nublado, reunió a la cuadrilla para dar un golpe en Allá Arriba. Quería ver; de otro modo, no creería. Pasó por la Trece para reunir a todos los aliados de aquella zona y, tras dividirse en tres grupos, se dirigieron hacia su objetivo por caminos diferentes.

—¡Hay que prestar atención a los tiros y correr hacia donde estén disparando! —les advirtió.


Lincoln y Monstruinho remontaron la calle de Enfrente acompañados de otros seis policías. Bonito estaba probando armas con sus compañeros en la plaza de la *quadra* Quince. Gordurinha insistía en atacar en aquel momento y argumentaba que había que descartar la idea de salir exclusivamente de madrugada porque eso es lo que esperaban los de Miúdo.

—A estas horas hay muchos niños en la calle —rebatía Bonito.

—¡Joder! Sólo hacemos lo que tú quieres —respondió Gordurinha—. Un maleante no puede ser un santo. ¿Cuándo te entrará en la cabeza que tenemos que liquidar a ese cabrón cuanto antes? ¿O es que no te has dado cuenta de que el número de nuestras bajas es considerablemente mayor que el suyo? ¡No podemos pararnos a pensar en los niños! ¿Te suena la palabra estrategia?

Gordurinha hablaba como un auténtico pedante. Había acabado la secundaria, era blanco, nunca había vivido en una favela y se sentía superior entre aquellos analfabetos. Se había integrado en la banda a instancias de Messias, con quien había coincidido en la cárcel. No pudo regresar a su casa porque su padre, general del ejército, no quiso volver a saber de él después de que lo detuvieran en la terminal de autobuses Novo Rio con tres kilos de marihuana. Messias lo puso en contacto con Cenoura: sin duda el traficante le echaría una mano. Y así fue. En prueba de su gratitud, Gordurinha decidió ir al interior de Minas Gerais a buscar armas, porque en sus viajes por medio país, siempre a dedo, había descubierto una armería en una pequeña ciudad de aquel estado. No se sabe el motivo, pero jamás reveló a nadie el nombre del lugar. Atracó la tienda y regresó con rifles, revólveres y hasta con una escopeta de aire comprimido. Su hazaña le granjeó el respeto de los compañeros, lo que le llevó a darse tono al hablar y a cuestionar las decisiones de Bonito y Sandro Cenoura con frecuencia.

Se enjugó el rostro con la toalla que siempre llevaba colgada al cuello porque sudaba mucho y se marchó con la intención de tomarse un refresco en una taberna de la Rua do Meio. Durante un rato caminó con la cabeza gacha; llevaba una ametralladora INA y una pistola 765. Justo en ese momento, algunos integrantes de la cuadrilla de la Trece caminaban por la misma calle cautelosos y en fila. Gordurinha los divisó sin ser visto, retrocedió para alertar a sus amigos y todos se emboscaron en la esquina.


Borboletão, después de contemplar el nombre de la calle, se internó en ella.

—¡No hay peligro, chaval! —exclamó tras recibir un tirón de Monark.

—¿Cómo lo sabes?

Apuntó el arma en dirección al muro y disparó dos veces. Gordurinha colocó el cañón de la ametralladora en el mismo lugar de los impactos y disparó.

—¿Lo ves? —dijo Monark.

Desde el otro extremo de la plaza, Miúdo se acercaba con ocho hombres más y, detrás de los integrantes de la Trece, llegaron los policías. Al ver a sus enemigos, Miúdo disparó.

—¡Hijo de puta! ¡Cabrón! —gritó Miúdo.

El tiroteo fue tremendo. La cuadrilla de Bonito no pudo hacer otra cosa que saltar los muros de las casas más cercanas. Él y Parazinho se enfrentaron solos a los hombres de Miúdo. Parazinho, al no ver al hijo de Inferninho, optó por perseguir a los de la Trece, que en aquellos momentos se encontraban también saltando muros, en un intento de localizarlo. En cuanto lo vio, apuntó a la cabeza de su mayor enemigo y disparó. El hijo de Inferninho cayó muerto. En la plaza, Bonito provocó la desbandada de sus adversarios, matando a uno e hiriendo a dos. Otros maleantes aparecieron en la retaguardia de los policías. Biscoitinho disparó con el único propósito de que los policías diesen tregua a los compañeros. Lincoln devolvió los tiros y acertó en la pierna de uno, y Monstruinho acorraló a un seguidor de Bonito que no había logrado saltar el muro.

Con un intervalo de ocho horas, Miúdo intentó dos nuevos ataques en Allá Arriba, pero en ambos tuvo que batirse en retirada.

—¡Los tíos han conseguido armas! —se lamentaba Miúdo ante Cabelo Calmo y Peninha.

—Pero nosotros tenemos más soldados —repuso Cabelo Calmo.

—¡Pero no son suficientes, colega!

—Tendríamos que hablar con aquellos paracaidistas para que vuelvan a unirse a nosotros —sugirió Cabelo Calmo.

—¿Crees que no lo he hecho ya? Pero dijeron que sólo dispararán si los de Bonito aparecen por aquí.

—¿Y los Caixa Baixa?

—Ésos se las piraron después de lo de la Gabinal, ¿sabes? Y si aparecen en la zona, me los cargaré uno a uno.

—Tal vez sea mejor dejarles que regresen, mantener una charla con ellos y, si están dispuestos a unirse a nosotros, llegar a un acuerdo.

—¡Genial! Eres un rufián magnífico, ¿lo sabías? Dicen que andan por la Quintanilla. Hay que mandarles un mensaje para que vuelvan —dijo Miúdo.

—Anda, ve a comprarme algo de comer, vamos, ve a comprarme algo —dijo Gordurinha.

—¿Qué pasa, tío? ¿Me has visto cara de recadero? —preguntó Ratoeira.

—Hermano, no te hagas el longuis. Anda, vete ya y no tardes.

—¡No voy ni loco, chaval! —contestó Ratoeira levantándose.

—Si te lo pidiese Bonito o Cenoura irías rapidito... ¡Si no vas, te voy a meter un tiro en el culo!

—¡Lo que pasa es que ellos no me pedirían algo así, hermano!

Gordurinha apuntó con la pistola a la pierna del que consideraba el más burro de la cuadrilla. Algo le decía que, con el paso del tiempo, éste haría alguna cagada, pues no sabía transmitir un mensaje, no sabía contar y mucho menos leer. Un gusano. Apretó el gatillo y dio en el blanco.

Los demás maleantes presentes no abrieron el pico y se limitaron a mirar a Ratoeira, que caminaba cojeando hacia Laminha. Gordurinha, con el arma en la mano, preguntó si alguien quería comprar la hierba de Ratoeira. Silencio.

Al día siguiente, Bonito, sin levantar la vista del suelo, escuchó por boca del propio Ratoeira los detalles del suceso. Recordó el día en que Gordurinha se empecinó en atacar la Trece de día; recordó las palabras de Cenoura afirmando que el tal Gordurinha era un tipo muy temperamental y que no era bueno darle la espalda, no sólo por su actitud sino también por no haber nacido en la favela. En realidad, nadie sabía quién era. Ratoeira le mostró con lágrimas en los ojos su pierna perforada. Bonito, irritado, ordenó a uno de los compañeros que llamase a Gordurinha.

—Oye, chaval, ¿cómo se te ocurre pedir al muchacho que te compre comida? ¡Él también es un maleante! No vuelvas a humillar a nadie que esté trabajando con nosotros.

—¡Vete a tomar por culo! ¿Crees que soy como esos mocosos que te obedecen sin rechistar? ¡Vengo de la cárcel, colega! No me voy a quedar aquí acatando órdenes.

—Sabes de sobra que no me gustan los tacos. Y si quieres seguir aquí, vas a tener que hacer lo que Cenoura o yo te digamos.

—Vaya, ¿eres un maleante y no te gustan los tacos? Jamás había visto nada parecido. ¡Tendrás que perder no sólo a tu abuelo, sino también a tu padre y a tu madre, y muchas cosas más, para que aprendas a ser listo!

Bonito le pegó el primer tiro en la tripa. Gordurinha, conociendo la puntería del tirador, no sacó las pistolas: cruzó la *quadra* Quince corriendo, pero al final cayó entre convulsiones, con su toalla alrededor del cuello. Bonito caminó con paso firme y le descerrajó tres tiros más en la cabeza.

Cabizbajo, se fue de allí sin mirar a sus compañeros y se dirigió a la casa de su nueva mujer. No quería matarlo, pero aquel desgraciado podía haberle tenido más respeto y no nombrar a su abuelo ni meter a su madre en todo aquello.

—Si te soy sincero, creo que él tenía razón, ¿sabes? Esa idea de atacar sólo por la noche habrá que descartarla, ¿de acuerdo, Bonito? Nuestras posibilidades de liquidarlos aumentarían si nos presentáramos a una hora en la que nunca hayamos aparecido. Hasta puede que los pillemos durmiendo.

—¿Tú crees?

—Tal vez nos convenga dar una vuelta para ver cómo está el patio...

—Entonces vayamos ahora mismo —respondió Bonito—. ¡Berruga, llama a todos los muchachos y diles que vamos a bajar!

A las once de la mañana, la cuadrilla de Bonito se deslizaba sigilosa por los callejones bajo un sol intenso. No había vigías de Miúdo merodeando por los alrededores. En la Trece, Cabelo Calmo y Madrugadão fumaban marihuana con los demás compañeros; la mayoría mantenía elevada una cometa en el cielo; había más de treinta porros encendidos. Monark no reparaba en el odio que despertaba en Borboletão cada vez que abrazaba a Cabelo Calmo en medio de un clima distendido.

Bonito y sus seguidores eran cada vez más hábiles; en vez de entrar por el Rala Coco, optaron por recorrer toda la calle del brazo derecho del río, se metieron por la última callejuela paralela y desembocaron frente a la Trece. Se detuvieron para comprobar las armas y corrieron hacia la zona del enemigo.

El tiroteo fue breve, porque los enemigos se retiraron antes de ser alcanzados y también porque Lincoln, Monstruinho y ocho policías más llegaron abriendo fuego.

Minutos antes del tiroteo, Renata de Jesus miraba a todos los que pasaban desde su cochecito. Hacía pucheros, reía y lloraba, acciones propias de quien tiene siete meses de vida. Su madre intentó sacarla del porche de la casa, pero un tiro de recortada llegó antes y le destrozó la cabeza.

—¡Alto! —gritó uno de los policías que perseguían a la cuadrilla de Bonito; en ese momento, el policía vio a Bira, que intentaba levantarse después de la caída que había sufrido mientras corría, lo que le dejaba expuesto a las balas de sus perseguidores.

Lo esposaron y se lo llevaron a comisaría. Bira era un prófugo del Instituto Penal Esmeraldino Bandeira, acusado también de haber violado, tres días antes, a una niña de nueve años que vivía en las inmediaciones de la *quadra* Trece. La propia víctima se había desplazado hasta la Trigésima Segunda Comisaría de Policía a presentar la denuncia, acompañada por su madre. En comisaría, torturaron a Bira hasta que éste confesó la violación y, por añadidura, firmó la autoría del asesinato de Renata de Jesus.

A la muerte de Renata siguió una tregua espontánea. Bonito se pasó dos días sin hablar con Cenoura porque éste había defendido la idea de atacar de día. El resultado había sido una niña muerta por las balas de su cuadrilla. En realidad, nadie sabía quién la había alcanzado, pero sólo él, su hermano, un subordinado, Fabiano y Parazinho iban armados con recortadas. Resolvió que jamás volvería a aceptar sugerencias con las que no estuviese de acuerdo, y consiguió que el remordimiento por haber matado a Gordurinha desapareciera para siempre. Pero no se había resignado al otro crimen. Para que eso no volviese a ocurrir, cada vez que salía para atacar enviaba a un niño por delante para que comunicase a la cuadrilla de la Trece y a la de Los Apês el día y la hora del ataque. Miúdo se reía y decía a sus amigos que el bruto de Bonito era un pringado, pues sólo un imbécil avisaría a su enemigo cuándo iba a atacar. En cierta ocasión, Huguinho anunció que el próximo viernes, a media noche, Bonito iría a presentar batalla en Los Apês. Miúdo organizó todo para sorprenderlo, pero Bonito no se presentó porque la policía montó un cerco en Allá Arriba. La siguiente vez que Huguinho apareció para dar un nuevo aviso, recibió tres tiros de recortada en la cabeza.

—¿Quieres ganar un dinero fácil?
—Sólo los banqueros ganan dinero fácil, chaval.
—Lo digo en serio, tío.
—¿Desde cuándo te dedicas a ayudar a la gente?
—Quiero que te cargues a un tío.
—¿A quién?
—A Monark.
—¿Qué dices, chaval? ¿Ese tío no es compañero tuyo?
—Eso creía yo. Fuimos compañeros... Pero ¿te acuerdas del día en que aquellos tipos mataron a la chiquilla?
—Sí.
—Pues ese día él te hizo la cruz por la espalda en el momento de la escapada. Y pensó que yo no lo veía.
—¡Si me meto con él, tendré a toda la cuadrilla detrás de mí!
—De eso nada, chaval, que yo te daré una buena pasta para que puedas abandonar la favela.

—Joder, Borboletão. No estarás mintiendo, ¿verdad? A mí ese tío no me ha hecho nada y no suelo aliarme con nadie para evitar problemas. Dime la verdad: seguro que el propio Monark te ha enviado para ponerme a prueba, ¿no?

—¿Crees que soy un pendejo, chaval? Te doy diez mil por cargártelo.

Marcos Papinha meditó la propuesta y dio una calada al porro. Al percatarse de que estaba apagado, lo encendió de nuevo con el mechero, aspiró con fuerza y se apretó la nariz con los dedos. Sus movimientos eran lentos.

—Vale, pero dame cinco mil por adelantado.

—Aquí los tengo.

Borboletão extrajo del calzoncillo una bolsita de plástico llena de dinero, sacó cinco mil cruzeiros y se los entregó a Marcos Papinha, recomendándole que actuase con rapidez.

Papinha nunca había tenido tanto dinero en sus manos, así que su expresión de alegría fue sincera. Si matase a Monark, tendría el doble. Sentía que la suerte estaba con él, pues hacía apenas una semana que le habían soltado después de cumplir una condena de cinco años, la segunda en su haber. Ahora tenía la oportunidad de comenzar una vida nueva. Papinha conocía todas las artimañas de la criminalidad, y no por ser un maleante desde niño, sino por haberlas aprendido en la trena. Lo habían pillado in fraganti en los dos únicos atracos que había intentado cometer.

—¿Qué hay, Monark? ¿Te apetece un canuto? —invitó Papinha dos horas después.

—¡Claro!

—Vamos mejor por allí, que los polis se han ido para la Trece.

—¿A pie o en coche?

—A pie.

—Yo también tengo hierba...

—¿Es de aquí mismo?

—Sí, del puesto.

—La mía está liada... La conseguí en Padre Miguel.

Salieron de Rala Coco. Papinha iba delante. Monark sacó un poco de marihuana, rasgó el papel del paquete de cigarrillos, cortó un rectángulo, puso la hierba dentro y lió el porro. Papinha oteó las cuatro esquinas de la plaza situada detrás del mercado Leão; al no ver a ningún conocido, dejó que Monark tomase la delantera y, tras sacar su 38, le descerrajó tres tiros seguidos.

En una favela nada pasa inadvertido. Ocurra lo que ocurra, siempre hay alguien que lo ve y lo suelta. La ley del silencio sólo funciona para la policía. Cabelo Calmo salió a registrar la favela minutos después de la muerte de Monark. Acompañado por los hermanos del muerto y cuatro soldados más, pensaba reventar a Papinha, que en aquellos momentos se encontraba en el lugar acordado con Borboletão. Ya había recibido el resto del pago y se disponía a marcharse tras darle un apretón de manos al traidor, cuando Lincoln y Monstruinho les dieron el alto.

—Ése es un atracador de autobuses. ¡Llevaba más de cinco mil en el bolsillo! Y aquel otro es de la panda de Miúdo —dijo Monstruinho señalando a Marcos Papinha y a Borboletão a los periodistas que se apiñaban en comisaría.

Colocaron a Borboletão y a Papinha junto a otros dos detenidos para sacarles fotos. Borboletão se cubrió el rostro con las manos. Papinha bajó la cabeza.

—Llévalos ahora mismo a la celda —dijo Lincoln.

—No, déjalos aquí, que dentro de poco llegará el furgón para trasladarlos.

—¿Puedo ir al váter? —interrumpió Papinha.

—Sí.

«¡No, otra vez la cárcel no! ¡Monstruinho, hijo de puta!... Tengo que escapar, tengo que escapar...», pensaba Papinha.

En la creencia de que los policías no dispararían en presencia de los periodistas, Papinha hizo un quiebro, empujó a Borboletão contra ellos y alcanzó la calle; cuando dobló por la primera a la izquierda, recibió un tiro en la nuca.

—Hermano, yo quiero un coche, pero un coche nuevo, cuanto más nuevo mejor, un coche último modelo, ¿vale? Cada coche que me consigas son dos kilos de hierba y uno de nieve. Es mejor para los dos, ¿me entiendes? Tú no gastarás nada y yo conseguiré más dinero —dijo el traficante a Miúdo un viernes por la noche.

—De acuerdo.

El traficante subió a su coche, acompañado de dos policías civiles, y se encaminó al puesto de Cenoura para hacer el mismo trato. Y así, fue recorriendo los veinte puestos de venta de droga que abastecían a Río de Janeiro para presentarles la misma propuesta.

Ese mismo día, Miúdo ordenó que se aparcasen todos los coches robados en las inmediaciones del caserón embrujado. En aquel lugar había un inmenso matorral al que la policía no solía acercarse y, si alguno de la cuadrilla viese por casualidad a los polis tomando ese camino, dispararía al aire para evitar el descubrimiento del escondite, según había recomendado Miúdo.

El primer día en que Peninha salió a robar consiguió tres coches; el segundo, cuatro más. Eso motivó al resto de la cuadrilla, pero pillaron in fraganti a tres soldados de Miúdo y, al día siguiente, la policía civil mató a otros dos después de una frenética persecución.

Peninha, no obstante, siguió dedicándose a esa actividad, y con éxito. Al cabo de unas semanas, el traficante entregó la droga a Miúdo en las proximidades del Bloque Siete y éste, por decisión propia, la dividió en dos partes iguales. Peninha miró entonces fijamente a Camundongo Russo y le entregó un kilo de maría y medio kilo más de cocaína, diciéndole que era un tipo de confianza. Biscoitinho, al percatarse de que no recibiría nada, les dio la espalda acariciando el mango de la pistola.

A la semana siguiente, el traficante regresó para romper el acuerdo de los coches. Las cosas se le habían puesto muy feas: había tenido que desembolsar una gran cantidad de dinero a la policía federal para que le dejaran pasar los coches por la frontera de Paraguay.


Marisol, Daniel y Rodriguinho eran los únicos blancos que todavía salían juntos y continuaban con esa moda, ya bastante obsoleta, de tatuarse el cuerpo y llevar los pantalones por debajo de la cintura y el pelo rizado. Ahora la onda era la discoteca. No quisieron participar en la guerra y prefirieron continuar con los atracos. Entregados a su labor delictiva, consiguieron todo tipo de herramientas que les facilitara su acceso a casas y automóviles: destornilladores, alicates, pies de cabra, serruchos, cuchillos, pistolas... Colocaban las herramientas y las armas dentro de un estuche de guitarra y se iban a robar como si fuesen a una fiesta.

Las cosas les iban bien porque eran blancos, no llamaban la atención de la policía ni despertaban desconfianza en los lugares que frecuentaban los ricos. Marisol, en lugar de gastarse el dinero en chorradas, hizo obras en su casa y se compró un coche. Y continuaron con esa vida hasta que abrieron una taberna y abandonaron la delincuencia.

Entre las muchas casas de que disponía para esconderse, Bonito se hallaba ese día en la de Luís Pedreiro, quien, respondiendo a su deseo, lo había dejado solo. Sentado en un banco, sus lágrimas caían en el suelo de cemento. Una bombilla de cuarenta vatios apenas iluminaba la pequeña sala que apestaba a fritanga y estaba llena de telarañas inmóviles. Porque no había viento que soplase, no había segunderos que se atreviesen a moverse. Todo estaba inmóvil. Era un criminal, un asesino, el cabecilla de una banda de delincuentes, un corruptor de menores. No, no había aprendido a rezar de niño para eso, no había sido el mejor alumno del colegio para eso, no había evitado las salidas con los amigos para eso. El curso superior de educación física se había ido al carajo, al igual que la luna de miel con su amada, tras contemplar cómo Miúdo desgarraba la vagina de ésta, tras contemplar el cuerpo de su abuelo ensangrentado, la casa agujereada como un queso, la madre de Filé com Fritas recogiendo los pedazos de la cabeza destrozada de su hijo sobre el asfalto caliente. Las lágrimas se redoblaron. Tenía la terrible sensación de no haber rezado lo suficiente para que Dios no lo abandonase e impidiera que aquella furia se fuera impregnando paulatinamente en cada poro de su cuerpo. Pasó la noche en blanco.

Por la mañana, Bonito se enteró de que Cabelo y Peninha tenían por costumbre acudir los sábados por la noche a los guateques organizados por un amigo de Peninha que vivía en la Cruzada de São Sebastião de Río de Janeiro y, los domingos, se iban a la playa de Leblon. Un amigo de su familia los había visto algunos fines de semana por aquella zona y les había observado a escondidas para conocer sus hábitos; en cuanto tuvo toda la información, se la transmitió a Bonito. Cenoura siempre decía que Cabelo Calmo era tan peligroso como Miúdo y que, si lograsen matarlo, la cuadrilla de la Trece se deshincharía como un globo. Bonito entregó a su amigo un número de teléfono para que lo llamase en el caso de que viese al enemigo en la Cruzada, lo que ocurrió al sábado siguiente.

—¡Yo me apunto para acompañarte! —dijo Fabiano.

Fabiano conducía el coche con lentitud y Bonito iba agachado para evitar problemas, convencido de que dos hombres en un coche llamarían más la atención de la policía. Eran las diez de la noche de aquel sábado; el cielo estaba cuajado de estrellas y brillaba una luna en cuarto menguante. A Fabiano le fascinó el ajetreo del Bajo Leblon.

—Mira, tío, mira... ¡Mira cuántas mujeres guapas! —dijo, aminorando la marcha.

Se quedaron contemplando los colores de la noche. Tal vez aquello fuese realmente lo normal en la vida: gente joven como ellos sumergida en una felicidad que hacía mucho tiempo que no sentían. Los coches, las ropas, las luces... Concluyeron que lo peor de este mundo era la pobreza, peor incluso que la enfermedad. Se detuvieron ante un semáforo y un niño negro les ofreció la edición dominical del periódico, pero Fabiano lo rechazó con un gesto negativo de la cabeza. El semáforo se puso en verde y Fabiano no arrancó hasta que los coches de atrás comenzaron a pitar. Divisaron una patrulla apostada en una esquina. De repente, el sueño se desvaneció y una realidad muy diferente, la suya, se materializó. Los motivos que les habían impulsado a ir allí cobraron cuerpo cuando vieron el 38 en la cintura del policía que estaba apoyado en el vehículo. Aceleraron hacia las cercanías de la Cruzada.

Cabelo Calmo, Peninha y Bate-Bola esnifaban cocaína en la escalinata de uno de los edificios de la Cruzada. Charlaban sobre Biscoitinho, que andaba bastante cabreado y vivía incordiando a Miúdo. La idea de Biscoitinho de montar un puesto de venta de droga cerca de la Trece había sido un gran error, porque les proporcionaba la excusa perfecta para cargárselo y echar la culpa al enemigo.

—Vamos a beber algo y después nos acercamos al guateque —dijo Bate-Bola tras esnifar la última raya.

—¿Dónde podemos tomarnos ese trago? —preguntó Cabelo.

—Allí, en ese cafetín de la esquina. El tío sirve siempre dosis generosas de Jack Daniel's.

—Ah, ese güisqui es cojonudo.

—Vamos a dejar las armas en tu casa.

Guardaron las armas, bajaron, giraron a la izquierda, caminaron unos metros y entraron en el cafetín. Fabiano y Bonito aparcaron en la calle adyacente. Sacaron las dos 45 del agujero que habían hecho en el tapizado del asiento trasero, se las colocaron en la parte de atrás de la cintura y se adentraron en la Cruzada.

Fabiano y Bonito caminaban por separado dentro de la Cruzada. Desde el rincón más iluminado del tercer edificio les llegaron los acordes de una samba de partido alto; más adelante, dos camellos vendían cocaína. Al ver a Fabiano, uno de ellos le preguntó cuántas papelinas quería.

—Tres —contestó sin dudar un segundo.

El otro camello formuló la misma pregunta a Bonito.

—Sólo una.

Por el lado derecho, Peninha, con el brazo sobre el hombro de Bate-Bola y Cabelo a su izquierda, caminaba despreocupado. Bonito hizo una seña disimulada a su amigo y se parapetó detrás de un cliente. Fabiano lo imitó. El trío, envuelto en los vapores del alcohol, caminaba con paso vacilante y hablando más alto de lo habitual. Irían a divertirse al guateque y pillarían una negra sabrosona. Se encontraban a escasos cien metros de Bonito cuando la persona que había servido a este último de parapeto se movió. El vengador sacó la 45.

Biscoitinho, Miúdo y Camundongo Russo charlaban en la casa de Tim. Miúdo se dedicaba a separar las cadenas de oro de las alianzas, pulseras y pendientes. Cuando terminó, hizo varios paquetes y los metió en un baúl, mientras comentaba que se los entregaría a un amigo de confianza. Biscoitinho permaneció unos minutos callado, con la mirada perdida en un punto fijo.

—¿En qué piensas? —le preguntó Miúdo.

—En ese tal Peninha... ¡Estoy hasta los cojones de él! El tío se ha comprado un coche último modelo, ¿sabes? Siempre tiene pasta y nunca ha atacado en Allá Arriba, ¿entiendes?

—Ese tipo se dedica a los atracos, colega —dijo Camundongo Russo.

—¡De eso nada! Vende droga en el mejor lugar de Los Apês. Su puesto vende más que todos los nuestros juntos, ¿lo sabías? Y todo gracias a ti —repuso Biscoitinho, señalando a Miúdo.

—Eso es asunto vuestro, ¿de acuerdo?... En el fondo, creo que tu problema no es con él, sino con Cabelo. Tú eres un buen amigo, pero Cabelo también lo es —concluyó Miúdo, mientras abría la puerta, con el baúl del oro a cuestas.

Bonito, convencido de que aquellos tres iban armados, no apuntó con precisión, tenía que actuar rápido para no darles tiempo a a sacar las armas. El primer tiro alcanzó a Bate-Bola en la frente; el resto fueron en dirección a Cabelo, que rodaba por el suelo de un lado a otro. Vació todo el cargador. Peninha entró en un edificio, se metió en un piso de la tercera planta cuya puerta había abierto a patadas y, tras abrir la ventana, se mantuvo a la espera dispuesto a saltar en caso de que lo descubrieran. Mientras Bonito cambiaba el cargador de la pistola, Fabiano se ocupaba de reducir a los camellos y de quitarles las drogas y las armas. Aquello proporcionó a Cabelo el tiempo suficiente para meterse en un piso de la segunda planta del mismo edificio en el que se había escondido Peninha. Bonito y Fabiano salieron de allí caminando de espaldas y disparando, subieron al coche y regresaron a Ciudad de Dios.

El hermano de Bate-Bola se despertó sobresaltado por los gritos de su hermana menor y bajó corriendo las escaleras. Al ver a su hermano con la cabeza destrozada, se abrazó al cadáver ensangrentado y permaneció en aquella posición hasta que llegó el coche fúnebre.

Los hermanos de Cabelo Calmo pasaron a formar parte de la cuadrilla de la Trece, al igual que los hermanos menores de Bonito engrosaron las filas de la suya. Hermanos, primos, tíos, parientes lejanos o próximos, y también amigos, entraban en una u otra banda porque se sentían en la obligación de convertirse en soldados para vengar la violación, el asalto, el robo o cualquier otra ofensa recibida.

En algunos casos, los nuevos integrantes no tenían crimen alguno que vengar, pero se apuntaban a la guerra porque el valor, junto con la disposición para matar de que hacían gala los maleantes, les otorgaba cierto encanto a los ojos de algunas muchachas. Creían que así las impresionarían más. Ellas admiraban a fulano o a mengano por su empeño en defender la zona, y ellos se sentían poderosos y, a la postre, comprendidos. No obstante, los maleantes consagrados los tildaban de simples subordinados, la antítesis de unos rufianes auténticos. Jóvenes ajenos a toda sospecha se convertían en delincuentes y, a veces, luchaban únicamente con un palo mientras esperaban que les dieran un revólver.

Antaño —comentaban pasmados los habitantes de la favela— sólo los miserables, impulsados por sus infortunios, se convertían en delincuentes. Ahora todo era diferente: hasta los más ricos de la favela, los jóvenes estudiantes de familias pudientes —cuyos padres tenían un buen trabajo, no bebían, no maltrataban a sus esposas y no tenían contactos con criminales— cayeron en la fascinación de la guerra. Peleaban por los motivos más nimios: cometas, canicas, novias... Las zonas dominadas por las respectivas cuadrillas se convirtieron en fuertes, auténticos cuarteles generales de los soldados, a los que sólo unos pocos tenían acceso; los que hacían caso omiso de tales restricciones se veían expuestos al escarnio público por vivir en una u otra zona o por ser amigos de algún miembro de la cuadrilla enemiga. La guerra, así, adquirió proporciones mayores, sin que el motivo que la había originado significase ya nada.

Para huir del escarnio o de algo peor todavía, de una muerte fortuita, la demarcación territorial implicaba que las cuadrillas debían recurrir a diferentes contraseñas para identificar al aliado y al rival. La ropa de marca, presente en la favela desde los tiempos dorados de los chicos blancos, comenzaba a poblar la imaginación de los miserables. Sinónimo de distinción, estatus y prestigio, los integrantes de las cuadrillas echaron mano de ese recurso y crearon una especie de uniforme con los chándales utilizados por los aficionados a la gimnasia y tan en boga en esa época. Los ladrones se encargaron de satisfacer las necesidades de cada cuadrilla, cada cual con su marca preferida y su color predilecto. Y, así, comenzó un invierno riguroso, con más de doscientos soldados que seguían obedientemente los dictados de la moda.

Un tímido día de sol, Félix, uno de los integrantes de la cuadrilla de Bonito, se apostó en la esquina de la calle en la que vivía la chica que le gustaba a la espera de que ésta apareciese en el portón. En cuanto la vio, se acomodó el palo en la cintura y salió disparado en dirección a la Trece. Simulaba que iba a realizar un ataque en solitario al estilo de los grandes maleantes. Corría para después detenerse en las esquinas, fingiendo que no la había visto. Su plan consistía en doblar la esquina, cruzar el Rala Coco, aproximarse lo más cerca posible a los vigías de la Trece, simular que disparaba y después salir a la carrera. Lo más probable es que los enemigos respondieran con sus armas; entonces, su amada oiría los tiros y lo consideraría el más valeroso de los hombres.

Cruzó el Rala Coco, alcanzó la Rua do Meio, vio a Terremoto y a Meu Cumpádi y los insultó con las manos en la cintura:

—¡Hijos de puta, os voy a meter un tiro en el culo, jodidos maricas! —gritó y salió corriendo por la primera callejuela hasta llegar a la paralela a la Rua do Meio.

Pero se topó con Borboletinha y Valter Negão, hermano de Cabelo, que abrieron fuego contra él. Félix, acorralado, tuvo que acelerar para acercarse a la Trece, pues no podía volver por el mismo camino si quería evitar a Terremoto y a Meu Cumpádi. Siguió corriendo calle abajo en un intento de llegar a la Edgar Werneck. Sin embargo, Meu Cumpádi y Terremoto salieron disparando tras él. El primer proyectil le alcanzó el brazo izquierdo y le hizo girar sobre sí mismo; el segundo, de escopeta recortada, le arrancó el derecho y le hizo girar en sentido contrario; el tercero, por fin, lo tiró al suelo; y el cuarto lo remató.

Inmediatamente comunicaron a Bonito que Félix había muerto. No recordaba quién era el soldado, pero significaba una baja más en su cuadrilla. Muy nervioso, reunió a su gente y bajó por la Rua do Meio al frente de unos setenta hombres.

El tiroteo ya duraba tres horas cuando Bonito se internó por los laberintos de la Trece. Sólo derribaba las puertas de madera más frágiles. En el instante en que vio caer la puerta de su casa, Othon, un niño de nueve años, disparó con un 32 desde debajo de la mesa y acertó de refilón en el brazo izquierdo de Bonito, que saltó hacia un lado y, con sólo una mano, destrozó el cuerpo de Othon a tiros de recortada; después, Bonito regresó con sus amigos y juntos se batieron en retirada.

Los cinco policías de servicio aquel día no se atrevieron a ir más allá de la Praça dos Garimpeiros. Aparecieron media hora después del cese del tiroteo para ocuparse del cadáver de Othon y de un recién nacido que también había muerto en la contienda.

En cuanto se enteró del ataque de Bonito, Miúdo reunió a su cuadrilla y tomó el camino de la Trece. Los policías se alborotaron al ver a la cuadrilla, pero Miúdo les gritó que no se liaría a tiros con ellos. Pasaron cerca de los policías como si éstos fuesen unos habitantes más de la favela, iban reagrupando a los aliados de aquella zona y siguieron avanzando para atacar a los enemigos en el territorio de éstos.

Al principio sólo hubo tiros dispersos: ahora que la cuadrilla de Bonito contaba casi con el mismo número de hombres que la suya, Miúdo ya no podía entrar allí como antes. La banda de la Trece se separó en el Ocio y subió por la orilla del río; la de Miúdo se dividió, y unos tomaron por la Rua do Meio y otros por las callejuelas. Los más jóvenes estaban encantados con aquel ambiente bélico: encarnaban a los héroes de la televisión. Miúdo sólo pensaba en el dinero que había perdido desde que la guerra comenzara. Gritaba, insultaba, amagaba con avanzar pero no se movía. Cuando una bala enemiga le pasaba rozando, reía con su risa astuta, estridente y entrecortada. Bonito, tras reunir a su cuadrilla, ordenó que nadie atravesara la línea de fuego y que se limitasen a seguir sus indicaciones. Llamó a Cenoura y sacó de una bolsa dos granadas de mano que uno de sus seguidores había robado en el cuartel donde cumplía servicio. Bonito ya había explicado a su amigo cómo utilizar aquel artefacto bélico y Cenoura dijo que saldría a provocar a Miúdo para que se acercase.

—¡No, chaval! Es mejor largarse y dejar que ellos entren. Es una orden.

—Vale.

Bonito disparó dos veces con la recortada. Miúdo respondió con una ráfaga de ametralladora y destrozó un pedazo de muro que les servía de trinchera.

—¡Vámonos ya, vámonos ya! —gritó Bonito.

Miúdo, Toco Preto y Cabelo avanzaron, y Cenoura arrojó la granada.

Los de Bonito cruzaron la plaza, entraron en Laminha y se toparon de frente con la cuadrilla de la Trece. No trataban de dar a un blanco definido, la cuestión era disparar, siempre disparar; sólo Bonito, Cenoura, Ratoeira y Antunes apuntaban al enemigo. A los adversarios les ocurría algo parecido: las balas se incrustaban en los sitios más dispares. Pese a que en la contienda participaron más de cien hombres, sólo hubo dos muertos en la cuadrilla de Bonito, y otros dos en la de la Trece, que el propio Bonito se encargó de liquidar.

Cuando la granada estalló, Miúdo y sus compañeros se llevaron un buen susto, pero no hubo bajas, había caído en una alcantarilla sin tapa y sólo agrietó e hizo estremecer el suelo.

—¡Esa mierda es dinamita! —exclamó Miúdo, impresionado, mirando a Calmo.

—¡Carajo!

Bonito sacó de la mochila tres cócteles Molotov, ordenó al resto de la cuadrilla que no se moviese y, tras pedir a Ratoeira que lo cubriese, avanzó hasta donde estaba Miúdo. Esta vez se situó justo enfrente de los enemigos, y mientras disparaba ráfagas de ametralladora, con la otra mano prendió una de las bombas incendiarias, se la lanzó a uno de los soldados de Miúdo y huyó. Los compañeros de Cuzcuzihno se sintieron aterrados al ver a éste envuelto en llamas y corriendo en todas direcciones: un fuego azul lo cubría y lo obligaba a sacudirse todo él; su grito grave, tan distinto a la risita taimada, estridente y entrecortada de Miúdo, el chándal que se derretía y se le pegaba a la piel... Al final, el cuerpo de Cuzcuzinho dejó de moverse y acabó consumiéndose en silencio sobre el suelo.

Cuando Miúdo se dio cuenta de que se había quedado sin munición para la ametralladora, se la pasó a Cabelo, sacó la pistola que llevaba a la cintura y se adentró por las callejuelas en solitario. En una de ellas se topó con sus enemigos y disparó sin dejar de correr. Los hombres de Bonito retrocedieron unos metros; sólo Bonito se quedó para responder a los tiros furiosos de Miúdo, pero sus ráfagas, lanzadas con precipitación, no lo alcanzaban. Pelea de niños grandes. Intercambio de tiros sin posibilidad de hallar luego escondite. La mitad de los hombres de Bonito contemplaban la escena desde la esquina de un muro; los de Miúdo, desde otro. A Bonito se le acabó la munición. En el momento en que echaba mano de su otra pistola, una bala le perforó el abdomen. Cayó al suelo y rodó hacia atrás con el propósito de atrincherarse detrás del muro, del que salieron cinco hombres para ahuyentar a Miúdo.

—¡Le he dado, le he dado, he dado a ese cabrón, he dado a Bonito!

Cuando los compañeros se encontraban ayudando a Bonito, Meu Cumpádi surgió de un callejón y se cargó a otros dos de la cuadrilla enemiga.

En Los Apês, Miúdo, feliz por haberle dado a Bonito, invitó a cerveza a todo el que quisiese y ofreció barra libre en todos sus puestos de venta. Su alegría contagiosa contagió a todos.


A esas alturas de la guerra, los amigos de Carlos Roberto le aconsejaron dejar el control de los puestos de venta de droga de Miúdo: quien tuviera algún tipo de relación con Miúdo era, por extensión, enemigo de sus enemigos. Carlos Roberto, que ya no supervisaba los puestos con demasiado ahínco, comenzó a delegar en Vida Boa, quien estaba encantado de manejar tanto dinero. En poco tiempo, Vida Boa asumió el control de todo y, para quedar siempre bien con su hermano Miúdo, comenzó a andar armado, a dar órdenes y a participar en las decisiones. Se ocupó de comprar dos casas, una en Realengo y otra en Bangu, para que Miúdo se escondiese cuando fuese necesario. Y él se compró un coche, un barco y un equipo de buceo nuevo, por considerar que se le había quedado viejo el que tenía. Alquiló una casa en Petrópolis para poder ir a cabalgar cuando se le antojase. Comenzó a vestir con esmero, siempre iba a restaurantes finos y hacía esquí acuático en el canal de Barra da Tijuca. El tipo sabía gastar el dinero.

—¿Qué hay? —le dijo un día a Leonardo—. Veo que siempre merodeas alrededor de los muchachos, pero no acabas de integrarte, ¿eh? Te gusta vestir bien, te gusta bucear y te pasas la vida detrás de las mejores chicas. ¿Estás dispuesto a ganarte un buen dinero para que se te vea mucho más?

—Depende. ¿Qué me ofreces? No acepto cualquier cosa.

—Tengo un plan cojonudo. ¿Tienes carné de conducir?

—Ajá.

—Sólo tienes que conducir para mí, ¿vale?... ¿No te gustó cuando te llevé a cabalgar a Petrópolis? ¿No te gustó cuando fuimos a bucear? ¡Pues entonces! Ahora podemos andar a nuestro aire toda la semana, ¿entiendes? Ya no se trata de liarse a tiros, ¿sabes? Nos quedamos aquí solamente dos días por semana y el resto a nuestra bola. Tú sólo tienes que conducir, ¿vale? Voy a obligar a mi hermano a salir de aquí todas las semanas y, cuando él salga, nosotros salimos también. Pero no se lo cuentes a nadie, ¿eh? He alquilado una casa de puta madre en Petrópolis.

—¿Con él? —preguntó en son de burla.

—No, tío, cada uno tiene su vida.

—¿Cuánto me vas a dar?

—Por eso no te preocupes, chaval, que ahora estoy a cargo del negocio de mi hermano, ¿entiendes? —finalizó Vida Boa.


Miúdo, convencido de que los rumores que decían que Bonito había muerto eran ciertos, se dedicó a pensar en lo que haría en adelante. Ya sólo le faltaba el maricón de Cenoura. Se acercó a su hermano y a Leonardo y les dijo:

—Vamos a ver: en aquel ataque gastamos mucha munición y apenas matamos a nadie, ¿está claro? Tú, que estás ahí sin hacer nada —dijo mirando a Leonardo—, llama a los muchachos que están detrás del Morrinho y diles que vamos a practicar tiro al blanco. Encárgate de que uno de los chicos vaya a buscar botellas que nos sirvan de diana, ¿está claro?

—¡Vale!

—Y tú —continuó, dirigiéndose a Vida Boa—, cómprame ropa, ¿de acuerdo? Pero cuando me la entregues, cerciórate de que no haya nadie cerca.

En el Morrinho, donde se estaban construyendo más bloques de pisos, un viento airado agitaba los matorrales verdes, y el barro del barranco descendía hasta el caserón embrujado, cuya piscina se hallaba repleta de piedras y arcilla; en medio de la bajada, se abría una explanada desde la que se dominaba buena parte de la favela, el fondo del barrio Araújo y parte de la Zona Norte de Río. Podían verse también los morros del Recreio dos Bandeirantes y la zona de Bonito, a la que Miúdo lanzó una mirada suspicaz, con los ojos entrecerrados, y acto seguido rió con su risa astuta, estridente y entrecortada.

Colocaron unas cuantas botellas en el barranco. Cada pistolero tenía derecho a diez tiros y el que fallase en más ocasiones pagaría la cerveza a los muchachos. Leonardo no erró ningún tiro.

—No me gusta ese chaval, no me gusta nada —dijo Miúdo tras observar la hazaña de Leonardo.

Cuando regresaban, Miúdo se acercó a éste.

—¿Has llamado a Peninha?

—Sí.

—¿Qué dijo?

—Nada.

Aceleró el paso y alcanzó a Biscoitinho.

—Peninha anda muy disgustado, ¿no? Va por libre, ya no acata mis órdenes, ¿me entiendes? Además, parece que gana más que todos nosotros juntos. ¿Has visto el coche que se ha comprado?

—Y lo ha hecho legalmente, no es de contrabando... ¡Es un coche fantástico!

—¿Te acuerdas de aquella vez en que sólo le dio nieve a Camundongo Russo y a ti no te dio nada?

—Por supuesto.

—Creo que está cabreado contigo: el día que disparé a Bonito lo vi haciéndote la cruz.

—¿Estás de coña?

—En absoluto. Pero ya he ido a consultar al *padre de santo* y me ha dicho que todo saldrá bien, que a ti no te pasará nada. Pero está claro que él está de mala hostia contigo.

Bajaron el Morrinho y se quedaron unos minutos en la plaza, desde donde divisaron a Peninha lavando su Volkswagen. Con la radio encendida y una botella de güisqui por la mitad, Peninha de vez en cuando dejaba de limpiar y daba unos pasos de baile. Había dejado su revólver cerca del cubo de agua con queroseno.

—¡Cárgatelo! —dijo Miúdo a Biscoitinho, que tenía los ojos clavados en Peninha.

—¿A Calmo también?

—No, a ése vamos a darle un poco más de tiempo, tiene mucha influencia sobre los chicos de la Trece y no sabemos si Cenoura va a continuar la guerra. Pero quédate tranquilo, que yo me ocupo de amansarlo.

Biscoitinho recargó la pistola y rodeó el edificio, dejando a Miúdo con una sonrisa maliciosa en el rostro. En esos momentos, Peninha estaba tumbado en el suelo, enjuagando el guardabarros. Biscoitinho se acercó sin que lo viese y descerrajó doce tiros de pistola a quemarropa en la cabeza de su compañero.

Al cabo de un mes, los periódicos decían que, en el mismo lapso de tiempo, el número de víctimas en Ciudad de Dios superaba al de la guerra de las Malvinas. La barriada se convirtió en uno de los lugares más violentos del mundo. Las cámaras de una cadena de televisión filmaron a Bonito mientras estaba ingresado en el hospital Miguel Couto. El vengador respondió sin pestañear a todas las preguntas de la reportera. Al final de la entrevista, afirmó que la guerra sólo acabaría cuando él o Miúdo muriesen.

—¡Entonces la guerra se acabará hoy! —gritó Miúdo cuando le hablaron de eso—. Ahora mismo salgo para el Miguel Couto y me lo cargo. Voy a ir allá, ¿me entiendes? Tú, Leonardo, me llevarás en coche...

—¿Por qué no te pones un poco de mercromina en el brazo y dices que estás herido?

Cuando llegó la noche, Miúdo se embadurnó el brazo con mercromina y escondió la pistola en el tobillo. Reía con su risa taimada, estridente y entrecortada. Subió al coche y se instaló agachado en el asiento de atrás. En el momento en que Leonardo arrancaba, comenzó un tiroteo.


Diez policías civiles habían penetrado en la barriada disfrazados de basureros y, colgados del camión de la basura, disparaban a cualquiera que estuviese en la calle. Leonardo aceleró y, al llegar a la plaza, él y Miúdo abandonaron el coche y se refugiaron en los edificios.

Antes de que el tiroteo comenzara, Tuba, que se encontraba en su piso, había propinado a su madre un puñetazo en la cabeza, dos puntapiés en el vientre, un cabezazo en la boca y un culatazo en la nuca hasta dejarla inconsciente en el suelo. La vieja hija de puta se pasaba la vida exigiéndole que se ordenase la ropa y que no dejase sus cosas desparramadas por toda la casa. Cada vez que Tuba entraba en el baño para mear, la vieja iba a comprobar si había mojado el borde de la taza. Un auténtico coñazo. Ya le había advertido que si insistía, acabaría dándole una paliza. La mujer no se lo tomó en serio.

Al oír los disparos, pensó que eran los enemigos y bajó a combatir: si matase a Cenoura, aumentaría su prestigio y podría incluso conseguir uno de los puestos de droga de Miúdo. Mientras tanto, los policías militares habían entrado en el edificio y estaban escudriñando cada rincón del inmueble. En ese preciso momento se toparon con Tuba que, aturdido y con la pistola en la mano, intentó disparar. Una ráfaga le atravesó la barriga. Su hermana bajó tras él y gritó:

—¡Cárgate a ese desgraciado que ha pegado a mi madre y casi la ha matado!

El sargento Linivaldo, al escuchar los gritos de la hermana de Tuba, se dirigió hacia el coche patrulla, aparcado en mitad de la calle, hizo una seña al policía que conducía para que se apease del coche y, poniéndose al volante, pasó repetidas veces la rueda izquierda delantera sobre la cabeza de Tuba.

Los policías se reagruparon. El sargento Linivaldo hizo el recuento y comprobó que faltaba uno; pero no, por ahí venía con un delincuente esposado. Lo metieron en el vehículo y pusieron rumbo a la zona de Bonito. Escondieron el coche en una calleja, llevaron al detenido al centro de la plaza de la *quadra* Quince y le quitaron las esposas.

—¡Ahora corre hacia allí, corre, corre!

Lanzaron tiros al aire y se marcharon. Los integrantes de la cuadrilla de Bonito lo encontraron y se lo cargaron.


Sandro Cenoura ordenó a todo el mundo que se escondiese. No volvería a combatir hasta que Bonito regresase. Tenía miedo y no se sentía con fuerzas para dirigir la cuadrilla. La policía no les daba tregua, no había día en que los periódicos no publicaran alguna noticia sobre Ciudad de Dios y su nombre siempre aparecía impreso en primera plana.

Se escondió en la casa de un amigo, cuya mujer había desaparecido hacía más de una semana. Ahora podía alojar a Cenoura sin tener que escuchar los reproches de esa zorra por haber metido a un maleante en casa. A Cenoura le temblaban las manos y el corazón le latía acelerado. Su amigo, después de embriagarse, dormía: le rechinaban los dientes, tenía muchos gases y no paraba de revolverse en la cama. ¡Qué vida tan desgraciada la suya! En realidad, él no quería entrar en esa guerra de mierda, pero adoraba el dinero, sí, sólo quería dinero. Y pensar que el imbécil de Miúdo quería apoderarse de su puesto de venta de droga... ¡Codicioso cabrón! Nunca le había gustado. Recordó la época en que trabajaba limpiando en la universidad católica, la única vez que se había disfrazado de currante; era consciente de que no se haría rico limpiando la mugre de los blancos, sólo los pringados trabajan con la certeza de que nunca disfrutarán de las cosas buenas de la vida. Por eso lo mandó todo a la mierda y se juró que jamás volvería a llevar aquella vida miserable. Marihuana, cocaína, eso sí que daba dinero y, si no fuese por Miúdo, ya sería rico.

Pensó en sus hijos. Quería que estudiasen en la universidad católica, pues siempre había oído decir que la enseñanza de los curas era buena. Dos hijos. ¿Qué podría dejarles? La herencia más visible era la guerra. Ojalá Bonito volviese enseguida para ir con él en busca de Miúdo, en ese momento sentía tanto odio... Matarlo, apoderarse del puesto de la Trece y trabajar duro un año entero... Compraría una finca en el interior donde criaría gallinas, construiría una piscina y también un cuarto de baño con sauna. Intentó recordar cómo se preparaban los cócteles Molotov... En vano. Sólo la angustia dominaba su espíritu. La úlcera volvió a castigarlo. Necesitaba leche. En la nevera sólo había patatas pasadas y un filete mugriento sobre un líquido blanco vomitivo. En el estante había una botella de coñac. No vaciló. Se la bebió enterita, así dormiría bien y, si se presentaba algún enemigo, moriría durmiendo. Hay momentos en que la propia muerte se nos antoja sumamente necesaria.


Borboletão, no se sabe cómo, apareció de madrugada en la esquina. Respondía que era maleante cuando le preguntaban acerca de cómo se había liberado. Estaba al tanto de todo lo que había ocurrido. Lo único que ignoraba era por qué estaban todos en la esquina si el sargento Linivaldo andaba en busca de delincuentes.

—¡Si viene, le disparamos al pecho! —dijo Tigrinho muy serio.

Borboletão lo miró. Conocía a algunos de aquellos muchachos sólo de vista, pero nunca se imaginó que acabarían formando parte de la cuadrilla. Sin embargo, Tigrinho, el único novato que se había manifestado, había sido tan incisivo que no se atrevió a decir una palabra.

—Tenemos que ir a Allá Arriba ahora mismo, ¿vale? —continuó Tigrinho—. Allí hay un montón de rufianes que sólo responden cuando está Bonito entre ellos.

—Entonces llama a los muchachos de Los Apês —dijo Borboletão.

—¿Llamar a los muchachos de Los Apês? ¡De eso nada, tío! Aquí nos las arreglamos solos, ¿oyes? Y Miúdo no se está portando bien. Mató al compañero que trajo Calmo y sólo sabe dar órdenes, ¿entiendes?

—Dejó que Biscoitinho se cargase a Peninha porque el tipo le hizo la cruz. Yo lo vi. Puede que estés con nosotros, pero lo que has de tener muy claro es que aquí mandamos Calmo, Miúdo y yo –dijo Borboletão.

Tigrinho se puso serio, miró al resto de sus compañeros y se rascó la nariz.

–Si tú eres el que manda, no hay más que hablar.

La cuadrilla de Miúdo apareció en el otro extremo de la calle. En silencio, la gente de la Trece esperó a que se acercasen.

–Oye, Calmo, estoy sin dinero. Lo necesito para comprar armas, ¿entiendes? Así que, ¿por qué no me das la parte que le entregabas a Peninha? –dijo Miúdo.

–Está bien –contestó Calmo a regañadientes.

Tigrinho miró a Borboletão, después a Meu Cumpádi, torció la nariz y se alejó.

Las dos cuadrillas en bloque enfilaron la Rua do Meio. La orden era disparar incluso a la policía. Borboletão miraba a Meu Cumpádi con ojos cómplices. Hacía lo posible para que su compañero entendiese que no estaba de acuerdo con lo que Miúdo había exigido. Meu Cumpádi captó el mensaje, pero mientras avanzaba en medio de las dos cuadrillas, debidamente uniformadas, disimulaba.


En comisaría, Lincoln y Monstruinho se aprestaban a armarse. Irían en dos coches a Los Apês, acompañados de otros seis policías, para sorprender a los maleantes.


En Allá Arriba, los miembros de la cuadrilla de Bonito estaban reunidos en la casa de uno de ellos. Se llenaban el estómago con bocadillos de mortadela para esnifar los diez gramos de cocaína que ya habían preparado en el plato. Antes de comer, se habían fumado unos porros y ahora tenían sed.

–Comer esta mierda a palo seco es un asco –dijo Ratoeira.

–Anda, chico. Ve a la taberna de Palhares a comprar una Coca de tamaño grande.

El crío se levantó y cogió el dinero.

–¿No hay casco? –preguntó.

–¡Qué casco ni qué hostias, chaval! ¿No eres un maleante? Bastante favor le haces pagándosela.

–Toma mi arma –le ofreció Ratoeira.

El crío, blanco y de pelo rizado, salió a la calle con pasos vacilantes y el rostro desencajado. Tenía miedo a morir. Nunca había sentido eso, pero ahora, caminando por aquellas calles que, desde que Cenoura diera la orden de esconderse, estaban desiertas, se arrepentía profundamente de haber abandonado el segundo curso de secundaria y de haber dejado su trabajo de media jornada para caer en las garras de la guerra por pura fascinación.

Miúdo, en la calle adyacente, ordenaba a su cuadrilla que se callase. Algo le decía que se encontraría al enemigo y que habría problemas. El niño aceleró: era mejor apresurarse; al día siguiente abandonaría la vida del crimen. Miúdo, que sólo llevaba una ametralladora, apuntó con el arma sin hacer ningún ruido. Los maleantes, los gatos y los policías son muy parecidos: surgen en los lugares más improbables y dan más vida al silencio.

El niño, con escalofríos por todo el cuerpo, redujo la velocidad de sus pasos; en sus oídos resonaron las palabras de su madre preguntándole cómo le iba en el colegio. Miúdo hizo una seña a la cuadrilla para que se detuviese y dirigió la ametralladora hacia la esquina con el dedo en el gatillo. El niño, sigiloso, también se detuvo, sacó la pistola y luego apresuró la marcha. Tan sólo unos metros lo separaban de la mira de Miúdo.


Cuando apenas había dado siete pasos, alguien de la cuadrilla de Miúdo escupió. El niño se quedó algo más tranquilo, convencido de que la persona que venía por el otro lado era amiga: si hubiera sido un malhechor, no habría hecho ruido. Aceleró el paso y entró en la mira de Miúdo.

—¡Las manos a la cabeza, hijo de puta! —gritó Miúdo y preguntó a la cuadrilla—: ¿Este chico es enemigo?

—Sí —respondió Conduíte.

—¡A reventarlo, a reventarlo! —exclamó Camundongo Russo.

—¡Tira el arma al suelo y túmbate! ¿Quieres rezar? —le preguntó Miúdo con crueldad.

El niño no respondió.

—¿Dónde están tus compañeros? —le volvió a preguntar Miúdo.

El niño, consciente de que hablar no lo salvaría de la muerte, optó por no abrir el pico. Se meó encima, se encogió cuanto pudo y todos los consejos de sus padres le vinieron a la mente en aquel instante. Miúdo lo miró durante un rato, guardó el arma y ordenó a la cuadrilla que se diese una vuelta por aquel lugar. Cuando se quedó a solas con el niño, le ordenó que se levantase.

—¿Sabes cantar? —le preguntó.

—Sí.

—¡Entonces canta *Maluco beleza!*\*

El niño comenzó por el estribillo, balbuciendo al principio, hasta que encontró el tono. Miúdo miró la luna y sintió la leve fuerza del viento en su semblante; la voz del muchacho le recordó a la de Pardalzinho cuando cantaba la misma canción, aunque Pardalzinho lo hacía sonriendo y rodeándole el cuello con su brazo, al tiempo que pegaba saltitos como un crío. En cuestión de segundos, la imagen de su amigo se multiplicó: ya no había un Pardalzinho, sino varios, en diversos lugares y en las situaciones más diversas, siempre riendo o cantando. Si Pardalzinho estuviera vivo, tal vez él no habría violado a la mujer de Bonito y no hubiera pasado nada de lo que ahora estaba ocurriendo; seguramente tendría mucho más dinero y menos enemigos.

El muchacho dejó de cantar. Miúdo le ordenó que comenzase de nuevo. Mirando al cielo, buscaba la imagen de Pardalzinho recostado en alguna estrella, pues había escuchado su voz justo cuando iba a apretar el gatillo sobre la cabeza del chaval. Nada. Pardalzinho no estaba en ninguna estrella, tan sólo su alma, allí, a su lado, que le decía que aquel niño no era un enemigo de verdad. Miró al vacío y guiñó el ojo, convencido de que Pardalzinho lo vería.

—Deja esta clase de vida, chaval... ¡Vete! ¿Alguien te ha hecho algo para que entrases en esta guerra? ¡Ve a buscar un colegio!


La brigada de Lincoln, casi inadvertida, se internó en el Morrinho después de ocultar los coches patrulla en el bosque. Un guardia de la obra de los pisos de Morrinho se asustó al verlos, pero el propio Lincoln se encargó de tranquilizarlo mediante una seña. Desde aquel lugar se podía ver todo el movimiento de Los Apês con los prismáticos. El sargento Linivaldo dedujo que probablemente se habían ido a la zona de Bonito. Lo conveniente era esperar.

---

\* Canción de Raul Seixas y Cláudio Roberto cuyos primeros versos son los siguientes: «Enquanto você se esforça prá ser / Um sujeito normal e fazer tudo igual, / Eu do meu lado aprendendo a ser louco, / Um maluco total, na loucura geral. / Controlando a minha maluquez, / Misturada com minha lucidez...» («Mientras te esfuerzas por ser / un tipo normal y hacer todo igual, / yo por mi parte aprendo a ser loco, / un chiflado total, en la locura general / controlando mi chifladura / mezclada con mi cordura...»). La expresión «Maluco beleza», que se corresponde con el «loco lindo» argentino, alude al que se sale de la norma y vive su diferencia con lucidez y humor. *(N. del T.)*

357

Miúdo dijo a los de la cuadrilla que el chiquillo no era un maleante.

—No era un enemigo. Andaba buscando a un tío por un lío de faldas.

Y regresaron a Los Apês.


Lincoln pidió calma a sus hombres cuando la cuadrilla de Miúdo se concentró en la plaza. Debían aguardar hasta saber qué dirección tomaban los maleantes.

—Aquel que está cerca del poste es Miúdo —dijo el sargento Linivaldo.

—¿Quién es Calmo?

—El que va por aquella calle... Él es el jefe de la Trece.

—Gusmão, ve al coche y manda un mensaje por radio. Di que un tío con abrigo azul va a cruzar la Edgar Werneck a la altura del puente, donde comienza la calle. Es peligroso y va armado. Ordena que lo detengan, pero que no lo maten, puede darnos mucha información.


Calmo no se movió cuando le dieron el alto. En comisaría, respondió a todo lo que los policías le preguntaron.

—¿Lo va a llevar a la Treinta y Dos, sargento?

—Esperaremos hasta el lunes. Primero hay que comprobar que todo lo que nos ha dicho es verdad.


Pese a la guerra, aumentaba la venta de cocaína en Los Apês. Por su fácil acceso, la gente de fuera se aventuraba a acercarse por aquellos andurriales en busca de droga. Miúdo reía cuando Vida Boa le decía cuánto había vendido tal o cual día. Los drogadictos seguían llevando electrodomésticos, armas y joyas para intercambiarlos por droga. La policía carecía de medios para detener a tantos drogatas y sólo se llevaba al que estuviese armado. Nadie sabía dónde se había metido Calmo y sólo se enteraron de su paradero cuando el sargento Linivaldo gritó en la Trece que quería doscientos mil cruzeiros para ponerlo en libertad.

Borboletão fue a hablar con Miúdo, que al principio se negó a soltar la pasta. Justificó su negativa aduciendo que Calmo se había ido de la lengua y que no sería él quien untase a la policía para liberar a un chivato. Pero más tarde, y tras mucho refunfuñar, ordenó a Vida Boa que entregase el dinero a Borboletão.

Media hora después de que lo soltaran, Calmo estaba con Borboletão escuchando todo lo que éste le contaba. Borboletão exageró lo ocurrido afirmando que Biscoitinho había dicho dos veces a Miúdo que no entregase el dinero. Calmo apretó los dientes con fuerza.


—Mira, ese tal Miúdo se pasó conmigo, así que como me lo encuentre, le pego un tiro, ¿entendéis? —dijo un drogata después de charlar sobre trivialidades con el camello de Cenoura y esnifar la primera raya de coca, con un billete de diez cruzeiros, de la tercera papelina que le había comprado. Y continuó—: Un día fui a su zona a pillar marihuana y él me humilló delante de todo el mundo, ¿sabes? Hasta me dio un puñetazo.

—Estás de coña, ¿no?

—Pues no, lo digo muy en serio. Él se cree muy listo y piensa que los demás somos gilipollas, ¿sabes? Pero no sabe que también podemos responder.

—¿De dónde eres?

—De São José —respondió el drogata y, tras hacer una pausa para esnifar una raya más, continuó—: Si se forma un grupo para cargárnoslo, yo me apunto, ¿vale? No traigo a nadie de mi zona porque aquí no tenemos respaldo.

El camello dejó que el drogadicto hablase mal de Miúdo durante un buen rato, siempre asintiendo, y concluyó:

—De acuerdo, habla con los muchachos de ahí. Ellos también quieren cargárselo.

El drogata repitió ante Ratoeira todo lo que había dicho al camello. Cuando el drogata terminó de exponer sus cuitas, Ratoeira le colocó el cañón del revólver en la cabeza, ordenó a uno de los chavales que lo registrase y lo llevó ante Sandro Cenoura. Tras hacerle un montón de preguntas, Sandro ordenó que le trajesen otras tres papelinas del puesto y siguió preguntándole al recién llegado por los maleantes con quienes decía haber compartido prisión.

Poco después, Ratoeira llegaba con la información de que el coche estaba listo: el mecánico había asegurado que ya no se volvería a calar.

Esa noche irían a recoger a Bonito en el hospital.

La operación fue un éxito. En el momento del rescate, el agente encargado de la custodia de Bonito estaba follando con una de las enfermeras. Sólo al cabo de dos horas se percató de que el prisionero había desaparecido.

Antunes le dijo a su hermano Bonito que se había pasado los últimos días pensando en su madre y que estaba cansado de aquella vida de tiros, muertes y drogas. Había decidido buscar un empleo y alquilar algún cuartucho para él, su hermana, su madre, su padre y su hermano menor.

—El tío dijo que en Catete se alquilan habitaciones muy baratas... Ya no quiero saber más de esta vida, ¿sabes? Quiero retirarme antes de que me fichen. No podemos vivir tranquilos, ¿entiendes? Vamos, hombre, olvida esa mierda de la venganza. Has estado a punto de morir y tienes ya la tira de crímenes a tus espaldas.

—Lo dejaré, pero sólo después de que caiga Miúdo.

—Tú sabrás. ¡Esta vida es terrible! Nunca pensé que un día llegaría a empuñar un arma... Vida de perros... Sólo con salir a la calle, ya se arma algún follón por cualquier tontería. Ayer mismo tuve una discusión con Coroinha y Parafuso.

—¿Por qué?

—Los tíos se quedaron de camellos y esnifaron más de veinte papelinas. Un desastre. Cuando fui a hablar con ellos, me amenazaron con matarme...

—Estuve a punto de cargarme a esos dos, pero Cenoura intercedió, así que me contuve...

—Lo único que sé es que no quiero seguir así, ¿vale? Toma mi pistola; me voy a casa a darme una ducha y a cambiarme de ropa, y después me acercaré con Tribobó a aquella gasolinera, la de Miguel Salazar, a ver si me dan trabajo. Ayer salió un anuncio en el periódico en el que solicitaban personal. Si consigo que me contraten, pediré el traslado a otra gasolinera. Esos tíos siempre tienen más de una.

—Tienes razón. ¡Suerte!

La mañana tenía reservado para Antunes el aire más puro: era la mañana en que dejaría de lado esa locura de la venganza. Dios todopoderoso se encargaría de castigar a Miúdo. ¿Quién era él para hacer justicia, si la justicia divina es más fuerte? Iba a conseguir un trabajo, lejos de Ciudad de Dios, lejos de la guerra. Seguramente Bonito también se iría, al menos eso era lo que su madre le había dicho: si él se fuese, su hermano también lo haría. El dueño de la gasolinera le daría trabajo, pues Antunes sabía hablar bien, entendía de matemáticas y, aunque era negro, tenía el pelo lacio y los ojos azules, como su hermano. Tenía, en fin, buena facha y eso hace mucho. Se dio una ducha, eligió la mejor ropa, se echó colonia y se peinó con gomina. Había quedado con Tribobó a las ocho en la esquina del Puerta del Cielo. Pidió a su madre que rezase por él para que le dieran el trabajo y se precipitó a la calle.

—Hijo mío, qué guapo eres, qué simpático... Abandona esa historia de la venganza. Miúdo no va a durar mucho. ¡La propia policía lo matará! —le soltó una mujer que cotilleaba en el portón de su casa con otras tres mujeres.

Por la calle, todo el mundo lo saludaba: era el hermano del vengador, casi tan guapo como él. Caminaba por las calles de Allá Arriba sin la crispación de los últimos meses, sin un arma en la mano o en la cintura, dando los buenos días a las amas de casa como en los viejos tiempos, sin acechar en las esquinas a ver si había enemigos.

Tribobó, muy peripuesto, lo esperaba con una amplia sonrisa dibujada en su rostro. ¡Habían salido tantas veces juntos para atacar! Ahora, en cambio, iban a buscar trabajo, y aquella perspectiva reconfortaba su alma como jamás habría imaginado. ¿Y el alma del abuelo? Que Dios la llevase a buen sitio, junto con el alma de aquellos que habían muerto peleando. Siempre rezaría por ellos.

—Tenéis que rellenar una ficha. ¿Habéis traído todos los documentos? —preguntó el tipo que los recibió—. ¿Dónde vivís?

—En Ciudad de Dios.

—Pues lo tenéis crudo, el jefe no acepta a nadie que venga de allí.

—¿Por qué?

—No lo sé; de todas formas, rellenad las fichas. ¿Quién sabe?, a lo mejor tenéis suerte.

Al otro lado de la calle, Coroinha y Parafuso los observaban escondidos detrás de un camión. Hacía mucho calor y el tráfico era intenso. Disparar desde aquella distancia era una tontería; si querían sorprender a los enemigos, tenían que acercarse un poco más; bajarían por la carretera, cruzarían la calle y caminarían pegados a los muros para que no los descubrieran. Y se pusieron manos a la obra.

Coroinha disparó el primer tiro, que sólo sirvió para alertar a los enemigos y a los empleados de la gasolinera. Algunos se escabulleron por los patios de unas casas contiguas; el empleado que atendía a Antunes y a su amigo se escondió dentro de un barril de aceite. Tribobó saltó un pequeño muro y huyó. Antunes recibió dos tiros en la cabeza y se tambaleó antes de desplomarse.

Coroinha y Parafuso ni siquiera se molestaron en darle el tiro de gracia: se colocaron en mitad de la autopista, pararon un coche y se fueron en dirección a Tacuara, donde abandonaron el vehículo y robaron otro; subieron por la sierra de Grajaú y desaparecieron para no regresar jamás.

La noticia de la muerte de Antunes se extendió rápidamente; pronto se formó un corrillo a su alrededor del cadáver. Varios policías se acercaron al lugar e interrogaron a unas cuantas personas.

Bonito bebía el té que le había preparado su mujer. En aquellos momentos echaba de menos el cariño y los remedios caseros de su madre. El brillo en los ojos de su hermano había despertado su amor por la vida. Detestaba el té negro sin azúcar; se tapó la nariz y giró un poco el torso, lo que le produjo dolor; miró por debajo de la cortina: eran ya más de las doce, pero parecía que la mañana continuaba, el aire fresco le daba en la cara. Si se fumase un porro, tal vez el tiempo pasaría más deprisa. Nada de drogas. El zumo de maracuyá da sueño: eso es, se bebería una jarra entera. Llamó a Ratoeira, que montaba guardia en la entrada de la casa. Nada. Le llamó de nuevo. Quería pedirle que le comprara el periódico. Seguramente salía en ellos algo sobre su fuga.

—Espera un momento —respondió Ratoeira.

Ratoeira, Cenoura, Tartaruguinha y Bicho Cabeludo comentaban en voz baja lo ocurrido. Ninguno se atrevía a contarle a Bonito que Antunes había muerto. Bonito estaba tumbado en la cama porque, por haberse movido, se le habían vuelto a abrir los puntos de las heridas. Al final, los compañeros decidieron que entrarían y se lo contarían los cuatro juntos. Abrieron el portón en silencio. Bonito agarró el arma y se arrojó de la cama hasta el suelo.

—¡Tranquilo! —lo calmó Ratoeira.


Con ayuda, Bonito regresa a la cama y pide a Cenoura que enchufe el ventilador. Le extraña aquel silencio. Desde su vuelta del hospital, ha notado un exceso de alegría entre sus compañeros. Ahora, esa seriedad sin motivo, esas cabezas gachas le dan mala espina. Frunce el ceño y clava su mirada en cada uno de los presentes.

—¿Quién ha caído? —pregunta.

Silencio nervioso. Un grito. La desesperación de los amigos al ver que Bonito, muy débil, se levanta bruscamente. Sabe que ha sido Antunes. Agarra a Cenoura por los hombros y grita:

—¡Ha sido Antunes! ¡Ha sido Antunes! ¿Dónde está su cadáver? ¿Dónde está?

—En la gasolinera, pasada la Wella.

—Ha sido Miúdo, ¿verdad?

—No, fueron Coroinha y Parafuso.

Sin decir una palabra, se viste y avanza hacia la puerta sacando del odio fuerzas para caminar; sus amigos intentan ayudarlo, pero Bonito se lo impide; consigue llegar hasta el patio y atraviesa el portón hacia su destino: cumplir el castigo por haber rezado poco. Se le abren las heridas y un reguero de sangre mancha las calles ahora atestadas de gente. Los ojos le arden, pero no llora. ¿Para qué? De nada sirve llorar; es preferible azuzar su deseo de venganza. En cuestión de segundos, las imágenes de la sábana ensangrentada que cubría al abuelo Nel, de Filé com Fritas sin cabeza, de su novia ultrajada, de los muros de su casa llenos de agujeros, de su perro acribillado a balazos se agolpan en su mente; y, ahora, la imagen de Antunes ensangrentado está a punto de enterrarse en su memoria para siempre. Llega a la Miguel Salazar, donde la brisa de la mañana se muestra más intensa; pero ¡que se jodan esa condenada brisa y ese condenado sol que le abrasa la cara! Desea con toda su alma que todo sea sólo una ilusión, que su hermano esté vivo. Divisa entonces a la multitud. La sangre se le escurre por los pantalones y se acumula en sus pies, resbaladizos en las zapatillas.

Se acerca al cadáver. Su llegada enmudece incluso a los policías. Todo parece haberse quedado inmóvil, tan inmóvil como su hermano. Abraza el cadáver, sangres de la misma sangre se mezclan; besa el rostro del muerto, le dice algo al oído y abandona el cuerpo con delicadeza; se aleja de espaldas, mira a su alrededor y descubre un leño; lo coge, camina hasta la gasolinera, lo empapa de combustible y lo prende con la llama de las velas que iluminan el cadáver de su hermano. El fuego crece y Bonito corre como alma que lleva al diablo, con los latidos del corazón acelerados, hacia la casa de Coroinha, olvidando sus dos heridas de bala. El dolor físico es una estupidez, el odio es el sentimiento que sustituye a cualquier debilidad. Dobla por una callejuela y se topa con parte de su cuadrilla, que decide acompañarlo. Al llegar frente a la casa de Coroinha, coge la ametralladora de Cenoura, le entrega la madera en llamas para que se la sostenga y comienza a ametrallar puertas, ventanas y muros. Se vuelve a Cenoura, le entrega el arma, coge la antorcha, entra en la casa y prende fuego a las cortinas; pide a alguien que traiga alcohol para derramarlo en puertas y tejado y, en poco tiempo, la casita es presa de las llamas. Permanece inmóvil algunos minutos y se dirige a la casa de Parafuso para repetir la operación.

Pese a la oposición de la mayoría de sus compañeros, Bonito insistió en ir al entierro de Antunes, y Cenoura decidió que todos los integrantes de su cuadrilla se quedasen apostados fuera del cementerio con las armas en la mano.

—Si aparece la policía o algún maleante, apuntad hasta que Bonito salga. Él no puede correr.

Pero nadie apareció.


Dos días después del entierro de Antunes, los combates entre las cuadrillas se reanudaron porque Miúdo, al saber que Bonito estaba en la favela, decidió no dar tregua. A veces, las escaramuzas duraban hasta tres y cuatro días. Miúdo se pasaba el día soltando tacos. Cuando comenzaban las batallas, la policía prefería mantenerse al margen: que se matasen entre ellos.

Se suspendieron las clases en los colegios y nadie salía de su casa para ir a trabajar. Se sucedían las muertes, sobre todo entre los novatos de la cuadrilla de Bonito, quienes, precisamente por no haberse criado en un ambiente de maleantes y no haber aprendido las artimañas para escabullirse de la policía, eran presa fácil en las emboscadas. Poco a poco, los padres, los últimos en saber que sus hijos estaban en guerra, comenzaron a tomar medidas: se mudaban, enviaban a sus hijos a casa de parientes que vivían lejos de la favela o, cuando no les quedaba alternativa, incluso se los llevaban al trabajo.

Bonito, desesperado, acabó prohibiendo que los novatos participasen. Les quitaba las armas e iba a la casa de sus familiares para ponerles al tanto. Únicamente quería a su lado a maleantes de verdad. Miúdo, por el contrario, obligaba incluso a guerrear a los currantes: si no estaban dispuestos a atacar, los amenazaba con enviarlos al otro barrio.


Miúdo, allá donde fuera, llevaba en brazos a su perro, que se parecía a Pardalzinho; lo alimentaba con comida de primera calidad, nada de restos. Sólo dejaba que lo cuidara Toco Preto, a quien consideraba como un hijo. Toco Preto le daba de comer, lo bañaba con un champú especial para que no lo atacasen las pulgas ni las garrapatas y lo llevaba al adiestrador. Cuando el perro creció, también lo llevaba a los combates: Miúdo lo soltaba y seguía los pasos del animal.

Dado que sus denuncias a la policía no surtían efecto, los familiares de los muchachos muertos llamaban a los periódicos con el propósito de que la prensa influyese sobre el gobierno para acabar de una vez por todas con la guerra, que ya duraba dos años. Muchos malhechores habían sido encarcelados, aunque casi todos quedaban libres gracias a los sobornos de Miúdo. Sólo los subordinados acababan en la Trigésima Segunda Comisaría de Policía y eran sometidos a juicio, ya que Miúdo no estaba dispuesto a gastar dinero en soldados débiles.

Cuando supo que se reanudarían las clases, un subordinado sintió nostalgia de la época en la que estudiaba. Se acordó de cuando enseñaba a los compañeros del colegio a bailar, de las fiestas y de las novias. Aunque no era un alumno brillante, tenía claro que terminaría la primaria e ingresaría en la secundaria para intentar, por fin, continuar los estudios en la escuela de educación física; pero sus sueños se vinieron abajo cuando el cabrón de Miúdo mató a su hermano, por puro placer, en una de tantas batallas.

Al pensar en Miúdo, sus facciones se ensombrecieron de nuevo. Se levantó, abrió la nevera, sacó una botella de agua, se bebió la mitad en tres tragos y paseó la mirada por las reducidas dimensiones de su casa de Triagem, que apenas tenía dos habitaciones: su madre dormía..., el lugar donde solía echarse su hermano estaba vacío... El odio que sentía por su madre se transformó en compasión. Miró hacia la parte superior de un viejo armario y decidió hojear los antiguos cuadernos del colegio.

Pasó las hojas lentamente, releyó los diferentes temas de estudio, las anotaciones de los días de exámenes, las misivas de novias olvidadas entre las hojas, un corazón con una flecha atravesada que goteaba sangre en una copa. Cogió otro cuaderno, que sólo contenía preguntas:

¿Cuál es tu canción preferida?

¿A quién llevarías a una isla desierta?

¿A quién le diste tu primer beso?

¿Cuál es tu punto débil?

¿Qué tipo de chica te atrae más?

¿Estás interesado en alguien en este momento?

Buscó un bolígrafo, quería responder aquellas preguntas, escribía y borraba... Intentó con todas sus fuerzas superar aquella prueba. Sí, era una prueba, tal vez la más difícil de su vida: si lograse responder aquellas preguntas, significaría que aún no estaba todo perdido, que todavía le quedaba un lado saludable; pero nada, nada le venía a la cabeza, tan sólo brotaron lágrimas de sus ojos. Se tumbó en la cama, encima del cuaderno, y lloró en silencio hasta que lo venció el sueño.

Corría el rumor de que la muerte de Antunes había dejado a Bonito bastante trastornado. No comía, no dormía y esnifaba demasiada cocaína. Su obsesión por matar a Miúdo no hacía sino crecer. Cuando supo que Madrugadão se había cargado a otro integrante de la cuadrilla, sufrió un ataque de nervios y tuvieron que internarlo en una clínica, de donde se escapó al tercer día. Al llegar a Ciudad de Dios, se enzarzó en un tiroteo con varios maleantes de la Trece que habían subido para atacar. Mató a uno y recibió un disparo casi en el mismo lugar en que lo había alcanzado Miúdo anteriormente.

La esperanza de que Bonito muriese al salir del hospital poblaba los deseos de sus enemigos y producía una sensación de bienestar en todos los seguidores de Miúdo. Toda la cuadrilla de éste se hallaba reunida detrás del Morrinho —ahora habitado por centenares de nuevos pobladores—, alrededor de cervezas, güisquis y cocaína. Miúdo decía con sorna, y a voz en grito, que Madrugadão sólo acataba las órdenes de matar para afianzar su fama de asesino. Sus afirmaciones herían de lleno a Calmo, que era el verdadero ejecutor, pues Madrugadão se limitaba a cubrir sus movimientos y a dar los tiros de gracia. Pero Miúdo quería desprestigiar a Calmo ante los soldados porque últimamente se había percatado de que el número de seguidores de Calmo había aumentado considerablemente y aquello podía hacerle perder su condición de líder.

Biscoitinho se mantenía en silencio y no perdía de vista a Calmo, pues cabía la posibilidad de que Miúdo le hubiese ordenado que lo matara. Calmo, también callado, pensaba que Miúdo lo traicionaría en cualquier momento. Camundongo Russo, en un rincón, se reía de todo lo que decía Miúdo. Marcelinho Baião, entre gestos y muecas, contaba a Buizininha los pormenores del polvo que había echado el día anterior con una puta. Vida Boa hizo una seña a Leonardo y acto seguido le dijo a Miúdo que salía: había quedado con un traficante que iba a traerle una carga de cocaína; Leonardo lo acompañó y Vida Boa lo invitó a darse unos chapuzones en la playa. Otávio, solo en un rincón, manoseaba una Biblia de bolsillo que le había dado su madre la última vez que había ido a su casa. Miúdo se cansó de bromear con Madrugadão, miró a uno de los novatos, apodado Naval —por haber desertado del Cuerpo de Fusileros de la Marina para entrar en la guerra y poder consumir cocaína a placer—, y le preguntó muy serio:

—Tú estás con esa morena tan guapa del Bloque Ocho, ¿verdad?

—Sí.

—Está buena, ¿no? Y, cuando vas a follártela, ¿le chupas primero el coño?

—Claro —respondió Naval sin mucho énfasis.

—¿Ah, sí? Entonces indirectamente también chupas pollas —concluyó Miúdo y se rió a carcajadas, y todos le imitaron.


Bonito llegó a Allá Arriba alrededor del mediodía y todos se alegraron mucho de verle. Lo celebraron con tiros al aire: los lanzó el drogadicto al que, según decía, Miúdo había humillado. Ahora vivía en la favela, en la casa de un maleante encarcelado, y se ocupaba de las armas y las municiones. Bonito, en la esquina de la *quadra* Quince, estrechó las manos de cada uno de los soldados con una sonrisa triste en su rostro abatido. Delgado, anémico, se movía con dificultad. Se dirigió a la casa de Cenoura, cuyas inmediaciones se hallaban custodiadas por cincuenta de sus hombres.

La noticia de que Bonito estaba en la favela se difundió rápidamente por Allá Arriba. Algunos habitantes enviaban de vez en cuando platos de comida y zumos para el convaleciente. Llevaron a los padres de Bonito a casa de Cenoura para que estuvieran con su hijo algunos minutos, pero ellos se limitaron a arrodillarse en la sala y se quedaron orando durante casi dos horas, tiempo durante el cual ni siquiera tocaron a su hijo. Bonito, en silencio, miraba a su madre, toda de negro, delgadísima: nunca había visto expresión de mayor amargura. Se le escaparon las lágrimas. Le temblaba todo el cuerpo. Fuera, los maleantes, también en silencio; dentro, aquella oración triste y muda.

—Tienes que ir a ver a una curandera para que te cicatricen esas heridas, y después a una sesión de macumba para recuperar tu fuerza —aconsejó Cenoura a Bonito cuando se marcharon sus padres.

Bonito se mantuvo en silencio.


Cuando la noticia de que Bonito había vuelto llegó a sus oídos, Miúdo todavía estaba en el Morrinho. Comenzó a moverse de un lado para otro sin descanso, se reía con su risa astuta, estridente y entrecortada, y rompía el silencio que, por su intensidad, parecía ser eterno. Miró a Madrugadão y gritó:

—¿No has matado ya a un montón de sus soldados? ¡Pues entonces ve y mátalo, mátalo!

El silencio volvió a instalarse, receloso, por un breve lapso de tiempo.

—¡No te preocupes, que yo lo mataré! —aulló Calmo, que ahora llevaba una extraña gorra negra y roja que nadie sabía de dónde la había sacado.

La risa de Miúdo no rompió ahora el silencio. El maleante, con los ojos desorbitados, salió de allí sin decir adónde iba.


Alrededor de las ocho de la tarde, un camión de bebidas repartía su mercancía en los chiringuitos. Parte de la cuadrilla de Miúdo estaba allí bebiendo cerveza. Calmo apuntó con el revólver al conductor, le dijo algo, se encaramó a la parte trasera y llamó a Madrugadão, que también subió. El conductor, en cuanto su ayudante regresó al vehículo, hizo una maniobra en la plaza de los chiringuitos y dobló a la izquierda. El resto de la cuadrilla observaron en silencio cómo se alejaba. El camión siguió por la calle del brazo derecho del río, dobló a la izquierda, cruzó el puente, continuó por la orilla del río y se detuvo en la Trece; Calmo se apeó, habló con Borboletão y regresó al vehículo, que enfiló lentamente la Rua do Meio. Calmo y Madrugadão, debajo de la lona, observaban todo a través de dos agujeros que hicieron durante el trayecto con un hierro que encontraron en el camión; ahora se internaban por una calle adyacente a la *quadra* Quince. Circuló por toda su extensión, maniobró, dio la vuelta y se detuvo en la entrada de la plaza.


—Vamos a dar un paseo, aquí hace mucho calor.

—Sí, es espantoso.

—¡Quédate ahí, chaval, todavía no estás bien! —le recomendó Cenoura.

—Fumáis demasiado. Le vendría bien un poco de aire fresco.

Tras la marcha de sus padres, Bonito, aturdido por el rumbo que tomaba su vida, abusó de la cocaína, se fumó varios porros de marihuana seguidos y, siempre sereno y educado con sus compañeros, dijo que sólo daría una vuelta y después volvería a casa para acostarse. Cogió su pistola y se dirigió precipitadamente, junto con sus compañeros, a la plaza de la *quadra* Quince, donde solían estar sus amigos.

Bonito se situó en uno de los extremos de la plaza y se puso a hablar con la gente de Allá Arriba. Aseguraba que nunca había pensado que la guerra adquiriría semejantes proporciones e insistió en que no se sentía enemigo de casi ninguno de los integrantes de la cuadrilla de Miúdo. Tan sólo odiaba a Miúdo. El conductor del camión y su ayudante se bajaron del vehículo sin que nadie los viera y se alejaron.

Borboletão formó siete grupos, de diez hombres cada uno, y, tras indicarles sus respectivos lugares de ataque, los setenta se fueron hacia Allá Arriba. Terremoto, Meu Cumpádi, Borboletão, Tigrinho, Borboletinha y Cererê llevaban ametralladoras; cinco de los subordinados de aquella cuadrilla iban armados con recortadas. La orden era disparar siempre, aunque fuese al aire, para obligar a los enemigos a dividirse.

Los primeros tiros se lanzaron en la orilla del río; después, los estampidos sonaron en diferentes puntos. Los hombres de la cuadrilla de Bonito, aturdidos, se desbandaron disparando al azar. Bonito, aunque débil, cargó su arma y se situó en el centro de la plaza. Cabelinho y Madrugadão, ocultos en el camión, aguardaban el momento oportuno. Los tiros se sucedían sin tregua. Bonito clamaba a gritos que no necesitaba protección, que cada uno se preocupase de sí mismo; ordenó a sus hombres que se dividiesen y decidió salir de la plaza y adentrarse en zona enemiga. Imaginaba que pillaría a algún cabrón en su avance hacia la Trece. Corrió con dificultad en dirección al camión. El drogadicto lo siguió. Fue el único que decidió desobedecer y protegerle.

En Los Apês, Miúdo charlaba con Biscoitinho en el interior de su piso. Decía que había que matar a Calmo cuanto antes. Miúdo ya no creía en los ritos de macumba; después de la muerte de Pardalzinho, dejó de ir al lugar de culto para hablar con su Bellaca Calle y abandonó su costumbre de rezar las oraciones que éste le había enseñado y de encenderle velas. Sin embargo, esa manía que le había entrado a Calmo de ponerse esa gorra de Echú le daba a Miúdo muy mala espina. Organizaría una emboscada para cargárselo en el primer ataque que realizasen en Allá Arriba.

—¿Cómo dices?

—¡Me lo voy a cargar, chaval! En el momento en que se crucen los tiros, ¿sabes? Basta con apretar el gatillo por detrás. Ya he pillado así a unos cinco... Bernardo, Giovani, Jacaré...

—¡Joder! ¿Fuiste tú? ¿Y por qué?

—Me estaba oliendo un mal rollo, ¿entiendes? Los tipos me miraban mal. Cuando presiento algo así, disparo... Pero, ojo: nadie sabe nada, ¿eh? Tú a lo tuyo.

Cabelinho pegó un codazo a Madrugadão y le dijo en un susurro que no hacía falta matar a Bonito; pero, como se habían pasado con las copas aquella tarde, Madrugadão entendió que había que dispararle en aquel momento y, de repente, gritó:

—¡Ahoraaaa!

Y levantó la lona para disparar a Bonito. A Cabelinho, atónito, le llevó algún tiempo darse cuenta de la situación, lo mismo que a Bonito, que, pese a todo, fue más rápido y disparó tres veces, aunque sin acertar. Cabelinho y Madrugadão saltaron del camión y empezaron a correr. Bonito, sin mucha agilidad ni rapidez, los persiguió sin dejar de disparar, por lo que ni Cabelinho ni Madrugadão, que corrían en zigzag, tuvieron tiempo de reaccionar. El drogata que acompañaba a Bonito miró hacia atrás y hacia los lados; al no ver a nadie, disparó tres veces a la espalda de Bonito, que aún tuvo fuerzas para volverse y apuntarle con su pistola con la intención de matarlo. El drogata lo remató con otro balazo.

Bonito cayó.

Y llegó el viento, llegó para provocar pequeños remolinos en la tierra seca, para llevarse el sonido de los disparos a lugares más lejanos, para destruir nidos mal hechos, para agitar las cometas enganchadas en los cables, para doblar por las callejuelas, para colarse por debajo de las tejas, para hacer una especie de inspección en las mínimas brechas de aquella hora y para mover, levemente, la sangre que se escurría de la boca de Bonito; y llegó también una lluvia de gotas gruesas que repicó en los tejados, inundó las calles y aumentó el caudal del río y de sus dos brazos. Algunos tuvieron la impresión de que quería empapar el transcurso del tiempo para siempre, con tal fuerza caía la lluvia.

—Consígueme un toro, quiero un toro... Y varias mujeres: una para que prepare el rabo, otra para que haga el *mocotó* y otra para que separe las carnes del churrasco... Ve a la carnicería y dile al tío que lo traiga rapidito... Y tú, lía un porro. Y, en el puesto, droga para quien quiera, pero sólo la hierba, la nieve la reservo para los maleantes —decretó Miúdo, con el brazo izquierdo sobre el hombro de Calmo y con el derecho sujetando el collar de su perro, y continuó—: ¡Sabía que lo matarías, lo sabía! ¡Cuando lo dijiste, me di cuenta de que hablabas en serio!

—Estábamos los dos frente a frente, ¿sabes? Y las balas silbaban por todas partes. Madrugadão iba conmigo. Entonces le metí el primero en la cabeza. Y Madrugadão también disparó. Había más de una veintena de enemigos que no paraban de tirotearnos y nosotros los esquivábamos...

La fiesta para celebrar la muerte de Bonito duró tres días; mientras, en Allá Arriba, todo estaba silencioso: las calles desiertas, las tabernas y negocios cerrados. Velaron el cuerpo de Bonito en su propia casa, sin la presencia de maleantes. A su entierro acudió mucha más gente que al de Pardalzinho y al de Passistinha.


Al día siguiente de la muerte de Bonito, el drogata pidió a la gente de su cuadrilla, que estaba reunida en la plaza de la *quadra* Quince, las dos mejores armas con la excusa de que las revisaría para que estuviesen siempre a punto. Caminó como si fuese a su casa, dobló por una callejuela, cruzó la Rua do Meio, apuntó con una pistola al primer coche que encontró, ordenó al conductor que saliese y entró; puso las armas en el asiento trasero, arrancó y cogió la Edgar Werneck a gran velocidad en dirección a Barra da Tijuca, feliz como nunca porque por fin había eliminado al hombre que, al intentar matar a Cabelinho Calmo y a Peninha, se había cargado a su hermano en la Cruzada de São Sebastião.

—¡Bate-Bola, hermano, estás vengado! —pensaba en voz alta.

A la altura de la laguna de Jacarepaguá, el motor del coche comenzó a fallar y, un poco más adelante, se caló en plena marcha. El drogadicto giraba y volvía a girar la llave, el coche arrancaba y se calaba. Nervioso, logró llevar el coche hasta el arcén, sin percatarse de que se acercaba un coche patrulla. Cuando se disponía a apearse, vio a la policía e intentó poner de nuevo el coche en marcha. Los agentes, que simplemente pretendían ofrecerle ayuda, notaron su desesperación y le ordenaron que se saliese del coche. Primero lo cachearon de los pies a la cabeza, y después registraron el interior del coche, donde encontraron las armas. Los policías comenzaron a pegarle allí mismo. En comisaría, delató con todo lujo de detalles a los integrantes de la cuadrilla de Bonito.

Tigrinho, después de mucho hablar e insistirle a Borboletão, acabó convenciéndolo para que rompiera con Miúdo y Cabelo Calmo. Argumentó que era una cabronada el hecho de que sólo Miúdo y Calmo ganasen mucha pasta sin exponerse del todo y que el resto tuviese que arriesgarse a ser detenido en atracos y robos. Decidieron que una parte de la cuadrilla, siguiendo un sistema rotativo, vendería las drogas y daría el setenta por ciento para el puesto; el treinta por ciento restante lo emplearían para mantener el puesto a salvo de enemigos y policía. Meu Cumpádi se ocuparía de la contabilidad y ellos controlarían la zona. Con ese setenta por ciento, además de pagar un sueldo semanal a los soldados más importantes y a los vigías, y de costearles un seguro médico, ayudarían a los currantes del vecindario cuando lo necesitasen, comprarían más armas, contratarían a un abogado que asistiese a la cuadrilla y repondrían la mercancía. Borboletão consideraba que eran demasiadas personas entre las que dividir el dinero, pero, aun así, se mostró de acuerdo con Tigrinho.

—Ya no tenemos nada que ver con Miúdo, ¿sabes? Y tampoco contigo. El dinero que entre aquí se quedará aquí. ¿Por qué tenemos que repartirlo con vosotros? Dile a tu socio que la Trece ya no tiene nada que ver con Los Apês, ¿vale? —concluyó Borboletão; junto a él se hallaban Meu Cumpádi, Terremoto, Borboletinha y Cererê, todos con las armas preparadas.

Cabelo Calmo los miró rápidamente uno por uno y comprobó que aquellos chicos ya no lo eran tanto: habían crecido, y no sólo en altura, sino también en perspicacia y maldad. El resto de la cuadrilla, más de noventa hombres, se hallaba distribuido por las esquinas de la Rua dos Milagres. Más le valía aceptar sin alterarse, porque, de otro modo, estaba seguro de que lo matarían.

Miúdo, irritado al enterarse de la decisión, aseguró que mandaría a todos los de la Trece al otro mundo; no obstante, minutos después, cuando Vida Boa le explicó que era mejor así que crearse más enemigos, y que el puesto de la Trece tampoco estaba vendiendo demasiado, se tranquilizó.

En vista de los numerosos reportajes que la radio y la televisión dedicaban a la violencia en Ciudad de Dios, la SSP –la Secretaría de Seguridad Pública– y la Jefatura de la Policía Militar informaron a la prensa, a través del asesor jefe de comunicación social de la SSP, que se llevaría a cabo en toda la zona un plan de acción policial de gran alcance. Dos días después de esa declaración oficial, el teniente Cabra asumía, en un caluroso mes de mayo, la jefatura del cuartelillo, que había sido reformado y ampliado. Donde antes sólo había diez hombres, ahora pululaban treinta bien armados, y seis nuevos coches patrulla habían ido a engrosar el escasísimo número de vehículos policiales, que hasta ese momento se reducía a uno.

Las órdenes que el coronel Marins, comandante del Decimoctavo Batallón de la policía militar, transmitió al teniente Cabra eran claras: había que intentar detener a los maleantes sin violencia, pero si alguno de ellos hacía ademán de coger el arma, no cabían vacilaciones: había que disparar a matar.

La jurisdicción de ese batallón abarcaba Jacarepaguá, Barra da Tijuca y Recreio dos Bandeirantes, y su comandante decidió que todos los soldados entrasen en el cuartel una hora y media más temprano, y dispuso que todos los coches, antes de dirigirse a su puesto de servicio, pasasen por la favela.

El plan de la policía contó, al principio, con un servicio secreto. Muchos policías se disfrazaban de drogatas e iban a los puestos de venta a comprar droga. Otros, aprovechándose del hecho de que algunos de los enfermos mentales de la colonia Juliano Moreira, situada en Tacuara, siempre se escapaban del centro y vagaban por la favela, se disfrazaban de internos fugitivos, transitaban con el uniforme del manicomio, haciendo muecas y otros visajes, y observaban el movimiento de los delincuentes para enterarse de sus hábitos. De esa forma, el teniente Cabra dispuso de una lista en la que constaban los nombres de unos cuantos maleantes con sus respectivas direcciones. No obstante, sus primeros intentos de detención fracasaron, porque la mayoría de los periódicos divulgó previamente todas esas informaciones. Cuando los maleantes se enteraron de las intenciones de la policía por los grandes periódicos de la ciudad, cambiaron de domicilio y no salieron de sus casas durante la primera semana de la puesta en marcha del operativo.

Pese a toda la infraestructura policial, el tráfico de drogas no disminuía. Los camellos vendían en un punto diferente cada día y apostaban recaderos en las esquinas para que gritasen «¡Pan recién hecho! ¡Pan recién hecho!» cuando los policías se acercaban a pie o en coche. Por otro lado, cundió el terror entre los traficantes cuando se enteraron de que había policías disfrazados listos para atacar. Sus vidas estaban amenazadas por un X-9 cualquiera y, ante la duda, la mejor solución era liquidar al traidor potencial sin dar tiempo a explicaciones, súplicas o disculpas. Nada de vacilaciones. Ya de por sí ariscos, se volvieron aún más violentos. Currantes, personas respetables, drogadictos..., nadie escapaba a las sospechas y los caprichos de los maleantes.

La inseguridad reinaba en la favela. Incluso los drogatas, hasta ese momento mimados como clientes porque aseguraban la prosperidad del negocio, comenzaron a temer por su vida. Para los habitantes de la favela, este miedo se sumó a la larga lista de desasosiegos con la que tenían que convivir: por un lado, la policía, por otro, los maleantes, y todos juntos atemorizándoles y poniendo en peligro sus vidas.

Un sábado, Terremoto se quedó a cargo del puesto de venta, y, para provocar a Biscoitinho, decidió cambiarlo de sitio. Cruzó la Edgar Werneck y se puso a trapichear cerca del puesto de Biscoitinho. Había tomado la precaución de dejar a algunos muchachos en el antiguo punto de venta para que informaran a los clientes de la nueva ubicación.

Biscoitinho no se enteró de la afrenta hasta la tarde. Había pasado la mañana en el despacho del doctor Violeta, que vendía títulos de primaria y secundaria y falsificaba certificados de antecedentes penales, así como carnés de identidad, permisos de conducir y otros documentos. Incluso facilitaba títulos de propiedad de automóviles y pisos. Era Dios en la Tierra.

Biscoitinho, sin consultar a Miúdo, se agenció una ametralladora, se fue solo a la Trece y disparó varias ráfagas al azar. No mató a nadie, pero su iniciativa podía desencadenar una guerra entre las dos cuadrillas, por lo que, al día siguiente, muy temprano, Vida Boa pidió a Miúdo que fuese a hablar con los jefes de la Trece para comunicarles que lo de Biscoitinho había sido un hecho aislado, fruto de un arrebato, y que nadie más lo apoyaba.

Miúdo, sin embargo, decidió cargarle el mochuelo a Cabelo Calmo. Mientras charlaba de cualquier cosa con éste, reparó en los gestos de cariño que le profesaba su amigo. Se preguntó, entonces, por qué le tenía miedo a Cabelo Calmo, si eran compañeros desde niños. Si

Cabelo Calmo nunca le había dado indicios de traición, ¿por qué matarlo? Repasó rápidamente su infancia: la época del São Carlos, la silla de limpiabotas... Sería una canallada traicionar a su compañero por miedo. Se avergonzó de su miedo. Sin embargo, ya había planeado su muerte con Biscoitinho y, si se echaba atrás, su actitud podía inducir a éste a creer que era él quien estaba tramando la traición. No sabía cómo arreglar el estúpido entuerto que él mismo había creado: ahora, uno de sus dos amigos tenía que morir. Si alertaba a los dos, el que siguiese vivo continuaría siendo su compañero. Tomó, pues, la decisión de seguir adelante con su plan y, sin atender siquiera a lo que Cabelo Calmo le comentaba en ese momento, dijo:

—Me imagino que ya sabes que, de todos nosotros, tú y yo somos los únicos compañeros realmente legales, ¿no? Por eso tengo que decirte algo: Biscoitinho quiere acabar contigo. Una vez lo pillé hablando con Tuba. Era una conversación un poco extraña, ¿sabes? Cuando me vio, se quedó cortado. ¡Yo, en tu lugar, no me lo pensaría dos veces y me lo cargaría! No te había dicho nada antes porque no estaba del todo seguro. Pero esa actitud que tiene ahora..., ¿me entiendes? No sé..., es verdad que ese grupo ya no está unido a nosotros en la venta, pero también son compañeros nuestros, ¿no? Y Borboletão y sus colegas te aprecian... ¡Mátalo, tío! ¡Acaba con él!

—Hoy mismo me lo cargo —afirmó Cabelo Calmo. Después montó en su bicicleta y se dirigió pedaleando hacia la Trece.

Miúdo esperó a que Cabelinho Calmo se alejase. Acto seguido, pidió a un recadero que fuese a buscar a Biscoitinho.


—Tengo que hablar seriamente contigo, pero que esta conversación quede entre nosotros, ¿de acuerdo? Ha llegado el momento de que te cargues a Calmo, ¿entiendes? No le gustó nada que disparases a los tipos del otro grupo y, además, fue él quien dio la orden de traficar en tu zona. ¡Mátalo! ¡Mátalo!


Minutos después, cuando cruzaba la plaza, Miúdo divisó a nueve policías cerca de los chiringuitos; salió a la carrera sin que lo vieran, entró en su nuevo piso y descubrió a otros seis policías en Barro Rojo.

—Menos mal que Vida Boa me consiguió un lugar para esconderme fuera de aquí —pensó en voz alta.

—Llama a Leonardo y dile que vamos a subir. Que vaya a buscar el coche porque tenemos que irnos ya de la favela, que aquí hay muchos policías. ¡No me gusta la policía, no me gusta un pelo!... Después ve a ver a Vida Boa y dile que me mande todo el dinero, que me lo mande todo, que yo voy a subir... ¡Vete ya, coño, vete ya! —dijo Miúdo a Caçarola, que tenía veinticinco años y había sido uno de los primeros integrantes de la cuadrilla.

Leonardo aparcó el coche en la puerta del edificio. Miúdo tardó un poco en bajar porque se entretuvo escondiéndose dinero en los calzoncillos, en los zapatos, en los bolsillos de la camisa, de los pantalones y de la chaqueta, y hasta en la gorra. Envolvió el resto en una bolsa de plástico, se acomodó dos pistolas 765 en la cintura y bajó.

Leonardo arrancó y condujo a una velocidad moderada; bordeó el brazo derecho del río, atravesó el extremo de la Gabinal, entró en la Vía Once, puso la tercera y oyó la sirena de un coche patrulla que lo seguía; cuando pasó de la tercera a la cuarta, el coche de la policía se colocó a la altura de ellos:

—¡Párate en el arcén! —le gritó el sargento Roberval mientras lo apuntaba con una ametralladora.

Leonardo detuvo el coche.

—¡Salid los dos con las manos en la cabeza! —ordenó el sargento Roberval.

—¡Miúdo, ése es Miúdo! Voy a buscar su foto. Ahora la traigo —exclamó Pedro, uno de los soldados.

Pedro volvió con un papel en la mano y se lo mostró al sargento Roberval cuando éste acababa de ordenarles a los dos detenidos que se tumbasen en el suelo. El cabo Osmar registró primero a Miúdo.

—¡Joder, tío, llevas revólveres y billetes en todas partes! Tú estás forrado, ¿no? ¡Levántate, levántate y quítate la ropa! Tú quédate tumbado —ordenó Pedro.

—¿Sabías que tienes más de diez órdenes de busca y captura? ¡Lo tienes jodido, chaval! —dijo el cabo Osmar.

—Me vas a responder a todo lo que te pregunte, ¿de acuerdo? Y como se te ocurra mentirme, te sacudo, ¿está claro? —dijo Roberval.

Miúdo alzó el dedo gordo en señal de asentimiento.

—¿Ese coche es tuyo?

—Sí.

—¿Está a tu nombre?

—No.

—¿A nombre de quién está?

—De una mujer de Los Apês...

—¿Quién compró el coche?

—Peninha, un tío que Cenoura se cargó.

—¡Ah, ya! ¡Pero si fue Biscoitinho quien lo mató! ¡Lo sabemos todo! La cuestión es la siguiente... Tú, ¿has registrado al otro?

—Está desarmado y sin dinero.

—Déjalo que se vaya.

Leonardo se levantó y caminó lentamente por la Vía Once en dirección a la Gabinal.

—Ahora podemos conversar mejor. Tienes que pedir a esa mujer la documentación del coche y mandar que alguien me la entregue mañana por la mañana, ¿está claro? ¡Y no quiero mentiras! Voy a dejarte libre, pero quiero esos documentos, y no se te ocurra engañarme porque te mato. Como intentes alguna triquiñuela y te vayas de la lengua, me encargaré de que te liquiden en el talego. Cuando esté de servicio, quiero la mitad del dinero del puesto, ¿vale?

—Vale.

—Cuando yo llegue, dejarás el dinero dentro de un saco allí, en esa parte con césped de la plaza. Así nos entenderemos mejor, ¿está claro? ¡Nadie te molestará!

Miúdo meneó la cabeza asintiendo.

—¡Déjale un arma! —ordenó a Paulo, otro soldado, y continuó—: Ahora vete a casa y reza el padrenuestro porque te has encontrado con Dios, pero, si te pones pesado, te encontrarás con el Diablo. Lo has entendido, ¿no?


Era ya noche cerrada. La plaza de Los Apês quedó desierta, salvo en los chiringuitos donde algunas personas se tomaban una cerveza. Cabelo Calmo, con movimientos sigilosos, caminó agachado junto a las paredes del edificio y observó a los parroquianos que bebían: ningún maleante.

—¿Has visto a Biscoitinho?

No, nadie lo había visto. Pero, al doblar la esquina, se topó con él. Biscoitinho intentó defenderse en vano con su arma antes de que Cabelo lo acribillara a balazos.

El día amaneció gris. Miúdo reunió a la cuadrilla en un callejón y les ordenó que permaneciesen escondidos el mayor tiempo posible. Sólo quería en la calle al camello y a los vigías. Nada de exhibirse armados por las esquinas; pero, si por casualidad se encontraban con la policía, tenían que disparar primero y, en caso de que detuviesen a alguien, nada de abrir el pico. Después, Miúdo se fue a los chiringuitos, habló algo con una mujer, entró en un callejón, salió por la Gabinal y se quedó receloso al borde de la carretera hasta que Vida Boa paró a un coche. Miúdo subió y salieron de la favela.

En Allá Arriba, dos policías de paisano sorprendieron a Burro na Sombra y a Gaivota con cuarenta bolsitas de marihuana.

—¡Joder! ¡Sólo tenéis marihuana! ¿Nada de dinero? ¡Pues vaya delincuentes de mierda! Venga, a comisaría, andando...

Una vez en comisaría, el sargento Linivaldo recibió a los traficantes a puñetazos y puntapiés. Después ordenó a un soldado que los amarrase con hilo de nailon, los metió en el coche y pidió al cabo que enfilase hacia la autovía Bandeirantes. Cogieron la Vía Cinco y se detuvieron.

—Bajad —ordenó el cabo en cuanto abrió el coche y continuó—: Corred, salid corriendo sin mirar para atrás, que pronto venderéis marihuana al Diablo.

Cuando apenas habían recorrido cinco metros, recibieron varios tiros por la espalda.

Branquinho sólo disparaba cuando la cuadrilla de Bonito se dirigía a Los Apês, y únicamente cuando Miúdo se lo exigía. No le gustaba en absoluto ser maleante y la intervención de la policía le pareció providencial: ahora podría salir a la calle sin temor a que Miúdo lo obligase a esperar armado la aparición de la cuadrilla de Bonito.

Un domingo salió temprano para ir a la casa de su ex novia; quería reconciliarse con ella. Cuando llegó a la casa de la chica, se puso las manos en la boca a modo de bocina y gritó su nombre varias veces. Nadie respondió. Decidió entrar en el edificio. Tuvo que golpear la puerta cuatro veces antes de que la muchacha apareciera, todavía somnolienta. Lo dejó esperando en la sala y se metió en el cuarto de baño. Regresó al cabo de unos minutos.

—Mira, si has venido para pedirme que volvamos a salir, puedes quitarte ahora mismo esa idea de la cabeza, ¿me entiendes? —comenzó a decir la muchacha—. Estoy cansada de que me engañes... No tomas ninguna iniciativa, no ahorras dinero, no hablas de boda y ya has hecho lo que querías conmigo. Detesto que la gente me engañe.

—Te prometo que, a partir de ahora, ahorraré dinero todos los meses.

—Siempre dices lo mismo y luego vuelves a las andadas. Pero bien que te gastas el dinero en ropa y cocaína...

—Habla más bajo, mujer...

—Mi madre no está. Y para que te enteres: ya tengo novio, ¿entiendes? No me persigas, que él es muy celoso y además es policía. Es mejor que te mantengas lejos de mí —concluyó mientras abría la puerta.

Branquinho salió cabizbajo. Nunca imaginó que su novia lo sustituiría por otro. Había sido un imbécil: si hubiese pensado más en ella, eso no habría ocurrido. Cuando llegó al final de la escalera, tenía los ojos anegados en lágrimas; le dio tanta vergüenza que alguien lo viera en aquel estado que se dio media vuelta.

La novia lo recibió también llorando, se abrazaron, se besaron e hicieron el amor en la misma sala, no sin que antes él le prometiera que se correría fuera. Sin embargo, poco después, ella le repitió que estaba saliendo con Morais, un soldado, y que no lo dejaría, porque el policía, antes de que transcurriera un mes, la había llevado a conocer a sus padres y le había prometido alquilar una casa para irse a vivir juntos.

—¿No te parece demasiado precipitado, Cidinha?

—Mejor que tú, que llevas tres años conmigo y no has tomado ninguna iniciativa.

Se ducharon, volvieron a hacer el amor en el cuarto de baño y, cuando Branquinho se despidió, ella le dijo:

—Tal vez, más adelante, podríamos hacerlo otra vez...

Minutos después, la novia recibió el recado de Morais de que la esperaba en la plaza de la Freguesia. Se arregló rápidamente y se fue a su encuentro. Él la llevó a un motel.

—¿Córrete fuera, vale?


—¡No me parece justo que ese cabrón de Cenoura lo decida todo y que los dos puestos de droga sean sólo suyos! ¿Entendéis? En esta guerra hemos perdido hermanos y primos, lo hemos ayudado a hacerse con un puesto de Miúdo y hemos defendido el suyo con uñas y dientes. Tenéis que hablar con él —dijo Fernandes a dos compañeros de las Últimas Triagens.

—Y lo peor es que él no quiere que nadie monte un puesto aquí, en esta zona, ¿lo sabíais? —terció Farias.

—¿Por qué cayó Gordurinha? —preguntó Messias, que se había fugado de la cárcel aquel día.

—Mató a Ratoeira y Bonito se lo cargó —respondió Fernandes.

—No te pases, no fue sólo por eso. A Cenoura no le gustaba, e hizo todo lo posible para que Bonito se lo cargase —repuso Farias.

—¿Ah, sí?

—Y eso que Gordurinha consiguió más armas para la cuadrilla.

—¡Joder! Él me ayudó mucho cuando estuve en el talego. Yo sólo comía lo que me enviaba de fuera. Era un tío legal. Y pensar que yo le recomendé que viniese aquí...

Los días que siguieron a esa conversación, Fernandes, Farias y Messias comenzaron a conspirar contra Cenoura con los maleantes que vivían en las Últimas Triagens y en los Duplex. Al final, los convencieron a todos.

Cierto día, despertaron a Cenoura alrededor de las diez. El tipo, nervioso, creyó que era la policía, pero cuando miró por la ventana y vio a Fernandes, se sintió más tranquilo. No obstante, su tranquilidad duró poco. Al ver a la gente de los Duplex y de las Últimas Triagens en la esquina de su casa, imaginó que el tema sería el reparto del puesto de la droga. No andaba desencaminado.

—Sal, que queremos hablar contigo.

Cenoura se acercó a los compañeros y preguntó qué sucedía. Silencio. Uno de ellos, finalmente, se atrevió a abrir la boca.

—Los que tenéis que hablar sois vosotros dos —dijo, dirigiéndose a Fernandes y a Farias—. Fue idea vuestra, y nos convencisteis a los demás. Así que hablad.

Fernandes dijo tartamudeando lo que pensaba. Después Farias intervino en la conversación y confirmó las palabras de su compañero.

Cenoura se rió, dijo que le parecía bien, estrechó las manos de todos y volvió a entrar en su casa.

Pasaron dos meses y a Cidinha no le venía la menstruación. Estaba embarazada. Su hijo podía ser tanto de Branquinho como de Morais, pero ella prefería que fuese de Branquinho. En realidad, sospechaba que, en efecto, era de él, y por eso decidió tenerlo.

—Ahora quieres tenerlo, ¿no? Pues ve a buscar a tu policía.

Su barriga fue creciendo y Morais, enamoradísimo, la llevó a la casa que había alquilado.

Esa derrota amargó a Branquinho; el hecho de que ella se hubiese ido a vivir con el policía le confirmaba que había perdido a su novia para siempre. Había tardado en reconciliarse únicamente por venganza: quería que ella implorase y sufriese tanto como él había sufrido. La noticia de que Cidinha se había ido a vivir con el policía Morais pronto se difundió por el vecindario y los amigos de Branquinho se burlaban:

—Ay, el policía te ha birlado a tu mujer —decían y se reían.

Branquinho, para vengarse, se pavoneaba afirmando que el hijo que llevaba en la barriga era suyo.

Y la noticia llegó a oídos de Morais.


Sandro Cenoura salió armado la madrugada de un lunes en dirección a la casa de Ratoeira; tras charlar en el patio un buen rato, se dieron un apretón de manos.

—Sabía que podía contar contigo. Coge tu arma. Tal vez encontremos a esos cabrones ahora mismo.

Minutos después, Fernandes y Farias estaban muertos.


Al día siguiente, en una callejuela próxima a la plaza de la *quadra* Quince, toda la cuadrilla escuchaba la discusión entre Cenoura y Messias, ambos con un arma en la mano. Los seguidores de cada uno se definieron situándose junto al que apoyaban. Y quienes no apoyaban a ninguno de los dos intentaban aplacar los ánimos.

—¡El puesto de aquí arriba era mío! Miúdo ha matado a todo el mundo de esta zona y yo, junto con Bonito, me enfrenté a él, ¿está claro? El puesto era mío y seguirá siendo mío, ¿vale?

—Tened en cuenta que estos tíos se jugaron la vida, ¿vale? Perdieron a un montón de compañeros, primos, hermanos, ¡la hostia!

—Tú ni has perdido a nadie ni has matado a nadie, ¿por qué te metes?

—Me meto porque yo envié aquí a un compañero, aquel tío que consiguió buenas armas, y tú te lo cargaste.

—¡Yo no me lo cargué!


El teniente Cabra caminaba por la Rua do Meio con diez hombres.

Por entre las callejuelas subían Meu Cumpádi, Terremoto, Borboletão, Tigrinho, Borboletinha y un subordinado.

En Los Apês, los Caixa Baixa se apearon del autobús y ahora caminaban entre los Bloques Viejos.

—¿Tú has follado con él?

—¡No! Desde que estamos juntos, ni siquiera le he dirigido la palabra. Se siente herido en su amor propio porque te he elegido a ti.

—¡Si me entero de que has follado con él, te meto un tiro en la cabeza! ¿Me has oído bien? ¿Tienes una foto de ese hijo de puta?

—Tenía una, pero la rompí.

—¿Hay alguien cerca de su casa que tenga teléfono?

—Sí, pero no me gusta pedir favores a la gente.

—Vas a hacer lo que yo te diga: cuando yo esté de servicio, te das una vuelta por allí, como quien no quiere la cosa, y en cuanto lo veas, vas a la comisaría y me avisas.

—No pensarás matarlo, ¿no?

—¡No, sólo voy a darle un susto!


El teniente Cabra se quedó unos minutos parapetado detrás de un muro situado en una de las esquinas de la plaza del la *quadra* Quince; después hizo una seña a sus agentes, acomodó la ametralladora y salió dando un salto para sorprender a cualquier maleante que estuviera cerca. Repetía la misma operación en cada esquina. Nadie. Llamó a sus compañeros y caminaron por un lateral de la plaza.


La discusión fue subiendo de tono. Ahora todos hablaban al mismo tiempo. Cenoura pidió silencio a gritos y lanzó un tiro al aire, lo que desencadenó un tiroteo que, a su vez, dio lugar a exclamaciones y súplicas como:

—¡Calma!

—¡Hermano, es mejor entenderse hablando!

—¡No es para tanto!

—¿Qué ocurre, hermano?

—¡Danos un tiempo, chaval, danos un tiempo!


La brigada de Cabra se resguardó detrás de postes, coches y muros, y algún policía incluso entró en una casa. La cuadrilla de la Trece creyó que Miúdo estaba atacando y aceleró el paso para frenar a los enemigos. Allá, en Los Apês, el grupo de los Caixa Baixa se extrañó: ni rastro de maleantes en las calles. Avanzaron furtivos por los rincones.

Solamente Lampião y Conduíte llevaban revólveres en la parte de atrás de la cintura. Querían decirle a Miúdo que irían con él a atacar a Cenoura, pues necesitaban revólveres. En esos momentos, Israel caminaba con una ametralladora Pazan y una bolsa de cocaína en la mano. Quería llevarla a la casa de Vida Boa para mezclarla con ácido bórico, colocarla en pequeñas cantidades dentro de saquitos de plástico y ponerla a la venta. Entonces, se topó con los Caixa Baixa y los apuntó con la ametralladora.

La cuadrilla de la Trece se acercó a los enemigos. En un primer momento, no supieron cómo reaccionar al ver a los aliados de Cenoura disparándose entre ellos. Al final, decidieron intervenir y pronto cayó Cererê, de la Trece, entre convulsiones, y Martelinho, amigo de Messias. La brigada del teniente Cabra, armada con ametralladoras, ya había llegado al lugar del combate y también se había unido a la pelea.

—¿Adónde vais? —preguntó Israel a los Caixa Baixa mientras los apuntaba con la ametralladora.
—Queremos hablar con Miúdo.
—Miúdo no está. Yo soy el que está al frente. ¿Alguno lleva revólver? Si es así, tirad las armas al suelo porque al que le encuentre alguna cuando lo registre, me lo cargo.
Los que estaban armados siguieron la orden de Israel, que, acompañado de otros colegas, registró a toda la cuadrilla, y después, sin motivo alguno, abofeteó a Lampião, Conduíte y Bruno.
—¡Hemos venido a luchar con vosotros! —gritó Conduíte.
Sólo entonces Israel dejó de pegarles.

El tiroteo duraba ya media hora, y el saldo era de cinco muertos. Ahora los tiros eran esporádicos, porque sólo peleaban los que no habían logrado huir. La mayoría se había desperdigado al advertir la presencia de Cabra y de sus hombres. Al cabo de veinte minutos, cesaron los tiros y el balance final aumentó a ocho muertos. Se acabó la pelea.
Cabra ordenó a un soldado que se acercase al cuartelillo y encargase a cinco soldados que se presentasen ante él en un coche cada uno. Cuando llegaron, los policías se dedicaron a meter los cadáveres en los coches para arrojarlos en lugares diferentes.

Miúdo volvía a la favela a recoger dinero los domingos: ese día, los currantes llenan las tabernas, los niños juegan a la pelota en los terrenos baldíos, la gente va al mercadillo y un maleante tiene más posibilidades de pasar inadvertido. Estaba convencido de que todo ese movimiento dejaba a la policía confusa; en opinión de ésta, todos los criollos y todos los norestinos se parecen. Siempre que se asomaba por la favela, Miúdo organizaba asados y mataba a algún rufián de la cuadrilla de Messias o de Cenoura. A veces se cargaba a alguno de su propia cuadrilla sin motivo, simplemente, decía, porque el sujeto le daba mala espina. Si su perro ladraba a alguien, éste recibía un tiro en el pie.

Un martes, Vida Boa, Buizininha, Marcelinho Baião, Xaropão, Branquinho y un subordinado se encontraban envasando cocaína y marihuana en un piso. Branquinho no quería estar allí, pero Israel lo había obligado.

—¡Ve para allí, hay muchísimos clientes esperando! Vida Boa está al mando —le dijo Israel después de pedir a Otávio que fuera a buscarlo para que se presentase en su casa.

La ex novia de Branquinho caminaba lentamente entre los edificios y, al ver a éste en la ventana entregando dinero al recadero que había bajado a comprar comida, se apresuró hacia la comisaría. Allí informó a su novio de la dirección exacta en la que encontraría a Branquinho e incluso añadió que lo más seguro era que estuvieran envasando droga. De inmediato, Morais movilizó a quince policías y les dijo que había descubierto el nuevo refugio de la cuadrilla de Miúdo. El sargento Roberval ordenó que todos fuesen con ametralladora. Subieron a los coches y se encaminaron hacia Los Apês.

—¡El edificio está rodeado! ¡Arrojad las armas por la ventana!

Cuando vieron a tantos policías alrededor del edificio, los traficantes que estaban en el piso se entregaron a una actividad febril. El perro de Miúdo, que se despertó sobresaltado, empezó a ladrar.

—¡Arrojad las armas! —repitió Morais.

Vida Boa cogió la cocaína, la arrojó al váter y tiró de la cadena. Atolondrados, los maleantes pedían ayuda al vecindario y llamaban a su familia y a sus compañeros. Intentaban reunir a una multitud de curiosos e intimidar a la policía, que no se atrevería a matarlos delante de tantos testigos. Mucha gente rogaba que no matasen a los maleantes; otros exigían a la policía que acabase enseguida con ellos. Vida Boa ordenó a sus compañeros que arrojasen las armas.

—Ahora vamos a subir. Si todo el mundo se queda quieto, a nadie le pasará nada. ¡Dejad la puerta abierta y quedaos todos junto a la ventana! —ordenó Morais.

Los maleantes obedecieron la orden del policía, que subió con sus compañeros los tres pisos del edificio. Entraron en el piso. El perro se movió y recibió un tiro.

Abajo, en la portería del edificio, se quedaron solamente tres policías; éstos, al ver que la madre de Baião y de Branquinho se disponían a subir al piso, les cerraron el paso.

Después de registrar todo el piso, ordenaron a los cinco maleantes que se pusiesen contra la pared, los apuntaron con las armas y dispararon.

La algarabía que se formó en la entrada del edificio fue enorme: los familiares de los maleantes y muchos habitantes fueron presa del pánico. Los policías pidieron refuerzos. Uno que vivía cerca de allí telefoneó al hospital Cardoso Fontes para pedir una ambulancia.

El sargento Linivaldo, que no estaba de servicio, acababa de salir del banco y se había parado a charlar con otros policías en la plaza de Tacuara; pero, al oír la solicitud de refuerzos por la radio, subió al coche y se dirigió a Los Apês.

Marcelinho Baião y Buizininha aún vivían.

—¡Madre, madre! —gritaba Marcelinho creyendo que ella lo oiría desde el edificio vecino, donde vivía.

El sargento Linivaldo llegó al lugar al mismo tiempo que la ambulancia. Dio orden a los policías de no dejar entrar a nadie de la ambulancia en el edificio y se precipitó escaleras arriba; sacó el revólver, y disparó cuatro tiros más en Buizininha y otros seis en Marcelinho Baião. Morais agarró un paraguas de punta afilada que había sobre la mesa y se dedicó a perforar los ojos de los cadáveres esparcidos por la sala, incluidos los del perro.

—Dispárales dos tiros más por delante, para que podamos decir que intentaron atacarnos —dijo Roberval a Morais, que cumplió la orden inmediatamente.


—¡Oye, ese tío con el que estás saliendo es un fantoche! No puedes seguir con él. Tienes que salir conmigo y besarme a mí en la boca, no a él —dijo Israel a una mujer que pasaba por la plaza de Los Apês.

Israel había asumido el control del puesto de venta de droga desde el asesinato de su hermano Vida Boa. Se pasaba el día bebiendo en los chiringuitos y, cuando estaba borracho, se metía con las mujeres, incluso con las casadas. Pedía el coche prestado a cualquiera y, si no se lo prestaban, les disparaba a los pies. Hasta sus compañeros le temían cuando estaba ebrio.

Miúdo tuvo la mala suerte de toparse con la policía civil y militar seis veces más, y tanto unos como otros lo extorsionaron. En una ocasión, lo metieron en el calabozo y le obligaron a telefonear para que alguien le llevara los títulos de propiedad de las casas, del coche y del barco que Vida Boa había comprado. Todas las posesiones de Miúdo pasaron a las manos de los policías, incluido el baúl cargado de oro.

Un viernes, volvió a detenerlo la policía civil: dentro de un coche robado, Miúdo llevaba un kilo de marihuana, doscientos mil cruzeiros, varias pistolas y el fusil de Ferroada. Ofreció enseguida la droga y el dinero a la policía, pero esa vez el soborno no funcionó.

En la comisaría, Miúdo reveló los posibles lugares donde podrían localizar a Cenoura, a Borboletão y a Messias, con el propósito de que cayese la venta de droga de la competencia. Tras ser juzgado y condenado por varios delitos, fue enviado al presidio Milton Dias Moreira, donde también cumplían condena varios enemigos suyos del morro de São Carlos y de la propia Ciudad de Dios, así como un par de hombres que en cierta ocasión intentaron vender armas a Cabelo Calmo en la Trece, y no sólo les robaron sino que también recibieron una paliza. Ahora estaban allí todos juntos, bajo el ala protectora del Comando Rojo, facción que por entonces dominaba los presidios cariocas.

Miúdo sabía que no saldría vivo del trullo. Su única alternativa para evitar la muerte fue ofrecer una cantidad de dinero a los presos que ejercían el control del presidio. Todos los días telefoneaba a su hermano y siempre le decía lo mismo:

—Trae cincuenta mil cuando vengas de visita.

En una ocasión, Toco Preto atendió al teléfono y le contó que Israel últimamente bebía mucho, se fundía la pasta en moteles y restaurantes y, por si fuera poco, también se estaba cargando a los camellos. Miúdo sólo prestó atención cuando oyó lo del dinero.

—¡Controla el puesto, controla el puesto y no le des más dinero!

—gritó por teléfono—. Quien ha matado he sido yo, él no ha matado a nadie. Controla el puesto y escúchame bien: si se niega a dejar el puesto bajo tu control, cárgatelo, cárgatelo...

—Pero eso no es todo. Ha vuelto a expulsar a los Caixa Baixa y se dedica a matar drogatas, a humillar a los currantes y a tirarse a las tías por la fuerza. Los muchachos que nos apoyaban se están yendo. Un día Camundongo Russo le regaló no sé cuántas botellas de cerveza, lo dejó borracho perdido, se quedó con el dinero de la semana y se marchó tan tranquilo... Ah, me olvidaba: Madrugadão cayó ayer, los polis lo pillaron dormido.

—¡Que se joda! Haz lo que te he dicho: si Israel sigue incordiando, cárgatelo sin contemplaciones.


Toco Preto, Mocotozinho y Cabelo Calmo escucharon y acataron la recomendación de Leonardo de dejar vivir a Israel. Bastaría con que le dijeran que dejase de beber y de gastar dinero, porque Miúdo estaba pagando peaje en el talego para mantenerse vivo. Israel se avino a razones y comenzó a ahorrar.


Cabelo Calmo vestía cada día más elegante. Pantalones de lino, reloj con correa de cuero, a veces ternos e incluso gafas, y no subía a los autobuses normales para evitar redadas policiales. Era mucho más seguro viajar en los autobuses especiales, más caros, pues allí la policía nunca registraba a nadie.

Cabelo Calmo la vio por primera vez en uno de esos autobuses especiales y se enamoró perdidamente. La profesora, para alegría de Cabelinho Calmo, bajó en su misma parada y prosiguió el diálogo que él había iniciado en el momento en que esperaban a que el semáforo se pusiese en verde para cruzar la calle y seguir en dirección a la Rua do Meio.

Después de aquel día, Cabelinho Calmo hacía todo lo posible por toparse con ella a la salida del colegio y, aun pareciéndole rudo en el trato y en el modo de hablar, la profesora de enseñanza primaria se enrolló con el maleante. La pasión que se despertó en él lo volvió menos serio. Además de recuperar la sonrisa, volvió a bromear y a hacer chistes con los amigos e intentó cuidarse más: interrumpió los ataques en Allá Arriba, evitaba quedarse de palique con otros maleantes en las esquinas y, siempre que podía, iba a casa de su novia, precisamente para mantenerse alejado de la favela.

Pero la casualidad quiso que, precisamente en uno de esos auto-buses, la profesora se enterara por una lugareña de que aquel indivi-duo era Cabelo Calmo, un delincuente peligroso. «Si quiere, le traigo el periódico y le enseño su foto.»


—¡Es tu hermano, pero es un enemigo! Escucha, la familia no im-porta, no pinta nada en esto. Hay que acabar con él, hay que matarlo —le dijo Cenoura a Cebion, que sólo tenía trece años.

—Ya lo sé, tío. Pero sólo puedo pillarlo de día, ¿entiendes? De no-che mi madre está en casa.

—Entonces vamos ahora. Si está allí, nos lo cargamos.

—¿Tú también vas?

—¡Pues claro!

Corrieron por los callejones, tal como propuso Cenoura. Mientras avanzaban, miraban con atención todos los rincones, pero no encon-traron a ningún enemigo. Para mostrar su fidelidad a Cenoura, el pro-pio Cebion sugirió:

—Probemos en casa. A lo mejor el cabrón está durmiendo.

Y así era. Lo despertaron poniéndole el cañón del revólver en la nuca y lo llevaron hacia la calle. Su única defensa fue amenazar a Cebion:

—¡Si mamá se entera de que me has matado, ya verás lo que te pa-sará!

—¡Que se joda! ¿Quién te ha mandado unirte a Miúdo?

Condujeron a Alexander a la orilla del río y su propio hermano se encargó de descerrajar tres tiros en aquel cuerpo de tan sólo diez años.


—Tienes que conseguir diez mil dólares, ¿vale? Diez mil en quince días, sólo así me dejan salir. Si los traes el domingo, ese mismo día me soltarán, ¿entiendes? —dijo Miúdo seis meses después de entrar en chirona.

Toco Preto cometió dos atracos. Mocotozinho e Israel otros tantos. Juntaron el botín con el dinero de la venta de droga y, al domingo si-guiente, Miúdo, después de estrechar las manos de los celadores, salió del trullo camuflado entre los visitantes.

Toco Preto le había recomendado que no volviese a la favela, pues, aunque la policía había disminuido sus patrullas, el lugar aún ofrecía riesgos. Miúdo fue a la casa del único amigo que había hecho en la cárcel.

Israel se acercó al morro de São José para comprar cocaína, porque hacía dos semanas que el traficante no aparecía; compraría cien papelinas para adulterarlas con ácido bórico y, tras colocar menos cantidad en las bolsitas, se las vendería a los colgados. Aparcó la Brasilia al pie del morro y subió canturreando una samba-enredo de la escuela de samba Mangueira. En el puesto de venta, se encontró a Conduíte conversando con uno de los jefes.

—Oye, chaval, ese chico es un pringado. No hables con él porque acabarás mal.

—¿Por qué soy un pringado, tío? —preguntó Conduíte.

—Eres un pringado, ¿vale? ¡Y como sigas hablando, la vas a palmar ahora mismo! —dijo Israel con la mano en la cintura.

Conduíte, más rápido, le disparó un solo tiro en mitad de la frente. Acto seguido, rebuscó en la cintura del cadáver y se dio cuenta de que Israel iba desarmado.

—¡El tío no llevaba armas!

—¡Pues qué imbécil! —comentó el amigo de Conduíte.


La profesora consiguió convencer a Cabelo Calmo de que se entregase: era mejor que seguir en la delincuencia el resto de su vida. Le prometió que no lo abandonaría y que su propio padre, abogado, lo defendería para sacarlo de la cárcel lo antes posible.

Cabelo Calmo se sentía otra persona desde que se enamorara de la profesora. En la rutina de las visitas a la casa de su novia, vislumbró un futuro muy distinto de la vida que había llevado hasta entonces. Las idas a los cines los sábados al atardecer, seguidas de una cerveza helada y una charla amena, le llevaron a reflexionar sobre lo simple —y no por eso menos atrayente— que podría ser la vida. Ya atisbaba belleza en la vida de casado, proyectaba sus sueños en compañía de su novia e imaginaba lo hermoso que sería envejecer juntos, criando hijos y festejando los aniversarios. Por eso, pese a todo el sufrimiento pasado en la cárcel, se entregó en la Trigésima Segunda Comisaría de Policía.

Juzgado y condenado, lo enviaron al pabellón B de la penitenciaría Lemos de Brito, donde coincidió con varios enemigos. El primer día, ni le hablaron ni le molestaron. Pero, el segundo día, le asestaron cuarenta navajazos en el abdomen.

No bien murió Israel, los Caixa Baixa atacaron Los Apês cuatro veces seguidas. En la cuarta, llegaron disparando a mansalva y se establecieron como dueños de la zona. Se habían cargado a Toco Preto, último gran soldado de Miúdo, y no mataron a Mocotozinho ni a Otávio porque ambos huyeron. Sin embargo, el resto de los integrantes de las cuadrillas partidarias de Miúdo, que en los últimos tiempos se habían mantenido alejados de la delincuencia debido al estrecho cerco policial, se equivocaron al considerar que la banda de los Caixa Baixa no constituía amenaza alguna por el mero hecho de no haberla acosado ni humillado durante el mandato de Miúdo. Los Caixa Baixa alardeaban de que no matarían a nadie, pero el número de cadáveres fue incrementándose paulatinamente y, cuando alguien aparecía muerto, inventaban una mentira para justificar el crimen a fin de que los demás no abandonasen la zona. Incluso quien no había formado parte de una u otra cuadrilla podía morir por haber tenido algún tipo de roce, fuera una discusión o una pelea, con cualquiera de ellos.

Aumentaron los casos de violación y los atracos. Pese a no haber tomado partido en la guerra, los muchachos de la barriada también se vieron sometidos a un enconado acoso, aunque no hubo que lamentar bajas. Los puestos de venta de droga de Los Apês perdieron su clientela porque los Caixa Baixa no tenían contacto alguno con otros traficantes, y los que abastecían a Miúdo desaparecieron porque no les pagaban.

Las cuadrillas de Messias, de la Trece y de la policía no daban tregua a Sandro Cenoura, que perdió cinco hombres en menos de una semana. Viéndose sin salida, reunió todo el dinero de la venta de drogas, alquiló una chabola en la Baixada Fluminense y dejó a cargo de Ratoeira el control del tráfico. Alegó que debía marcharse porque la policía no descansaría hasta detenerlo.

—Dile a todo el mundo que me he regenerado... Di que me he vuelto un pringado y que estoy trabajando en un taxi, ¿vale? Nos repartiremos a medias las ganancias del puesto, ¿de acuerdo?

Ratoeira se sintió satisfecho con el trato; ahora mandaba él en el puesto de la *quadra* Quince. Aun teniendo que combatir a dos cuadrillas con pocos soldados, el poder era algo de veras emocionante.

Debido a la mala administración del puesto de Los Apês, a la guerra que persistía en Allá Arriba y al difícil acceso al puesto de Bica Aberta, la cuadrilla de la Trece era la que más vendía. Meu Cumpádi y Terremoto dejaron de beber agua, que era cosa de pobres, y comenzaron a beber sólo refrescos.

La cuadrilla crecía; no obstante, los ataques en Allá Arriba se volvieron cada vez más esporádicos. Preferían esperar a que se matasen entre ellos para, con las filas menguadas, tomar finalmente los puestos de aquella zona.


—La «c» con la «o», «co»; la «m» con la «e», «me»; la «t» con la «a», «ta». ¡Cometa, coño! ¡Cometa! —deletreaba Miúdo en Realengo, junto a la mujer de su nuevo compañero.

Al salir de la cárcel, Miúdo no perdió el tiempo: la primera semana se fue a buscar a los compañeros del amigo que había hecho en el trullo y pasó quince días cometiendo un atraco tras otro. Su astucia en los asaltos y la perspicacia que demostró cuando tomaron los puestos de Realengo le valieron el rango de subjefe, lo que significaba que obtenía el cuarenta por ciento en la venta de las drogas. Ahora se entregaba con denuedo a materializar el sueño concebido en la cárcel: aprender a leer; no quería depender de la gente para que le leyesen las cartas, pues corría el riesgo de que alguien descubriese algo que le afectaba directamente y eso podía ser peligroso. Ya sabía firmar con su nombre y, si conseguía localizar al doctor Violeta, que resolvía cualquier problema, podría incluso obtener una identidad nueva y un talonario de cheques, cosas con las que siempre había soñado.


Un viernes, un recadero llevó la noticia de que los Caixa Baixa se habían dividido y estaban en guerra. Lampião no quería compartir la dirección con Conduíte, y aquello los había empujado al conflicto. El primer enfrentamiento duró tres días. La policía, que en los últimos meses había prestado más atención a la guerra entre Messias y Ratoeira, volvió a retomar sus hábitos en Los Apês, y en cuatro días cayeron diez de los Caixa Baixa.

Un sábado por la mañana, cinco Caixa Baixa se presentaron en la Trece buscando a Borboletão y a Tigrinho. Querían que los de la Trece los ayudase a tomar Los Apês.

—¿Sólo sois vosotros?

—Pues sí, tío, los demás se han largado... ¡Pero estamos dispuestos a colaborar!

—¿Y después? —preguntó Tigrinho.

—Vosotros os quedáis con el puesto del Siete y de Barro Rojo, y nosotros con el de los chiringuitos y el de los Bloques Viejos.

—¡Ni hablar, tío! Nosotros nos quedamos con todos los puestos, pero os dejaremos que nos ayudéis.

—¡De acuerdo!

—¡Trato hecho! Voy a despejar una casa para que os instaléis.

—Oye, nosotros sabemos dónde están y dónde se reúnen. ¡Será pan comido!

—¿Cuántos son?

—Ocho.


En Allá Arriba, la guerra prácticamente había terminado: los hombres de Messias mataron a la mayor parte de los enemigos, a Ratoeira lo habían encarcelado y el resto logró huir de la favela. Los habitantes de las Últimas Triagens dieron gracias a Dios por el final de aquella epopeya: Messias y sus hombres habían perforado las paredes de las casitas para huir de los enemigos y de la policía. Entraban en una casa a cualquier hora de la noche o del día, se metían por los agujeros y, sanos y salvos, salían bien lejos de los enemigos y de la policía.

Para tomar el puesto de venta de Los Apês, la cuadrilla de la Trece se dividió en grupos de diez y entraron por sus diferentes accesos. La lucha duró dos días. El balance final de la contienda ascendió a once muertos: ocho de los Caixa Baixa, dos maleantes de la Trece y un policía militar, además de varios heridos de bala.

Pese a encontrarse en inferioridad de hombres, la banda de los Caixa Baixa, en lugar de escapar, optó por liarse a tiros hasta la muerte.

Messias envió un recadero a Borboletão y a Tigrinho proponiendo una tregua: si dejaban en paz a los de Allá Arriba, ellos harían lo propio con los de la Trece y, si Cenoura asomaba por la zona, ellos mismos lo matarían.

—¡Trato hecho! —dijo Borboletão al recadero de Messias.

La paz era de nuevo la soberana de la favela, y el único que continuó matando a aquellos que robaban, atracaban o violaban en la favela fue Otávio, que llenó una fosa con treinta cadáveres y que, cuando no los mataba, les cortaba las manos a hachazos. Sin embargo, un buen día le entró la ventolera de convertirse al protestantismo y comenzó a predicar cerca de los puestos de venta de droga. Decía que había cometido todos esos crímenes porque el Diablo se había adueñado de su cuerpo. Los maleantes lo dejaban en paz: siempre habían respetado a los protestantes. Lo apresaron una noche cuando regresaba de la iglesia y permaneció encarcelado dos años. Una vez libre, se casó y tuvo hijos. Todos los domingos visitaba las cárceles para intentar convertir a los internos; no obstante, la policía, recelando de su conversión, no perdía oportunidad de propinarle una paliza en cuanto se topaba con él, incluso delante de su esposa y de sus hijos.

Otávio rasgó la Biblia, quemó el traje con el que solía ir a los oficios religiosos y fue al puesto a pedir a Borboletão una pistola para matar solamente a policías.

Jaquinha, Laranjinha y Acerola, ahora casados, seguían quedando de vez en cuando para fumarse un porro y recordar los viejos tiempos, hábito que prácticamente habían abandonado mientras duró la guerra.


Tê volvió a trabajar en casa de una señora rica, pero sólo por hacer algo, pues ya no pasaba necesidades; su hija mayor se había casado con un canadiense que se la llevó a Canadá, desde donde, todos los meses, enviaba a su madre dinero suficiente.


Busca-Pé, después de militar varios años en el Consejo de Vecinos, se casó, se mudó y logró establecerse como fotógrafo, pero de vez en cuando volvía a la favela para visitar a su madre y a sus amigos.


A Bica Aberta lo detuvieron en el atraco a un banco en Copacabana y sus camellos abandonaron el tráfico. Tiempo después, donde estaba su puesto se formó una cuadrilla cuyos líderes eran primos de Cenoura. Éste volvió a frecuentar la favela y a combatir nuevamente a los maleantes de Allá Arriba. No obstante, lo encarcelaron poco después de comenzar el conflicto.


La víspera de una Navidad lluviosa, treinta hombres bajaron de varios taxis en la Praça da Loura, todos armados con ametralladoras. Sólo Miúdo llevaba una pistola. Gordo, con pantalones de lino y camisa de seda, indicaba a sus secuaces el camino que debían seguir. Llegaron a la Trece, donde nadie vigilaba; era Navidad y, en fechas como ésas, los maleantes siempre comienzan a beber temprano. Miúdo miraba a todos lados, hasta que se encontró con Borboletão, que echó a correr porque tomó a los hombres de Miúdo por policías.

—Hemos venido a charlar... ¡Soy yo, chaval, Miúdo!

Borboletão se detuvo detrás de un muro al reconocer la voz del maleante.

—Escucha: quiero Los Apês de vuelta, porque esa zona es mía —dijo Miúdo.

—¡Claro!

—Cuando vosotros quisisteis quedaros con este puesto, yo no dije nada, ¿vale? Combatimos juntos, nunca hubo robos, salvo en el caso de Biscoitinho, que intentó hacerlo, pero no fue a mayores.

—Si tomamos el control de allí fue porque los Caixa Baixa estaban jodiendo a todo el mundo, ¿entiendes? Puedes instalarte cuando quieras, pero antes déjanos que vendamos la carga que nos queda.

Después de la conversación, bebieron del mismo vaso. Tigrinho lanzaba tiros al aire. Esnifaron cocaína, consumieron vino, güisqui y cerveza, y Miúdo salió de allí con la certeza de que volvería definitivamente a la favela el 31 de diciembre.

El maleante regresó a la favela sintiéndose aún más prepotente; quería volver a ser el dueño de Ciudad de Dios, y para eso planeó con sus compañeros de Realengo un ataque sorpresa en la Trece: tendría lugar una semana después de su nueva toma de posesión de Los Apês. Después atacarían Allá Arriba. Creía que allí todos le temían, porque siempre había sido cruel, y la crueldad es la mejor arma con que cuenta un maleante para hacerse respetar. Paz y arrepentimiento eran palabras que no entraban en su vocabulario. No hacía nada que no le reportara beneficio. Si hacía algo bueno, su gesto se volvía en contra del beneficiado, pues Miúdo sufría cuando no se le retribuía de la misma manera; de ese modo, destruía todo lo que no coincidía con su perversa comprensión del mundo, de la vida y de la relación con los demás. Tenía la capacidad de sacar a la superficie los más bajos instintos de los hombres y multiplicarlos a su antojo. Deambulaba por la casa hablando solo sobre la cárcel y la libertad; cualquier acto que consideraba un agravio hacia su persona, lo castigaba con la muerte. Era dueño de su desengaño, amo y señor de esa crueldad que consiste en no perdonar nunca, en aniquilar lo que no entraba en los recovecos de su comprensión criminal, en atribuir maldades a inocentes para justificar su depravación. Era un auténtico gusano nacido bajo el signo de Géminis.

La luna, casi muerta bajo un manto de nubes, se asomaba esporádicamente. Tan sóło estrellas apagadas y fuegos de finales de año iluminaban la noche, la noche de Miúdo, la noche en que volvería a ser el dueño de Ciudad de Dios. Pasó por la Trece y no encontró a ninguno de los jefes. Dejó un recado para Tigrinho y Borboletão notificándoles que ya estaba instalado en Los Apês y exigiéndoles que dejasen de traficar en su zona, en caso de que todavía lo estuviesen haciendo. Se dirigió hacia Los Apês conduciendo un Ford Corcel azul. Fue directo a los chiringuitos, donde abrazó a los muchachos del vecindario y compró caramelos a los niños, afirmando que había aprendido a leer y a conducir y que mandaba en Realengo, pero que su sitio predilecto donde ejercer el mando era Los Apês.

A las once y media, un niño le comunicó que Tigrinho y Borboletão le esperaban en el Morrinho para dialogar, pero que fuese sin armas, porque una conversación es una conversación. Nada de guerra.

—Y de qué quieren hablar, ¿eh?

—Dijeron que es por tu propio bien.

Permaneció unos minutos en silencio, meditando sobre la conveniencia de acudir a la cita. Si no iba, pensarían que tenía miedo. Era Zé Miúdo, nada lo atemorizaba.

—Vale, vale, diles que me tomo una copa más y en cuanto acabe voy para allá... ¡Anda, corre, ve a decírselo!

Esperó a que el niño se alejase, miró a su alrededor y, al comprobar que no había nadie de la Trece observándolo, sacó una pistola de la cintura y se la colocó en el tobillo; sus compañeros hicieron lo propio y todos juntos enfilaron hacia el Morrinho.

La plaza del Morrinho se hallaba desierta, con la excepción de Tigrinho y Borboletão, parapetados tras un poste y un muro, respectivamente. Habían ordenado a algunos de sus soldados que se escondiesen en los edificios cercanos y que, al primer disparo, atacasen.

Miúdo caminó con sus compañeros hasta donde estaban Tigrinho y Borboletão.

—Hemos decidido que nos vamos a quedar con el puesto, ¿entiendes? —dijo Tigrinho—. Esa historia de que el puesto era tuyo ya no tiene sentido. Nosotros no te hemos quitado el puesto. Se lo arrebatamos a los tipos que te lo habían quitado a ti, ¿está claro? —concluyó.

—Pero ¿qué estás diciendo, tío? ¿No habíamos acordado que...?

Borboletão lo interrumpió para apoyar a Tigrinho. Miúdo, sin hacerle caso, se llevó disimuladamente la mano a la frente, miró a uno de sus compañeros e hizo la señal de la cruz. Tigrinho, que lo observaba atentamente, sacó la pistola de la cintura, le disparó un tiro en el abdomen y salió corriendo junto con Borboletão. Ese primer tiro desencadenó un gran alboroto; todos los que estaban escondidos entre los edificios salieron en desbandada. Aprovechando la confusión, Miúdo y sus compañeros bajaron la ladera disparando indiscriminadamente. En la fuga, Miúdo acertó de lleno en la cabeza de uno de los maleantes.

Los cuatro amigos cruzaron la plaza de Los Apês, se internaron en el primer edificio que encontraron y entraron en un piso donde una familia celebraba la Nochevieja. Los maleantes ordenaron que cerrasen la puerta. Miúdo se sentó en el sofá; los ojos se le pusieron en blanco, su cuerpo se sacudió, convulso, y murió cuando comenzaban los fuegos artificiales que anunciaban la llegada de un nuevo año.

Sus compañeros subieron tres plantas más, entraron en otro piso y redujeron a sus inquilinos. Cuando amaneció, salieron tranquilamente del edificio y subieron a un autobús, rumbo a Realengo.


En la Trece, Tigrinho, muy temprano, ordenó a un niño que moliese vidrio y lo colocase dentro de una lata con cola de madera. Una vez preparado el pegamento, lo pasó por la cuerda de la cometa, que estaba atada a dos postes. Esperó que el pegamento se secase, preparó la brida y la quilla, e hizo subir bien alto la cometa para que se cruzase con otras en el cielo.

Había llegado el tiempo de las cometas en Ciudad de Dios.

NOTA Y AGRADECIMIENTOS

Esta novela está basada en hechos reales. Parte del material utilizado se extrajo de las entrevistas realizadas para el proyecto *Crime e criminalidade nas classes populares*, de la antropóloga Alba Zaluar, y de artículos publicados en los periódicos *O Globo, Jornal do Brasil* y *O Dia*.

En concreto, la primera parte del libro se escribió mientras se desarrollaban los proyectos de investigación *Crime e criminalidade no Rio de Janeiro* –que contó con el apoyo de la Finep (Financiadora de Estudos e Projetos)– y *Justiça e classes populares* –con el apoyo de CNPq (Centro Nacional de Pesquisa), de Faperj (Fundação Carlos Chagas Filho de Amparo à Pesquisa do Estado do Rio de Janeiro) y Funcamp (Fundação de Desenvolvimento da Universidade de Campinas)–, ambos proyectos coordinados por Zaluar. La propia idea de la novela surgió en el transcurso de los trabajos ligados al proyecto, a partir del momento en que la coordinadora comenzó a redactar sus artículos. Trabajé con ella durante ocho años y agradezco sinceramente su estímulo constante.

La segunda y tercera partes de la novela se concibieron con el valioso apoyo de Roberto Schwarz, Virginia de Oliveira Silva y Maria de Lourdes da Silva. Agradezco especialmente a Roberto Schwarz la orientación y el estímulo en relación con mi candidatura a la Bolsa Vitae de Artes.

Mi agradecimiento también al Instituto de Medicina Social de la Universidad de Río de Janeiro, que apoyó la investigación durante dos años, y, finalmente, a la Fundación Vitae, que, gracias a la beca que me concedió, me proporcionó las condiciones necesarias para acabar de escribir la novela y dar al texto su forma final.

Asimismo, quiero agradecer la colaboración de las siguientes personas: Maria de Lourdes da Silva (investigación histórica y revisión), Virginia de Oliveira Silva (investigación de lenguaje y revisión), Álvaro Marins, Edmundo Gomes da Silva, Ednaldo Gomes da Silva, Eduardo

Gomes da Silva, Edwaldo Cafezeiro, Everardo Cantarino, Gilberto Mendonça Teles, Ione de Oliveira Nascimento, Leonardo Gomes da Silva, Marco Antônio da Silva, Maria Cláudia Nascimento de Santana, Marie-France Depalle, Paulo Cesar Loureiro de Araújo, Regina Célia Gonçalves, Severino Pedro da Costa, Sílvio Correia Lima y Sônia Vicente Cardoso.

Por último, quiero expresar mi especial gratitud a Aloísio da Costa Sobrinho, Carlos Eduardo Cardoso, Edison Gomes da Silva, Sônia Maria Lins y a todas las personas entrevistadas.